MARIETTE LINDSTEIN
Der Kult – Sein Wort ist dein Gesetz

Autorin

Mariette Lindstein war fünfundzwanzig Jahre lang Mitglied bei Scientology. Sie arbeitete unter anderem im Hauptquartier der Kirche in Los Angeles, bis sie die Gemeinschaft 2004 verließ. Heute ist sie mit dem Autor und Künstler Dan Koon verheiratet. Die beiden leben mit ihren drei Hunden in einem Wald außerhalb von Halmstad. Ihre Debütreihe »Die Sekte« eroberte die Spitzenplätze der internationalen Liste, wurde mehrfach prämiert und wird derzeit verfilmt. Mit »Der Kult« erschafft sie eine neue bedrohliche Reihe, die die Leser*-innen fesselt. Neben dem Schreiben hält Mariette Vorträge über die Gefahren von Sekten.

Von Mariette Lindstein bereits erschienen
Der Kult – Sein Griff hält dich gefangen

Die Sekte – Es gibt kein Entkommen
Die Sekte – Deine Angst ist erst der Anfang
Die Sekte – Dein Albtraum nimmt kein Ende
Die Sekte – Deine Welt steht in Flammen
Die Sekte – Dein Feind ist dir ganz nah

MARIETTE LINDSTEIN

DER KULT

SEIN WORT IST DEIN GESETZ

THRILLER

Aus dem Schwedischen
von Stefanie Werner

blanvalet

Die Originalausgabe erschien 2019 unter dem Titel »Sprickor i jorden«
bei Bokförlaget Forum, Stockholm.

Penguin Random House Verlagsgruppe FSC® N001967

1. Auflage 2023
Copyright der Originalausgabe © Mariette Lindstein 2019,
by Agreement with Enberg Agency
Copyright der deutschsprachigen Ausgabe © 2023 by Blanvalet
in der Penguin Random House Verlagsgruppe GmbH,
Neumarkter Straße 28, 81673 München
Redaktion: Joern Rauser
Umschlaggestaltung und -motiv: www.buerosued.de
JS · Herstellung: sam
Satz: KCFG – Medienagentur, Neuss
Druck und Bindung: GGP Media GmbH, Pößneck
Printed in Germany
ISBN 978-3-7341-1168-6

www.blanvalet.de

Prolog

In diesem Sommer reiste ich mit Carl zum ersten Mal wieder nach Schweden zurück. Es sollte nur eine Stippvisite sein, denn Carl hatte den Wunsch, mir unbedingt den Solvikhof im Simlångstal zu zeigen, wo er ein Jahr später eine Art Frauenhaus eröffnen wollte. Der Hof befand sich auf einem riesigen Grundstück und bestand aus einem Hauptgebäude und vier kleineren Wohneinheiten. Direkt hinter dem Garten lag eine Wiese, die an ein Buchenwäldchen grenzte, dahinter floss der Fylleån, in dem das Wasser tanzte, plätscherte, sprudelte und spritzte. Auf dem Gelände waren die Renovierungsarbeiten gerade voll im Gange, daher war das Grundstück mit Baumaterial und Gerümpel übersät. Wir übernachteten in einem der kleineren Häuser. Mehrere Wände waren noch nicht tapeziert, und in einer Ecke stand ein Tisch mit einer Bandsäge. Von der Decke baumelten schon Kabel herunter, Lampen fehlten aber noch.

Doch Carl war so ausgelassen wie ein kleiner Junge. Ich war überrascht, dass sich das Simlångstal von der kargen Küstenlandschaft in Halland, die mir so vertraut war, stark unterschied. Hier schlängelten sich wilde Flüsse durch tiefe Wälder, und hinter dichten Birkenwäldchen tauchten plötzlich glitzernde Seen auf.

Carl hatte das Simlångstal ins Herz geschlossen, denn in dieser Gegend war seine Mutter groß geworden. Soviel er wusste, hatte sie hier eine glückliche Kindheit und Jugend erlebt, bis sie seinen Vater heiratete, von dem sie später schwer misshandelt wurde. Als sie die eheliche Gewalt und die Demütigungen nicht länger ertrug, nahm sie sich das Leben. Carl war damals gerade zwölf Jahre alt gewesen. Das Frauenhaus-Projekt war nun sein Versuch, sich mit seiner Kindheit auszusöhnen.

An unserem letzten Abend, bevor wir den Heimweg nach Kalifornien antreten mussten, wollte mir Carl den Danska Fall, einen Wasserfall, zeigen, der sich ganz in der Nähe befand. Ich war übermüdet, da ich immer noch unter dem Jetlag litt. Außerdem war Dani, meine Zwillingsschwester, im achten Monat schwanger, daher stand ich unter Strom und fand keine Ruhe. Doch Carl ließ nicht locker. Wenn er sich etwas in den Kopf gesetzt hatte, war er nicht umzustimmen. Seine Sturheit erstaunte mich immer wieder.

Also brachen wir zu diesem Wasserfall auf. Der lange Wanderweg führte uns durch helle Buchenwälder und vorbei an mächtigen, alten Eichen. Das Blattwerk der Baumkronen war dicht. Die Sonne senkte sich schon wieder, und in der Luft lagen die Düfte des Hochsommers. Alles war friedlich und still. Die Vögel schienen sich in ihre Nester zurückgezogen zu haben. Rechts und links vom Weg schossen junge Buchen aus dem Boden und stellten uns mit ihren zarten Zweigen ein Bein. Wir waren ganz allein unterwegs und hatten das Gefühl, als wanderten wir durch eine Märchenwelt. Ich versuchte, jeden Gedanken an Dani und das Baby, dessen Geburt so kurz bevorstand, auszublenden. Und tatsächlich – innerhalb kürzester Zeit hatten mich die betörenden Düfte, das zauberhafte Licht und die gigantischen Baumkronen oberhalb von uns völlig in ihren Bann gezogen. Eine kleine kupferfarbene Ringelnatter schlängelte sich quer über den Weg zum nächsten Gebüsch. Als sich feine Wolkenfetzen vor die Sonne schoben, frischte es deutlich auf.

Wir erreichten ein großes Feld, das von Hahnenfuß und Kamille gesäumt war. Als wir das Ende der Lichtung erreicht hatten, ergriff Carl meine Hand und führte mich einen Waldhang hinauf. Anfangs konnte ich das Wasser nur hören, erst ein feines Rauschen, dann donnerte es richtig, und schließlich sah ich ihn. Ich hatte einen einzigen, imposanten Wasserfall erwartet, stattdessen bot sich uns ein Bild mit vielen kleinen, terrassenartigen Wasserstürzen und Stromschnellen. Das Wasser fand zwischen Gestein und Felsvorsprüngen zahlreiche Wege, es verwirbelte sich und bildete Teichbecken auf mehreren Stufen. Wir mussten auf den Steinen balancieren, um auf einen Damm zu gelangen, der sich unterhalb des größten Wasserfalls befand. Unmittelbar vor uns stürzten die Wassermassen hinab, und der Wind trieb uns den Schaum ins Gesicht. Ich war vor Staunen und Freude ganz außer mir.

»Weißt du, wie so ein Wasserfall entsteht?«, rief ich Carl zu.

»Ich habe mal gelesen, dass sich Wasserfälle bilden, wenn ein fließendes Gewässer den Gesteinsuntergrund nicht überall gleichmäßig ausspülen kann. Dann kommt es zu einer Art Sturz«, versuchte er mir zu erklären.

Wir mussten fast schreien, so laut dröhnte es an dieser Stelle.

»Hier sieht es aus, als wäre der Berg aufgesprungen, damit das Wasser herausprudeln kann«, sagte ich.

»Ja, obwohl das Wasser die Steine abschmirgelt – oder besser gesagt erledigen das der Kies und der Schlamm, den es mitführt.«

Hinter dem Wasserfall lag ein größerer Damm, an der Seite stand das Wasser still. Wir zogen Schuhe und Strümpfe aus, krempelten die Hosenbeine hoch, wateten hinein und setzten uns in der Mitte auf einen großen flachen Stein. Durchs Blattwerk schien die Sonne und brachte die Wasseroberfläche wie einen Edelstein zum Glitzern und Funkeln.

Der Abend war so wunderschön, er schien mir geradezu vollkommen.

Die Bäume um uns herum nahmen uns die Sicht, sodass kaum auszumachen war, wo der Damm begann und wo er endete. So hockten wir dort einfach in einem silbrig schimmernden Licht.

»Meine Mutter hat immer von diesem Ort geschwärmt«, sagte Carl. »Sie ist jeden Nachmittag hergekommen, hat kaum einen Tag ausgelassen, nur wenn ihr das Wetter einen Strich durch die Rechnung gemacht hat. Sie hat erzählt, dass sie hier endlich zur Ruhe kommen und sich in dieser fast meditativen Atmosphäre entspannen konnte.«

Dann begann er, überschwänglich von seiner Mutter zu erzählen, Geschichten, die ich noch nie von ihm gehört hatte. Erinnerungen an gemeinsame Unternehmungen, an innige Momente. Und er fand gar kein Ende. Ich gab mir die größte Mühe, aufmerksam zuzuhören, doch meine Gedanken schweiften immer wieder ab. Die frische Luft machte mich hundemüde. Ich gähnte so sehr, dass mir eine Mücke in den offenen Mund fliegen konnte und beim Ausatmen wieder hinausgeschleudert wurde.

Da stockte Carl und sah mit einem Mal merkwürdig abwesend aus.

Er legte seinen Kopf in die Hände und schloss wohl die Augen.

Ich wurde ganz still. Er hob den Kopf. Wir saßen uns gegenüber, sahen uns an und sahen uns doch nicht. Das Schweigen zwischen uns wurde immer dichter. Ich spürte etwas Kaltes in mir, als hätte ich einen Eisblock im Körper. Noch bevor er den Mund öffnete, begriff ich, dass ich ihn sehr verletzt hatte.

»Sorry, tut mir schrecklich leid«, sagte ich. »Aber ich bin einfach todmüde.«

»Müde sein wäre das eine, gelangweilt sein ist aber etwas anderes.«

Seine Stimme klang jetzt unterkühlt. Sein Blick war verfinstert. Ihm war anzusehen, wie er um seine Beherrschung rang. Meine Unaufmerksamkeit hatte ihn offenbar sehr gekränkt.

»Aber ich bin überhaupt nicht gelangweilt«, entgegnete ich. »Ich würde sehr gern noch mehr über deine Mutter erfahren.«

Mir war jetzt tatsächlich zum Heulen zumute. Meine Beklommenheit nahm rasend zu. Es sah Carl gar nicht ähnlich, so schnell beleidigt zu sein, so kannte ich ihn überhaupt nicht. Er war immer für mich da, egal wie gut oder schlecht ich drauf sein mochte. Vor einem Jahr hatte er meinen Nervenzusammenbruch miterlebt. Da hatte er sich rührend um mich gekümmert. Er hatte mich getröstet und mir versprochen, dass alles wieder gut werden würde. Und ich hatte ihm geglaubt. Schlimmer hätte es auch wirklich nicht mehr kommen können. Und er hatte recht behalten. Von seiner Kindheit hatte er mir bislang nur wenig erzählt. Und jetzt, nachdem er sich mir anvertraut hatte, hatte ich Schussel es grundlegend vermasselt.

Carl stand auf. Er war fast einen Meter neunzig groß. Als sein Schatten auf mich fiel, wurde mir mulmig. Doch dann wurde sein Blick wieder freundlicher und seine Stimme sanfter, wie so oft, wenn er seinem Ärger einmal Luft gemacht hatte.

»Schon gut, Alex. Ich weiß, dass du dir Sorgen machst, weil Dani jetzt in Kalifornien allein ist. Ich hätte dich nicht überreden sollen mitzukommen.«

»Aber ich bin doch gern mit dir hier.«

Wehmut überkam mich, als hätte ich irgendetwas nicht

sagen dürfen, und jetzt nahm es mir die Luft. Carl war jedoch nicht der Mensch, der in Selbstmitleid zerfloss. Er reichte mir die Hand und lächelte. Dann bombardierte er mich ausgelassen mit Fragen.

»Möchtest du nicht mitkommen? Bist du auf dem Stein angewachsen? Ist es nicht traumhaft schön hier? Hättest du Lust, im Herbst noch mal mit mir herzukommen? Dann ist es noch tausendmal schöner.«

Mir fiel ein Stein vom Herzen, denn wie es schien, war er mir nicht mehr böse. Als wir dann zum Solvikhof zurückkamen, setzen wir uns in den Garten und unterhielten uns so lange, bis die Sonne hinter dem Horizont verschwunden war. Allmählich verlor der Himmel sämtliche Farben, und irgendwann war er bloß noch bleich. Die Dunkelheit schlich sich jetzt an. Die einzigen Geräusche, die zu uns drangen, waren das Rauschen des Flusses und das melodische Trällern einer Amsel. Über den Tannenwipfeln stieg ein großer Vollmond auf.

In vielerlei Hinsicht war dies ein wunderbarer Abend.

Und doch spürte ich hier zum ersten Mal diese Kluft zwischen uns. Sie kam und ging. Nur wurde ich bald das Gefühl nicht mehr los, dass sie auf uns lauerte und nur darauf wartete, sich baldmöglichst wieder zwischen uns zu zwängen.

1

Für die Jahreszeit wirkte der Abend relativ kühl, und über Half Moon Bay fiel die Nacht herein. Vom Meer her war Nebel aufgezogen. Ich war schon lange nicht mehr im Büro gewesen, denn die Wochen nach meinem Schweden-Trip hatte ich zu Hause verbracht, um im letzten Monat vor der Geburt meines Neffen an Danis Seite zu sein.

Nun hatte ich meinen ersten Arbeitstag nach dem Urlaub hinter mir und war völlig erledigt. Das Telefon hatte nicht stillgestanden, und da ich ganz allein im Büro gewesen war, hatte ich ohne Pause durchgearbeitet. Aber jetzt setzte ich alles daran, mich so schnell wie möglich wieder einzuarbeiten. Carl war nach Stockholm gereist, um seine Kunstausstellung zu eröffnen. Die Vernissage war gerade zu Ende gegangen, und ich war gespannt, ob schon erste Rezensionen im Internet auftauchten.

Und doch war irgendetwas sonderbar. Je näher ich unserem Haus kam, desto hellhöriger wurde ich. Ich lauschte meinen Schritten. Als ich mir sicher war, dass ich beobachtet wurde, blieb ich instinktiv stehen. Ich warf einen Blick über die Schulter, doch da war niemand. Wahrscheinlich sah ich mal wieder Gespenster. Wenn mich die Angst überkam, fragte ich mich allen Ernstes, ob ich überhaupt bei Sinnen war, oder ob mein Körper jetzt ganz und gar kopflos agierte. Ich setzte mich wieder in Bewegung, und doch wurde ich das beklemmende Gefühl nicht los, dass sich jemand Fremdes in der

Nähe befand. Als ich ins Haus ging, flackerte vor meinem inneren Auge das Bild eines Mannes mit Kutte auf. *Das ist nur Einbildung, hier bist du in Sicherheit, die Sekte gibt es nicht mehr,* redete ich mir im Stillen gut zu. Glücklicherweise hatte ich inzwischen eine Methode gefunden, wie ich die Kontrolle zurückgewinnen konnte. Konzentriert machte ich meine Atemübungen gegen die Angst. Die saß tief in meiner Magenkuhle, fühlte sich finster und kalt an, aber wenn ich mich ganz auf sie konzentrierte, verlor sie nach und nach die Macht über mich. Die dunklen Wolken zogen weiter. Ich ermahnte mich selbst, diese Bilder nicht ständig zwanghaft aufzurufen.

Im Haus war es friedlich, hier konnte ich nichts Bedrohliches entdecken. Also lenkte ich meine Aufmerksamkeit wieder auf das, was ich eigentlich tun wollte – nämlich die Reaktionen auf Carls Kunstausstellung zu checken.

Die sogenannte IPad-Kunst war sein Hobby. Mit großer Leidenschaft und Fantasie kreierte er diese Bilder, im Gegensatz zu seiner ansonsten so besonnenen, manchmal auch pedantischen Art. Seine Werke stellte er jetzt zum allerersten Mal aus, und ich hätte ihn nur zu gern nach Stockholm zu seiner Vernissage begleitet. Doch Danis Sohn war gerade erst auf die Welt gekommen, und ich traute mich nicht, meine Schwester schon jetzt mit dem Säugling allein zu lassen. Sie hatte nach der Geburt gesagt, sie wolle mich so viel wie möglich an ihrer Seite haben. Ihr Kind ließ sie nicht aus den Augen.

Die Tür zu ihrem Schlafzimmer war geschlossen. In der Küche fand ich einen Zettel, auf dem sie mich bat, leise zu sein. Und ich dürfe mir etwas von der Rüblitorte aus dem Kühlschrank nehmen. Zuerst ging ich ins Wohnzimmer und fuhr meinen Computer hoch. Eine der großen schwedischen Tageszeitungen hatte bereits eine Kritik zu Carls Ausstellung veröffentlicht. Sie war der Aufmacher im Feuilleton.

CARL ASHER ÜBERRASCHT MIT IMPOSANTER KUNST-AUSSTELLUNG

In der Galerie *Aquarell* in Stockholm startet das Herbstprogramm mit einer Ausstellung von iPad-Kunst. Carl Asher, CEO des exklusiven Datingunternehmens Ash & Coal, überraschte mit einer starken künstlerischen Performance. Asher ist Psychologe, der sich auf Sex als Therapieform spezialisiert hat, daher ist das Thema der Werkschau, wie sollte es anders sein, »Erotik«. Dabei handelt es sich um eine Sammlung von Bildern, die sowohl vor Emotionen triefen als auch von prickelnder Lust und von Sehnsucht erzählen. Auch wenn die Ausstellung durchaus als gewagt bezeichnet werden kann, wird sie heutzutage kaum mehr einen Kunstliebhaber schockieren.

Ich hielt inne und las den Text noch einmal, bloß um mich zu vergewissern, dass ich nichts falsch verstanden hatte. Nein, alles klang positiv, und der Rezensent fuhr im selben Stil fort.

Die Räumlichkeiten der Galerie werden bei Ashers Ausstellung optimal genutzt. Die großzügigen Säle beherbergen die besonders großen, beeindruckenden Werke, während die eher intimen, stillen Bilder in den kleineren Räumen gezeigt werden. Nicht nur der völlig ungezügelte Einsatz von Farben lässt den Puls der Betrachter höherschlagen, auch die Vorstellung, dass die Motive auf den Bildern der Wirklichkeit entspringen, erhöht die Spannung beträchtlich. Das Werk *Alex* steht im Mittelpunkt der Ausstellung. Es bringt Gefühl pur auf die Leinwand, eine große Intimität, und tut dies in so beeindruckender Weise, dass man sich vorstellen könnte, es wäre die erste Szene in einem groß angelegten erotischen Film. Ein

Paar sitzt nackt, eng umschlungen, offenbar sich wiegend vor der Kamera und scheint sich in dieser innigen Umarmung zu verlieren.

Auf dem Bild sah man Carl und mich. Wir hatten beim Sex eine Kamera mitlaufen lassen, Carl hatte das Gemälde nach einem Standbild angefertigt, eine Szene direkt nach unserem Höhepunkt. Er hatte einen Augenblick voller Zärtlichkeit eingefangen, daher bekam ich beim Betrachten des Bildes wieder einen Kloß im Hals. Wir sahen so himmelhochjauchzend glücklich aus. Carl verfremdete die Gesichter auf seinen Bildern immer, gab auch sonst nie die Namen preis, doch in dem Fall hatte er sich mein Einverständnis geholt und das Werk *Alex* getauft. Die Zeitungskritik endete mit folgendem Fazit.

In Schweden steckt iPad-Kunst noch in den Kinderschuhen, doch in den USA ist sie bereits äußerst populär. Das Bild wird auf einem iPad kreiert und kann auf mehr oder weniger jedes Material gedruckt werden. Asher präsentiert die Mehrzahl seiner Werke auf gebürstetem Stahl. Es bleibt zu hoffen, dass viele weitere Künstler diese spannende neue Kunstform für sich entdecken werden. Im nächsten Jahr wird die Ausstellung im Kunstmuseum Göteborg gezeigt.

Ich konnte einen kleinen Freudenschrei nicht unterdrücken, aber ich hielt sofort an mich. Ich wollte nicht riskieren, Dani aufzuwecken. Seit das Baby auf der Welt war, galt jede Minute ihres Schlafes als heilig. Ich versuchte, Carl anzurufen, doch er ging nicht an sein Handy, also schickte ich ihm eine SMS und gratulierte zu diesem Wahnsinnserfolg.

Dann machte sich mein Hunger wieder bemerkbar. Ich ging in die Küche, verschlang die Rüblitorte noch im Stehen und kippte ein Glas Milch hinterher. Als ich aufgegessen hatte, merkte ich erst, wie müde ich war. Ich wusch mir das Gesicht und putzte mir die Zähne. Kaum hatte ich mich hingelegt, fiel ich in einen tiefen, traumlosen Schlaf.

Von dem Surren des Handys schreckte ich auf. Entweder war es sehr spät in der Nacht oder schon früh am Morgen. Ich setzte mich auf, machte Licht und ging ran. Carls Stimme klang erstaunlich nah, als säße er neben mir.

»Ein irrer Erfolg, Alex! Es hätte nicht besser laufen können.«

Ich räusperte mich, um nicht verschlafen zu klingen.

»Glückwunsch! Ich freu mich so für dich. Hab die Kritik schon gesehen. Jetzt wirst du wahrscheinlich etwas eingebildeter nach San Francisco zurückkommen?«

»Nur ein bisschen. Unser Bild *Alex* ist für dreihunderttausend über den Tisch gegangen. Das ist dein Geld. Ohne dich hätte es das Bild nicht gegeben.«

Die meisten Menschen wären jetzt wohl total aus dem Häuschen gewesen, ich aber nicht. Seit ich den Job als Carls Assistentin hatte, litt ich nicht mehr an Geldmangel, und dieses Bild liebte ich heiß und innig.

»Wer hat es gekauft?«

»Ein Mann, Diplom-Ingenieur. Mehr weiß ich nicht über ihn. Er hat bestimmt eine halbe Stunde davorgestanden und es angestarrt. Aber viele Gäste haben es bewundert. Eine Zeit lang waren es richtige Menschentrauben.«

Ich fand die Vorstellung befremdlich, dass sich jemand dieses intime Bild von uns beiden in sein Wohnzimmer hängte. Und ich musste zugeben, dass ich auch etwas enttäuscht darüber war, wie leichtfertig Carl unser Bild aus der Hand gegeben hatte. Das merkte er mir offenbar an, denn er schob gleich hinterher:

»Ich drucke es für uns noch einmal aus. Natürlich haben wir unser eigenes Exemplar. Aber das Honorar geht auf jeden Fall an dich.«

Seiner heiseren, leiernden Stimme merkte ich an, dass er nicht viel Schlaf bekommen haben konnte.

»Das Geld ist mir völlig egal, ich wäre nur so gern dabei gewesen«, sagte ich.

»Du *warst* dabei«, erwiderte er. »Und du fehlst mir.«

Ich schloss die Augen und stellte mir sein Gesicht vor, sah seine vertrauten Züge mit all den kleinen Fältchen, jeden Zentimeter bildhaft vor mir. Als ich Carl vor einem Jahr kennenlernte, fand ich ihn anfangs kompliziert, rätselhaft und unnahbar. Doch obwohl er mir hin und wieder immer noch Rätsel aufgab, war er längst nicht mehr unnahbar. In den letzten Monaten waren wir ein Paar geworden. Zwischen uns knisterte es noch wie am ersten Tag. Man könnte auch sagen, dass wir uns liebten. Die Frage war nur, was aus uns werden würde. Und ob es wichtig war, dass unsere Beziehung ein Ziel bekam.

»Bist du noch da, Alex?«

»Sorry, ja, klar«, sagte ich und hörte, wie kratzig meine Stimme klang.

»Du wirkst traurig, was ist denn los?«

»Gestern Abend hatte ich wieder so einen Flashback. Ich habe gespürt, wie mich jemand vor dem Haus beobachtet hat. Das hat sich so echt angefühlt, dass diese Wahnsinnsangst wieder hochgekommen ist.«

»Und jetzt ist alles wieder gut?«

»Ja, als ich ins Haus gegangen bin, war die Angst wieder

verflogen. Bist du sicher, dass uns keiner von denen beobachtet?«

Carl atmete tief durch. Dani und ich hatten die Ereignisse des letzten Jahres noch lange nicht verarbeitet, aber Carl besaß die Fähigkeit, uns immer wieder zu beruhigen.

»Das glaube ich nicht, Alex. Seit dem Winter haben wir nichts mehr von ihnen gehört. Mach dir keine Sorgen. Warum sollten sie uns auch beobachten?«

»Vielleicht, um sich zu rächen?«

»Das glaube ich nicht.«

Ganz sicher war ich mir da aber nicht.

»Carl?«

»Ja?«

»Sie sind nicht mehr aktiv, oder?«

»Ja, soweit ich weiß.«

»Ich kann es irgendwie nicht glauben. So fanatisch, wie sie waren …«

»Beruhig dich wieder, Alex. Im Haus könnt ihr euch wirklich sicher fühlen.«

Ich musste daran denken, wie gut er roch, wie sich seine Bartstoppeln an meiner Wange anfühlten, wie schön warm seine Hände waren und wie gern ich mit ihm zusammen war. Der Kloß in meinem Hals kam zurück, mir schossen Tränen in die Augen.

»Carl, kommst du ganz sicher wieder nach Hause?«, fragte ich.

»Sorry, was hast du gesagt?«

»Ich möchte nur sichergehen, dass du wirklich wieder zurückkommst.«

»Aber, *Alex* …«

Nur ganz selten sprach er meinen Namen mit solcher Zärtlichkeit aus.

»Ich vermisse dich einfach so«, sagte ich und lachte, während mir die Tränen über die Wangen liefen. »Nachts bin ich immer so gefühlsduselig.«

»Ich komme morgen«, sagte er. »Das weißt du doch. Bei dir kommen nur die Erinnerungen hoch. Das ist bei einem Trauma ganz normal. Wir reden weiter, wenn ich zurück bin.«

Ich wollte etwas antworten, öffnete den Mund, aber genau in dem Augenblick knackte es im Fußboden heftig laut. Ich stockte und sah mich erschreckt um.

Der Nachttisch begann zu wackeln. Dann ein Geräusch, als würde ein Zug kommen und geradewegs durch unser Haus fahren. Nun schaukelte auch die Deckenlampe hin und her, dabei blinkte sie unaufhörlich. Dann donnerte es dumpf, wie aus dem Inneren der Erde. Wir waren wie gelähmt, schwiegen beide eine ganze Weile.

»Hallo? Alex? Was passiert da?«

»Shit«, sagte ich leise.

Es war, als würde sich der Boden bewegen, so wie Wellen im Meer. Der Lärm wurde lauter. Ein endloses, ohrenbetäubendes Donnergrollen. Ich ließ das Handy fallen und klammerte mich ans Bett. Mein erster Gedanke galt Dani und dem Kind, die im Raum nebenan lagen, aber als ich aufzustehen versuchte, war es, als würde das Haus mit großer Gewalt hochgehoben, und ich wurde zurück aufs Bett geschleudert. Das Poltern wurde immer lauter. Mir schien der Kopf zu platzen. Es war unmöglich, das Gleichgewicht zu halten. Mir schoss Adrenalin durch den Körper, und ich konnte nur noch an eines denken.

»Nimm das Baby und legt euch unters Bett!«, schrie ich verzweifelt zu Dani hinüber.

Sie gab keine Antwort. Ich wollte hinüberrennen, doch das ganze Haus wackelte. Aus dem Wohnzimmer drang das

Geräusch von zerspringendem Glas. Bilder fielen von den Wänden. Ich konnte erkennen, wie ein Teil vom Dach herunterkrachte.

»Alex! Bist du noch da?« Carls Stimme drang aus dem Telefon, war nun ganz weit weg.

Dann rief er meinen Namen, immer und immer wieder.

2

Das Beben nahm einfach kein Ende. Ich war ihm hilflos ausgeliefert. Es konnte nicht wahr sein, dass Dani und ich jetzt bei einem Erdbeben starben – nach dem, was wir im vergangenen Jahr überlebt hatten. Und das arme Baby.

Unheimliche Erinnerungen wurden wach. Während ich da auf dem Boden lag und darauf wartete, dass das Ende kam, tauchten die Bilder dieser schrecklichen Nacht am Syrkhultasee wieder auf, als sei es gestern gewesen. Ich kniff die Augen zu, wollte nicht hinschauen und mich lieber auf den Lärm konzentrieren. Aber es half nichts. Die Ereignisse dieser Nacht überfielen mich noch einmal und machten alles doppelt so schlimm.

Es war am Silvesterabend passiert. Dani war damals schon ein halbes Jahr spurlos verschwunden gewesen. In dem Sommer, als sie gekidnappt wurde, hatte ich einen Nervenzusammenbruch, nachdem die Polizei mir mitgeteilt hatte, dass sie die Suche nach Dani einstellen würden. Einen geschlagenen Monat verbrachte ich danach in der Psychiatrie. Doch dann nahm ich all meine Kraft zusammen und machte mich auf die Suche nach Dani. Ich weigerte mich hartnäckig zu glauben, dass sie tot war. Völlig unbeirrt ging ich jeder noch so kleinen Spur nach, traf Menschen, stellte unablässig Fragen. Nichts konnte meinen Durst nach Antworten stillen. Nach und nach deutete alles darauf hin, dass Danis Verschwinden im Zusammenhang mit einer geheimnisvollen Ordensgemeinschaft stand, die in den Sechzigerjahren gegründet worden war. Am Ende war ich mir sicher, dass diese Leute Dani entführt hatten.

Die meisten Menschen um mich herum waren skeptisch – mein Psychologe, die Polizei, mein Freundeskreis – und am Ende war Carl der Einzige, der mir glaubte. In den Monaten, in denen ich fieberhaft nach Dani suchte, kümmerte er sich rührend um mich. Aber am Silvesterabend hatten wir Streit, der Auslöser war meine Eifersucht gewesen. Ich stand kurz vor dem nächsten Zusammenbruch, war völlig paranoid und hysterisch.

Da machte ich mich ganz allein auf den Weg zu einer Kirche, die in Schonen mitten im Wald lag. Das war ein letzter verzweifelter Versuch, Dani zu finden. Ich vertraute ganz auf meine Intuition, denn immer wieder konnte ich fühlen, was in meiner Schwester vorging. Dani und ich waren zwar eineiige Zwillinge, aber so etwas hatten wir vorher noch nie erlebt, und hinterher im Übrigen auch nicht mehr. Nur in dieser Zeit, als sie verschwunden war, konnten wir die Gefühle der anderen wahrnehmen, wie durch Telepathie.

Als ich Dani schließlich in der Kirche fand, wo sie in der Krypta eingesperrt war, war es fünf vor zwölf. Aber ich konnte ihr zur Flucht verhelfen. Jim Zander, der geistige Führer der Sekte, versuchte uns aufzuhalten, doch Dani erschlug ihn, rasend vor Wut, mit einem Kerzenleuchter.

Er hatte sie bei einem spiritistischen Ritual in der Kirche brutal vergewaltigt. Auf diesen Paarungsritus hatte man sie sechs Monate lang vorbereitet. Er sollte zur Geburt eines göttlichen Kindes führen. Sie bemalten Danis Körper kunstvoll, als sei sie eine Puppe. Sie stachen ihr Ringe durch die Brustwarzen. Jim propagierte immer wieder, dass Frauen einer niederen Art angehörten. Dani war ein Tier in einem Käfig.

Nur ein Werkzeug. Aber sie überlebte diese Hölle, ohne den Verstand zu verlieren, und ich konnte mir kaum vorstellen, welche Willenskraft man dafür aufbringen musste. Als sie eine Zwischenblutung bekam, ging Jim davon aus, dass sie eine Fehlgeburt gehabt hatte, und wollte sie zur Strafe auf einem Scheiterhaufen verbrennen. Dann sollte ich in die Kirche geholt werden, um Danis Platz einzunehmen, so lautete sein Plan.

In der Silvesternacht wollten sie sie hinrichten, am selben Abend, als ich sie endlich fand und retten konnte. Aber auf unserer Flucht durch den Wald sind wir dann in eine Wildfalle der Sekte geraten. Wäre Carl nicht in letzter Sekunde mit Sondereinsatzkräften der Polizei aufgetaucht und hätte uns gerettet, wir wären beide auf dem Scheiterhaufen verbrannt worden.

Seitdem war nun ein gutes halbes Jahr vergangen, und immer, wenn mich irgendein Angstgefühl überkam, tauchten die Bilder dieser Nacht zwanghaft wieder auf – die Fackeln in der Krypta wie ein Flammenmeer, die Männer in den weißen Kutten, die uns festhielten. Am deutlichsten sah ich Jims blutiges Gesicht vor mir, als Dani mit dem Kerzenleuchter wie besinnungslos auf ihn einschlug und gar nicht mehr aufhören konnte. Gegen diese Erinnerungen kam ich nicht an. Die Bilder haben sich hartnäckig gehalten – unabhängig vom Lauf der Zeit und von unseren Zukunftsträumen.

Noch immer schämte ich mich dafür, dass es Jim gelungen war, mich zu manipulieren. Monatelang hatte er ein doppeltes Spiel getrieben – während er Dani in der Krypta quälte, schlich er sich in mein Leben ein und tat so, als sei er mein Freund. Ich war sogar drauf und dran gewesen, mich auf eine Beziehung mit ihm einzulassen. Er hatte sich allerdings auch wirklich überzeugend präsentiert. Der erfolgreiche Architekt.

Männlich, aber sensibel. Buk sogar in seiner Freizeit Sauerteigbrot. Doch da draußen in der Kirche übernahm er die Rolle des brutalen, allmächtigen Sektenführers.

Diese Sekte war vollkommen verrückt. Sie nannten sich die *Wächter des Wanderfalken*, doch für mich waren sie ausschließlich die »Mördersekte«. Wie die Killerwale, allerdings tausendmal schlimmer. Man wird sie einfach nicht los. Die Sektenmitglieder waren über die ganze Welt verstreut, lauter angesehene Männer in hochrangigen Positionen. Viele gehörten zur Elite des Kulturbetriebs. Sie waren perfekt organisiert und sadistisch veranlagt. Dabei waren sie hart wie Stahl, in ihren Augen flackerte kein Fünkchen Mitgefühl. Psychopathen mit kaltblütigem, höhnischem Grinsen, kontrollsüchtig. Aber im Grunde waren das erbärmliche Menschen, die einem leidtun konnten. In der Gerichtsverhandlung hatten sie sich reumütig gegeben, doch das hatte ihnen nicht viel genützt. Jetzt saßen sie hinter Gittern, zumindest die Mehrheit von ihnen. Und obwohl Jim nicht mehr am Leben war, war Danis Hass ungebrochen. Wenn ich aus Versehen seinen Namen fallen ließ, flippte sie sofort aus. Jetzt machte ich einen großen Bogen um das Thema. Über die Sekte selbst konnte man mit ihr sprechen, aber der Name Jim löste in Dani noch immer heftige Reaktionen aus. Wenn er fiel, verlor sich ihr Blick in der Ferne, danach war sie eiskalt.

»Ich finde …«, hatte ich einmal zaghaft vorgeschlagen, »du solltest mit einem Psychotherapeuten über Jim reden.«

»Warum? Er ist doch tot«, sagte sie dann, und schon war dieser eiskalte Blick wieder da.

Ich versuchte krampfhaft, die kalten Schauer, die mir den Rücken hinunterliefen, zu ignorieren.

»Aber du reagierst so heftig, wenn sein Name fällt.«

Dann schweifte ihr Blick wieder ab, war ganz entrückt.

Und genau das machte mir am meisten Angst – nicht ihre gefühlskalten Augen, sondern diese Leere in ihnen – da hatte ich das Gefühl, sie würde ganz verschwinden.

»Er hätte noch viel mehr Leid verdient gehabt«, sagte sie schließlich.

Ich wollte eigentlich sagen: »Wir können seine Leiche ja ausbuddeln und ihn noch mal verbrennen«, aber solche Geschmacklosigkeiten verkniff ich mir natürlich. Auch wenn es mir gutgetan hätte, es hätte mich befreit, mit Dani wieder über alles reden zu können, so wie früher.

Dass unsere Eltern uns verlassen hatten, als wir sechzehn Jahre alt waren, hatte unser Schicksal besiegelt. Sie wollten ihr Leben lieber in einer dubiosen, indischen Sekte namens Ammata Kumar fortsetzen. Seitdem mussten wir zwei allein zurechtkommen.

Jim war von Ammata Kumar als einer von mehreren Architekten eingeladen worden, um ein neues Gebäude für die Sekte zu entwerfen. Bei der Gelegenheit war ihm ein Foto von uns ins Auge gestochen, das meine Mutter in ihrem Büro stehen hatte. Und so war er überhaupt auf die Idee gekommen, uns für sein krankes Experiment zu benutzen – ein göttliches Kind zu zeugen.

Aber Carl hatte uns schließlich gerettet. Danach war einiges passiert – wir waren nach Kalifornien umgezogen, Carl hatte mich in seiner Firma Ash & Coal zur Partnerin gemacht, und unsere Beziehung war immer enger geworden. In unserem Haus am Meer in Half Moon Bay, wo wir jetzt wohnten, fühlte ich mich fast rundum sicher. Innerhalb weniger Monate war es Dani und mir gelungen, unser kaputtes Leben nach und nach wieder zusammenzuflicken. Äußerlich wirkte ich wohl meist gelassen, doch in meinem Kopf saß das Trauma tief. Die Angst würde mich nie aus ihren Fängen lassen, die Erinnerung konnte ich nicht auslöschen, aber ich hatte trotzdem das Gefühl, dass wir auf einem guten Weg waren.

Doch jetzt, als das Erdbeben das Haus erschütterte und ich vor Angst fast verging, kamen die Szenen dieser Nacht schlagartig wieder hoch. Mir wurde kalt. Ich sah alles ganz klar vor mir. Mein Körper bebte unter meinen keuchenden Atemzügen. *Carl.* Jetzt würde ich ihn nie mehr wiedersehen. Und all diese unglaublichen Heldentaten, meine hartnäckige Suche nach Dani im letzten Jahr, alles Leid, das wir ertragen hatten, das süße Baby, und dann sollte es *auf diese Art* enden.

Dieses verfluchte Beben. Ich wollte raus ins Freie, raus aus den vier Wänden. Die Panik wuchs. Wie konnte man so etwas Furchtbares wie diese Sektengefangenschaft überleben, um dann innerhalb weniger Minuten zu Tode zu kommen, bloß weil man zufällig in einem erdbebengefährdeten Gebiet lebte? Es war so sinnlos und so ungerecht.

Genau in diesem Augenblick hörte das Beben auf.

Immerhin atmete ich noch.

Mein Puls hämmerte an meinen Schläfen, doch das Schwindelgefühl ließ schon nach. Von draußen hörte ich wieder das Rauschen der Wellen und weiter entfernt das Bellen eines Hundes.

Ich holte ein paarmal ganz tief Luft – wie eine Schwimmerin, die wieder auftaucht. Die Sonne kroch plötzlich hinter den Wolken hervor und schien durchs Fenster, fast als wolle sie feiern, dass das Erdbeben vorbei war.

Die Sonnenstrahlen fielen auf meine nackten Beine. Wie wunderbar, sie wieder zu spüren.

Wir hatten es geschafft.

3

Um mich herum ein einziges Chaos: umgekippte Möbel und auf dem Boden sämtliche Gegenstände kreuz und quer. Aber unser Haus stand noch, und an den Wänden konnte ich keine Risse erkennen.

Meine Ohren taten jetzt weh, aber die Übelkeit und der Schwindel waren abgeklungen. Ich stand auf und ging mit weichen Knien zu Dani ins Zimmer. Auch wenn ich bereits wusste, dass es ihr gut ging, so wie ein Zwilling das eben spürt, empfand ich eine große Erleichterung, es bestätigt zu finden: Zusammengekauert hockte sie unter dem Schreibtisch. Ihr stand der Schrecken ins Gesicht geschrieben. Den Kleinen hielt sie krampfhaft fest. Sonderbarerweise war er an ihrer Brust ganz still. Ich hockte mich hin, kroch dann unter den Tisch und nahm sie in den Arm. Danis Nachthemd war klitschnass.

»Wir haben überlebt, das war ein Erdbeben«, sagte ich.

Danis Blick war verstört und sonderbar. Aus ihrem Mund drang ein tiefes Stöhnen.

»Ich dachte, ich würde sterben. Als Strafe dafür, dass ich Jim umgebracht habe.«

»Schsch, das ist nur der Schock. Komm mal da raus.«

Behutsam zog ich sie unter dem Tisch hervor. Ihr Sohn war tatsächlich an ihrer Brust eingeschlafen. Irgendwie hatte ich immer noch das Gefühl, das Haus würde schwanken, doch alles war ruhig, so wie nach einem Sturm.

Ich streichelte Dani über die Wange.

»Du machst dir doch keine Vorwürfe, dass du Jim getötet hast? Ich glaube, du hasst ihn immer noch.«

»Tu ich auch. Und dafür werde ich bestraft. Ich habe Fantasien, wie ich auch die anderen Männer, die dabei waren, umbringe. Ihnen die Augen aussteche. Mit dem brennenden Leuchter auf sie losgehe. Schon beim kleinsten Gedanken an sie spüre ich diesen unsäglichen Hass und die Demütigungen wieder. Warum werde ich das nicht los, Alex? Was stimmt mit mir nicht?«

Wenn sie so sprach, klang ihre Stimme ganz fremd. Arme Dani. Sie war immer die Fleißige, Brave von uns beiden gewesen. Intelligent, empathisch und nachsichtig. Ich dagegen war die mit dem losen Mundwerk und dem schwarzen Humor – aus der man nicht schlau wurde, die einen Flirt nach dem anderen hatte und sich weigerte, Verantwortung für ihr Leben zu übernehmen. Doch Dani konnte nach dieser Zeit der Gefangenschaft nicht mehr nachsichtig sein und vergeben. Und auch ich hatte mich verändert. Ich hatte erlebt, wie es ist, wenn man einen anderen Menschen so sehr vermisst, dass man sich selbst vergisst. Jetzt wollte ich ihr helfen, das Trauma zu verarbeiten, aber ich wusste nicht, wie.

»Es wird vorbeigehen«, sagte ich. »Da bin ich mir ganz sicher. Das sind posttraumatische Symptome.«

Und da fing der Raum wieder an zu vibrieren. Für einen Augenblick dachte ich schon, jetzt geht es wieder los, doch dann begriff ich, dass es nur ein kleines Nachbeben war.

»Das ist nicht gefährlich, nur ein Nachbeben«, beruhigte ich sie.

»Okay«, erwiderte Dani. »Ich glaube, das Schlimmste ist überstanden, jetzt habe ich keine Angst mehr.«

So saßen wir einfach still da. Warteten ab – ob es noch mal vibrierte, wackelte, bebte – doch nichts dergleichen.

»Lass uns mal den Fernseher einschalten«, sagte ich. »Vielleicht kommt schon etwas in den Nachrichten. Warte mal.«

Da fiel mir das Telefonat mit Carl wieder ein. Ich kroch in mein Schlafzimmer hinüber – warum auch immer auf allen vieren – aber das Gespräch war weg und der Akku in meinem Handy leer. Und in all dem Durcheinander war es unmöglich, ein Ladekabel zu finden.

Ich stand wieder auf, ging ins Wohnzimmer zurück und flog fast über einen Stuhl, der umgekippt auf dem Boden lag. Dann schaltete ich den Fernseher ein. Und da kamen schon die ersten Nachrichten über das Erdbeben. *Stärke 6,3 auf der Richterskala, das Epizentrum an der Küste zwischen Half Moon Bay und dem San-Andreas-Graben, es wurden keine Toten gemeldet, allerdings zahlreiche Sachschäden, das stärkste Erdbeben seit 1926 in diesem Gebiet.*

Jetzt brauchte ich frische Luft, doch es kostete mich große Überwindung, die Haustür zu öffnen. In meiner Fantasie hatte sich das Meer angehoben und rollte mit einer Monsterwelle direkt auf unser Haus zu. Ganz vorsichtig drückte ich die Klinke hinunter. Laue Morgenluft schlug mir entgegen. Durch einen Nebelschleier fielen die ersten grellen Sonnenstrahlen auf den Strand.

Wie sonderbar, alles sah aus wie immer. Die Häuser, die Straßen, das Meer und die Anlegestelle in der Ferne. Eine große Welle schlug auf den Strand, doch sie kam nicht einmal in die Nähe der Dünen. Trotz der diesigen Luft glänzte die Küstenlandschaft lebendig und wild, voller Energie durch die brandenden, peitschenden Wellen. Die Luft roch nach Seegras und Schwefel. Vom Land drang Brandgeruch in meine Nase. Wie trostlos. Kein Mensch weit und breit. Aber dann sah ich auf und entdeckte jemanden. Im ersten Stock des Hauses nebenan stand ein Mann auf dem Balkon und lehnte sich ans Geländer. Er sah aufs Meer hinaus. Allein der Anblick dieses lebendigen Menschen beruhigte mich ungemein.

Dann erschien Dani hinter mir. Ich fuhr herum. Erleichterung lag in der Luft.

»Siehst du was?«, fragte sie mich.

»Nein, alles ist wie immer. Wo ist der Kleine?«

»Schläft weiter. Verrückt, oder? Ich habe ihn in sein Bettchen gebracht.«

Da legte ich ihr die Hand auf die Schulter. Sie erzitterte von der Berührung.

»Komm, wir gehen wieder rein und fangen an aufzuräumen«, sagte ich.

Unsere Wohnung war ein Chaos ohne Gleichen. Im Wohnzimmer gab es gar nicht viele Möbel, doch das Erdbeben hatte einiges angerichtet. Die Bücher waren aus den Regalen gefallen. Die Tür eines Hängeschranks in der Küche stand offen, und der Boden war voller Scherben von Gläsern und Geschirr. Das Haus gehörte der Firma Ash & Coal, wir hatten es nur gemietet. Es war schon in die Jahre gekommen, doch vor unserem Einzug hatten wir die Wände noch hellgrau streichen und auf den Böden ein hochwertiges Eichenparkett verlegen lassen.

Wenn ich etwas Schockierendes erlebe, ist es für mich die beste Medizin zu putzen. Das war schon immer so. Ich holte Kehrblech und Handschaufel und begann, die Scherben zusammenzufegen. Dani stellte die umgekippten Möbel wieder hin und hob die Bücher auf. Wir schwiegen einfach, schließlich wussten wir, was im Kopf der anderen vor sich ging. Eigentlich hätte ich als Erstes nach einem Ladekabel suchen und Carl zurückrufen sollen, doch ich brauchte ein paar Minuten, um mich zu sammeln.

Im Fernsehen liefen nun auf allen überregionalen Sendern

die Nachrichten über das Erdbeben. Sie zeigten Bilder von Sprüngen in Gebäuden, abgerissenen Elektroleitungen und umgestürzten Bäumen. Es gab zwar ein paar Verletzte, aber nach aktuellem Kenntnisstand keine Toten.

An den Wänden hatten wir einige wenige Bilder aufgehängt, es waren überwiegend gerahmte Fotos. Nur an einem war die Glasscheibe heil geblieben. Es war eine Aufnahme von Dani und mir und stammte aus der Zeit vor den schrecklichen Ereignissen, also aus der Zeit, als wir noch glücklich waren. Wir standen auf einer Sanddüne vor unserem Sommerhaus in Lomma. Beim Betrachten hatte ich das Gefühl, es sei gestern gewesen. Fast roch ich den Duft des Meeres, der Nadelhölzer und unserer sonnengebräunten Haut. Wie sehnte ich mich zurück in diese Zeit, als wir noch unbeschwert waren!

Wie oft reiste ich in Gedanken in die Zeit vor der Entführung zurück, zu diesem Augenblick, in dem die Aufnahme gemacht worden war. Dann stellte ich mir vor, genau dann auf »Pause« zu drücken, um die Zukunft zu ändern. Ich machte mir selbst die größten Vorwürfe, dass ich an besagtem Abend betrunken gewesen war und Dani nicht begleitet hatte. Auf dem Heimweg war sie von Jim gekidnappt worden.

Mit Schuldgefühlen hat es etwas Sonderbares auf sich. Sie stecken nicht nur tief in einem drin, sie übertragen sich auch auf die Umgebung. Nachdem Dani die Gefangenschaft in der Sekte mit knapper Not überlebt hatte, trug ich einen Teil ihrer Angst ständig mit mir. Nach monatelanger Gefangenschaft reagierte sie paranoid auf alles und jedes. Ich wollte ihr helfen, versuchte, beruhigend auf sie einzuwirken, doch dafür musste ich meine eigene Angst verdrängen. Manchmal schüttete ich Carl mein Herz aus. Aber nur, wenn ich wirklich nicht mehr konnte.

Ich hängte unser Foto zurück an die Wand. Mein Blick

wanderte zur Decke hoch, von wo ein ungewohnter Geruch kam, eine Mischung aus nassem Gips und Wandfarbe. Während des Bebens hatte ich gedacht, das ganze Dach stürze ein, aber jetzt konnte ich feststellen, dass nur ein kleines Stück abgebrochen war. In der Ecke sah es aus, als sei da erst kürzlich etwas zugespachtelt worden. Dort saß ein Streifen Klebeband, der ein Kabel fixierte, das entlang der Leiste in Richtung Haustür geführt wurde. Das weckte meine Neugier, und ich ging zum Hauseingang und öffnete die Tür.

Und da entdeckte ich an der Außenwand unseres Hauses eine Überwachungskamera.

4

Sanctum-Rehaklinik für Suchterkrankungen,
Arjeplog, Norrland

Die Wanduhr zeigt Viertel vor sechs.

Das ist die Todesstunde, so nennen jedenfalls die Schwestern und Pfleger diese Zeit am frühen Morgen gern, weil dann die meisten Patienten in dieser widerwärtigen Suchtklinik im Schlaf versterben. Genau dann dreht die Pflegehelferin mit dem Medikamentenwagen ihre Runde und weckt sie. Zu einer Zeit, wenn alle im Tiefschlaf sind.

Zumindest alle außer Andrea. Sie ist die einzige Person, die schon wach ist.

Sie sitzt am Fenster und wartet. Draußen ist es noch dunkel, aber diese Dunkelheit stört sie nicht. Die Dunkelheit in ihr ist schlimm. Obwohl auch das ein Ort ist, an dem sie sich verstecken kann. Wenn man in ein schwarzes Loch abtaucht, ist es leichter zu vergessen, wer man früher mal gewesen ist. Heute drehen sich ihre Gedanken allerdings mehr darum, wer sie in Zukunft sein möchte.

An der Einfahrt zum Klinikgelände steht ein großes, von Spots angestrahltes Schild. Darauf ist ein manisch lächelnder Mann abgebildet, daneben der Schriftzug: *Sanctum-Rehaklinik – wo die Seele Ruhe findet.* Doch in Andreas Fall geht es nicht um Drogenentzug, eher wird sie hier damit vollgepumpt, um sie gefügig zu machen. Dass sie das Wort *Rehabilitation* benutzen, ist der blanke Hohn. Es handelt sich nämlich um keine normale Rehaklinik.

Der ganze Betrieb erinnert Andrea eher an eine freireligiöse Gemeinschaft. Sie ist am falschen Ort gelandet, das wird die Zukunft zeigen.

Sie nimmt die Stille in sich auf, diese ganz eigenartige Stille in dieser Klinik – sie wirkt steril und statisch. Oft geht sie ihr derart auf die Nerven, dass sie ganz kribbelig wird. Sie sehnt sich so sehr nach dem echten Leben, denn hier passiert einfach nichts. Und wie sie sich danach sehnt! Die Medikamente beeinträchtigen fast alles, bremsen sie, machen sie benommen und zerstreut, nur ihre Sehnsucht bleibt. Fast wären ihr die brutaleren Behandlungsmethoden lieber, wie Zwangsjacken oder Elektroschocks, um dieser fürchterlichen Eintönigkeit hier ein Ende zu machen. Sie hofft auf kleine Veränderungen im Tagesablauf, bloß ein bisschen Freiraum. Mehr will sie ja gar nicht. Das ist das Einzige. Aber das ist reines Wunschdenken. Sie werden sie niemals laufen lassen – nach allem, was sie getan hat.

Es gibt Dinge, die werden dir nie verziehen.

Nicht mehr lange, dann wird die Pflegehelferin mit den Medikamenten kommen. Und wie immer wird sie ihr noch zusätzlich ein paar Beruhigungsmittel in den Pappbecher schmuggeln, nur um ganz sicherzugehen. Die Pflegerin ist freundlich, aber die Höflichkeit der Menschen ist immer ganz dünnes Eis. Die Angestellten in diesem Betrieb sind wie Maden, sie ernähren sich von totem, abgestorbenem Material. Am schlimmsten ist die Psychotherapeutin, Ursula Becker. Sadistisch lächelnd wandelt sie über die Flure. Ursula Becker meint, Andrea befinde sich im Spätstadium einer ausgedehnten Psychose, wolle es aber nicht wahrhaben. Sie nervt damit, dass Andrea *ihre Wut bearbeiten solle, ihre Erinnerungen,* sie soll all das bearbeiten, wovon Ursula Becker nicht die geringste Ahnung hat.

Aber Andrea weigert sich aufzugeben.

Eines Tages wird Ursula Becker nicht mehr bei der Arbeit erscheinen. Sie wird krank werden, einen Unfall erleiden oder sich einen Fehltritt erlauben und ihren Job verlieren. Und dann wird jemand anders ihren Platz einnehmen. Hier liegt Andreas ganze Hoffnung, dass jemand nachrückt, der sie besser versteht.

Sie wirft wieder einen Blick auf die Wanduhr. Zwölf Minuten vor sechs.

Sekunden später ertönt vom Flur her ein dumpfer Knall.

Sie verspürt einen leichten Windzug. Die Tür quietscht, als sie geöffnet wird.

Schwere Schritte knarzen auf dem Linoleumboden.

Ein Körper, der leicht verschwitzt riecht. Eine Knoblauchnote im Atem.

Das versetzt sie in Aufregung. Diese Person ist ihr fremd.

Langsam dreht sie sich um.

Ein etwas übergewichtiger Mann in den Fünfzigern zieht sich einen Stuhl vom Tisch und nimmt vor ihr Platz. Er hat graue Haare und trägt eine Hornbrille. Auf seinem Namensschild steht *Dipl.-Psychologe Nils Wallin*.

»Ihre behandelnde Psychotherapeutin hat leider eine Lebensmittelvergiftung und ist krankgeschrieben«, erklärt er.

Das ist die beste Nachricht seit Langem. Andrea fragt sich, warum nicht längst jemand auf die Idee gekommen ist, Ursula Becker zu vergiften.

»Ich habe mir gedacht, ich schaue gleich heute Morgen mal bei Ihnen vorbei, um mich zu erkundigen, wie es Ihnen geht«, fährt Nils Wallin fort.

Auf eigentümliche Weise reckt er immer wieder seinen

Nacken, und nach jedem Satz muss er schlucken. In einer Hand hält er einen Notizblock, in der anderen lässt er einen Stift durch die Finger rotieren.

»Heute wird auch die Schwester mit der Medizin nicht kommen«, spricht er weiter. »Ich habe jetzt die Leitung der Psychiatrie im Haus übernommen und mir Ihre Unterlagen geholt. Da ich die Dinge etwas anders sehe, werden wir an Ihrer Medikation einiges umstellen.«

Sein durchdringender Blick macht sie auf gewisse Weise nervös, sie weiß selbst nicht genau, warum.

Sie reißt sich zusammen, um sanft zu lächeln – Sympathie erheischend.

»Jetzt werde ich Sie nicht länger belästigen. Nach dem Mittagessen komme ich noch mal vorbei, dann können wir uns in Ruhe unterhalten«, sagt er und sieht sie noch einmal intensiv an.

Es wirkt eigenartig, dass er so freundlich ist, aber sie ist ja nicht blöd. So benimmt man sich nur, wenn man etwas von jemandem will.

Nachdem er wieder gegangen ist, sitzt sie noch lange mit halb geschlossenen Augen da.

Es gibt einen Weg hinaus. Dieses Ziel darf sie nicht aus den Augen verlieren.

5

Ich trug einen Stuhl zum Hauseingang, stellte mich darauf und nahm die Kamera aus der Halterung. Sie hatte sich durch das Erdbeben aus der Befestigung gelöst, und nun zeigte die Linse zum Boden, eine schwarze Kapsel mit einem kleinen Auge in der Mitte. An der Rückseite befand sich ein grauer Metallstab.

»Das ist eine Kamera mit Mikro«, erklärte Dani.

Ich wurde stutzig.

»Woher weißt du das?«

»Ich war im Haus, als sie angebracht wurde. Da bist du gerade bei der Arbeit gewesen.«

Jetzt war ich fassungslos.

»*Du* hast das veranlasst?«

»Nein, Carl hat eine Securityfirma beauftragt, und die haben die Kamera installiert. Im Garten sind auch Bewegungsmelder, und nebenan behält ein Mitarbeiter dieser Firma unser Haus rund um die Uhr im Auge.«

Unsere Blicke trafen sich. Wir kannten uns nun schon ein ganzes Leben lang und waren immer ein Herz und eine Seele gewesen, doch in diesem Moment waren wir uns richtig fremd.

»Aber Dani, warum sollen wir überwacht werden?«

Verstohlen kaute sie auf ihrer Lippe herum, natürlich war ihr die Sache unangenehm. Die Stimmung zwischen uns bewegte sich gerade in Richtung Gefrierpunkt.

»Alex, lass es mich erklären, bevor du aus der Haut fährst.

Das war meine Idee. Seit der Kleine auf der Welt ist, hab ich eine Riesenangst. Ich musste immer an diese Prophezeiung von dem heiligen Kind denken, und irgendwann war mir klar, dass sie versuchen würden, meinen Sohn zu entführen. Carl kam gerade vorbei, als du noch im Büro warst, und da habe ich ihn um Hilfe gebeten. Ich wollte einfach ganz sichergehen, dass uns niemand hinterherspioniert. Wenn einen Monat lang nichts Verdächtiges passiert, können wir die Kamera auch wieder abmontieren und die Security abbestellen.«

»Ich kapiere überhaupt nicht, wovon du redest. Die Sekte hat sich doch aufgelöst. Sie sitzen hinter Schloss und Riegel.«

»Ich *weiß*. Aber ein paar sind ihnen doch durch die Lappen gegangen. Ich möchte einfach kein Risiko eingehen.«

»Und warum hast du mir nichts davon erzählt? Ich habe mich doch immer wieder beobachtet gefühlt. Ich hatte schon Angst, ich drehe durch.«

»Ich wollte es dir ja sagen, aber Carl meinte, du regst dich bloß unnötig auf. So wie du es jetzt tust.«

»Er hat mir kein Sterbenswörtchen gesagt.«

»Ich habe mich dabei wirklich ganz schlecht gefühlt, Alex. Aber es geht nun mal um unsere Sicherheit. Hätte es dieses Erdbeben nicht gegeben, dann hättest du es gar nicht gemerkt.«

»Dani, jetzt mal im Ernst: Glaubt Carl wirklich, dass sich hier bei uns Sektenmitglieder herumtreiben? In Kalifornien?«

»Nein. Aber immerhin ist die Sekte hier gegründet worden. Und als mir das wieder eingefallen ist, habe ich Schiss gekriegt.«

»Gibt es denn irgendwelche Hinweise darauf, dass ...«

»Nein. Gar keine.«

»Seit wann vertraust du mir nicht mehr?«

Dani machte einen Schritt auf mich zu.

»Aber natürlich vertraue ich dir«, sagte sie.

Doch so leicht ließ ich mich nicht besänftigen.

»Warum können wir uns nicht wieder alles erzählen, so wie früher?«

»Unsere Erlebnisse im letzten Jahr haben uns furchtbar verletzt. Und nun versuchen wir jeden Tag, so zu tun, als wäre alles normal, als wäre unser Leben in Ordnung, und zum Teil stimmt es ja auch. Aber wir haben noch eine ganze Menge im Gepäck, was uns belastet.«

»Hast du ernsthaft Angst, dass sie den Kleinen entführen könnten?«

»Ja, hin und wieder schon. Aber das wird nicht passieren. Vorher bringe ich sie alle um. Ich habe vor, mir eine Pistole zu kaufen und schießen zu lernen.«

An diese neue, fremde Seite von Dani hatte ich mich überhaupt noch nicht gewöhnt. Nach Monaten der Gefangenschaft hätte ich eher erwartet, dass sie in sich gekehrt wäre, vielleicht verängstigt. Aber das ganze Gegenteil war der Fall. In ihr loderte ein Hass auf ihre Peiniger, der anscheinend nicht zu ersticken war.

Wie ungerecht. Als wir Kinder waren, hatte ich meine intelligente, beliebte Schwester manchmal beneidet, weil alle sie vergötterten, *ich* auch. Sie war immer so nachsichtig gewesen, hatte nie auf Vergeltung bestanden, so wie jetzt. Dieser Hass hatte sie verändert, durch ihn war sie zu einem ganz anderen Menschen geworden.

Ich hatte große Lust, Carl zur Rede zu stellen, weil er diese Securityfirma hinter meinem Rücken beauftragt hatte. Gleichzeitig war ich gerührt, dass er auf diese Weise versucht hatte, Dani zu helfen. Es war schön zu sehen, dass Dani und Carl sich bestens verstanden, dass sie sich so respektierten. Aber jetzt waren sie definitiv zu weit gegangen.

»Wo ist dein Handy?«, fragte ich Dani.

»Im Schlafzimmer. Warum?«

»In diesem Chaos finde ich mein Ladekabel einfach nicht, und ich muss Carl anrufen und ihm die Meinung sagen.«

Sanft strich sie über meinen Handrücken.

»Bitte mach das nicht am Telefon. Morgen ist er doch sowieso wieder da. Das ist alles meine Schuld. Er ist zufällig vorbeigekommen, als du bei der Arbeit warst, und da habe ich ihm mein Herz ausgeschüttet.«

»Ich bin da, wenn du jemanden brauchst, um dein Herz auszuschütten.«

»Ich weiß, aber letztes Jahr hast du mindestens genauso viel durchgemacht wie ich, auch wenn du das nicht zugeben willst. Ich möchte dich nicht auch noch mit meinen Ängsten belasten. Ich werde es nicht zulassen, dass uns noch einmal irgendwer verletzt. Und ich bin *fest entschlossen*, schießen zu lernen, egal, was du davon hältst. Eines Tages werden die Männer, die in der Nacht dabei waren, ihre gerechte Strafe bekommen. Ich sehe ihre Gesichter immer noch vor mir. Ich will, dass sie mitten in der Nacht hochschrecken und den Gestank ihrer eigenen Angst riechen können. Ich werde ihnen nie verzeihen, was sie mir angetan haben.«

Wenn Dani so redete, bekam ich eine Heidenangst. Was würde ich darum geben, wenn sie diese Rachelust endlich überwand. Ich beherrschte mich, um nicht laut zu werden. Aber widersprechen musste ich schon.

»Du wirst diese Männer nie wieder sehen, Dani. Sie haben doch keinen Führer mehr und …«

Ich verstummte, und in der Luft hing das Unausgesprochene, das in ein einziges Wort verpackt hieß: *Jim*. Jetzt musste ich ihre Aufmerksamkeit auf etwas anderes lenken und verhindern, dass unser Gespräch aus dem Ruder lief. Langsam schüttelte sie den Kopf.

»Du lebst in einer Blase. Nur weil wir im letzten Jahr so etwas Schreckliches überlebt haben, glaubst du, dass uns nichts mehr zustoßen kann. Unser Kopf hält keine Ängste mehr aus. Aber das ist ein Trugschluss, Alex, wirklich. Wir müssen vorsichtig sein.«

»Reicht es denn nicht, dass wir am Leben sind?«

Sie seufzte, beugte sich vor und nahm mein Gesicht in ihre warmen Hände.

»Du bist inzwischen richtig lieb geworden. Und ich böse. Auf lange Sicht wirst du es mit mir nicht aushalten.«

»Red doch keinen Unsinn. Wir gehen mit unseren Ängsten nur unterschiedlich um. Du lässt deinen Gefühlen freien Lauf. Und du hast recht, ich verdränge vermutlich zu viel.«

»Genau das meinte ich. Früher war es genau andersherum.«

»Wie auch immer, jedenfalls musst du jetzt an das Baby denken. Und willst du ihm nicht endlich mal einen Namen geben?«

»Ich habe mich schon entschieden, er soll Erik heißen. Das bedeutet groß, mächtig und stark.«

»Okay«, sagte ich. »Schöner Name. Aber ich finde, du solltest mal darüber nachdenken, ob du wieder mit einer Therapie anfängst.«

Sie ließ sich meine Worte durch den Kopf gehen.

»Mal sehen«, erwiderte sie kurz und knapp.

»Und kannst du jetzt bitte aufhören, dir Sorgen wegen der Sekte zu machen?«, fuhr ich fort. »Sie haben nicht den geringsten Grund, uns weiter zu verfolgen.«

»Ach, meinst du? Sie würden alles darum geben, Erik zu bekommen. Hast du vergessen? Sie sind überzeugt, dass er ein *göttliches* Kind ist. Sie leben in dem Glauben, dass er zu einem übermenschlichen Wesen heranwachsen und in der Zukunft der spirituelle Führer ihrer Sekte sein wird.«

Das war mir alles nicht geheuer. Früher hatte Dani mir die meisten Entscheidungen überlassen. Heute konnte ich nicht einmal mehr ihre Reaktionen und Verhaltensweisen vorhersehen. Wir hatten vor Kurzem ein Erdbeben überlebt, aber Dani hatte sich mir nichts, dir nichts schon wieder von dem Schrecken erholt. Ihr Gesicht strahlte rosig frisch.

Und wie immer wusste sie, was in meinem Kopf vor sich ging.

»Schau mich an, Alex. Was siehst du? Ich habe mich verändert. Und zwar nicht durch die Vergewaltigungen, nein. Es sind die Erniedrigungen und die vielen Demütigungen, die noch wie ein Stachel tief in mir sitzen. Vor dem Tod habe ich keine Angst, an den Gedanken daran habe ich mich monatelang in der Krypta gewöhnen können. Und Rachsucht ohne Todesangst macht einen ziemlich radikal.«

Es erschien mir sinnlos, darauf zu reagieren.

»Eins noch«, sagte sie.

»Was denn?«

»Ich habe allmählich das Gefühl, dass ich eine Last für dich bin.«

»Wie kommst du auf die Idee?«

»Du hast eine Beziehung mit Carl. Wir können doch nicht ewig so zusammenleben wie zwei alte Jungfern.«

»Aber *Dani* …« Mir blieben die Worte im Hals stecken. Was sollte ich darauf antworten? Dass ich sie mehr liebte als alles andere auf der Welt? Dass sie doch meine zweite Hälfte war? Dass ich mir ohne sie immer verloren vorkam? Stattdessen sagte ich:

»Können wir jetzt nicht erst einmal dafür sorgen, dass du psychisch wieder ganz gesund wirst, und uns um Erik kümmern? Ihr seid doch meine Familie, jemanden anders brauche ich nicht.«

Dani schloss mich in die Arme.

»Ich möchte nur nicht, dass du dich verpflichtet fühlst«, flüsterte sie in mein Ohr.

So standen wir minutenlang da, bis ich mich aus ihrer Umarmung löste, hineinging und ihr Handy holte. Kaum hatte ich Carls Nummer gewählt, erklang seine Stimme in meinem Ohr. Er war aufgeregt und schien sich die allergrößten Sorgen zu machen.

»Dani! Mein Gott, ist alles in Ordnung?«

»Hier ist Alex. Ich habe ihr Handy geliehen. Uns gehts gut. Am Haus ist auch nichts kaputtgegangen.«

Obwohl ich mir Mühe gab, ganz normal zu klingen, spürte ich beim Sprechen die Nachwirkungen des Schocks.

»Du klingst ziemlich verstört, aber ich bin heilfroh, dass ihr das gut überstanden habt.«

»Ja, alles ist okay, bis darauf, dass das Erdbeben eine Überwachungskamera an der Hauswand zu Fall gebracht hat«, sagte ich.

Er verstummte.

»Verstehe. Kann ich dir das in Ruhe erklären, wenn ich wieder zu Hause bin? Ich habe gerade angefangen zu packen, und wenn ich fertig bin, mach ich mich auf den Weg zum Flughafen.«

»Dani hat mir schon gebeichtet, was ihr hinter meinem Rücken ausgeheckt habt. Du denkst, ich halte die Wahrheit nicht aus?«

»Unsinn. Ich versuche bloß, dein Leben nicht noch mehr zu erschüttern. Was du jetzt brauchst, sind Ruhe und Entspannung, damit die Wunden an deiner Seele heilen können. Können wir später darüber sprechen?«

»Man kann von der Kontrollsucht, die manche Menschen entwickeln, irgendwann auch genug bekommen, weißt du?«

»Wie gut, dass es bei uns nicht so ist. Und ich bin so froh, dass ihr das unbeschadet überstanden habt. Grüß Dani von mir.«

»Wenn du morgen gelandet bist, fährst du dann zuerst ins Büro?«

»Ja, ich komme auf jeden Fall kurz vorbei.«

»Dann werde ich da sein, und du musst mir einiges erklären.«

Die Antwort darauf blieb er schuldig.

6

Nach dem Telefonat mit Carl machte ich mich auf und lief zum Strand, ich musste mich irgendwie beruhigen. Danis Worte gingen mir nicht aus dem Kopf. Eine Portion frische Meeresluft würde mein Gedankenkarussell hoffentlich zum Stillstand bringen.

Ich zog eine Jeans, ein T-Shirt und Sandalen an.

Als ich zur Strandpromenade kam, hatte ich das sonderbare Gefühl, als befände ich mich unter einem Mikroskop. Ich sah auf, so hastig, dass er nicht gleichzeitig reagieren konnte – der Mann auf dem Balkon, der mir schon nach dem Erdbeben aufgefallen war. Der Securitymitarbeiter. Klar. Ich schüttelte den Kopf und ging runter zum Meer.

Der Wasserstand war hoch. Vom Strand war nur noch ein schmaler Streifen übrig. Ein Sonnenstrahl hatte sich durch die graue Wolkendecke gekämpft und zeichnete nun einen goldenen Lichtstreif auf die Wasseroberfläche. Etwas entfernt sah ich einen unserer Nachbarn spazieren gehen, der mit einem Stock in dem Zeug stocherte, das die Wellen angespült hatten. Er erkannte mich und grüßte.

Ich ließ mir Zeit, stand einfach still da, genoss den Strand und sog die frische Meeresluft ein. Nur das Peitschen der Wellen drang noch in meine Ohren. Diese Ruhe tat so gut, sie war wie eine kühle Hand auf meiner Stirn. Das Brausen des Meeres wirkte wie sanftes Streicheln.

Meine Gedanken wanderten zu Carl zurück, wie sehr vermisste ich ihn schon nach einer Woche! Möglicherweise viel zu sehr. Lange Beziehungen waren nicht gerade seine Stärke. Mehrfach hatte er mir erklärt, dass er nicht vorhabe, sich fest zu binden. Seine Argumente konnte ich mittlerweile auswendig. *In einer festen Beziehung zu leben, bedeutet Unselbstständigkeit, Sich-gefangen-Fühlen. Früher oder später endet jede feste Beziehung damit, dass man sich gegenseitig als Besitz betrachtet.*

Das Schlimmste daran war, dass er diese abgedroschenen Sprüche in der vollsten Überzeugung klopfte. Doch ich wusste ja, dass er noch heute darunter litt, dass die unglückliche Ehe seiner Eltern ein tragisches Ende genommen hatte. Ich fragte mich, ob mich diese Verunsicherung abhängig gemacht hatte – und ob der Zweifel, der an mir nagte, mir das Gefühl gab, ich käme ohne ihn nicht zurecht. Er hatte mir niemals ewige Liebe geschworen, aber noch immer bekam ich Herzklopfen in seiner Nähe, es war wie damals in meiner Teeniezeit. Und mit Sex kannte er sich sehr gut aus. Seinen Job erledigte er wie ein Hochleistungssportler, so was war mir fremd. Für ihn gab es keine halben Sachen, und wenn er sich etwas in den Kopf gesetzt hatte, zog er es gnadenlos durch. Er war dieser Typ Chef, der zehnmal härter als seine Mitarbeiter arbeitete, aber nie klagte.

Im vergangenen Jahr waren wir uns immer vertrauter geworden. Carl war ein Kontrollfreak. Er setzte gern klare Grenzen, bloß zwischen uns tat er das nicht. Ein einziges Mal hatte er mich zurückgewiesen, und da war für mich eine Welt zusammengebrochen.

Ich nahm mir vor, unsere Beziehung anzusprechen, sobald er zurück war. Ganz ungezwungen.

Am Abend war die Stimmung bei uns zu Hause wieder relativ gut. Dani absolvierte ein Fernstudium, daher hockte sie stundenlang am Schreibtisch und arbeitete medizinische Fachliteratur durch. Ich brachte den kleinen Erik ins Bett. Wir ließen uns Pizza kommen und beim Essen die Nachrichten laufen. Auf jedem Kanal ging es um das Erdbeben. Obwohl es zahlreiche Schäden gab, waren die Einwohner im Erdbebengebiet mit einem blauen Auge davongekommen. Es waren weder Häuser eingestürzt noch Brücken zerstört.

Als ich am darauffolgenden Tag morgens zur Arbeit fuhr, hatte es den Anschein, als sei nichts geschehen, von kaputten Oberleitungen und ein paar umgekippten Bäumen abgesehen. Obwohl es erst zehn Uhr war, war die Luft schon warm. Der Indian Summer hielt sich hartnäckig in der San Francisco Bay. Wenn es gut lief, dauerte die Fahrt ins Büro etwa vierzig Minuten. Doch manchmal war der Highway so stark befahren, dass man ewig im Stau stand.

Es war Samstag, und dementsprechend voll war die Stadt, im Golden Gate Park fand gerade ein Bluesfestival statt, und auch das Litquake, ein Film- und Literaturfest, ging zurzeit über die Bühne. Ich parkte den Wagen am Rande der Innenstadt und ging das letzte Stück zu unserem Büro zu Fuß. Aus einem Restaurant stieg mir der Duft von Bier und Enchiladas in die Nase. Ich hörte die Musik einer Mariachi-Band. Um mich herum waren lauter fröhliche Gesichter zu sehen.

Das Büro von Ash & Coal befand sich in der Sacramento Street in Laurel Hill, einem netten, kleinen Viertel mit Boutiquen, Restaurants, Cafés und kleineren Büros, darunter einigen Start-ups. Die Häuser dort waren wie gemalt und, typisch für San Francisco, im viktorianischen Stil erbaut.

Ich hatte nie begriffen, warum wir unser Büro unbedingt in der City von San Francisco haben mussten. Unsere Kundinnen kamen schließlich alle aus Schweden. Wenn sie auf dem

Flughafen landeten, fuhren sie direkt zu den Villen, die Ash & Coal an verschiedenen Orten in Kalifornien besaß. Dort wurden ihre heißesten erotischen Fantasien Wirklichkeit. Das war Ash & Coals Dienstleistung: Träume zu erfüllen. Ich war der Auffassung, dass wir unser Büro genauso gut in einer solchen Villa einrichten könnten, aber Carl bestand darauf, dass es mitten in San Francisco liegen musste. Sein Argument war, dass wir, wenn wir am selben Ort arbeiteten, wo sich unsere Klientinnen vergnügten, leicht den Eindruck erwecken könnten, wir seien eine Art Bordell anstelle einer exklusiven Datingagentur. Aber all unsere Aktivitäten bei Ash & Coal waren vollkommen legal. Kein einziger Mann, den wir für die Treffen mit den Frauen buchten, wurde dafür bezahlt.

Ich war die Kontaktperson für unsere Klientinnen in den USA. Mein Augenmerk lag darauf, ihre erotischen Abenteuerreisen zu choreografieren. *Beschreiben Sie mir Ihre Fantasien. Wenn es Ihnen unangenehm ist, mir davon zu erzählen, schreiben Sie sie einfach auf.* Auf die Details kam es an, die nahmen wir sehr ernst. Ich liebte diesen Job, und ich machte ihn wohl auch nicht schlecht.

Unser Büro war sechzig Quadratmeter groß und befand sich im zweiten Stock, sodass wir die Straße überblicken konnten. Es umfasste einen Empfangsbereich mit Garderobe, Carls und mein Büro sowie ein Konferenzzimmer, in dem die Interviews stattfanden.

Carl hatte mit allen Mitteln versucht, Edna, unsere Empfangsdame aus Schweden, nach San Francisco zu holen. Sie war von der ersten Stunde an dabei gewesen – als Carls rechte Hand. Doch Brett Cole, der nun die Leitung unseres schwedischen Büros übernommen hatte, behauptete, dass er ohne sie nicht auskäme. Edna war sehr speziell, und sie war der einzige Mensch mit demselben Ordnungswahn wie Carl. Sie beide widmeten sich mit größtmöglicher Aufmerksamkeit den banalsten Kleinigkeiten.

Carl sollte gegen ein Uhr da sein, doch sein Flug hatte Verspätung. Ich nahm mir den Posteingang vor und rief einige Klientinnen zurück.

Und dann stand er mit einem Mal in der Tür.

Ein paar Augenblicke lang, in denen es mir den Atem verschlug, sahen wir uns nur an. Die Stimme in meinem Hinterkopf, die schon alle Formulierungen seiner Zurechtweisung parat hatte, wurde stumm. Die Wut versickerte. Er wirkte so glücklich. Erst da bemerkte ich die Grübchen in seinem Gesicht. Je mehr er strahlte, desto ausgeprägter wurden sie. Seine grauen Augen fixierten nur mich. Er war verschwitzt, sodass sich seine Haare auf der Stirn lockten. Die Röte in seinem Gesicht brachte die kleine Narbe unter seiner Augenbraue wieder zum Vorschein.

»Warum starrst du mich so seltsam an?«, fragte ich ihn.

»Ich kann es kaum fassen … du stehst wieder vor mir«, antwortete er staunend.

»Was ist denn los mit dir? Du bist doch nur eine Woche weg gewesen.«

»Sechs Tage, definitiv *viel* zu lange.«

Er stellte seinen Trolley ab und kam auf mich zu. Ich sog seinen besonderen, ganz eigenen Duft ein: frischer Schweiß, sein unparfümiertes Shampoo und eine leichte Note von Zedernholz. Er fuhr mit den Fingerspitzen durch mein Haar und küsste mich, dann ließ er seine Hände ganz langsam an meinem Körper nach unten spazieren. Ein Gefühl, als würde meine Haut schmelzen.

»Tut mir leid, dass ich so verschwitzt bin«, sagte er. »Im Taxi war die blöde Klimaanlage kaputt.«

»Das stört mich gar nicht. Aber du hast einiges zu erklären.«

»Die Überwachung ist nur für kurze Zeit, okay? Dani wollte ganz sichergehen, dass euch keiner beschattet. Ich hatte ihr bloß helfen wollen. Bitte, Schatz, ich möchte heute keinen Streit mit dir. Es gibt großartige Neuigkeiten, ich hab so viel zu erzählen.«

»Was denn?«

»Die Behörden haben ihre Genehmigung erteilt, wir können den Solvikhof schon im Frühjahr in Betrieb nehmen! Deshalb habe ich mich gestern auch erst so spät gemeldet, ich war lange mit der Begehung beschäftigt.«

»Das ist toll! Meinen Glückwunsch! Freut mich riesig.«

Er schob mich behutsam ein Stück von sich weg und betrachtete mich eingehend. Beim Blick über meine Schulter entdeckte er das Papierchaos, einen leeren Kaffee-Pappbecher und einen halb gegessenen Apfel auf meinem Schreibtisch. Zwei, drei schnelle Schritte und schon hatte er das Durcheinander mit ein paar Handgriffen beseitigt.

»Ist der Ordnungsfanatiker zurück?«, fragte ich angefressen.

»Es ist so schön, wieder zu Hause zu sein«, erwiderte er und grinste.

Das war ein guter Zeitpunkt, um auf unsere Beziehung zu sprechen zu kommen. Carl schätzte es, wenn man nicht um den heißen Brei herumredete, also kam ich ohne Umschweife zur Sache.

»Was treiben wir beide eigentlich für ein Spiel?«, fragte ich ihn.

»Ist das nicht offensichtlich? Wir führen eine liebevolle, fantastische Beziehung.«

»Aber wie lange noch? Was hast du mit mir vor?«

»Ich wünsche mir, dass es dir besser geht. Ich möchte dir helfen, dieses Trauma vom letzten Jahr zu verarbeiten. Ich werde dir zeigen, dass eine wunderbare Zukunft vor dir liegt.«

»Das klingt wie das übliche Psychologengeschwätz, so was sagt man nicht zu Menschen, die man liebt.«

»Muss ich dir wirklich erklären, wie gern ich mit dir schlafe?«

»Je länger wir zusammen sind, desto schlimmer wird es für mich sein, wenn es vorbei ist.«

In dem Augenblick hatte ich das Gefühl, dass ich zu ihm vorgedrungen war. Er öffnete kurz den Mund, schloss ihn aber wieder. Und dann machte er noch einmal dieses nachdenkliche Gesicht, das ich nicht leiden konnte. Es mochte alles bedeuten, ich wusste nicht, ob er jetzt eine grandiose Idee hatte oder das, was ich gesagt hatte, vielleicht komplett anders sah. Er legte den Kopf auf die Seite und betrachtete mich forschend.

»Da du das Thema jetzt schon ansprichst: Es gibt da etwas, über das ich mit dir sprechen möchte«, begann er. »Etwas ganz Privates, es geht mir schon eine Weile im Kopf herum. Komm Schatz, setz dich hin.«

Mir wurde schwindelig, wie auf hoher See. Ich musste an mich halten, um nicht in Tränen auszubrechen.

Ich hab's ja geahnt, dachte ich. Jetzt ist es so weit.

7

Sanctum-Rehaklinik für Suchterkrankungen,
Arjeplog, Norrland

Nach dem Mittagessen ist Nils Wallin wieder zurück. Seine Brille hat er jetzt nach oben geschoben, über die Stirn. Unter dem Arm trägt er einen Ordner.

»Ich möchte mit Ihnen Ihre Krankenakte durchgehen«, sagt er. »Dann würde ich ein paar Vorschläge machen, wie wir Ihre Therapie ändern, um Sie in absehbarer Zeit entlassen zu können. Aber nur unter bestimmten Voraussetzungen.«

Andreas Antwort kommt wie aus der Pistole geschossen.

»Welche Voraussetzungen?«

»Lassen Sie uns mit Ihrer Therapie beginnen. Ich sage Ihnen mal, was die Kollegen hier eingetragen haben. Ich bin kein Freund davon, den Patienten Informationen über sich vorzuenthalten, ein offener Umgang miteinander ist das A und O, damit Sie gesund werden können.«

Er schiebt sich die Brille wieder auf die Nase und beginnt vorzulesen.

»Tierquälerei in früher Jugend, Tobsuchtsanfälle, beißt den großen Bruder im Schlaf in den Penis, lehnt die Verantwortung für ihr Handeln ab, seit jungem Alter Wahnvorstellungen von Betrug und Übergriffen von Männern … und dann einige Notizen über das, was passiert ist, unmittelbar bevor Sie hier eingeliefert wurden.«

Andrea öffnet schon den Mund, will widersprechen, doch Wallin hebt die Hand.

»Meiner Meinung nach sind hier einige falsche Diagnosen gestellt worden. Verschiedene Persönlichkeitsstörungen: Die Patientin ist emotional instabil und nicht zu sozialem Verhalten fähig, Paranoia, Mythomanie und Narzissmus mit Neigung zu Manipulation und Sadismus. Das klingt doch fast wie ein Ratespiel, nicht wahr? Wenn man so viele Diagnosen stellt, ist es unmöglich, eine sinnvolle Therapie einzuleiten. Mein Gefühl sagt mir, dass sich der Vorfall, aufgrund dessen Sie hier eingeliefert wurden, auf eine ausgedehnte psychotische Phase zurückführen lässt. Sie waren dem hilflos ausgeliefert, und Sie haben eine unverhältnismäßig große Schuld auf sich genommen. Zudem glaube ich, dass sie noch andere Gründe hatten.«

»Welche Gründe denn?«, fragt Andrea, ihr stockt der Atem.

»Na ja, immerhin hat man Sie provoziert. Sie handelten also ein gutes Stück aus Notwehr.«

Das sind die ersten wahren Worte, die ihr in diesem Haus zu Ohren kommen.

»Ich glaube, die Kollegin, die Sie bislang betreut hat, hat aus einer Mücke einen Elefanten gemacht. Ich kenne das von anderen Patienten – ganz normale, stabile Menschen entwickeln plötzlich ein aggressives Verhalten. Eine solche Persönlichkeitsveränderung kann von Drogen, von einem Medikament oder einem Trauma aus der Kindheit getriggert werden – manchmal von einer Minute auf die andere.«

Dann zieht er aus seiner Kitteltasche ein paar Medikamentendöschen und baut sie auf ihrem Nachttisch der Reihe nach auf.

»All diese Medikamente werden Ihnen zurzeit verabreicht. Meiner Meinung nach ist das völlig unnötig. Deshalb möchte ich ein paar davon ausschleichen, allerdings unter der Bedingung, dass Sie sich täglich zu Therapiesitzungen bei mir einfinden.«

»Was für eine Therapie stellen Sie sich denn vor?«, fragt Andrea skeptisch.

Da geht ein Schatten über Nils Wallins Gesicht, genau das kennt sie schon von anderen Therapeuten, und sie weiß bereits, was er sagen wird, bevor ihm die Worte über die Lippen kommen.

»Ich möchte mit Ihnen noch einmal über Ihre Familie sprechen.«

Ein lähmendes Schweigen kommt auf. In ihrem Inneren baut sich etwas auf, es ist unangenehm, wie eine Schlange im Bauch. Dann wird sie von Hassgefühlen überwältigt.

Nils Wallin beugt sich vor, als er weiterspricht, sie sitzt da wie auf Kohlen.

»Ich weiß, dass Sie Ihre Familie für Ihre Probleme verantwortlich machen, aber im vergangenen Jahr ist einiges geschehen, was die Situation stark verändert hat. Deshalb würde ich die Beziehungen innerhalb Ihrer Familie gern genauer mit Ihnen betrachten.«

Dann betont er noch einmal, wie wichtig es ist, traumatische Erfahrungen aus der Kindheit zu bearbeiten, um die eigene Identität als Erwachsener verstehen zu können.

»Entschuldigen Sie, wenn ich mich so salopp ausdrücke, aber ich glaube, da ist ... etwas Sand im Getriebe ... und das könnte ich ausräumen«, erklärt er schließlich. »Ich will nicht sagen, dass Sie das, was Sie erlebt haben, akzeptieren müssen, aber vielleicht können Sie es bald mit anderen Augen sehen.«

Dann erzählt er ihr, was mit Andreas Familie geschehen ist. Er spricht von einer *Tragödie*.

Das Personal in der Sanctum-Klinik war in letzter Zeit

ausgesprochen verschwiegen, und jetzt weiß Andrea endlich, warum. Während Nils Wallin spricht, gerät sie in eine Art Glücksrausch. Sie bemüht sich sehr, ein gleichgültiges Gesicht zu machen, doch es fällt ihr schwer. In ihren Mundwinkeln zuckt es, sie möchte lächeln. Eine große Last fällt von ihr ab. Die Weltuntergangsstimmung vergeht. Und dann wird es ihr klar – hier ist ein Sprung in Sanctums Stahlfassade. Das ist die Gelegenheit, auf die sie gewartet hat.

Manches, was Wallin sagt, ist leicht durchschaubar. Natürlich weiß sie, dass er lügt. Alle lügen, die Frage ist nur, wer lügt am besten. Sie selbst war eine Meisterin auf diesem Gebiet.

»Ich erwarte nicht, dass Sie trauern«, sagt er dann. »Aber ich finde, Sie haben das Recht darauf, Bescheid zu wissen. Ihre Lebenssituation ist maßgeblich davon betroffen, und daher glaube ich, dass Ihnen eine Gesprächstherapie helfen wird.«

Der Therapeut strahlt eine große Ruhe aus, abgesehen von diesem eindringlichen Blick, sein fetter Körper scheint völlig entspannt zu sein.

»Werden Sie mich entlassen, wenn ich der Therapie zustimme?«, fragt sie.

»Ja, sobald ich das für vertretbar halte. Und ich möchte, dass Sie mir in einer Sache behilflich sind. Sie können es als Gegenleistung betrachten, es könnte aber ebenso auch das Sprungbrett in ein neues Leben für Sie bedeuten. Doch davon später mehr.«

»Warum wollen Sie jetzt nicht darüber sprechen?«

»Wir beginnen mit der Gesprächstherapie.«

»Ich werde es versuchen, aber wenn es nicht funktioniert …«

»Dann brechen wir die Therapie eben ab«, beendet er ihren Satz.

Als Wallin gegangen ist, wandern Andreas Gedanken unfrei-
willig zurück in die Vergangenheit. In die Scheune, wie immer
in die Scheune. Der ekelhafte Gestank nach Kuhmist. Ihre
durchdringenden Schreie, in den Tagen danach ist sie fast
taub. Die Erinnerung an diesen Schmerz im Rücken lässt sie
immer noch nachts aus dem Schlaf schrecken.

Therapie. Sie schnaubt. Als könnte man diese Jahre in der
Hölle bei einer Tasse Kaffee einfach ausradieren.

Aber in einer Sache hat Wallin recht – sie befindet sich
jetzt in einer völlig neuen Situation.

8

Carl stützte die Ellenbogen auf dem Schreibtisch auf. Als habe er eine Therapiestunde mit einer besonders schwierigen Patientin. Normalerweise ließ mich seine Gegenwart ruhig werden, doch in diesem Augenblick stand ich völlig unter Strom.

»Was willst du mir sagen?«

Er schluckte. War er auch nervös?

Dann sah er mich ernst an. Dieser Gesichtsausdruck machte es mir nicht gerade leichter. Normalerweise starrte er mich so todernst an, wenn er witzig sein wollte. Doch heute erkannte ich ihn gar nicht wieder. Er schien unsicher, fast eine Spur schüchtern.

»Warum sprichst du nicht? Hast du eine andere kennengelernt?«

Er musste lachen.

»Nein, Dummerchen. Ich wollte dich fragen, ob du dir vorstellen kannst, zu mir zu ziehen.«

»In deine Wohnung?«, fragte ich und schnappte nach Luft.

»Ja, in meine *Wohnung*«, wiederholte er und sprach jede Silbe betont deutlich aus. »Wohin sonst?«

Ich schloss die Augen und ließ seine Worte sacken.

»Du meinst, wir werden Lebenspartner?«

Er blickte mich staunend an.

»Muss man sich solche Bezeichnungen verpassen, nur weil man zusammenlebt?«, fragte er, und die Ironie in seiner Stimme war unverkennbar. Immer diese Haarspaltereien.

Ich war nach wie vor irritiert.

»Alles okay mit dir?«, fragte er.

»Ja, klar«, erwiderte ich. Aber in Wirklichkeit war ich ganz woanders. Durchs Fenster drangen Lachen und das blecherne Lärmen einer Dose, die jemand vor sich her schoss. Das Geräusch holte mich auf einen Schlag wieder in die Wirklichkeit zurück.

»Carl, geht es dir wirklich gut?«, fragte ich ihn.

»Könnte nicht besser sein.«

»Ist es vielleicht der Jetlag von der Reise?«

»Nein. Aber auf dem Flug habe ich viel nachgedacht, manche Dinge neu bewertet und auch ein paar Entscheidungen gefällt. Und begriffen, wie viel du mir bedeutest.«

»Was genau willst du mir vorschlagen?«

»Ich möchte mit dir zusammenwohnen. Ich liebe unsere gemeinsamen Abende, ich wache so gern mit dir auf.«

»Das mag ich auch.«

»Gut, wir können ja nicht immer Sex im Büro haben.«

»Warum nicht? Wir sind doch sowieso die Einzigen, die hier arbeiten, und die Türen lassen sich abschließen.«

Er lachte herzhaft.

»Ich liebe es, wie unkompliziert du bist, Alex.«

»Und wenn ich Ja sage, stellst du mich auch nie wieder als deine *Assistentin* vor, wenn wir ein Fest veranstalten?«

»Versprochen. Darf ich dich meine Partnerin nennen?«

»Nein, das ist missverständlich. Partner sind wir in der Firma.«

»Freundin?«, schlug er vor.

»Jepp. Heißt das, du meinst es ernst?«

»Absolut. Bald bin ich fünfunddreißig, ich glaube, die Hörner habe ich mir mittlerweile abgestoßen.« Er senkte die Stimme. »Aber du bist ja noch so jung. Mir ist schon eine Idee gekommen, wie wir unser Sexleben ein bisschen aufpeppen könnten.«

In meinem Bauch kribbelte es allein bei der Vorstellung.

»Du weißt, dass ich es nicht mag, wenn du alles bestimmst«, sagte ich.

»Okay, erster Schritt: Wir ziehen zusammen. Was meinst du?«

»Hast du jetzt keine Angst mehr, dich zu binden?«

»Mit dir nicht.«

»Dann bist du von deiner Bindungsphobie inzwischen geheilt?«

»Scheint so. Geht es dir gerade zu schnell?«

»Nein. Aber was machen wir mit Dani? Ich kann sie doch nicht allein lassen.«

»Wir machen einfach einen Schritt nach dem anderen. Für den Anfang wohnst du nur ein paar Tage in der Woche bei mir. Abends bleibt der Securitymitarbeiter, der euch beschützt, bei Dani, um ihr Sicherheit zu geben. Und du hast Zeit herauszufinden, ob du dich damit wohlfühlst.«

Ich versuchte, seinen Blick zu ergründen, forschte nach Ungereimtheiten und Unausgesprochenem, doch er sah so aus wie immer. Er schien es tatsächlich ernst zu meinen.

»Was sagst du?«, fragte er.

»Könnte klappen.«

»Im Ernst?«

»Im Ernst.«

»Aber versteh mich nicht falsch. Ich stelle mir nicht vor, dass du nur bei mir übernachtest. Ich möchte, dass du mit all deinen Sachen bei mir einziehst.«

»Ich werde mein ganzes Zeug bei dir in der Wohnung herumliegen lassen und deine pedantische Ordnung torpedieren!«

»Dann räume ich eben auf. So wie immer. Und ich habe noch etwas zu besprechen.«

»Kann ich bitte erst mal das eine verdauen?«

»Nur ganz kurz, bevor ich es vergesse. Ihr seid ja noch nicht so lange hier in San Francisco, deswegen würde ich Dani und dich gern ein paar Freunden vorstellen. Vielleicht könnten wir im Herbst und Winter das eine oder andere Fest veranstalten.«

Carl hatte einige Jahre in San Francisco gelebt, bevor er nach Schweden zurückgezogen war und das Unternehmen Ash & Coal gegründet hatte. Einige seiner kalifornischen Freunde waren mir schon über den Weg gelaufen. Eine Mischung aus Unternehmern aus dem Silicon Valley, ein paar Investoren, IT-Leuten und Marketingexperten. Ich konnte mir kaum vorstellen, dass das für Dani der richtige Umgang war, aber natürlich hatte er recht damit, dass es an der Zeit war, unseren Bekanntenkreis zu erweitern.

»Klingt alles wunderbar«, sagte ich.

»Cool. Dann machen wir uns mal an die Arbeit. Ich möchte mit dir über ein paar neue Klientinnen sprechen, die im Herbst eine Reise planen. Und dann steht auch schon bald unser Halloweenfest vor der Tür. Für die Jahresversammlung in Schweden fliegen wir im Dezember wieder nach Hause. Außerdem möchte ich, dass du mich bei der Arbeit am Solvikhof unterstützt.«

Seine schnellen Themenwechsel waren unglaublich, eben noch diskutierte er unsere Beziehung, und schon war er wieder bei der nächsten To-do-Liste.

Unser Halloweenfest sollte in der exklusiven Water Bar stattfinden, die direkt an der Bay Bridge lag. Genau so was gefiel mir an dem Leben in den USA außerordentlich gut: diese rauschenden Halloweenfeste. Ich hatte schon davon gehört: Dann verwandelten die Amerikaner die ganze Bucht in eine riesige Geisterlandschaft – überall Spinnennetze, Totenköpfe und Kürbisse. Ich freute mich sehr darauf, das vor Ort zu erleben.

Dann besprachen wir die Aufgaben, die im Herbst in der Agentur anstanden, und trafen auch ein paar Entscheidungen. Ich tat so, als würde ich alles brav mitschreiben, stattdessen schmierte ich aber nur lustige Strichmännchen aufs Papier. Ich habe ein hervorragendes Gedächtnis, eigentlich muss ich mir nie etwas aufschreiben. Als Carl vorschlug, etwas essen zu gehen, lehnte ich ab, weil ich gar nicht hungrig war.

Kaum waren seine Schritte im Treppenhaus verklungen, stürzte ich mich auf seinen Laptop und scrollte die Mails durch. Seine plötzliche Kehrtwendung hatte mein Misstrauen geweckt. Alles, was mit Carl und unserer Beziehung zu tun hatte, schien jetzt fast zu gut, um wahr zu sein. Ich wurde das Gefühl nicht los, dass er eine Gegenleistung erwartete und mir irgendetwas verschwiegen hatte.

Mir ist schon eine Idee gekommen, wie wir unser Sexleben ein bisschen aufpeppen könnten.

Als ob das nötig wäre. Sein Posteingang war fast leer, und das allein kam mir verdächtig vor. Was auch immer er mir vorenthielt, auf seinem Laptop gab es keine Anhaltspunkte dafür. Ich versuchte mich zu beruhigen. Schließlich konnte es hundert Gründe geben, warum sich Carl mit einem Mal so liebevoll gab, und eigentlich war es idiotisch von mir zu glauben, dass etwas nicht stimmte. Unsere Beziehung war doch vollkommen in Ordnung.

Gerade hatte ich alles auf seinem Schreibtisch wieder zurechtgerückt, da stand er auch schon in der Tür. Er warf einen Blick auf seinen Laptop und zog die Augenbrauen hoch, dabei war ich ganz sicher, dass alles wieder exakt an Ort und Stelle stand.

»Warum hast du meinen Laptop benutzt?«

»Ich hab nur nachgesehen, ob ich irgendwas Wichtiges verpasst habe, als du weg warst.«

Er wollte gerade etwas erwidern, als mein Handy klingelte. Dani war dran.

»Alex, ich will dir keine Angst machen, aber gerade ist etwas Merkwürdiges passiert. Ein Mann hat geklingelt und wollte dich sprechen. Er meinte, du hättest einen Festnetzanschluss bestellt, den er jetzt installieren wolle. Ich habe ihn nicht reingelassen. Du hast doch nichts bestellt, oder?«

Ich stand da wie angewurzelt. Sofort schwante mir Böses. Aber dann riss ich mich am Riemen. Ich kannte Danis Paranoia nur zu gut. Das Wichtigste war jetzt, sie zu beruhigen.

»Nein, du hast recht«, sagte ich. »Aber wahrscheinlich war das trotzdem nur ein Missverständnis.«

»Aber woher kannte er deinen Namen? Und dann hat er so neugierig in den Flur hineingesehen. Er schien fast erleichtert, als ich gesagt habe, dass du nicht da bist.«

Ich kannte jede kleine Nuance ihrer Stimme. Jetzt klang sie angespannt und verängstigt, aber Todesangst war es zum Glück nicht.

»Ich habe gerade meine Sachen zusammengepackt. In einer Stunde bin ich zu Hause«, versprach ich ihr.

Ich war schon dabei, meinen Mantel überzuwerfen, da stand Carl mit einem Mal ganz dicht vor mir. Er zog mich an sich, seine Hände wanderten unter meinen Pullover und begannen, meine Brüste zu streicheln. Schritt für Schritt schob er mich zurück, bis ich am Fensterbrett lehnte. Er presste seine Beine an meine Oberschenkel und nahm mein Gesicht in die Hände.

»Bleib doch noch«, bat er mich. »Nur ein Quickie.«

Seine Augen konnten so verführerisch sein. Ihm zu widerstehen, fiel mir nach wie vor schwer, früher oder später war es um mich geschehen.

Und dann liebten wir uns. Ich saß auf der Fensterbank, lehnte an der Fensterscheibe, Carl blickte auf die Stadt hinaus. Er übersäte mich mit Küssen. Unter meinen Händen war seine Haut so schön warm. Ich hatte das Gefühl, er sei nie fort gewesen.

»Jetzt muss ich aber los«, sagte ich gleich hinterher. »Dani macht sich Sorgen, weil ein Typ bei uns an der Tür geklingelt hat.«

»Okay, dann flitz los«, sagte Carl. »Vielleicht kannst du morgen bei mir übernachten?«

So verblieben wir.

Die Straßen waren frei, ich kam gut durch. Nur die tief stehende Sonne blendete mich. Kurz vor Half Moon Bay – ich war gerade an riesigen Eukalyptusbäumen vorbeigefahren – konnte ich das Meer wieder riechen. Auf meiner linken Seite tauchte der Strand auf. Die Sonne war fast untergegangen, ihre letzten Strahlen ließen das Wasser schimmern. Der Nebel stand schon in der Warteschleife, ich konnte ihn erahnen, wie er über dem Wasser schwebend lauerte.

Ich parkte den Wagen ein Stückchen von der Einfahrt unseres Hauses entfernt. Die Brandung war stark, in den Zypressen flüsterte der Wind. Ein blasser Himmel hing über mir, doch die Dächer glühten, als wären sie aus Kupfer. Weit und breit war kein Mensch zu sehen, aus den Häusern drang kein Ton, kein Lachen, kein Nachbar am Grill. Selbst die Geräuschkulisse des nahe gelegenen Restaurants fehlte. Ich nahm die Stille nur beiläufig zur Kenntnis, dann war ich mit meinen Gedanken schon wieder bei Carl. Er war so überzeugt davon gewesen, sich niemals binden zu wollen, dass mich seine Frage eiskalt erwischt hatte. Wieder war ich in Gedanken vertieft.

Deshalb passte ich auch nicht auf, als ich auf unser Haus zulief. Ich reagierte zu spät, als sich plötzlich etwas direkt neben mir bewegte. Jemand schubste mich von hinten, und ich war so überrumpelt, dass ich das Gleichgewicht verlor und der Länge nach hinflog. Meine Hände schlugen auf dem Asphalt auf, doch ich spürte nichts. Ich wollte aufstehen, war aber wie gelähmt. Schließlich kam ich auf alle viere und blickte auf.

Über mir stand ein Typ, breit gegrätscht.

»Keinen Mucks«, sagte er mit gedämpfter Stimme und vollkommen ruhig.

Ich wollte aufstehen, doch da ging er auf die Knie und hielt meine Arme fest. Dann zog er meine Haare brutal nach hinten, mein Gesicht schnellte hoch.

»Du bleibst hier!«

Ich konnte ihn hören, aber nur wie aus der Entfernung, konzentrierte mich mit aller Kraft darauf, die Gewalt über meinen Körper zurückzuerlangen. Er hockte jetzt mit seinem ganzen Gewicht auf mir. Ich wollte mich umdrehen oder aus seinem Griff winden, doch es war nicht möglich. Seine Finger drückten meinen Hals zu, der Schmerz strahlte bis in den Rücken. Ich war wie gelähmt, außerstande, auch nur einen Muskel anzuspannen.

Ein hysterischer Schrei fuhr durch die Luft.

Ich erkannte Danis Stimme und machte einen letzten, verzweifelten Versuch, mich loszureißen.

Der Typ schlug mich brutal mit der Stirn auf den Boden, sie knallte auf den Asphalt.

In meinem Kopf explodierte etwas. Im nächsten Moment sah ich nur noch Flimmern, vor meinen Augen blitzte es, und dann wurde alles schwarz.

9

Sanctum-Rehaklinik für Suchterkrankungen,
  Arjeplog, Norrland

Die Psychotherapeutin Ursula ist aus dem Spiel, an ihrer Stelle übernimmt Nils Wallin die Behandlung. Er reduziert Andreas Medikamente und leitet eine Gesprächstherapie ein. Sie durchschaut schnell, worauf er hinauswill. Und natürlich geht es um das Thema, über das sie nie wieder hatte sprechen wollen, das eine, bei dem ihr Körper sofort Adrenalin ausschüttet.

Es geht um ihre Familie.

Nils Wallin eröffnet ihre Unterhaltung mit einem eigenartigen Monolog.

»Ich bin Mitglied einer Ordensgemeinschaft. Für Ihre Behandlung mag das zweitrangig sein, doch ich möchte, dass Sie eines wissen: Unser Ziel ist es, das marode Gesellschaftssystem zu reformieren. Wir sind besser vernetzt, als Sie es sich vorstellen können. Deshalb überleben wir alles. Wir setzen alles daran, die Welt zu retten.«

Andrea findet, dass das ziemlich verrückt klingt. Dürfen Therapeuten so mit ihren Patienten reden? Seine feierliche Verkündigung kommt ihr irgendwie bekannt vor, ihre Nackenhaare sträuben sich.

»Und jetzt haben wir Sie unter zahlreichen Kandidaten ausgewählt, einen Auftrag für uns zu übernehmen«, fährt er fort. »Wenn Sie kooperativ sind, können wir Ihnen eine glänzende Zukunft in Aussicht stellen. Behalten Sie das bei der Therapie im Hinterkopf. Vom Erfolg Ihrer Behandlung hängt sehr viel ab.«

Bei diesen Worten erkennt sie, dass er eine enorme Macht über sie besitzt. Es ist ungerecht, dass sie in kürzester Zeit dermaßen abgestürzt ist, von einer erfolgreichen Karrierefrau zu einer Gefangenen in einem solchen Drecksloch. Ekelhaft, wie tief sie gesunken ist.

Ihre Stimmung sinkt zusehends, als sie mit der Therapie beginnen. Nils Wallin schlägt einen Ordner auf, den er auf dem Schreibtisch liegen hat. Daraus liest er ein paar Abschnitte vor. *Ihre Erinnerungen.* Die sind aber alle gelogen.

»Ihre Mutter hat von dem Vorfall erzählt, als Ihr Bruder Sie vor dem Ertrinken bewahrt hat. Da waren Sie sieben. Er war zwölf. Das ereignete sich in dem See an Ihrem Sommerhaus. Er hat sie mittels Mund-zu-Mund-Beatmung gerettet.«

»Stimmt überhaupt nicht. Als er zwölf war, hat er mich nachts in einer Scheune eingesperrt. Er quälte …«

»Schsch, überlassen Sie es mir, Sie durch Ihre Erinnerungen zu führen«, sagt er mit einer sonderbar sanften Stimme. »Kämpfen Sie nicht dagegen an. Versuchen Sie einfach, sich zu erinnern. Wir machen das nur, um Ihnen zu helfen.«

Doch sie weigert sich. Möchte sich nicht erinnern. Die Zeit vergeht langsam. An der Wanduhr verfolgt Andrea den Sekundenzeiger, zählt die Minuten nach. Sie scheint ein hoffnungsloser Fall zu sein.

Doch Nils Wallin lässt sich nicht entmutigen, obwohl sie sich nicht vom Fleck bewegt. Trotz der erfolglosen ersten Sitzung lächelt er empathisch, als er den Ordner zuschlägt.

»Ich komme morgen wieder. Wir werden sehen, ob Ihre Erinnerungen dann klarer sind.«

»Nein, gehen Sie nicht! Lassen Sie es uns noch einmal versuchen. Ich kann mich nur an diese Scheune erinnern. Wäre es nicht okay, wenn wir darüber sprechen, was dort geschehen ist?«

»Sie haben falsche Erinnerungen kreiert, um Ihre Schuldgefühle erträglicher zu machen. Ich werde Ihnen Ihre echten Erinnerungen zurückgeben.«

Ihr Kampf hält tagelang an. Sie bekommt Angst, dass sie ihre Chance vergibt. Aber Nils Wallin lässt nicht locker.

Eines Nachts liegt sie wach und grübelt. Der Gedanke an die nächste Sitzung mit ihm setzt ihr zu. Eine finstere Stimme raunt ihr etwas ins Ohr. *Er hat dir eine Falle gestellt, sie ist das Klebeband, du bist die Fliege. Du bist hilflos. Wertlos. Einsam.*

Sie setzt sich im Bett auf und presst sich die Hände auf die Ohren, um diese Stimme loszuwerden. *Sitz gerade. Schultern nach hinten. Tief durchatmen.* Die Stimme in ihrem Kopf verklingt. Ihr Geist wird klarer. Sie durchforstet die Untiefen ihres Gedächtnisses nach ähnlichen Situationen, die sie durchgestanden hat. Doch dann kommt ihr eine Fernsehsendung in den Sinn. Obwohl es bei Sanctum so viele idiotische Einschränkungen gibt, darf sie fernsehen, allerdings nur die Kanäle, die langweilige Dokumentationen bringen oder gesellschaftsrelevante Themen diskutieren. Jetzt fällt ihr eine Sendung wieder ein, in der darüber berichtet wurde, wie es Psychologen bei einer Studie gelungen ist, Patienten falsche Erinnerungen einzupflanzen. Andrea hatte das Programm nur nebenbei laufen gehabt, doch so viel wusste sie noch – wenn die Therapeuten bestimmte Inhalte oft genug wiederholten, funktionierte es. Die Patienten betrachteten diese Erinnerungen irgendwann als ihre eigenen.

Da verspürt sie auf einmal ein sonderbares Jucken – wie Schafwolle auf nackter Haut. Im Dunkeln huscht ihr ein

Lächeln übers Gesicht. Jetzt begreift sie, worauf Nils aus ist. Und ihr fallen gleich mehrere Dinge ein, wie sie ihn zufriedenstellen kann. Kaum ein Preis scheint zu hoch, um aus dieser Anstalt rauszukommen.

Am nächsten Tag erzählt sie ihm aufgeregt, dass sie sich jetzt an etwas erinnern könne, das genau mit dem übereinstimmte, was er zuvor beschrieben hatte. Wie sie beim Fahrradfahren hingefallen sei und ihr Bruder angerannt kam und ihr geholfen habe. Wie er sie hochgehoben und sie ins Haus getragen habe. Ihre blutigen Knie gewaschen habe. Wie ihr Vater ihr die Hand gehalten habe. Sie sehe es vor sich, als sei es gestern gewesen.

So überzeugend lügen zu können ist auch ein Talent. Sie ist selbst überrascht, wie gut sie sich dabei fühlt.

So zufrieden hat sie Wallin noch nie zuvor lächeln sehen.

»Wir kommen mit der Therapie schon deutlich voran«, sagt er. »Es wird funktionieren. Morgen kommt die nächste Erinnerung dran.«

Das bestätigt nur ihre Vermutung, dass er genau so einfach um den Finger zu wickeln ist wie jeder x-beliebige andere Mann. Es ist wirklich beschämend, nach seiner Pfeife zu tanzen.

Aber sie muss hier raus.

Und viele Wege gibt es nicht.

10

Danis Schrei erweckte mich wieder zum Leben. Ein schneidender Schmerz oberhalb meines rechten Auges strahlte auf die Stirn aus. Das Haus lag nur zwanzig Meter vor mir, doch ich konnte nicht fliehen, der Mann hielt mich brutal fest.

Was dann geschah, war wie eine Sequenz in einem Action-Film. Mit einem Mal standen zwei Männer vor unserer Haustür. Einer hämmerte dagegen und rief Danis Namen. Dann ertönte das Geräusch von Glas, das zersplittert. Eine Gestalt sprang hinter dem Haus hervor und rannte zur Straße. Die Tür wurde aufgerissen, und Dani stand da, das Baby im Arm, und schrie wie am Spieß. Erschreckt ließ der Typ meinen Kopf fallen, sodass ich fast noch mal auf den Asphalt geknallt wäre. Das ging so schnell, dass ich kaum mitkam. In einem Augenblick der Verwirrung dachte ich, dass die Männer an der Haustür Dani angreifen würden, doch einer von ihnen rannte los und verfolgte den Mann, der geflüchtet war.

Dann endlich fiel der Groschen. Offenbar waren an diesem Tag *zwei* Wachen vor Ort. Ich stand auf, torkelte und landete schwerfällig wieder auf dem Hintern. Als es mir beim zweiten Versuch gelang aufzustehen, war der Typ, der mich festgehalten hatte, in der Dunkelheit verschwunden. Meine Beine zitterten, und von den Knien lief mir das Blut die Schienbeine hinab, aber es gelang mir, zu unserem Haus zu humpeln.

Dani war außer sich vor Wut. Ihre Augen funkelten wild.

»Das war dieser Scheißverkäufer, der schon mal hier gewesen ist!«, schrie sie, als sie mich erblickte. »Er ist wieder hergekommen und wollte mir Erik aus dem Arm reißen.«

Der Wachmann, der noch neben ihr stand, versuchte sie zu beruhigen.

»Jetzt ist alles gut. Wir sind da. Ich werde als Nächstes die Kamera reparieren, damit wir sofort mitkriegen, wenn noch einmal etwas passiert.«

Die Tür zum Haus stand weit offen. Vom Fernseher ertönte eine Stimme, die mitteilte, dass uns ein schönes, sonniges Wochenende bevorstände, nur am Küstenstreifen leichter Frühnebel. Es klang ganz unwirklich.

»Siehst du!«, keifte Dani mich an. »Ich hab doch gesagt, an dem Typ ist was faul.«

Der andere Wachmann kam angerannt und war völlig außer Atem. Eigentlich sah er gar nicht wie ein Mitarbeiter einer Securityfirma aus. Er trug Bermudas und eine Windjacke, war braun gebrannt und hatte von der Sonne ausgeblichenes, windzerzaustes Haar. Im ersten Moment hielt ich ihn für einen Surfer, der den Überfall vom Strand aus beobachtet hatte.

»Die Männer sind entkommen, aber ich habe ihr Autokennzeichen«, rief er. »Die Polizei ist schon alarmiert. Sie werden die zwei stoppen, noch bevor sie in der Stadt sind.«

Der Schweiß tropfte ihm von der Stirn, und ein Duft von Salzwasser ging von seiner Haut aus.

»Wer ist das?«, fragte ich Dani.

»Steve Foyer«, antwortete sie. »Carls Kontaktperson. Ihm gehört die Securityagentur, der es gerade misslungen ist, uns zu beschützen.«

Etwas undeutlich brachte Steve eine Entschuldigung hervor. Der andere Wachmann telefonierte mit der Polizei.

Meine Gedanken waren vollkommen durcheinander. Im

Geiste lag ich immer noch am Boden. Mir war fast das Herz stehen geblieben, so schnell steckte ich das hier nicht weg. Da fiel Danis Blick auf meine blutenden Knie.

»Alex, du blutest ja! Komm rein.«

In einem Arm hielt sie Erik, mit dem anderen zog sie mich ins Haus.

»Einer von den beiden hat mich festgehalten«, erzählte ich. »Er hat meinen Kopf auf die Straße gedonnert.«

»Oh Gott. Wie gehts dir? Sollen wir lieber ins Krankenhaus fahren?«

»Nein, nein, geht schon. Was ist mit dir?«

Dani schloss einen Moment lang die Augen.

»Ich bin okay, glaube ich«, sagte sie. »Ich kann das alles nur noch nicht fassen.«

Erik begann, ohrenbetäubend laut zu schreien. Dani ließ sich aufs Sofa sinken und versuchte, ihn zu beruhigen. Ich ging zur Toilette. Allein die paar Schritte über den Flur riefen wieder dieses Schwindelgefühl hervor. Ich befürchtete, dass vielleicht auch eine Rippe gebrochen sein könnte, doch den heftigsten Schmerz spürte ich im Kopf. Mit zittrigen Händen wusch ich das Blut von meinen Knien. Ich fühlte mich fiebrig, mein Herz raste. Ich sah in den Spiegel über dem Waschbecken. Auf der Stirn hatte sich bereits ein Hämatom gebildet.

Allmählich verstand ich, was soeben geschehen war. Schlimmer als der Überfall selbst waren die schrecklichen Erinnerungen, die er wachgerufen hatte. Dieses entsetzliche Gefühl von Ohnmacht rief mir wieder diese Nacht ins Gedächtnis, als wir uns in der Gewalt der Sekte befunden hatten. Dieses vollkommene Ausgeliefertsein. Die Hilflosigkeit.

Carl war der Ansicht, dass meine latente Angst ein Resultat meiner äußerst lebhaften Fantasie sei. Er behauptete, ich beschäftige mich mit zu vielen schrecklichen Hirngespinsten, und meinte, ich müsse aufhören, es mit solchem Input zu versorgen. Doch das war leichter gesagt als getan. Wenn es akut war, halfen mir nur meine Atemübungen, dieses langsame Ein und Aus. Als mein Herzschlag sich normalisiert und das Schwindelgefühl nachgelassen hatte, ging ich ins Wohnzimmer zurück. Die Haustür stand immer noch sperrangelweit offen, und einer der Securitymitarbeiter fummelte an der Kamera herum. Ich rief Carl an, merkte an seiner aufgeregten Stimme aber, dass er bereits informiert worden war.

»Ich bin schon auf dem Weg. Bleibt einfach im Haus«, sagte er.

»Wo sollte ich auch hin?«, keifte ich ihn an.

Meine Gedanken drehten sich einzig und allein darum, dass diese Hölle jetzt wieder losging. Mehr als ein halbes Jahr lang hatte ich mich selbst immer wieder beruhigt und getröstet. *Dani lebt. Die Sekte ist Vergangenheit – alles ist überstanden.* Doch nun fragte ich mich, ob ich zu naiv gewesen war.

Carl trudelte gleichzeitig mit zwei Polizeibeamten bei uns ein. Er nahm mich ganz fest in die Arme und ließ mich kaum noch los. Dann setzten wir uns ins Wohnzimmer. Dani schnitt dem Nachrichtensprecher mitten im Satz das Wort ab, indem sie den Fernseher ausstellte. Alle waren ausgesprochen sachlich, als sei es ein ganz normaler Arbeitstag. War ich hier denn die Einzige, die das Blut und den Boden voller Scherben sah?

»Erzählen Sie mir bitte, was passiert ist, Daniela«, sagte Steve Foyer. Als er Platz nahm, rutschte seine Windjacke hoch, und ich sah das Holster mit der Pistole an seinem Gürtel.

»Es war ein ganz durchschnittlicher Typ«, berichtete Dani. »Normal gekleidet, ganz nett. Er hat behauptet, dass Alex einen Festnetzanschluss bestellt hätte, und er sollte ihn montieren. Kurze Zeit später tauchte er noch einmal auf, doch da hatte ich schon von Alex erfahren, dass er gelogen haben musste. Also hab ich ihm gesagt, er solle abhauen. Daraufhin hat er einen Fuß in die Tür gestellt und sich hineingequetscht. Er hat verlangt, dass ich ihm Erik gebe. Sein Freund stünde draußen mit der Pistole, hat er gesagt. Da habe ich angefangen zu schreien, und als Sie gekommen sind und an die Tür geklopft haben, hat er wohl Schiss gekriegt und ist durch die Terrassentür abgehauen. Ich habe im Affekt eine Weinflasche nach ihm geworfen. Hat seinen Kopf leider knapp verfehlt, aber das Glas zerschlagen – wie man sieht.«

Weinflaschen auf Leute zu schleudern sah Dani eigentlich gar nicht ähnlich. Es überkam mich heißkalt. Offenbar hatte sie sich nicht nur ein bisschen verändert. Sie war richtig aggressiv geworden.

Die Personenschützer und Carl baten mich zu erzählen, was draußen auf der Straße passiert war.

»Ich fahre dich ins Krankenhaus, du hast bestimmt eine Gehirnerschütterung«, sagte Carl.

»Das ist nicht nötig, mir gehts gut«, erwiderte ich.

»Das kannst du doch gar nicht wissen.«

»Ich hab doch gesagt, mir gehts gut.«

Ich versuchte wirklich, nicht gleich in die Defensive zu gehen. Ich musste erst einmal zu mir kommen. Dennoch konnte ich nicht umhin, den Tatsachen ins Auge zu sehen. Das, was heute geschehen war, war erst der Anfang. Hinter alledem konnte nur die Sekte stecken, das stand für mich fest.

Die Polizeibeamten schienen unsere Geschichte schon zu kennen. Im Raum gab es eine Art stille Übereinkunft, von der offenbar alle wussten, nur ich nicht.

»Dieser Kidnappingversuch war durch und durch unprofessionell«, sagte Steve. »Es ist eher unwahrscheinlich, dass die Sekte da ihre Finger im Spiel hat.«

»Aber wer sollte denn sonst dahinterstecken?«, fragte ich gereizt.

»In letzter Zeit hat man hier in der Gegend schon mehrfach versucht, Babys zu kidnappen«, sagte Steve und warf einen Blick auf Erik, der sich an Danis Brust festgesaugt hatte und jetzt lautstark schmatzte. »Sie werden auf dem Schwarzmarkt gehandelt.«

»Das ist richtig. Ein ähnlicher Vorfall ereignete sich erst vor ein paar Tagen in Palo Alto«, fügte ein Polizeibeamter hinzu. »Da wurde ein Säugling entführt, und bislang gibt es leider noch keine heiße Spur.«

»Das war mit Sicherheit die Sekte«, behauptete ich und sah Carl an. Ich erwartete Unterstützung von ihm, doch er schüttelte nur langsam den Kopf.

»Ich habe einige Nachforschungen angestellt«, sagte er. »Entweder haben sie alle Aktivitäten eingestellt oder sie sind in den Untergrund gegangen. In Kalifornien gibt es nicht den geringsten Hinweis auf sie.«

»Das kann doch kein Zufall sein!«, rief ich empört.

Steve überlegte. Carl fasste mich an der Schulter.

»In dem Fall wussten die offenbar nicht, dass ihr Personenschutz habt«, meinte Steve. »Die haben vermutlich gedacht, es sei ganz leicht, das Baby zu entführen.«

In diesem Augenblick klingelte das Smartphone des einen Beamten. Er sprach so laut, als könnte er seinen Gesprächspartner schlecht verstehen.

»Gut ... gut ... ich fahre sofort los.«

»Sie haben sie auf der Fernstraße 280 gestoppt«, teilte er uns mit. »Ich fahre in die Polizeizentrale.«

Dann sprach er Dani an.

»Bis auf weiteres sollten Sie das Haus nicht allein verlassen.«

»Wird Dani denn nie ein normales Leben führen können?«, fragte ich frustriert. »In Schweden wäre sie vielleicht sicherer.«

»Das würde ich nicht sagen«, widersprach Carl. »Steve wird euch beschützen, hier seid ihr sicher.«

»Sicher? Die hätten Erik doch beinahe gekriegt!«, rief ich und sah Steve Foyer böse an.

»Wir wären schneller da gewesen, wenn die Überwachungskamera nicht von dem Erdbeben beschädigt worden wäre. Immerhin konnten wir verhindern, dass sie das Kind mitgenommen haben. Wir waren gerade rechtzeitig vor Ort«, sagte der andere Securitymann. der sich als Mark Russel vorgestellt hatte. Er war bestenfalls einen Meter siebzig groß, hatte eine Spargelfigur und einen ordentlich getrimmten Schnauzer sowie einen Mini-Kinnbart. An Unterarmen und Hals schlängelten sich zahlreiche Tattoos. Meiner Vorstellung von einem Personenschützer entsprach er damit zwar nicht, aber im Gegensatz zu Steve Foyer trug er immerhin eine Art Uniform, ein kurzärmeliges blaues Hemd und eine ordentlich gebügelte schwarze Hose.

»Ach Alex …«, sagte Carl und nahm mich in den Arm. »Wir werden euch hier nicht aus den Augen lassen. Die Überwachungskamera ist schon repariert.«

Kurz darauf verließen die Polizeibeamten das Haus. Steve half Dani, ein paar Pappkartons auseinanderzuschneiden, um damit die zerbrochene Glasscheibe zu verkleiden. Mark ging wieder in ihr Apartment ins Nachbarhaus hinüber, das sie für die Überwachung angemietet hatten.

Carl und ich blieben noch auf dem Sofa sitzen. Er zog mich zu sich. Ich schmiegte mich an ihn und schwieg.

»Alex, du kannst sicher sein, dass es eine Erklärung dafür geben wird«, sagte er zu mir.

Da mich das Straßenlaternenlicht, das durch das Fenster

drang, blendete, konnte ich Carls Augen nur schwer erkennen. Ich fragte mich, ob sein Blick genauso entspannt war, wie seine Stimme klang.

»Woher willst du wissen, dass die Sekte nicht dahintersteckt?«

»Lass uns aufhören zu spekulieren«, murmelte er. »Jetzt soll die Polizei ihren Job machen.«

Steves Handy klingelte, er ging sofort ran.

»Das war die Polizei«, sagte er, nachdem er das Gespräch beendet hatte. »Sie haben die Männer vernommen, und die haben ganz offenbar Verbindungen zu dieser Bande, die Säuglinge kidnappt und weiterverkauft. Könnten die dein Kind irgendwo schon mal gesehen haben, Daniela?«

»Klar, ich gehe ja mehrmals täglich mit dem Kinderwagen vor die Tür. Und am Strand sind wir auch oft. Aber ist das nicht alles etwas weit hergeholt? Warum sollte so was gerade mir passieren, nach allem, was im letzten Jahr geschehen ist? Hast du dafür eine Erklärung, *Steve*?«

Steve Foyer schien es gelassen zu nehmen, denn er lächelte sie einfach nur schulterzuckend an, augenscheinlich vollkommen unbeeindruckt.

»Ich bleibe am besten hier«, sagte Carl.

Er sah müde aus. Außerdem wusste ich nur zu gut, wie sehr er es hasste, ohne Wechselwäsche irgendwo zu übernachten.

»Musst du nicht, wir sind ja nicht allein«, entgegnete ich.

»Ich bleibe da«, sagte Steve. »Meine Schicht beginnt sowieso jetzt. Ich wollte Mark gerade ablösen, deshalb waren wir hier zu zweit.«

Als Carl an der Haustür stand, zögerte er noch.

»Soll ich nicht doch bei euch bleiben?«, fragte er mich.

»Nein, nein, fahr nach Hause und geh schlafen. Wir sprechen morgen.«

Zum Abschied umarmte ich ihn und küsste ihn auf den Hals, wo ich seinen Puls unter meinen Lippen spüren konnte. Normal war er nicht.

Als Carl gegangen war, ging ich ins Wohnzimmer zurück. Dani saß auf dem Sofa, den schlafenden Erik im Arm. Sie trug Hotpants und ein weites T-Shirt, das ihre Schultern entblößte. Kein Make-up, ihre Haare sahen verstrubbelt und strohig aus. Trotzdem musste ich feststellen, dass sie jetzt schöner war als je zuvor. Dani hatte etwas, was mir fehlte – diese Aura von Wahrhaftigkeit.

»Es *könnte* ja auch diese Bande gewesen sein«, sagte ich vorsichtig.

»Das glaubst du doch selbst nicht«, erwiderte sie. »Aber jetzt muss ich schlafen, und morgen werde ich mit Steve sprechen. Er will mir bei ein paar Dingen unter die Arme greifen.«

»Hast du ihn schon näher kennengelernt?«

»Na ja, er schaut manchmal vorbei, wenn du im Büro bist. Warum?«

»Ach nichts. Schön, dass du jemanden zum Reden hast.«

Erik schlummerte sanft und wunderschön unschuldig in ihren Armen.

Als Erik auf die Welt gekommen war, hatte ich Sorge gehabt, dass ihr unglaublicher Hass auf Jim es ihr schwer machen könnte, ihr Kind zu lieben. Doch vom ersten Augenblick an vergötterte sie ihren Sohn – sie trug ihn immer bei sich, in der Bauchtrage oder sabbernd über der Schulter, immer nah an ihrem Körper. Wenn er nachts schrie und ich ihr zu Hilfe kommen wollte, wies sie mich in der Regel schroff ab. Und wenn ich entgegnete, dass es nicht ganz normal sei, ihn nie abzugeben, antwortete sie nur: Das sei sie schon lange nicht mehr. Normal.

Sie ging in ihr Zimmer und legte Erik ins Babybett.

»Bist du manchmal traurig, dass du Erik nicht mit einem Mann bekommen hast, den du liebst?«, fragte ich sie.

»Nein, überhaupt nicht. Unsere DNA hält was aus, wir sind zäh wie Leder. Überleg mal, was wir beide alles schon durchgestanden haben. Erik wird genauso werden wie wir.«

Im Gegensatz zu mir – ich war immer schon emotional gewesen – schien Dani unglaublich pragmatisch zu sein.

»Ich meinte jetzt weniger die Gene, sondern den Aspekt, ein Kind mit jemandem zu haben, den man liebt.«

»Bei Liebe geht es doch im Grunde immer nur um Selbstbestätigung. Das ist oft kompliziert und dann auch schnell vorbei. Wichtig ist jetzt nur eins: dass es Erik gut geht.«

Dani und ich verbrachten das ganze Wochenende miteinander. Wir unternahmen ausgedehnte Spaziergänge mit Mark oder Steve im Schlepptau, nahmen uns Zeit zum Kochen und sahen uns Filme an. Carl war den ganzen Samstag da. Steve schaute am Sonntag zweimal bei uns vorbei. Bei seinem ersten Besuch schüttelte er betreten den Kopf, es gab noch nichts Neues. Beim zweiten Mal hatte er etwas zu berichten.

»Die Polizei hat die zwei Typen verhaftet«, teilte er uns mit. »Sie gehören eindeutig zu dieser Bande und kommen auch nicht gegen Kaution frei, das heißt, ihr könnt ganz beruhigt sein.«

Dani war dennoch skeptisch und sah ihn eindringlich an. Dann drehte sie sich zu mir um.

»Was sagst du dazu, Alex?«

»Ich bin seiner Meinung«, antwortete ich.

Wir wiegten uns also fast in Sicherheit, und Steve blieb noch zum Essen.

Am Montag überredete mich Dani, wieder ins Büro zu fahren, als sei nichts geschehen.

Kurz vor Feierabend schnitt Carl noch mal das Thema »Zusammenwohnen« an.

»Sollten wir vielleicht warten, bis Halloween vorbei ist, was meinst du?«

»Hast du kalte Füße bekommen?«

»Kein bisschen, aber wäre es jetzt der richtige Zeitpunkt, Dani davon zu erzählen? Nach den Ereignissen vom Freitag?«

»Nein, du hast recht, im Augenblick kann ich sie wirklich nicht allein lassen.«

»Auf Steve kann sie sich verlassen, nur dass du Bescheid weißt.«

»Kennst du ihn gut?«

»Ja, ich kenne ihn seit meiner Zeit in San Francisco. Er hat mir das Schießen beigebracht. Ich weiß, dass dir das nicht gefällt, aber so war es nun mal. Steve ist absolut zuverlässig, und Dani könnte keinen besseren Personenschützer an ihrer Seite haben.«

»Worauf habt ihr denn geschossen?«

»Nur auf kalifornische Ziesel. Und hier sind die keineswegs so süß wie die Eichhörnchen in Schweden.«

Er sah etwas verlegen aus. Plötzlich wurde ich von Gefühlswallungen schier überwältigt.

»Danke, dass du uns so viel hilfst«, sagte ich.

»Gern geschehen«, erwiderte er. »Und jetzt fahr ich dich nach Haus. Wir gehen ins Miramar und kaufen Crab Cake und Wein. Dann schnappen wir uns Steve, Dani und Erik und machen beim Sonnenuntergang Picknick am Strand.«

Das Miramar Beach war ein Restaurant gleich um die Ecke. Als wir mit dem Essen nach Hause kamen, saßen Dani und Steve im Wohnzimmer und spielten mit einem jauchzenden Erik. Als Dani mich erblickte, strahlte sie über das ganze Gesicht.

»Sieh dir das an, Alex! Erik lächelt Steve an.«

Dani hatte sich zwar verändert, doch in dem Moment wirkte sie so glücklich wie selten.

11

Manchmal holen sie ihre Erinnerungen ein und nageln sie eine Zeit lang fest. Nils Wallin verblasst. Das Zimmer verblasst. Die Schwerkraft wird irgendwie stärker, sie hat das Gefühl, in ein schwarzes Loch zu fallen. Und da: die Scheune, die Dunkelheit, der Gestank von den Kuhfladen, die Schmeißfliegen, das Gefühl zu verfaulen. All das durchlebt sie noch einmal.

»Hallo Andrea! Sind Sie weggedriftet?«

»Ja, Entschuldigung. Wie war die Frage?«

»Was für ein Gefühl haben Sie, wenn wir über Ihre Familie sprechen?«

Sie hatte die Hoffnung schon fast aufgegeben. Jetzt stellte er die Frage also doch. Bei diesem Thema kann sie nicht lügen, also serviert sie ihm eine Halbwahrheit.

»Ich habe jetzt eingesehen, dass es auch gute Zeiten gab«, flüstert sie und schlägt die Augen nieder. »Vielleicht bin ich doch überstürzt geflohen, aber ich hatte schließlich keine Wahl. Wollen Sie das Mal auf meinem Rücken sehen?«

»Das ist nicht nötig. Ich glaube Ihnen. Wie Sie schon sagten, es gab in Ihrer Kindheit schöne und schreckliche Erlebnisse. Allerdings stehen Sie jetzt quasi ohne Familie da, und das ist auch nicht gut.«

Diese Tatsache ist die allergrößte Erleichterung, aber das wirst du nie verstehen.

»Jetzt wollen wir uns mal diesen Männern zuwenden«, sagt Wallin und platziert zwei Fotos vor ihr auf dem Tisch.

In ihrem Kopf dreht sich alles. Auf dem ersten Bild ist ihr Onkel zu sehen. Mit ihm kommen bereits unangenehme Erinnerungen hoch, doch erst das zweite Bild bringt sie aus der Fassung. Ihr wird so schlecht, dass sie den Kopf wegdrehen muss, dann ist ihr abwechselnd heiß und kalt.

Ihr Herz rast. Der Schmerz, der sie bei dieser Erinnerung überfällt, wandelt sich schlagartig in blanke Wut. Und das nennt sich Therapie? Darf er das eigentlich?

»Keine Sorge, Sie schaffen das«, sagt Nils Wallin. »Jetzt holen Sie zuerst ein paarmal tief Luft.«

Ihr Mund ist staubtrocken.

»Wer sind diese Männer?«, fragt er ganz unschuldig. Rhetorische Fragen hat sie schon immer gehasst.

»Sie kennen die Antwort. Auf dem einen Bild ist mein Onkel zu sehen, den Namen des anderen Mannes nehme ich nicht in den Mund, und Sie können mich auch nicht dazu zwingen.«

»Gut, aber erkennen Sie eine gewisse Ähnlichkeit zwischen den beiden?«

»Ja, das sind abscheuliche Menschen und haben mich beide verraten.«

Wallin seufzt geknickt.

»Ich meine, allein was das Äußerliche angeht.«

»Darüber möchte ich nicht sprechen.«

»Wir können doch mit Ihrem Onkel beginnen.«

»Er ist tot.«

»Ist das der Grund dafür, dass Sie sagen, er habe Sie verraten?«

»Er hat versprochen, sich um mich zu kümmern, doch dann hat er sich das Hirn weggesoffen und sich totgefahren. Würden Sie das nicht als Verrat bezeichnen?«

»Andrea, ich versuche wirklich, Ihnen die Sache nicht unnötig schwer zu machen. Aber mein Eindruck ist, Sie haben sich verlassen und einsam gefühlt und bei einem gewissen Typ Mann Geborgenheit gesucht. Und als die Männer dann Ihre Erwartungen nicht erfüllen konnten, war das der Auslöser dafür, dass Sie den Boden unter den Füßen verloren haben.«

Woher weiß dieser Wallin so viel?

»Soll mich das jetzt gesund machen?«

»Ja, dieser Gedanke steht hinter der Therapie. Bald werden Sie es nämlich mit einem ganz anderen Typ Mann zu tun bekommen. Er ist äußerst interessant.«

»Ich interessiere mich nicht für Männer. Für Frauen auch nicht. Oder für Menschen im Großen und Ganzen. Andere sind mir völlig egal, sie lassen mich einfach nur kalt.«

Endlich mal die Wahrheit, unbeschönigt.

»Ich kann verstehen, dass Sie *im Moment* so fühlen. Aber wenn es uns gelingt, hier Abhilfe zu schaffen, könnte ich mir vorstellen, Sie zu entlassen.«

»Über meinen Onkel können wir meinetwegen reden, über den anderen Mann aber nicht …«

»Okay, dann vereinbaren wir das. Ich bin sowieso der Meinung, dass Sie in Hinblick auf diese zwei Personen ähnliche Gefühle zu verarbeiten haben.«

Sie erzählt ihm bewusst nur Ausschnitte ihrer Erlebnisse mit ihrem Onkel. Anfangs sitzt sie zusammengesunken da, ihre Hände zwischen den Oberschenkeln, die Augen geschlossen. Sie weiß, dass so der Eindruck entsteht, sie würde die Erinnerungen *bearbeiten*. Schließlich blickt sie dem Therapeuten beim Sprechen in die Augen. Nur einmal unterbricht er sie.

»Hat sich Ihr Onkel Ihnen jemals mit sexuellen Anspielungen genähert?«, fragt er.

»Was? Nein, hat er nicht. Er hat mir doch geholfen.«

»Entschuldigen Sie, ich versuche nur, mir ein Bild von der Sache zu machen.«

»Es gibt kein *Bild*. Er hat nur so getan, als wäre ich ihm wichtig, aber als es ernst wurde, hat er sich für den Alkohol entschieden.«

Sie legt den Kopf in die Hände, als sie fortfährt.

»Können Sie sich vorstellen, wie es für mich war, gerade von ihm fallen gelassen zu werden? Ich war am Boden zerstört.«

Was nicht stimmte. Sie ist wütend gewesen. Fuchsteufelswild. Völlig außer sich. Aber Wallin wirkt zufrieden.

»Sie haben heute sehr viel Mut bewiesen. Wir haben große Fortschritte gemacht.«

Sie betrachtet die Fotografien noch einmal. Ihr Onkel lässt sie mittlerweile kalt, er hat keine Macht mehr über sie, nicht *so* jedenfalls. Aber der Anblick des anderen Mannes setzt ihr zu, ruft alle dunklen Erinnerungen wach. Schuld ist als Gefühl so sinnlos. Sie ist eher verbittert und wütend, dass man ihr das unbeschwerte Leben gestohlen hat. Und natürlich ist sie voller Hass.

Nils Wallin versteht gar nichts. Sie hat nicht die geringste Lust, sich an denjenigen zu rächen, die ihre Familie zerstört haben. Sie ist ihnen sogar dankbar. Und um den Onkel kümmern sich jetzt die Würmer in der Erde. Doch das Bild des anderen Mannes bringt ihr Blut immer noch zum Kochen. Rache ist ein finsteres Wort, sie muss blutig und erbarmungslos sein, um einem eine gewisse Befriedigung zu geben.

Die Therapie setzt sich noch ein paar Tage fort, quälende Stunden für sie, doch am Ende ist Nils Wallin zufrieden.

»Es ist so, Andrea«, sagt er. »Gewalttätige Menschen versuchen im Grunde, die Kontrolle über sich selbst zu erlangen. Meist hat sich die Erfahrung von Schmerz aus ihrer Vergangenheit ganz tief in ihr Bewusstsein eingegraben. Aggression kann ein Ventil für Schmerz sein. Aber die Verletzungen an der Seele können heilen, wenn man etwas Neues, Stimulierendes ins Auge fasst. Wir Psychotherapeuten nennen so etwas Neuorientierung. Und hier haben wir jemanden, der für Sie interessant werden könnte.«

Dann legt er ihr wieder ein Foto vor. Aber diesmal ist sie nicht angewidert, jetzt überkommt sie kein Hass. Sie blinzelt erstaunt und holt zitternd ganz tief Luft.

»Wissen Sie was?«, sagt Nils. »Manchmal reicht ein Wimpernschlag, und man weiß, was man will.«

12

Kurz darauf flimmerte die News von der Babykidnapping-Bande in allen Nachrichtensendungen über den Bildschirm – stündlich, bis in die Nacht hinein. Gott sei Dank fiel Danis Name nicht, doch auf jedem Sender tauchten verpixelte Bilder der verhafteten Männer auf. Im Zusammenhang mit der Ergreifung der Täter wurde Steves Securityagentur mehrfach erwähnt. Einige Eltern, die sich um ihre Kinder sorgten, erstellten eine Seite auf Facebook, auf der sie Tipps austauschten, wie man sich schützen könne. Und mir fiel auf, dass die Menschen, die auf der Strandpromenade vor unserem Haus vorbeiliefen, sich auf einmal nervös umsahen und ganz angespannt wirkten. Wer sich traute, mit dem Kinderwagen spazieren zu gehen, ging nicht allein. Die Mütter ließen sich von mindestens einem Mann begleiten.

Gegen Ende der Woche wurden Carl, Dani, Steve und ich in die Polizeizentrale in San Francisco einbestellt, weil noch Fragen offen waren und man uns über die weitere Vorgehensweise informieren wollte. Dani hatte Erik in der Bauchtrage dabei. Die Büros waren aufgeheizt, die Fenster vom Kondenswasser beschlagen. Der Polizeibeamte, der uns empfing, stellte sich als Kommissar Ben Nguyen vor. Er hatte asiatische Wurzeln und war ungefähr Mitte vierzig, in seinem kurzärmeligen Hemd sah er mit seinen unglaublich muskulösen Armen wie ein American-Football-Profi aus. Er hatte eine ruhige, angenehme Art, doch ihm liefen die Schweißtropfen über die Stirn.

»Die Klimaanlage ist schuld«, sagte er und seufzte. »Es ist jetzt das dritte Mal in diesem Jahr, dass sie ausfällt.«

Er führte uns in einen kleinen Raum, in dem es noch wärmer war, und stieß die Tür mit dem Fuß zu. Dann knipste er das Leuchtstoffröhrenlicht an und ließ sich hinter einem Schreibtisch nieder, der von Papieren übersät war. An der Wand hing ein Zettel, auf dem unzählige Telefonnummern notiert waren.

»Setzen Sie sich doch«, sagte er. »Und bitte entschuldigen Sie diese Unordnung.«

Wir nahmen Platz. Meine Kleider klebten schon jetzt auf der Haut. Erst in diesem Augenblick fiel mir auf, dass Nguyen offenbar mit Steve bekannt war, denn sie unterhielten sich gleich angeregt über ein Baseballspiel. Dann wandte sich Ben Nguyen Dani zu.

»Als Erstes möchte ich betonen, dass der Säugling, der in Palo Alto entführt worden ist, völlig unbeschadet wieder bei seinen Eltern angekommen ist. Wir haben das kleine Mädchen in der Wohnung des Mannes gefunden, der jetzt in Untersuchungshaft sitzt. Das Kind war den Zwischenhändlern noch nicht übergeben worden. Wir nehmen an, dass die Täter unter Druck gestanden haben und dies der Grund dafür gewesen ist, dass sie Ihr Kind so schnell wie möglich an sich bringen wollten«, sagte er und warf einen Blick auf Erik, der sanft schlummerte.

»Welch ein Segen, dass Sie das andere Baby gefunden haben«, sagte Dani.

»Ja, absolut. Es besteht kein Zweifel daran, dass die Täter einer Bande angehören, die Kinder entführt und auf dem Schwarzmarkt verkauft. Sie agieren vor allem in Kalifornien und Oregon. Die Männer, mit denen wir es zu tun haben, stammen aus Oakland und sind noch nicht lange dabei.«

Ben Nguyen warf einen Blick in seine Unterlagen, dann fuhr er fort.

»Mir ist bekannt, dass sie im letzten Jahr Opfer eines schrecklichen Verbrechens geworden sind, und wir haben dies in unsere Ermittlungen natürlich einbezogen. Doch es gibt keinerlei Hinweise auf Verbindungen zwischen dieser Sekte und der Bande, die die Kinder entführt.«

»Sind Sie mit allen Details darüber vertraut, was die Sekte den beiden in Schweden angetan hat?«, fragte Carl.

»Ja, und wir nehmen die Sache sehr ernst. Doch in unseren Archiven taucht diese Sekte überhaupt nicht auf.«

»Sie haben keinen offiziellen Namen, besitzen keine Adresse und sind deshalb in den Registern der Behörden auch nicht gelistet«, erläuterte ich. »Sie sind vollkommen inkognito. Aber sie haben eine Agenda, ein riesiges Netzwerk und Kontakte und Mitglieder überall auf der Welt.«

Ben Nguyen konnte sich ein Lächeln nicht verkneifen.

»Ja, ich weiß, das erschwert die Nachverfolgung natürlich beträchtlich, doch wie gesagt, es gibt keinerlei Hinweise auf Verbindungen zu diesen Männern. Unsere Täter sind bereits durch Jugendstrafen und Rowdyverhalten aufgefallen. Ich würde bezweifeln, dass sie mit solchen Personen, wie Sie sie da beschreiben, in Kontakt stehen.«

»Und wie geht es jetzt weiter?«, fragte Steve.

»Noch lange sind nicht alle Bandenmitglieder gefasst. Wir haben eine Sonderkommission gebildet und lassen weitere Verdächtige beschatten, um alle dingfest zu machen.«

»Glauben Sie, dass sie noch einmal versuchen werden, Erik zu kriegen?«, fragte Dani.

»Nein, das halten wir für eher unwahrscheinlich. Die wissen jetzt, dass Ihr Haus observiert wird, ein solches Risiko würden sie nicht eingehen. Sie können beruhigt sein.«

Und seine Worte waren beruhigend. Sogar Dani konnte erleichtert aufatmen. Wir beantworteten ihm noch weitere Fragen. Am Ende bat er Dani, den Mann zu identifizieren, der Erik entführen wollte.

Wir warteten so lange draußen vor der Polizeizentrale. Die Temperaturen waren inzwischen deutlich gesunken. Während wir das Gespräch mit Nguyen geführt hatten, war ein kühler Wind aufgekommen. Jetzt ging es mir besser. Ich hatte mich überzeugen lassen, dass der Kidnappingversuch nicht mit den Aktivitäten der Sekte zusammenhing.

»Das war ganz eindeutig der Typ, der hinter Erik her war, keine Frage«, sagte Dani, als sie zu uns auf die Straße kam. »Und jetzt war er lange nicht mehr so aufgeblasen. Ich hoffe, er bekommt eine satte Strafe und sie finden die restlichen Mitglieder der Bande. Wollen wir jetzt los, Steve?«

»Was habt ihr vor?«, fragte ich.

»Steve wird mich auf den Schießstand mitnehmen«, antwortete sie.

»Was? Warum denn das? Hast du das mit der Pistole ernst gemeint?«

»Ja, ich möchte schießen lernen. Steve wird mir helfen, den Schein zu machen.«

»Ich will Dani nur ein paar technische Dinge zeigen«, sagte Steve. »Das heißt, *heute* wird sie noch nicht mit einer Pistole nach Hause kommen.«

»Das hoffe ich«, erwiderte ich.

»Schauen wir mal«, sagte Dani und lächelte.

Ich wusste nicht recht, was ich davon halten sollte, doch es war ein gutes Gefühl, sie mit einem Securityofficer unterwegs zu wissen.

Eine gute Woche später saßen Carl und ich auf seinem Balkon und sahen gebannt zu, wie die Sonne über der Bucht unterging. Knapp über dem Horizont hielt sie sich hinter Nebelschleiern noch eine ganze Weile, während der Himmel in Rot, Hellblau und Orange erstrahlte. Die Golden Gate Bridge hob sich mächtig und stolz vor dem Schauspiel ab. Ganz solide stand sie da, als würde sie alles und alle überdauern. Die Wasseroberfläche schimmerte roséfarben und war ruhig, sie sah wie ein Spiegel aus, der in der Bucht lag. Carl meinte, es könne noch dauern, bis der Winter kam, der legendäre San-Francisco-Herbst würde noch anhalten.

Eigentlich hätten wir uns um das Abendessen kümmern sollen, doch wir saßen bloß da, verzaubert von der schönen Aussicht.

»Und, kannst du dich langsam entspannen?«, fragte Carl.

»Ja, das kann ich. Aber findest du es nicht auch verdächtig, dass so etwas geschieht, kaum dass wir der Sekte entkommen sind?«

Er überlegte.

»Nein, im Grunde nicht. Dani geht oft mit Erik auf der Strandpromenade spazieren. Im Haus wohnt kein Mann. Die Kidnapper haben Erik vermutlich für eine leichte Beute gehalten.«

Doch trotz seiner Argumente konnte ich nicht aufhören zu zweifeln.

»Es ist doch nicht zu fassen, wie brutal das Schicksal ist. Dani hat doch gerade erst so viel durchgemacht. Kann das wirklich Zufall sein?«

»Ja, das glaube ich tatsächlich, Alex. Wir haben keinerlei Hinweise darauf, dass es anders sein sollte.«

Damit beendeten wir das Thema. Und nun machte ich mir auch keine Sorgen mehr.

»Gehts dir jetzt besser?«, fragte er mich.

»Ja.«

Er blinzelte mich an. Ich hatte das Gefühl, er wollte etwas sagen. Er blickte auf, betrachtete die Skyline von San Francisco, und mir war, als könne ich seine Gedanken berühren, sie hingen in der Luft zwischen uns.

»Woran denkst du?«, fragte ich ihn.

»Ich habe eine Idee, aber ich weiß noch nicht genau, wie ich es sagen soll«, begann er. »Ich möchte nicht, dass du mich falsch verstehst.«

»Leg los.«

»Nein, vergiss es. Der Zeitpunkt ist völlig falsch. Nach diesem Schrecken, den wir gerade erlebt haben.«

»Du weißt genau, dass mich dein Gerede nur noch neugieriger macht.«

»Dann versprich mir, dass du nicht sauer wirst.«

»Kommt drauf an.«

»Es geht um unser Liebesleben. Ich würde gern was Spannendes mit dir ausprobieren.«

»Was willst du damit sagen? Ich dachte, du magst keinen perversen Sex.«

»Tu ich auch nicht, aber ich liebe es zuzuschauen, wenn dich Glücksgefühle überrollen. Deshalb dachte ich, vielleicht möchtest du es mal mit einem Dreier probieren?«

Dieser Vorschlag kam derart aus dem Nichts, dass es mir die Sprache verschlug.

»Vielleicht sagst du lieber klipp und klar, wenn du mit einer anderen Frau schlafen willst«, erwiderte ich schließlich. »Ich werde dich nicht daran hindern, aber mit uns ist dann Schluss.«

»Ich meine keinen Dreier mit einer anderen Frau.«

»Mit einem Mann?«

»Genau.«

Das war der Hammer. Eine Sexfantasie, die mir immer wieder durch den Kopf geisterte, bestand darin, es mit zwei Männern gleichzeitig zu machen. Einmal hatte ich es tatsächlich auch schon ausprobiert, doch die Männer hatten viel zu wenig Feingefühl bewiesen und wollten zu schnell zum Ziel kommen. Das war einfach nicht schön gewesen. Aber in meinen Träumen stellte ich mir Partner vor, die etwas mehr Erfahrung mitbrachten. Bei dem Gedanken daran stieg mir die Hitze ins Gesicht.

»Mir ist das jetzt echt ein bisschen peinlich«, sagte ich.

»Warum? Mit unseren Klientinnen redest du jeden Tag über flotte Dreier, Vierer und andere Dinge, die noch wesentlich intimer sind.«

»Du hast doch immer gesagt, wir sollten darauf achten, Privatleben und Job zu trennen.«

»Ja, stimmt. Tut mir leid. Ich hätte dir das jetzt nicht erzählen sollen, so kurz nach diesem Kidnappingversuch. Das war wirklich unsensibel von mir. Vergiss es einfach. Ich bin ein Idiot.«

»Ich hab das tatsächlich mal ausprobiert, als ich achtzehn war. Aber damals war es ein Reinfall. Ich hatte nicht mal einen Orgasmus.«

»Bei einem Dreier mit zwei Männern muss die Frau ganz klar im Mittelpunkt stehen. Sonst wird es nichts«, sagte Carl.

»Aber würde dir das denn nichts ausmachen? Wirst du nicht eifersüchtig?«

»Doch. Aber Eifersucht kann auch erregend sein.«

»Hast du schon viel Erfahrung mit flotten Dreiern?«

»Geht so. Aber die stammen gefühlt aus einem anderen Leben, so lange ist das her. Und noch nie hab ich das mit jemandem gemacht, den ich so sehr liebe wie dich.«

»Findest du, dass in unserem Liebesleben etwas fehlt?«

»Nein, gar nicht. Aber ich habe immer wieder diese Fantasie. Du bist noch so jung, ich dachte mir, da möchtest du vielleicht mal was Neues ausprobieren. Etwas Spannendes.«

Ohne zu wissen warum, schossen mir die Tränen in die Augen.

»Hab ich was Falsches gesagt?«, fragte Carl besorgt.

»Nein. In letzter Zeit ist einfach so viel passiert.«

»Weine nicht, Alex. Das war nur so eine Idee. Vergiss es einfach.«

»Ich hab nicht gesagt, dass ich das nicht will. An welchen Mann denkst du dabei?«

»Den kannst du dir aussuchen, wir haben doch die vielen Kontakte über die Agentur. Alle sind vertrauenswürdig und auf Geschlechtskrankheiten getestet. Keiner von ihnen wird dir so einen Genuss bereiten wie ich, aber sie werden ihr Bestes geben, dafür werde ich sorgen.«

»Du bist ganz schön überzeugt von dir, Carl.«

»Eigentlich nicht. Die Sache macht mich sogar fast nervös. Mir ist es wichtig, dass du etwas Tolles erlebst.«

Ich taxierte ihn. Er wirkte unsicher, fuhr sich über den leichten Kinnbart, der in den letzten Tagen gewachsen war. Im Licht der Dämmerung, das auf sein Gesicht fiel, erschien sein Teint ungewohnt blass. Seine Sommersprossen hoben sich jetzt noch deutlicher ab.

»Der Zeitpunkt, das anzusprechen, war falsch, stimmt's?«, sagte er.

Ich überlegte.

»Nein, warum denn? Ich bin nur etwas überrumpelt.«

»Wir könnten es als eine Form von Rekreation betrachten, vielleicht sogar als Therapie«, sagte er und lächelte.

»Du hast wirklich die Gabe, so was in richtig nette Worte zu verpacken. Lass mir einfach ein bisschen Zeit, okay?«

Er legte mir die Hand auf die nackte Schulter. Obwohl sie ganz warm war, bekam ich eine Gänsehaut. Mir entfuhr ein sehnsüchtiger Seufzer.

»Ja klar. Jetzt musst du überhaupt nichts entscheiden«, sagte er. »Jetzt werde ich kochen.«

Ich setzte mich auf einen Barhocker und sah Carl zu, wie er sich in der Küche an die Arbeit machte. Er konnte all seine Rezepte auswendig und wog die Zutaten genau ab. Er gab Öl in eine Pfanne, schnitt Gemüse klein, brachte in einem Topf Wasser zum Kochen und öffnete den Ofen, aus dem heiße Luft entwich. Ein Anblick, als befände ich mich in einem Labor.

Schon im Alter von sieben Jahren hatte Carl das Kochen gelernt. Es hätte sonst auch nichts zu essen gegeben, denn seine Mutter war depressiv gewesen. Später hatte Carl reihenweise Kochbücher studiert, und mittlerweile hatte er aus seinen Kochkünsten eine Wissenschaft gemacht.

An diesem Abend kochte er Meeresfrüchterisotto und grillte Maiskolben im Ofen. Beim Essen beobachtete ich, wie das T-Shirt über seinem Brustkorb spannte, er sich mit den Ellenbogen auf die Tischkante stützte und energisch in einen Maiskolben biss. Bei allem, was er tat, war er mit voller Konzentration bei der Sache. Ich fragte mich, wie er es überhaupt mit mir aushielt, mit einem so impulsiven Menschen.

Ich malte mir ein Leben aus, in dem Dani und ich nicht Opfer dieser Sekte geworden waren, ein Leben, in dem zwei ganz normale, junge Frauen Kalifornien entdeckten. Ein Leben, in dem ich mich nicht ängstlich umblickte, oder die schlimmen Erinnerungen mich immer wieder lähmten. Dann stellte ich mir vor, wie Dani sechs Monate lang jeden Tag die Angst ausgehalten hatte, es könnte ihr letzter sein. Kein Wunder, dass sich so viel Hass in ihr angestaut hatte. Doch dann fand ich, dass es an der Zeit war, die dunklen Gedanken loszulassen. Jetzt lebte ich in einer der schönsten Städte der Welt. Und hatte einen Traummann an meiner Seite.

Einen Dreier. Leichtes Magenkribbeln stellte sich ein. Ich fragte mich, wie das rein praktisch aussehen könnte. So wie ich Carl kannte, hatte er bereits etwas ausgeheckt. Die Vorstellung, sich einfach hinzugeben, die Welt für ein paar wunderbare Stunden zu vergessen und mich verwöhnen zu lassen, war mit einem Mal unglaublich verlockend.

Als wir mit dem Essen fertig waren und abgeräumt hatten, gingen wir auf den Balkon raus. Schweigend lehnten wir am Geländer und beobachteten Seite an Seite, wie es über den Lichtern der Stadt Nacht wurde.

13

Das Foto ist auf einem A4-Blatt ausgedruckt. Ein Mann um die dreißig, kupferfarbenes Haar, stahlgraue Augen. Für einen kurzen Moment steht Andreas Welt still. Es ist Ewigkeiten her, dass sie sich zu einem Mann hingezogen gefühlt hat, aber er berührt sie irgendwie. Ihr kommt etwas in den Sinn, an das sie sich nicht erinnern will, doch vergessen kann sie es auch nicht. Der Duft eines attraktiven und wohlhabenden Mannes. Der Triumph der Eroberung.

»Sie sind ihm noch nicht begegnet, oder?«, fragt Nils Wallin und sieht sie fragend an.

»Nein, nein. Aber ich weiß, wer er ist. Man kann ihn ja durchaus als Promi bezeichnen.«

»Ja, in gewissen Kreisen ist er sehr beliebt. Aber es ist gut, wenn Sie sich bisher noch nicht über den Weg gelaufen sind. Auch wenn er allein dem Aussehen nach zu urteilen etwas Ähnlichkeit mit den zwei Männern hat, um die es in der Therapie ging, hat das jetzt keinerlei Bedeutung. Er und Sie haben nämlich einiges gemeinsam.«

»Könnten Sie bitte deutlicher werden?«

»Der Arme ist in schlechte Gesellschaft geraten. Er beschützt eine Frau, die auf etwas, was in Wirklichkeit unserem Orden gehört, Anspruch erhebt. Sie können ihn vor dem sicheren Untergang bewahren. Es wird also eine Win-win-Situation sein. Für uns, für Sie und auch für ihn.«

»Erzählen Sie mehr.«

»Wir wissen einiges von ihm. Tragische Kindheit. Der Vater Alkoholiker, der die Ehefrau misshandelt hat. Ich denke, Sie werden sich gut verstehen. Aber jetzt sehen Sie sich bitte dieses Bild an.«

Er legt ihr ein anderes Blatt Papier vor.

Die Frau auf dem zweiten Foto hat ein feingliedriges Gesicht, einen dezenten Überbiss, wie manches Fotomodell, was Eva nicht besonders anspricht. Unzählige Sommersprossen breiten sich von der Nasenwurzel über die Wangen aus. Die Augenbrauen sind sanft geschwungen. Doch ihre großen Augen sprechen Bände – über ihnen liegt eine Art Trauerschleier, der sie älter aussehen lässt. Andrea würde sie sonst auf gut zwanzig schätzen. Diese Frau hat Todesängste ausgestanden. Vielleicht würde sie nach einer kieferorthopädischen Behandlung als Model für H&M durchgehen, doch für ein exklusives Haute-Couture-Label reicht ihre Schönheit nicht. Andrea kennt sich aus. Sie hat selbst für ein solches Unternehmen gearbeitet.

Eine Erinnerung kommt hoch, eine Nachrichtensendung, die Andrea zufällig im Gemeinschaftsraum bei Sanctum gesehen hat, bevor eine Pflegerin kam und den Fernseher ausgeschaltet hat. Es ging um eine Kirche, davor befand sich hohes Polizeiaufgebot.

»Jetzt denken Sie mal scharf nach. Haben Sie die Frau schon mal getroffen?«, fragt Nils Wallin.

Andrea schüttelt den Kopf.

»Nein. Aber ist sie vielleicht mal in den Nachrichten gewesen?«

»Ja. Und das werde ich Ihnen später genauer erklären. Das

Einzige, was Sie jetzt schon wissen müssen, ist, dass sie zum Teil für das verantwortlich ist, was Ihrer Familie zugestoßen ist. Wovon ich Ihnen schon berichtet habe.«

Andrea läuft noch immer ein kalter Schauer über den Rücken, wenn er ihre Familie erwähnt. Manchmal ist es gut, dass das Leben am seidenen Faden hängt und Blutsbande innerhalb von Augenblicken durchtrennt werden können. Diese Verbrecher haben bekommen, was sie verdienten. Dennoch ist ihr die Frau auf dem Foto nicht sympathisch. Sie weiß aber nicht recht, warum. Ist sie vielleicht eine Bedrohung?

»Und was soll ich tun?«

Wallin trommelt mit dem Zeigefinger auf dem Bild des Mannes herum.

»Die zwei haben eine Beziehung. Sie sollen seine Aufmerksamkeit auf sich lenken. Es ist nicht zu übersehen, dass Sie schön sind, Andrea, doch das wird nicht ausreichen, um ihn zu erobern. Er reagiert auf ganz andere Dinge als nur die rein körperliche Anziehungskraft.«

»Aber ist er nicht so eine Art Sexexperte?«

»Na ja, ein selbst ernannter vielleicht«, sagt Nils Wallin und lacht trocken. »Er hat ein Buch geschrieben, das sollten Sie lesen. Wir haben einen ganzen Ordner mit Material über ihn zusammengestellt, den bekommen Sie in einer Woche zu lesen.«

Eine ganze Woche noch. Sie versucht, ihre Enttäuschung zu verbergen. Durch das winzige Fenster sieht sie, wie neblig dieser Morgen ist. Der abgestorbene Rasen liegt da, starr und matt vom Frost. Die Luft, die zu ihnen ins Zimmer dringt, riecht nach Metall. Vom Boden steigt ihr der Geruch eines starken Putzmittels in die Nase. Dieser Ort ist wie tot, Arjeplog ist die Hölle auf Erden. Sie sehnt sich mit jeder Faser ihres Körpers danach, hier wegzukommen.

»Warum muss ich dafür noch eine ganze Woche bleiben?«, fragt sie ihn.

»Sie müssen glaubwürdig sein, wenn Sie auf ihn treffen. Er ist Psychologe.«

Das bist du auch. Und trotzdem kapierst du überhaupt nichts.

»Und was habe ich von all dem?«

»Zuallererst entlasse ich Sie. Wir stellen Ihnen eine komplett neue Identität zur Verfügung und die Chance, sich einen der begehrtesten Männer Schwedens zu angeln. Das bedeutet zudem die Möglichkeit, einen Schlussstrich unter Ihre Vergangenheit zu ziehen und sich auf die Reise in eine vielversprechende Zukunft zu machen. Bleibt nur die Frage, ob Sie sich einer solchen Aufgabe gewachsen fühlen. Misserfolge sind nämlich nicht einkalkuliert. Wenn es nötig ist, setzen wir die Therapie noch einige Zeit fort.«

Jetzt kommt es drauf an. Sie darf nicht allzu enthusiastisch wirken. Und schon gar nicht manisch.

»Werden wir beide miteinander in Kontakt stehen?«, fragt sie.

»Teilweise schon. Aber Sie werden während dieses Auftrags auch eine Kontaktperson vor Ort haben. Andrea, fühlen Sie sich wirklich schon in der Lage, diese Aufgabe zu übernehmen? Oder sollen wir lieber mit der Therapie fortfahren?«

Therapie. Dieses sinnlose Gerede, die reine Zeitverschwendung. Aber inzwischen weiß Wallin ganz gut, wie sie tickt. Manchmal ahnt sie, dass trotz des vielen Psychologengeschwafels eine Art Hirntätigkeit bei ihm stattfindet.

»Nein, das schaffe ich. Ich kann mich nicht erinnern, wann ich mich das letzte Mal so selbstsicher gefühlt habe.«

»Ihnen ist aber klar, dass Sie tägliche Berichte an uns abliefern müssen? Sie werden unter Aufsicht stehen.«

»Sie haben mir ein neues Leben versprochen.«

»Mit gewissen Einschränkungen, ja.«

Es ist so offensichtlich, dass er sie reinlegen will. Doch sie spielt sein Spiel mit. Aus der Ferne hört sie das Motorengeräusch eines Flugzeugs. Menschen, die in Freiheit leben.

Der Gedanke fliegt so schnell durch ihren Kopf, dass sie ihn gerade noch zu fassen bekommt.

Ich bin intelligenter als alle Mitglieder deines durchgeknallten Ordens. Es wird ein Leichtes sein, euch zu überlisten.

Es ist unmöglich, das Lächeln, das an ihren Mundwinkeln zerrt, zurückzuhalten, darum dreht sie den Kopf weg. Sieht zum Fenster und verfolgt das heisere Krächzen der Krähen im Garten.

14

Der Signalton meines Handys weckte mich, es war mitten in der Nacht. Ich griff nach dem Telefon und sah blinzelnd auf das Display. Eine SMS von Carl.

Was wirst du bei unserem Halloweenfest tragen?

Was für eine bescheuerte Frage. Um diese Uhrzeit.

Eine altertümliche, weiße Kutte, vielleicht noch eine Fackel als Requisite und einen Falken auf der Schulter, antwortete ich.

Haha. Und ich hab gedacht, du würdest da richtig sexy auflaufen, schrieb er zurück.

Den nächsten Tag wollte ich freinehmen. Carl würde mich gegen sechs Uhr abholen und zum Fest chauffieren. Ausnahmsweise war ich in die Vorbereitungen nicht eingebunden gewesen, denn die Organisation des Events hatte eine Agentur übernommen. In den vergangenen Wochen war mir die Welt nicht mehr so bedrohlich erschienen. Inzwischen ging ich davon aus, dass es keine Verbindung zwischen der Sekte und der Kidnapperbande gab. In diesem Herbst hatten wir viele schwedische Klientinnen, die ihre Reisen zu uns nach San Francisco unternahmen, daher waren meine Arbeitstage zwar lang, aber interessant. Ich freute mich schon sehr auf Halloween. Und ich wusste tatsächlich schon lange, was ich anziehen würde. Obwohl ich Halloween mochte, war ich nicht der Typ Frau, der sich gern aufhübschte.

Dann verkleide ich mich als Alex. In einem megacoolen Kleid.

Was im Grunde völlig übertrieben war. Ein schwarzes, ziemlich nichtssagendes Etuikleid war das einzige Cocktailkleid, das ich eingepackt hatte, als wir nach Kalifornien übergesiedelt waren.

Es dauerte einige Zeit, bis seine Antwort darauf kam.

Keine Schulterträger, höchstens zehn Zentimeter Stoff über dem Po. Auf keinen Fall einen BH. Und lass den Slip bitte weg.

Ich antwortete mit dem Daumen-hoch-Emoji und schrieb *Gute Nacht*. Dann drehte ich mich um und versuchte einzuschlafen. Vor der Zimmertür hörte ich jedoch eine Art Kratzen. Ich befüchtete, dass sich jemand Zutritt zu unserem Haus verschafft hatte, schlich ins Wohnzimmer und knipste das Licht an. Da war niemand. Doch jetzt war ich auf das kleinste Geräusch fixiert, das Brummen des Kühlschranks, das Knarren der Holzdielen. Ich ging zu Danis Schlafzimmer. Sie lag auf der Seite, einen Arm über die Bettkante gehängt, und schlief mit offenem Mund. Erik quäkte leise. Als ich an sein Bettchen trat, sah ich, dass sich seine Augen unter den Lidern unruhig hin- und herbewegten. Er träumte. Ich ging in mein Schlafzimmer zurück. Mit einem Mal war ich todmüde und schlief auf der Stelle ein.

Als ich wieder erwachte, fiel durch die Jalousien ein schwacher Lichtschein, und mir war klar, dass es schon spät am Morgen sein musste. Dani stand an meinem Bett und grinste. Sie ließ sich auf der Bettkante nieder.

»Bist du heute Nacht auf gewesen?«, fragte sie mich.

»Ja, ich hatte das Gefühl, jemand ist im Haus, und hab nachgesehen. Es war aber wohl nur Einbildung.«

»Heute haben wir was Schönes vor«, sagte sie.

»Ach ja?«

»Wir fahren in die Stadt und kaufen dir ein tolles Kleid für das Fest.«

»Woher weißt du denn, dass ich ein Kleid anziehen möchte?«

»Hab ich so im Gefühl. Los komm, wir gehen auf der Union Street shoppen. Ich überrede Steve mitzukommen. Und dann essen wir Mittag im Gary Danko.«

Gesagt, getan. Gleich nach dem Frühstück machten wir uns auf den Weg. Ich kaufte ein weißes Etuikleid aus Seide, das ein ganzes Stück über meinen Hintern reichte. Ich hatte nämlich vor, Carls Wünsche nur teilweise zu erfüllen: keinen Slip, dafür aber ein längeres Kleid. Ich schwor mir, diesen Abend zu genießen, meinen Grübeleien eine Auszeit zu verpassen und mich ins Vergnügen zu stürzen, ohne auch nur einen Gedanken an die Zukunft zu verschwenden.

Dani würde mit Steve auf eine andere Halloweenparty gehen, die in seinem Surfklub stattfand. Dorthin konnten sie Erik mitnehmen. Als ich Dani fragte, ob sie sich in Steve verguckt habe, musste sie lachen.

»Er ist cool, stark und nett. Und er kann schießen – also genau das, was ich gerade brauche.«

»Aber, wirkt er nicht ein bisschen … gewöhnlich? Ich hätte nie geglaubt, dass du auf Surfer stehst.«

»Das ist genau der Punkt. Er gibt mir das Gefühl, dass ich eine ganz normale Frau bin. Und er hat viele gute Seiten. Du kennst ihn noch nicht richtig.«

Nach einem guten Mittagessen bei Gary Danko fuhren wir

wieder nach Hause. Den restlichen Tag chillte ich nur und bereitete mich auf den Abend vor.

Pünktlich um sechs Uhr stand Carl vor der Tür. Er verkniff sich jeden Kommentar zu meinem Outfit, doch ich konnte in seinem Gesicht ein unterdrücktes Lächeln ausmachen, als wir zurück in die Stadt fuhren. Carl fuhr einen Toyota Prius, der schon einige Jahre auf dem Buckel hatte. Teure Angeberschlitten waren überhaupt nicht sein Ding. *Wir wollen bei unserer Arbeit nicht arrogant wirken*, pflegte er es auszudrücken – das war sein Motto für die Agentur. Und es galt ebenso für unseren Dresscode. Ich trug meist Jeans, er bevorzugte sogar Shorts. Aber heute Abend wusste er, dass ich mich aufhübschen würde. *Und bitte lass den Slip weg.* Ich musste lächeln und presste die Oberschenkel aneinander, um das angenehme Kribbeln zwischen meinen Beinen zu stoppen.

Wir standen im Stau, alle Welt schien zu den abendlichen Veranstaltungen unterwegs zu sein. So fuhren wir durch eine Landschaft, die aus funkelnden Motorhauben und roten Rückleuchten bestand. Inzwischen machte sich der Sonnenuntergang glutrot am Himmel bemerkbar. Wir saßen schweigend im Wagen und lauschten der chilligen Musik – er mit dem Blick auf die Straße, ich mit dem Blick aus dem Fenster – doch es fühlte sich an, als seien wir uns so nah wie nie zuvor.

Als wir ankamen, war das Fest schon in vollem Gange.

Ich war noch nie in der Water Bar gewesen, und Carl hatte mir verschwiegen, wie gigantisch schön es dort war. Im Erdgeschoss befanden sich riesige, säulenförmige Aquarien mit Tropenfischen, die bis zur Decke reichten. Carl hatte die ganze Etage gemietet. Neben dem Restaurantbereich gab es eine große Bar, wo die Gäste empfangen wurden, zudem zwei Terrassen mit Meeresblick. Die imposanten Fenster im Restaurant öffneten uns den Blick auf die Bucht, wo sich Millionen von Lichtern auf dem Wasser spiegelten. Die Bay Bridge schien über uns zu schweben und funkelte in ihrem nächtlichen Gewand.

Carl hatte annähernd hundert Gäste eingeladen: alte Freunde und Kooperationspartner der Agentur in Kalifornien. Fast alle kamen verkleidet, manche sogar mit Masken. Es war ein außergewöhnliches, großartiges Fest, die Stimmung geheimnisvoll. Carl führte mich von Raum zu Raum, begrüßte seine Gäste, klopfte den Herren auf die Schulter und verteilte bei den Damen Wangenküsschen, er war ganz in seinem Element. Und er achtete peinlich genau darauf, mich jedes Mal als »seine Freundin« vorzustellen. Nach einer Weile beugte er sich zu mir und flüsterte mir etwas ins Ohr.

»Ich habe kurz etwas zu organisieren. Kannst du so lange auf mich verzichten?«

»Klar.«

Die Stimmung auf diesem Fest ging mir unter die Haut, die Nacht war magisch. Ein Kellner kam zu mir und bot mir ein Glas mit einer Art Halloween-Cocktail an, der ganz unheimlich qualmte. Der Mann trug zwar einen Frack, aber keine Verkleidung. Sein Blick ruhte etwas zu lange auf mir. Als er mir den Drink reichte, berührte er wie beiläufig meine Hand. Für den Bruchteil einer Sekunde verspürte ich einen sinnlichen, elektrifizierenden Impuls.

»Kann ich Ihnen sonst noch dienlich sein?«, fragte er mich.

»Nein, vielen Dank«, antwortete ich.

»In Ihrem Kleid sehen Sie umwerfend aus«, sagte er und zwinkerte mir zu.

Ich fand es ein bisschen merkwürdig, dass der Kellner mit den Gästen flirtete. Aber genau in dem Moment tauchte die nächste Bedienung mit einer Käseplatte auf: ein Afroamerikaner mit einem blendenden Lächeln, das von seiner dunklen

Haut und dem schwarzen Dreitagebart umrahmt wurde. Am Hals trug er ein Tattoo, das eine Schwalbe darstellte. Er ließ seinen Blick von meinem Gesicht hinunter zu meinen Beinen wandern.

»Hat Ihnen schon mal jemand gesagt, dass Sie die schönste Frau auf diesem Fest sind?«, fragte er mich.

Und da fiel der Groschen. Das war so typisch für Carl, dass ich in Lachen ausbrach.

Insgesamt kamen vier Kellner zu mir und schenkten mir ihre Aufmerksamkeit. Wie aus dem Nichts tauchten sie auf und verschwanden dann wieder. Sie machten mir Komplimente. Schenkten mir nach, umgarnten mich. Der Afroamerikaner tat so, als wäre er versehentlich mit mir zusammengestoßen, er fasste mir an die Schulter und bat überschwänglich um Verzeihung.

Das Schauspiel war beispiellos. Für mich hätte es niemals enden müssen.

Nach einer Weile tauchte Carl hinter mir auf und umfasste meine Taille. Anfangs lautlos. Sein Schweigen war vielsagend, vielversprechend.

»Meinst du das wirklich ernst?«, fragte ich ihn.

»Selbstverständlich. Und, wen hast du dir ausgesucht?«

Ich zuckte mit den Schultern, drehte mich zur Fensterfront um und tat so, als betrachtete ich die vielen glitzernden Lichter auf der anderen Seite der Bucht. Carl beugte sich näher zu mir und flüsterte mir etwas ins Ohr.

»Kannst du dich nicht entscheiden?«

Ich schmiegte mich an ihn und küsste ihn auf die Wange.

»Den mit dem Tattoo am Hals«, sagte ich, ohne ihn dabei anzusehen. »Aber ich habe doch noch gar nicht eingewilligt. Wann soll das sein?«

»Jetzt.«

Es war noch keine Zeit gewesen, sich dieses Spielchen überhaupt vorzustellen. Mir ging das alles viel zu schnell. Für einen kurzen Augenblick verschwand ich und war meilenweit entfernt. Als ich Carl wieder ansah, hatte er ein kleines, verschmitztes Lächeln auf den Lippen.

»Alles ist vorbereitet. Gib mir nur fünf Minuten«, sagte er.

»Du meinst, hier auf dem Fest?«

»Ja, aber natürlich nicht hier in diesem Raum.«

Allein bei dem Gedanken daran bekam ich schwitzige Hände.

»Und wenn es sich nicht gut anfühlt … wenn es mich gar nicht anmacht …«

»Ein Wort von dir, und wir hören sofort auf. Keine Frage.«

Ich öffnete den Mund, wollte noch etwas sagen, doch er kam mir zuvor.

»Okay? Ich kümmere mich um alles.«

Noch bevor ich widersprechen konnte, hatte er auf dem Absatz kehrtgemacht und war in der Menge verschwunden. Kurz darauf entdeckte ich ihn wieder, er stand mit dem Mann, den ich ausgewählt hatte, in einer Ecke und unterhielt sich. Carl gestikulierte beim Sprechen. Ein Lächeln wanderte über das Gesicht des Mannes. Als Carl sich zu mir umsah und Augenkontakt suchte, kam mir kurz der Gedanke, dass dies die letzte Chance war, sich aus der Affäre zu ziehen und das Fest heimlich, still und leise zu verlassen. In meinem Magen kribbelte es angenehm.

Da tauchte Carl wieder hinter mir auf.

»Komm mit, wir gehen hoch in den zweiten Stock«, sagte er, fasste mich an den Schultern und drehte mich, sodass mein Blick auf eine Wendeltreppe fiel.

»Ich habe doch noch gar keine Entscheidung getroffen«, sagte ich energielos.

»Das glaube ich dir nicht«, sagte er und zog mich zielsicher in Richtung Treppe.

Der Flur im zweiten Stock war in schummriges Licht getaucht. Noch immer schob mich Carl behutsam vor sich her. Vor einer Tür machte er Halt. Ich fuhr herum.

»Okay, ein einziges Mal«, sagte ich. »Aber komm mir bitte hinterher nicht mit dem Vorschlag, dasselbe mit zwei Frauen machen zu wollen, da bin ich strikt dagegen. Und das wird sich auch nicht ändern. Versprich mir das.«

»Du bist so wunderschön heute Abend, Alex.«

»Versprich es!«

»Ich verspreche es«, sagte er und drückte mir foppend die Nase mit dem Zeigefinger platt.

»Bist du denn kein bisschen nervös?«

»Kaum.«

»Kaum?«

»Ein bisschen vielleicht, aber ich tu das wirklich gern. Für dich.«

Ich durfte die Tür öffnen. Bevor ich den Fuß in den Raum setzte, überkam mich noch ein kurzer Moment des Zweifelns. Doch der Anblick, der sich mir dann bot, brachte mich so zum Staunen, dass ich meine Nervosität vollkommen vergaß.

Vor mir breitete sich eine Spa-Landschaft aus. Die Wände und die Decke waren blau. Auf dem Boden waren Wege gekennzeichnet, unter denen Hunderte von künstlichen Flammen unter einer Glasverkleidung flackerten. Das sah unglaublich schön aus und verwandelte den Boden in einen goldenen Teppich. Gleich hinter der Tür befand sich ein Ruhebereich mit einem Bett, das mit weißen Handtüchern abgedeckt war. Mitten im Raum stand ein großer Whirlpool, in dem das Wasser von den Luftdüsen ganz sanft blubberte. Auf der einen Seite entdeckte ich den Typen, für den ich mich entschieden hatte, halb im Wasser hockend. Er lächelte, als er mich erblickte. Über dem Pool bestand die Decke aus riesigen Panoramafenstern. Wir drei waren ganz allein, das flackernde Feuer, das plätschernde Wasser und das unendliche Universum über uns.

»Er heißt Dylan«, flüsterte Carl mir zu. »Entspann dich und genieß, wie wir dich verwöhnen.«

Ich trat näher. Meine Absätze klackerten laut auf dem Fliesenboden, instinktiv streifte ich die High Heels ab. Jetzt trug ich nur noch ein einziges Kleidungsstück, mein Kleid. Carl kam auf mich zu, legte von hinten seine Hände auf meine Schultern und ließ sie meinen Rücken hinabgleiten. Eine Hand platzierte er auf meiner Hüfte, mit der anderen öffnete er den Reißverschluss. Im Handumdrehen hatte er mir das Kleid von den Schultern gezogen, sodass es zu Boden fiel. Mein Gesicht wurde ganz heiß, als ich einen Schritt vor machte. Als Carl seine Hand auf meinen Bauch legte, reagierte ich sofort. An meinem ganzen Körper breitete sich eine Gänsehaut aus, trotz der warmfeuchten Luft.

Dylans Blick glitt über meinen Körper. Das erregte mich enorm. Alle Unsicherheit verschwand, und ich genoss das Gefühl, mich jetzt treiben zu lassen.

Carl führte mich zum Pool. Er hielt meine Hand, während ich ins Wasser stieg. Es war angenehm warm, nicht zu heiß. An der einen Seite war der Boden erhöht, sodass man sich einfach ins Wasser legen und den Kopf auf einem Kunststoffkissen am Rand ruhen lassen konnte. Ich legte mich hin, jetzt ragte nur noch mein Oberkörper aus dem Wasser.

»Ich werde dir jetzt die Augen verbinden«, sagte Carl bestimmt, jedoch mit sanfter Stimme. »Vertrau mir.«

Er zauberte eine weiße Augenbinde hervor und band sie mir um. Etwas Licht fiel noch durch den Stoff, sodass ich das

Gefühl hatte, in etwas Weiches, Angenehmes eingehüllt zu sein. Ich konnte hören, wie Carl die Schuhe abstreifte, sich auszog und ins Wasser stieg.

Dann war es eine Weile mucksmäuschenstill.

Zuerst spürte ich nur Carls Lippen, die mein Gesicht, mein Schlüsselbein und meine Brüste mit Küssen übersäten. Dann bemerkte ich die leichte Berührung von Fingerkuppen an meinen Oberschenkeln. Das musste Dylan sein, der gerade untertauchte. Er streichelte meine Beine. Seine Finger glitten ganz gemächlich über meinen Po. Meine Haut reagierte stark auf seine zärtlichen Berührungen. Beide Männer liebkosten mich ausgiebig, federleicht, bis sie auf einmal damit aufhörten. Atemlos wartete ich gespannt darauf, was nun folgte, ich hörte Geplätscher im Wasser und spürte kleine Wellen, die meinen Körper überspülten. Als die Liebkosungen wieder begannen, konnte ich anfangs nicht ausmachen, wer mich gerade berührte.

Auf meinem Gesicht, den Brüsten, dem Bauch und zwischen meinen Beinen nahm ich eine berauschende Vielzahl an Fingerspitzen und Lippen wahr. Dieser erregende Tanz war ein unfassbar intensives Streicheln, das in immer gleichen Abständen wieder unterbrochen wurde. Einer von ihnen küsste mich an Hals und Brüsten. Der andere packte meine Pobacken, hob mich aus dem Wasser, küsste meine Hüften, um dann zwischen meine Beine zu wandern. Ich merkte, dass das Carl war – nicht, weil ich es sah oder hörte, sondern weil ich die Liebkosungen seiner Zunge erkannte. Dieses leichte Streichen und das Gefühl, wenn seine Wärme auf meinen Körper überging. Ich schloss die Augen und biss mir auf die Lippen.

Als Dylan begann, meine Brüste zu küssen, spürte ich eine irrsinnige Erregung und verkrampfte mich. Hinterher wiegte Carl mich im Wasser ganz sanft vor und zurück. Dylan nahm mir die Augenbinde ab. Durch das Fenster sah ich die funkelnden Sterne des Nachthimmels und hauchdünne Nebelschleier, die vor dem Mond vorüberzogen.

Sie hoben mich aus dem Wasser, trugen mich zum Bett und trockneten mich ab. Als ich mich aufsetzen und etwas sagen wollte, legte mir Carl seinen Finger auf die Lippen.

»Lass uns dich einfach nur verwöhnen, Schatz.«

Die Zärtlichkeit und Fürsorglichkeit in seiner Stimme ließen mich butterweich werden. Beide Männer fingen wieder an, mich zu liebkosen. Es war ein Gefühl, als wäre jedes noch so kleine Härchen auf meiner Haut eine dünne Glühwendel, die bei ihrer Berührung aufblitzte. Carl setzte sich auf die Bettkante und küsste meinen ganzen Oberkörper. Dylan zog mich nach unten, sodass mein Po genau auf der Bettkante lag. Er schob meine Beine auseinander und begann mich dort zu küssen. Das war so herrlich, dass ich mich krümmte, um die Wogen der Lust abzufangen.

Carl legte mir eine Hand auf die Stirn.

»Komm, knie dich mal auf den Teppich.«

Ich ließ mich vom Bett rutschen und kniete mich ihm gegenüber hin. Er umfasste meine Taille und küsste meinen Hals. An meinem Rücken konnte ich Dylans Wärme spüren – und seine Hände, die mich sanft öffneten.

Carl warf Dylan einen Blick zu. Er nickte ihm fast unmerklich zu. Ein äußerst diskretes Signal.

Ich spürte Dylan an meiner Öffnung, den Druck, als er den Weg fand. In dem Moment, als er in mich eindrang, begann Carl, mich leidenschaftlich zu küssen. Seine Zunge war der reinste Wirbelsturm in meinem Mund. Als Dylan sich in mir bewegte, veränderten sich auch Carls Küsse, wurden fordernder und heißer.

Aber es war tatsächlich der Augenblick direkt davor, der

mich am meisten berührt hatte. Dieses Nicken von Carl, bevor Dylan in mich stieß. Darin lag so vieles. *Sie ist das Wertvollste, das ich habe, ich erlaube es dir, aber tu alles, damit es eine Lust für sie wird.*

Carl zog mich vor, in den Vierfüßlerstand. Ich nahm ihn in den Mund. Dylan bewegte sich rhythmisch, war entschlossen. Carl hingegen langsam und vorsichtig. Sie waren wie Gegensätze. Die Muskeln spielten an Carls Oberschenkeln. Er fuhr mit den Fingern in mein Haar.

Die feuchte Luft duftete nun süß nach uns.

Carl biss die Zähne zusammen und warf den Kopf nach hinten. Dylan umklammerte meine Hüften nun noch fester. Beide kamen gleichzeitig, einen kleinen Moment vor mir. Aber mein Höhepunkt währte viel, viel länger. Er hörte und hörte nicht auf.

Hinterher legte sich Carl mit seinem ganzen Körper auf mich und hielt mich fest. Dann fielen wir alle ermattet zusammen, Arme, Beine und klopfende Herzen auf einem Haufen.

Ich sah Carl in die Augen. Sein Gesicht war nur Zentimeter von meinem entfernt. Der Blick, den er mir zuwarf, war nicht leicht zu beschreiben, er war keineswegs triumphierend, er war aber auch nicht satt. Er war durch und durch zärtlich.

15

Sanctum-Rehaklinik für Suchterkrankungen,
  Arjeplog, Norrland

Heute ist Nils Wallin bestens gelaunt. Seine Stimme strotzt nur so vor Energie.

»Es gibt ein paar Dinge zu besprechen, bevor ich die Entlassungspapiere ausstellen kann«, sagt er. »Sie werden eine neue Identität erhalten. Wir verändern Ihr Aussehen. Sie bekommen einen blonden Bob und farbige Kontaktlinsen. Später wird jemand vorbeikommen und sich um diese Details kümmern. Während des Klinikaufenthalts haben Sie ja ein bisschen zugelegt, das ist gut so. Achten Sie darauf, regelmäßig zu essen, damit Ihre hübschen Kurven nicht verschwinden.«

Andrea wundert sich, dass er darauf Wert legt. Bald wird sie auch erfahren, warum. Bald. In seinem Gesicht sucht sie nach Hinweisen. Aber sie wird keine weiteren Fragen stellen. Sie braucht ihn. Er hat die Macht, ihr ein neues Leben zu schenken. Möglicherweise hat er auch die Macht, sie zugrunde zu richten, doch das wird sie verhindern.

»Ihr Name ist ab heute Eva Sand«, fährt er fort. »Sie arbeiten jetzt für uns, Sanctum – die erfolgreichste Klinikkette auf dem Gebiet der Suchtbehandlungen. Sie verfolgen einen humanitären Auftrag. Ihr Herz brennt für Frauen, denen Gewalt angetan wurde.«

Eva Sand. Sie lässt sich den Namen auf der Zunge zergehen, er klingt sympathisch. Und er passt zu der Person, die sie früher mal gewesen ist – die alles unter Kontrolle hatte, dass niemand die Leere in ihr ahnen konnte. In diesem Augenblick *wird* Andrea zu Eva Sand. Sie stellt sich vor, dass sie ab sofort Eva ist. Und es fühlt sich gut an. Befreiend.

»Ich habe hier hilfsweise noch Medikamente gegen die Angstzustände für Sie«, sagt Wallin und hält ihr ein paar Tablettenröllchen hin. »Aber nur eine am Tag, das müssen Sie mir versprechen.«

»Versprochen.«

»Die anderen Medikamente sind abgesetzt, daher sollten Sie deren Angst dämpfende Wirkung kompensieren. Und wenn Sie spüren, dass sich wieder so ein Tobsuchtsanfall ankündigt, wie helfen Sie sich dann?«

»Tief durchatmen, immer zuerst ganz tief durchatmen. Bis zehn zählen, einmal oder zweimal, bevor ich noch im Affekt das Falsche tue. Mich selbst fragen, ob die Wut berechtigt ist. Meine Tobsucht ist irrational. Viele meiner Erinnerungen stimmen überhaupt nicht. Für diese Wut gibt es gar keinen Grund mehr.«

»Richtig, und dann?«

»Dann soll ich daran denken, was Sie mit mir machen, wenn ich den Auftrag vermassele. Mir die Konsequenzen vor Augen halten.«

»Und, muss ich Sie daran erinnern, welche das sein werden?«

Sie merkt, dass sie beinahe die Augen verdreht, doch sie kann sich gerade noch zusammenreißen.

»Nein, nicht nötig.«

»Gut. Und welches neue Ziel verfolgen Sie ab sofort? Was wollen Sie unbedingt erreichen?«

»Ich engagiere mich dafür, dass die Gewalt gegen Frauen endlich aufhört. Für die Rechte der Frauen zu kämpfen, ist meine Bestimmung.«

Er überreicht ihr einen Laptop.

»Darauf finden Sie einige Dateien, die Sie während der Reise lesen sollten. Übersichten über unsere Aktivitäten und Organisationen, auch eine Zusammenfassung der Ergebnisse und etwas Statistik. Sie sollten die Zahlen im Kopf haben, um jederzeit darauf zurückgreifen zu können.«

Sie verstaut den Laptop in ihrer neuen Lederaktentasche.

»Ihre Kontaktperson wird Sie in Kalifornien aufsuchen. Sie müssen rund um die Uhr darauf gefasst sein, dass wir Sie kontaktieren werden, wir können Sie überall und jederzeit ausfindig machen. Feierabende gibt es nicht.«

Er legt ihr einen Reisepass, ein Flugticket und ein Smartphone hin.

Ein Smartphone! Ihr Herz macht einen kleinen Satz.

»Alle Kontakte, die für Sie wichtig sind, sind bereits eingespeichert. Wir haben auch verschiedene E-Mail-Konten für Sie erstellt. Wenn Sie die sozialen Netzwerke benutzen wollen, ist das Ihre Sache. Aber treten Sie auf keinen Fall unter Ihrem tatsächlichen Namen auf.«

Dann legt er ihr Fotos vor, auf denen der Mann und die Frau zu sehen sind.

»Sie werden sich in ihr Leben einschleichen. Er wird es kaum merken, erst wenn Sie schon ständig um ihn sind. Und zwar in jeder Hinsicht. Und wenn Sie mit ihm fertig sind, was bleibt von ihm übrig?«

»Herr Wallin, das müssen Sie wirklich nicht mehr fragen.« Ihr falscher Blick ist wohlplatziert.

»Und was ist mit ihrer Zukunft?«

»Die Arme wird einsam und verzweifelt sein. Sie wird

Selbstmordgedanken haben. Und dann werden Sie sich erbarmen und ihr einen Platz in der Klinik anbieten.«

Das sagt sie jetzt nur, um die Worte wirken zu lassen.

Ein Wolfslächeln geht über Nils Wallins Gesicht.

»Ich werde Sie vermissen, Andrea, Entschuldigung – Eva. Enttäuschen Sie mich nicht.«

16

Den Moment, in dem ich sie zum ersten Mal sah – und mir ein eiskalter Schauer den Rücken hinunterlief –, werde ich nie im Leben vergessen.

Als ich an diesem Morgen ins Büro kam, war ich bestens gelaunt. Nach dem fantastischen Sexabenteuer schwebte ich noch auf Wolke sieben. Ich hatte keinerlei schlimme Vorahnungen gehabt, dennoch reagierte ich unwillkürlich auf diese Frau, die am Empfang saß und sich plötzlich zu mir umdrehte. Vermutlich lag das an dem Trauma, unter dem ich nach den Ereignissen des letzten Jahres nach wie vor stand. Sie hatten mein Urvertrauen und meine Vernunft nach und nach außer Kraft gesetzt, am Ende steuerten mich nur noch meine Intuition und der pure Wille zu überleben. Schließlich hatte ich nur so Dani gefunden: Ich hatte auf mein Bauchgefühl vertraut. Mein Verstand war in dieser Situation keine Hilfe gewesen.

Und genau das geschah wieder, als ich Eva Sand am Empfang sitzen sah, noch bevor sie sich zu mir umdrehte. Bevor sie mich ansah. Und als sie das tat, war mir, als hätte ich ihr Gesicht früher schon einmal gesehen. Das jagte mir höllische Angst ein. Dieses ungute Gefühl, das ich nur allzu gut kannte, war wieder da, obwohl ich es nicht richtig zuordnen konnte. *Woher* kannte ich sie?

Eva Sand besaß das Gesicht eines Engels, jedoch mit auffällig androgynen Zügen. Ihre Nase war einen Tick zu lang, ihre Wangenknochen wirkten eine Spur zu breit. Ihr Kinn war spitz und die Stirn hoch. Mitten in diesem eher kantigen Gesicht lagen ein paar göttlich schöne Augen und ein großer, sinnlicher Mund. Ihre Ausstrahlung war atemberaubend. Sie hätte auf dem Cover der *Elle* in einem Müllsack posen können, und ich hätte trotzdem nach dem Magazin gegriffen, nur um ihr Gesicht zu bewundern.

Als sie aufstand, sah ich erst, wie groß sie war. Sie trug eine Neckholder-Bluse, die ihr Dekolleté und die perfekten Brüste vorteilhaft präsentierte. Ihr schwarzer Minirock war eng. Über der Stuhllehne hing ihr Mantel, die schwarze Lederaktentasche hatte sie neben sich auf dem Boden abgestellt. Und ihr Starbucks-Kaffeebecher stand schon auf unserer Theke.

»Sie haben es sich ja offensichtlich bereits bequem gemacht.« Mit dieser spitzen Bemerkung hätte ich sie am liebsten begrüßt, doch ich konnte gerade noch an mich halten. Da sie mir schon die Hand hinhielt, war ich so höflich, ihre Begrüßung zu erwidern. Sie taxierte mich eingehend, begleitet von einem leicht herablassenden Lächeln. Obwohl unser Eingangsbereich ausgesprochen großzügig war, schien mir der Platz für uns zwei nicht zu reichen.

»Mein Name ist Eva Sand«, stellte sie sich vor. »Entschuldigen Sie, dass ich so früh am Morgen hier auftauche. Ist Carl zu sprechen?«

Ihre Hand war auffällig zierlich und kalt, ihr Händedruck schwach. Aber sie machte einen bezaubernden Eindruck. Sie besaß diese außergewöhnliche Schönheit, die man so selten antrifft, und die einem selbst das Gefühl gibt, hässlich und klein zu sein.

»Er ist noch nicht im Haus, kann ich Ihnen vielleicht weiterhelfen?«

In meiner Stimme lag eine gewisse Schärfe, mir schnitt ihr Klang selbst ins Fleisch.

Sie würdigte mich eines flüchtigen Blickes, bewegte die Augen dabei unwesentlich. Das Schweigen zwischen uns bekam etwas Gespenstisches. Ich versuchte mich zu fassen, und wartete darauf, dass sich mein Pulsschlag endlich wieder normalisierte.

»Ohne Absprache empfangen wir keine Besucher. Wenn Sie bitte später unter dieser Nummer anrufen würden, dann kann ich Ihnen einen Termin geben«, erwiderte ich und hielt ihr eine Visitenkarte hin, die ich von der Theke genommen hatte. »Worum geht es denn, wenn ich fragen darf?«

»Das würde ich gern mit Carl persönlich besprechen. Ich bin mir sicher, dass er großes Interesse haben wird. Aber wenn ich jetzt schon da bin, können Sie mir dann nicht gleich einen Termin geben?«

Fieberhaft suchte ich nach einem guten Grund, sie schnellstmöglich loszuwerden. Sie musste aus unserem Büro verschwinden, wo sie *uns* die Luft wegatmete und der Duft ihres teuren Parfüms alles verpestete.

Doch mein Kopf arbeitete nicht. Ich konnte nicht klar denken. Sie musste hier weg.

»Wie sind Sie reingekommen?«, fragte ich.

»Die Tür stand offen.«

Das zweifelte ich sofort an.

»Carl muss vergessen haben abzuschließen«, murmelte ich.

Ich war wie benebelt. Richtig durch den Wind. Mein Bauchgefühl schrie förmlich, dass diese Frau gefährlich sei, während mein Verstand dagegenhielt und mir versicherte, ich bildete mir alles nur ein.

Du hast schlichtweg Angst, dass Carl sie zu Gesicht bekommt, das ist doch bloß deine Eifersucht. Reiß dich zusammen.

Jedes Mal, wenn sich unsere Blicke trafen, war es ein Gefühl, als bekäme ich eine klatschende Ohrfeige. Irgendwo war mir ihr Gesicht schon mal begegnet. An einem Ort, der mich das Fürchten gelehrt hatte.

»Wenn Sie mir Ihr Anliegen mitteilen würden, könnte ich Carl vorab informieren«, sagte ich. »Sind Sie eine Klientin von uns?«

Sie seufzte genervt.

»Nein, nein. Ich komme später wieder. Es ist sehr wichtig, ihn persönlich zu sprechen. Es geht um die Zusammenarbeit mit einer Hilfsorganisation.«

Sie erhob sich, warf den Mantel über und griff nach ihrer Aktentasche. Eilig zwängte sie sich an mir vorbei und ging zur Tür. Dann blieb sie stehen, drehte sich um und lächelte säuerlich. Den Blick an meine Jeans geheftet.

»Sie machen einen äußerst entspannten Eindruck. Ist das ein kleiner Familienbetrieb hier?«, fragte sie und schien amüsiert. »Aber jetzt möchte ich Sie nicht länger stören. Sie haben sicher mit Ihren Klientinnen zu tun.«

Ich wunderte mich, woher sie von unserer Tätigkeit wusste, doch bevor ich sie darauf ansprechen konnte, war sie schon wieder zur Tür hinaus. Ihre Schritte verhallten im Treppenhaus.

Ich stand da und war völlig perplex. Gleichzeitig wahnsinnig wütend.

Als ich hörte, wie die Haustür unten zufiel, griff ich nach ihrem Latte macchiato und schleuderte den Becher heftig an die Wand. Es war wie ein Reflex, den ich nicht unterdrücken konnte. Die braunen Spritzer hinterließen auf der hellen Wand ein fleckiges Muster. Etwas Flüssigkeit landete auf Carls Schreibtisch. Ich bedauerte meinen Gefühlsausbruch sofort und holte aus der Abstellkammer einen Putzeimer, füllte ihn mit Wasser und beseitigte die Flecken mit einem Schwamm. An der Wand der Kammer hing ein kleiner Spiegel, in dem ich mein Gesicht sah. Meine Lippen waren fahl. Die Augen pechschwarz. Ich ging zum WC und hielt meine Handgelenke unter eiskaltes Wasser. Diesen Trick hatte Carl mir gezeigt, das war gut für die Nerven.

Ich ging wieder zum Schreibtisch, klappte den Laptop auf und googelte Eva Sand. Den Namen gab es zuhauf, doch als ich noch »Hilfsorganisation« hinzufügte, gab es einen Treffer. Ein Link führte zu der Homepage einer Organisation mit dem Namen Sanctum-Rehaklinik für Suchterkrankungen. Im Header der Seite war ein Foto von einer Jugendlichen mit fettigem, strähnigem Haar, die sich gerade eine Spritze setzte. Das zweite Bild zeigte das Mädchen, wie es über eine Blumenwiese rannte, ihr glänzendes Haar wehte im Wind. Und da stand: *Sanctum – der Weg aus der Abhängigkeit in die Freiheit. 137 Organisationen in 38 Ländern.* Darunter positives Feedback von ehemaligen Drogenabhängigen. Dankesworte von betroffenen Familien. Ein Beratungstelefon war rund um die Uhr besetzt, das Gespräch gratis. Ich klickte ein Video an, darauf erschien ein einsamer Typ, der in einem leeren Zimmer saß. Er hatte die Arme um die Beine geschlungen und fror offensichtlich. *Es gibt einen Ausweg aus dem Albtraum der Abhängigkeit …*

Unter dem Menüpunkt *Unsere Leitung* in der Navigation war Eva Sand zu finden. PR und Unternehmenskommunikation. Der Anblick von Evas Gesicht löste sofort wieder Entsetzen in mir aus. Es lag an ihren Augen. Sie wirkten unheimlich. Ich schloss die Augen, versuchte, alle möglichen Erinnerungsbilder puzzleartig zusammenzubringen. Normalerweise ließ mich mein Gedächtnis nicht im Stich. Aber jetzt fehlte ein Teil. Da war eine Lücke.

Die Frage war: Was wollte Eva Sand von Carl? Da fiel mir ein, dass er doch schon längst hätte hier sein müssen. Es sah ihm überhaupt nicht ähnlich, zu spät zur Arbeit zu kommen, Fest hin oder her. Ich rief ihn auf dem Handy an, erreichte aber nur seine Mobilbox. Instinktiv machte ich ein paar Schritte zum Fenster.

Und da standen sie, direkt vor dem Haus auf dem Gehweg, und unterhielten sich angeregt. Carl erzählte etwas, woraufhin Eva den Kopf nach hinten warf und lachte. Das blonde Haar flog ihr wie ein goldener Fächer ums Gesicht. Sie ließ ihren Mantel von den Schultern rutschen und legte ihn lässig über ihren Arm. Er machte einen Schritt auf sie zu. Sie wich zurück, kam jedoch sofort wieder näher und fasste ihn am Ellenbogen. Es war ein Spiel, sie gab eine Vorstellung: Fang mich, wenn du kannst, du weißt, dass ich mich fangen lasse.

Carl begann zu gestikulieren. Und auch, wenn diese Bewegungen schnell und flüchtig waren, so bemerkte ich doch, dass er wie beiläufig ihren Arm berührte. Sie gaben sich zum Abschied die Hand, und er verschwand in der Haustür. Sie blieb stehen. Obwohl sie mindestens zehn Meter von mir entfernt war, hätte ich schwören können, dass sie lächelte. Und wieder überkam mich die Eifersucht.

Schnell ging ich zu Carls Schreibtisch hinüber, wo ich erschöpft auf den Besucherstuhl sank. Eine innere Stimme rief mich zur Vernunft und sagte mir, dass meine Reaktion völlig übertrieben sei. Doch mein Bauchgefühl – auf das ich mich immer hatte verlassen können, das Dani und mir schon das Leben gerettet hatte – schrie, dass Carl und ich in Gefahr seien.

Und dann stand Carl in der Tür und lächelte entspannt. Er wirkte auffällig energiegeladen, allerdings wich sein Blick meinem sehr schnell aus.

»Was wollte sie?«, fragte ich ihn.

»Wer?«

Ich gab keine Antwort, wollte feststellen, ob er mich anlügen würde. Normalerweise begrüßte er mich morgens im Büro mit einem Kuss, den ließ er heute aus.

»Meinst du die Frau, mit der ich vor dem Haus gesprochen habe?«

Nein, diese blöde Zicke, mir der du geflirtet hast.

»Ja, wen denn sonst?«

»Einen Moment, ich erklär es dir gleich.«

Er hängte seine Jacke auf und setzte sich an den Schreibtisch. Eva Sands Parfüm hing noch immer in der Luft.

»Warum stinkt mein Schreibtisch nach Kaffee?«, fragte er.

»Ich hab gekleckert«, erklärte ich. »Jetzt erzähl doch mal, wer war das?«

»Warum bist du so geladen? Ich kann dir sagen …«

»An ihr ist was faul«, unterbrach ich ihn.

»Was meinst du?«

»Ich hab das im Gefühl.«

»Alex, beruhige dich. Hast du noch einen Kater von gestern Abend?«

Mein Blick fiel auf seine verkniffenen Lippen. So sah er aus, wenn er verärgert war.

»Was wollte sie von dir?«

»Sie kommt von der Sanctum-Rehaklinik. Die sind in der Suchttherapie international ganz weit vorn. Jetzt wollen sie ihre Aktivitäten ausweiten und sich auch für Frauen engagieren, die Opfer von häuslicher Gewalt wurden. Sie stellen sich eine Zusammenarbeit mit mir vor, wenn ich den Solvikhof eröffne. Aber vorher möchte Eva noch eine Reportage über mich bringen und mein Engagement für die Rechte der Frauen darstellen. In meiner Rolle als Psychologe natürlich, nicht im Zusammenhang mit der Datingagentur. Sie sind bestens vernetzt. Das kann weite Kreise ziehen.«

Er wirkte ganz aufgedreht, doch in seiner Stimme nahm ich kratzige Untertöne wahr.

»Willst du da einsteigen? Du hast doch gesagt, du würdest keine Interviews mehr geben.«

»Ich bin geneigt zuzusagen. Das würde mir im Vorfeld der Öffnung des Solvikhofs viel Vorschussvertrauen einhandeln. Aber natürlich werde ich mir das Unternehmen Sanctum vorher ganz genau ansehen.«

»Das habe ich schon getan, und ich bin sicher, dass damit etwas nicht stimmt. Sie wirken nicht seriös, ihr Marketing ist total oberflächlich.«

»Aber es ist doch gut, wenn sie Werbung machen? Was ist eigentlich mit dir los?«

»Ich habe dich auf der Straße beobachtet. Gib zu, dass du von ihr sehr beeindruckt warst.«

»Überhaupt nicht.«

»Carl, mit ihr stimmt was nicht, ich spür es ganz genau.«

»Entschuldige, Alex, aber du klingst jetzt wirklich sehr eifersüchtig. Hättest du überhaupt reagiert, wenn sie nicht so attraktiv wäre?«

»Dann gibst du also zu, dass du dich von ihr angezogen fühlst?«

Ich wollte ihm in die Augen sehen, doch er wandte den Blick ab.

»Das habe ich nicht gesagt.«

Er schien in die Enge getrieben, reagierte viel zu schnell, als wollte er etwas verbergen.

»Ich hab gesehen, wie du sie angefasst hast.«

»Jetzt hör auf.«

Sein eigentlich tiefer Bariton wurde mit einem Mal schrill.

»Es sollte ganz beiläufig passieren, aber ich habe es gesehen.«

»Wenn du so drauf bist, kann man mit dir einfach nicht reden.«

»Wenn ich wie drauf bin?«

»Eifersüchtig und misstrauisch.«

»Sie hat heute Morgen schon hier gesessen, als ich ins Büro gekommen bin, und hat wie eine Giftspinne auf dich gewartet. Der Solvikhof ist ihr scheißegal. Sie will bloß dich.«

Er verzog das Gesicht. Sein verächtlicher Blick traf mich hart. Ich fühlte mich winzig und zurechtgewiesen.

»Ich glaube, jetzt solltest du dich ein bisschen zusammenreißen«, sagte er.

Offenbar hielt er mich für hysterisch.

»Ich reiße mich längst zusammen!«, rief ich mit einer Stimme, die eine halbe Oktave höher lag. »Aber du hörst mir gar nicht zu. Ich mag eine Gedächtnislücke haben, aber ich bin mir sicher, dass ich die Frau schon mal irgendwo gesehen habe!«

»In welchem Zusammenhang?«

»Woher soll ich das wissen, wenn ich mich nicht erinnern kann?«

»Ich finde deine Reaktion völlig übertrieben. Zuletzt hast du dich so aufgeführt, als du eifersüchtig warst. Und das fast ohne Grund.«

Unsere Diskussion wurde immer heftiger, zwischen uns taten sich Abgründe auf.

»Es geht hier überhaupt nicht um Eifersucht. Warum willst du nicht auf mich hören?«

»Ich führe ein Gespräch mit einer Geschäftskollegin, und du benimmst dich dermaßen daneben? Dieses Misstrauen steht dir wirklich nicht gut, Alex. Wenn du unsere wunderbare Beziehung zerstören willst, dann mach nur so weiter.«

Das saß. Mein Magen verkrampfte sich schon. Wenn er so argumentierte, würde ich bald gar nichts mehr spüren.

»Willst du damit sagen, dass ich mir das alles nur einbilde?«, fragte ich.

»Alex, wenn du eine ehrliche Antwort hören willst: ja. Und du tust mir geradezu leid, wenn du dich so neurotisch aufführst.«

»Das Mitleid eines Psychologen, heute scheint ja mein Glückstag zu sein«, sagte ich verächtlich. »Willst du dieser Tussi nicht auch gleich eine Diagnose verpassen, wenn du schon dabei bist? Wie wäre es mit einer narzisstischen Persönlichkeitsstörung?«

»Du kennst sie doch gar nicht, und dann redest du so ein Zeug. Dir ist der Solvikhof doch sowieso nicht wichtig – mir aber. Und diese Zusammenarbeit könnte positiv sein.«

Das Argument mit dem Solvikhof war gemein. Ich hatte das Gefühl, als versackte mir das Blut aus Händen und Füßen. Und ich begriff überhaupt nichts. Was geschah da gerade mit uns? Wir gerieten so selten in Streit, dass ich nun vollkommen durcheinander war.

»Das stimmt nicht, mir ist der Solvikhof ebenso wichtig«, konterte ich.

»Das kommt mir aber nicht so vor. Du kämpfst immer noch mit den alten Gespenstern.«

Ich stand auf und bewegte mich rückwärts auf den Ausgang zu, vergrößerte den Abstand zwischen uns.

»Ich lasse mich von dir nicht beleidigen, schon gar nicht, wenn du mit widerwärtigen Frauen flirtest. Es ist wohl besser, ich fahre nach Hause.«

Er stand auf und machte Anstalten, auf mich zuzugehen. Er war jetzt schrecklich wütend, seine Augen kohlrabenschwarz. Der Mund eine schmale Linie, klein und verkniffen. Ich spürte, dass ich hier sofort wegmusste, um nicht noch mehr anzurichten.

»Komm zurück in die Realität, Alex! Begreifst du überhaupt nicht, wie hysterisch du bist? Hast du den gestrigen Abend so schnell vergessen? Diese wunderschönen Stunden?«

»Überhaupt nicht. Aber heute tut es mir leid, dass ich bei dem Blowjob mitgemacht habe. Das lässt sich jetzt leider nicht mehr ändern.«

Ich brauchte keine Minute, dann war ich aus dem Büro gelaufen, die Treppe hinuntergerannt und ins Auto gesprungen.

17

Eva

Sie sitzt in einem Café, an einem Tisch mit Blick auf die Straße. Auf der gegenüberliegenden Seite liegt Carl Ashers Büro.

Jetzt wartet sie nur darauf, dass das Unausweichliche geschieht. Sie kann es vorhersehen. Menschen sind so berechenbar. Frauen lassen sich von ihren naiven Teenieträumen steuern. Männer vom Testosteron. Warum sollte es bei Alexandra Brisell und Carl Asher anders sein.

Eva schließt die Augen und denkt an das wunderbare Leben, das auf sie wartet. Die Erfüllung all ihrer Träume.

Es geht ihr blendend. Könnte nicht besser sein.

Ihr Gesichtsausdruck bleibt neutral, während ihr Bilder von Erfolg und Ruhm durch den Kopf flattern. Ihre Gedanken wandern zu Carl zurück. Zwischen ihnen hat es sofort gefunkt. Wer könnte besser zu ihr passen, wenn ihr neues Leben begann? Attraktiv genug, um auf dem roten Teppich und in den Hochglanzmagazinen eine gute Figur abzugeben. Wohlhabend genug, um ihr alle materiellen Wünsche zu erfüllen. Ein Sprungbrett, noch dazu ein richtig gutes. Sie ist rundum zufrieden. Vielleicht sollte sie die Medikamente nach und nach absetzen. Wer braucht Beruhigungsmittel, wenn alles läuft wie geschmiert?

Nur ein paar Minuten später sichtet sie Alex Brisell auf der anderen Straßenseite. Alex knallt die Haustür zu und verschwindet. Sie scheint vor Wut zu kochen.

Eva weiß, dass es nur eine Frage der Zeit sein wird, wann Carl ihr hinterherläuft. Leider ist sie hier im Café mit jemandem verabredet. Sonst könnte sie Carl abfangen, sie müsste einfach nur vor dem Haus auftauchen, ganz zufällig. Es ist geradezu lächerlich einfach, einen Keil zwischen Menschen zu treiben. Keine Beziehung trotzt jedem Sturm. Die meisten sind wie Kartenhäuser, die einstürzen, sobald man mit dem kleinen Finger dagegenschnippt.

Da sitzt mit einem Mal ein Mann vor ihr. Eva hat ihn gar nicht bemerkt. Schätzungsweise ist er Ende dreißig und sieht auffällig maskulin aus. Sein Teint ist sonnengebräunt, das Haar rabenschwarz. Sein Blick erinnert sie an einen Adler. Er strahlt eine natürliche Autorität aus, und seine Erscheinung zeugt von jeder Menge Kohle. Dieser Mann nimmt sich, was er haben will, er braucht viel Aufmerksamkeit. Neben ihm ist nicht mehr viel Platz. Seine Selbstverliebtheit ist keineswegs zu übersehen. Eva darf nicht vergessen, wie klein und unbedeutend sie in den Augen solch eines Menschen ist. Nur ein winziger Spielstein. Aber mittlerweile gelingt es ihr, so gefällig wie nötig zu sein, wenn sie sich einen Nutzen davon verspricht.

Der Mann betrachtet sie mit durchdringendem Blick.

»Wie schön, dass wir uns jetzt endlich kennenlernen, Eva. Ich hoffe, Sie werden unsere Erwartungen erfüllen.«

»Das werde ich bestimmt«, erwidert sie mit fester Stimme.

»Gut, denn unsere Ansprüche sind hoch. Aber lassen Sie mich vorab ein paar Worte zu unserer Tätigkeit sagen. Haben Sie schon mal gesehen, wie die Erde nach einer extremen Dürre aussieht? In Ländern wie Madagaskar oder Zimbabwe?«

Sie antwortet nicht. Es scheint eine rein rhetorische Frage zu sein.

»Zuerst verdunstet jede Feuchtigkeit von der Erdoberfläche, bis sie hart wie Granit ist, also undurchdringlich«, fährt er fort. »Am Ende springt sie auf. Doch es bildet sich nicht eine einzige lange Furche, sondern es entstehen Millionen von kleinen Rissen. Und genau so ist unsere Vorgehensweise. Wir haben ein Netzwerk, das viel, viel weiter verzweigt ist, als Sie es sich vorstellen können. Erst verbreiten wir uns genau wie diese Risse, wir erschaffen sie, treiben kleine Keile in die Gesellschaft – und lassen unsere Überzeugungen dann wie einen Monsunregen auf sie niederprasseln. Wir breiten uns mit atemberaubender Geschwindigkeit aus. Dort, wo wir uns niederlassen, entsteht neues Leben. Rechtschaffene Menschen bekommen endlich wieder frische Luft zum Atmen. Der Abschaum, der auf Kosten der anderen lebt, wird verdrängt. Können Sie sich das vorstellen, Eva?«

Ja, und ob sie das kann. Auch wenn er es nicht glauben mag. Sie selbst ist verhärtet, aufgesprungen und hat nach Wasser gedürstet, seit sie denken kann.

»Wenn Sie glauben, Sie könnten uns hintergehen und uns entkommen, dann haben Sie noch nicht begriffen, mit wem Sie es zu tun haben. Wir sind in jeder Gesellschaftsschicht präsent, allwissend und allmächtig.«

Er lächelt, doch sie hat das Gefühl, dass er auf keinen Fall scherzt.

Allmächtig? Ist er vielleicht geisteskrank? Nein, es ist offensichtlich, dass er eine Vision verfolgt, eher leidet er an Größenwahn.

»Was für ein Gefühl ist es, so viel Macht zu besitzen?«, fragt sie, doch da überschreitet sie bereits eine Grenze – denn er lächelt nur unterkühlt und schweigt.

»Ich würde es niemals wagen, Sie infrage zu stellen oder zu täuschen«, schiebt sie schnell hinterher.

Er lacht auf, mit heiserer Stimme.

»Gut, Eva. Ich werde hier in San Francisco Ihre Kontaktperson sein. Sie können mich Axel nennen, der Nachname ist unwichtig. Und wenn wir uns in der Öffentlichkeit begegnen, kennen Sie mich nicht.«

»Verstehe«, sagt sie.

Unter ihren langen Wimpern mustert sie ihn. Da kommt ihr ein Gedanke, blitzschnell, aber die Erkenntnis ist entscheidend: Diese Männer wird sie niemals loswerden, es sei denn, es gelingt ihr, sie zu überführen. Das würde alles ändern. Innerlich flucht sie, dass sie nicht daran gedacht hat, dieses Gespräch mit dem Smartphone aufzuzeichnen. Nächstes Mal.

Bis auf weiteres wird sie alles tun, um es ihnen recht zu machen. Damit wird sie leben können.

18

Ich klammerte mich ans Lenkrad. Tränen liefen mir übers Gesicht. Innerlich fluchte ich über mich – Alex, die eifersüchtige Heulsuse. Es dauerte eine Weile, bis ich überhaupt den Motor anlassen konnte. Ich hockte einfach nur da und wusste nicht mehr weiter. Wie immer, wenn meine Gefühle mit mir durchgegangen waren, war ich mit den Kräften am Ende. Ich versuchte meine Traurigkeit zu verdrängen, doch es gelang mir nicht. Erst fuhr ich viel zu schnell, doch dann konnte ich nicht aufhören zu heulen und musste die Geschwindigkeit drosseln, weil ich kaum noch etwas sah. Es fiel mir schwer, mich auf die Straße zu konzentrieren. Hinzu kam noch ein heftiger Kopfschmerz an den Schläfen.

Mir ging durch den Kopf, was ich als Letztes zu Carl gesagt hatte, und jetzt schämte ich mich dafür. Ich war richtig fies gewesen, so konnte ich mich selbst nicht leiden. Carl hatte sich beim Halloweenfest so viel Mühe gemacht, alles haarklein geplant, und jetzt kam ich mit meinen spitzen Kommentaren und zerstörte alles. Aus einer märchenhaften Nacht im Sturzflug direkt in die Hölle. Das war so typisch für mich.

Als ich nach Hause kam, stand Dani schon im Flur. Wir setzten uns ins Wohnzimmer, und ich schüttete ihr mein Herz aus. Geduldig hörte sie mir zu und nickte immer wieder. Als ich fertig war, erwartete ich eigentlich, dass sie sagen würde, ich hätte überreagiert.

»Du bist einfach ein impulsiver Mensch, aber Carl kann

ehrlich gesagt auch ein richtiger Scheißkerl sein«, sagte sie stattdessen.

»Findest du?«, fragte ich überrascht.

»Ja, absolut. An der Tussi könnte doch wirklich was faul sein. Mich würde es nicht wundern, bei all den sonderbaren Dingen, die in letzter Zeit geschehen sind. Aber anstatt dich ernst zu nehmen, dreht Carl den Spieß um und behauptet, dass du eifersüchtig bist. Er hält sich wohl selbst für das größte Geschenk aller Zeiten an das weibliche Geschlecht. Jetzt ist er dran, sich zu entschuldigen. Warte ab, bis er sich gemeldet hat. Wenn er nicht anruft, würde ich auch morgen nicht im Büro erscheinen.«

»Aber wenn man bedenkt, wie oft er uns geholfen hat.«

»Das gibt ihm noch lange nicht das Recht, dich runter-zumachen.«

Da klopfte es an der Tür. Wir zuckten beide gleichzeitig zusammen. Anfangs war es nur ein zaghaftes Klopfen, doch dann wurde es energischer.

»Alex, bist du da?« Carls Stimme.

Als ich keine Antwort gab, drückte er die Klingel und hörte nicht mehr auf. Mich nervte sein Sturmklingeln, daher bat ich Dani, ihn wegzuschicken. Sie ging zur Tür und öffnete.

Für ihre Reaktion hätte ich meine Schwester knutschen können.

»Alex möchte dich nicht sehen, Carl.«

»Doch, das will sie ganz bestimmt, wenn sie hört, was ich zu sagen habe.«

»Bist du es niemals leid, immer nur an dich zu denken?«

»Ach, hör auf, wir hatten Streit, und jetzt bin ich hier. Ich gebe mir wirklich Mühe.«

»Wenn du Alex wieder enttäuschst, Carl, wirst du es schwer bereuen. Da kenne ich nichts. Dann werde ich dir mit einem

Bolzenschneider einen Besuch abstatten, und du kannst dankbar sein, wenn zwischen deinen Beinen noch was übrig ist, nachdem ich mit dir fertig bin.«

Carl sah entsetzt aus.

»Bitte, ich möchte sie sehen«, sagte er leise.

»Auf die Knie«, rief Dani theatralisch.

Dann brachen sie beide in Lachen aus. Ich trat in den Flur.

»Komm rein«, sagte ich nur.

Carl wirkte so am Boden zerstört, dass ich ihn am liebsten auf der Stelle getröstet hätte. Wir gingen ins Wohnzimmer hinüber und setzten uns. Zwischen uns war mindestens ein Meter Abstand. Dani begriff, dass wir unter vier Augen sprechen wollten, daher zog sie sich in ihr Schlafzimmer zurück.

»Ach komm, Alex, kannst du nicht ein bisschen näher rutschen?«, fragte Carl.

Ich rückte etwas näher, sah ihn aber demonstrativ nicht an.

»Tut mir leid, dass ich dir nicht richtig zugehört habe«, sagte er. »Eva war dir unsympathisch, und ich bin sofort davon ausgegangen, dass du eifersüchtig bist. Das war falsch. Aber vielleicht kannst du verstehen, dass es mir viel bedeutet, wenn jemand mein Engagement für misshandelte Frauen wahrnimmt und unterstützen möchte.«

»Was ist los mit dir? Anerkennung ist dir doch sonst nicht so wichtig. Jetzt klingt es fast so, als bräuchtest du Lob wie Luft zum Atmen.«

»Darum geht es nicht. Aber ich habe lange darum gekämpft, den Solvikhof öffnen zu dürfen. Als ich klein war, habe ich geschuftet wie ein Tier und mich um meine Familie gekümmert. Da hat es nie ein Dankeschön gegeben. Niemand hat mir zugetraut, dass ich mit Ash & Coal erfolgreich sein könnte, doch das hat mich nicht abgehalten. Du hast also recht, im Grunde ist mir Bestätigung scheißegal, aber von allem, was ich bisher auf die Beine gestellt habe, liegt mir der Solvikhof am meisten am Herzen. Und ich bin stolz darauf.«

»Das kann ich ja alles verstehen, ich habe doch gesehen, wie viel Energie du im Frühjahr da reingesteckt hast. Wie kannst du bloß sagen, es sei mir *egal?*«

»Bitte, lass mich ausreden. Du weißt, dass mein Vater ein Tyrann war. Manchmal bekomme ich eine Heidenangst, ich könnte genauso werden wie er. Er konnte nämlich ebenso eiskalt und verächtlich sein, wie ich es heute war.«

Ich war einer der wenigen Menschen, die Carls Geschichte kannten. Als Karl-Johan Ask war er zur Welt gekommen. Im Alter von zwölf Jahren hatte er seine Mutter tot in der Badewanne gefunden. Sie hatte die ständigen Misshandlungen ihres Ehemannes nicht länger ertragen und sich umgebracht, mit einem Föhn im Badewasser. Als der Vater nach Hause gekommen war, war Carl mit einem Feuerhaken auf ihn losgegangen und hätte ihn beinahe erschlagen. Danach flüchtete er und lebte monatelang im Wald. Mitten im Winter wurde er von einem Jäger gefunden, da war er schon halb erfroren. Dann wurde Carl von einer Pflegefamilie zur nächsten gereicht und entwickelte sich zu einer Art Rowdy. Bis er bei einem Paar landete, das merkte, dass er etwas im Kopf hatte. Sie begleiteten ihn durchs Gymnasium und halfen ihm, einen Studienplatz zu bekommen und Psychologie zu studieren. Und mit ihrer Hilfe nahm er einen neuen Namen an, Carl Asher, damit nichts mehr auf die Verbindung zu seinem Vater hinwies.

Carl rutschte jetzt näher und griff nach meiner Hand. Bei seiner Berührung empfand ich eine sonderbare Distanz, ein Gefühl, als ginge gerade etwas zu Ende.

»Die Vorstellung, ein solcher Unmensch wie mein Vater zu werden, macht mir am meisten Angst«, fuhr Carl fort. »Manchmal reitet mich der Gedanke, dass es mein Schicksal ist, so zu werden wie er. Ich habe solche Angst, ich könnte seine Bösartigkeit in meinen Genen haben, und dass es nur eine Frage der Zeit ist, wann sie durchschlägt.«

»Du wirst nie so werden.«

»Woher willst du das wissen?«

»Das sagt man nur so, du hast überhaupt nichts von ihm. Im Grunde deines Herzens bist du viel zu lieb.«

Carl musste lachen und nahm mich in den Arm.

»Alex, ich brauche dich, um atmen zu können. Wenn wir zusammen sind, wenn wir miteinander schlafen … Es ist, als würde ich aus einem Winterschlaf erwachen, und zwar mit einem Bärenhunger. Du machst mich glücklich wie einen kleinen Jungen. Und wenn wir Streit haben, so wie heute, dann bin ich todunglücklich.«

Ich sah ihm in die Augen. Er sprach voller Hingabe, und seine Bitte, ihm zu verzeihen, kam aus tiefstem Herzen.

»Du glaubst, ich sei arrogant, aber ich habe einfach bloß Angst«, sprach er weiter. »Und wenn etwas besonders Schönes geschieht, so wie gestern Abend, dann wird es irgendwie too much. Dann muss ich mir beweisen, dass es auch ohne dich geht. Und dann tue ich idiotische Dinge, wie mit anderen Frauen flirten.«

Von seinem Eingeständnis liefen mir kalte Schauer über den Rücken.

Eine vereinzelte Träne kullerte ihm über die Wange. Ich hatte ihn nicht weinen sehen seit der Nacht, in der er uns aus den Fängen der Sekte gerettet hatte. Es musste ihn sehr bewegen. Das war zwar berührend, aber es irritierte mich auch. Carl war doch immer so gut drauf, ein hoffnungsloser Optimist. Ich war zu grob gewesen, das tat mir jetzt leid. Bleiernes Schweigen legte sich über den Raum, und ich wusste, jetzt war ich dran, es zu brechen.

»Bist du traurig?«, fragte ich vorsichtig.

»Ein bisschen schon. Das geht aber vorüber«, antwortete er leise.

»Das war nicht meine Absicht, aber ich hasse es, wenn du mich klein machst und mich neurotisch nennst.«

»Ich weiß. Tut mir leid.«

»Wenn ich das Gefühl habe, dass etwas nicht stimmt, dann musst du auf mich hören.«

»Das verspreche ich.«

»Und ich möchte auch, dass du mit mir sprichst, falls du mit jemand anderem ins Bett gehen willst. Also *vorher*.«

»Aber Alex, das will ich doch gar nicht.«

»Ich habe ja auch nur gesagt, falls. Und entschuldige, was ich vorhin von dem Blowjob gesagt habe. Es war auf dem Fest gestern unglaublich schön.«

»Nicht schlimm«, sagte er. »Ich habe doch gemerkt, wie sehr du es genossen hast. Nein, was mir Angst einjagt, ist die Vorstellung, eines Morgens aufzuwachen und feststellen zu müssen, dass diese Gefühle für dich verschwunden sind. Dann wird mein Leben völlig sinnlos sein.«

»Ach was, jetzt wirst du sentimental. Komm, lass uns lieber ins Büro fahren.«

Die Tage, die nun folgten, gehörten zu den schönsten, die Carl und ich gemeinsam erlebten. Wir entspannten uns wieder und verspürten nach diesem heftigen Streit einen großen Einklang, es hatte sich eine Art Stille nach dem Sturm eingefunden, die sehr heilsam war.

Am Ende der Woche machte Carl den Vorschlag, uns eines der Häuser der Agentur in Big Sur anzusehen. Er meinte, dass wir einen Tapetenwechsel dringend nötig hätten. Ich hegte sofort den Verdacht, dass er etwas mit mir besprechen wollte, doch das war jetzt egal. Von Big Sur hatte ich schon unzählige schöne Fotos gesehen, und nun freute ich mich einfach auf den Besuch.

Über die reguläre Autobahn hätte die Fahrt nur zweieinhalb Stunden gedauert, doch wir nahmen den Umweg über den Highway One, der sich die Küste hinabschlängelte. Nach dem Mittagessen fuhren wir in San Francisco los und kamen erst am späten Nachmittag an.

Anfang Oktober war San Francisco von einer Hitzewelle heimgesucht worden, aber in Half Moon Bay war es dank des dichten, kühlenden Morgennebels ganz erträglich gewesen. Jetzt hatte es überall aufgefrischt. Hier machte sich der Herbst nicht so abrupt wie in Schweden bemerkbar, doch die Temperaturen sanken allmählich, die Luft wurde klarer und frischer.

Es war ein sonniger Tag, der Himmel strahlend blau. Die Landschaft, durch die wir fuhren, war so atemberaubend schön, dass wir während der Autofahrt die meiste Zeit staunend dasaßen, die Augen wie gebannt an die Landschaft geheftet. Über harsche Felsklippen kletterten die Zypressen. Wir fuhren durch einen Dunst, der die schilfrohrähnlichen Pflanzen am Straßenrand zum Schimmern brachte. Der Küstenstreifen bei Big Sur, da, wo die Berge von Santa Lucia steil ins Stille Meer abfallen, war so sagenhaft schön, dass wir anhielten und ausstiegen, um den Blick aufs Meer zu genießen. Die tief stehende Nachmittagssonne glitzerte auf der Wasseroberfläche.

Carl sah zum Himmel auf, der einen dezenten, rosafarbenen Schleier trug.

»Schau mal, nein, stopp, mach die Augen zu, ganz fest«, rief er. »Und jetzt lausch.«

Das tat ich. In meine Ohren drang das Rauschen der Wellen, wie sie auf die Felsen schlugen und wieder zurückrollten.

Es hatte etwas Meditatives. Das Atmen des Meeres, dieser ewige Rhythmus. Meine innere Unruhe legte sich.

Plötzlich ergriff er meine Hand, sodass ich zusammenzuckte.

»Es ist wunderbar, hier mit dir zu stehen, Alex. Ich hatte recht, es tut gut, aus der Stadt rauszukommen.«

»Dann kannst du mir ja jetzt sagen, was du auf dem Herzen hast.«

»Was meinst du?«

»Stell dich nicht blöd.«

»Das werde ich tun, wenn wir angekommen sind.«

Ein paar Kilometer fuhren wir weiter auf dem Highway One, dann bogen wir ab, und schon kurze Zeit später kamen wir auf ein Hofgelände, auf dem sich eine Villa mit einem Garten zum Meer hin befand. Das Holzhaus war von Nadelwald umgeben.

Da seit Tagen niemand mehr im Haus gewesen war und die Luft sich deutlich abgekühlt hatte, machten wir als Erstes Feuer im Kamin. Es roch vom Staub, den Wollteppichen und dem vielen Holz ein bisschen muffig, aber nicht unangenehm, eigentlich war es sogar gemütlich. Der Kühlschrank war gut gefüllt, und Carl machte sich daran, uns eine Suppe zu kochen, die wir uns mit Brot und Rotwein schmecken ließen. Wir plauderten über alles Mögliche, doch ich hatte den Eindruck, dass er mit seinen Gedanken woanders war.

»Was hast du auf dem Herzen?«, fragte ich ihn direkt.

Er stellte sein Weinglas hin und sah mich an.

»Bitte reg dich nicht auf, versprich es mir.«

»Kommt drauf an.«

»Also, ich habe dieses Unternehmen Sanctum unter die Lupe genommen. Sehr gründlich. Und ich konnte keinerlei Ungereimtheiten finden.«

Er verstummte und blickte mich an, aber ich schwieg. Eva

Sand hatte ich inzwischen fast schon wieder vergessen. Ich hatte Sanctum auch gegoogelt, hatte aber auch nichts anderes feststellen können. Es schien ein solides Unternehmen zu sein, das sich der Behandlung von Suchterkrankungen verschrieben hatte. Eins zu null für meinen Verstand.

»Sie haben ihre Einrichtungen überall«, fuhr Carl fort. »Ihre Therapien wirken. Hier in den USA fahren sie hohe Gewinne ein, aber in Schweden arbeiten sie mehr auf idealistischer Basis, denn bei uns ist es ja viel schwerer, im Pflegebereich Umsatz zu machen. Sie scheinen gute Ziele zu verfolgen. Und ihre Unterstützung könnte dem Solvikhof einen Schub verpassen, den wir gut gebrauchen können, wenn wir eröffnen. Eine Kooperation würde uns also helfen. Deshalb habe ich mich noch mal mit Eva Sand getroffen«, sagte er und hob gleich abwehrend beide Hände – denn er wusste, wie ich reagieren würde.

»Wann?«, fragte ich.

»Vor ein paar Tagen. Wir haben uns in der Stadt verabredet.«

Mein Mund wurde schlagartig trocken. Das kam völlig überraschend, allein die Vorstellung war widerwärtig. Er hatte sie also getroffen, trotz unseres Streits. Aber ich wollte ihm nicht den Gefallen tun, schon wieder auszuflippen. Er war auch eigentlich gar nicht verpflichtet, mir von seinen geschäftlichen Meetings zu erzählen. Ich musste aufhören, mich so kindisch aufzuführen, musste ihm Spielraum geben und ihm vertrauen.

»Was denkst du gerade, Alex?«

»Du hast mich angelogen, als du zu der Verabredung gegangen bist. Zu mir hast du gesagt, du triffst eine Geschäftspartnerin.«

»Aber das war nicht gelogen. Ich wollte nur nicht, dass du dir unnötig Sorgen machst.«

»Du scheinst deiner eigenen Philosophie, ehrlich miteinander umzugehen, selbst nicht gerecht zu werden. Seit wann haben wir denn Termine, von denen wir uns nichts erzählen?«

»Ich war mir ja nicht sicher, ob mich diese Reportage wirklich interessieren würde.«

»Und das ist jetzt anders?«

»Ja. Sie plant eine Reihe von Artikeln, die im Frühjahr in einigen großen Zeitungen erscheinen sollen. Darin soll es um mein Leben, meine Bücher und meine Ansichten über die Rechte der Frauen gehen. Es wird vielleicht auch eine Neuauflage meines Buches geben.«

»Ach ja?«

»Dieses Angebot ist einfach zu gut, um es abzulehnen.«

Er legte eine Pause ein, schien mit sich zu ringen.

»Und noch was. Du hattest recht, als du gesagt hast, dass ich mich von Eva angezogen fühle.«

In diesem Augenblick rutschte mir das Herz in die Hose. Ich biss mir auf die Unterlippe, zwang mich selbst, den Mund zu halten.

»So was ist mir in der Vergangenheit auch schon passiert. Ich möchte ganz ehrlich sein. Aber dieses Mal gehe ich anders damit um. Ich würde nichts auf der Welt tun, was unsere Beziehung aufs Spiel setzen könnte, und …«

»Du darfst dich nicht für sie entscheiden«, schnitt ich ihm das Wort ab.

»Warum?«

»Sie wird dir nicht guttun. Sie ist ein schlechter Mensch.«

»Das weißt du doch gar nicht. Menschen, die nach außen hin eher unterkühlt wirken, können in Wirklichkeit herzensgut sein.«

»Aber wie gut kennst du sie?«

»Kaum. Ich habe sie doch erst zweimal gesehen. Aber das spielt auch keine Rolle. Die Einzige, die mir zurzeit etwas bedeutet, bist *du*«, sagte er und legte Betonung auf jedes einzelne Wort.

»Mein Bauchgefühl macht mir Angst. Das ist genauso stark gewesen, als ich mir sicher war, dass Dani von der Sekte gekidnappt worden ist, und mir keiner geglaubt hat.«

»Vielleicht ist das das Problem«, sagte er vorsichtig. »Es ist verständlich, dass du auf deine Intuition hörst, nachdem sie dich auf der Suche nach Dani auf die richtige Spur gebracht hat, aber das muss nicht heißen, dass du deinem Gefühl immer vertrauen kannst. Die Ereignisse des letzten Jahres könnten auch bewirkt haben, dass du jetzt übertrieben misstrauisch bist.«

»Lieber Carl, du darfst dich auf keinen Fall von ihr ködern lassen.«

»Alex … das *kann* ich gar nicht, wenn ich dich habe. Das Treffen mit Eva war rein geschäftlich, und so wird es auch bleiben. Aber ich fühle mich nicht wohl, wenn es in meinem Leben so viele Regeln und Zwänge gibt. Wir haben uns doch noch nie etwas vorgeschrieben.«

Er zog ein paar Prospekte aus seiner Aktentasche und hielt sie mir hin.

»Die hat Eva mir mitgegeben. Wirf mal einen Blick drauf. Da bekommt man einen guten Überblick, einige statistische Daten und jede Menge Lobeshymnen von namhaften Leuten.«

Ich riss ihm die Unterlagen aus der Hand und warf sie ins Feuer.

»Mir musst du mit dieser Marketingmasche nicht kommen«, sagte ich gelassen.

Die Flammen wurden auf der Stelle größer, im Papier bildeten sich Löcher, kurz darauf hatte das Feuer die Hefte ganz verschlungen. Hätte Carl meine Impulsivität nicht gekannt, wäre er wohl aus der Haut gefahren, doch so saßen wir einfach nur weiter vor dem Kamin und sahen zu, wie Sanctums Werbeflyer verbrannten.

Ein Fenster war ein Stück weit geöffnet, und ein schwacher Wind trug den Herbstduft ins Zimmer. Zum ersten Mal in diesem Jahr. Wie immer kam mit ihm die Wehmut. Blätter, die zu Laub werden, sterbende Blumen. Knisternd kalte Luft, diese leichte Kalknote. Ein paar Nachtfalter flatterten hilflos im Lichtschein der Außenleuchten.

»Findest du es nicht merkwürdig, dass sich eine Klinikkette, die eigentlich auf Suchttherapie spezialisiert ist, mit einem Mal für misshandelte Frauen engagieren will?«

»Sie wollen ihr Tätigkeitsfeld ausweiten und an einem neuen Standort und mit neuem Personal eine Einrichtung für dieses Klientel eröffnen. Dabei profitieren sie von ihren Erfahrungen in der Psychotherapie.«

»Dann tu, was du nicht lassen kannst. Du bist der Chef, nicht ich«, sagte ich.

»Natürlich bespreche ich mich mit dir. Du bist ja auch Partnerin in der Agentur. Ich sollte dir langsam mehr Aktien übertragen.«

»Vergiss es. Die Aktien interessieren mich nicht. Unserem Betrieb geht es gut, wenn du glücklich bist.«

Obwohl es schon spät am Abend war, ging Carl zum Telefonieren auf die Terrasse. Er holte sogar unseren Kollegen Brett in Schweden aus dem Bett. Bei ihm war es gerade erst sechs Uhr morgens. Ich konnte mich wirklich für Carl freuen, dennoch war mir durch unser Gespräch klar geworden, dass sein Ego größer war, als ich gedacht hatte.

Ich ging ins Schlafzimmer und legte mich aufs Bett. Angenehm beduselt von dem Glas Wein döste ich vor mich hin.

Ich erwachte, als Carls eiskalte Finger über meinen Bauch tänzelten.

»Ich bin müde«, murmelte ich verschlafen. »Nimm mich doch einfach nur in die Arme.«

Wir zogen uns aus und krochen unter die Decke. Da Carl eine ganze Weile draußen gestanden hatte, war sein Körper viel kälter als meiner, ich zuckte zusammen, als er sich jetzt an mich schmiegte. Und rückte gleichzeitig etwas ab. Seine kühle Hand legte sich um meine Taille und rutschte zu meinem Bauch.

Da erwachte etwas in mir zum Leben. Mit einem Mal war die Müdigkeit wie weggeblasen. Ich setzte mich wieder auf und zog ihm die Decke weg.

»Ich hab's mir anders überlegt«, verkündete ich.

»Wunderbar«, sagte er und grinste.

Ich sah mich im Zimmer um und entdecke zwei Morgenmäntel, die offenbar zur Hausausstattung gehörten. Ich sprang auf und zog den Gürtel des einen ab. Carl verfolgte dies.

»Was tust du da?«

»Ich werde deine Handgelenke am Bettpfosten festbinden«, antwortete ich.

»Wie bitte? Ich dachte, so was machen wir nicht!«

»Doch, heute Nacht schon. Das ist die Strafe, weil du mich vor ein paar Tagen wie Dreck behandelt hast. Jetzt kannst du dich auf was gefasst machen!«

»Wenn du meinst«, seufzte er und hielt ergeben die Hände hoch.

Als ich mit ihm fertig war, gab es kaum einen Millimeter seines Körpers, den ich nicht geküsst oder gestreichelt hatte. Er zitterte noch immer, als ich seine Hände losband. Ich beugte mich über ihn und flüsterte ihm ins Ohr.

»Glaubst du im Ernst, dass eine andere dir das geben könnte?«

Da zog er mich an sich, ganz fest, ich bekam kaum noch Luft.

»Niemand auf der Welt, niemand könnte das«, flüsterte er mir ins Haar.

Wir duschten gemeinsam, und dann gingen wir schlafen. Wie gewohnt kuschelten wir uns aneinander und verschmolzen zu einem einzigen Körper.

»Manchmal glaube ich, ich bin so wahnsinnig verliebt in dich, dass du mein Untergang sein wirst«, bemerkte Carl leise.

»Wie meinst du das?«

»Na ja, dass alles, was in unserer Beziehung so großartig ist, sie auch kaputtmachen wird. Die Liebe, die ich für dich empfinde. Sie tut manchmal richtig weh, so was kenne ich gar nicht.«

»Dann gewöhnst du dich dran.«

Er nuschelte etwas. Als ich nur noch sein ruhiges Atmen in meinem Nacken spürte, wusste ich, dass er schon döste. Wie beneidenswert, auf der Stelle einschlafen zu können.

Mein Gedankenkarussell setzte sich wieder in Bewegung, und dann befand ich mich im Wald an dem Abend, an dem wir Dani befreit hatten. Fast hatte ich wieder das leichte Säuseln des Windes in den Tannenspitzen im Ohr und den Feuergeruch in der Nase. Fühlte die groben Hände der Männer auf meinem Körper. Diese Erinnerung löste Eva Sand in mir aus. Aber warum?

Carl zog mich näher an sich und seufzte im Schlaf.

Ich lag noch lange Zeit wach und starrte in die Dunkelheit. Eine plötzliche Melancholie überfiel mich. Der Moment war bittersüß, als ob diese Nacht etwas Schönem ein Ende setzte.

19

Eva

Sie steht vor dem Eingang zu der Agentur Ash & Coals. Carl ist ein Workaholic und fast immer vor Alex im Büro. Sie hingegen nimmt die Arbeit nicht ganz so ernst. Eva hat sie eine Zeit lang beobachtet und kennt jetzt ihre Gewohnheiten und Eigenheiten.

Und da taucht er auch schon auf, frisch rasiert und energiegeladen. Als er sie erblickt, ist er erstaunt und wirkt auf Anhieb eher distanziert. Doch mit ihrer letzten Verabredung war sie äußerst zufrieden. Heute kann sie es sich herausnehmen, ein bisschen Gas zu geben.

»Entschuldigung, nicht dass Sie mich für unhöflich halten, weil ich so früh am Morgen hier auftauche«, sagt sie. »Aber gestern ist mir eine Idee gekommen, die mir nicht aus dem Kopf gehen will. Ich verspreche, Sie nicht lange aufzuhalten.«

»Kommen Sie kurz mit hoch«, sagt er höflich, bleibt aber förmlich.

Sie steigt hinter ihm die Treppe hinauf. Er schließt die Tür auf und geht am Empfangsbereich vorbei ins Büro. Eva bleibt in der Tür stehen und sieht sich um. Die Einrichtung ist spartanisch, zwei Schreibtische, ein paar Sessel, mehr nicht. Der Raum ist hoch und lichtdurchflutet. Zwei riesige Fenster lassen die Sonne herein. Langsam macht Eva einen Schritt ins Büro.

Doch Carl beachtet sie gar nicht. Stattdessen kümmert er sich peinlich genau um all das, was er für den Start in den Arbeitstag braucht. Er schaltet die Kaffeemaschine ein, checkt den Anrufbeantworter und seinen E-Mail-Posteingang, lässt die Jalousie herunter und kontrolliert den Papierkorb, der allerdings leer ist. Und währenddessen würdigt er sie keines Blickes.

»Wahnsinn, wie genau Sie mit allem sind«, sagt sie.

»Ordnung und Symmetrie sprechen mich nun mal an.«

Sie nimmt auf dem Besucherstuhl vor seinem Schreibtisch Platz. Betrachtet seinen muskulösen Oberkörper, den das enge T-Shirt erst deutlich zur Geltung bringt. Auch seine Oberschenkelmuskulatur kann sich sehen lassen. Seine Hüften sind breit, doch seine groben Hände ziemlich sexy. Er bewegt sich dynamisch. Seine Haltung ist gut. Die Konzentration, mit der er sich dem Kleinkram widmet, hat etwas Komisches. Aber seine starke Persönlichkeit ist nicht zu übersehen, er hat Charisma, und trotz seines mehr als lässigen Kleidungsstils verschafft er sich sicherlich bei vielen auf Anhieb Respekt.

»Na ja, einen leeren Papierkorb zweimal zu checken, hat das nicht doch etwas Zwanghaftes?«, fragt sie amüsiert.

»Keineswegs. Das ist Sorgfalt«, sagt er, und in seinem Tonfall liegt keine Spur von Ironie.

»Und Ihre Assistentin. Nimmt sie die Dinge … genauso ernst?«

»Alex ist Partnerin, nicht Assistentin. Nein, sie ist das krasse Gegenteil.«

»Ist das denn kein Problem?«

»Ihre Intuition und Leistungsfähigkeit wiegen ihre Ungenauigkeit voll auf«, sagt er lächelnd.

Und sein Lächeln ist so schön, dass Eva beinahe weich wird und ihren Auftrag und alle Opfer, die sie gebracht hat, um einzusteigen, schon fast vergisst. Bei diesem *Spiel*. Sie zwingt sich selbst, sich an diese Zombies zu erinnern, die noch immer bei Sanctum über die engen Gänge wandeln. Aber sie ist da raus, sie ist jetzt hier. Und wird *es* tun. Allein der Gedanke reicht aus, und schon ist sie wieder hoch konzentriert.

»Was wollten Sie mir denn erzählen?«, fragt Carl.

»Ich habe vorgeschlagen, dass wir anstelle von Zeitungsartikeln eine Reportage drehen. Die Führungsebene bei Sanctum hat das noch nicht abgesegnet, aber ich gehe davon aus, dass sie meiner Argumentation folgen wird. Ein Film wird mehr Aufmerksamkeit erhalten, und die können wir in Zukunft beide sehr gut gebrauchen.«

Nachdenklich runzelt er die Stirn.

»Wie meinen Sie das?«

»Ich möchte eine Reportage über Sie drehen, und Ihren Kampf für die Rechte der Frauen darstellen.«

Er lässt sich auf seinen Schreibtischstuhl sacken.

»Ach wirklich? Ich hoffe, Sie planen da keine Enthüllungen über meine Kindheit.«

»Nein, wir setzen bei Ihrer Studentenzeit in Lund an und arbeiten uns nach und nach in die Gegenwart vor. Der Schwerpunkt soll auf der Zeit liegen, in der Sie das Buch geschrieben haben und gegen massiven Widerstand ankämpfen mussten. Gegen die vielen Vorurteile. Bitte, sagen Sie Ja! Das wird großartig.«

»Und was hat das rein praktisch zu bedeuten?«

»Ein paar Reisen nach Schweden. Wir müssten ja Aufnahmen an den Originalschauplätzen machen. Ich arbeite gern mit einer hervorragenden Filmproduktionsfirma zusammen, die hat auch schon unsere Werbefilme gedreht. Ich möchte, dass die Reportage etwa einen Monat, bevor der Solvikhof eröffnet wird, ausgestrahlt wird. Den Film runden wir noch mit ein paar Informationen über die Arbeit von Sanctum und unser Projekt, das Frauenzentrum, ab. Was halten Sie davon?«

»Ich hoffe, Sie haben Verständnis dafür, dass wir den Hof nicht zeigen können, man darf nicht wissen, wo er liegt.«

»Nein, in dem Film wird es vorrangig um Ihre Person, Ihre Forschung und Ihr Buch gehen. Dass Sie den Solvikhof eröffnen, wird nur zu Beginn und im Schlussteil zur Sprache kommen.«

»Ich verstehe nicht ganz, was Sie sich davon versprechen.«

»Sie sind viel zu bescheiden, Carl. Von Ihnen können wir eine ganze Menge lernen. Der Solvikhof soll eine Art Pilotprojekt für unsere eigenen Zentren sein. Wir versuchen nie, unsere Konkurrenz zu verdrängen. Betrachten Sie uns als helfende Hand. Wir kämpfen für die Sache, nicht für den Profit. Unser Ziel ist es, Menschen zu helfen, die ein schweres Schicksal haben. Das Besondere an Ihnen ist, dass Sie die Rechte der Frauen weit mehr thematisieren als jeder andere männliche Protagonist. Man braucht Sie, um beim Thema Gleichberechtigung die Männer ins Boot zu holen. Dabei geht es nicht nur darum, Übergriffe zu verhindern, sondern auch um das Recht auf Sex, der beiden Partnern Spaß macht.«

»Ich möchte, dass der Solvikhof ein Ort wird, an dem Frauen, die Opfer von Gewalt geworden sind, Sicherheit und Ruhe finden. Das hat nicht das Geringste mit meinen Ansichten über Sex zu tun.«

»Selbstverständlich nicht. Aber wenn mehr Männer Ihre Theorien vertreten würden, gäbe es auch weniger Übergriffe. Ihr Buch wirkt doch auf gewisse Art präventiv, oder sehe ich das falsch?«

Carls Lippen kräuseln sich. Es ist so einfach, denkt Eva zufrieden. Mit Schmeicheleien geht er einem auf den Leim, wie jeder andere erfolgreiche Mann auch.

»Und ich gebe zu, ich habe unsere Geschäftsführung ein bisschen unter Druck gesetzt«, fügt sie hinzu. »Das ist wirklich eines der Themen, die mir persönlich sehr am Herzen liegen.«

Sie hält die Luft an, wartet darauf, dass er die Frage ausspricht, die ihm auf der Zunge liegt.

»Wieso interessieren Sie sich so dafür, Eva?«

Sie wendet den Blick ab, zögert, scheint in sich zu gehen. Eine Kunstpause, reine Strategie.

»Das ist sehr privat.«

»Wenn Sie nicht darüber sprechen möchten, ist das völlig in Ordnung.«

Sie seufzt.

»Okay, wenn wir in Zukunft zusammenarbeiten wollen, ist es vielleicht nicht schlecht, meine Geschichte zu kennen. Und wenn ich sie jemandem erzähle, dann Ihnen. Ich fasse mich kurz, versprochen.«

Trotzdem bekommt er natürlich die lange Fassung zu hören, die sie mit Nils Wallin abgestimmt und eingeübt hat. Also die Wahrheit, leicht modifiziert.

»Ich stamme aus einer sehr religiösen Familie und bin ein störrisches Kind gewesen. Mein großer Bruder ist damals auf die Idee gekommen, mir den Teufel auszutreiben, und hat mich abends in eine Scheune gesperrt und gequält. Die Bandbreite war groß. Mal hat er mich festgebunden, dann hat er mich ausgepeitscht. Einmal hat er mich mit einem Eisen gebrandmarkt, das man für die Kühe benutzt ...«

Hier macht Eva eine Pause und wartet, bis sich ihre Augen mit Tränen füllen. Das hat sie schon recht früh gelernt.

»Am schlimmsten war es in den Sommerferien, wenn kein Erwachsener da war, der eingreifen konnte. Mein Bruder war ein böser, berechnender Mensch.«

Als sie darüber spricht, wundert sie sich selbst, wie gefasst sie ist. So war es wirklich. Ihr Bruder war ein eigennütziges Monster.

Ihre Gedanken wandern zu ihrer Kindheit zurück. Als sie an ihre Racheakte denkt, huscht ihr ein Lächeln übers Gesicht. Wie sie seinen lächerlichen Hund rasierte und er hinterher aussah wie eine Ratte. Oder die Nacht, in der sie ihn in den Penis biss. Danach hatte er keine so große Klappe mehr. Doch dann muss sie daran denken, wie er sie dafür bestraft hat. Das schnürt ihr den Hals zu. Für einen Augenblick denkt sie, *es* fängt wieder an – dass sie sich selbst nicht wiedererkennt und plötzlich zu einer anderen wird – das geistert ihr jetzt wieder im Kopf herum, und das muss sie auf jeden Fall verhindern. Ohne ihre Medikamente wird es schwieriger werden, diese Spirale zu stoppen.

Carl räuspert sich und lenkt Eva ab, das hilft. Seine klaren, grauen Augen blicken sie wohlwollend und sanft an. Manche Menschen hören sich allzu gern reden. Doch Carl ist anders, er hört gerne zu. Er schafft eine Atmosphäre von Stille.

»Aber warum haben sich deine Eltern nicht eingeschaltet?«, fragt er betroffen.

»Mein Vater war tiefreligiös und hat ihm alles durchgehen lassen. Er hat auch geglaubt, ich sei vom Teufel besessen. Und meine Mutter hat sich nie gegen meinen Vater gestellt.«

Evas Episoden sind sorgsam ausgewählt. Carl hört ihr konzentriert zu. In seinem Gesicht spiegelt sich ihr Leid wider, sein Blick ist voller Mitgefühl. Aber sie kann es sich nicht erlauben, Gefühle für ihn zu entwickeln. Das Ganze ist ein Spiel. Wie Schach. In ein paar Wochen schon wird sie seine Königin einkassieren. Und im nächsten Zug setzt sie ihn Schach matt. Nur einer kann gewinnen. Nur einer bekommt die Macht. Und außerdem klafft ein riesiger Abgrund in ihr, da gibt es keine Empathie, nur eine schreckliche Leere.

»Ich hatte einen Onkel, der sehr freundlich war«, sagt sie. »Eines Tages hat er mitbekommen, was mein Bruder da in der Scheune mit mir gemacht hat. Da hat mein Onkel mich mit sich genommen. Bei ihm habe ich dann eine Weile gewohnt. Doch leider war er Alkoholiker und hat sich im Rausch totgefahren.«

Carl öffnet den Mund und möchte etwas erwidern, doch sie spricht sofort weiter.

»Seit den Ereignissen in der Scheune habe ich ein etwas gestörtes Verhältnis zu Männern.«

»Hat dein Bruder dich vergewaltigt?«, fragt Carl behutsam.

»Nein, Sex war ein Tabuthema in der Familie. Der war nur erlaubt, wenn man Kinder zeugen wollte. Aber mein Bruder war von Natur aus brutal. Diese Dinge sind passiert, als ich zwischen acht und dreizehn Jahren alt war. Ich habe mich überhaupt nicht dagegen wehren können. Und jetzt fällt es mir enorm schwer, Berührungen von Männern zuzulassen.«

»Das kann ich verstehen. Hast du psychotherapeutische Hilfe in Anspruch genommen?«

»Ja. Aber nichts hat mir so geholfen wie dein Buch. Wahrscheinlich habe ich es schon tausendmal gelesen. Am Ende sind die Seiten rausgefallen«, sagt sie und lacht, noch mit Tränen im Gesicht.

Er sieht sie sehr ernst an, mitfühlend.

»Danke, dass du mir das anvertraut hast.«

»Ich habe zu danken. Dein Buch hat mein Leben verändert. Ich hoffe, dass ich eines Tages deine Therapie ausprobieren kann. Seit ich das Buch gelesen habe, träume ich davon. Aber das behältst du bitte für dich.«

»Selbstverständlich.«

»Danke, das weiß ich zu schätzen.«

Es ist an der Zeit, das Thema zu wechseln. Für heute dürfte

es genug sein, Eva ist dem Ziel ein Stück näher gekommen. Der Chauvi Axel kann zufrieden sein.

»Ich glaube, jetzt kann ich nicht länger darüber reden«, sagt sie. »Vielleicht können wir dieses Gespräch irgendwann fortsetzen, wenn du die Zeit hast?«, fragt sie hoffnungsvoll.

»Klar. Ich höre dir gern zu.«

»Aber wir könnten uns doch zum Essen treffen und uns über die Reportage austauschen? Ich habe zwar noch kein Drehbuch, aber schon ziemlich klare Vorstellungen, wie wir den Film dramaturgisch aufbauen.«

»Heute gehe ich mit Alex Mittagessen«, sagt er.

»Oh, sorry. Wie ungehörig von mir, so viel von deiner kostbaren Zeit zu stehlen.«

»Kein Problem«, erwidert er gelassen. »An einem anderen Tag können wir das gern nachholen. Oder wie wäre es mit einem Abendessen?«

Über Carls Gesicht huscht ein Lächeln. Und Eva ist überzeugt, dass auch er die erotische Spannung spürt, die jetzt zwischen ihnen knistert.

20

Auf dem Weg ins Büro lief ich im Treppenhaus Eva Sand in die Arme. Sie lächelte kühl und grüßte im Vorbeigehen. Dieses Gesicht. Mir war sofort wieder unwohl.

Aber ich hatte mir etwas überlegt. Ich würde mich zusammenreißen und Carl die geschäftlichen Entscheidungen allein überlassen. Ich wollte nicht ständig von diesen Zweifeln regiert werden.

Als ich ins Büro kam, telefonierte Carl gerade mit Brett. Sie hatten noch einige Vorbereitungen für die Jahresversammlung von Ash & Coal zu treffen. Brett sprach kein Wort Schwedisch, und mit der schwedischen Bürokratie kannte er sich erst recht nicht aus. Carls Stimme klang zunehmend ärgerlich.

»Ich komme rüber und erklär dir alles«, sagte er am Ende ihres Gesprächs. »Ich habe sowieso etwas in Schweden zu erledigen. In der Sache melde ich mich später noch mal.«

Nachdem er den Hörer aufgelegt hatte, saß er in Gedanken versunken da.

»Was hast du denn in Schweden zu tun?«, fragte ich ihn.

Keine Antwort.

»Du weißt, dass Amanda heute ankommt?«, fragte er stattdessen. »Denkst du daran, sie vom Flughafen abzuholen?«

Amanda Leiding war eine neue Klientin. Carl hatte erzählt, dass sie ein Computergenie sei und in der Geschäftsführung eines der führenden IT-Unternehmen in Schweden saß. Ich kannte sie nicht, und die Information, dass ihre Reise jetzt stattfinden soll, hatten wir sehr kurzfristig erhalten. Brett hatte das Interview mit ihr in Schweden geführt. Jetzt sollte ich mich um sie kümmern, ihr die Villa zeigen, in der sie wohnen würde, und die weiteren Details ihres Besuchs mit ihr besprechen.

»Ja, ich bringe sie direkt nach Pacific Heights und in unser Haus«, antwortete ich.

Eine Weile arbeiteten wir schweigend vor uns hin, aber innerlich war ich unruhig. Ich konnte mich nicht konzentrieren.

»Findest du es nicht ein bisschen eigenartig, dass Eva Sand aus Schweden stammt?«

»Nein, warum? Sanctum betreibt doch einige Rehakliniken in Schweden, sie bekommen sogar Zuschüsse vom Staat.«

»Aber warum schicken Sie eine Mitarbeiterin einmal um den Globus?«

»Vermutlich sind sie der Auffassung, dass Eva die Richtige für diesen Job ist. Immerhin engagiert sie sich sehr für die Rechte der Frauen.«

Es versetzte mir einen Stich, wie ihr Name aus seinem Mund klang. Beinahe hätte ich erwidert, dass sie sich ja sehr schnell nähergekommen seien, doch ich konnte mich gerade noch beherrschen.

»Möchtest du noch mit mir Mittagessen gehen?«, fragte er.

»Nein, ich muss gleich los zum Flughafen.«

»Okay. Und eins noch: Unsere Zeit in Big Sur war traumhaft«, sagte er und lächelte mich an.

Da war er wieder mein Carl.

Unsere Klientinnen waren allesamt erfolgreiche schwedische Frauen und hatten noch etwas gemeinsam – sie wollten ihr Liebesleben aufpeppen. Manche hatte Gewalterfahrungen in

Beziehungen oder erniedrigende Eifersuchtsdramen hinter sich. Die Betitelung von Ash & Coal als Datingagentur war einigermaßen schwammig. Eigentlich inszenierten wir die Sexfantasien dieser Frauen und ließen ihre Träume in unseren Villen Wirklichkeit werden. Aber alle, die daran beteiligt waren, taten das, weil sie selbst Spaß daran hatten, keiner wurde dafür bezahlt. Der Pauschalpreis, der den Klientinnen in Rechnung gestellt wurde, deckte allein die Kosten für die Organisation der Reise.

Aus Erfahrung wusste ich, dass die meisten Frauen bei ihrer ersten Buchung ziemlich nervös waren. Daher sah ich meine Aufgabe vorrangig darin, eine angenehme Atmosphäre zu schaffen, damit sie sich entspannen konnten. Aus diesem Grund hatte ich erwartet, dass es mit Amanda nicht anders sein würde – doch diese erste Begegnung mit ihr war eine Überraschung.

Als ich sie in der Ankunftshalle erblickte, traute ich meinen Augen nicht. Sie war ein Mensch, der aus der Masse herausstach, ihre Aura wirkte energiegeladen. Sie musste um die fünfzig sein, ihr Teint war olivfarben, ihr Haar lang und schwarz und die Augen hellblau. Die Kombination aus den dunklen Haaren und den hellen Augen war fesselnd. Deutliche Lachfältchen um Augen und Mund ließen ihr Gesicht nur noch interessanter erscheinen.

Allerdings war es nicht ihre Attraktivität, die mich aus der Bahn warf. Ich erinnerte mich schlagartig an ein iPad-Gemälde von Carl. Seinen allerersten Versuch. *Eigentlich nur ein Experiment*, hatte er es abfällig kommentiert. Auf dem Bild steht eine Frau mit dem Rücken zur Wand. Ein Mann hält eines ihrer Beine hoch und dringt in sie ein. *Carl*. Eine andere Frau lehnt am Rücken des Mannes. Ich hatte Carl mal gefragt, ob diese Frau seine Exfreundin sei, und das hatte er bejaht. *Sie war älter als ich, in den Fünfzigern, bisexuell.* Carl verfremdete die Gesichtszüge seiner Modelle auf seinen Bildern grundsätzlich, damit man sie nicht identifizieren konnte, doch Amanda war eine viel zu auffällige Erscheinung.

»Ach, Sie sind das!«, rief ich ihr zu.

»Wie bitte?«, fragte sie verwundert.

»Sie sind Carls Exfreundin.«

In ihren Augen begann es zu funkeln.

»Woher wissen Sie das?«

»So ein Gefühl. Und das Bild, auf dem Sie beide zu sehen sind.«

Wir standen mitten in der Ankunftshalle. Hin und wieder rempelten uns andere Reisende an, weil wir im Weg standen, doch ich war außerstande, mich vom Fleck zu bewegen. Warum hatte Carl kein Wort gesagt? Das war das Nächste, was er mir verschwiegen hatte, und das konnte man wirklich nicht als Kleinigkeit bezeichnen.

Amanda konnte meine Gedanken lesen.

»Sie fragen sich jetzt vermutlich, warum Carl Sie nicht aufgeklärt hat. Er hat mir versprechen müssen, unsere Beziehung geheim zu halten. Mein Exmann war so ein widerwärtig eifersüchtiger Stalker.«

Sie legte mir die Hand auf den Arm, freundlich, aber bestimmt.

»Machen Sie ihm keinen Vorwurf. Das ist allein meine Schuld. Ich wollte vermeiden, dass zwischen Ihnen und mir so eine seltsame Atmosphäre entsteht.«

»Ich werde nicht gern angelogen«, erwiderte ich kurz und knapp.

»Aber zwischen Ihnen läuft es doch nach wie vor gut, oder?«, fragte sie besorgt.

»Woher wissen Sie, dass wir zusammen sind?«

»Am selben Tag, als Sie sich zum ersten Mal begegnet sind, hat er mich angerufen und mir von Ihnen erzählt. Unmittelbar nach dem Vorstellungsgespräch.«

»Hat er mit Ihnen am Telefon Schluss gemacht? So ein Mistkerl.«

»Nein, nein. Wir haben unsere Beziehung ein paar Wochen später beendet, nachdem er sich Hals über Kopf in Sie verliebt hat. Es war von vornherein klar, dass die Sache zwischen Carl und mir nicht lange dauern wird. Vor allem ging es um Sex, aber jetzt sind wir immer noch gute Freunde.«

»Aber was hat er denn gesagt?«

»Dass Sie wahnsinnig unterhaltsam sind, märchenhaft schöne Augen haben und auf eine natürliche Weise sehr attraktiv wirken.«

»Das hat er alles gesagt?«

»Ja, ich kann mich an das Gespräch erinnern, als sei es gestern gewesen.«

»Haben Sie sich danach noch mal getroffen?«

»Ja, ein paar Male.«

»Aber Sie waren nicht ... mit ihm im Bett?«, fragte ich.

»Keine Chance. Das wissen Sie doch, wenn Carl mit einer Frau zusammen ist, dann ist er auch monogam.«

Meine Gefühlswelt stand kopf. Eigentlich hätte ich mich aufregen müssen, doch ich empfand Amanda überhaupt nicht als Bedrohung. Sie machte mich nicht eifersüchtig. Die ganze Fahrt über unterhielten wir uns angeregt, bis wir nach Pacific Heights kamen, wo sich ihr Domizil befand. Sie war unglaublich freundlich – und wir verstanden uns so großartig, dass wir schnell miteinander vertraut wurden.

»Warum hast du dich entschieden, eine Reise bei uns zu buchen?«, fragte ich sie.

»Weil ich gewisse Fantasien, die mir durch den Kopf

schwirren, einfach nicht loswerde. Geht das nicht allen Frauen so, die hierherkommen?«

»Vermutlich schon. Hast du noch Fragen?«

»Was ist an eurem Service so besonders?«

»Das Verständnis für die verborgenen Wünsche unserer Klientinnen. Absolute Diskretion. Respekt vor dem Verlangen, das ein anderer empfindet. Natürlich soll alles spannend und erregend sein, aber wir möchten außerdem, dass du das Gefühl hast, endlich anzukommen, gewissermaßen nach Hause.«

Obwohl es eine Standardantwort war, meinte ich jedes einzelne Wort ernst. Wer weiß, vielleicht wäre ich sogar selbst auf die Idee gekommen, es auszuprobieren, hätte es Carl nicht gegeben. Dieser verfluchte Carl.

Nun standen wir vor unserer Villa, die sich in einem kleinen Park befand und einen Panoramablick auf die Bucht bot. Amanda war vollkommen geflasht und stand mit offenem Mund staunend auf der Terrasse, während ich uns einen Kaffee kochte und ein paar Häppchen vorbereitete. Dann setzten wir uns raus und plauderten. Sie erzählte von ihrer gescheiterten Ehe mit einem Mann, der nicht akzeptieren konnte, dass sie bisexuell war. Nach der Scheidung hatte er sie verfolgt, bedroht und auf jede denkbare Weise schikaniert. In dieser Zeit lernte sie Carl auf einem Fest kennen, aber ihr war sofort klar, dass das zwischen ihnen nichts Festes werden konnte. Carl war der Altersunterschied zwischen ihnen völlig egal, sie hingegen sah das anders. Außerdem wusste sie, dass er nie lange blieb.

»Aber wie gesagt, es war in erster Linie eine Bettgeschichte«, sagte sie und wurde rot. »Na ja, dir muss ich ja nicht erklären, was Carl für ein großartiger Liebhaber ist. Und er hat mir auch vermittelt, dass es völlig okay ist, wenn ich manchmal gern mit Frauen intim bin.«

Eigentlich hätte ich wenigstens einen Hauch von Eifersucht spüren müssen, doch dem war nicht so. Es war höchst erstaunlich.

»Dann verrate mir doch mal, was da übermorgen geschehen wird«, sagte sie.

»Es ist alles vorbereitet, jemand wird später vorbeikommen und sich um die Einzelheiten kümmern. Aber zuerst reden wir mal ein bisschen über dich und deine Vorlieben.«

Und dann erzählte sie sehr emotional von ihrer Fantasie. Es ging um Sex mit zwei Männern und einer weiteren Frau. Dann stockte sie und lächelte.

»Ich möchte nicht sterben, ohne das einmal erlebt zu haben. Wie viele Menschen verlassen diese Welt, ohne ihre sexuellen Träume in die Tat umgesetzt zu haben? Das ist doch traurig. Aber ich möchte das nicht mit jemandem ausprobieren, den ich kenne, das ist mir unangenehm. Jetzt weißt du es, Alex. Deswegen bin ich hergekommen.«

Während sie noch den Blick auf der Terrasse genoss, ging ich ins Wohnzimmer und rief die Personen an, die den ersten Abend mit Amanda verbringen sollten, und instruierte sie entsprechend.

Als ich wieder hinauskam, badete die Bucht im Licht des Sonnenuntergangs. Millionen von Lichtern glitzerten über der Stadt. Riesige, kalifornische Pfefferbäume zeichneten sich wie verzweigte Schatten vor dem rötlichen Himmel ab. Ein Nebelstreifen, der Richtung Süden zog, verschwand im Nichts. Mich überkam ein merkwürdiges Gefühl. Ich verspürte eine Art Spannung, die Luft erschien mir wie aufgeladen. Der wunderschöne San-Francisco Abend nahm mich ganz und gar gefangen.

»Jetzt muss ich zurück ins Büro«, sagte ich.

»Darf ich dich anrufen, wenn ich noch Fragen habe?«, fragte Amanda, als ich schon auf dem Weg hinaus war.

»Klar. Meine Handynummer ist im Telefon in deinem Schlafzimmer abgespeichert. Du kannst mich jederzeit anrufen.«

»Danke, lieb von dir. Und hier ist meine Nummer«, sagte sie, zog eine Visitenkarte aus der Handtasche und überreichte sie mir.

Als ich zurückkam, war Carl nicht im Büro. Alles sah hübsch ordentlich aus – als wäre er nie da gewesen. Ich rief ihn auf dem Handy an. Es dauerte Ewigkeiten, bis er ranging.

»Wo bist du?«, fragte ich ihn ärgerlich.

»Ich bin gerade mit Eva essen. Erklär ich dir gleich. In einer Viertelstunde bin ich wieder da.«

Ich musste mir auf die Zunge beißen, um ihn nicht anzuschnauzen. Jetzt kochte ich vor Ärger und konnte mich auf nichts anderes konzentrieren. Im Gegenteil, mir wurde so hundeelend, dass ich schon glaubte, krank zu werden.

Eine Viertelstunde später stand Carl wirklich im Büro.

»Warum hast du mir nicht erzählt, wer Amanda ist?« Ich überrumpelte ihn gleich mit meiner ersten Frage.

»Ich musste es ihr versprechen.«

»Im Ernst? Was hast du dir dabei gedacht? Ich hätte es früher oder später doch sowieso rausgekriegt.«

»Sie hat mich ausdrücklich gebeten, niemandem von unserer Liaison zu erzählen. Sie wollte euer Verhältnis auch nicht damit belasten.«

»Kein Problem, ich finde sie ausgesprochen sympathisch. Was mich belastet, ist, dass der Berg aus Lügen zwischen dir und mir täglich größer wird.«

Carl schwieg. Er ging zum Fenster und blickte hinaus. Ich wusste ganz genau, dass es noch mehr gab, was er mir verheimlichte.

Er drehte sich um und sah mich an, doch mit seinen Gedanken war er ganz woanders.

»Möchtest du mir nichts von eurem Treffen erzählen?«, fragte ich ihn.

Er drehte den Kopf weg. Das tat er immer, wenn er wusste, dass mir das, was er gleich sagen würde, nicht gefallen würde. Dann fing er an, von der Reportage, die Eva drehen wollte, zu erzählen. Am liebsten wollte sie mit den Aufnahmen in Schweden sofort beginnen. Sanctum hatte schon gute Erfahrungen mit dem Team gemacht, das ihre Werbefilme gedreht hatte. Carl könnte die Reise mit dem Besuch bei Brett kombinieren, dem die Vorbereitungen der Jahresversammlung langsam über den Kopf wuchsen. Und dann fragte er, ob ich mir vorstellen könnte, hier die Stellung zu halten, wenn er fort war.

In diesem Augenblick war ich vollkommen sprachlos. Der Mann, der da vor mir stand, war nicht mehr Carl. Er sah mich auch anders an, fremdartig. Ich wünschte, er würde nicht mehr davon reden, und mit seiner Geheimniskrämerei aufhören und mich auch nicht mehr so behandeln, als wäre ich ihm lästig und lenkte ihn nur ab. Es fühlte sich an, als hätte er sich mit Eva Sand bereits verbündet, an einem heimlichen Ort, zu dem er mir den Zutritt verwehrte. Aber wenn ich jetzt aus der Haut fuhr, würde unser Gespräch zwangsläufig in einen Streit ausarten.

»Was meinst du?«, fragte er.

»Soll ich ehrlich sein?«

»Ja klar.«

»Du brauchst keine Reportage, um den Solvikhof zu eröffnen. Du bist der umtriebigste Mensch, den ich kenne, dir gelingt alles, was du dir vornimmst. Du brauchst überhaupt keine Hilfe von außen.«

»Aber die Dokumentation würde das Thema als solches

aufgreifen und die Rechte der Frauen in einem größeren Zusammenhang sichtbar machen.«

Ich glaubte, dass er mir schon länger nicht mehr richtig zuhörte, und meine Meinung schien ihn überhaupt nicht zu interessieren.

»Carl, du hast deine Entscheidung längst getroffen«, sagte ich so gelassen wie möglich. »Du wirst dir kein einziges Wort von mir zu Herzen nehmen.«

»Doch, deswegen frage ich ja.«

»Du riechst nach ihrem Parfüm.«

»Alex, bitte. Können wir mal beim Thema bleiben?«

Ich setzte mich an meinen Schreibtisch und griff wahllos nach einem Blatt Papier, als könnte das die Situation retten. Stattdessen überrollte mich eine Welle von Gefühlen – Verbitterung, Eifersucht, aber am heftigsten war das ungute Gefühl, dass mir das Leben selbst entglitt.

»Ist irgendwas nicht in Ordnung?«, fragte Carl.

»Wenn du schon fragst: Ja. Ich erkenne dich nicht wieder.«

Er machte ein paar Schritte auf mich zu.

»Wie meinst du das?«

»Ich mag nicht schon wieder mit dir streiten. Lass mich in Ruhe über die Dinge nachdenken, dann reden wir morgen weiter. Allmählich wird es spät.«

Carl zuckte mit den Schultern, das tat er gern, wenn er fand, dass ich überreagierte. Ich stand auf und nahm meine Handtasche, die über dem Stuhl hing. Er kam auf mich zu und wollte mich in die Arme nehmen, doch ich wich ihm aus.

»Ich mache jetzt Feierabend, wenn du nichts dagegen hast.«

»Jetzt sei bitte nicht sauer, weil ich den Film drehen möchte.«

»Wir reden morgen weiter.«

Bevor ich das Büro verließ, suchte ich die Toilette auf. Eva

Sands Parfüm lag in der Luft. Sie hatte sich also wieder in unseren Räumlichkeiten aufgehalten, während ich nicht da gewesen war. Als ich mich setzte, stach mir etwas Glitzerndes auf dem Rand des Waschbeckens ins Auge. Eine silberne Armbanduhr. Wer legte seine Uhr auf einer fremden Toilette ab? Schon klar – das war jemand, der hoffte, dass der Chef sie spät abends finden würde. Sie wusste ja, dass er gern lange arbeitete. Er würde sie anrufen und vorschlagen, sich in einer hippen Bar zu treffen. Die andere Möglichkeit: Sie wollte das Revier markieren. Als kleiner Hinweis für die Assistentin.

Ich warf die Uhr in den Mülleimer, knotete den Beutel zu und trug ihn raus. Es passierte leicht, dass Dinge, die auf dem Waschbecken lagen, auf den Boden fielen. Schnell verabschiedete ich mich von Carl, bevor es die nächste Diskussion gab.

Es war schon dunkel, als ich nach Hause fuhr. Ich mochte diese Abende, wenn der Touristenstrom versiegt und die sonst so stark befahrenen Straßen leer waren, wenn das Mondlicht durch zarte Wölkchen fiel und auf dem stillen, finsteren Wasser der Bucht glitzerte.

San Francisco und ich waren schnell miteinander warm geworden. Hier gab es keine Vergangenheit, die mir nachhing. Als wir hierherzogen, hatten wir bei null angefangen und ein ganz neues Leben entdeckt. Die verwinkelten Gassen, die sich um die bunten viktorianischen Häuser schlängelten. Die alten Straßenbahnen. Das Meer, das die Stadt einkesselte. Wenn ich hier allein durchs Viertel streifte, wusste ich, dass ich immer auf jemanden traf, der so freundlich war, mir sein Handy auszuleihen, wenn mein Akku mal wieder den Geist aufgegeben hatte, und mit mir plauderte, als seien wir Freunde. Typisch amerikanisch, so herrlich unkompliziert.

Aber in diesem Augenblick konnte ich all das Schöne um

mich herum gar nicht aufnehmen. Mein Kopf war der reinste Bienenstock. Ich versuchte, die letzten Wochen zu analysieren. Man sollte sich nie von einem Mann abhängig machen. Vielleicht war es jetzt an der Zeit, Carl loszulassen, ihn freizugeben. Da sich der Medienrummel nach den Ereignissen des vergangenen Jahres inzwischen gelegt hatte, war es für uns jetzt vielleicht möglich, nach Schweden zurückzugehen. Plötzlich wähnte ich mich dort viel sicherer. Sobald eine Beziehung kriselt, sollte man loslassen. Eifersucht ist so destruktiv. Ich konnte den Gedanken kaum ertragen, dass Carl vorhatte, sich weiterhin mit dieser Eva Sand abzugeben. Irgendwie klingelten bei mir immer wieder die Alarmglocken, zwar noch unterschwellig, aber bereits deutlich hörbar. In meinem Gefühlschaos wusste ich nicht, was ich eigentlich fühlte. Mir war, als hätte ich etwas zu erledigen, etwas, das so wichtig war, dass meine Instinkte versuchten, mein Hirn auszuschalten, um die Oberhand zu gewinnen.

Ich wollte Dani alles erzählen, doch als ich nach Hause kam, brannte kein Licht. An der Tür klebte ein Post-it-Zettel: *Bin bei Steve, gegen elf zurück.*

An diesem Abend fiel es mir schwer, zur Ruhe zu kommen. Meine Gedanken wanderten fortwährend zu Carl. Er verhielt sich plötzlich so anders. Als ich aus meiner Handtasche eine Packung Kaugummis herausnahm, fiel mein Blick auf Amandas Visitenkarte. Es war gegen 21 Uhr. Ich beschloss, mich zu erkundigen, ob alles ihren Wünschen entsprach. Als ich anrief, ging sie sofort ans Telefon, und wir plauderten angeregt über die bevorstehende Woche in der Stadt.

»Kann deine IT-Firma eigentlich Informationen über Personen und Unternehmen recherchieren?«, fragte ich sie.

»Du meinst, ob wir uns in Datenbanken einhacken?«, fragte sie und musste lachen.

Ich schnappte nach Luft, es war mir etwas peinlich.

»So in der Art.«

»Ja klar. Wen willst du überprüfen?«

Bevor ich wusste, wie mir geschah, hatte ich ihr die ganze Story von Carl und Eva erzählt.

»Und du bist jetzt eifersüchtig?«

»Ja, schon etwas … na ja, ehrlich gesagt, ziemlich.«

»Kann ich gut verstehen.«

»Findest du mich überempfindlich? Nach alledem, was Dani und ich mitgemacht haben …«

»Eine traumatische Erfahrung kann die Persönlichkeit durchaus verändern, aber Carl und du, ihr seid doch jetzt über ein Jahr lang ein richtig harmonisches Paar gewesen?«

»Ja, vorher hatten wir nur ganz selten Streit.«

»Aber das liegt jetzt nicht daran, dass du dich verändert hast, stimmt's? Der Auslöser war Eva Sand, wenn ich dich richtig verstanden habe.«

»Genau. Und ich bin fest überzeugt, dass sie gefährlich ist.«

»Warum glaubst du das?«

»Sie hat gute Umgangsformen, ist eloquent und in allem ein Vollprofi. Aber von ihr gehen so starke negative Vibes aus, genauer kann ich es nicht beschreiben.«

»Nicht alle Psychopathen gehen gleich mit dem Messer auf uns los. Die meisten wenden wesentlich subtilere manipulative Methoden an. Vielleicht spürst du das auch.«

»Mag sein. Aber wenn ich versuche, es Carl zu vermitteln, dann klinge ich immer, als wäre ich paranoid und eifersüchtig.«

»Wie war noch mal ihr Name?«

»Eva Sand, sie arbeitet für die Sanctum-Rehaklinik für Suchterkrankungen.«

»Warte kurz, ich notiere mir das.«

»Es wäre auch gut zu wissen, ob das Unternehmen selbst in unsaubere Geschäfte verwickelt ist. Aber du musst sehr diskret sein. Und Carl darf absolut nichts davon erfahren.«

»Ich kümmere mich drum.«

»Findest du es schlimm, dass ich so hinter Carls Rücken agiere?«

»Es steht mir überhaupt nicht zu, das zu beurteilen. Das musst du mit dir selbst ausmachen.«

»Er lässt ja nicht mit sich reden. Ich glaube, ich habe einfach keine Wahl.«

»Dann solltest du dieses Gefühl auf keinen Fall ignorieren. Ich möchte mir auch nicht vorstellen, dass Carl in Gefahr ist. Ich werde ein paar Mitarbeiter zu Hause in Schweden bitten, Eva Sand und Sanctum unter die Lupe zu nehmen.«

Als das Telefonat zu Ende war, konnte ich kaum fassen, was ich gerade getan hatte.

Dennoch fühlte es sich richtig an. Und mehr als notwendig.

21

Eva

Viertel nach neun ruft sie Carl an. Die Zeit ist günstig, wenn man es mit einem Workaholic zu tun hat, denn er ist mit großer Sicherheit noch im Büro, bekommt aber langsam Appetit auf ein nächtliches Abenteuer. Sie hofft, dass er allein ist. Die Nacht ist noch jung, und San Franciscos Nachtklubs und Bars können sich sehen lassen.

»Entschuldige bitte, dass ich so spät noch störe. Wahrscheinlich hältst du mich jetzt für völlig gaga, aber ich habe beim Händewaschen vermutlich meine Armbanduhr bei euch im WC liegen gelassen. Bist du noch im Büro?«

»Ja, ich seh mal nach«, sagt er. Sie hört die Geräusche von Türen, die geöffnet und geschlossen werden. Von Schritten durch den Flur.

»Tut mir leid, da ist nichts.«

Shit, denkt sie, Alex, das kleine Biest.

»Schade. Die taucht bestimmt wieder auf. Danke nochmals für das nette Essen. Und eins noch: Ich fühle mich jetzt richtig erleichtert, nachdem ich dir von meiner Kindheit erzählt habe. Es war sehr befreiend für mich.«

Eine kleine Pause entsteht.

»Ich höre gern zu«, sagt er.

»Hast du später am Abend schon was vor?«, fragt sie erwartungsvoll.

»Nein, ich bin ziemlich platt. Ich fahr direkt nach Hause.«

»Okay, ich muss weiter. Wenn ich das Drehbuch für den Film habe, melde ich mich. Und danke für deine Zeit.«

»Schon okay, Eva, ich bin Psychologe.«

Bevor sie auflegen, keucht sie kurz, ein Laut, wie wenn man ganz unerwartet auf etwas anspringt. Sie hofft, er kann es hören.

Sie checkt auf ihrem Smartphone die Zeit. Jetzt muss sie sich beeilen, denn sie hat eine Verabredung mit der Kontaktperson Axel. Keine Zeit, um noch einen Latte macchiato zu kaufen. Sie ist müde. Kein Wunder, in den vergangenen zwei Nächten hat sie kaum geschlafen. Ihre Augen brennen. Sie krallt ihre Nägel in die Handflächen, um sich wachzurütteln. Bei diesem Treffen sollte sie hoch konzentriert sein.

Als Eva den Fuß ins Restaurant setzt, merkt sie sofort, dass es ihren Geschmack überhaupt nicht trifft. Dieses Lokal hat so etwas überholt Gehobenes – dunkles Holz, eine Atmosphäre, in der man glaubt, man müsse flüstern.

Axel sitzt an einem Fenstertisch mit einem weiteren Mann und winkt sie zu sich. Ein Kellner nimmt ihr den Mantel ab, sie zieht ihren Minirock zurecht und schreitet auf ihren High Heels auf die beiden zu. Große Frauen sind Männern häufig unangenehm. Sie stellt fest, dass hier lauter notgeile alte Typen hocken. Lüsterne Blicke verfolgen ihren Gang.

Der Mann, der neben Axel sitzt, macht einen unsympathischen Eindruck, ein Gesicht wie eine Bulldogge, dicke Fettwülste unter dem Kinn. Seine Augen sind wässrig, die Tränensäcke hängen tief. Axel stellt ihn nicht vor, aber sein abstoßendes äußeres Erscheinungsbild kommt ihr irgendwie bekannt vor. Er lächelt zur Begrüßung, sodass Eva sich überwindet und das Lächeln erwidert.

Mit einem kurzen Blick taxiert sie die beiden. Will möglichst schnell ihre starken und schwachen Seiten checken. Die Bulldogge ist vermutlich genauso stur, wie sie aussieht, aber tief im Inneren dürstet sie nach Kontakt und menschlicher Nähe. Ihm steht ins Gesicht geschrieben, dass er für die Befriedigung seiner Bedürfnisse schon Geld gezahlt hat.

Axel hingegen ist kein Idiot. Rein äußerlich macht er einen starken und gefährlichen Eindruck, doch worin seine Achillesferse besteht, das wird Eva mit der Zeit herausfinden.

Jetzt bedeutet er ihr, Platz zu nehmen.

»Das Kamerateam wird in Kürze zur Verfügung stehen«, teilt er mit. »Wird Asher zusagen?«

»Das hat er im Grunde bereits getan.«

»Gut. Sein Bruch mit Alexandra Brisell soll dramatisch und endgültig sein. Wie stellen Sie sich das vor?«

Eva lässt ein paar Atemzüge verstreichen, bevor sie antwortet.

»Vertrauen Sie mir, Axel. Das ist kein Problem.«

Er reckt sich über den Tisch und hält ihr einen USB-Stick hin.

»Hier sind ein paar Ausschnitte, die Sie ihm zeigen können. Es sind Referenzen unseres Kamerateams. Wenn Sie nach Schweden kommen, sorgen Sie dafür, dass er Sie in dieser Villa unterbringt, wo sich der Sitz seiner Agentur befindet. Sie sollten zu allem Zugang haben.«

»Axel, da müssen Sie sich keine Sorgen machen. Zu diesem Zeitpunkt werden wir schon das Bett miteinander teilen«, sagt sie und verdreht die Augen.

Sein Blick verfinstert sich, die Augen werden ganz klein. Eva wendet den Blick ab, ist verunsichert.

»Sehen Sie mich an«, sagt er streng.

Sie sieht ihm ins Gesicht und fragt sich, welche ekelhaften

Geheimnisse er hinter dieser Fassade aus Selbstbeherrschung wohl verbirgt.

»Mit einer reinen Verführungstaktik kommen wir bei Asher nicht zum Ziel«, sagt er. »Sie müssen sein Vertrauen gewinnen, Gemeinsamkeiten etablieren. Wollte man es in musikalischen Termini beschreiben, dann stellen Sie sich einen Moll-Akkord vor. Das Gefühl, dass Sie beide durch eine ähnliche und gleichermaßen tragische Kindheit miteinander verbunden sind.«

Sie fragt sich, warum er derart darauf pocht, doch sie meint, dass es noch zu früh für solche Fragen sei. Vor ein paar Tagen hat sie alles, was im Netz über Alexandra Brisell zu finden war, gelesen. Es ist nicht übermäßig viel Grips nötig, um zu kapieren, dass Axel und die Männer von Sanctum Mitglieder dieser Sekte sein müssen, die ihre Schwester gefangen gehalten hat. Sie haben diese fanatischen Züge. *In jeder Gesellschaftsschicht präsent.*

»Verstehe«, erwidert sie. »Ich tue mein Bestes.«

»Das will ich hoffen. Haben Sie für die Reise nach Schweden schon alles vorbereitet?«

»Ich hätte gern etwas mehr Geld auf meinem Konto. Wenn ich zwei Wochen unterwegs bin, brauche ich einiges an Kleidern.«

»Das werde ich regeln«, sagt der Bulldoggenmann und legt seine Hand auf ihre. Behutsam zieht sie sie weg, greift in die Tasche ihres Blazers und holt ihr Handy heraus. Sie legt es absichtlich neben ihre Handtasche, die auf dem Tisch steht, sodass die Männer das Display nicht sehen können.

»Entschuldigung, aber ich warte auf einen Rückruf von Carl«, erklärt sie.

Die Bulldogge lächelt nachsichtig.

»Das ist ja wirklich schnell gegangen. Gute Arbeit, Eva.«

»Eins noch«, sagt Axel. »Die Zwillingsschwestern haben einen Leibwächter, er heißt Steve Foyer. Ich möchte, dass er Sie als Personenschützer nach Schweden begleitet, schlagen Sie das Carl vor.«

»Aus welchem Grund?«

»Genau deshalb haben wir Sie eigentlich heute hierherbestellt. Sie werden Asher nämlich einen Grund dafür liefern.«

Axel erläutert, was er damit meint, aber Eva kann sich kaum noch konzentrieren. Dieses Gespräch wird ihr zunehmend unangenehm. Es ist so offensichtlich, dass sie nur ein Mosaiksteinchen im Spiel dieser Typen ist. Schon in ihrer Kindheit hat sie gelernt, Männer zu durchschauen. Wenn sie lügen, geraten sie in Wallung und sondern einen ganz speziellen Geruch ab, eine Mischung aus Schwefel und Dreck. Kein noch so maskulines Rasierwasser vermag ihn zu übertünchen. Ihnen gefällig zu sein, kostet sie Überwindung. In ihrem Kopf macht sich ein Summen bemerkbar, es wird immer lauter, übertönt schließlich jedes andere Geräusch. Die Bulldogge redet, doch ihr Mund wird zu einem lautlosen Loch.

»Ich habe das Gefühl, Sie hören gar nicht zu, Eva«, sagt Axel harsch.

Mit Mühe und Not kriegt sie die Kurve.

»Oh, Entschuldigung. Die bevorstehende Reise beschäftigt mich so. Können Sie noch einmal wiederholen, was ich tun soll? Ich möchte nur sichergehen, dass ich alles richtig verstanden habe.«

Dann schielt sie auf ihr Handy, um sich zu vergewissern, dass die Aufnahme weiterläuft.

22

Ich erwachte mit einem unguten Gefühl im Bauch, obwohl der gestrige Abend so schön gewesen war. Carl und ich waren mit Amanda zum Abendessen in einem Restaurant in North Beach gewesen. Carl war unterhaltsam und charmant. Amanda schien überglücklich. Ich fühlte mich in ihrer Gesellschaft so wohl, dass ich beinahe vergaß, dass die beiden schon ein Paar gewesen waren. Die Dokumentation erwähnte Carl mit keinem Wort, sodass ich insgeheim hoffte, er habe seine Meinung geändert. Doch im Grunde wusste ich, dass das reines Wunschdenken war.

Es war ganz still im Haus. Dani und Erik schliefen. Ich ging zum Fenster, um festzustellen, ob wir wieder Frühnebel hatten und die Wetterlage an meiner deprimierten Stimmung schuld sein könnte. Doch an dem fad gräulichen Himmel war keine Wolke in Sicht. Meer und Strand funkelten, als läge ein vergoldeter Schleier über ihnen.

Als ich zur Arbeit fuhr, erhielt ich eine SMS von Carl. **Frühstücke noch mit Eva, komme gegen zehn.** Das fachte meine Eifersucht erneut an. Gemeinsam zu frühstücken hat so etwas Intimes, das tut man doch, wenn man die Nacht vorher miteinander verbracht und kaum Schlaf bekommen hat. Ich beschloss, einen Umweg zu fahren, und steuerte den Aussichtspunkt am Presidio an. Plötzlich fuhr mir ein derartiger Schmerz in die Brust, dass ich glaubte, einen Herzinfarkt zu bekommen. Ich parkte den Wagen und setzte mich an einen

Hang … an einen steilen Felsen, wo sich unter mir das Meer befand. Ich atmete einmal tief ein, versuchte, meinen Puls zu beruhigen, und genoss die großartige Aussicht.

Die Bäume wiegten sich im Wind. Alles war in Bewegung, das Licht, der Nebel, der sich inzwischen verzogen hatte, und nun ganz leicht über dem Meer wirbelte, und die Wolken, die an dem leuchtend blauen Himmel über die Bucht jagten. Nach einigen Minuten war der Schmerz vergangen.

Ich bin jetzt vierundzwanzig. Ich wohne in der schönsten Stadt der Welt. Eigentlich müsste ich glücklich sein und mich frei fühlen. Warum lasse ich mir gefallen, dass Carl mich so behandelt? Dass es mir so dreckig geht? Warum lasse ich überhaupt zu, dass diese Eva meine Gedankenwelt beherrscht?

Ich stand wieder auf, wischte über meine Jeans, an der noch verdorrtes Gras und Borke hingen, und stieg wieder ins Auto. Auf dem Weg ins Büro nahm ich mir vor, etwas zu ändern. So konnte es nicht weitergehen.

Kaum befand ich mich in unseren Büroräumen, bemerkte ich, dass Carl ungewöhnlich bleich aussah.

»Ist was passiert?«, fragte ich ihn.

»Nein, alles gut, ich habe nur so eine komische Mail bekommen.«

»Was stand da drin? Lass mal sehen.«

»Ach, das ist bestimmt Junk«, sagte er, loggte sich aber doch in sein Mailkonto ein.

Ich stellte mich hinter ihn und blickte ihm über die Schulter. Der Absender der Mail lautete answertojesus@yahoo.com, der Text war nicht lang, aber unheimlich.

Das ist eine Warnung. Mach deine Bordelle dicht, sonst werden wir sie bis auf die Grundmauern abfackeln. Danach bist du an der Reihe. Das Fegefeuer wartet schon.

Und natürlich kein Name darunter.

»Das ist keine Junkmail«, sagte ich. »Das ist eine Mord-drohung.«

»Wahrscheinlich von so einer freireligiösen Gemeinde, die mögen uns gar nicht. Aber das sind in der Regel nur leere Drohungen.«

»Hast du versucht, die Mail zurückzuverfolgen?«

»Du kennst das doch, das bringt nichts.«

»Ich finde, versuchen solltest du es trotzdem. Und du musst es der Polizei melden.«

Er lachte nur trocken.

»Ja, für die Polizei ist das ein gefundenes Fressen.«

»Hast du Steve schon angerufen?«

»Nein, noch nicht.«

»Dann tu es. Die Sache ist wirklich ernst.«

»Okay, versprochen. Aber erst möchte ich mit dir über etwas anderes reden. Setz dich.«

Seine Stimme klang mit einem Mal anders, irgendwie bevormundend. Sein Blick verschloss sich. Während ich mich hinter meinen Schreibtisch setzte, stand er auf und ging auf und ab.

»Ich habe mich entschieden, den Film zu drehen. Klar ist es wunderbar, dass die Agentur so gut läuft, aber wir erreichen hier ja nur eine ausgewählte Elite. Mit dem Solvikhof beginnt ein neues Kapitel, und das ist mir wichtig. Du weißt selbst, dass ich schon lange etwas zu Ehren meiner Mutter initiieren wollte. Und jetzt brauche ich deine Unterstützung, Alex.«

Mein ungutes Gefühl wurde stärker. Er klang so überzeugt.

»Ich habe mir viele Gedanken darüber gemacht, das kann ich dir versichern«, fuhr er fort. »Aber wie ich es auch drehe und wende, ich kann keine Nachteile entdecken. Ich weiß, es ist dir ein Dorn im Auge, dass ich mit einer so attraktiven Frau wie Eva zusammenarbeite, das kann ich auch nachvollziehen, aber es wird ja nur vorübergehend sein.«

Der Streit war unausweichlich. Innerlich tobte ich vor Wut. Ich hatte eine Stinkwut im Bauch und hätte ihn am liebsten sofort angeblafft. Doch ich senkte den Blick und hantierte mit Unterlagen auf meinem Schreibtisch, damit er mir nicht ansah, wie aufgewühlt ich tatsächlich war.

»Das hat nichts mit ihrem Aussehen zu tun«, sagte ich leise.

»Natürlich hat es das. Mir würde es doch ähnlich gehen, wenn du mit einem attraktiven Mann zusammenarbeiten würdest. Eva und ich haben jedoch eine rein geschäftliche Beziehung.«

»Du bist wirklich nicht ganz klar im Kopf, wenn du meinst, es ginge nur um ihr Aussehen.«

»Darf ich ausreden? In einer Woche werde ich nach Schweden fliegen. Natürlich werde ich mich jeden Tag bei dir melden. Du bist für mich etwas ganz Besonderes, begreif das endlich. Aber ich bin von dem Projekt vollkommen überzeugt, und daher zähle ich jetzt auf deine Unterstützung.«

Er hatte es geschafft, die Stimme nicht zu heben, doch an seiner Schläfe sah ich eine Ader pochen, ein deutliches Zeichen, dass er sich sehr beherrschen musste.

»Ich weiß, dass mit Eva etwas nicht stimmt«, sagte ich. »Und ich weiß, dass ihr miteinander flirtet, also hör auf zu behaupten, alles sei so verdammt *geschäftlich*.«

Zwischen meinen Worten lauerten schon die Tränen.

»Wenn du mir Fakten nennen kannst, höre ich dir gern zu, aber das kannst du nicht«, sagte er.

Ich weiß es einfach. In dem Augenblick war ich vollkommen sicher, dass ich richtiglag. *Ich weiß genau, was geschehen wird.* Aber ich traute mich nicht, es auszusprechen, denn ich wollte es nicht beschreien. Ich saß einfach nur da. Unter Schock. Voller Angst. Mir war zum Heulen zumute. Doch ich wollte ihm nicht den Gefallen tun, vor seinen Augen in Tränen auszubrechen.

»Alex, was soll ich deiner Meinung nach tun?«, fragte er resigniert. Und da fiel mir tatsächlich etwas ein, was er tun *könnte*.

»Versetz mich in Hypnose. Hilf meiner Erinnerung auf die Sprünge, dann kann ich dir sagen, wo ich Eva schon einmal gesehen habe.«

Er seufzte tief.

»Das ist nicht möglich. Hypnose setzt man nicht einfach so ein, wenn man Lust hat, sich an Dinge zu erinnern. Du bist nicht meine Patientin, und du bist auch nicht krank.«

»Doch! Wie oft hast du schon gesagt, dass ich unter posttraumatischem Stress leide?«

»Ich habe dich nie für krank erklärt, Alex. Ich glaube nur, dass sich manches, wovor du dich fürchtest, hier drinnen abspielt«, sagte er und pochte sich gegen das Stirnbein.

Diese Geste regte mich derart auf, dass ich explodierte. Das erinnerte mich so deutlich an die Wochen, in denen ich fieberhaft nach Dani suchte, mir aber keiner glauben wollte. Genauso sprach er jetzt mit mir. Mein Psychiater war der Auffassung gewesen, ich sei manisch-depressiv, und ich bilde mir all die schlimmen Dinge, die tatsächlich geschahen, nur ein. So begann ich, an mir selbst zu zweifeln. Den Fehler wollte ich nicht wiederholen.

»Verdammt noch mal, mach doch nicht alles so kompliziert!«, schrie ich ihn an. »Ich versuche doch bloß, mich zu erinnern.«

»Ich werde dich nicht hypnotisieren. Das wäre verantwortungslos. Im Übrigen sind Diagnosen wie posttraumatischer

Stress und anhaltende Psychosen streng genommen gar nicht mein Gebiet.«

Psychosen? Das Wort war ein Schlag ins Gesicht. Er stand mit verschränkten Armen da und starrte mich an – seine komplizierte, anstrengende Freundin, die mal wieder überreagierte. Jetzt waren wir dem Abgrund gefährlich nahe.

»Ich erwarte, dass du dich hier in meiner Abwesenheit um alles kümmerst«, sagte er. »Ich werde dir eine To-do-Liste schreiben.«

»Eine To-do-Liste?«, rief ich aufgebracht. »Seit wann benötige ich eine Liste, um meinen Job zu erledigen?«

»Ich möchte dir doch nur helfen. Ehrlich.«

»Hör auf, mich anzulügen, und gib zu, dass sie dich anmacht. Du verbringst ja schon deine ganze Zeit mit ihr. Und wieso *Frühstück?*«

»Das ist nichts anderes als eine enge Geschäftsbeziehung, schließlich stehen wir vor einem wichtigen Projekt.«

Ich sah ihn vernichtend an.

»Hältst du mich eigentlich für blöd?«

Zwischen uns sprühten die Funken.

»Vielleicht wäre es gut, du würdest sie kennenlernen. Wir könnten doch mal abends zusammen essen gehen?«

»Ohne eine Tollwutimpfung werde ich mich nicht in ihre Nähe begeben.«

Mir war sofort klar, dass ich damit eine Grenze überschritten hatte, ich wollte mich sogar entschuldigen, doch in diesem Augenblick wurde die Tür aufgerissen, und Eva kam ins Büro gestürmt. Von mir nahm sie gar keine Notiz, ging zielstrebig auf Carl zu, stellte sich auf die Zehenspitzen und packte ihn aufgeregt an den Schultern.

»Ich habe großartige Neuigkeiten!«, sagte sie und küsste ihn rechts und links.

Da machte Carl eine Geste, bei der es mir die Sprache verschlug. Er nickte dezent in meine Richtung und versuchte, Eva zu verstehen zu geben, *nicht jetzt, Alex steht doch da!*

Eine Millisekunde blickte ich in Evas Augen. Sie waren wirklich eiskalt. Ich war völlig entsetzt, tat jedoch alles, um mir meine Angst nicht anmerken zu lassen. Sie sollte mich nicht durchschauen. Ich sprang auf, griff nach meiner Handtasche und verließ das Büro. Ich hörte noch, wie Eva sagte: *Ups!* Carl rief mir hinterher, doch ich knallte die Tür zu und rannte die Treppe hinunter.

Eine ganze Weile saß ich im Wagen. Mein Puls donnerte in meinen Ohren. Ich hielt mich am Lenkrad fest und legte die Stirn darauf. Es war heiß, meine Bluse klebte teilweise an meinem Rücken. Ich sah auf und konnte im Rückspiegel erkennen, dass die Mascara verlaufen war. Mein Blick war hasserfüllt. Evas heisere Stimme surrte um mich herum wie eine Stubenfliege, die man nicht loswird. In diesem Augenblick hasste ich sie so sehr, wie man einen anderen Menschen nur hassen kann.

Schließlich kam mir der Gedanke, dass Carl vielleicht runterkommen und mir am Auto eine Szene machen würde. Deshalb schrieb ich ihm eine SMS und teilte ihm mit, dass ich zuerst zu Amanda fahren wolle und dann nach Hause. Danach schaltete ich das Smartphone aus, damit ich keine Antworten von ihm auf dem Display sah. Zu Amanda würde ich jetzt auf keinen Fall fahren, wir hatten uns nämlich schon morgens gesprochen. Ihre erste Nacht hier in der Stadt hatte bereits all ihre Erwartungen übertroffen. Heute wollte sie shoppen gehen und danach in ein Spa, bevor das nächste Abenteuer, oder die nächste Orgie, wenn man so wollte, auf sie wartete.

Ich fuhr nach Hause. Die herrliche Umgebung war ein krasser Kontrast zu meiner miserablen Stimmung. Die Golden

Gate Bridge leuchtete orange in der grellen Sonne. Der Himmel war noch immer hellblau. Kleine, hauchdünne Schleierwolken schwebten über der Brücke. Auf dem gesamten Heimweg war die Straße angenehm leer.

In Half Moon Bay waren die Kürbisse, die noch am Hauseingang lagen, der einzige Hinweis darauf, dass der Herbst langsam vorüberging. Die Luft duftete süß und gleichzeitig würzig nach Eukalyptus. Ich parkte meinen Wagen vor unserem Haus und ging zum Strand runter. Dort ließ ich mich in den Sand fallen, zog die Beine an und machte mich ganz klein.

Es fühlte sich an, als befände ich mich in einer Art Vakuum. Ich versuchte, gegen die Leere in mir anzukämpfen, mein Blick streifte übers Meer. Es war so einfach, sich in den unendlichen, glitzernden Wassermassen zu verlieren. Als wäre ich nur ein winziges Molekül und könnte Teil etwas ganz Großen, Unendlichen werden.

Richtig spießig. Und das ich. Völlig außerstande zu sehen, was Carl versuchte, was er bewegen wollte. Warum ließ ich mich ständig von der Überzeugung hemmen, dass etwas grundverkehrt war?

Da hörte ich leichte Schritte im Sand hinter mir, drehte mich um und erblickte Dani.

»Hi, ich hab dich vom Fenster aus gesehen«, sagte sie. »Ist was passiert?«

»Nichts, außer dass mich die Eifersucht von innen auffrisst. Bitte hilf mir, ich möchte wieder normal werden.«

»Komm doch mit rein, dann können wir reden«, sagte sie. »Ich koche gerade Mittagessen. Erik schläft.«

»Wo ist Steve?«

»Auf seinem Wachposten in der Wohnung im Haus gegenüber. Ich sage ihm, dass wir heute gern allein sein möchten.«

Dani kochte Quesadillas. Anfangs war es schon genug

gewesen, einfach bloß zusammen zu sein, allein im Haus. Noch schwiegen wir.

»Und jetzt erzähl mal alles von Anfang an«, sagte sie, als wir mit dem Essen fertig waren. Dann schilderte ich alle Einzelheiten, begann bei der ersten Begegnung mit Eva. Ich versuchte, Dani zu erklären, dass ich seit diesem Tag einen giftigen Stachel in der Haut spürte.

»Ich erkenne mich selbst nicht mehr«, sagte ich. »Früher konnte ich eifersüchtige Mädchen nicht ausstehen. Noch nie habe ich jemanden derart gehasst wie diese Frau. Ich kann gar keinen klaren Gedanken mehr fassen.«

»Na ja, mit Logik hast du noch nie viel am Hut gehabt.«

»Sag es ganz ehrlich. Du findest mich ziemlich dumm.«

»Ganz sicher nicht, aber du bewegst dich eben mehr auf der Gefühlsebene. Ich bin mir sicher, dass das, was du spürst, nicht nur Eifersucht ist.«

»Was willst du damit sagen?«

»Ich kenne dich dein ganzes Leben lang, Alex. Du bist nicht der Mensch, der jemandem freiwillig aus Eifersucht eine Szene macht. Es gehört wesentlich mehr dazu, dich so traurig werden zu lassen. Aber wenn Eifersucht mit Angst gepaart ist, dann passiert noch etwas anderes. Ich glaube, du spürst, dass Carl gerade in etwas hineingezogen wird, was äußerst gefährlich werden kann.«

»Aber ich verstehe nicht, wie das alles miteinander zusammenhängt.«

»Denk doch mal daran, wie es war, als sie mich in der Krypta gefangen hielten, und du einfach gewusst hast, dass ich am Leben war.«

»Ja, stimmt.«

»Vielleicht passiert gerade genau dasselbe. Deine Intuition will dich warnen, weil etwas nicht stimmt. Du bist wesentlich sensibler als Carl. Und weißt du eigentlich, dass Frauen die Gefühle anderer viel besser wahrnehmen als Männer? Das geht auf die Steinzeit zurück, denn damals hat diese Fähigkeit das Überleben des Nachwuchses gesichert. Ich finde, du solltest dich auf dein Bauchgefühl verlassen.«

»Aber ich habe keine Kraft mehr, mich noch länger mit ihm zu streiten. Ich glaube, das Beste wäre es, Schluss zu machen.«

»Das ist keine besonders gute Idee. Ich würde sagen, kämpf um ihn. Wenn schon nicht für dich, dann für ihn. Eine Frau wie Eva Sand wird ihn todunglücklich machen. Es wird nicht viele geben, die so gut zu Carl passen wie du.«

»Warum denkst du das?«

»Ihr seid zwar beide einigermaßen unterschiedlich, aber ihr könnt die Eigenheiten des anderen akzeptieren, es kommt einem fast vor, als würdet ihr geradezu darauf stehen. Das ist selten. Und sehr schön.«

»Aber du nennst ihn doch einen Mistkerl.«

»Weil er sich manchmal so benimmt, aber im Grunde seines Herzens ist er einer der besten Menschen, die ich kenne. Hätte Carl uns in der Nacht nicht gerettet, wären wir auf dem Scheiterhaufen verbrannt. Wir haben unsere zweite Chance bekommen. Die solltest du Carl auch einräumen.«

»Und was soll ich deiner Meinung nach tun?«

»Du weißt ja gar nicht, ob zwischen den beiden schon was gelaufen ist. Aber wenn du ihn auf frischer Tat ertappst, wird er aufhören, dich anzulügen.«

»Wie soll ich das tun?«

»Ihm eine Falle stellen. Warte kurz, ich habe eine Idee.«

Sie verschwand im Schlafzimmer und kam mit einem kleinen schwarzen Gerät in der Hand zurück.

»Steve hat eine Vorliebe für so was«, sagte sie.

»Hast du mit ihm geschlafen?«

»Was? Mit wem?«

»Mit Steve?«

»Ach komm schon, Alex, nach allem, was passiert ist, kann ich mir so was noch gar nicht vorstellen. So weit bin ich noch lange nicht. Aber bei Steve komme ich mir endlich wieder normal vor. Wir haben ein bisschen geknutscht, und das hat mir gutgetan. Er sagt, der Sex kann warten. Sonst noch Fragen?«

»Nein, ich freue mich einfach für dich.«

»So, Themawechsel. Schau dir das mal an.«

Sie hielt mir einen kleinen runden Apparat mit Knöpfen, einem Display und einer Klemme vor die Nase.

»Das ist ein Babyfon mit ziemlich großer Reichweite. Man kann es ans Handy koppeln. Ich habe es von Steve bekommen, um Erik zu überwachen. Wenn er schläft, mache ich das Teil an seinem Bettchen fest. Wenn ich in einem anderen Zimmer bin und mir gerade Sorgen mache, schaue ich einfach aufs Smartphone. Platziere das Ding an einer strategisch guten Stelle im Büro. Und wenn Carl die nächste Verabredung mit Eva hat, gehst du rüber ins Café auf der anderen Straßenseite und checkst, was sie tun.«

»Dani, du hast dich ganz schön verändert.«

»Ja, das stimmt wohl«, sagte sie und seufzte. »Bevor sie mich entführt haben, war ich mit dem Kopf nur beim Studium, alles andere war mir völlig egal. Ich hab mir auch zu wenig Zeit für dich genommen. Als ich gefangen war, habe ich das am meisten bereut. Jeden Tag. Aber jetzt kann ich dir etwas Gutes tun und dir helfen, deinen Mistkerl wieder in die Spur zu bringen.«

»Für mich musst du nicht so knallhart sein.«

»Sorry, du bekommst nur das ganze Paket, das Arbeitstier und die knallharte Version. Willst du das Babyfon jetzt oder nicht?«

»Aber du brauchst es doch für Erik.«

»Ich bitte Steve, mir noch eins mitzubringen. Ich sage ihm einfach, ich finde es nicht mehr. Er wird mir bestimmt ein neues kaufen. Und dann habe ich gleich das verbesserte Modell.«

Der Gedanke daran, Carl und Eva Sand zu überwachen, war sehr verlockend. Fast wäre ich auf der Stelle zurück ins Büro gefahren, um es da zu deponieren. Aber Carl war bestimmt noch da. Ich verschob mein Vorhaben auf den kommenden Morgen.

Später am Abend kam Steve vorbei. Als wir im Wohnzimmer saßen und uns unterhielten, klingelte sein Handy. Er wurde auf einmal ganz ernst und tigerte hin und her, antwortete nur monoton.

»Wer war das?«, fragte Dani, als er fertig war.

»Carl. Es ist etwas passiert. Heute Morgen hat er eine Drohmail bekommen, die er gar nicht ernst genommen hat, aber jetzt ist seine Geschäftspartnerin, diese Eva Sand, überfallen worden. Sie ist nicht schlimm verletzt, aber völlig durch den Wind.«

»Was ist denn passiert?«, fragte Dani.

»Jemand hat sie vor dem Hotel in eine Seitengasse gedrängt und gedroht, dass er sie zum Schweigen bringen würde, wenn sie diesen Film dreht. Carl ist jetzt bei ihr.«

Ich versuchte, mir Eva Sand unter Schock vorzustellen. Und wie sie sich von Carl trösten ließ. Für einen Moment verspürte ich Wut und Skepsis, aber keinerlei Mitleid. Und dann nur wieder diese Leere.

Und da fragte ich mich, ob ich jetzt ernsthaft verrückt geworden war, denn ich war so gefühlskalt wie ein toter Fisch.

23

Eva

Mitten in der Nacht wacht sie auf. Sie steht unter Strom, wünschte, sie hätte ein stärkeres Medikament gegen die Angst, doch Nils Wallin hat das abgelehnt. Er behauptet, dass es zu Lasten ihrer Konzentration gehen und sie abstumpfen könnte, weiterhin so starke Medikamente einzunehmen. Jetzt wird sie nicht mehr einschlafen, das spürt sie. Es ist Viertel nach zwei. Sie wählt Carls Nummer. Es dauert eine Weile, dann meldet er sich mit schläfriger Stimme.

»Entschuldige bitte«, sagt sie. »Ich weiß, es ist unmöglich von mir, dass ich dich mitten in der Nacht anrufe, aber ich hatte einen schrecklichen Albtraum. Das hängt bestimmt mit dem Überfall zusammen.«

»Schon okay«, erwidert er schlaftrunken. »Du hast etwas Furchtbares erlebt. Du kannst mich jederzeit anrufen, wenn du jemanden zum Reden brauchst.«

»Glaubst du, dass sie es noch mal versuchen werden?«

»Nein, das war reine Einschüchterungstaktik. Ich bin nicht ganz so schockiert wie du, aber wahrscheinlich liegt das daran, dass ich im letzten Jahr noch viel Schlimmeres erlebt habe. Du hast ja gehört, dass eine Sekte hinter Alex her war.«

»Ich bin nicht so abgehärtet wie du. Mich hat das vollkommen überrumpelt. Und als mich dieser Typ festgehalten hat, da kamen all die furchtbaren Erinnerungen wieder hoch …«

»Verstehe. Ich würde dir ja gern anbieten herzukommen, aber das würde Alex bestimmt nicht gefallen«, sagt er betreten.

Das ist die Gelegenheit. Eva seufzt, lässt eine Pause entstehen.

»Carl. Ich möchte dir jetzt mal was sagen. Ich finde, deine Freundin sollte dir ein bisschen mehr Freiraum lassen und dich auch bei deinem Solvikhof-Projekt stärker unterstützen.«

Darauf folgt ausgedehntes Schweigen.

»Sorry, jetzt bin ich zu weit gegangen«, sagt sie. »Ich werde mich nicht in dein Privatleben einmischen. Ich bin so aufgewühlt, die Worte sprudeln mir quasi aus dem Mund.«

»Ist schon okay, aber Alex unterstützt mich sehr. Dass sie etwas misstrauisch ist, ist nach dem, was sie im letzten Jahr erlebt hat, kein Wunder. Aber jetzt zu dir. Soll ich vielleicht Steve bitten, einen Securitymitarbeiter zu dir zu schicken, oder kommst du allein zurecht?«

»Nein, nicht nötig, danke. Hier habe ich ja Hotelpersonal um mich. Ich wollte einfach nur deine Stimme hören. Jetzt geht es mir schon viel besser.«

»Dann bis morgen.«

»Darf ich dich noch eine Sache fragen, bevor wir auflegen?«

»Klar.«

»Glaubst du, dass mir diese Berührungstherapie, die du in deinem Buch beschreibst, gegen meine Schlafstörungen helfen könnte?«

»Ja, sicher. Davon bin ich überzeugt.«

»Das würde ich unheimlich gern mal ausprobieren.«

»Lass uns morgen darüber reden.«

»Du … immer wenn ich mit dir spreche, habe ich irgendwie das Gefühl, als würde eine Last von meinen Schultern genommen. Danke, dass du für mich da bist, nicht nur geschäftlich, auch als Freund.«

»Schon gut. Jetzt versuch zu schlafen.«

Eva legt das Handy auf den Nachttisch und steht auf. In ihrem großen Spiegel betrachtet sie sich von oben bis unten. Sie hat die Angewohnheit, nackt zu schlafen, am liebsten in Seidenbettwäsche, wie es sie hier in diesem Luxus-Hotel gibt. Kein Vergleich zu den harten Billigbetttüchern, die sie bei Sanctum verwenden. Die Schürfwunden an ihren Knien sehen schrecklich aus, und es hat höllisch wehgetan, sie sich beizubringen. Sie fragt sich, wie schnell sie wohl verheilt sein werden, sie verschandeln ihre schönen langen Beine.

Mit einem Mal verspürt sie das heftige Verlangen, sich an den Männern, die sie zu dieser Manipulation überredet haben, zu rächen. Die Typen haben jetzt ihr Leben in der Hand. Ihr Herz fühlt sich nur noch kalt und leer an. Ihre psychischen Störungen kommen und gehen. Vielleicht wird sie es erst dann los, wenn sie dafür sorgt, dass es jemand anderem schlecht geht.

In Hinblick auf eines hatte Nils Wallin tatsächlich recht: dass Carl in einer Beziehung gefangen ist, die ihn einengt und ihm die Energie raubt. Alex muss aus dem Weg geräumt werden. Wenn Eva doch nur einigermaßen schlafen könnte. Dann könnte sie klarer denken, dann würde sie besser durch den Tag kommen. Ihre Gedanken wandern weiter zu den Männern und der ekligen Bulldogge. Wer er wohl ist?

Sie greift zum Handy und versucht, seinen Namen zu googeln. Es dauert einen Moment, dann findet sie ihn auf der Homepage eines Pharmaunternehmens.

Thomas Jackson, leitender Securityofficer.

Und sie hat geglaubt, er sei ein hohes Tier. Ein höherer Beamter. Aber sie weiß genau, dass sie den Namen seines Unternehmens schon mal in einem ganz anderen Zusammenhang gesehen hat. Sie versucht, sich zu erinnern, aber ihr Hirn arbeitet allzu hochtourig. Es flimmern nur Fragmente von Bildern vor ihrem inneren Auge vorbei.

Actanova.

Sie schließt die Augen. Da kommen die Flashbacks. Die Rehaklinik, derbe Hände an ihrem Körper, die Medikamentendöschen, die Nils Wallin auf ihrem Nachttisch aufreiht. Darauf die Etiketten. *Actanova Medical.* Ihr läuft ein kalter Schauer den Rücken hinunter, und dann hat sie kurz den Gedanken, dass sie sich eine neue Identität zulegen und untertauchen sollte, bevor es zu spät ist. Es ist doch naiv zu glauben, dass diese Männer von ihr ablassen werden, wenn sie ihre Mission beendet hat. Dann kommt ein Zwangsbild wieder, sie sieht sich an ein Bett gefesselt, wieder in der Klinik. Ruhiggestellt. Mit Elektroschocks behandelt.

Beunruhigt nimmt sie ihren Plan noch einmal unter die Lupe. Bewertet ihn erneut, analysiert die Details und kommt schließlich zu dem Schluss, dass er aufgehen wird. Dann nimmt sie ein Kabel aus der Nachttischschublade und sichert alle Videoclips und Sprachmemos, die sie auf dem Handy gespeichert hat, auf dem Laptop. Dasselbe tut sie mit den Fotos, die sie heimlich von den Männern gemacht hat. Schließlich kopiert sie alle Dateien auf einen USB-Stick und löscht das Material auf dem Computer.

Auf dem Nachttisch liegt ihre Goldkette mit dem großen Medaillon. Sie öffnet es, legt den Stick hinein, schließt es. Dann sitzt sie ein paar Minuten regungslos da und presst sich das Medaillon auf die Brust. Am Ende geht ein Lächeln über ihr Gesicht.

Nils, Axel und die Bulldogge haben nicht die geringste Ahnung, mit wem sie es zu tun haben.

24

Nachdem ich alle Einzelheiten des Überfalls auf Eva kannte, kam mir auch dieses Ereignis suspekt vor.

Ich kannte das Gefühl, das man hat, wenn man sich in Lebensgefahr befindet, ziemlich gut. Wusste, wie der Puls hämmert, wenn einem der Tod im Nacken sitzt. An dem Morgen nach diesem Überfall war mir Eva im Treppenhaus über den Weg gelaufen. Sie kam gerade aus unserem Büro und hatte nicht damit gerechnet, mir zu begegnen. Einen Moment lang versuchte ich, mich in ihre Lage hineinzuversetzen – nach diesem brutalen Überfall hätte sie vollkommen durch den Wind sein müssen. Doch als unsere Blicke sich trafen, sah sie kein bisschen verängstigt aus. Eher zufrieden. Sie wirkte auf mich wie ein Model, das sich ganz entspannt auf den Weg zu einem Job machte. Sie elegant zu nennen, war noch untertrieben, vielmehr wirkte sie in ihrem tadellosen Outfit, mit der perfekten Frisur und den kirschrot leuchtenden Lippen geradezu glamourös.

Carl hatte mir am Telefon erzählt, dass Eva vor ihrem Hotel überfallen worden sei. Zuvor sei sie in einer Bar etwas trinken gewesen. Auf dem Heimweg hätte ein maskierter Mann sie überfallen und in eine Seitengasse gedrängt. Dort hätte er sie so lange geschubst, dass sie mit den Knien auf den Boden gestürzt sei, er hätte sie in den Schwitzkasten genommen und ihr gedroht, dass er sie endgültig zum Schweigen bringen würde, wenn sie die Zusammenarbeit mit Carl Ashers widerwärtiger Agentur fortsetze. Eva hatte Carl sofort angerufen, völlig unter Schock. Als er sie in ihrem Hotelzimmer sah, hatte sie große Schürfwunden an den Knien und redete zusammenhangloses Zeug. Carl verständigte erst Steve, danach die Polizei.

Die Ermittler verdächtigten hinter diesem Vorfall eine freireligiöse Gemeinde. Am Morgen hatte Carl ja bereits eine verdächtige Mail erhalten, und nun wollten sie mit dem Angriff auf Eva ihrer Drohung vermutlich mehr Gewicht verleihen.

Soviel ich wusste, hatte Carl keine Feinde, von den *Wächtern des Wanderfalken* abgesehen. Aber deren Stil war diese Drohmail nicht. Mit Jesus hatten sie es nicht so. Sie waren fest überzeugt, sie seien selbst Götter. Evas Überfall kam mir daher verdächtig vor, irgendwas stimmte da nicht. Und das machte mir eine Heidenangst.

»Hast du Eva von der Drohmail erzählt, bevor sie überfallen wurde?«, fragte ich Carl, als ich ins Büro kam.

»Ich habe das im Vorbeigehen wohl erwähnt. Warum?«

Da haben wir es, dachte ich. Äußerst schlau, liebe Eva. Sich auf eine so raffinierte Weise einen Vorteil aus der Drohmail an Carl zu verschaffen. Sein Beschützerinstinkt, wenn es um Gewalt an Frauen ging, stand dem einer Bärenmutter in nichts nach.

»Sie ist mir im Treppenhaus begegnet«, sagte ich. »Ich hatte nicht den Eindruck, dass sie unter Schock stand.«

»Geht das schon wieder los? Können wir vielleicht einmal über die Agentur sprechen?«

Aber ich ließ nicht locker.

»Warum hat sie dich angerufen und nicht die Polizei?«

»Was tut das zur Sache? Kannst du bitte endlich aufhören, bei jeder Kleinigkeit misstrauisch zu werden? Eva ist überfallen worden. Ihre Knie waren blutig, als ich ins Hotel kam.«

»Komisch, ich habe das nur für oberflächliche Schürfwunden gehalten.«

Jetzt gab er sich gar keine Mühe mehr, den genervten Seufzer zu unterdrücken.

»Es reicht, Alex. Dieses Gespräch müssen wir nicht fortsetzen.«

Es war sinnlos, die Dinge überhaupt anzusprechen. Carl hörte mir schon lange nicht mehr zu. Und jetzt kam mir der schmerzliche Gedanke, dass ich vielleicht diejenige war, die den Bruch zwischen uns verursacht hatte. Und dann war da wieder diese Hilflosigkeit. Wir hatten uns doch immer *vertraut*. Wir konnten wirklich über alles miteinander reden. Doch jedes Mal, wenn ich es versuchte, zog er sich jetzt in seinen Panzer zurück. Ich erreichte ihn nicht mehr. Er entfernte sich Stück für Stück.

Carls Reaktion auf diesen Überfall beschäftigte mich noch wochenlang. Um seine eigene Sicherheit schien er sich keinerlei Sorgen zu machen, stattdessen machte er sich viele Gedanken um Eva. Manchmal beruhigte er sie am Telefon. Wenn ich das hinterfragte, hieß es, sie seien Freunde geworden. Bei diesem Gedanken fröstelte es mich.

Sie begannen, sich regelmäßig in unserem Konferenzzimmer zu treffen, um die Reportage durchzusprechen. Sie ließen die Tür immer offen, aber ich ertrug es nicht zuzuhören, wie sie sich angeregt unterhielten, und verließ meist kurz darauf das Büro. Carl verschob alle Klientengespräche aufs neue Jahr und verlegte auch die Reise nach Schweden auf kurz vor Weihnachten. Er fand es sicherer, erst dann zu fliegen, wenn sich die Lage beruhigt hatte.

In den kommenden Wochen wirkte er immer getriebener. Er telefonierte sehr viel mit Brett, polterte durchs Büro und verteilte Anweisungen für Banalitäten.

Unsere Beziehung hatte sich deutlich abgekühlt. Zu ihm zu ziehen, war längst kein Thema mehr. Seit wir in Big Sur gewesen waren, hatten wir kaum noch Sex miteinander gehabt. Die Atmosphäre war nach all den Ereignissen, dem vielen Streit und den Androhungen, beständig geladen. Unsere Zusammenarbeit verlief zwar weiterhin routiniert, doch mit dem Spaß an der Arbeit war es vorbei. Manchmal sprach er mich mit einer Stimme an, die kalt und autoritär klang. Das war sonst überhaupt nicht seine Art gewesen und so unerträglich, dass ich ihn am Ende nur noch ankeifte. Fast jeden Abend hatte ich einen Kloß im Hals, wenn ich mich schlafen legte. Mein märchenhaftes, sorgenfreies Leben in Kalifornien hatte sich nach und nach in einen Albtraum verwandelt.

Eine Ausnahme gab es, einen einzigen, schönen Tag: Thanksgiving. Da keiner von uns beiden Verwandtschaft in den USA hatte, hatte ich keine Idee, wie wir diesen Familienfesttag begehen sollten. Doch Carl hatte alles vorbereitet. Er nahm Dani, Steve, Erik und mich in eine christliche Gemeinde nach San Francisco mit, in der man Essen an die Obdachlosen verteilte. Den ganzen Tag lang gaben wir dann das legendäre Truthahn-Gericht an minderbemittelte Menschen aus, die in einer nicht enden wollenden Schlange vor uns standen und warteten.

Da fiel Carl eine junge Frau mit zwei Kleinkindern ins Auge, die zwischen den anderen stand. Sie machte einen traurigen, erschöpften und kraftlosen Eindruck. Carl holte ihr einen Stuhl und setzte sich neben sie. Sie unterhielten sich lange. Am Ende stellte er einen Scheck aus und überreichte ihn ihr.

Abends waren wir zu einem Thanksgivingessen bei Bretts Großfamilie in einem Vorort von San Francisco eingeladen. Carl war schon seit vielen Jahren mit ihnen befreundet.

Den ganzen Tag lang begleitete mich der Gedanke, dass es

so viele Menschen gab, denen es schlechter ging als mir. Da konnte ich meinen Ärger hinunterschlucken und auch die Eifersucht überwinden. Ich verspürte eine enorme Dankbarkeit, überhaupt am Leben zu sein.

Als ich etwa eine Woche später eines Morgens zur Arbeit fuhr, bemerkte ich Eva Sands Wagen auf dem Parkplatz, doch sie war gar nicht da, als ich die Büroräume betrat.

»Gut, dass du da bist, ich habe was mit dir zu besprechen«, sagte Carl, als er mich erblickte. Er hatte eine Art, als müsse er ein aufmüpfiges Kind zurechtweisen.

»Setz dich«, sagte er.

Ich verweigerte mich. In letzter Zeit folgte ich seinen Anweisungen schon aus Prinzip nicht.

»Ich stehe lieber. Was gibts?«

»Nächste Woche werde ich nach Schweden fliegen und mit den Dreharbeiten beginnen. Ich werde bis Anfang Januar bleiben, um bei der Jahresversammlung und dem Silvesterfest vor Ort zu sein. Eigentlich hättest du mich ja begleiten sollen, aber vielleicht könnten wir in diesem Jahr eine Ausnahme machen? Ich brauche dich nämlich wirklich hier. Das ist okay, oder?«

Das war es keineswegs. Selbstverständlich hatte ich mich auf das Weihnachtsfest und Silvester in Schweden gefreut. Ash & Coals Silvesterpartys waren spektakulär, und da wollte ich an Carls Seite sein. War ihm nicht klar, wie viel mir das bedeutete? Ich brannte auch darauf, endlich die alten Freunde in Schweden wiederzusehen. Auch auf Brett freute ich mich sehr, zumal er immer für gute Stimmung sorgte, egal, wie kritisch die Lage gerade sein mochte.

Ich beantwortete Carls Frage gar nicht. Es war sinnlos. Er war noch lange nicht fertig.

»Eins noch. Die Geschäftsführung von Sanctum besteht darauf, dass wir Steve als Personenschützer mitnehmen, wenn wir diese Reise unternehmen. Nach den Drohungen und dem Überfall machen sie sich um Evas Sicherheit Sorgen. Steve hat hier in der Gegend den Ruf, der beste seiner Branche zu sein, daher wäre ich sehr dankbar, wenn ihr eure Zustimmung gäbt, dass ihr ihn uns für diese Reise abtretet.«

»Und was passiert mit Dani und Erik?«, fragte ich verwundert.

»Wir werden einen anderen Securitymitarbeiter als Vertretung organisieren, es sieht ja so aus, als sei die Gefahr für Dani und Erik allmählich vorüber. Die Kidnappingbande ist gefasst, und von den *Wächtern des Wanderfalken* haben wir seit Monaten nichts mehr gehört. Wie lange sollen wir Steve da noch im Einsatz haben?«

»Solange Dani dort wohnt und tagsüber allein ist. Bist du jetzt völlig übergeschnappt? Wenn es um die Kohle geht, dann bezahle ich ihn ab jetzt selbst.«

»Du weißt, dass mir Geld egal ist. Ich würde eure Sicherheit für nichts aufs Spiel setzen. Was denkst du von mir? Sanctum wird für Ersatz für Steve sorgen. Versuch einfach, dich an den Gedanken zu gewöhnen. Daran führt kein Weg vorbei.«

Mit einem Mal war unser Gespräch nicht mehr auf Augenhöhe. Es dauerte einen Moment, bis ich registrierte, was er da gerade gesagt hatte. Es waren nicht allein die Worte, sondern seine Art, mich mit dem Blick festzunageln, so abschätzig und überlegen. Zum allerersten Mal bekam ich Angst, er könnte vielleicht doch in die Fußstapfen seines Vaters treten. Oder trieb ich ihn in den Wahnsinn?

»Hörst du mir überhaupt zu?«, fragte er.

Ich stand nur da und starrte ihn an. In diesem Augenblick

fand ich ihn nicht einmal mehr anziehend, in diesem Augenblick waren meine Gefühle für ihn gleich null.

»Ich habe jedes einzelne Wort gehört, aber das kannst du dir aus dem Kopf schlagen. Du hast nicht über mich zu bestimmen. Und dein Geld brauche ich nicht, ich kann den Personenschutz für Dani und Erik selbst bezahlen«, sagte ich. Im selben Zuge begriff ich, dass das ja tatsächlich stimmte, denn ich hatte im vergangenen Jahr viel verdient und auch das Geld vom Verkauf unseres Bildes bekommen.

»Steve wird uns nach Schweden begleiten, akzeptiere das einfach«, legte er nach.

Mit ihm war nicht zu reden. Da überkam mich mit einem Mal eine tiefe Traurigkeit, die mich schlichtweg überwältigte. Tränenüberströmt stand ich da wie ein Esel. Ich weinte lautlos, so beherrscht wie möglich, aber es tat schrecklich weh.

Carl kam auf mich zu und nahm mich in die Arme.

»Ach Schatz, was ist eigentlich mit uns los? Wir hatten es doch immer so schön miteinander. Bitte, sei nicht traurig. Ich kann es dir schriftlich geben, dass zwischen Eva und mir nichts läuft.«

Mir brach schier das Herz, denn trotz seiner hehren Beteuerungen wechselte er beim letzten Satz wieder die Tonlage.

»Ich habe das Gefühl, das mit uns geht gerade zu Ende«, sagte ich, noch immer einen Kloß im Hals.

»Schsch, das fühlt sich immer so an, wenn man Streit hatte«, sagte er. »Wut facht die Angst an. Aber du und ich, wir gehören zusammen. Wir haben gerade eine kleine Krise, aber wir haben schon ganz andere Dinge überstanden.«

»Bitte halt mich fest, so fest du kannst«, bat ich ihn.

Und das tat er. Zuerst drückte er mich so sehr, dass die ganze Luft aus meiner Lunge entwich, dann lockerte er seine Umarmung. Wir sahen uns in die Augen. Sein Haar fiel ihm sanft in die Stirn. Um die Nasenwurzel hatten sich von der Herbstsonne noch mehr Sommersprossen gebildet. Ich schmiegte mich enger an ihn, um seinen Duft nach Seife und Kaffee einzuatmen, sah auf und spürte seinen Atem auf meinem Gesicht. Vorsichtig streichelte ich ihm über die Wange und fuhr über seine Bartstoppeln. Mein Mund näherte sich seinen Lippen, und es wurde ein heißer, hungriger Kuss. Einen Moment lang dachte ich sogar, er wolle mich verschlingen. Doch dann nahm er plötzlich seine Hand aus meinem Nacken und warf einen Blick auf seine Armbanduhr.

»Mist, ich muss sofort los … zu dem Termin mit dem Steuerberater. Sorry. Wir reden weiter, wenn ich wieder zurück bin. Dann setzen wir uns in Ruhe hin und besprechen alles.«

So ließ er mich einfach stehen, noch mit Tränen in den Augen. Im Empfangsraum hing eine kleinere Reproduktion unseres Bildes an der Wand. Beim Blick darauf wurde ich noch melancholischer.

Mein Leben hatte in letzter Zeit dermaßen kopfgestanden, dass ich das Babyfon von Dani fast vergessen hatte. Ich tastete in meiner Handtasche danach und fand es in einem der Fächer. Es im Büro zu verstecken, war bei Carls Ordnungsmanie nicht machbar, aber das Konferenzzimmer lag in meinem Zuständigkeitsbereich. Ich ging hinein. Die Luft war stickig. Ich riss ein Fenster auf und blickte mich um. Auf einem Fensterbrett stand ein Blumentopf mit Orchideen. Ich schaltete das Babyfon ein, kontrollierte, ob mein Handy sich mit ihm verband, und hängte es an den Topfrand.

Für das, was ich dann tat, habe ich keine Erklärung. Vielleicht hatte ich einfach das Bedürfnis nach einer Veränderung. Zuerst wählte ich mich in mein Bankkonto ein und überwies die Miete für drei Monate an Ash & Coal, denn die Agentur war unser Vermieter. Danach rief ich in Steves Securityservice an und bat darum, dass man mir die Rechnung für ebenfalls drei Monate ausstellte. Zum Schluss fuhr ich zu dem Autohaus, wo wir unsere Dienstwagen gekauft hatten. Ich suchte mir einen gebrauchten Mini aus, bezahlte ihn von meinem Konto und teilte dem Verkäufer mit, dass mein Chef den Firmenwagen bei Gelegenheit abholen werde.

Als ich ins Büro zurückkam, war Carl immer noch nicht zurück. Ich loggte mich in seinen Laptop ein und las den gesamten Schriftverkehr mit Eva. Darin gab es auch einige Links zu Videoclips, die ihre Filmproduktionsfirma gemacht hatte, sowie ein Drehbuch für die Dokumentation. Ich druckte es aus, um es später zu lesen. Alles andere betraf ihre Besprechungen. Eva beendete ihre Mails in der Regel mit Sätzen wie: *Danke, dass du mir heute so lange zugehört hast* und *Es tut so gut, dich zum Freund zu haben.* Mir wurde speiübel. Ich fragte mich, was sie eventuell noch per SMS kommuniziert haben könnten, und nahm mir vor, bei nächster Gelegenheit Carls Handy zu checken.

Nachdem ich noch ein paar Telefonate mit Klientinnen, die im neuen Jahr ihre Reisen nach San Francisco antreten wollten, geführt hatte, machte ich Feierabend. Im Büro war nicht mehr viel zu tun.

Am Nachmittag spürte ich eine gewisse Erleichterung, die bis zum Abend hielt. Nicht mehr vom Geld der Agentur abhängig zu sein, war ein grandioses Gefühl. Dani war mit Steve und Erik nach Monterey aufgebrochen, einem Küstenort südlich von San Francisco. Sie wollten dort übernachten, daher war ich im Haus allein.

Am späten Abend las ich das Drehbuch.

Dies ist die Geschichte eines Mannes, der immer für die Rechte der Frauen gekämpft hat. Ein Mann, für den bald ein Lebenstraum in Erfüllung gehen wird.

Das klang aufgeblasen und künstlich und war überhaupt nicht Carls Stil. Aber offenbar hatte sich etwas verändert. Ich las das Drehbuch noch einmal, um mich zu vergewissern, ob mich meine Eifersucht vielleicht blind gemacht hatte. Doch der Text blieb fürchterlich schmalzig.

Carl und ich befanden uns nicht mehr auf derselben Wellenlänge. Ich spürte schon jetzt, wie es sich anfühlen würde, bald ganz allein zu sein. Ich sehnte mich nach Dani. Ich sehnte mich auch nach Carl, nach dem Carl, den es vor ein paar Wochen noch gegeben hatte. Ich vermisste mein altes Leben.

Durchs Fenster strömte ein leichter Brandgeruch in den Raum. Unten am Strand hatte jemand ein Feuer gemacht. Ich öffnete das Fenster sperrangelweit. Nun drang auch die Nachtluft herein und mit ihr der Duft nach Meer und Seetang. Da klingelte mein Handy. Ich freute mich, als ich sah, dass es Amanda war.

»Hallo! Ich hoffe, ich darf noch anrufen? Wie spät ist es bei euch?«, fragte sie mich.

»Erst zehn Uhr, kein Problem.«

Wir plauderten ein Weilchen. Sie jammerte über das eklige Schmuddelwetter in Schweden, bis Weihnachten bestand kaum Hoffnung auf Schnee. Meine Stimmung stieg sofort.

»Du, ich habe mir Sanctum etwas näher angesehen«, sagte sie schließlich. »Ich habe jemanden ausfindig gemacht, der dir ein paar ›Insiderinformationen‹ geben kann. Er ist ziemlich busy, aber er wird sich bei dir melden, sobald er Zeit hat. Sein Name ist Michael Parks. Sein Sohn ist an einer Überdosis gestorben, während er eigentlich in einer Sanctum-Klinik stationär betreut wurde. Mein Unternehmen hat immer wieder für Parks gearbeitet, der Typ ist vollkommen okay. Es ist doch bestimmt in deinem Sinne, dass ich ihm deine Kontaktdaten gegeben habe?«

»Absolut.«

»Ich überlasse es lieber ihm, von seinen Erfahrungen mit Sanctum zu erzählen, aber es kursieren tatsächlich einige irritierende Gerüchte. Besonders in Europa. Patienten sind aus Kliniken dieser Gesellschaft spurlos verschwunden und nie wieder aufgetaucht. Das ist alles, was ich bislang in Erfahrung bringen konnte.«

Ich spürte, wie Schadenfreude in mir aufkam. Sanctum war vielleicht doch nicht so perfekt, wie es auf den ersten Blick schien.

»Und nun zu Eva Sand«, sagte Amanda. »Das Merkwürdige an ihr ist nicht, was sie getan hat, sondern dass sie *nichts* getan hat.«

»Wie soll ich das verstehen?«

»Es gibt sie genau genommen gar nicht. Zumindest nicht in Schweden. Sie ist im Melderegister nicht verzeichnet. Es gibt keinerlei Information über sie. Wenn sie nicht kürzlich geheiratet oder einen neuen Namen angenommen hat, ist sie ein Rätsel. Hast du mal ihre Facebook-Seite gecheckt?«

»Nein, wir haben uns ja nicht gerade Freundschaftsanfragen gestellt.«

»Die Bilder da sehen alle gefakt aus. Mit Photoshop bearbeitet.«

»Aber man findet sie doch in Berichten über Sanctum, wenn man sie googelt.«

»Ja, aber auch nur dort. Das Einzige, was man über sie auftreiben kann, wurde im Zusammenhang mit Sanctum veröffentlicht, *unter* dieser Oberfläche findet man einfach gar nichts. Als hätte sie keinerlei Privatleben. Ich werde meine Mitarbeiter bitten, das im Auge zu behalten.«

Ich bedankte mich bei ihr und erzählte, wie scharf der Ton zwischen Carl und mir geworden war.

»Ehrlich gesagt, ich erkenne Carl gar nicht mehr wieder«, gab ich schließlich zu. »Er kommt mir ganz fremd vor.«

»Vergiss nicht, was ich dir über Psychopathen gesagt habe. Sie können Einfluss auf die eigene Persönlichkeit nehmen, ohne dass man es merkt. Mein Mann konnte noch lieb und nett zu mir sein und gleichzeitig dafür sorgen, dass es mir richtig dreckig ging, und ich habe mich ernsthaft gefragt, ob ich jetzt reif für die Klapsmühle bin. Eva Sand kann einen negativen Einfluss auf Carl haben, ohne dass er es registriert.«

Ich überlegte. Carl war immer schon stur gewesen, doch zurzeit kam er mir blind und gleichzeitig taub vor. Was geschah da eigentlich gerade mit ihm?

»Weißt du was?«, sagte ich. »Ich glaube ernsthaft, dass Eva ihn einer Gehirnwäsche unterzieht. Du hast vollkommen recht!«

»Ja«, erwiderte sie. »Es ist nicht ganz leicht, genial zu sein. Vermutlich ist dir schon aufgefallen, dass Carl auch ein bisschen kindlich und naiv sein kann, er ist von Natur aus gutgläubig und geht immer vom Besten im Menschen aus. Aber mit deinem Bauchgefühl wirst du ihn nicht überzeugen können, du wirst ihm Beweise vorlegen müssen, die eine ganz klare Sprache sprechen.«

»Kannst du mir dabei helfen?«

»Da kannst du Gift drauf nehmen.«

Nach dem Gespräch ging ich in den Garten hinaus. Jetzt war ich wieder zu Leben erwacht. Die Gewissheit, nicht vollkommen verrückt zu sein, tat so gut. Der Nachthimmel war klar, über mir ein Sternenmeer. Dazu der Vollmond. Bei diesem Anblick spürte ich, wie unendlich groß das Universum war. Dennoch war mir, als sei da nicht genug Raum, um all meine Liebe, die ich in diesem Augenblick für Carl empfand, aufzunehmen. Gutgläubig und naiv. Genau das war er im Grunde seines Herzens.

Vielleicht hätte ich ihn anrufen und ihm erzählen sollen, was Amanda herausgefunden hatte, aber ich beschloss, lieber auf eigene Faust weiter zu recherchieren. Zum Glück konnte ich auf die Unterstützung von Dani und Amanda zählen. Obwohl sie beide schon üble Erfahrungen mit Männern gemacht hatten, waren sie jetzt für mich da.

Und ich lenkte meine Gedanken nun in eine ganz neue Richtung.

25

Carl

Carl steht an dem Fenster mit Blick auf die Sacramento Street. Es ist spät am Nachmittag, auf der Straße pulsiert das Leben. Die Menschen haben Feierabend und gehen nach Hause, doch er ist wie so oft im Büro, auch wenn er dort kaum noch etwas zu tun hat. Alex ist auch schon gegangen. Ohne sie wirken die Büroräume verlassen und still. Er vermisst die Geräusche, die sie verursacht, das Papiergeraschel, ihr Getippe auf der Tastatur, das Knarzen des Stuhles, wenn sie sich setzt, das Schmatzen, wenn sie einen Kaugummi kaut.

Seine Gedanken wandern zu seinem letzten Treffen mit Eva zurück. Ihre großen, feuchten Augen. Wie sie den Hals so graziös bewegt. Dieser sinnliche Mund. Sie hat so eine Neugierde, ein Interesse, dass sich alles zwischen ihnen lebendig anfühlt. Als sie sich setzte, überschlug sie die Beine. Doch etwas später spreizte sie sie leicht und ließ ihn einen Blick auf ihren Unterkörper erhaschen, und er glaubte zu erkennen, dass sie keinen Slip trug. Ihre Schenkel waren straff und blütenweiß. Früher hätte ihn das um den Verstand gebracht, aber heute war ihm nicht wohl dabei. Es fühlte sich an, als hätte er eine Grenze überschritten und befände sich jetzt im freien Fall, denn irgendwie hat er sein Ziel aus den Augen verloren.

Zwischen Eva und ihm ist so ein Gleichklang entstanden, wie es vorkommt, wenn man eine Leidenschaft für dieselben

Dinge teilt. Sie weiß viel über Gewalt gegen Frauen. Bei ihren Gesprächen erhält er Informationen von ihr, die von unschätzbarem Wert sind. Ganz nebenbei lässt sie statistische Zahlen fallen, was nur heißen kann, dass sie sich mit großer Begeisterung in dieses Thema eingearbeitet und sich ein umfangreiches Wissen angeeignet hat. Er kann einiges von ihr lernen. Gemeinsam würden sie wirklich etwas auf die Beine stellen, etwas für die Opfer tun können. Besonders berührt ihn ihre schlimme Kindheit. Und die Frage, was er tun könnte, um ihre psychischen Qualen zu lindern.

Ihre Oberschenkel. Er wird dieses Bild nicht los. Wenn er es vor sich sieht, überkommt ihn die Erregung. Doch dann stellt er sich Alex vor. Mit ihren strahlenden Augen, ihrem hungrigen Blick. Ihrem reinen Lachen. Ihren Haaren, die nach dem Wald im Frühling duften. Ihm fällt ein, wie tief und fest er schläft, wenn er sie im Arm hat. Und wie er sich selbst verliert, sobald er sich ihre Beine auf die Schulter legt und ganz tief zu ihr kommt.

Alex ist ein Sturm in ihm, der niemals abflaut.

Bei dem Gedanken daran, wie kühl und herzlos er heute mit ihr umgesprungen ist, schämt er sich dermaßen, dass seine Wangen heiß werden. Ihm wird so schlecht, dass er am Fensterbrett Halt suchen muss. Er verachtet sich selbst. Die Vorstellung, nicht mehr er selbst zu sein, versetzt ihn in Angst und Schrecken.

Das Böse ist in deine DNS eingebrannt, Carl. Du wirst genau wie dein Vater werden. Daran kannst du nichts ändern. Akzeptiere es einfach. Hör auf, dagegen anzukämpfen.

Wenn er mit Eva zusammen ist, mag er sich. Sie gibt ihm das Gefühl, ein väterlicher Beschützer zu sein, bei dem man sich geborgen fühlen kann – exakt das Gegenteil seines Vaters. Zurzeit lockt Alex den gefühlskalten Tyrannen mit all dem

Misstrauen und den Wutausbrüchen in ihm hervor. Wie konnte es nur dazu kommen?

Eigentlich hatte es ihm immer gefallen, dass Alex alles hinterfragt hat und in Windeseile Lösungen zu finden vermochte. Ihre Intuition, auf die sie sich verlassen konnte, und sogar ihre Stimmungsschwankungen hat er gemocht. Doch das war, bevor er mit der Geheimniskrämerei angefangen hat.

Er schließt die Augen, blendet alle visuellen Reize aus. Jetzt hört er nur noch die Menschen da draußen und sein eigenes Atmen. In diesem Augenblick würde er sich wünschen, Alex wäre bei ihm. Wie hatte es zwischen ihnen eigentlich *so weit kommen können?* Wie gern würde er die Uhr bis zu ihrem Kuss vom Vormittag zurückdrehen, den er wegen eines Termins beim Steuerberater abgebrochen hat. Geradezu grotesk, wie pragmatisch er gewesen ist.

Er möchte Alex ausziehen, sie lieben und ihr sagen, dass alles wieder gut wird. Aber seit Eva aufgetaucht ist, ist sein Leben kompliziert geworden. Der Versuchung, etwas Großes zu vollbringen, ein besserer Mensch zu werden, jagt er Nacht für Nacht hinterher. Eva versteht ihn. Alex nicht. Er hat sich in etwas hineinziehen lassen, das er nicht mehr überblickt. Sein Leben war so schön übersichtlich und geordnet, jetzt ist es weder das eine noch das andere. Plötzlich steht alles zur Diskussion, er weiß nicht mehr, wem er vertrauen kann. Er erkennt sich selbst nicht mehr, sogar seine eigene Stimme hört sich fremd an. Diese Drohmail bereitet ihm keine Sorgen, aber er hat eine Scheißangst vor diesem Menschen, in den er sich gerade Stück für Stück verwandelt.

Nichts stimmt mehr.

Doch eins weiß er sicher.

Was er angefangen hat, wird er zu Ende bringen.

Das hat er immer getan.

26

An diesem Morgen war ich hundemüde. Eigentlich hätte ich duschen, mich anziehen und zur Arbeit fahren müssen, doch ich konnte es nicht. In der Nacht hatte ich kaum Schlaf gefunden und immer wieder Albträume gehabt. Gleich nach dem Aufwachen war ich hochgeschreckt. Im Traum war eine Erinnerung wieder aufgetaucht, der Moment des Schreckens, in dem Eva mich mit ihrem Blick durchbohrte. Ich versuchte, die Situation zu ergründen, doch das Bild verblasste langsam und entglitt mir nach und nach.

Ich verließ das Schlafzimmer und schlurfte in die Küche hinüber. Dort stellte ich die Kaffeemaschine an und sank auf einen Küchenstuhl. Der Nebel war heute derart dicht, dass er sich vermutlich den ganzen Tag lang halten würde, der Garten lag unter weißem Dunst versteckt.

Und da rief plötzlich Carl an. Mitten hinein in meine Müdigkeit und schlechte Laune, die ich immer hatte, wenn ich unausgeschlafen war. Kein guter Zeitpunkt für ein Gespräch.

»Ich habe gerade einen Anruf von dem Autohaus bekommen, von dem wir unsere Firmenwagen haben«, sagte er. »Sie haben darum gebeten, dass ich deinen Wagen abhole. Was soll das?«

»Ich habe mir von meinem eigenen Geld ein anderes Auto gekauft. Außerdem habe ich die Miete für drei Monate im Voraus überwiesen, und Steves Personenschutzservice habe ich auch gerade bezahlt. Mit anderen Worten: Ich bin nicht mehr von dir und Ash & Coal abhängig.«

Er seufzte so tief, dass es in der Leitung summte.

»Was soll das, Alex?«

»Mir gefällt es nicht, dass du mich herumkommandierst. Ich feiere Weihnachten, wo ich will. Und wenn ich ein ungutes Gefühl bei etwas habe, was unsere Agentur betrifft, dann solltest du mir lieber zuhören, anstatt dich über mich lustig zu machen. Aber am schlimmsten ist, dass du mich für blöd verkaufen willst; als würde ich deinen Flirt mit Eva nicht durchschauen.«

»Ich habe doch tausendmal gesagt, dass zwischen uns nichts läuft.«

»Dann hast du tausendmal gelogen. Wie fühlt sich das an?«

»Auf diesen Vorwurf bekommst du keine Antwort. Was Körperkontakt angeht, so ist es über Händeschütteln und ein paar Küsschen rechts und links mit ihr nie hinausgegangen.«

»Wir werden ja sehen, was daraus wird. Ich habe übrigens ihre Mails an dich gelesen. *Es tut sooo gut, dich zum Freund zu haben.*«

»Was habe ich doch für ein Glück, eine Partnerin zu haben, die sich um meine Privatpost kümmert, und das auch noch unaufgefordert. So was konntest du ja schon immer gut.«

Seine Gehässigkeit nahm langsam Formen an.

»Frag dich lieber mal, wann du angefangen hast, Dinge vor mir geheim zu halten. Vor ein paar Wochen hättest du noch darüber gelacht und gesagt, dass es dir scheißegal ist, ob ich deine Mails lese oder nicht.«

Ich spielte kurz mit dem Gedanken, ihm meine Meinung über diese Drehbuch-Skizze mitzuteilen, doch ich dachte mir, dass er kaum erpicht darauf sein würde, sie zu hören.

Es wurde still in der Leitung. Ein unangenehmes Schweigen entstand zwischen uns.

»Okay«, sagte er. »Grandioser Tagesbeginn. Kommst du heute überhaupt ins Büro?«

»Ich werde kurz vorbeischauen, aber ich nehme an, du bist sowieso beschäftigt.«

»Ich lege jetzt auf, bevor dieses Gespräch völlig aus dem Ruder läuft«, war sein letzter Satz.

Im Anschluss daran fehlte mir die Energie, etwas Vernünftiges anzufangen, also surfte ich ein bisschen durchs Netz. Dabei googelte ich auch Michael Parks. Diesen Namen gab es recht oft, aber als ich als zweites Suchwort »Sanctum« eingab, landete ich einen Treffer. Es war ein Zeitungsartikel über Parks Sohn, der in eine Rehaklinik in Kalifornien eingewiesen worden war, die zu Sanctum gehörte. Der Sohn war vor drei Monaten abgehauen, hatte sich Heroin beschafft und war inzwischen an einer Überdosis gestorben. Michael Parks hatte öffentlich Kritik an dem Personal bei Sanctum geäußert, das seiner Meinung nach unprofessionell und viel zu lax war. Er machte sie für den Tod seines Sohnes verantwortlich. Ich vermutete, dass in allen Rehakliniken für suchtkranke Menschen Todesfälle hin und wieder nicht zu vermeiden waren. Konnte man das wirklich verhindern? Aber Amanda zufolge hatte Michael Parks noch einiges mehr zu erzählen, und das machte mich neugierig.

Anstatt ins Büro zu fahren, entschied ich mich für einen Spaziergang. Das Wetter hatte umgeschlagen, ein kühler Wind kam vom Pazifik herangeweht und brachte hohe Wellen mit sich. Aus dem Nebel waren dichte Wolken geworden. Ein einziges Grau, so weit das Auge reichte.

Ich zog meinen Rock hoch und watete ins Wasser hinaus,

das mir eiskalt um die Beine spülte. Die Wellen rollten auf mich zu, und ich fühlte mich schwerelos, fast beschwingt. Eine Möwe kam mit der nächsten Woge auf mich zugeschwommen, beinahe wären wir zusammengestoßen.

Ich machte ein paar Schritte und setzte mich wieder in den Sand. Genau da bemerkte ich den Mann. Er stand auffällig ruhig etwas oberhalb des Strandes. Beim näheren Hinsehen erkannte ich, dass er ein Fernglas in meine Richtung hielt, vermutlich beobachtete er die Surfer. Ich wandte den Blick ab, doch als ich mich wieder umdrehte, hatte ich das Gefühl, dass er mich observierte.

Ich flitzte zum Haus zurück. Am Eingang drehte ich mich ein letztes Mal um. Der Mann stand unverändert auf diesem Fleck. Als ich die Haustür hinter mir geschlossen hatte, griff ich sofort zum Telefon und wählte die Nummer unseres Securityofficers im Haus nebenan. Steve war ja mit Dani in Monterey, also meldete sich Mark, der zweite Personenschützer.

»Jemand hat mich am Strand beobachtet.«

»Das habe ich auch gesehen. Er treibt sich da schon den ganzen Tag herum. Ich habe ein paar Fotos von ihm gemacht, damit können wir ihn identifizieren. Ich wollte dich nicht beunruhigen.«

»Aber ich dachte … diese Babykidnappingbande ist doch verhaftet worden, oder?«

»Es sieht leider ganz so aus, als würde euch da jemand anders im Auge behalten wollen.«

»Seit wann weißt du das?«

»Er ist gestern hier aufgetaucht.«

»Das fühlt sich überhaupt nicht gut an.«

»Mach dir keine Gedanken. Wir haben die Lage unter Kontrolle. Möglicherweise ist es ein Journalist, der auf ein Interview mit Dani aus ist und sie am Strand überrumpeln will.«

»Klingt etwas weit hergeholt. Wann hättet ihr uns darüber informiert?«

»Wir wollten ihn erst eine Weile beobachten. Aber jetzt weißt du es ja.«

»Glaubst du, ich kann mich ins Büro trauen?«

»Ja, ganz sicher. Wenn er euch etwas antun wollte, hätte er sich nicht so exponiert.«

Kaum hatte ich aufgelegt, rief Dani an.

»Es ist hier so wahnsinnig schön, deshalb würden wir gern erst spät nach Hause kommen, ist das okay?«

»Logisch. Du hörst dich gut an, richtig fröhlich.«

»Alex, ich glaube, ich bin dabei, mich in Steve zu verlieben. Völlig verrückt eigentlich. Oh Mist, das hat er wohl gehört.«

Mir kam der Gedanke, wie passend der Zeitpunkt war, an dem Steve in Danis Leben getreten war, fast *zu schön*, um wahr zu sein.

»Hast du das Gefühl, dass du ihm ganz vertrauen kannst?«

»Alex, er ist der Erzengel Gabriel und James Bond in einer Person. Ja, natürlich kann ich ihm vertrauen. Auf dem Rückweg fahren wir noch mal an einem Schießstand vorbei. Ich habe es jetzt schon fast drauf, nächste Woche werde ich den Waffenschein beantragen.«

»Du willst uns doch wohl keine Pistole ins Haus holen?«

»Mal sehen.«

»Wie gehts Erik?«

»Super. Wir wechseln uns mit der Betreuung ab, sodass ich genügend Schlaf bekomme. Zu Hause ist alles in Ordnung?«

»Nicht ganz. Carl und ich hatten wieder Streit, aber das kann ich dir später erzählen. Ich möchte dir den schönen Tag nicht vermiesen.«

Von dem Mann mit dem Fernrohr erzählte ich nichts. Das hatte Zeit, bis sie zurück war, wenn Steve sie bis dahin noch nicht darüber informiert hatte. Ich verkniff es mir auch, sie über Carls Pläne aufzuklären, Steve über Weihnachten nach Schweden mitzunehmen. Ich hoffte sehr, er würde seine Meinung noch ändern.

Etwas später fuhr ich dann doch noch mal kurz ins Büro, weil es mir im Haus zu einsam wurde. Und ich wollte Carl von dem Spion am Strand erzählen. Ich hatte mich gerade in den Wagen gesetzt, da bekam ich eine SMS von ihm.

Kommst du heute noch ins Büro?

Ich überlegte. Es war ja nie verkehrt, plötzlich unangemeldet aufzutauchen.

Ist es okay, wenn ich erst morgen komme?

Sekunden später war die Antwort da.

Völlig okay, entspann dich. Bis morgen.

Anstatt den Motor anzulassen, stieg ich wieder aus und ging zum Strand zurück. Die wilde Küstenlandschaft war verlockend. Der Wind hatte zugenommen und peitschte nun immer höhere Wellen auf den Strand. Weit draußen auf dem Meer bildeten sich riesige, tiefgraue Wolkenberge. Ein Schwarm Möwen tauchte aus dem Nichts auf und segelte über meinem Kopf davon. Eine flog ganz tief und kreischte mich an. Reflexartig wich ich in Richtung Wasser aus und holte mir beinahe nasse Füße. Die Möwen flatterten wieder davon. Ein Surfer tauchte mit seinem schwarzen Tauchanzug auf, als sei er ein Hai aus der Tiefe des Meeres. Ein anderer lag auf seinem Brett und paddelte mit voller Kraft zur nächsten

Welle. Nur einen Meter von dem sprudelnden Schaum, den die gewaltigen Wellen schlugen, entfernt, schwamm ganz viel Treibholz. Ein paar Seevögel stolzierten darauf herum und stöberten mit ihren langen Schnäbeln nach etwas Essbarem.

Mir schossen Tränen in die Augen, und ich hatte unentwegt die Haare im Gesicht – vom Wind. Doch meine Gedanken klärten sich allmählich, in meinem Kopf wurde es stiller. Endlich ging nicht mehr alles durcheinander. Carls SMS gab mir zu denken. **Entspann dich.** Er hatte die Antwort postwendend geschrieben – als hätte er darauf gehofft, dass ich nicht käme.

Im Laufschritt machte ich mich zum Auto auf. Ein einziger Gedanke beherrschte mich, während ich in die Stadt fuhr. Ich konzentrierte mich darauf, ruhig zu bleiben, auch nicht zu schnell zu fahren. Trotzdem stand ich unter Strom. Das Misstrauen lag mir wie ein Stein im Magen.

Als ich ins Büro kam, war ich richtig außer Atem. Evas Wagen stand auf dem Parkplatz. Der Stein wurde schwerer. Der Himmel hatte aufgeklart, doch hier in der Stadt war die Luft so schwül, dass sich die Feuchtigkeit auf meinem Gesicht niederschlug. Es war stickig. Jetzt wäre ein reinigendes Gewitter nötig gewesen, sowohl für die Natur als auch für mich.

Ich spielte mit dem Gedanken hinaufzugehen. Einfach hineinzuplatzen und zu sehen, was die beiden da trieben. Ich hätte ja erklären können, dass ich noch eine Klientin anrufen oder eine Rechnung überweisen musste, irgendwas wäre mir eingefallen. Aber ich war erschöpft und unter Hochspannung zugleich – eine ungünstige Kombination. Mein Körper meuterte, ich brachte es nicht über mich hineinzugehen. Stattdessen suchte ich mir einen Platz im Café gegenüber. Ich bestellte mir eine Tasse Kaffee und setzte mich in eine etwas dunklere Nische. Dann nahm ich das Smartphone in die Hand und starrte auf die App, die mit dem Babyfon verbunden war. Zuerst brachte ich es nicht über mich, sie zu aktivieren, ich starrte sie einfach nur an. Ich war mir so sicher, was ich zu sehen bekäme. Doch dann berührte ich das Icon kurz mit der Fingerkuppe. Im nächsten Moment öffnete sich die App, und unser Konferenzzimmer erschien auf dem Display. Überraschenderweise war es leer. Und ich war mir so sicher gewesen! Dann atmete ich erleichtert auf.

Zum ersten Mal seit Langem bekam ich Zweifel an meiner Intuition, ein Hoffnungsschimmer tat sich auf.

27

Eva

Eva kann die Ausdauer eines Mannes beim Sex daran ablesen, wie lange er es in ihrer Nähe aushält, ohne eine Erektion zu bekommen. Eigentlich interessiert sie das gar nicht besonders. Aber in den Jahren, in denen sie als Model gearbeitet hat, war sie ständig von sexhungrigen Männern umringt. Damals hat sie es einfach gelernt.

Carl hat den Test bislang mit Bravour bestanden. Aber gestern, als sie im Café saßen und sein Blick an ihren Oberschenkeln hängen blieb, hätte sie schwören können, dass er eine Erektion hatte. Seine fast unnatürlich ruhige Art konnte nicht darüber hinwegtäuschen, dass da ein Mahlstrom von unterdrückten Gefühlen sprudelte.

Eva fällt es nicht schwer, Männer zu dechiffrieren. Wenn sie den Blick zwanghaft von ihrem Körper abwenden, beim Reden den Faden verlieren oder vor lauter Druck breitbeinig dasitzen – genau dann ist es so weit, ihnen den Rest zu geben. Aber Carl entschlüsselt sie nur an seinen Augen. Er ist wie ein offenes Buch. Die letzte Hürde ist es, Alex loszuwerden, aber das wird ein Kinderspiel. In den letzten Wochen ist seine Freundin wutentbrannt wie ein Jo-Jo ins Büro rein- und dann wieder rausgerannt, geradezu pubertär.

Eva hat alles bis ins kleinste Detail geplant. Am Morgen hat sie ein Waxingstudio besucht. Sie hat es in dem Gefühl getan, dass Carl zu den Männern gehört, die einen glatten Venusberg lieben – das ist ästhetischer, und schließlich ist er ja Künstler.

Sie trägt einen engen Pullover mit einem Reißverschluss am Rücken, ohne störende Knöpfe. Dazu einen schwarzen Minirock. Weder BH noch Slip. Auf die Idee ist sie gekommen, als sie eine SMS gelesen hat, die Carl an Alex geschickt hat. Als er im Café zur Toilette ging, hatte er nämlich sein Handy auf dem Tisch liegenlassen. Im Handumdrehen hatte sie den Inhalt kopiert. Er geht mit seinem Smartphone äußerst schlampig um, lässt es überall liegen, muss es ständig suchen. Das passt zwar überhaupt nicht zu seinem Ordnungswahn, doch für Eva ist es ein Riesenvorteil. Heute Morgen hat sie eine SMS an Alex gelesen, die er vor Wochen an sie geschrieben hat. **Auf keinen Fall einen BH. Und lass den Slip bitte weg.** Wie albern und berechenbar. Aber gut, wenn Carl das anfixt, bitte sehr.

Eva betrachtet ihr Spiegelbild. Wäre sie jemand anders, würde sie sagen, die Frau im Spiegel sieht umwerfend aus. Jedes kleinste Haar sitzt. Die Abschürfungen an den Knien verheilen schon und werden blasser, ihre sündhaft langen Beine glänzen. In diesem Augenblick fühlt sie sich fast im Gleichgewicht.

Nur eines will ihr nicht aus dem Kopf – diese erniedrigende letzte Begegnung mit Axel. Ihr Leben lang hatte sie Männer um sich gehabt, die meinten, Macht über sie zu besitzen. Aber wenn sie an Axel denkt, schießen ihr Gedanken in den Kopf, wie sie sich für Ungerechtigkeiten und Erniedrigung rächen konnte.

Dann plötzlich lässt sie den Blick vom Spiegel ab. Etwas Sonderbares geschieht. Ihre Hände fangen an zu zittern. In ihrem Hinterkopf surrt es. Das Zittern setzt sich über die Arme fort. Im Spiegel sieht sie, wie sie die Hände vors Gesicht schlägt und mit einem Mal am ganzen Körper vibriert. Plötzlich sind da zwei Frauen, die Eva heißen. Eine, die weint, und eine, die dabei zusieht. Es kostet sie eine Riesenanstrengung, die weinende Eva zu beruhigen. Sie beißt sich auf die Lippe und krallt die Nägel in die Handflächen. Am Ende verschwindet die heulende, dumme Gans, und ihr richtiges Ich kehrt zurück. Sie wischt sich die Tränen aus dem Gesicht, korrigiert ihr Make-up und ist wieder nur sie selbst. Umwerfend. Aber so etwas darf ihr nicht noch einmal passieren. Sie muss Nils Wallin unbedingt dazu bringen, ihr stärkere Medikamente aufzuschreiben.

Als Eva Ash & Coals Büro betritt, ist Carl allein. Er wirft ihr einen flüchtigen Blick zu, als sei er gerade mit den Gedanken woanders. Er wirkt etwas mitgenommen.

Sie hat vor, ohne Umschweife zur Sache zu kommen.

»Carl, es gibt eines, worum ich dich bitten möchte, bevor wir über die Reise nach Schweden sprechen. Hast du ein paar Minuten Zeit?«

Er sieht kurz auf.

»Ja, sicher. Heute kommt niemand mehr.«

»Deine Assistentin auch nicht?«

»Sie ist nicht meine Assistentin, sondern Partnerin in der Agentur. Aber nein, sie hat frei.«

Er sieht angespannt aus. Vermutlich fliegen zwischen Alex und ihm die Fetzen.

»Habt ihr Stress?«, fragt sie.

»Ja, so könnte man sagen, aber darüber möchte ich nicht sprechen.«

»Tut mir leid. Sie macht so einen sympathischen Eindruck. Schade, dass sie nicht akzeptieren kann, dass du dich für ein so wichtiges Projekt engagierst. Möchtest du, dass ich mal mit ihr spreche und ihr unsere Art der Zusammenarbeit erkläre? Denn dieser Konflikt hat doch vermutlich mit mir zu tun, oder?«

»Nein, nicht nötig, Eva.«

»Ich möchte ihr nur klarmachen, dass ich keine Bedrohung für eure Beziehung darstelle. Sie kommt mir ein bisschen instabil vor. Emotional aus dem Gleichgewicht.«

»Vor einem Jahr hätte sie um ein Haar ihre Schwester verloren und vor Kurzem fast ihren Neffen«, erwidert er scharf.

»Ja sicher, das ist schrecklich. Vielleicht sollte sie eine Therapie machen. Irgendwann muss man die traumatischen Erlebnisse verarbeiten und das Kapitel abschließen.«

Eva merkt, dass ihr die Stimme versagt – und befürchtet, sie könnte zu weit gegangen sein. Aber ihm scheint die Kraft zu fehlen, ihr zu widersprechen.

»Worüber wolltest du sprechen?«

Sie zögert.

»Ich weiß nicht recht, wie ich es sagen soll, ohne dass es zwischen uns jetzt komisch wird. Versprich mir, es gleich auszusprechen, wenn du findest, dass ich eine Grenze überschreite.«

»Gut, jetzt lass hören.«

»Du weißt doch, dass ich Schlafschwierigkeiten habe. Und seit ich das Kapitel in deinem Buch über Berührung als Entspannungstherapie gelesen habe, reizt es mich, das auszuprobieren. Ich meine, mit dir.«

Wie eine Gewitterwolke zieht der Unmut über sein Gesicht.

»Seit meiner Kindheit fällt es mir schwer, Berührungen von Männern zu ertragen«, fährt sie fort. »Du kannst das sicher nachvollziehen. Aber dir vertraue ich. Es würde mir wahnsinnig viel bedeuten, es wenigstens einmal auszuprobieren.«

Er weicht zurück. Dieser Vorschlag ist ihm nicht geheuer.

»Entschuldige, wenn ich so direkt bin. Wenn das Alex gegenüber nicht okay ist, dann möchte ich auf keinen Fall ...«

»Ja, Alex bedeutet mir wahnsinnig viel. Ich würde unsere Beziehung niemals für ein Abenteuer aufs Spiel setzen.«

»Ich will mich da auch gar nicht zwischen euch stellen. Meine Idee war etwas ganz Unpersönliches. Wenn wir uns an die Anleitung in deinem Buch halten, wäre es doch okay, oder?«

Besonders der Teil, in dem beschrieben wird, dass die Zärtlichkeiten bei gegenseitigem Einvernehmen auch in ein Liebesspiel übergehen können.

Er hat den Blick abgewandt, sie kann seine Augen nicht sehen.

»Hast du eigentlich schon einmal etwas von einer orgasmischen Meditation gehört?«, fragt sie. »Eine Art Therapie, bei der ein fremder Mann die Klitoris einer Frau fünfzehn Minuten lang streichelt?«

»Ja.«

Kein Wunder. Ein Artikel darüber ist auf seinem Handy gespeichert.

»Völlig witzlos, finde ich«, fährt er fort.

»Da hast du vermutlich recht, aber das Prinzip an sich, nämlich durch Berührung zur Entspannung zu kommen, klingt für mich schlüssig. Was ich damit sagen will: Wir könnten es doch ausschließlich als Therapie betrachten.«

Seine Augen flackern unruhig hin und her. Sie spürt, wie er kämpft.

»Vielleicht könntest du das, als Psychologe, mal versuchen. Nur heute ... einmal. Mir zuliebe. Alex muss es ja nicht erfahren. Nur ein einziges Mal. Dann werde ich Ruhe geben.«

Carl ist durcheinander. Jetzt kommt es darauf an, jetzt muss sie seine Zweifel aus dem Weg räumen und auf eine Entscheidung drängen.

Sie legt ihm die Hand auf den Arm. Die Berührung ist diskret und sinnlich, dabei nicht zu intim.

»Habe ich unsere gute Zusammenarbeit jetzt ruiniert? Das will ich nicht hoffen.«

Doch er hört sie gar nicht. Sein Blick hängt an ihren Schenkeln und hat etwas Wirres, als er aufsieht und ihr in die Augen schaut.

»Man sollte eine gute geschäftliche Zusammenarbeit nicht mit etwas so Persönlichem vermischen«, gibt er zu bedenken.

»Soweit ich weiß, haben dich solche Überlegungen früher auch nicht abgehalten, du hast deine Theorien doch sicherlich an einer ganzen Reihe Frauen getestet, bevor du das Buch veröffentlicht hast.«

Er bleibt die Antwort schuldig, kann den Blick nicht abwenden.

»Ich habe gelesen, dass die Mehrheit der Frauen, die du behandelt hast, ihre Angststörungen losgeworden sind, oder zumindest haben sie nachgelassen.«

»Achtzig Prozent.«

Wie stolz kann man eigentlich sein, denkt sie genervt. Wie lange muss sie sein Ego noch mit Schmeicheleien füttern? Sie mag Sex nicht einmal besonders. Aber ihn ins Bett zu kriegen, ist entscheidend, wenn ihr Plan funktionieren und es mit Alex zum Bruch kommen soll. Wenn Carl und sie eine gemeinsame Zukunft planen wollen. Doch ihre schönen Worte werden es nicht allein bewerkstelligen. Sie hat noch eine andere Idee.

»Ich mache dir einen Vorschlag«, sagt sie. »Wir können das gestalten wie bei einer Massage. Ich trage heute keine Unterwäsche, denn ich mag dieses Gefühl von Freiheit, aber wenn ich mich jetzt einfach auf den Bauch lege und mir eine Decke über den Po ziehe, dann ist das doch eigentlich wie in einem Spa«, sagt sie hoffnungsvoll.

Er tut wirklich alles, um zu widerstehen, doch da geht ein Lächeln über sein Gesicht.

»Deine Verhandlungstaktik ist bewundernswert. Du bist eine hervorragende Geschäftsfrau, Eva, aber als Mensch vielleicht etwas verloren.«

Er streckt eine Hand aus und streichelt ihre Wange. Das ist das erste Mal, dass er zärtlich zu ihr ist, und sie muss selbst staunen, dass es sie rührt. Von der Wärme seiner Berührung bekommt sie weiche Knie. Sie schmiegt ihre Wange an seine Hand.

»Darf ich dir etwas zeigen?«, fragt sie.

Sie dreht sich um, sodass sie mit dem Rücken zu ihm steht. Langsam zieht sie ihr Shirt aus. Das Brandmal sitzt über dem Kreuz. Es ist groß, kein operativer Eingriff könnte die zerstörte Haut wiederherstellen. Das Symbol der Hölle, tief eingebrannt.

»Mein Gott!«, ruft Carl aus. »Hat er dir das angetan?«

Sie dreht sich wieder zu ihm um und sieht ihm ins Gesicht. Sein Blick ist voller Verachtung.

»Jetzt verstehst du es vielleicht.«

»Das ist ja schrecklich. Ich habe noch nie …«

»Gehen wir ins Konferenzzimmer?«

Er sagt kein Wort, aber sein Kopf deutet ein kleines Nicken an. Ohne eine Antwort abzuwarten, geht sie zielstrebig auf die Tür zu. Als sie im Flur seine Schritte hinter sich hört, geht ein Strahlen über ihr Gesicht.

28

Ich beschloss, die App noch ein bisschen länger im Auge zu behalten. Nur, um auf der sicheren Seite zu sein. Gerade als ich sie wegklicken wollte, registrierte ich eine Bewegung im Bild. Die Tür sprang auf.

Eva betrat den Raum. Sie bewegte sich graziös und benahm sich keineswegs wie eine Fremde. Carl erschien. Er legte ihr die Hände auf die Schultern und schob sie langsam zum Sofa. Die Tonqualität war mäßig, doch ich konnte hören, wie Carl sagte: »Versteh das jetzt bitte als Therapie.«

Ich sah das Display meines Smartphones nur noch wie durch einen Nebeltunnel. Mir wurde kotzübel, aber ich beherrschte mich und zwang mich hinzusehen.

Eva schlüpfte aus ihrem Pullover und ließ den Rock auf den Boden gleiten. Darunter war sie vollkommen nackt. Gazellenhaft stieg sie aus ihren Kleidern und platzierte sich bäuchlings auf dem Sofa. Carl legte ihr eine Decke über den Po. Er zog sich selbst einen Hocker neben das Sofa und schob ihr ein Kissen unter das Brustbein. Im Gegensatz zu ihr blieb er vollständig bekleidet.

Beim Anblick von Evas Körper, der elfenbeinweiß und leicht kurvig war, stockte mir der Atem, und ich fürchtete, dass dies der Auftakt zu einem Asthmaanfall war. Carl begann, sie mit den Fingerspitzen vom Nacken ausgehend zu berühren und bewegte sich den Rücken hinab. Am Kreuz hatte sie ein Zeichen, das wie ein großes, rundes Tattoo aussah. Er umkreiste es mit den Fingerkuppen mehrere Male. Sie tanzten über ihren Körper, langsam und vorsichtig.

Jetzt konnte ich den Blick nicht mehr von dem Display lassen. Ich hatte das Gefühl, kaum noch Luft zu kriegen, meine Lunge tat weh. Carl sagte etwas, was ich nicht verstand. Eva antwortete darauf, indem sie die Arme ausstreckte und er sie an den Seiten streichelte. Seine Finger liefen ihre Taille entlang und bewegten sich auch zu ihren wohlgeformten Pobacken. Nicht nur einmal.

Ich hörte mich selbst wimmern wie ein Tier. Aber was am allerschlimmsten war und bewirkte, dass ich doch zur Toilette rennen und mich übergeben musste, waren seine Worte am Anfang. *Versteh das jetzt bitte als Therapie.*

Liebkosungen, die nach und nach zum Sex führten, waren nach Carls Auffassung die beste Entspannungsmethode, das galt als seine Grundlage beim Therapieren von Angststörungen, und bei mir hatte es ja bereits funktioniert. Genau auf diese Art hatte er mich auch verführt. Seine fantastischen, magischen Hände hatten mich wieder geerdet, meinen Körper, meinen Herzschlag, mein Recht auf Leben, trotz der Hölle, die ich durchmachte. So hatte alles begonnen.

Noch im Frühjahr hatte er mir hoch und heilig versichert, dass er diese Art Therapie mit niemand anderem als mit mir durchführen würde. Aber nun flätzte sich Eva auf dem Sofa, und seine Finger tanzten über ihre zarte Haut. Es war unerträglich. Fast wäre es besser gewesen, wenn sie direkt losgevögelt hätten.

Da ich an diesem Tag noch nicht viel zu mir genommen hatte, spuckte ich vor allem Galle. Die Wände der Toilette schienen mich zu erdrücken. Jetzt musste ich schnell eine Entscheidung treffen, welche auch immer, sonst würde ich durchdrehen. Eine Stimme in meinem Hinterkopf übernahm das Kommando. *Es ist noch nicht zu spät, ihnen die Tour gründlich zu vermasseln.*

Ich sprang auf. Das Blut rauschte in meinem Kopf, und mir wurde schwindelig. Ich spülte mir den Mund mit Wasser aus, zog meine Kleider wieder gerade und rannte aus dem Café, quer über die Straße zum Hauseingang. Als ich die Treppe hinauf spurtete, hatte ich das Gefühl, nie anzukommen, doch mit einem Mal stand ich vor unserem Büro. Die Tür war abgeschlossen. Das war nicht üblich, wenn wir da waren. Als ich aufschließen wollte, fiel mir der Schlüsselbund runter. Dann stürmte ich wie von Sinnen hinein, stolperte über den Teppich und schlug mit den Knien auf den Boden. Evas aufdringliches Parfüm lag in der Luft. Als ich wieder aufstand, fiel mein Blick direkt auf das Bild *Alex*, das am Empfang an der Wand hing. Instinktiv nahm ich es ab.

Als ich die Tür des Empfangsraumes aufriss, lagen Carls Hände gerade auf Evas Oberschenkeln. Erst jetzt konnte er mich hören.

Und mein Auftritt war von dermaßen starkem Lärm begleitet, dass Carl sofort erschreckt von seinem Hocker hochsprang. Er starrte mich an und wurde schlagartig leichenblass. Die Scham und der Schock standen ihm ins Gesicht geschrieben. Dann schoss ihm das Blut in die Wangen und färbte sie knallrot.

Eva machte keine Anstalten, ihren nackten Körper zu bedecken. Sie setzte sich auf. Ihre hellgrauen Augen verfolgten Carl und mich ganz genau, und mich sah sie siegesgewiss an, um zu demonstrieren, dass sich die Machtverhältnisse soeben geändert hätten.

»Mit diesem Besuch reiche ich ganz offiziell meine Kündigung ein«, sagte ich zu Carl, holte aus und donnerte ihm das Bild gegen den Brustkorb.

Dann stürmte ich wieder hinaus und stolperte fast ein zweites Mal. Kurz darauf saß ich wieder im Auto. Mein Herz raste wie verrückt, mein Gesicht fühlte sich wie eine glühende Maske an. Das Schweigen war erdrückend. Nicht auszuhalten. Als hätte eine höhere Macht bestimmt, dass das Leid des letzten Jahres noch nicht genug gewesen sei. Offenbar sollten die Katastrophen in meinem Leben kein Ende nehmen.

Ich beschloss, erst einmal die Zähne zusammenzubeißen und aus der Stadt rauszufahren, bis ich an einem Ort ankam, wo ich meinen Gefühlen freien Lauf lassen konnte. Ich ließ den Motor an, und ein nerviges *pling, pling, pling* erinnerte mich daran, den Gurt anzulegen.

Auf der Fahrt verfolgten mich wirre, finstere Gedanken. Ich malte mir aus, wie ich mich an Eva rächen, sie sogar aus dem Weg räumen könnte. Da erschrak ich über mich selbst. Wozu war ich eigentlich fähig?

Von der Straße aus hatte ich nun endlich einen Blick aufs Meer. Es fing schon an zu dämmern. Die letzten Sonnenstrahlen tanzten auf der Wasseroberfläche. In der Regel kam ich zur Ruhe, wenn die Sonne unterging, an diesem Tag jedoch nicht. Die Wolken, die sich vom Festland zurückgezogen hatten, rotteten sich rund um die Sonne zusammen – dick, schwer, bedrohlich und stechend kupferrot. Nie zuvor hatte ich einen Sonnenuntergang als beängstigend empfunden.

Etwa einen Kilometer vor unserem Haus bog ich ab und fuhr zum Strand. Mit viel zu hoher Geschwindigkeit steuerte ich den Wagen auf ein zugewuchertes Feld, sodass er einen Satz machte und krachend wieder landete. Der Motor stotterte und ging aus. Alles verstummte, bis auf das Säuseln des Windes und das gleichmäßige Ticken des Blinkers. Ich schaltete die Zündung aus und sackte über dem Lenkrad zusammen. Inzwischen war es dunkel geworden. Dunkelheit machte mir nichts aus. Das grelle Licht im Büro hingegen schon. Verzweifelt hämmerte ich mit den Fäusten aufs Armaturenbrett, bis ich vor Schmerz die Arme sinken ließ.

Der Wind war stärker geworden, sodass die Gräser fast horizontal auf dem Feld lagen. Ich fragte mich, ob ich Carl jetzt zum letzten Mal gesehen hatte. Seine Worte *Versteh das jetzt bitte als Therapie* klangen noch in mir nach und nahmen mir die Luft zum Atmen. Der Anblick von Evas nacktem Körper hatte sich in meinem Hirn eingebrannt, ich wurde das Bild nicht mehr los.

Betrogen zu werden, tut immer weh, aber so wie Carl es getan hatte, war es unerträglich. Er hatte mich aufgelesen, als ich völlig am Boden zerstört gewesen war, und mich ein halbes Jahr lang vor der Sekte beschützt. In einer eiskalten Winternacht hatte er sein Gewehr genommen und war in den Wald marschiert, um Dani und mir das Leben zu retten. Die Verbindung zwischen uns war wie eine Nervenbahn, die jetzt so plötzlich gekappt wurde, dass ich es einfach nicht aushielt.

Über dem Feld hörte ich schrilles Vogelgeschrei, vermutlich von einer Krähe oder einer Elster. Da erst begriff ich, dass ich hier draußen ganz einsam und allein war, doch das machte mir im Augenblick nichts aus. Ich hätte genauso gut auf einem anderen Planeten sein können. Angst hatte ich nur vor dieser unermesslich großen Trauer. So viel Schmerz war gar nicht auszuhalten.

Ich öffnete die Fahrertür und ließ etwas kühle Luft hinein. Im nächsten Moment schrie ich einfach los. Mein Schrei klang unheimlich und war widerwärtig schrill. Wie konnte eine menschliche Kehle solche Geräusche fabrizieren? Ich klang wie ein Beutetier, das gerade von einem Jäger in Stücke gerissen wird. Doch als mein Schrei verklungen war, klaffte die Leere wie ein tiefes Loch. Als ich erneut ansetzte zu brüllen, verlor sich meine Stimme im Wind. Ich wusste, dass es mir helfen würde, noch einmal zu schreien, nur noch ein einziges Mal, aber im Grunde meines Herzens war mir klar, dass ich schreien konnte, so viel ich wollte, es würde nie genug sein.

Ich nahm das Smartphone aus meiner Tasche und öffnete die App, um nachzusehen, ob Eva und Carl noch immer im Konferenzzimmer zugange waren, doch der Raum war jetzt leer. Auf dem Display leuchtete Carls Name auf. Da erst bemerkte ich, dass er meine Nummer schon elf Mal gewählt hatte, doch ich hatte mein Handy auf lautlos gestellt. Ich drückte ihn weg. Immer wieder. Doch schließlich ging ich ran, aktivierte den Lautsprecher und platzierte das Handy auf dem Beifahrersitz.

»Sag nicht, dass das nur Therapie war!«, schrie ich. Meine Stimme überschlug sich.

Carl schien es die Sprache verschlagen zu haben. Zuerst hörte ich ein lang anhaltendes Räuspern, dann einen erstickten, stotternden Laut, und in diesem Augenblick merkte ich, dass er weinte. Ich sagte nichts. Worte konnten jetzt nichts mehr ändern. Ich hielt es nicht aus, ihn so zu hören, und drückte das Gespräch weg. Die Stimme in meinem Hinterkopf sprach eine deutliche Sprache: *Jetzt ist es vorbei.*

Da tauchten die Lichtkegel von Autoscheinwerfern hinter mir auf.

Ich stieg aus und hielt mir die Hand über die Augen, um in dem blendenden Licht etwas erkennen zu können. Es war Steves Wagen. Dani riss die Tür auf und kam wie ein Reh über das wild zugewachsene Feld gesprungen. Sie schloss mich sofort in die Arme und ließ mich einfach nur heulen, verkniff sich jede Art von Frage. Mir versagten die Beine, ich ließ mich aufs Gras fallen. Dani setzte sich zu mir und legte den Arm um mich. Ich hob den Kopf und spürte jetzt den Wind, der mir ins Gesicht peitschte. Doch mit ihm drangen Hunderte verschiedene Düfte vom Wald, vom Feld und vom Meer in meine Nase. Der Himmel war jetzt klarer und zu einer schwarzen Kuppel geworden, an der die Wolkenfetzen immer wieder den Mond verdeckten. Die Sterne waren außerordentlich klar und warfen ein Licht – es sah aus, als würde der Himmel ins Meer hinabgleiten.

Ich lehnte meinen Kopf an Danis Schulter und schluchzte, bis es so kalt wurde, dass wir uns in mein Auto setzen mussten. Steve saß noch in seinem Wagen und wiegte Erik im Arm.

»Wirds ein bisschen besser?«, fragte Dani.

»Bisschen.«

Was für eine Lüge. Nichts war gut, daran war gar nicht zu denken.

»Woher wusstest du, dass du mich hier findest?«, fragte ich mit zittriger Stimme. »Hast du es gespürt?«

»Nein, wir waren gerade auf dem Heimweg, und da habe ich deinen Wagen auf dem Feld stehen sehen. Mir ist das Herz in die Hose gerutscht, ich dachte, du hast einen Autounfall gehabt. Jetzt erzähl mal, was ist passiert? Es ist was mit Carl, stimmt's?«

Unter Schluchzen berichtete ich ihr, was sich bei uns im Büro abgespielt hatte.

»Da fehlen mir echt die Worte«, sagte Dani. »Das ist wirklich ganz mies.«

»Er hat mich bestimmt schon hundertmal angelogen. Als ich in den Raum kam, lagen seine Hände auf ihren Schenkeln. Er brachte keinen Ton heraus, hat mich nur angestarrt wie ein Blödmann.«

»Okay, damit hat er jetzt eine Grenze überschritten. Erst habt ihr pausenlos Streit und nun noch so was. Du musst dir eine Auszeit nehmen und ein bisschen Abstand gewinnen. Du bist ja völlig am Ende, Alex.«

»Obwohl er geweint hat, als er gerade am Telefon war. Er hat kein Wort herausgebracht.«

»Das ändert nichts an der Sache.«

»Stimmt.«

»Aber wenn du mit ihm Schluss machst, dann hat Eva freie Bahn.«

»Das Risiko muss ich in Kauf nehmen. Wenn er sich für sie entscheidet, dann ist das eben so. Er hat die Wahl.«

Danis Gesicht wurde ernst, als suchte sie angestrengt nach einer Lösung. Sie schob einen Finger in meine Haare und begann, eine Strähne um ihn zu wickeln.

»Vor einem Jahr bin ich mir sicher gewesen, dass ich dich nie wiedersehen würde«, sagte sie. »Dass wir jetzt hier zusammen sind, Alex! Beide am Leben! Ich habe dich wahnsinnig lieb. Und ich verspreche dir, ich werde immer für dich da sein.«

»Ich hasse ihn. Am liebsten würde ich ihm den Schwanz wegschießen.«

»Das könnte ich schon bald für dich erledigen. Mittlerweile kann ich nämlich ziemlich gut mit Pistolen umgehen. Komm, lass uns nach Hause fahren. Wir machen es uns heute Abend schön zusammen.«

Ich kämpfte gegen das Chaos in meinem Kopf, bis ich wusste, was zu tun war.

»Okay, aber eins muss ich erst noch erledigen.«

Ich holte mein Handy aus der Tasche und schrieb eine SMS an Carl.

Es ist aus zwischen uns. Ich werde nicht mehr ins Büro zurückkommen. Nimm dich vor Eva in Acht. Mit ihr stimmt was nicht.

Mein Magen krampfte sich zusammen, als ich die Nachricht abschickte.

Auf der Stelle hatte ich ein Gefühl, als würde etwas in mir sterben.

Dann zwang ich mich noch, Carls Nummer zu blockieren und ihn aus meinen Kontakten zu löschen. Bei alledem wusste ich nicht, was als Nächstes geschehen würde, was ich jetzt anfangen sollte. Aber eines wusste ich ganz sicher. Ohne Carl würde mein Leben zu einem einzigen Kampf ums Überleben werden.

29

Eva

Nur mit halbem Ohr hört sie die Anweisungen des Navi. Ihre Gedanken sind bei Carl. Er war völlig verstört, als Alex überraschend hereinkam, wie merkwürdig. Höflich, aber bestimmt hatte er Eva nach Hause geschickt – immer diese verflucht höfliche Art! Das hat sie ziemlich verunsichert, doch innerhalb von Stunden hatte sich auch dies geregelt.

Als sie ihn später am Abend anrief, kam die Freudenbotschaft. »Alex und ich haben eine Auszeit vereinbart«, sagte er. »Besser gesagt, sie hat eine Auszeit von mir gewünscht. Aber ich werde die Arbeit an unserer Reportage fortsetzen.«

Er klang zwar deprimiert, doch seine Entscheidung stand fest. Und sie hatte schon einige Ideen, wie sie ihn wieder aufmuntern könnte.

»Das klingt vernünftig«, erwiderte sie. »Findest du nicht, dass ihre Reaktion etwas übertrieben war? Es war doch eine Therapiesitzung, so was müsste sie doch kennen?«

»Ganz so einfach ist das nicht«, murmelte er.

»Vielleicht müsstest du es ihr in Ruhe erklären. Sie tut mir wirklich leid, sie war ja ganz außer sich.«

Der gute alte Trick. Mitleid mit der Rivalin. So zieht man sie ins Lächerliche. *Die Arme.*

»Das würde sie nur für eine Ausrede halten«, erwiderte er. »Du kennst Alex nicht.«

»Vielleicht musst du sie loslassen. Manchmal ist das die beste Lösung.«

»Jetzt lassen wir es damit mal gut sein. Wann wollen wir nach Schweden fahren?«

Nach diesem Gespräch rief sie Axel an. Seine Stimme wurde butterweich, als sie berichten konnte, dass Carl und Alex ihre Beziehung beendet hätten. Eine Stunde später rief er zurück und bestellte Eva zu einem letzten Treffen vor der Reise ein – zu einer Zusammenkunft in den Bergen auf der anderen Seite der Golden Gate Bridge.

Und dorthin begibt sie sich jetzt.

Sie hat keine Kenntnis darüber, wie diese Männer organisiert sind. Sie weiß nur, dass sie sich früher in einer Kirche in Schweden versammelt haben. Sie ist neugierig auf den Ort, an dem sie sich hier in Kalifornien treffen. Am meisten freut sie sich aber darauf, all ihre Gespräche aufzuzeichnen.

Heute ist sie gut drauf – beschwingt und frei, als flöge sie mit dem Wind. Um zum Treffpunkt zu gelangen, fährt sie eine lange Strecke auf einer engen, kurvenreichen Straße an einer Steilküste entlang. Direkt neben ihr stürzen die Felsen ins Meer. Es ist eine Landschaft mit sanften Bergzügen, umrahmt von einer felsigen, zerklüfteten Küste. In der Ferne zeichnet sich der Umriss der Golden Gate Bridge ab. Gleich werden die Nebelschwaden die Stadt ganz geschluckt haben, aber oben im Gebirge ist strahlender Sonnenschein. Mit nasaler Stimme klingt es aus dem Navi: *Sie haben Ihr Ziel erreicht. Das Ziel liegt rechts.*

Der Ort befindet sich auf einer Anhöhe. Außer einem Eichenwäldchen ist da nichts. Ihr wird doch niemand eine Falle gestellt haben? Oder wollen die Männer sie in Wirklichkeit umbringen und in die Schlucht werfen?

Sie schafft es gerade noch rechtzeitig, die Aufnahmefunktion ihres Smartphones zu aktivieren und es in ihrer Handtasche zu verstauen, da taucht auch schon Axel auf. Er geht auf ihren Wagen zu und öffnet ihr die Tür.

»Hallo Eva, heute sind wir mal an einem ganz besonderen Ort«, begrüßt er sie feierlich. »Sehen Sie sich um.«

Sie lässt ihren Blick über die Felder und Berggipfel schweifen. Neben vereinzelten Baumgruppen besteht die Vegetation aus verdorrtem Buschwerk und Gräsern. Aber mit dem azurblauen Meer zu ihren Füßen ist die Aussicht atemberaubend schön.

»Da drüben liegt Hawk Hill«, sagt Axel und zeigt auf einen Gipfel. »Es ist kein Zufall, dass wir hier zusammenkommen. Von August bis Dezember versammeln sich hier Tausende von Adlern, Falken, Habichten und Fischadlern. Dieser Berg ist der Brutplatz für die größte Raubvogelkolonie an der gesamten Pazifikküste. Falken und Habichte vermeiden es in der Regel, über das offene Meer zu fliegen, wo nur selten Aufwind ist – aber die starken Seewinde in den Bergen helfen ihnen beim Abheben.«

Eva versteht kein Wort von dem, was er da spricht – sind diese Typen denn Ornithologen? Er scheint richtig fasziniert zu sein, seine Augen leuchten. Dann geleitet er sie zu einem Gehölz hinauf, aus dem die Sonne diesen typischen Geruch nach Holz und Harz hervorlockt. Als sie in den Schatten der Bäume kommen, wird die Luft angenehm kühl. Vor ihnen liegt eine Anhöhe, in der, etwas versteckt hinter dem Grün, eine schwere Eisentür zum Vorschein kommt.

Axel lacht auf.

»Da staunen Sie, nicht wahr? Das ist ein Bunker. Alle mächtigen Ordensgemeinschaften verfügen über solche Räumlichkeiten. Zurzeit gehört er uns. Immerhin hat sich unser Orden vor mehr als fünfzig Jahren genau hier in Kalifornien gegründet. So, jetzt werden wir Ihnen unser Reich mal vorführen.«

Er öffnet die Tür, und sie blicken auf eine Treppe. Die Stahlwände reflektieren das Sonnenlicht, doch als Axel die Tür wieder schließt, wird es stockdunkel. Er nimmt sie an die Hand und lotst sie die Treppe hinauf. Hinter der letzten Stufe kommt die nächste Tür, die er ruckartig öffnet. Sie treten ein. Eva starrt wie gebannt auf den Raum, der vor ihr erscheint. Der Boden ist aus Marmor, die Wände bestehen aus Stahl. Eine massive Steindecke wird von Marmorsäulen gestützt. Durch ein riesiges Fenster in der Mitte ist der Raum lichtdurchflutet, und die Grenze zwischen drinnen und draußen verwischt. Über ihnen wiegen sich die Bäume im Wind und werfen ihre Schatten auf den Boden. Mittig im Raum befindet sich eine große Skulptur, die einen Falken darstellt. Außer einem massiven Holztisch und den dazugehörigen Stühlen ist der Raum unmöbliert. Er strahlt etwas Zeitloses aus und versprüht ein Flair von Reichtum und Macht.

Um den Tisch sitzen bereits Männer und erwarten sie. Sie tragen weiße Kutten, die Eva so eindeutig an die Kleider des Ku-Klux-Klans erinnern, dass ihr ein Schauer über den Rücken läuft. Was machen diese alten Männer denn nur hier, mitten in der Einöde? Und noch viel wichtiger – was wollen sie von ihr?

Hinter den Männern nimmt Eva eine Bewegung wahr. Ihr Blick fällt auf einen Raubvogel, der an einen Holzpflock gekettet ist. Er nimmt sie mit seinen gelben Augen ins Visier. Ihr wird ganz mulmig zumute, ihr Mund wird trocken.

»Na, was sagen Sie zu unserer Residenz, Eva?«, fragt Axel.

»Umwerfend«, antwortet sie.

»Wir planen, über diesem Raum eine Kirche zu errichten, die eigens nach unseren Bedürfnissen entworfen wird, ganz nach unseren Vorstellungen von Design. Aber das ist noch Zukunftsmusik. Jetzt befassen wir uns erst einmal mit dem, was als Nächstes ansteht.«

Axel stellt ihr die Herren, die um den Tisch sitzen, vor.

»Dough Marwood kennen Sie vermutlich, Eva?«

Selbstverständlich. Den abgehalfterten Filmstar, der einige erfolgreiche Western gedreht hat, erkennt sie auf Anhieb, auch wenn er eine dunkle Sonnenbrille und einen ellenlangen Bart trägt.

»Dough ist unser neuer Meister. Mit Ihrem Einsatz ist er bislang sehr zufrieden.«

Marwood nickt, reicht ihr zur Begrüßung aber nicht die Hand.

»Nett, Sie kennenzulernen«, sagt er stattdessen mit einer kratzigen, energischen Stimme.

»Und Aaron Eastman ist Filmproduzent und wird das Kamerateam managen, das Sie nach Schweden begleitet.«

Auch ihn sieht sie nicht zum ersten Mal. Ein Hollywoodregisseur, der mit seinen Actionfilmen berühmt geworden ist. Man sagt, er sei steinreich und besitze in den USA einige Medienkonzerne. Er betrachtet Eva emotionslos, hält ihr aber immerhin die Hand hin. Ihre zarten Glieder verschwinden in seiner kräftigen Faust.

Ein jüngerer Mann mit blondem Buzzcut lehnt vor einer Wand und mustert sie gründlich. Ihn erkennt sie sofort. Das ist der Mann auf dem Werbeschild vor dem Gelände von Sanctum in Arjeplog. Äußerlich wirkt er zwar ziemlich professionell, doch sie kann ahnen, dass er ein neureicher Chauvi ist. Als er sie ansieht, hat sie den Eindruck, dass auch er sie erkennt.

»Und hier ist unser jüngstes Mitglied, Adam Wahlberg. Ihm haben wir zu verdanken, dass wir mit Ihnen in Kontakt kamen. Er ist für Sanctum verantwortlich und hat eine ganze Reihe wichtiger Projekte unter seinen Fittichen.«

»Und Thomas kennen Sie ja bereits«, beendet Axel seine Vorstellungsrunde und nickt zu dem Mann hinüber, den sie nur noch Bulldogge nennt, seit sie ihn vor ein paar Wochen in diesem Restaurant kennengelernt hat. »Er ist unser Sicherheitsexperte.«

Bulldogge gähnt. Er ist der Einzige, der keine Kutte trägt, und erweckt den Anschein, nicht richtig dazuzugehören. Aus Evas Sicht ist er die Achillesferse der Ordensgemeinschaft – und die wird sie nutzen, sobald sich ihr eine Gelegenheit bietet.

Das ist also der Kopf der Sekte: abgetakelte Promis und aufgeblasene Geschäftsleute. Aber ihr ist klar, dass diese Männer dennoch über eine enorme Macht verfügen. Axel hat ihre Namen genannt. Eva hofft inständig, dass das Handy funktioniert und alles mitschneidet.

»Wir waren der Ansicht, dass jetzt der richtige Zeitpunkt gekommen ist, um Sie über die Ziele unseres Ordens aufzuklären«, sagt Axel. »Nehmen Sie Platz.«

Sie lässt sich auf einem Holzstuhl zwischen Marwood und Eastman nieder, zupft ihren Rock zurecht und befeuchtet nervös die Lippen.

»Unsere Vereinigung hat sich gegen Ende der Sechzigerjahre in Haight Ashbury in San Francisco gegründet«, begann Axel zu erzählen. »Zu einer Zeit, als das Gesindel und andere widerwärtige liberale Kräfte die Welt eroberten. Unser Ziel ist es, der Elite zu mehr Einfluss zu verhelfen und den Abschaum zu beseitigen, der ausschließlich von den Erfolgreichen in der Gesellschaft schmarotzt. Wir besitzen ein Netzwerk rund um den Globus. Uns gibt es überall. Dough und Aaron sind Gründungsmitglieder. Wie bei einigen anderen auch ist die Mitgliedschaft meines Vaters auf mich übergegangen. Diejenigen, die hier heute anwesend sind, sind mit dem Auftrag betraut, den Sie vor Ort ausführen werden. Ohne weitere Details zu nennen, begreifen Sie wohl, dass wir über weitreichenden Einfluss verfügen.«

»Ja, das habe ich verstanden«, erwidert sie. »Das spürt man gleich.«

»Was halten Sie denn von dem Gesindel, Eva?«, fragt Marwood. »Von diesen widerlichen Parasiten und Kakerlaken, die auf Kosten ihrer Mitmenschen leben?«

»Die sind eine echte Plage. Für solche Menschen habe ich nichts übrig.«

Marwood nickt.

»Es ist eine Ausnahme, dass sich die Führungsriege des Ordens außerhalb der offiziellen Termine versammelt«, erklärt Eastman. »Die meisten Dinge delegieren wir. Aber dieses Vorhaben liegt uns besonders am Herzen, daher nehmen wir uns jetzt persönlich für Sie Zeit. Nur wenige Mitglieder sind mit dieser Mission betraut. Und wir wollen sichergehen, dass Sie die Bedeutsamkeit Ihres Auftrages vollumfänglich verstehen.«

»Das tue ich. Aber darf ich eine Frage stellen?«

»Sicher.«

»Wofür steht der Raubvogel?«

»Das ist ein Wanderfalke, unsere Ikone«, antwortet Axel. »Das schnellste Tier der Welt, es kann sich mit einer Geschwindigkeit von mehr als dreihundert Stundenkilometern auf seine Beute stürzen. Mit einem einzigen Schlag tötet er das Tier, wie eine lebendige Rakete. Mit anderen Worten: ein wahrer Supervogel.«

Sie fragt sich, ob sie sich verhört hat. *Supervogel?* Kein Wunder, dass die Welt kopfsteht, wenn solche beschränkten Typen über Macht verfügen. Die Fantasien, die ihr durch den Kopf geistern – nämlich welche Folgen es hätte, würde sie den Medien Informationen über diesen Orden zuspielen – halten ihre Nervosität unter Kontrolle.

»Und was ist das endgültige Ziel Ihrer Aktivitäten?«, fragt sie zaghaft.

Eastman lächelt geheimnisvoll.

»Was würden Sie sagen, Eva, wer sollte die Welt regieren?«

»Darüber habe ich ehrlich gesagt noch gar nicht nachgedacht.«

»Natürlich nicht. So ein hübscher Kopf ist auch nicht für so ernste Fragen gedacht.«

»Bald wird es in unserem Orden ein Kind geben«, sagt Marwood. »Ein Kind, das uns in die Zukunft führen wird, ins Licht. Das Kind wird hier aufwachsen, in der Nähe von Hawk Hill. Hier, an diesem Ort, geschieht nämlich genau das, was das Leben ausmacht: Flucht, Hunger, Jagd, Paarung.«

Das klingt völlig verrückt, doch bei diesen Worten macht er ein hochfeierliches, ein ernstes Gesicht. Mit Mühe gelingt es Eva, beeindruckt zu lächeln.

»Es gibt noch einen Grund dafür, dass wir Ihre Bekanntschaft gemacht haben«, sagt Marwood. »Wenn alles nach Plan läuft, werden Sie eine wichtige Rolle in der Zukunft des Kindes spielen.«

Das möchte Eva nicht hoffen. Mit Kindern kann sie nichts anfangen. Als sie das letzte Mal mit einem Säugling allein war, hat sie den Zwang verspürt, ihn mit einem Kissen zu ersticken. Sie hat ganz andere Zukunftspläne, und die haben überhaupt nichts mit diesen senilen alten Männern zu tun.

Doch dann folgt ein Augenblick, in dem es bei ihr *klick* macht. Wie Dominosteine, die einander anstoßen und ins Kippen geraten. Jetzt weiß sie, von welchem Kind sie sprechen.

Das erklärt alles. Warum die Brisell-Zwillinge so wichtig für die Männer sind. Warum Carl verreisen soll. Eva verspürt ein Gefühl von Triumph. Jetzt, da sie ihren Plan durchschaut, ist sie mit ihnen gleichgezogen. Die nächste Challenge dürfte darin bestehen, ihnen einen Schritt voraus zu sein. Sie mahnt sich selbst zur Vernunft. Das ist nur ein Spiel. Spiel mit, bis du sie überlisten kannst.

»Das klingt spannend und bedeutungsvoll«, beteuert sie.

Adam Wahlberg tritt aus dem Schatten.

»Entschuldigung, dass ich frage, aber woher wisst ihr, dass dieses Kind heilig ist?«, fragt er Marwood. »Soweit ich weiß, verspricht die Prophezeiung doch zwei gleiche Kinder. Jetzt gibt es aber nur eins.«

Marwood lächelt nachsichtig.

»Die Prophezeiung geht auf die griechische Mythologie zurück. Sie sagt vorher, dass eine Frau, die von einem Gott und Mann gleichzeitig befruchtet wird, Zwillinge zur Welt bringen wird, und dass eines der Kinder göttlich sein wird. Das Ritual ist bei der Zeugung dieses Kindes mustergültig durchgeführt worden. Deshalb nehmen wir an, dass das heilige Kind einfach mehr Platz im Mutterleib benötigt haben wird und das andere, schwächere Kind verdrängt hat. Zu Beginn ihrer Schwangerschaft hatte die Frau nämlich eine Zwischenblutung. Das Kind ist der Nachfahre unseres vorherigen Meisters, und unter seiner Herrschaft hat sich unser Orden hervorragend entwickelt. Außerdem handelt es sich bei dem Baby um einen Jungen, was wir als ein gutes Zeichen werten. Auf ihm liegt all unsere Hoffnung. Aber jetzt sollten wir ihn schnellstmöglich dem Einfluss seiner gewöhnlichen Mutter entziehen.«

Adam Wahlberg scheint nicht besonders überzeugt zu sein, doch er hält den Mund.

»Wie läuft es in der Sache eigentlich?«, fragt Eastman und wendet sich Thomas zu.

»Vollkommen planmäßig«, antwortet er. »Es ist nur noch eine Frage der Zeit.«

»Also«, sagt Marwood und sieht Eva an. »Für Ihre Reise mit Carl Asher ist alles vorbereitet. Thomas hat eine ansehnliche Summe Geld auf Ihr Konto überwiesen. Haben Sie noch Fragen?«

Sie muss die Männer zum Reden bringen, damit sie noch mehr von ihren verrückten Ideen preisgeben.

»Darf ich fragen, was dieses Kind erreichen soll, was Sie nicht selbst können? Sie scheinen doch über sehr viel Macht zu verfügen.«

Marwood beugt sich zu ihr, und zwar so dicht, dass sie aufschreckt. Die Iris seiner Augen ist goldbraun, so etwas hat sie bislang nur bei Raubtieren gesehen. Sie befürchtet, eine Grenze überschritten zu haben, doch er sieht sie milde an.

»Ist Ihnen jemals der Gedanke gekommen, Eva, dass man einen Anführer braucht, der übermenschliche Kräfte hat und glasklar denken kann, um die Welt zu verändern? Sie haben doch sicher die Bibel gelesen?«

»Ja, natürlich.«

Und das ist nicht mal gelogen. Jedes verfluchte Wort. Gezwungenermaßen.

»Dann wissen Sie ja auch, dass der Glaube an einen Führer, der seine Kraft von Gott erhält, uralt ist. Aber auch jüngere Philosophen wie Nietzsche und Ayn Rand haben in ihren Werken die Auffassung vertreten, dass die Gesellschaft von kreativen, intelligenten und verantwortungsbewussten Individuen geführt werden muss, nicht von Idioten, die kaum des Lesens und Schreibens mächtig sind. Der Zeitpunkt, zu dem das Kind auf die Welt gekommen ist, war genau der richtige.

Wir Älteren, die den Orden gegründet haben, gehen langsam auf das höhere Alter zu. Was wir brauchen, ist frisches Blut.«

Er spricht Eva wie ein Meister seinen Lehrjungen an, fast herablassend. Das ist ihr unangenehm. Aber immerhin unterhält er sich überhaupt mit ihr. Und ihr Handy nimmt hoffentlich alles auf.

»Ich dachte, die Menschen, die gläubig sind, stützen sich immer auf die Bibel«, sagt sie. »Sind Sie denn Christen?«

»Nein, nicht mehr. Auch wenn viele von uns aus christlichen Familien stammen, haben wir unsere eigene Lehre erschaffen, die nur marginal mit dem Christentum verwandt ist. Wir haben etwas gesucht, das kraftvoller war. Als sich unser Orden gegründet hat, hat die Welt am Rande des Abgrunds gestanden.«

Sie schaudert. Die Sonne scheint nun direkt durch das Dachfenster und schafft mit ihren wärmenden Strahlen eine angenehme Atmosphäre, einen Kontrast zu der unheilvollen Stimmung in diesem Bunker. Die Kutten, der maskuline Duft, der von den Männern ausgeht, ihr Größenwahn – das alles ist so gruselig, dass Eva nicht wohl dabei ist. Doch da fällt ihr auf, dass die Männer offenbar kein Fünkchen Misstrauen ihr gegenüber hegen. Sie glauben vermutlich, dass sie viel zu einfältig sei, um ihre Bedeutung anzuzweifeln. Zu verzweifelt, um nicht gefügig zu sein. In Wirklichkeit haben sie nicht die geringste Ahnung, was in ihrem Kopf vor sich geht.

Sie atmet einmal tief durch, lange hält sie es hier nicht mehr aus.

»Ich muss sagen, ich fühle mich geehrt, dass Sie so großes Vertrauen in mich setzen«, sagt sie.

Marwood nimmt es ihr ab, er lehnt sich zufrieden zurück und lächelt arrogant.

Ihr ungutes Gefühl verzieht sich. *Sie kapieren gar nichts.*

Dann sieht sie sich im Bunker um. Massive Stahlwände, überall Marmor, die Anlage muss ein Vermögen gekostet haben. Diese Männer sind nicht ganz bei Trost – doch genau das ist ihr Vorteil. Während der Besprechung waren ihre Gedanken glasklar, und sie hat alles begriffen. Sie hat sich überaus höflich und charmant gegeben, sie hat auf eine aufrechte Haltung und Augenkontakt geachtet.

Über dem Dachfenster erklingt das Trällern von Vögeln, sie lieben die Zeit der Dämmerung.

»Gut«, sagt Marwood. »Dann werden wir jetzt die Details durchgehen.«

Seine Stimme hallt von den Wänden wider, als er seine Anweisungen lautstark verkündet.

Alle hängen an seinen Lippen.

Eine lebhafte Diskussion entsteht. Die Männer reagieren enthusiastisch, die Luft ist testosterongeladen. Eva stellt einige gut überlegte Fragen. Sie greift zu ihrem Handy, tut so, als würde sie eine Nachricht lesen und schafft es, dabei ein Foto von der ganzen Truppe zu machen.

Die letzten Sonnenstrahlen fallen durch die großen Fenster des Bunkers.

Über den Redwoodbäumen draußen bricht langsam die Nacht herein.

30

In den folgenden Tagen fühlte ich mich so down, dass ich sie hauptsächlich im Bett verbrachte. Dani tat, was sie konnte, und verhätschelte mich wie ein krankes Kind. Sie bekochte mich, las mir vor, lackierte mir die Nägel und erzählte nette Geschichten von früher – kurzum, sie tat alles, um meine Gedanken von Carl abzulenken.

»Du schaffst das«, sagte sie bestimmt hundert Mal.

Aber manchmal verklang ihre Stimme, und in meinen Ohren nahm ich nur noch einen bohrenden, hohen Rauschton wahr. Wenn sie mich dann nicht mit irgendetwas ablenkte, stürzte ich regelrecht in die finsteren Tiefen der Depression.

Ich konnte einfach nicht aufhören, an Carl zu denken. Manchmal war die Sehnsucht so übermächtig, dass ich mich vor Schmerz krümmte. Mein Hirn rief ständig Bilder von ihm auf, ungefragt und schonungslos. Ich ging zum Kleiderschrank und versuchte, seinen Duft an meinen Kleidern zu finden. Jedes Mal, wenn mein Handy klingelte, blieb mir fast das Herz stehen. *Das ist er.* Aber er war es nicht. Er stand auch nicht plötzlich vor der Tür. Er unternahm keinen einzigen Versuch, Kontakt zu mir aufzunehmen. Deshalb ging ich davon aus, dass der Augenblick, als ich sein Weinen durch die Telefonleitung gehört hatte, sein Abschied von mir gewesen war.

Immer wiederkehrende Fragen beschäftigten mich. Was hätte ich besser machen können? Was trieben Carl und Eva in diesem Augenblick? Es war pure Quälerei. Immer, wenn mich etwas an ihn erinnerte, überspülte mich eine Welle von Trauer. Ich war noch nicht bereit, ihn loszulassen. Es war unerträglich, sich ein Leben ohne Carl vorzustellen.

Ich versuchte mir einzureden, dass er mir gar nicht so viel bedeutet hatte, doch diese Phase des Leugnens hielt nicht lange an. Ich war einfach verrückt nach ihm, und dieser Zustand würde sich nicht bessern, wenn ich meine Gefühle verdrängte. Also beschloss ich, den Schmerz zuzulassen und ihn so lange auszuhalten, bis er endlich nachließ. Und doch vermied ich ganz bewusst den Kontakt mit dem, was mich völlig aus der Bahn warf – Bilder von Carl, Dinge, die er mir geschenkt hatte oder Musik, die uns beide verband.

Unentwegt hatte ich die leise Ahnung, dass er irgendwie da war und an mich dachte, aber was spielte das noch für eine Rolle? Schließlich hatte er seine Entscheidung getroffen.

Am Ende fand ich auch eine Einstellung zu der giftigen Wut, die ich Eva Sand gegenüber empfand, und die mich zermürbte. Ich erlaubte mir einfach, sie zu hassen. Und der Gedanke, sie nie mehr wiedersehen zu müssen, war geradezu tröstlich. Manchmal fragte ich mich, ob sie ernsthaft eine Bedrohung bedeutete. Denn eigentlich war sie überhaupt nicht Carls Typ, dazu war sie viel zu aufgetakelt und künstlich. Und zu offensichtlich auf ihn scharf.

Diese kleinen, aufmunternden Gedanken tauchten sporadisch auf, wurden jedoch immer wieder von den Druckwellen der Eifersucht niedergemangelt. Immerhin waren sie eine kleine Hilfe, diese Zeit zu überstehen.

Vier Tage nach diesen Ereignissen wurde Steve von Carl zu einem Gespräch gebeten. Während er fort war, konnte ich die Hände nicht stillhalten. Als Steve zurückkam, sah er verbissen aus.

»Es sieht ganz so aus, als müsste ich Carl übermorgen nach Schweden begleiten«, sagte er zerknirscht. »Sie haben mir schon ein Ticket für ihren Flieger besorgt.«

Also würden sie tatsächlich fliegen. Mir war, als stopfte mir jemand den Mund. Die Vorstellung, wie Carl und Eva gemeinsam im Flugzeug saßen, war nicht auszuhalten.

Steve hielt die Hände hoch.

»Bevor du mich in Einzelteile zerlegst, lass es mich bitte erklären.«

Aber ich ging sofort zum Angriff über. Ich war völlig außer mir.

»Wie kannst du Dani jetzt allein lassen? Hat sie es nicht schon schwer genug? Was bist du eigentlich für ein Mensch?«

Steve machte ein Gesicht, als hätte ich ihm eine Ohrfeige verpasst.

»Bitte, versuch mal, dich in meine Lage zu versetzen«, sagte er. »Sanctum akzeptiert nur mich als Securityofficer. Und im Moment ist Carl stärker gefährdet als Dani, Erik und du. Wenn Carl etwas zustoßen würde, würde ich es mir nie verzeihen. Aber Sanctum hat einen guten Ersatz für mich gefunden. Es wird sich ja nur um ein paar Wochen handeln, und Mark ist schließlich auch noch da und wird mit dem Ersatzofficer bei euch bleiben.«

Er legte eine Pause ein und sah Dani hilfesuchend an.

»Du weißt, dass *ich* das überhaupt nicht will«, sagte er und zog die Worte in die Länge. Steve hatte so eine schleppende Art zu sprechen, ein bisschen wie ein Sheriff in einem Westernfilm. Dani hatte erzählt, dass sein Dialekt daher rührte, dass er in Texas aufgewachsen war. »Wir hatten ja gerade meinen Eltern zugesagt, sie zu Weihnachten zu besuchen.«

Dani hatte schon davon erzählt, dass Steves Eltern sie am ersten Feiertag zum Essen eingeladen hatten. Für mich war das völlig in Ordnung. Dani und ich feierten den Heiligen Abend miteinander so wie früher in Schweden.

»Sie haben schon von gar nichts anderem mehr gesprochen«, fuhr Steve fort. »Meine Mutter hat längst Weihnachtsgeschenke für Erik besorgt, sie wollte Truthahn grillen und … es tut mir wirklich schrecklich leid, aber ich fürchte, ich bin es meinem Pflichtbewusstsein schuldig, Carl jetzt zu begleiten.«

Eva und Carl würden also wirklich gemeinsam nach Schweden fliegen, das tat verflucht weh. *Ich Idiot*, dachte ich, *du weißt doch, worauf das hinauslaufen wird? Tagsüber werden sie arbeiten, und nachts werden sie vögeln, was sonst? Gewöhn dich einfach an den Gedanken. Schluck es endlich!*

Dani wollte etwas erwidern, doch ich war schneller.

»Carl ist völlig gestört, wenn er darauf bestehen will. Schließlich habe ich dich für unsere Bewachung bezahlt, Steve.«

»Mein Ersatzmann wird einen guten Job machen. Es ist nur eine Formalität. Sanctum möchte den besten Officer haben, so steht es geschrieben. Weißt du eigentlich, Alex, wie verzweifelt Carl ist? Ich erkenne ihn kaum wieder. Ich glaube, du hast keine Ahnung, wie sehr du ihm fehlst.«

Das war das erste Mal, dass ich von irgendjemandem hörte, wie es Carl seit unserer Trennung ging. Er war traurig. Aber das war gut so.

»Was hat er denn gesagt?«, hakte ich neugierig nach.

»Dass er alles kaputtgemacht hat. Ich habe ihm angeboten, darüber zu sprechen, doch er meinte, er sei noch viel zu aufgewühlt. Er war so blass, dass sein Teint bläulich schimmerte.«

»Und trotzdem will er nach Schweden reisen? Mit *dieser Frau*?«

»Ja, von der Reise lässt er sich nicht abbringen. Könntest du dir nicht vorstellen, eurer Beziehung noch eine Chance zu geben, wenn er das Projekt beendet hat?«

»Ach hör doch auf, Steve!«, rief Dani. »Alex hat ihn mit dieser ekligen Bitch erwischt. Und sie war nackt. Angelogen hat er sie auch noch. Findest du das vielleicht normal?«

»Nein, natürlich nicht. Ich will ihn ja gar nicht verteidigen. Es tut nur weh, ihn so am Boden zerstört zu sehen.«

»Daran hätte er denken können, bevor er sie begrapscht hat«, sagte Dani und pikste Steve in den Bauch.

Sie lehnte sich bequem zurück und dachte nach. Draußen zogen die Wolken über den blassblauen Himmel. Inzwischen war starker Wind aufgekommen und wehte über die Bucht – genauso wie dieser Gefühlssturm, der in mir tobte. Und keiner von beiden wollte abflauen. Denn schließlich hatte die Nachricht von Carls Reise nach Schweden nicht gerade für Ruhe gesorgt.

»Okay, dann fahr, Steve«, sagte Dani. »Aber vorher musst du mich noch mal zum Schießstand mitnehmen. Und du musst mir eine Pistole besorgen, damit ich uns hier zu Hause verteidigen kann.«

Steve blinzelte überrascht.

»Das war so nicht besprochen.«

»Wolltest du uns hier im Stich lassen ohne etwas, mit dem wir uns verteidigen können? Ich will diese Polizeipistole haben, von der du gesprochen hast«, sagte sie und sah ihn scharf an.

»Auf gar keinen Fall. Wenn man so eine Waffe besitzen möchte, hat das nur einen einzigen Grund.«

»Und welchen?«

»Dass man jemanden töten will.«

»Stimmt genau.«

Steve sah Dani liebevoll an. Es war offensichtlich, dass die beiden verliebt waren. Für den Moment vergaß ich meine ausweglose Situation. Wieso konnte ich so am Boden zerstört sein, wenn meine Schwester derart glücklich war?

»Ich finde das mit der Pistole etwas dramatisch«, sagte ich dann. »Muss das wirklich sein?«

»Unsere Situation ist dramatisch, Alex«, erwiderte Dani. »Ich habe jetzt den Waffenschein, und ich werde mir eine Pistole zulegen, egal, was du davon hältst.«

»Tu, was du nicht lassen kannst.«

»Okay«, sagte Steve. »Ich werde etwas Passendes für dich auftreiben. Vielleicht eine etwas leichtere Glock. Die besorgen wir morgen. Aber die Pistole ist nur für Fälle von Notwehr gedacht, also keine Schießübungen, bevor ich wieder zurück bin. Versprich mir das, Dani!«

»Versprochen«, sagte Dani. »Und, weißt du was, Alex: Vielleicht ist es gar nicht so blöd, dass Steve nach Schweden mitfährt – dann kann er Eva ein bisschen im Auge behalten und uns hinterher Bericht erstatten.«

»Warum sollte das nötig sein?«, fragte Steve erstaunt.

»Erzähl's ihm, Alex.«

Ich berichtete ihm, was ich von Amanda erfahren hatte. Dass über die Privatperson Eva Sand so gut wie keine Informationen in Netz existierten.

Steve runzelte die Stirn.

»Warum hast du das Carl nicht erzählt?«

»Er hätte mir ja doch nicht geglaubt. Wenn er sich etwas in den Kopf gesetzt hat, kann ihn nichts davon abbringen.«

»Aber jetzt kannst du ja ein Auge auf ihn haben, Steve«, sagte Dani.

Und so verblieben wir. Steve würde als Personenschützer mit nach Schweden reisen, aber mit Dani jeden Tag telefonieren und Bericht erstatten, sobald es von Carl und Eva etwas

Neues gab, das war vorerst unser Plan. Immerhin war es ein Anfang.

Zum ersten Mal seit Tagen schlief ich in dieser Nacht tief und fest, ohne böse Träume. Auch der erste Moment der Irritation war verschwunden, für gewöhnlich brauchte ich ein paar Sekunden, bis ich mich nach dem Aufwachen daran erinnerte, was Carl mir angetan hatte, und dann schossen mir vor Sehnsucht die Tränen in die Augen. Heute wusste ich gleich, was geschehen war, und der Schmerz war nicht mehr ganz so groß. Es war sechs Uhr morgens. Ich ging zum Strand hinaus, wo der Sonnenaufgang den Himmel rot färbte, und setzte mich in den Sand. Während die Sonnenstrahlen die Berge in meinem Rücken allmählich weckten, saß ich ganz still da und träumte ein Happy End.

Etwas später am Tag erhielt ich einen Anruf, bei dem die Nummer unterdrückt war. Dani war gerade mit Steve am Schießstand. Sie hatten Erik mitgenommen, was ich nicht getan hätte; aber Steve versicherte mir, dass auch der Kleine einen passenden Gehörschutz bekommen würde.

In meinem Bauch kribbelte es, als ich das Smartphone in die Hand nahm. Das konnten nur gute Nachrichten sein, denn mein Elend hatte bestimmt schon seinen Tiefpunkt erreicht.

»Hi, hier spricht Michael Parks«, begrüßte mich eine tiefe Männerstimme. »Entschuldigung, dass es so lange gedauert hat. Amanda hat mir gesagt, Sie möchten mehr über Sanctum erfahren.«

Michael Parks. Der Mann, dessen Sohn gestorben war, nachdem er aus einem Therapiezentrum von Sanctum ausgebrochen war. Ich geriet in Hochstimmung.

»Richtig, ja«, rief ich begeistert. »Wann hätten Sie denn Zeit für ein Gespräch?«

»Heute zum Beispiel. Aber es wäre gut, wenn Sie zu mir kommen könnten, denn ich habe vor dem Jahreswechsel alle Hände voll zu tun. Wäre das möglich?«

»Kein Problem. Ich fahr gleich los.«

Er nannte mir eine Adresse, und wenige Minuten später verließ ich das Haus.

Es war ein windiger Tag, am Himmel schwebten hohe, aufgewirbelte Wolken, die ihre Schatten aufs Meer warfen. Michael Parks wohnte in Sea Cliff, einem der ganz exklusiven Viertel von San Francisco. Sein großzügiges Haus gehörte zu den besonders luxuriösen Villen in der Straße mit einem beneidenswerten Meeresblick. Der Garten war ausgezeichnet gepflegt. In der Einfahrt standen ein Tesla und ein glitzernder, weißer Bentley. Für mich war das keine Überraschung. Ich hatte Michael Parks schon im Netz recherchiert und wusste, dass er auf der Forbes-Liste stand und zu den reichsten Menschen der Welt gehörte.

Als ich aus dem Wagen stieg, sah ich ihn schon auf der Treppe. Parks war Mitte fünfzig, machte allerdings einen recht jugendlichen Eindruck und trug zu seiner Bluejeans einen zweireihigen, blauen Blazer und Slipper. Er wirkte sportlich und hatte ein starkes After Shave aufgelegt. In diesem Augenblick war mir mein schlampiges Outfit wirklich peinlich, aber Michael Parks begrüßte mich herzlich und hielt mir die Tür auf. Im nächsten Moment stand ich in einer riesigen Eingangshalle. Hinter mir fiel die Tür ins Schloss, automatisch, mit einem leisen Klicken.

»Möchten Sie etwas zu trinken? Vielleicht einen Kaffee? Oder ein Glas Wein?«, fragte er mich.

»Gern eine Tasse Kaffee.«

Er geleitete mich ins Wohnzimmer und ließ mich kurz stehen, um das Getränk zu holen. Das Zimmer sah aus, als hätte hier ein Raumausstatter seine Vorstellung von Maskulinität verwirklicht. Auf dem lackierten Eichenparkett ruhte ein ausladender, anthrazitfarbener Teppich. Die Wände waren hellbraun, die Möbel stahlgrau. Die Bleiglasfenster waren bodentief und reichten bis unter die Decke. An den Wänden hing echte Kunst. Vorsichtig nahm ich auf einem der Sofas Platz, das mindestens fünf Meter breit und mit seiner betont geraden Rückenlehne ziemlich unbequem war. Von irgendwoher erklang das Surren einer Espressomaschine. Durch die Fenster hatte man einen wunderbaren Blick aufs Meer, das schäumte und heute grau war.

Parks kam zurück und hielt mir die Tasse hin, dann setzte er sich zu mir.

»Nach dem Telefonat mit Amanda habe ich mich ein bisschen über Sie informiert«, begann er. »Im letzten Jahr müssen Sie ja wirklich durch die Hölle gegangen sein. Wie mutig von Ihnen, Ihre Schwester zu befreien. Als ich das gelesen habe, habe ich mir gesagt: Wenn es jemanden gibt, der es mit Sanctum aufnehmen kann, dann ist es diese Frau.«

»Da bin ich mir nicht sicher«, erwiderte ich verlegen. »Aber ich werde das Gefühl nicht los, dass da einiges nicht stimmt.«

»Ich auch. Sie haben vom Tod meines Sohnes Nathan vermutlich schon vieles im Netz gelesen, deshalb mag ich jetzt nicht noch mal alles von vorn erzählen. Aber was mir wirklich am Herzen liegt, ist zu erfahren, warum Nathan so verzweifelt gewesen ist, dass er aus der Klinik abhauen wollte. Zu dem Zeitpunkt war er doch schon monatelang clean. Die Polizei konnte darüber nichts in Erfahrung bringen.«

Parks blickte aus dem Fenster und fuhr fort:

»Haben Sie eine Ahnung, wie viel es kostet, jemanden in einer Sanctum-Klinik unterzubringen?«

Ich schüttelte den Kopf.

»Fast 20 000 Dollar im Monat. Und die Kosten für die Medikamente, mit denen sie die Patienten behandeln, kommen noch hinzu. Sanctum behauptet, sie würden den Menschen in den Mittelpunkt stellen, doch das ist nur dummes Geschwätz. Ich habe Nathan nicht geglaubt, als er sich beklagt hat. Ich habe das alles für Ausreden gehalten, für Hirngespinste, weil ich dachte, er sucht doch bloß eine Möglichkeit, da rauszukommen und mit den Drogen weiterzumachen. Eine Zeit lang hat sein Psychiater sogar die Gespräche zwischen ihm und mir unterbunden, und als ich darauf bestand, erzählte mir Nathan, dass ihn die Medikamente, die sie ihm geben, völlig wirr im Kopf machen und dass ihn das Personal immer festbinde. Stellen Sie sich mal vor, wie übergriffig das ist! Aber ich bin mir sicher, dass unsere Gespräche belauscht wurden, denn ganz plötzlich wollte er mir nichts mehr erzählen.«

Michaels Augen wurden feucht. Seine Stimme klang nun fahrig und melancholisch, während er weiter von seinem Sohn sprach.

»Als ich mich darangemacht habe zu untersuchen, wie Sanctum wirklich agiert, haben sie mir eine ganze Horde Anwälte auf den Hals gejagt. Ich hatte keine Chance. Aber ich habe noch nicht aufgegeben. Und ich weiß, dass hinter Sanctums Mauern Dinge geschehen, die illegal sind.«

»Aber wie lässt sich so ein Unternehmen zur Rechenschaft ziehen?«

»Das habe ich mich auch lange gefragt, aber dann habe ich kürzlich die Bekanntschaft eines Mannes gemacht, der sich ebenfalls als ein Opfer von Sanctum betrachtet, allerdings mehr auf der finanziellen Ebene. Wissen Sie, wie sie die neuen Therapiezentren finanzieren?«

Ich schüttelte den Kopf.

»Mit Spenden von Angehörigen der Drogensüchtigen. Haben Sie sich mal die Broschüren angesehen? Diese Häuser sind nicht gerade ärmliche Hütten.«

Vor meinem inneren Auge erschien das Titelbild einer Broschüre, die ich in dem Haus in Big Sur ins Feuer geworfen hatte. Und ich kannte Therapiezentren von Sanctum auch von der Werbung im Internet. Sie machten einen gelinde gesagt ziemlich schicken Eindruck.

»Sie verfügen allein in Kalifornien über Immobilien im Wert von Milliarden. Und jede neue Einrichtung entsteht mit Geldern der Angehörigen von Patienten. Die lassen sich den letzten Dollar aus der Tasche ziehen, weil sie glauben, dass Sanctum den Abhängigen hilft, von ihrer Sucht loszukommen. Ich habe einen Mann kennengelernt, der mehrere Kredite aufgenommen hat, nur um sie zu unterstützen. Und er war bis über beide Ohren hoch verschuldet. Doch wenn das Leben des eigenen Kindes in deren Händen liegt, kann man ja kaum Nein sagen.«

»Das klingt wirklich schlimm, aber Spenden sind vermutlich auch legal? Hier in den USA scheint auf diese Weise sehr viel finanziert zu werden.«

»Stimmt, das ist nicht gesetzeswidrig, aber was der Mann geschildert hat, hat mich noch auf eine andere Idee gebracht.«

Michael stockte und sah zum Fenster. Von dem heute wild schäumenden Meer hatten sich an der Scheibe viele kleine Wassertropfen gesammelt. Jetzt bildeten sie eine Art glitzernden Vorhang.

»Und der wäre?«

»Follow the money. Es gibt einen oder mehrere Leute, die

mit Sanctum eine Wahnsinnskohle gemacht haben, und das geht gerade so weiter. Je länger die Abhängigen in der Klinik sind, desto mehr Geld steckt sich das Unternehmen in die Tasche. Verstehen Sie, was ich damit sagen will?«

»Ich glaube schon, aber was können wir tun?«

»Ich bin gut vernetzt. Einer meiner Mitarbeiter verfolgt die Machenschaften von Sanctum diskret weiter. Das kann jetzt ein Weilchen dauern, aber ich bin mir sicher, dass früher oder später etwas ans Tageslicht kommen wird. Doch das ist nicht die einzige Idee, die mir durch den Kopf schwirrt.«

Wieder legte er eine rhetorische Pause ein.

»Man könnte doch jemanden in eine Sanctum-Klinik einschleusen, um herauszufinden, mit welchen Methoden sie da wirklich arbeiten.«

»Meinen Sie einen Spitzel?«

»Ja, so in der Art. Beim Personal recherchieren sie vermutlich ganz genau, bevor sie jemanden anstellen, also wäre der bessere Weg, jemanden als Patienten hineinzuschmuggeln, der kein so gravierendes Missbrauchsproblem hat. Eher Tablettenabhängigkeit oder etwas in der Art.«

Mit einem Mal fiel der Groschen, warum Michael Parks mich in seiner Luxusvilla so herzlich empfangen hatte.

»Niemals! Dann haben Sie sich falsche Vorstellungen von mir gemacht. Ich bin keine solche Heldin. Außerdem vermute ich, dass meine Schwester und ich bei Sanctum bereits bestens bekannt sind.«

»Dafür müssten Sie sich eine andere Identität zulegen. Ich habe Kontakte, die uns dabei helfen könnten. Sehen Sie sich doch um. Ich habe Geld wie Heu und besitze alles, was man sich wünschen kann, aber Nathan macht keiner mehr lebendig. Und ich werde nicht zur Ruhe kommen, bevor ich die Wahrheit über Sanctum herausgefunden habe.«

»Das kann ich verstehen, aber Ihr Plan funktioniert trotzdem nicht. Ich kann meine Schwester nicht allein lassen. Erst vor Kurzem hat jemand versucht, ihr Baby zu kidnappen. Sie haben sich auf die falsche Person eingeschossen.«

»Das glaube ich keineswegs«, konterte er. »Ich kann Ihre Schwester übergangsweise mit einem hervorragenden Personenschutz ausstatten. Ehrlich gesagt würde ich alles tun, um diese Idee in die Tat umzusetzen. Und innerhalb der Polizeibehörde kenne ich auch jemanden, der großes Interesse daran hätte.«

Ich ließ seine Worte sacken und spürte, dass mich die Vorstellung, Sanctum zu unterwandern, in Schwingungen versetzte. Und dann kam mir in den Sinn, dass auch Carl möglicherweise in Gefahr war. Bei Sanctum wusste niemand, dass ich ihrem Unternehmen mit großem Misstrauen gegenüberstand, Eva Sand war ja bei ihnen angestellt – und würde bescheinigen können, dass Carl und ich Schluss gemacht hatten. Und schließlich kam es doch manchmal vor, dass man sich bei Liebeskummer mit Medikamenten betäubte, oder? Wahrscheinlich würde ich mich bei Sanctum sogar unter meinem richtigen Namen aufnehmen lassen können, und niemand würde Zweifel hegen. Aber im Grunde war diese Idee vollkommen verrückt. Ich war auch wirklich nicht in der Verfassung, mich jetzt noch freiwillig irgendeiner Gefahr auszusetzen.

»Ich glaube nicht, dass ich das durchstehen würde, aber ich werde mir die Sache durch den Kopf gehen lassen«, sagte ich zu Michael. »In den nächsten Tagen ist der Personenschützer meiner Schwester verreist. Da kann ich sie nicht allein lassen. Darf ich mich bei Ihnen wieder melden, nachdem ich die Sache ausführlich mit ihr besprochen habe?«

»Selbstverständlich«, sagte Michael Parks. »Und egal, wie

Sie sich entscheiden werden, ich halte Sie gern über das, was meine Kontaktpersonen bei ihren Recherchen in Sanctums Geschäften herausfinden, auf dem Laufenden.«

Dann plauderten wir noch eine Weile. Ich erzählte ihm von Eva Sand und schilderte ihm in allen Einzelheiten, wie es dazu gekommen war, dass Carl und ich Schluss gemacht hatten. Michael Parks sah betroffen aus.

»Was für ein Albtraum! Es tut mir schrecklich leid, was Sie alles durchmachen mussten«, sagte er am Ende. »Aber Ihre Geschichte befeuert meinen Verdacht nur noch. Auch wenn ich Sie keinesfalls ausnutzen möchte. Verzeihen Sie, dass ich so insistiert habe, aber Sie könnten ja immerhin mal darüber nachdenken?«

Sich bei Sanctum einzuschmuggeln, war zwar viel zu riskant, aber ich hatte doch Feuer gefangen. Eigentlich konnte meine Situation nicht mehr schlimmer werden, als sie bereits war. Ich musste endlich aktiv werden und diese Opferrolle ablegen. Das war mir schon seit einer Weile klar gewesen. Und Michael Parks machte einen netten Eindruck auf mich. Er wirkte aufrichtig und stand mit Leidenschaft für Gerechtigkeit ein.

Als ich mich in den Wagen setzte, um wieder nach Hause zu fahren, hatte ich ganz heiße Wangen. Meine Hände zitterten am Lenkrad.

31

Eva

Auf dem Flug lässt sie Carl in Ruhe. Er hat den Blick fest ans Fenster geheftet. Eva meint sogar, ihn leise weinen zu hören, doch das würde er niemals zugeben. Er scheint wie benommen zu sein. Das ist nicht schlecht, in einem solchen Zustand ist man leicht beeinflussbar. Vielleicht spürt er es, dass sich sein Leben gerade von Grund auf verändert. Welch ein Glück, dass sie bei ihm ist und ihn mit seinem lächerlichen Selbstmitleid nicht allein lässt. Das wäre zu dem gegenwärtigen Zeitpunkt nicht gut gewesen.

Nach ein paar Stunden nickt er ein. Noch ist alles, was sich zwischen ihnen abspielt, rein geschäftlich. Aber sie weiß genau, wie man dieses Spielchen spielt. Bloß nicht zu viel Druck aufbauen, aber jederzeit empathisch sein. Und attraktiv bleiben.

Eva wirft einen Blick aus dem Fenster und lässt ihren Gedanken freien Lauf. Sie kreisen immer wieder um diese Zusammenkunft im Bunker. Sie war wichtig und interessant, allerdings auch … erniedrigend. Eva verabscheut diese Sektenmitglieder. Der Hass, den sie empfindet, ist abgrundtief. Doch der Gedanke daran, welche Rolle dieses Kind in dem Plan der Männer spielen soll, lässt ihr keine Ruhe. Nils Wallin hatte ihr eine Zukunft mit Carl in Aussicht gestellt, in Freiheit, aber jetzt hieß es, sie habe etwas mit dem Kind zu tun.

Sie muss auf der Hut sein und darf denen nicht in die Falle gehen.

Aber im Augenblick kann sie keinen klaren Gedanken fassen.

In der Nacht vor der Reise war kaum an Schlaf zu denken gewesen. Sie hatte sich nur im Bett herumgewälzt, schweißnass. Ihr zweites Ich war in ihren Träumen aufgetaucht, was schon lange nicht mehr vorgekommen war. Wahrscheinlich hatte es daran gelegen, dass Wallin sie gezwungen hatte, die Medikation zu reduzieren. Die andere Eva kann ihr gestohlen bleiben – diese lächerliche Heulsuse, die sich als kleines Mädchen jede Nacht in den Schlaf geweint hat. Wenn Eva ihr jetzt Platz macht, wird sie alles vermasseln. In der Nacht vor der Reise war es ihr kaum gelungen, sie abzuschütteln, sie hat einfach nicht auf Eva gehört. *Kriech zurück in dein Loch. Auf der Stelle.* Schließlich hatte sich Eva unter die Dusche gestellt und eiskaltes Wasser über ihren Körper laufen lassen, bis ihre Haut bläulich schimmerte und sie mit den Zähnen klapperte. Das hat funktioniert. Das hat die andere Eva nicht ausgehalten und ist verschwunden.

Irgendwas hat diese Umgebung an sich, dass sie die andere Eva hervorlockt – vermutlich liegt es an Carl mit seiner Beschützernatur: Sie spürt, dass er einer Frau Geborgenheit geben kann. Doch sie sollte sich in Acht nehmen. Sie darf nicht vergessen, dass Carl ein Mann ist – und im Grunde seines Herzens ein Betrüger. Nie mehr wird sie sich von Männern manipulieren lassen. Nicht von Wallin, nicht von den Sektenmitgliedern und auch nicht von Carl.

Doch tatsächlich ist die Schlaflosigkeit ihr größter Feind. Wenn sie müde ist, kann sie nicht richtig agieren. Ihr fehlen die Konzentration und die Kontrolle über sich selbst. Im Augenblick fühlt sie sich etwas schwach, als sei der Hass in ihr fast erloschen. Es gibt nur einen einzigen Weg, sich wieder mit Adrenalin zu pushen, sie braucht einen mörderischen Plan.

Eva holt den Laptop aus ihrer Ledertasche, öffnet das Medaillon, das sie an der Kette um den Hals trägt, holt den USB-Stick heraus und schiebt ihn in den Slot. Dann steckt sie sich Ohrhörer in die Muscheln und hört sich die Aufzeichnungen von der Zusammenkunft mit den Männern noch einmal an, während der Flieger leise durch die Nacht gleitet. Die Tonqualität der Gespräche im Bunker ist hervorragend, man kann Axels Worte sehr gut verstehen, als er die einzelnen Mitglieder vorstellt und erklärt, was sie von dem Kind erwarten und auch ihr Gefasel darüber, wie sie das Regiment über die ganze Welt zu übernehmen gedenken.

Bis jetzt hat jeder Mann, der ihr über den Weg gelaufen ist, gedacht, er sei schlauer als sie. Und jeder hat falschgelegen.

Eva atmet ruhig, sie kann fühlen, wie sich ihre Gesichtsmuskulatur entspannt. Als sie im Fenster des Flugzeugs ihr Spiegelbild betrachtet, stellt sie fest, dass sie wieder ganz die Alte ist. Kalt entschlossen.

Obwohl sie erschöpft ist, erwacht nun ein Teil ihres Hirns wieder zu neuem Leben. Jeder Gedanke ist kristallklar.

Sie öffnet eine Datei in ihrem Laptop, in der sie verschiedene Namen notiert hat. Ihr Bruder stellt keine Bedrohung mehr dar, er hat seine Strafe schon vor einiger Zeit bekommen, deshalb löscht sie seinen Namen jetzt auch. Auf diese Weise rutscht der Name ihres Vaters ganz nach oben. Etwas weiter unten gibt sie die Namen der Sektenmänner ein. *Wächter des Wanderfalken*, das ist wirklich der blödeste, aufgeblasenste Name, den sie je gehört hat, sogar für eine Sekte. Sie erinnert sich an einen Film, in dem ein Falke einer Leiche die Augen ausgepickt hat. So werden auch die Männer, die auf ihrer Todesliste stehen, aussehen, wenn sie mit ihnen fertig ist. Keine Lobeshymnen oder feierliche Beerdigungen – es geht direkt ab in die dunkle, kalte Erde, wo die Würmer ihr Werk beenden werden.

Im Schlaf scheint Carl unruhig zu sein. Seine Gesichtszüge sind entspannt, nur sein Kinn, das ihm jetzt nach unten gefallen ist, hat etwas Energisches. Von dem bläulichen Licht, das durch das Fenster dringt, wirken seine Bartstoppeln wie ein Schatten auf seinen Wangen. Sein T-Shirt ist hochgerutscht und entblößt ein Stückchen Bauch, an dem sie auch vereinzelte Sommersprossen erkennt. Ihr gefällt sein lässiger Kleidungsstil. Eine Alphafrau braucht einen Mann an ihrer Seite, mit dem sie angeben kann. Carl Asher ist da eine ausgezeichnete Wahl.

Vorsichtig beugt sie sich über ihn und atmet den Duft seiner warmen Haut ein. Ganz sachte streichelt sie ihm über die kalte Wange. Ein Augenlid zuckt leicht, im Schlaf murmelt er etwas. Sie meint, das Wort »Alex« gehört zu haben.

Und dies ist der nächste Name, den Eva auf ihre Liste tippt.

32

Als ich am nächsten Morgen erwachte, konnte ich spüren, dass Carl genau jetzt im Flugzeug saß. Ich fühlte mich wie betäubt und leer. Mir war alles egal. Ich stand auf, warf mir meinen Morgenmantel über und legte mich auf die Decke, wo ich mich ganz klein zusammenkauerte. Ich versuchte wieder einzuschlafen, doch vergeblich. Dann hörte ich Danis Schritte. Das Bett gab nach, als sie sich an meine Seite setzte.

»Bist du traurig, dass Carl geflogen ist?«, fragte sie mich.

»Du kennst mich.«

»Ja. Und vor einer Stunde habe ich eine SMS von Steve bekommen. Da wurden sie gerade zum Boarding aufgerufen.«

»Weißt du noch, wie es war, als wir unsere Gedanken lesen konnten? So was passiert gar nicht mehr.«

»Wahrscheinlich, weil es nicht mehr nötig ist. Damals waren wir immerhin in Lebensgefahr.«

»Dann will ich hoffen, dass wir nie wieder dazu in der Lage sein werden. Kannst du es fassen, dass Carl tatsächlich in den Flieger gestiegen ist? Dass er mich wegen *ihr* verlassen hat?«

»Ganz so schlimm ist es genau genommen ja gar nicht. Er ist in den Flieger gestiegen, um den Film zu drehen.«

»Ja, aber ich habe so gehofft, er würde sie durchschauen und seine Meinung ändern. Ich war zu naiv.«

»Warum rufst du ihn nicht einfach an, wenn er gelandet ist?«

»Und was soll ich deiner Meinung nach sagen?«

»Na ja, du könntest ihn fragen, wie es ihm geht.«

»Ich glaube nicht, dass ich das fertigbringe. Er hat kein einziges Mal versucht, mit mir Kontakt aufzunehmen.«

»Aber du bist ja auch diejenige gewesen, die Schluss gemacht hat.«

»Ja, nachdem du mich dazu animiert hast.«

Sie legte mir die Hände auf die Schultern und küsste mich auf den Kopf.

»Alex«, sagte sie liebevoll. »Jetzt musst du dir einen Ruck geben. Willst du den ganzen Tag damit vergeuden, deine Wunden zu lecken, oder wollen wir langsam mal aufstehen und was Schönes unternehmen?«

»Ich kann doch nichts dafür, dass ich so traurig bin«, sagte ich maulend.

»Nein, aber es passt überhaupt nicht zu dir, in diese Opferrolle zu schlüpfen. Das hilft niemandem, am wenigsten dir selbst.«

Ich bewunderte sie für die Art, wie sie mit mir umging, sie war nie verurteilend, sagte das einfach nur sachlich und klar.

»Ich habe das Gefühl, dass mich das Pech richtig verfolgt. Vielleicht habe ich es nicht besser verdient.«

»Jetzt fang bitte nicht mit diesem Karma-Geschwätz an«, erwiderte sie und seufzte. »Wenn es jemand verdient hat, glücklich zu sein, dann bist du es. Aber nun hörst du auf, dich zu bemitleiden.«

»Versuchst du, unsere Mama zu ersetzen?«, keifte ich, aber ich wusste natürlich, dass sie recht hatte. Selbstmitleid stand mir gar nicht.

»Es würde dir guttun, wenn du dich in dieser Krise für irgendetwas engagieren könntest.«

Meine Gedanken wanderten zu dem Gespräch mit Michael Parks.

»Ich wüsste da schon etwas, womit ich mich beschäftigen könnte.« Und dann erzählte ich ihr all das, was ich von Parks über Sanctum erfahren hatte.

»Das klingt ja sehr interessant«, sagte sie. »Aber du darfst dich auf keinen Fall in eine solche Klinik aufnehmen lassen, das ist viel zu riskant.«

»Aber die Polizei wäre ja eingeschaltet. Sanctum hat auch eine Poliklinik, da kann mir eigentlich nichts passieren«, sagte ich, obwohl ich mir selbst nicht sicher war, ob das wirklich stimmte.

»Das Letzte, was du jetzt gebrauchen kannst, ist noch mehr Stress. Warte wenigstens damit, bis Steve zurück ist, damit wir ihn um Rat fragen können.«

»Okay, das klingt doch schon mal nach einem Plan.«

»Apropos Steve, heute ist so ein neuer Securityofficer gekommen, der ihn hier vertreten soll«, sagte Dani. »Er ist richtig unsympathisch. Ein total humorloser Typ.«

»Wird der an dir auch so kletten wie Steve?«

»Nein, er arbeitet von der Wohnung aus, wo sich auch die anderen Wachleute aufhalten.«

»Dann bleibe ich heute bei dir zu Hause.«

»Was für ein Ausflug würde dir denn gefallen?«

»Ich würde gern Stan Goodban besuchen, erinnerst du dich noch an ihn? Er hat mir doch im letzten Jahr geholfen, dich zu finden. Er wohnt hier in San Francisco und hat mir unheimlich wichtige Informationen über die Sekte gegeben. Er lebt vollkommen einsam und zurückgezogen, deshalb habe ich schon länger die Idee, ihn zu besuchen. Vielleicht wäre jetzt ein guter Zeitpunkt.«

Stan wohnte in einem Campingwagen auf einem Platz nicht weit von unserem Haus entfernt. Er war in den Sechzigerjahren Mitglied der Sekte gewesen und hatte sich in den

Achtzigern von ihr distanziert. Dadurch, dass er im letzten Jahr Kontakt zu mir aufgenommen hatte, war er ein großes Risiko eingegangen, denn von ihm erhielt ich letztlich alle wichtigen Hinweise, die mich zu Dani führten. Er war auch derjenige, der mir bestätigt hat, dass ich mir diese Sekte nicht einfach nur einbildete.

»Dann fahren wir doch gemeinsam mit Erik auf den Campingplatz«, sagte Dani. »Aber ohne Wachpersonal. Vielleicht kann ich mich jetzt endlich etwas freier bewegen, da Steve nicht mehr vor Ort ist.«

»Aber sollten wir nicht wenigstens *einen* Officer mitnehmen?«

»Darauf habe ich keine Lust. Ich glaube auch nicht wirklich, dass das immer noch nötig ist. Soll ich die Pistole einpacken, wenn du Schiss hast?«

»Bloß nicht.«

Ich wollte kein Wort von dieser Waffe hören, und noch viel weniger wollte ich Dani mit der Pistole in der Hand sehen. Die Begründung, sie wolle die Pistole anschaffen, um töten zu können, sorgte bei mir immer noch für eine Gänsehaut. Gerade Dani, die immer alles darangesetzt hatte, Leben zu retten. Als wir klein waren und einmal bei Regen in der Nähe unseres Elternhauses in Lund mit dem Fahrrad unterwegs gewesen waren, hatte sie mich gezwungen, Zickzack um die Schnecken zu fahren, die wegen der Nässe auf die Straße gekrochen waren. Alle mussten überleben. Einmal hatte sie versucht, eine überfahrene Katze mit künstlicher Beatmung zu retten. Und tatsächlich hat das Tier überlebt. So ein Mensch war meine Schwester. Immer im Einsatz, andere zu retten.

Wir fuhren einfach los, ohne Stan vorher anzurufen, denn ich war überzeugt, dass er zu Hause war. Er verbrachte die meiste Zeit in seinem Wohnwagen und durchforstete Facebook nach Menschen, die Opfer von Sekten geworden waren. Ihnen zu helfen hatte er sich zu seiner Lebensaufgabe gemacht, es war eine Art Wiedergutmachung, nachdem er selbst Gründungsmitglied der *Wächter des Wanderfalken* gewesen war.

Er wohnte in Hill Top, wo sich ein großer Campingplatz für Dauercamper befand. Vor dem eingezäunten Gelände gab es ein Tor, und ich konnte mich tatsächlich noch an den Code erinnern, den ich bei meinem Besuch vor über einem Jahr bekommen hatte. Die Wohnwagen standen dicht an dicht. Stans Zuhause sah besonders mitgenommen aus, an den Seiten des Wohnwagens blätterte bereits die Farbe ab. Kaum, dass ich angeklopft hatte, öffnete er auch schon die Tür, und ich konnte feststellen, dass er sich überhaupt nicht verändert hatte: klein und eher mager, das Gesicht von tiefen Falten durchzogen. Er trug sogar noch immer dieselbe Cap. Die Haare, die darunter zum Vorschein kamen, waren schlohweiß. Seine wachen, hellblauen Augen strahlten, als er uns erblickte. Ich hegte sofort eine innige Sympathie für ihn, wie damals bei unserer ersten Begegnung.

»Du liebe Zeit, Alex!«, rief er und schloss mich in die Arme, sodass mir der Schweißgeruch aus seinem Hemd in die Nase stieg.

»Jetzt sind wir ja fast Nachbarn«, sagte ich. »Deswegen wollten wir dir mal einen Besuch abstatten.«

Er blickte Dani an.

»Ich muss wohl kaum fragen, wen du da mitgebracht hast. Es ist ja gar nicht so schwer, euch auseinanderzuhalten.«

Dani und ich sehen uns nicht zum Verwechseln ähnlich. Man muss allerdings genau hinschauen. Sie hat ein Muttermal auf der Wange, ihre Haut ist blasser, und ich habe wesentlich mehr Sommersprossen als sie. Und seit Eriks Geburt hat sie auch etwas zugelegt.

»In der Schwangerschaft habe ich zugenommen«, sagte Dani lachend.

»Nein, nein, das meine ich gar nicht. Du scheinst die Ruhigere von euch beiden zu sein. Kommt rein, ich wollte gerade Kaffee kochen.«

Stan klappte einen Tisch von der Wand und holte ein paar Campingstühle. Erik hatte angefangen zu schreien, deshalb stillte Dani ihn, während Stan sich um den Kaffee kümmerte. Das war immer noch so eine Plörre wie beim letzten Mal, doch wir waren höflich und tranken ihn aus.

Zuerst fragte Stan nach, wie Danis Befreiungsaktion vonstattengegangen war. Natürlich hatte er schon davon gehört, aber jetzt wollte er es noch einmal genau wissen. Dann berichteten wir ihm, was wir in den vergangenen Monaten in Kalifornien erlebt hatten. Stan war ein guter Zuhörer, er fiel keinem ins Wort oder stellte etwa Dinge infrage. Als wir zu Ende erzählt hatten, stützte er den Kopf auf die Hände und überlegte.

»Wenn ihr mich fragt, das klingt ganz danach, als sei Eva Sand von irgendwem absichtlich ins Spiel gebracht worden. Ich halte die Geschichte für gefährlich«, meinte er schließlich. »Deiner Beschreibung zufolge würde ich sagen, dass sie nicht der Drahtzieher ist, sie spielt nur den Lockvogel.«

»An diese Möglichkeit habe ich noch gar nicht gedacht«, sagte ich.

»Du hast doch gesagt, dass du sie schon mal irgendwo gesehen hast. Es wäre wirklich wichtig, wenn du herausfinden könntest, wo das gewesen ist. Ich bin mir sicher, dass du dir das nicht einbildest.«

Etwas schoss mir durch den Kopf, doch ich bekam es nicht zu greifen.

»Ich weiß, aber es gelingt mir nicht. Ich hoffe, irgendwann klappt das.«

Stan saß wieder ganz in sich gekehrt da. Ich konnte förmlich zusehen, wie sein Kopf arbeitete, bis der Groschen fiel.

»Habt ihr irgendeinen Zusammenhang zwischen Sanctum und den *Wächtern des Wanderfalken* herstellen können?«, fragte er.

»Ist das nicht eher unwahrscheinlich?«, erwiderte Dani. »Warum sollte sich eine Gruppierung elitärer Sadisten für Drogensüchtige engagieren?«

»Weil es meist nur um das eine geht – um Geld. Wem gehört denn Sanctum?«, fragte er.

»Ich habe keine Ahnung, aber die Frage ist nicht schlecht«, antwortete ich.

»Nur … vermutlich werden wir darauf kaum eine Antwort bekommen. Ich bin sicher, dass die oberste Etage bei denen ein Dschungel aus falschen Vorstandsmitgliedern, Stiftungen, Strohmännern und Tarnorganisationen ist. Aber wenn du die Struktur dieser Organisation einmal durchschaut hast, wirst du vermutlich auf jemanden stoßen, der durch die Drogenabhängigkeit der Patienten steinreich geworden ist.«

»Exakt dasselbe habe ich vor Kurzem schon mal gehört«, sagte ich.

»Eigentlich ist es ganz einfach«, sagte Stan. »Ein Kidnappingversuch und eine Morddrohung an Carl passieren genau in dem Moment, in dem Miss Universum in euer Büro hineingetänzelt kommt. Das ist doch das reinste Schmierentheater.«

»Und ich habe geglaubt, dass ich vielleicht wirklich nur eifersüchtig bin«, murmelte ich.

»Alex … du bist doch ein kluges Mädchen. Such nach einer Verbindung zwischen Sanctum und der Sekte. Ich bin mir fast sicher, dass es die geben wird.«

»Dann glaubst du gar nicht, dass Sanctum Carl bei seinem Projekt, dem Solvikhof, unterstützen will?«

Stan lachte trocken und zynisch.

»Mit einer Reportage? Vergiss es. Wisst ihr, was so was kostet? So was macht keiner umsonst. Man müsste Ashers Hirn mal röntgen und feststellen, ob zu viele seiner Gehirnzellen in seinen Schwanz abgewandert sind.«

»So was in der Art hatte ich auch schon angemerkt«, sagte Dani.

»Dann klingt es für mich, als müsste ein Außenstehender Carl mal einen Schubs geben«, sagte Stan.

Er stand auf, schlurfte zum Fenster und sah nach, ob uns jemand observierte. Dann setzte er sich wieder zu uns und machte ein todernstes Gesicht. Er beugte sich über den Tisch und legte seine Hand auf meine.

»Ihr müsst auf der Hut sein. Behaltet eure Securityleute. Begebt euch nicht unnötig in Gefahr.«

»Keine Sorge«, sagte ich. »Heute haben wir mal eine Ausnahme gemacht. Ansonsten sind die Männer immer in unserer Nähe.«

»Das ist gut so, denn nach allem, was ihr mir erzählt habt, werde ich auch dafür sorgen, dass meine Türen heute Abend ordentlich verriegelt sind.«

Das konnte ich wirklich verstehen. Mein letzter Besuch hatte für Stan schlimme Folgen gehabt. Die Sekte hatte ihm einen Schläger auf den Hals gehetzt, der ihn beinahe umgebracht hatte.

»Dann glaubst du im Ernst, dass die Sekte hinter alledem steckt?«, fragte ich noch einmal.

Er wandte den Blick ab, sah erst Dani an, dann Erik. Zuletzt blickte er mir wieder in die Augen.

»Ja, Alex. So ist es. Leider.«

Mir war schon klar, dass er das glauben *wollte*, denn Stan war ein Mensch, der leicht auf Konspirationstheorien ansprach und hin und wieder ein bisschen über dem Erdboden schwebte. Dennoch jagte mir seine Antwort Angst ein. Im Wohnwagen war es kühl, außerdem zog es. Kein Sonnenstrahl gelangte ins Wageninnere. Die finsteren Winkel und feuchten Wände schienen ein Eigenleben zu führen.

»Danke für den Kaffee und deine Zeit«, sagte ich. »Jetzt fahren wir zurück nach Hause. Aber wir sehen uns bald wieder.«

»Du musst uns mal besuchen kommen, Stan«, schlug Dani vor.

»Mal sehen, vielleicht, wenn mein Geld für ein neues Hemd reicht. Bis dahin werde ich mir die Dinge erst mal genauer ansehen und versuchen, euch irgendwie mit meinen Recherchen zu helfen.«

Seine Augen funkelten begeistert.

»Was für ein Glück, dass wir dich haben, Stan«, sagte ich. »Jetzt weiß ich, dass da etwas nicht stimmt.«

Und genau so war es. Stans Hinweis, ich sei doch nicht auf den Kopf gefallen, hatten auch die letzten Zweifel beseitigt. Jetzt wusste ich, dass keines dieser Ereignisse ein Zufall war – Eva, Sanctum und der Kidnappingversuch. Alles trug die Handschrift der Sekte.

Als wir wieder zu Hause waren, rief ich Michael Parks an.

»Wissen Sie, wem Sanctum gehört?«, fragte ich ihn.

»Gute Frage. So wie ihre Geschäftsführung bestückt ist, hat man den Eindruck, als gäbe es keine einzelne Person an der Spitze. Sanctum präsentiert sich eher wie eine Art Stiftung. Der Gewinn komme wohltätigen Zwecken zugute, heißt es, und der Großteil werde in medizinische Forschung gesteckt.«

»Ich würde wetten, dass es in Wirklichkeit ganz anders aussieht.«

»Bestimmt. Meine Kontaktleute suchen weiter. Haben Sie schon über meinen Vorschlag nachgedacht?«

»In der Zeit bis Weihnachten muss ich bei meiner Schwester bleiben. Sie will auch gar nichts davon wissen, dass ich mich irgendeinem Risiko aussetze. Es wird einige Zeit kosten, sie zu überreden. Ich melde mich wieder bei Ihnen.«

Später am Tag schickte ich Stan eine Nachricht und lud ihn für Weihnachten ein. Ich konnte den Gedanken nicht ertragen, dass er die Feiertage mutterseelenallein in seinem zugigen Wohnwagen verbringen würde. Und ich versprach ihm, dass er als Weihnachtsgeschenk ein neues Hemd von uns bekäme. Er antwortete umgehend und sagte zu.

Den restlichen Abend verbrachte ich damit, mir am Laptop alte Fotos anzusehen. Natürlich tauchte auch eins von Carl darunter auf. Es war eine Aufnahme aus dem Büro, darauf blickte er mich an, und seine Augen lächelten. Auf dem Bild sah er etwas zerzaust aus, er wirkte jünger. Ich konnte noch erkennen, dass er eine Shorts trug. Der Anblick seiner Oberschenkel ließ mich schaudern. Ich erinnerte mich, wie ich damals das Handy zur Seite gelegt und sie berührt hatte. Seine kräftige Muskulatur und die gekräuselten Haare. Natürlich waren meine Hände nicht nur dortgeblieben. Mit heiserer Stimme hatte er mich gebeten, die Tür abzuschließen.

Mir kam der Gedanke, dass ich unsere gemeinsame Welt nun verlassen hatte und mich auf den Weg in eine andere Welt gemacht hatte. Ich konnte ihn nicht mehr erreichen. Ich wollte ja, dass er frei war. Gleichzeitig machte mich diese Vorstellung wahnsinnig.

Ich kannte Carl jetzt anderthalb Jahre, und erst war ich mir gar nicht so sicher gewesen, ob ich ihn wirklich liebte. Einmal im Leben hatte ich die Liebe erfahren, die Liebe meiner Eltern. Doch die war mir auf grausame Weise entrissen worden. Liebe an sich hatte etwas Diffuses, für mich war sie mit

Erlebnissen von Einsamkeit und Sehnsucht verknüpft. Aber in dem Moment, in dem ich das Bild von ihm betrachtete, wusste ich genau, dass das, was ich fühlte, Liebe war. Ich habe nie an Gott oder an eine andere höhere Macht geglaubt. Doch eins beschloss ich in diesem Augenblick: Ich würde ein großes Opfer bringen, wenn ich nur den Carl, der mich auf diesem Foto so liebevoll anstrahlte, zurückbekam.

»Nun sieh dir bloß dieses Gesicht an!«

Es war zu spät, den Laptop zuzuklappen. Ich fuhr herum und sah Dani vor mir stehen.

»Es ist mir zufällig in die Hände gefallen, als ich etwas anderes gesucht habe. Die Zeit des Selbstmitleids ist vorüber.«

»Du musst dich doch nicht entschuldigen, Alex. Die Sehnsucht kommt und geht, aber irgendwann verflüchtigt sie sich ganz.«

»Hast du schon was von Steve gehört?«

»Ja, er hat mir eine SMS geschrieben, in der stand, dass Carl den ganzen Flug über nichts als still dagehockt und aus dem Fenster gestarrt hat, er hat wohl auch einiges getrunken und ansonsten viel geschlafen. Eva übernachtet im Gästehaus bei Ash & Coal auf dem Gelände. Möchtest du noch mehr wissen?«

»Nein, eigentlich nicht.«

»Denkst du nicht, es würde dir guttun zu versuchen, nicht permanent an ihn zu denken?«

»Wahrscheinlich schon. Aber in dem Gespräch mit Stan ist mir klar geworden, dass Carl tatsächlich in ernster Gefahr sein könnte.«

»Stimmt. Aber dir täte es gut, mal ein bisschen rauszukommen. Morgen schnappen wir uns einen Securitymann und machen einen Ausflug in die Stadt. Ich würde mir gern das Academy-of-Science-Museum ansehen, das muss doch grandios sein. Darin gibt es sogar einen tropischen Regenwald, in dem dir die Schmetterlinge auf den Arm fliegen.«

Die Idee gefiel mir gut, der Plan stand.

Mitten in der Nacht erwachte ich von einem Klopfen. Ich setzte mich auf, etwas desorientiert und schlaftrunken. Jemand war tatsächlich an der Haustür, dabei zeigte die Uhr halb zwei. Mein Puls schlug höher. Schon schossen mir die wildesten Gedanken durch den Kopf: Die Polizei steht vor der Tür und überbringt uns die Nachricht, dass Stan nach unserem Besuch wieder überfallen worden ist oder dass Carl einen Unfall gehabt hat – oder es ist einer unserer Personenschützer, der uns warnen will, weil wir in Gefahr sind.

Doch das Klopfen war auf keinen Fall energisch, sondern eher sanft.

Ich krabbelte aus dem Bett und merkte sofort, dass meine Beine vor lauter Angst beinahe versagten. Ich humpelte durch den dunklen Flur. *Es ist sicher nichts Gefährliches*, redete ich mir gut zu. Auf dem Weg zum Eingang zog ich noch Danis Zimmertür zu, um sie nicht zu wecken. Ich knipste auch kein Licht an, doch der helle Schein der Straßenlaternen drang durch das gefrostete Glas in unserer Haustür. Dahinter konnte ich die Umrisse eines Mannes erkennen. Er musste mich auch bemerkt haben, denn jetzt hörte er auf zu klopfen. Irgendwie kamen mir diese Konturen bekannt vor. Nun hörte ich ihn im Kies vor der Tür scharren. In diesem Fall hätte ich einen Spion in der Haustür gut gebrauchen können. Trotzdem löste ich vorsichtig die Sicherheitskette. Als ich die Tür öffnete, stockte mir der Atem. Ich traute meinen Augen nicht, stand wie angewurzelt da. Und musste im nächsten Augenblick vor Erleichterung und Freude richtig loslachen.

Vor mir stand nämlich Brett Cole.

33

Eva

Es ist trostlos, wieder in Schweden zu sein. Das flache Land ist lehmig und karg. Auf einer Koppel stehen vereinzelt ein paar Pferde. Nackte Weiden recken ihre Äste in den Himmel. Am Straßenrand liegen dreckige Schneereste. Über dem Land hängt dicker Nebel, der fast bis ins Wageninnere dringt.

Eva hasst Schonen, wie langweilig, so flach.

Bei diesem Gedanken beginnt es in ihrem Kopf heftig zu rauschen. Ein Endzeitgefühl überkommt sie. Sie schließt die Augen und spürt die Welt beben. Natürlich ist ihr bewusst, dass sie in einem Taxi sitzt und auf der Autobahn fährt – doch ein Teil von ihr fühlt sich im selben Augenblick in eine Katastrophennacht vor zwei Jahren zurückversetzt, nicht weit von hier.

Dieses Erlebnis wird sie noch bis ins Grab verfolgen. Ein einziger Kommentar von *ihm,* und dann brach die Hölle los. Sie erinnert sich an die Ohrfeige. Wie sie rotgesehen hat, buchstäblich. Völlig hysterisch wurde, jenseits jeder Vernunft. Alles war Chaos und Blut. Seine Schreie taten ihr gut, waren so befreiend, doch dann wurde sie von starken Körpern überwältigt, zu Fall gebracht und festgehalten, obwohl sie um sich schlug, wie eine Wildkatze kratzte und fauchte. Noch einmal spürt sie den Pieks im Arm, alles wird schwer und dunkel, und dann wacht sie an einem ganz anderen Ort wieder auf, wo sie ihre Strafe erhält. Die idiotischen psychologischen Analysen ihres Motivs. *Wahnvorstellungen von übergriffigen Handlungen in ihrer Kindheit. Überreaktionen in bestimmten Situationen. Ein Verlangen danach, abgrundtief böse zu sein.* Und das war nur der Anfang, darauf folgte ein halbes Jahr voller Schrecken in einer forensisch-psychiatrischen Klinik. Und als sie dachte, sie hätte alles überstanden, wurde sie von Sanctum einkassiert.

Mit dem Blick auf das winterliche Schweden sitzt sie schweigend da und spürt aufs Neue die Wut hochkochen. Ihr Verlangen nach Vergeltung erlischt nie. Was noch nicht zu Ende gebracht ist, nagt nach wie vor. Schade, dass sie ihn mit dem Messer nicht tödlich verletzt hat. Aber im Affekt war sie einfach hysterisch geworden. Sollte sich die Gelegenheit noch einmal bieten, dann würde sie ihren Verstand einsetzen.

Sie hat keine Erklärung dafür, was jetzt mit ihr in diesem Wagen geschieht, aber plötzlich befindet sie sich außerhalb ihrer Körperhülle. Die andere Eva sitzt aufrecht und reglos auf ihrem Platz neben dem schlafenden Steve. Ihre Wangen sind von den Tränen ganz striemig. *Was geht hier eigentlich vor?*

Sie wird in die andere Eva hineingesogen und spürt jede Bürde, die ihr zweites Ich zu tragen hat: verdrängte Verletzungen und riesengroße Angst.

»Entschuldigung«, flüstert sie leise, kaum hörbar.

Das ist ihre Stimme, aber die andere Eva formuliert diese Worte.

Sie bemerkt, wie Steves Kopf zur Seite kippt und ihre Schulter berührt, dann nimmt sie einen salzigen Geschmack im Mund wahr. Sie beißt sich auf die Lippen, versucht mit aller Kraft, die zweite Eva loszuwerden, sie wegzujagen. Schließlich gelingt es ihr, die Kontrolle zurückzugewinnen, doch mit jedem Mal fühlt es sich sonderbarer an, in die Wirklichkeit zurückzukehren. Jetzt hat sie den Eindruck, dass jeder im Taxi sie anstarrt. Was nicht der Fall ist. Steve schläft. Carl sieht aus dem Fenster. Der Fahrer hat die Straße im Blick. Dennoch fühlt sie sich ertappt.

Ihr wird schlecht. Vermutlich nur vom Autofahren. Oder sind es Entzugserscheinungen? Das wäre schlimmer. Jetzt *muss* sie zusehen, dass sie Nils Wallin erwischt. Sie braucht nämlich dringend stärkere Medikamente – besonders jetzt, solange sie sich hier in Südschweden aufhalten muss, was ihr derart verhasst ist. Sie war gar nicht darauf vorbereitet, dass dieser Landstrich so viele Erinnerungen wecken würde. Heute Abend wird sie sich was zu trinken besorgen und sich einmal einen Rausch gönnen, ihre Erinnerungen wegtrinken und diese fürchterlichen Beklemmungen loswerden.

Sie hofft inständig, dass sie hier von keinem erkannt wird. Aber mit ihrer neuen Frisur, den farbigen Kontaktlinsen und den paar Kilos, die sie bei Sanctum zugelegt hat, ist das eher unwahrscheinlich.

Dein Name ist Eva Sand. So steht es in deinem Pass. Du startest in ein neues Leben. Konzentriere dich! Sei wach!

Etwas in ihr ist immer noch in Bewegung, sie muss reden und irgendetwas gegen dieses Unwohlsein tun.

Carl sitzt noch immer schweigend auf dem Beifahrersitz und stiert aus dem Fenster. Eva beugt sich vor, er kann den Hauch ihres Atems an der Wange spüren.

»Und, was ist es für ein Gefühl, wieder in Schweden zu sein?«

»Ach, ganz okay«, antwortet er.

Es ist so offensichtlich, dass er mit den Gedanken woanders ist. Oder vielmehr bei *jemand* anderem.

Eva beugt sich noch weiter vor und berührt seine Wange flüchtig. Sie ist überzeugt, dass er ihr Parfüm mag. Alle Männer mögen es. Sie betrachtet es inzwischen als ihr Pheromon.

»Weißt du, im Leben laufen einem immer Menschen über den Weg, die einen besitzen wollen. Dass du dich aus so einer Beziehung befreien wolltest, ist völlig nachvollziehbar, du musst dich wirklich nicht schuldig fühlen. Es wird alles wieder gut werden, wenn du dir diese Freiheit selbst zugestehst.«

Ihr erster Satz war völlig daneben. Als sie die Hand auf seine Schulter legt, weicht er aus und entzieht sich ihrer Berührung. Shit, noch sollte sie sich zurückhalten. Er dreht sich ruckartig um und sieht sie scharf an. Sie fühlt sich entlarvt. Ob er sie durchschaut? Nein, ganz bestimmt nicht.

»Ich weiß nicht, was du damit bezweckst«, sagt er.

Er zerfließt förmlich in Selbstmitleid, und sie muss dringend einen Zugang zu ihm finden, um ihn da rauszuholen. Jetzt muss sie einen kühlen Kopf bewahren. In diesem Fall kommt es drauf an. Sie befeuchtet ihre Lippen, und von nun an ist jedes Wort wohlüberlegt.

»Ich kann verstehen, dass du jetzt deprimiert bist, aber du solltest dich mit Menschen umgeben, die deinen Intellekt, deine Energie und deine Zielstrebigkeit zu schätzen wissen. Das hast du wirklich verdient.«

Während sie spricht und ihre samtweiche Stimme wahrnimmt, lässt das merkwürdige Unwohlsein nach.

»Ach, freue ich mich darauf, endlich mit den Dreharbeiten zu beginnen!«, sagt sie. »Wer weiß, vielleicht war der Bruch mit Alex ja notwendig, um dir neue Türen zu öffnen. Bald werden Hunderttausende von Menschen deine revolutionären Theorien kennen, es bricht eine ganz neue Epoche in deinem Leben an.«

Und dabei betont sie *revolutionär*, sie weiß, dass ihm das Wort gefällt.

Er reckt sich.

»Nett gesagt, Eva. Ich freue mich auch auf die Dreharbeiten.«

»Ich bin für dich da, wenn du mich brauchst.«

»Danke, aber ich habe hier einen guten Freund, auf den ich mich schon riesig freue. Geht es gleich morgen los?«

»Nein, morgen haben wir noch frei, um uns von der Reise zu erholen.«

»Gut, das passt.«

Eva fragt sich, wer dieser Freund wohl sein könnte – und hofft, dass es sich dabei nicht um eine Frau handelt. Ihr ist bekannt, dass Carl in Schweden einen größeren Freundeskreis hat. Sie lässt die Fensterscheibe ein Stückchen runter, sodass eiskalte Luft ins Wageninnere strömt.

Steve schnarcht neben ihr wie ein Schwein. Und das soll der beste Personenschützer von ganz Kalifornien sein. *Lachhaft.* Er würde auch weiterschlafen, wenn sie Carl mit einer Machete niedermetzeln wollte.

Das Taxi wird langsamer und hält ruckartig an. Jetzt stehen sie vor einem hohen Tor.

»Wir sind da!«, sagt Carl. Nun scheint er besser gelaunt zu sein.

Er steigt aus und gibt einen Code ein, woraufhin das Tor sich öffnet. Als er sich wieder in den Wagen setzt, greift er zu seinem Handy und wählt eine Nummer.

»Hallo Edna! Wir sind da«, sagt er. »Brett geht nicht ans Telefon, ist er vielleicht bei dir?«

Welch ein Segen – der Freund ist natürlich dieser Kanake, mit dem Carl schon per Skype gesprochen hat.

Edna scheint schlechte Neuigkeiten zu haben, denn Carl verstummt und verzieht das Gesicht.

»Sag, dass das nicht wahr ist!«, brüllt er so laut, dass Steve zusammenzuckt und vor Schreck die Augen aufreißt.

Völlig frustriert lässt Carl das Handy auf seinen Schoß fallen, sodass die heisere Frauenstimme für alle zu hören ist.

»Er hat dir einen Zettel auf den Schreibtisch gelegt«, sagt sie.

»Und was steht drauf?«

»*Bin im Urlaub*. Sonst nichts.«

Und damit sinkt die Stimmung im Wagen auf den absoluten Nullpunkt.

34

Brett breitete die Arme aus, noch in der Tür. Ich stürzte sofort auf ihn zu. Sein ganz besonderer, vertrauter Duft in der Nase tat so gut, dass ich wohlig seufzte, als er mich fest in die Arme schloss.

Brett und Carl hatten die Agentur gemeinsam gegründet, sie waren Partner der ersten Stunde. Gemeinsam hatten sie das Konzept von Ash & Coal ausgetüftelt. Brett war Afroamerikaner, sah blendend aus und trug fast ausschließlich Maßanzug und Krawatte – das krasse Gegenteil zu Carl. Ich kannte keinen anderen Menschen, der so lebensfroh war wie Brett. Bislang war mir auch noch niemand über den Weg gelaufen, der seinem Charme nicht erlag. Brett hatte etwas Magisches. Im passenden Augenblick konnte er einen Joint herbeizaubern, brachte einen in einer absolut trostlosen Situation zum Lachen und war für jedes Abenteuer gut, gerade dann, wenn man es am wenigsten erwartete. In seiner Gegenwart war ich bestens gelaunt, die Chemie zwischen uns stimmte ausgezeichnet.

Aber jetzt sah er ziemlich traurig aus.

»Komm rein«, sagte ich und zog ihn ins Haus.

Der Securityofficer, der Steve vertrat, kam auf uns zugerannt und hatte schon die Hand am Holster. Ich beruhigte ihn und sagte, dass Brett ein guter Freund sei, woraufhin er schnell wieder verschwand.

»Fragst du dich nicht, warum ich mitten in der Nacht hier auftauche?«, fragte Brett.

»Das wirst du mir sicher gleich erzählen. Jetzt hole ich uns erst mal was zu trinken. Du magst doch sicher ein Glas Wein?«

Er nickte, dann ließ er sich auf unser Sofa fallen. Interessiert sah er sich um.

»Wie schön ihr es inzwischen eingerichtet habt«, meinte er.

Das letzte Mal war er bei uns gewesen, als wir gerade erst eingezogen waren, Dani hochschwanger. Jetzt stand sie plötzlich im Nachthemd in der Tür, mit dem schlafenden Erik im Arm.

Brett sprang auf.

»Oh, das ist dein Kleiner! Darf ich ihn mal nehmen?«

Dani nickte und gab ihm Erik in die Arme. Brett strahlte und legte seine Nase an die Babystirn.

»Wie himmlisch er duftet. Jetzt gehts mir gleich viel besser.«

Erik streckte die Ärmchen aus und wimmerte leise, daraufhin überließ Brett ihn wieder der Mama.

Wir hockten uns alle aufs Sofa. Ich füllte die Gläser. Dani und ich saßen mucksmäuschenstill da und warteten gespannt, dass Brett zu erzählen begann.

»Ich kenne Carl jetzt seit mehr als zehn Jahren. Und obwohl wir die meiste Zeit fast zehntausend Kilometer voneinander entfernt sind, waren wir immer die dicksten Freunde. Über alle Idioten, die uns Steine in den Weg gelegt haben, konnten wir nur lachen. Bis heute hatten wir nicht einmal Streit, weil wir uns nicht einig gewesen wären. Aber jetzt erkenne ich ihn nicht wieder.«

»Weiß er, dass du bei uns bist?«, fragte Dani.

Brett schüttelte den Kopf.

»Wahrscheinlich hat er gerade meine Nachricht gesehen. Ich habe gehört, dass du gekündigt hast, Alex. Es kann doch kein Zufall sein, dass wir beide gleichzeitig mit Carl Stress haben, oder?«

»Wahrscheinlich nicht. Aber erzähl doch erst mal, was zwischen euch vorgefallen ist«, bat ich ihn.

»Innerhalb von Wochen hat er sich völlig verändert. Er ist ein ganz anderer Mensch geworden, er meckert, ist kleinlich und sofort auf der Palme. Früher konnten wir über seinen peniblen Ordnungssinn immer Witze machen. Er hat gemocht, dass ich anders gestrickt bin. Aber jetzt geht ihm alles auf die Nerven, was ich auch tue oder sage. Er kann mich mal. Zumindest im Augenblick.«

»Was ist denn passiert?«, fragte ich.

»Ja, er hat mich angerufen und gesagt, was alles für dieses Dokusoap-Team, das nach Schweden kommt, vorbereitet sein müsse. Unterkünfte und Verpflegung und jede Menge praktische Dinge. Das hat ihn doch früher nicht gejuckt. Da hat er sich einfach auf mich verlassen. Seit wir die Agentur gegründet haben, kümmere ich mich um unsere Klientinnen, und es hat nie Beanstandungen gegeben. Jetzt wollte er sogar wissen, ob wir auch genügend Badehandtücher hätten. Sorry, Badehandtücher? Das ist doch krank.«

»Sie drehen übrigens eine Reportage, keine Dokusoap«, korrigierte ihn Dani. »Aber ich weiß, was du meinst. Wir finden auch, dass Carl sich verändert hat.«

»Obwohl die Sache mit den Handtüchern das Fass nur zum Überlaufen gebracht hat«, sagte Brett. »Schon seit ich mich die ersten Male mit Cecilia Borgh getroffen habe, hat er komisch reagiert. Du kennst sie ja, Alex.«

Wie wahr. Cecilia war Schauspielerin und hatte schon mehrfach Reisen bei uns gebucht. Nachdem ihr letzter Freund sie misshandelt hatte, war ihr die Lust auf Dates vergangen. Da hatte sie lieber unseren Service in Anspruch genommen.

»Bist du mit ihr zusammen?«, fragte ich ihn.

»Schön wärs, aber Carl hat sich sofort quergestellt. Es gehört ja zur Firmenpolitik, dass Dates mit Klientinnen tabu sind, und er hat sich stocksteif geweigert, in diesem Fall eine Ausnahme zu machen.«

»Ziemliche Doppelmoral«, sagte Dani. »Und er amüsiert sich währenddessen mit einer Geschäftskollegin.«

»Welche Kollegin?«, fragte Brett. »Meinst du diese Eva Sand?«

»Erzählen wir dir gleich«, sagte ich.

Ich konnte mir die Schadenfreude nicht verkneifen. Jetzt bekam Carl zu spüren, dass es noch andere Menschen gab, die sein unerträgliches Benehmen nicht mehr aushielten. Ich ertappte mich selbst, wie ich schmunzelte, und hoffte, dass mir nicht allzu deutlich ins Gesicht geschrieben stand, wie sehr mich das amüsierte. Doch ein anderer Gedanke trieb mich um. Carl war jetzt mit Eva Sand allein. Da Brett nicht in Schweden war, konnte er Carl auch nicht aufheitern. Blieb nur noch Steve, doch der würde mit seiner Aufgabe als Personenschützer schon alle Hände voll zu tun haben.

»Hat Carl versucht, dich anzurufen?«, fragte ich Brett.

»Das nehme ich an, aber mein Smartphone war ausgeschaltet.«

Es wurde immer besser. Schadenfreude ist etwas Eigenartiges. Man kann sie nicht kontrollieren, aber sie tut gut, auch wenn man sich das nicht immer eingestehen mag.

»Carl wird im Karree springen, wenn er mitkriegt, dass du nicht da bist«, sagte ich.

»Ach was, er wird sich ein bisschen ärgern, aber richtig wütend wird er nie«, sagte Brett und zuckte müde mit den Schultern.

»Doch, das wird er ganz bestimmt.«

»Jetzt erzähl mal, was hier los ist«, sagte Brett. »Ich kenne bislang ja nur Carls Version. Er hat eine Drohmail von irgendeiner freikirchlichen Gruppierung bekommen? Und irgendein Irrer hat versucht, Erik zu kidnappen? Und dann sagt er, dass du, Alex, so unter Strom gestanden hast, dass du angeblich völlig ausgeflippt bist, als er die Zusammenarbeit mit dieser Eva Sand begonnen hat?«

Sofort spürte ich wieder die Wut im Bauch.

»Ausgeflippt? Ja, sicher. Was er getan hat, war ja auch *völlig* normal.«

»Was hat er denn gemacht?«

»Ich habe ihn in flagranti ertappt, mit den Händen auf ihrem splitternackten Körper. Er hat das als Therapie bezeichnet, du kennst ja dieses leere Geschwätz. Ein paar Stunden zuvor hat er noch hoch und heilig behauptet, dass er sie nicht anziehend findet.«

Brett riss die Augen auf.

»Das ist nicht dein Ernst? Was für ein Idiot.«

Bei der Erinnerung schnürte sich mir die Kehle zu, sofort schossen mir wieder die Tränen in die Augen.

»Ich möchte das eigentlich gar nicht breittreten«, sagte ich.

Dani erzählte Brett dann, was seit dem Erdbeben bei uns vorgefallen war. Als sie fertig war, schüttelte Brett nur den Kopf.

»Deine Version hört sich völlig anders an als die von Carl. Mit Konspirationstheorien habe ich eigentlich nichts am Hut, aber das klingt ziemlich ernst. Es hört sich an, als würde Carl in irgendwas Dubioses hineingezogen werden. Oder …«

»Was denn?«

»Gibt es vielleicht jemanden, der einen Vorteil daraus zieht, wenn eure Beziehung zerbricht? Außer diesem Luder?«

»Was mögen wir eigentlich an ihm?«, fragte ich.

»Ach hör auf. Er setzt sich für misshandelte Frauen ein, das bewundere ich schon an ihm«, hielt Dani dagegen.

»Stimmt«, sagte Brett. »Aber seit wann braucht Carl eine ganze Artillerie, um etwas auf die Beine zu stellen? Einen Film über ihn und riesiges Medientheater?«

»Plötzlicher Größenwahn?«

»Wahrscheinlich«, sagte Brett.

Ich stand auf und ging zum Fenster, das gekippt war. Vom nächtlichen Nebel war die Scheibe leicht beschlagen. Ich sog den Duft des nassen Rasens und des Seetangs ein und sah zu einem feuerroten Mond auf, der über dem Meer hing. Gerade geschah so vieles gleichzeitig, ich musste mich auf eine Sache konzentrieren.

»Wir brauchen einen Plan«, sagte ich.

»Brauchen wir gar nicht, Darling«, sagte Brett. »Was du brauchst, ist ein bisschen Spaß.«

»Jetzt?«

»Nein, aber morgen ziehen wir alle zusammen in die Stadt und absolvieren das Touri-Programm. Wir gehen essen, und dann tanzen wir die Nacht durch.«

Von all den vielen Abendveranstaltungen machte mir Tanzen am meisten Spaß. Carl war kein großer Tänzer, Brett sagte, sein Freund bewege sich auf dem Tanzparkett wie ein Nilpferd. Brett hingegen tanzte wie ein junger Gott. Und das war nicht die erste Krise, in der er mich wieder auf den Boden holte.

»Aber wie können wir Carl bloß helfen?«, fragte Dani.

»Erst mal lassen wir ihn in Ruhe. Er hat jetzt seinen besten Freunden den Rücken gekehrt, das wird ihn nicht kaltlassen. Wenn er eine Zeit lang mit Eva Sand herumgezogen ist, wird er merken, dass es niemals so schön werden wird wie mit dir, Alex.«

»Du hast sie nicht gesehen.«

»Muss ich auch gar nicht.«

»Woher weißt du denn, dass ich ihn überhaupt zurückhaben will?«

»Stimmt, die Frage ist berechtigt. Aber du kennst mich ja, ich bin immer dafür, die Ruhe zu bewahren. Meist funktioniert das ganz gut.«

Dani fiel ihm ins Wort.

»Die Idee, morgen in die Stadt zu gehen, finde ich super. Wir nehmen den neuen Securitytypen mit, der kann nämlich auch ein bisschen Aufmunterung vertragen. Und am Abend habe ich dann selbst noch jemanden da, während ihr beide tanzen geht.«

In dem Moment kam der neue Securityofficer ins Wohnzimmer.

»Sind Sie Brett Cole? Steve hat sich gerade nach Ihnen erkundigt. Carl würde Sie gern sprechen.«

»Richten Sie ihm aus, dass ich im Urlaub bin und mein Handy ausgeschaltet ist.«

Erstaunt zog der Typ die Augenbrauen hoch und verschwand.

»Jetzt gehen wir mal schlafen«, sagte Brett. »Ich werde die Wohnung in Pacific Heights beziehen, aber kann ich vielleicht heute Nacht hierbleiben?«

Während er sich die Zähne putzte, bezog ich ihm das Bett im Gästezimmer. Gerade geschahen wirklich eigenartige Dinge. Carl verschwindet, Brett taucht plötzlich auf. Von Ash & Coal war bald nicht mehr viel übrig. Die Vorstellung, jetzt wieder allein in mein Bett zu gehen, war grässlich, deshalb kroch ich einfach unter Bretts Bettdecke. Ich schlief auch manchmal bei Dani im Bett, wenn ich mich einsam fühlte, aber seit Erik auf der Welt war, wollte ich ihren kostbaren

Schlaf nicht auch noch stören. Brett kam in Boxershorts ins Zimmer und musste grinsen, als er mich da liegen sah.

»Darf ich heute Nacht bei dir schlafen?«, fragte ich ihn. »Mehr will ich gar nicht.«

»Nein, Alex. Das wäre Carl gegenüber nicht fair.«

»Carl und ich haben Schluss gemacht. Es wird nichts passieren. Aber ich würde so gern in deinen Armen einschlafen. Ich fühle mich jeden Abend wahnsinnig einsam.«

Er kroch zu mir unter die Decke, nahm aber ein Kissen vom Kopfteil und legte es zwischen meinen Po und seinen Schoß.

»Sicherheitshalber«, sagte er.

In den letzten Jahren war Carl der einzige Mann gewesen, der mich erregt hatte. Aber inzwischen war es lange her, dass ich Sex gehabt hatte, daher erwachte etwas in mir zum Leben, als Brett sich zurechtkuschelte. Meine Haut war elektrifiziert.

Ganz behutsam legte er seine Hand auf meine Wange und ließ sie da einfach liegen. Eine Geste voller Zuneigung, aber ganz ohne Verlangen.

»Carl ist ein Idiot«, murmelte er. »Aber Sex aus Rache ist immer ein Fehler. Deshalb schlafen wir jetzt lieber.«

Ich lag noch eine Weile wach und genoss die Wärme von Bretts Körper an meinem Rücken. Ich verfolgte seine ruhigen Atemzüge und spürte, wie meine Lider schwer wurden. Endlich ein Mann, der nicht schwanzgesteuert war. Dafür liebte ich ihn. Inzwischen fiel bereits das blasse Dämmerlicht durch die Jalousie. Ich schmiegte mich noch dichter an ihn und fiel bald darauf in den Schlaf.

Dann verlebten wir einen wunderbaren Tag in San Francisco. Wir besuchten das Academy-of-Science-Museum, in dem sich der Tropische Regenwald befand. Und Dani flogen ihre

Schmetterlinge auf den Arm. In einem Straßencafé aßen wir zu Mittag. Brett war ganz Gentleman: Er hielt uns die Türen auf, zog uns den Stuhl vom Tisch und nannte uns *Ladies*. Als es Abend wurde, machte sich Dani mit dem Personenschützer auf den Heimweg.

»Wir gehen jetzt tanzen«, sagte Brett.

Er fuhr ziemlich lange durch die Stadt, bis wir vor einem hohen, weißen Gebäude hielten. An der Fassade war *Glide Memorial Methodist Church* zu lesen.

»Wie bitte? Das ist doch eine Kirche«, rief ich irritiert. »Ich dachte, wir gehen tanzen.«

»Das tun wir auch. Du bist einfach zu schwedisch, um Gospel zu begreifen. Das, was du jetzt erleben wirst, ist *Black* Gospel. Heute Abend gibt es hier ein ganz besonderes Konzert.«

»Ich weiß, was Gospel ist. So eine Art Kirchenmusik.«

»Nein, Alex, Black Gospel ist der pure Wahnsinn. Warte ab, du wirst es gleich sehen.«

Wir parkten den Wagen weiter oben in der Straße, und ich bemerkte schnell, dass wir in einem eher ärmlichen Viertel gelandet waren. Eine lange Menschenschlange hatte sich vor der Essensausgabetheke an der Kirche gebildet. Wir mussten über einen Obdachlosen steigen, der in einem Schlafsack auf dem Fußweg lag. Der Uringestank war mörderisch. Brett hielt mich fest am Arm.

»Ist es nicht ein Skandal, dass Menschen in einer der reichsten Städte der Welt so leben müssen?«, fragte er mich.

»Ja, da hast du recht, das ist beschämend. Sollte Ash & Coal vielleicht mal etwas gegen die Armut in der Stadt unternehmen und Geld spenden?«

»Das tun wir bereits. Wir unterstützen diese Kirche, die sich in der schulischen Sozialarbeit und für Obdachlose engagiert.«

Im Gotteshaus selbst war es warm, gemütlich und proppevoll. Zwei Stunden später war ich, neben ein paar Hundert anderen Besuchern, vom Tanzen klitschnass und völlig außer Atem. Ich befand mich in einem ganz seltsamen Glücksrausch. Pur, bodenständig und Ausdruck reinster Lebensfreude – so konnte man den Gospel im Glide Memorial beschreiben.

»Und jetzt ziehen wir durch die Klubs«, sagte Brett.

Dazu musste er mich weiß Gott nicht überreden. Als wir in den ersten Klub kamen, zog mich der heiße, pulsierende Rhythmus des Nachtlebens sofort in seinen Bann. Ich tauchte ganz in die Musik und die Hitze der vielen Menschen ein.

San Francisco hat zwei Gesichter – ein lebendiges am Tage, wenn das Leben auf den Straßen brodelt, und ein geheimnisvolles in der Nacht, wo die lichtscheuen Gestalten aus ihren Löchern kriechen und der Stadt einen mysteriösen Touch verleihen.

Der Klub war voller Menschen. Endlich wieder dieser vertraute Duft, unzählige Parfüms, Bier und der leichte Schweißgeruch von der Tanzfläche, es war herrlich. Es dauerte nicht lange, da wurde mir angenehm warm, ich war beschwipst und fühlte mich zum ersten Mal seit sehr langer Zeit wirklich glücklich. Wie gut mir das jetzt tat!

Überall liefen uns Leute über den Weg, die Brett kannten. Wenn sie fragten, wie es Carl gehe, antwortete Brett: »Geht so. Wie man sehen kann, habe ich ihm die Freundin geklaut«, und dann zwinkerte er mir zu.

Wir tranken, tanzten und lachten uns halb tot, bis wir nicht mehr konnten. Dann riefen wir ein Taxi und ließen uns nach Hause fahren. Nachts um drei donnerten wir durch die Haustür.

Brett fiel sturzartig aufs Sofa und schlief fast auf der Stelle ein. Mir war so heiß, und ich war so verschwitzt, dass ich mich noch unter die Dusche stellte. Im Haus war es ruhig, nur von draußen erklang das monotone Geräusch der Wellen, die auf den Strand schlugen. Trotzdem war mir, als hörte ich etwas. Jemand war da. Weiter entfernt knallte eine Welle explosionsartig an den Strand, doch dann ertönte ein anderes Geräusch dieser Art, es klang wie eine einzelne Feuerwerksrakete. War das ein Schuss? Sonderbar. Ich stand angespannt da und lauschte konzentriert, aber dann war es wieder still.

Als ich im Morgenmantel aus der Dusche kam, huschte ein Schatten an unserem Schlafzimmerfenster vorbei. Und dann noch einer. Instinktiv ging ich zum Fenster. Die Jalousien waren halb geöffnet, sodass ich da draußen eine Gestalt erkennen konnte. Die Angst fuhr mir in die Glieder. Es lief mir eiskalt den Rücken hinunter und erschreckt schrie ich auf. Auf einmal war ich wieder stocknüchtern und hatte meinen Körper unter Kontrolle. Mein Kopf war vollkommen klar, allerdings spannte ich jeden noch so kleinen Muskel an. Ich ging näher ans Fenster. Jeder Schritt kostete mich Überwindung, ich war steif wie eine Porzellanpuppe. In der Angst bemerkte ich einen Blutgeschmack in meinem Mund.

»Brett!«, rief ich gedämpft und hatte eine ganz komische, tonlose Stimme.

Doch aus dem Wohnzimmer kam keine Antwort.

Ich linste durch einen Spalt in der Jalousie.

Was ich sah, versetzte mich in Angst und Schrecken.

Auf dem Rasen standen drei schwarz gekleidete Männer.

Einer von ihnen hielt eine Schrotflinte mit abgesägtem Lauf in der Hand.

35

Eva

Carls schlechte Laune hält sich hartnäckig, nicht einmal nach einer Nacht Schlaf ist er besser drauf. Eva hat sich vorgenommen, ein bisschen Druck zu machen. Zuerst will sie ihn stärker an sich binden, ihr Zusammengehörigkeitsgefühl stärken, in einem zweiten Schritt möchte sie ihn zur Einsicht bringen. Aber zuallererst soll etwas anderes passieren. Einfach, weil sie es kann.

Sie loggt sich in ein gefaktes Facebook-Profil ein, in dem sie sich Ellie Lindberg nennt. Auf dem Profilbild erscheint ein fürchterlich stark geschminktes, junges Mädchen mit Schmollmund. Eva greift zu ihrem Handy und startet ein Video, das sie heimlich von Carl und sich in einem Café am Flughafen aufgenommen hat. Es war nicht leicht gewesen, aber es hat funktioniert. Mithilfe einer Vase hatte sie das Smartphone auf dem Nachbartisch in Position gebracht und auf Aufnahme gedrückt. Eva stoppt den Film, vergrößert das Bild und macht einen Screenshot, als sie sich zu Carl über den Tisch beugt und ihre Hand auf seinen Arm legt. Ihr Gesicht ist nur Zentimeter von seinem entfernt.

Dieses Foto wird sie auf Facebook, Snapchat und Instagram posten, um ein bisschen für Gerede zu sorgen. Während sie den Beitrag formuliert, huscht ein Lächeln über ihr Gesicht.

> OMG, hab grad in Kastrup Carl Asher mit seiner neuen Flamme gesehen! Megaschön, genau wie er – bestimmt ein Model. Voll Glück, dass er nicht mehr mit dieser Schlampe abhängen muss, dieser Alex Brisell. Kann gern geteilt werden! #gossip

Eva fügt noch ein paar Smileys, klatschende Hände und einen Daumen nach oben hinzu. Sie könnte wetten, dass ihr Post schnell geteilt wird. Das Interesse an Carl scheint noch genauso groß zu sein wie vor seinem Umzug in die USA. Er hat als ein Mann, der sich getraut hat, für das Recht der Frauen auf ihre Sexualität zu plädieren, einen hohen Bekanntheitsgrad erlangt. Soviel Eva weiß, hat er hier immer noch glühende Anhängerinnen.

Als sie jünger war, haben ihr solche fiesen Ideen einen Kick gegeben. Heute stellen sie sie nur zufrieden. Echte Freude kommt erst auf, wenn sie eine Rivalin aus dem Weg schaffen kann.

Bevor sie das Gästehaus verlässt, um zur Villa hinüberzugehen, betrachtet sich Eva in dem großen Spiegel. Sie zupft ihre Haare zurecht, dass der Bob wieder perfekt sitzt. Jedes Detail ihrer Erscheinung soll stimmen.

Auf dem Weg zu Ash & Coals Villa, wo sich Carls Büro befindet, denkt Eva über die Bezeichnung »unter die Haut gehen« nach. Um das bei Carl zu erreichen, muss sie die richtigen Saiten bei ihm anschlagen und einen Gleichklang erzeugen. Es wird schön sein, wenn sie schließlich seine Seele berührt.

Die Dame mit der langen Nase und dem rabenschwarzen Haar, die am Empfang sitzt, erinnert sie an einen Geier. Offenbar heißt sie Edna. Eva sagt etwas, doch Edna tut so, als sei sie Luft, also geht sie gleich zu Carls Büro rüber.

Carl steht am Fenster und fährt herum, als sie den Fuß in die Tür setzt. Ihr bleibt nicht verborgen, wie unzufrieden er mit sich ist. Auf seinen Schultern ruht eine tonnenschwere Last. Aber in seinen Augen ist wie immer sein eiserner Wille erkennbar, sein großes Potenzial.

Eva nimmt Platz, lässt die Schultern hängen, schlägt die Augen nieder und wartet einen Augenblick, bevor sie etwas sagt.

»Carl, du musst aufhören, dir Vorwürfe zu machen. Deine Freunde brauchen ein bisschen Zeit, um sich an die neue Situation zu gewöhnen. Die meisten Menschen tun sich schwer, wenn sich Dinge verändern.«

Es entsteht eine lange, riskante Pause. Jetzt muss sie ihn bei seinem Verantwortungsbewusstsein packen.

»Du machst mich richtig traurig. Ich habe so viel Energie in unser Projekt gesteckt. Und ganz billig ist es ja auch nicht gerade, ein solches Filmteam zu engagieren. Meinst du, du kannst dich in dieser Woche voll und ganz auf die Dreharbeiten konzentrieren und alles Private hintenanstellen?«

Seine Gesichtszüge entspannen sich.

»Ja, natürlich. Mir geht nur gerade so viel durch den Kopf.«

Eva erhebt sich und geht auf ihn zu.

»Die Welt, in der wir leben, ist schlimmer, als deine Freunde es wahrhaben wollen. Aber du und ich, wir wissen es besser, wir lassen die misshandelten Frauen nicht im Stich, denn sie brauchen uns.«

Und dann legt sie ihm dar, wie sie gelernt hat, zu ihren eigenen Freunden auf Abstand zu gehen, weil sie ihr zu viel Zeit stehlen. Dieser Prozess sei nicht leicht, aber notwendig gewesen, erklärt sie. Denn manchmal merke man erst dann, dass viele von ihnen jede Menge Energie abgezogen hätten.

Sein Gesichtsausdruck ist nach ihrem Monolog unverändert. Er hört einfach nur zu, sie weiß nicht, ob er sich die Dinge zu Herzen nimmt. Er ist nicht leicht zu beeinflussen, aber das macht das Spiel nur interessanter.

Hier ist niemand sonst, Carl. Keine heulende Alex, kein Kanake. Sieh mich an. Ich habe deine Zeit viel mehr verdient als alle anderen.

»Meine Freunde rauben mir keine Energie«, sagt er schließlich. »Und es stimmt ja auch, dass ich in letzter Zeit abwesend war, ich habe schließlich nicht auf sie gehört.«

»Meiner Meinung nach bist du gerade dabei, einen ganz neuen Weg einzuschlagen und dich für eine bessere Welt zu engagieren. Und dabei willst du dich einfach nicht aufhalten lassen. Das bewundere ich an dir. Deine Freunde haben das nicht begriffen.«

»Das kann schon sein, aber sie fehlen mir trotzdem.«

»Ich bin doch da. Vergiss das nicht«, sagt sie, beugt sich zu ihm und küsst ihn sanft auf die Wange.

Diesmal entzieht er sich nicht. Dieser Moment ist Gold wert.

Eva weicht zurück. Carl macht ein überraschtes Gesicht. Jetzt spürt sie ein Gefühl von Macht. Psychische Macht über jemanden zu haben, ist ein Spiel ganz ohne Regeln. Es ruft beim Opfer Schwindel und Desorientierung hervor und kann es dazu bringen, vollkommen durchzudrehen.

Sie hat es nicht eilig, sie bleibt gelassen. Jetzt ist eine Verbindung zwischen ihnen entstanden. Sie weiß, dass ihre Stunde kommen wird.

»Bis später dann«, sagt sie und geht zur Tür.

Bevor sie das Büro verlässt, dreht sie sich noch einmal um. Er lächelt.

Und sie hat gewonnen.

36

Schaudernd begriff ich, was jetzt geschehen würde. Der Tod stand vor der Tür. Und wir waren vollkommen machtlos. Ich rannte in Danis Schlafzimmer. Sie war schon aus dem Schlaf hochgeschreckt.

»Da draußen stehen Männer mit Schrotflinten«, rief ich.

Mehr musste ich nicht sagen. Dani sprang aus dem Bett, nahm Erik aus dem Gitterbettchen und drückte ihn mir in die Arme.

»Versteckt euch. Pass auf ihn auf.«

Dann rannte sie aus dem Schlafzimmer. Ich nahm ihr Handy, das auf dem Nachttisch lag, und öffnete die App, die mit einer Art Notsignal unsere Personenschützer aktivierte. Mit Erik auf dem Arm verkroch ich mich in Danis großem Kleiderschrank. Er rekelte sich, schlief aber weiter. Sein Mund war halb geöffnet, seine Wimpern ruhten auf seinen kleinen Wangen.

Ich hätte eigentlich in Panik ausbrechen müssen, aber die Angst, die mich durchfuhr, war so stark, dass sie mich vollkommen lähmte. Doch als der erste Schuss fiel, begann ich, heftig zu zittern. Ich hörte Glas zersplittern, danach einen ohrenbetäubenden Schusswechsel. Die Schüsse wurden *in unserem Haus* abgegeben, so nah, dass ich die Augen schloss. Ich zuckte zusammen und fiel gegen die Schranktür, die nachgab. Eriks Köpfchen schlug dumpf gegen die Tür, woraufhin er erwachte und anfing, wie am Spieß zu schreien. Erst in diesem Augenblick begriff ich, was da im Wohnzimmer vor sich ging. Das war Dani, sie gab die Schüsse ab.

Es folgten weitere Schüsse und Schreie, und dann hörte ich durch Eriks ohrenbetäubendes Gebrüll, wie jemand wegrannte. Im nächsten Moment wurde ein Motor angelassen.

Ich wartete noch einen Augenblick, bevor ich aus dem Kleiderschrank kroch. Erik schrie nun noch lauter. Mitten im Wohnzimmer stand Dani, die Pistole in der Hand. Sie zitterte am ganzen Körper und hyperventilierte. Völlig zusammenhanglose, sonderbare Worte kamen ihr über die Lippen. Doch dann hielt sie inne und klapperte mit den Zähnen. Ich musste mich sehr beherrschen, um nicht laut loszuschreien. Meine Haut fühlte sich eiskalt an, Erik war in meinen Armen ganz heiß. Sein kleines Gesicht war puterrot, und er jammerte unaufhörlich. In meinem Kopf war ein einziges Chaos. Brett kam angerannt, riss Dani die Pistole aus der Hand und packte sie an den Schultern. Sie klammerte sich fest an ihn.

»Mach, dass die verschwinden! Bitte!«, schrie sie und sah dabei so entrückt aus, dass ich glaubte, sie war blind vor Wut.

Brett versuchte, sie zur Ruhe zu bringen, und wiederholte mehrmals, dass die Typen schon abgehauen seien. Ich legte mir Erik über die Schulter und streichelte seinen Rücken, so wie Dani es immer tat. Doch er wollte einfach keine Ruhe geben, sein kleiner Körper spannte sich an und machte sich steif. Der Schusswechsel musste ihn zu Tode erschreckt haben. Ich linste vorsichtig durch das Fenster, doch der Garten sah jetzt leer und verlassen aus. Ich konnte kaum fassen, was soeben geschehen war. Aber die Glassplitter auf dem Boden und der eiskalte Wind, der ins Zimmer drang, waren echt.

»Verdammt, wo waren denn die Wachmänner?«, schrie Dani. »Wo sind sie?«

Ich legte den schreienden Erik in seinem Bettchen ab,

nahm Danis Handy und wählte die Notrufnummer 911. Die Frau am anderen Ende teilte mir mit, dass bereits ein Streifenwagen unterwegs zu uns sei. Irgendwer musste die Schüsse gemeldet haben.

»Sie sollen noch mehr Streifen losschicken«, schrie ich.

»Ma'am, beruhigen Sie sich«, sagte die Frau mit übertrieben ruhiger Stimme. »Erzählen Sie mir der Reihe nach, was passiert ist.«

Das tat ich, in zusammenhanglosen Fetzen.

Dani löste sich aus Bretts Armen und hob Erik aus seinem Bettchen. Sie setzte sich auf den Boden, nahm ihn in den Arm und wiegte ihn zärtlich. Noch immer sah sie wild und hysterisch aus, aber ihre Stimme war mit einem Mal ganz liebevoll und ruhig, während sie mit ihrem Sohn sprach. Ich konnte kaum fassen, dass meine Schwester gerade noch wild um sich geschossen hatte. Wieso konnte ich mir nicht eingestehen, dass meine Schwester gewalttätig war?

»Warum sind sie einfach abgehauen?«, fragte ich.

»Fragst du das ernsthaft?«, meinte Brett. »Auf Danis Gegenangriff waren die sicher nicht vorbereitet. Die haben eine Scheißangst bekommen.«

Dani brach in ein unheimliches Gelächter aus, an der Grenze zur Hysterie.

»Das haben sie verdient«, rief sie. »Und sie haben sich nicht getraut zurückzuschießen, sie hätten ja Erik treffen können.«

Noch immer war sie völlig außer sich. Brett trat zu ihr und streichelte ihr zur Beruhigung liebevoll über den Rücken. In diesem Augenblick spürte ich, dass ich das genauso brauchte, und begann zu schluchzen.

»Alex, was ist los?«, fragte Brett besorgt.

»Alles gut«, erwiderte ich. »Aber jetzt muss ich mal nachsehen, wo unsere Securityleute stecken.«

»Geh lieber nicht raus«, hielt Brett sie zurück. »Es ist besser, drinnen zu bleiben und auf die Polizei zu warten.«

In der Ferne hörten wir bereits die Sirenen. Doch ich nahm immer noch alles wie durch einen Nebel wahr. Die Schüsse und Eriks Gebrüll hatten mich halb taub gemacht. Unsere Stimmen klangen richtig blechern.

Trotz Bretts warnender Worte stellte ich mich in die offene Tür und wartete auf die Polizei. Ich konnte das Blaulicht schon erkennen. Aber wo blieben eigentlich unsere Wachleute? Steves Grundsatz war, dass nachts immer zwei Männer bei uns sein sollten. Und warum war hier jetzt nicht mal einer?

Ich blickte zu unserem Nachbarhaus, in dem sich die Wohnung der Personenschützer befand. Erst begriff ich gar nicht, was da vom Balkongeländer baumelte. Ich musste mich sehr konzentrieren, um es zu erkennen. Als ich mit Entsetzen feststellte, dass es sich um einen Arm handelte, schrie ich auf der Stelle los. Ich konnte gar nicht mehr aufhören. Erst als mich eine Polizistin fest an den Schultern packte, unterbrach sie meinen Panikanfall.

»Alles ist gut, wir sind jetzt da«, sagte sie. »Alles wird gut werden.«

Mark hatte auf dem Balkon gestanden, als man ihm in den Brustkorb geschossen hatte.

Immerhin war er noch am Leben, also brachte man ihn mit Blaulicht ins Krankenhaus. Auf dem Rasen vor unserem Haus konnte die Polizei Blutspuren sichern. Danis Schusssalve musste einen der Täter getroffen haben, aber der Blutmenge nach zu urteilen konnte es sich um keine schwerwiegende Verletzung handeln. Ein paar Minuten später tauchte der andere Securityofficer, Steves Vertretung, auf. Er war am Boden zerstört.

»Es ist alles ganz ruhig gewesen, wir hatten keinerlei Hinweise auf irgendetwas Verdächtiges. Unsere Schichten waren in den letzten Tagen lang. Mark hat gemeint, es ist okay, wenn ich kurz zu meiner Frau und den Kindern nach Hause fahre. Ich wollte doch nur ein paar Stunden weg sein.«

»Nachts um zwei?«, schrie ich ihn an. Diese Ausrede klang merkwürdig.

»Ich habe die Zeit ein bisschen aus den Augen verloren, tut mir leid …«

Er fing fast an zu weinen, aber es kam mir irgendwie unecht vor.

Dani taxierte ihn mit eiskalter Miene.

»Sie sind gefeuert«, sagte sie knallhart.

Es war befremdlich zu beobachten, wie sie sofort wieder die Kontrolle übernahm. Zumal sie Konfrontationen früher immer aus dem Weg gegangen war. Als die Polizeibeamten ihr die Frage stellten, warum sie auf die Männer geschossen habe, ging sie gleich zum Gegenangriff über.

»Sie waren bewaffnet. Mein Sohn ist hier. Was hätten Sie getan? Die haben uns bedroht«, sagte sie.

»Es sieht ganz danach aus, dass Sie einen der Täter verletzt haben«, sagte ein Beamter.

»Geschieht ihm recht. Kapieren Sie nicht, dass wir die Opfer sind? Sollten Sie sich nicht lieber darum kümmern, die Täter zu verfolgen und festzunehmen, anstatt uns komische Fragen zu stellen?«

»Selbstverständlich«, sagte der Polizist und schlug die Augen nieder.

Es war gar nicht möglich, Dani zur Ruhe zu bringen. Sie machte so lange Rabatz, bis die Beamten versprachen, für den Rest der Nacht eine Wache bei uns zu lassen.

Die Leute von der Spurensicherung kamen, sperrten das

Gelände ab und untersuchten den Rasen und unser Haus. Überall standen Beamte herum. Ich beschloss, Michael Parks anzurufen und um Hilfe zu bitten, obwohl es halb vier Uhr morgens war. Ich war noch immer außer mir vor Angst. Am nächsten Morgen, wenn der Polizeibeamte zurück zur Wache fuhr, würden wir nämlich ganz ohne Personenschutz dastehen. Und Parks hatte ja erwähnt, dass er eine Securityagentur gebucht hatte. Erst als ich mich aufs Sofa setzte und mein Nachthemd an meinen Oberschenkeln klebte, bemerkte ich, dass es schweißnass war.

Michael Parks schien kein Problem damit zu haben, dass ich ihn um diese Uhrzeit anrief. Was ihn aufregte, war das, was ich zu berichten hatte.

»Jesus!«, rief er. »Solche Schweine. Ja, ich buche hin und wieder eine Securityfirma, die ich sehr empfehlen kann. Ich werde sie bitten, ein paar Officer zu Ihnen zu schicken.«

»Die Polizei bleibt zu unserem Schutz heute Nacht hier, aber morgen früh werden sie wieder verschwinden, und dann ist keiner mehr bei uns«, erklärte ich ihm. »Meine Schwester hat den einen Wachmann auf der Stelle entlassen, und der andere liegt auf der Intensivstation.«

Bei dem Gedanken an Mark schossen mir wieder die Tränen in die Augen. Würde er den Überfall überleben?

»Natürlich helfe ich Ihnen«, sagte Parks.

»Danke«, erwiderte ich. »Die Kosten übernehme ich natürlich.«

»Kommt gar nicht infrage«, sagte er. »In ein paar Stunden würde ich gern bei Ihnen vorbeischauen, wäre das okay?«

»Sehr gern. Haben Sie herzlichen Dank.«

Brett stand etwas entfernt von mir und telefonierte auch. Schließlich kapierte ich, dass er Carl angerufen hatte.

»Eine ganze Woche?«, fragte Brett ungläubig. »Na, dann

hoffen wir mal, dass es hier bis dahin nicht schon das nächste Massaker gibt, denn dann werden wir uns nicht wiedersehen. Das könnte die größte Fehlentscheidung sein, die du je getroffen hast, denk an meine Worte.«

Und dann brummelte er noch etwas, was ich nicht verstehen konnte.

»Er möchte dich sprechen«, sagte er und hielt mir sein Handy hin. Brett sah mich mit seinen schönen Augen resigniert an, und ich griff zu seinem Smartphone.

»Alex, bist du dran?«, fragte Carl.

Als er meinen Namen aussprach, ging ein Beben durch meinen Körper.

»Ja.«

»Gott, ist das furchtbar. Wie gehts dir?«, fragte er aufgewühlt.

»Ziemlich beschissen. Was denkst du?«

»Es tut mir so leid, dass ich nicht bei euch sein kann. Ich schicke euch Steve mit dem nächsten Flieger. Er bringt dich, Dani und Erik an einen Ort, an dem ihr sicher seid. Bis dahin verstärken wir die Security bei euch rund ums Haus. Ich verspreche euch, bis Steve da ist, wird nichts mehr passieren.«

»Wie kannst du das versprechen? Du bist doch gar nicht hier.«

»Ich werde dafür sorgen. Willst du lieber nach Schweden zu mir kommen? Zwischen Eva und mir ist wirklich nichts weiter vorgefallen.«

Die Art, wie er ihren Namen aussprach. *Eva*. Mein Gefühl sagte mir, dass der Name nicht mit diesem Bild von ihr, dieser Erinnerung, die ich nicht zu fassen bekam, übereinstimmte.

Ich versank in Gedanken und vergaß ganz, dass Carl noch in der Leitung war.

»Alex, bist du da?«, fragte er sanft.

»Du hast mich angelogen.«

»Was da in unserem Büro vorgefallen ist, habe ich nicht geplant. Eva hat mich um eine Therapiesitzung gebeten, sie hat einiges zu verarbeiten. Aber es war ein Fehler, ihr diesen Wunsch zu erfüllen. Es tut mir schrecklich leid.«

Wie gern hätte ich ihm geglaubt. Doch warum wurde ich den Eindruck nicht los, dass er nicht die Wahrheit sagte?

»Soll ich Dani hier sitzen lassen, um bei dir und *ihr* zu sein? Bist du völlig durchgeknallt? Zwischen uns ist es aus. Hast du das noch nicht kapiert?«

»Das werde ich nie akzeptieren.«

»Da hast du leider keine Wahl.«

»Eva hat gesagt, sie würde dich gern näher kennenlernen.«

»Du kannst ihr ausrichten, dass das nicht auf Gegenseitigkeit beruht.«

»Verstehe. Schatz, mir ist klar, dass du total verängstigt bist, und mir tut wirklich furchtbar leid, was passiert ist. Jetzt brauchst du vor allem etwas Ruhe. Ich finde, du solltest …«

»Weißt du, was *ich* finde?«, fiel ich ihm ins Wort. »Wie kommt es, dass dieser Überfall ganz zufällig genau dann passiert, nachdem du Steve gezwungen hast, euch nach Schweden zu begleiten. Welch ein Zufall! Was sagst du *dazu*?«

»Nichts. Außer dass ich dich um Verzeihung bitte, dass ich unseren Schutz über euren gestellt habe.«

Unseren?

»Bist du jetzt völlig übergeschnappt? Die *Sekte* hat jetzt zweimal versucht, Erik zu kidnappen. Ganz sicher. Frag Eva doch mal, warum man über ihr Leben keinerlei Informationen findet. Bevor sie bei uns im Büro aufgetaucht ist, gab es sie quasi gar nicht. Frag Amanda, wenn du mir nicht glaubst. Das kannst du gleich als Erstes tun. Vorher will ich mit dir nicht mehr sprechen.«

Jetzt überschlug sich meine Stimme. An Bretts Gesichtsausdruck konnte ich ablesen, dass er nur darauf wartete, dass ich dieses Gespräch beendete.

»Atme tief durch, Alex«, sagte Carl. »Sitzt du eigentlich? Setz dich irgendwo hin und atme ganz tief durch die Nase ein und durch den Mund wieder aus.«

Jetzt konnte ich sein Psychologengeschwätz wirklich nicht länger ertragen. Ich hatte schließlich nicht die Telefonseelsorge angerufen.

»Hast du immer noch nicht begriffen, was hier gerade passiert ist?«, fauchte ich. »Die haben mit einer abgesägten Schrotflinte vor unserer Tür gestanden!«

»Doch, Brett hat mir alles erzählt. Und natürlich musst du bei Dani bleiben. Meine Idee, dass du zu mir kommst, war egoistisch, sorry. Ich vermisse dich einfach so sehr. Ich …«

Er räusperte sich und kämpfte mit den Tränen. In diesem Augenblick verspürte ich plötzlich eine riesengroße Sehnsucht nach ihm.

»Bitte, komm nach Hause!«, schluchzte ich mit einem Mal. Es überkam mich einfach.

Stille in der Leitung. Nur sein Atmen war noch zu hören. Ich ließ ihm ein paar Sekunden Zeit, dann erlosch mein kleines Hoffnungslicht. Ich drückte das Gespräch weg. Er rief zurück, doch ich reichte Brett das Handy, und er ließ es in seiner Sakkotasche verschwinden. Er hatte immer noch den zerknitterten Anzug an, den er schon im Klub getragen hatte. Unser wunderschöner Abend kam mir vor, als hätte er in einem anderen Leben stattgefunden.

»Carl hat gesagt, dass er Steve in den nächsten Flieger zurück in die USA setzen will«, erklärte Brett. »Er soll euch an einen geheimen Ort bringen. Und er will auch noch mehr Wachpersonal engagieren …«

»Das weiß ich alles, aber ich habe über Michael Parks selbst schon Securityleute organisiert«, erwiderte ich.

Brett biss sich auf die Unterlippe.

»Carl ist im Moment an einer Art Scheideweg angekommen, jetzt geht es um seine Karriere. Er sagt, er ist es leid, unsere Dienstleistung nur einer kleinen Elite anbieten zu können. Er will einen neuen Weg einschlagen und wirklich etwas bewegen. Morgen beginnen sie mit den Dreharbeiten. Die dauern eine Woche, danach kommt er wieder nach Hause. Und bis dahin wird er mich regelmäßig anrufen, um sich zu erkundigen, was hier passiert. Fuck you, kann ich nur sagen.«

»Er kommt mir so fremd vor.«

»Mir auch. Aber jetzt sollten wir frühstücken.«

»Wie kannst du jetzt ans Essen denken?«

»Woran soll ich sonst denken? Hier wimmelt es von Polizisten. Im Augenblick wird uns nichts passieren, und Hunger habe ich auch«, entgegnete er.

Er ging in die Küche und begann mit den Pfannen zu hantieren.

Ich setzte mich zu Dani aufs Sofa und kauerte mich zusammen. Sie sah mich liebevoll an. Vor ein paar Stunden wäre sie beinahe kollabiert, aber jetzt schien sie wieder ganz ruhig zu sein. Ihre Fähigkeit zu regenerieren war erstaunlich. Vielleicht lernte man das, wenn man ein halbes Jahr in den Fängen einer Sekte zubringen musste.

»Warum geschieht das alles jetzt?«, fragte ich sie.

»Sie sind hinter Erik her. Sie glauben, dass er ein Gott ist, das habe ich doch schon allen *erklärt*. Denk an diese mystische Paarungszeremonie in der Kirche, als sie mich vergewaltigt haben. All die hochfeierlichen Verse und Gebete und Beschwörungsformeln. Und dann der Chor, diese Hymnen. Sie glauben tatsächlich, dass Erik die Welt regieren wird. So geistesgestört sind sie. Begreifst du jetzt, mit was für Verrückten wir es zu tun haben, Alex?«

»Morgen kommt Steve. Dann kannst du dich sicher fühlen.«

»Wenn ich das wüsste. Mark haben sie ja auch fast erschossen. Woher sollen wir wissen, ob sie ihre Mörder nicht in einem der umliegenden Häuser einquartiert haben. Ich habe eine echt beschissene Angst, aber meine Wut ist noch viel größer.«

»Dieser Vorschlag, an einen geheimen Ort umzuziehen, klingt eigentlich nicht verkehrt«, sagte ich.

»Wir werden sehen«, erwiderte Dani und schmiegte ihren Kopf an meine Brust. »Zum Glück hatte ich die Pistole.«

»Ich weiß nicht ...«, sagte ich skeptisch. »Du hättest jemanden umbringen können.«

Dani sah mir in die Augen.

»Hattest du nicht gesagt, dass einer der Männer eine Schrotflinte mit abgesägtem Lauf dabeihatte?«

»Ja, genau.«

»Weißt du, warum man das macht?«

»Nicht, nein.«

»Um einen ganzen Haufen Menschen auf einmal niederzumetzeln. Mit so einem Gewehr vernichtest du alles in einem Radius von fünf Metern. Die Körper werden regelrecht in Stücke gerissen. Was meinst du, hätten sie mit uns gemacht, wenn sie Erik in ihrer Gewalt gehabt hätten?«

Ich starrte sie völlig entsetzt an und lachte schrill auf. Das war zwar eine ganz unangemessene Reaktion, doch ich konnte mich nicht beherrschen.

»Oh Gott, ja, du solltest die Pistole behalten.«

»Würde ich auch sagen.«

»Carl bleibt tatsächlich in Schweden«, sagte ich, um möglichst schnell das Thema zu wechseln. »Ich hasse ihn.«

»Kann ich verstehen. Aber es geht ja nur um eine Woche,

und es würde auch keinen Unterschied machen, wenn er jetzt zu uns käme. Er würde bloß versuchen, die Dinge in die Hand zu nehmen und für uns die Entscheidungen zu treffen.«

In diesem Augenblick fiel mir auf, dass Dani sich nie darüber beschwert hatte, dass Steve Carl und Eva nach Schweden begleitet hatte. Nicht einmal nach den Geschehnissen in der Nacht kritisierte sie ihn. Meine Schwester war wirklich ein guter Mensch. Das reinste Wunder.

Aus der Küche erklang Bretts Stimme, das Frühstück sei fertig. Er hatte Omelett und Toastbrot gemacht. Dani war still und verschlossen, doch sie aß gierig mit einem schlafenden Erik über der Schulter. Ich hingegen brachte kaum einen Bissen herunter, ich musste mich zwingen. Mir war schwindelig und flau im Magen. Mein Kopf fühlte sich an, als würde er sich in einem Wäschetrockner im Kreis drehen. Wie lange sollte das noch so weitergehen? Plötzlich bemerkte ich, dass ich vor mich hinstierte und die Gabel in ein Stück Butter gepiekt hatte.

»Alles okay, Alex?«, fragte Brett beunruhigt.

»Ja, sorry, oder nein, natürlich nicht. Ich war gerade in Gedanken.«

Er legte seine Hand auf meine.

»War das ein Flashback?«

»Irgendwie schon. Mich erinnert das alles so schrecklich an das letzte Jahr.«

»So schlimm wird es nicht werden. Wir finden bestimmt einen Weg.«

Die Polizistin, die als Erste zu uns gekommen war, trat in die Küche.

»Ich werde jetzt fahren«, sagte sie. »Aber Sie müssen keine Angst haben. Zwei Kollegen von mir werden bei Ihnen bleiben, bis Ihre Securityofficer da sind.«

»Haben Sie schon was von Mark gehört?«, fragte Dani.

»Er ist auf der Intensivstation, und er lebt. Mehr weiß ich leider nicht.«

Nach dem Essen beschlossen wir, uns auszuruhen. Obwohl der Tag bald anbrechen würde, kam es uns vor, als schlucke die Dunkelheit unser Haus einfach. Überall lauerten dunkle Gedanken. Wie lange sollte diese Jagd auf Erik noch weitergehen? Wie würden wir solch ein Leben ertragen? Noch bedrohlicher war die Vorstellung, sich daran gewöhnen zu müssen – an ein Leben in permanenter Angst.

Brett warf einen Blick in mein Schlafzimmer.

»Ich gehe jetzt schlafen, aber wenn du wieder Panik kriegst, Alex, wenn du reden möchtest oder mich brauchst, komm einfach ins Gästezimmer und hol mich aus dem Schlaf. Versprich's mir.«

Ich nickte und versuchte, die beklemmenden Gedanken zu vergessen, doch als ich seine breiten Schultern verschwinden sah, wäre ich ihm am liebsten hinterhergerannt und hätte mich an seinen warmen, männlichen Körper geklammert.

Ich war gerade unter die Bettdecke gekrochen, da rief mich meine Freundin Evie aus Schweden an. Zurzeit hatte sie eine Stelle in einer EDV-Beratung, doch sie war auch im Hacken richtig gut. Ich zögerte erst, weil ich nicht wusste, ob ich in diesem Zustand ans Telefon gehen sollte, womöglich brachte ich kein einziges Wort heraus. Dann nahm ich aber doch ab. Als Evie sich erkundigte, wie es mir ging, entschied ich mich schnell, nichts von dem Überfall zu erzählen. Evie war zwar in Ordnung, doch nicht immer ganz diskret. Ihre Nähe zum Netz war zu verlockend. Ich zwang mich, meine Stimme zu beherrschen, damit sie mir nicht anmerkte, wie mir die Angst im Nacken saß.

Nach ein paar Minuten Small Talk berichtete sie, dass in den sozialen Netzwerken gerade etwas kursiere, was ihr Sorgen mache. Da verbreite sich im Moment ein Post, dass sich Carl Asher mit seiner neuen Freundin, einer Art Model, in Schweden aufhalte. In den Kommentaren gäbe es abwertende Bemerkungen über mich. Ob ich das mitbekommen hätte? Sie würde mir den Beitrag mal schicken. Ich bedankte mich und verabschiedete mich mit Hinweis auf die frühe Tageszeit in Kalifornien wieder ins Bett.

Natürlich war es unvernünftig, sich diesen Post in meinem Zustand anzusehen, dennoch konnte ich es mir nicht verkneifen. Die Neuigkeit von Carls neuer »Flamme« wurde in den sozialen Medien und verschiedenen Blogs geteilt. Der fiese Tonfall in den Kommentaren ließ mich eher kalt, doch was mich berührte, war das Foto von Carl und Eva. Da legte sie ihre Hand auf seinen Arm, während ihre Gesichter sich so nah waren, dass man den darauffolgenden Kuss schon ahnen konnte. Dieses Bild sagte mehr als tausend Worte. Der Gestus war so intim.

Sofort überkam mich wieder ein Schwall von Eifersucht. Es war die Bestätigung, dass ich es mir nicht eingebildet hatte – Carl log mich nach wie vor an. Durch den Schock – aufgrund der Ereignisse der vergangenen Nacht – reagierte ich noch viel heftiger. Es war wie ein Schlag ins Gesicht, sich dieses Flirtfoto ansehen zu müssen. Uns hätte hier um ein Haar eine Schrotflinte erledigt, und Carl benahm sich wie ein liebeskranker Teenie. Am liebsten hätte ich auf das Bild gespuckt und dieser Frau die Augen ausgekratzt.

Ich machte einen Screenshot, fügte Carl wieder zu meinen Kontakten im Handy hinzu und schrieb eine SMS an ihn. Dann schickte ich das Bild mit der Unterschrift *Lügner* los.

Komischerweise ging es mir danach etwas besser.

Lange lag ich noch mit geschlossenen Augen wach. Das Licht der Morgendämmerung fiel schon längst in mein Zimmer, doch obwohl ich todmüde war, fand ich keinen Schlaf. Ich war viel zu aufgekratzt, der Ärger pumpte das Blut in rasendem Tempo durch meinen Körper.

Es war tröstlich, dass Steve uns an einen anderen Ort bringen würde, sobald er wieder in Kalifornien war. Allerdings befürchtete ich, dass mich dieser Umzug nicht beruhigen würde. Dani hatte Erik und Steve. Ich hatte niemanden. Keinen Freund. Kein Kind. Keinen Job. Kein richtiges Leben. Mir kam wieder der Vorschlag von Michael Parks in den Sinn. Ich spielte schon mit dem Gedanken zuzusagen. Mich bei Sanctum einschleusen zu lassen und mich dieser Gefahr ganz bewusst auszusetzen – damit Carl endlich begriff, was er mir eigentlich antat.

37

Eva

Um halb eins in der Nacht bekommt Eva einen Anruf von Axel Tynell. Rund um die Uhr muss sie verfügbar sein, haben sie gesagt.

»Etwas ist schiefgegangen, Sie müssen Asher aufhalten, er muss noch in Schweden bleiben«, sagt Axel ohne Umschweife. Diesmal verzichtet er auf die Höflichkeitsfloskeln.

»Habe ich auch schon mitbekommen. Hat *er* mir selbst erzählt. Ihr solltet mich in eure Pläne einweihen, ich hatte nicht die geringste Ahnung, was ihr vorhattet. Zuerst musste ich Carl wieder beruhigen, als Brett Cole völlig überstürzt aus Schweden abgereist ist, und jetzt das. Ich musste mich fast vor seinen Wagen legen, um zu verhindern, dass er auf der Stelle zum Flughafen nach Kastrup fährt und in den nächsten Flieger springt. Wäre wirklich schön, ein bisschen besser informiert zu werden.«

»Sparen Sie sich Ihre spitzen Bemerkungen, Eva. Muss ich wiederholen, was für Sie auf dem Spiel steht?«

»Nicht nötig.«

»Wie geht es ansonsten bei Ihnen voran?«

»Gut. Wir haben mit den Dreharbeiten begonnen. Im Augenblick ist Carl bei den Interviews noch ein bisschen abwesend, doch das bessert sich von Tag zu Tag.«

Axel muss lachen.

»Wir pfeifen auf die Interviews. Wollen Sie das *echte* Drehbuch für die Dokumentation lesen?«

»Sehr gern.«

»Schicke ich Ihnen per Mail. Aber löschen Sie die Datei, wenn Sie sie gelesen haben. Und versuchen Sie, intime Situationen mit ihm herzustellen, damit das Team ein bisschen Extramaterial bekommt. Wenn Sie das Drehbuch lesen, wissen Sie, warum. Sie denken doch hoffentlich daran, alles aufzunehmen, was Sie mit ihm anstellen?«

»Natürlich, ich nehme *alles* auf«, sagt Eva und wirft einen Blick auf ihr Handy, das im selben Moment das Telefonat mit Axel aufzeichnet.

»Na gut. Vielleicht wäre es nicht schlecht, wenn Sie ihn ins Bett kriegen könnten. Verschaffen Sie ihm einen guten Grund, in Schweden bleiben zu wollen.«

»Dass Sie meinen, darauf ausdrücklich hinweisen zu müssen, fasse ich als Beleidigung auf.«

»Okay. War nur ein Vorschlag. Tun Sie einfach, was nötig ist.«

Sie beenden das Telefonat. Über Axels letzte Worte ärgert sie sich. Sie wirft einen Blick aus dem Fenster. In Carls Wohnung brennt immer noch Licht. Natürlich wird sie Sex mit ihm haben, das ist der nächste und entscheidende Schritt, um ihn ganz zu kriegen. Außerdem ist ihr noch kein Mann über den Weg gelaufen, der nicht völlig verrückt nach ihrem Körper war. Sie kann nicht verstehen, warum Carl so lange braucht. Sie ruft ihn an.

»Ist es okay, wenn ich kurz zu dir rüberkomme? Ich kann einfach nicht einschlafen. Wahrscheinlich liegt das noch am Jetlag.«

Er zögert ein bisschen.

»Okay, gut.«

Sie sollte natürlich aussehen, als hätte sie gerade noch im Bett gelegen, also schminkt sie sich nicht und schlüpft in ein dunkelblaues Samtkleid, das die Farbe ihrer Augen unterstreicht. Aber High Heels zieht sie schon an. Keine Frage.

Sie macht einen Schritt in die eisige Kälte hinaus und kann gerade noch einer Pfütze ausweichen. Ein einziges Mal ist sie bislang in Carls Wohnung gewesen, als er ihr nach der Ankunft hier die Räumlichkeiten in der Villa gezeigt hat. Sein Zuhause ist merkwürdig. Alles ist tipptopp, aufgeräumt und sauber. Den Räumen ist gar nicht anzusehen, dass da jemand wohnt. Man hat das Gefühl, sie sind klinisch rein. Aber Eva gefällt eine sterile Umgebung.

Sie macht einen Schritt in Carls Wohnung und sieht ihn an einem Tisch mit seinem iPad sitzen.

»Ich hoffe, ich störe nicht. Was machst du grad?«

»Ich bin hinter dem perfekten Bild her.«

»Oh je, das klingt nach Stress.«

Er legt das iPad zur Seite.

»Nein, überhaupt nicht. Setz dich doch. Wenn du schon da bist, habe ich eine Frage.«

»Schieß los.«

»Weil wir zusammenarbeiten, habe ich mich entschieden, ein paar Informationen über dich einzuholen, das ist ja reine Routine. Und das Komische ist, dass ich in Schweden keine Frau mit dem Namen Eva Sand in deinem Alter finden konnte. Es hat den Anschein, als wärst du hier gar nicht gemeldet? Wer bist du eigentlich, Eva?«, fragt er und sieht sie skeptisch an.

Sie gibt sich Mühe, möglichst neutral zu klingen, als sie seine Frage beantwortet.

»Doch, ich bin hier amtlich gemeldet. Aber seit den Übergriffen in meiner Kindheit habe ich eine neue Identität.«

Er atmet auf.

»Das erklärt einiges. Ich werde an meine Kindheit auch nur ungern erinnert. Sorry, dass ich herumspioniert habe, aber das musste sein.«

»Macht nichts. Hast du eigentlich mitbekommen, dass es Gerüchte über uns zwei in den sozialen Netzwerken gibt? Irgendwer hat Fotos auf dem Flughafen gemacht.«

»Das ist mir vollkommen egal.«

»Mir auch. Ich wollte nur, dass du das weißt, für den Fall, dass dich jemand darauf anspricht. Ach ja, und bald ist Weihnachten, wollen wir uns vielleicht irgendwas Nettes überlegen?«

»Ich feiere Weihnachten nicht«, sagt er mufflig.

»Was hast du letztes Jahr zu Weihnachten gemacht?«

»Alex und ich haben gearbeitet. Wir haben eine Kerze für ihre Schwester angezündet, dann gekocht und Wein getrunken. Das war es im Grunde auch schon, genau so, wie ich es mag.«

»Alex scheint wirklich sehr nett zu sein. Ich hätte gern Kontakt mit ihr, um sie besser kennenzulernen.«

»Ich habe ihr vorgeschlagen herzukommen, aber jetzt ist vielleicht nicht der passende Moment, wie du dir vorstellen kannst.«

Gott sei Dank.

»Vielleicht ist es an der Zeit, sie loszulassen?«, sagt Eva vorsichtig.

Carl sieht sie fragend an.

»Warum sagst du das?«

»Seit wir mit den Interviews für die Reportage angefangen haben, kenne ich dich viel besser. Es ist so offensichtlich, dass du von Menschen, die dir nahestehen, ausgebremst wirst.«

»Ich verstehe nicht ganz, worauf du hinauswillst.«

»Ich habe den Eindruck, deine Freunde wollen dich davon abhalten, irgendein Risiko einzugehen, du sollst immer nur so weiterzumachen wie bisher. Ich will dich lediglich darauf hinweisen. Würden sie die Tragweite dessen, wofür du kämpfst, begreifen, dann hätten sie dieses Projekt nach allen Kräften unterstützt. Aber das habe ich ja vorher schon gesagt, sorry, ich mag jetzt nicht darauf herumreiten«, sagt sie.

Und dann ganz schnell, bevor Carl zu Wort kommt, schiebt sie hinterher:

»Das war nicht meine Absicht. Es macht mich nur traurig, dass du so niedergeschlagen bist und dabei so viel Zeit verschwendest. Du hast doch so unglaublich viel Potenzial.«

Sie legt eine kurze, rhetorische Pause ein.

»Aber eigentlich bin ich gar nicht hergekommen, um zu reden. Ich habe dich angelogen.«

Sie öffnet den Reißverschluss ihres Kleides, macht einen Schritt vor und steht nun splitternackt in ihren High Heels da.

»Ich würde gern da weitermachen, wo wir aufgehört haben. Mit der Therapie. Ich bin so verkrampft. Brauche deine Hände auf meinem Körper.«

Sie hat ihr Ziel klar im Blick. So leicht ist das. Sie braucht einfach nur dazustehen. Ihr Körper hat seine eigene Macht. In diesem schummrigen Licht glänzt er verführerisch. Carl wird zugreifen. Es sich endlich erlauben.

»Nur zu Therapiezwecken. Du hast es mir versprochen, aber wir wurden ja unterbrochen.«

In den Augen eines Mannes kann man erkennen, wann die Lust die Vernunft ausradiert. Tief in den Pupillen erkennt man eine Glut. Aber bei Carl sieht sie nichts. Sein Blick wirkt vollkommen neutral.

Er macht ein paar Schritte auf sie zu.

»Dieser Zeitpunkt ist ganz falsch«, erklärt er. »Meine besten Freunde wären vor ein paar Tagen fast erschossen worden, und ich komme mir wie ein Schlappschwanz vor, weil ich nicht bei ihnen bin. Nur weil ich dich und die Leute vom Filmteam nicht im Stich lassen will, bin ich überhaupt noch hier. Tut mir leid, bitte zieh dich wieder an.«

»Ich meine wirklich nur zur Therapie.«

»Eva, unsere Beziehung muss professionell bleiben. Aber ich bin gern mit dir befreundet, wenn ich darf.«

Seine Stimme hallt von ihrem Trommelfell wider. Instinktiv versucht sie, ihre Brüste zu bedecken. Etwas in ihr stürzt ein. So was ist ihr noch nie passiert.

Sie schämt sich. Eigentlich sollte er sich schämen, nicht sie. Er steht schweigend da, während sie sich wieder anzieht. Der einzige Lichtblick in dieser peinlichen Situation ist, dass er auf ihre Brüste schielt. Auf längere Sicht wird er ihr nicht widerstehen können. *Wird es nicht schaffen.*

Tatsache ist, dass sie hier ist, bei ihm. Und sonst niemand.

»Dann sehen wir uns morgen«, sagt er leise.

Als sie schon im Begriff ist zu gehen, überkommt sie ein ganz starkes Gefühl. Es ist die Begierde, ihn besitzen zu wollen, und sie spürt einen Stich im Magen. In letzter Zeit hat sie so was immer häufiger verspürt, wenn er in ihrer Nähe war. Etwas in ihrem Kopf setzt sich in Bewegung, es grollt dumpf, wie ein heraufziehendes Unwetter.

Als Eva ins Gästehaus zurückkommt, stellt sie fest, dass Axel ihr eine Mail geschrieben hat. Er hat das Drehbuch für die Dokumentation geschickt. Das *echte* Drehbuch. Sie liest es sehr genau. Es ist wirklich urkomisch. *Investigativer Journalismus. Die Enthüllungsdokumentation. Carl Asher, der selbst ernannte Sexexperte – im Grunde ein perverser Sexsüchtiger. Konnte nicht einmal von unserer Reporterin die Finger lassen. Er ist vollkommen größenwahnsinnig. Vertritt wirklichkeitsferne Theorien, die in der Praxis nicht funktionieren. Ein Pseudostar, den unsere korrupten Medien in den Himmel gehoben haben.*

Als sie den Text gelesen hat, muss sie hämisch lachen. Doch mit ihrer Schadenfreude ist es schnell vorbei. Sollte dieser Film veröffentlicht werden, ist alles aus – ihre hochtrabenden Pläne und die Zukunft mit Carl, von der sie träumt.

Okay, heute Abend hat sie eine Niederlage einstecken müssen – aber noch ist der Krieg nicht verloren. Allerdings sollte sie ein bisschen mutiger werden. Not kennt kein Gebot. Und nun kann sie den schlechten Atem der Not, der ihr im Nacken sitzt, schon riechen. Sie blickt durchs Fenster auf die leblosen Bäume. Die Nacht ist dunkler geworden. Eine Art Melancholie befällt sie. Alles verschwimmt. Sie sitzt nur da und sieht für einen Augenblick, wie ihr ihre Zukunft zwischen den Fingern zerrinnt. Sie öffnet das Fenster und lässt die kalte, feuchte Nachtluft herein, atmet sie gierig ein, bis tief in die Lunge.

Dann passiert etwas Eigenartiges, was sie sich nicht erklären kann. Während sie an Carl denkt, geht ein warmer Strom durch ihren Körper. Das Gefühl hat etwas von Liebe. Wahrscheinlich spielt ihr Kopf ihr einen Streich, aber in diesem Moment hat sie ganz intensiv das Bedürfnis, ihn zu verteidigen und zu beschützen.

Dieses Gefühl macht ihr Angst.

Schon einmal hat sie so etwas gefühlt. Und das ist nicht gut ausgegangen.

Es kommt ihr vor, als holten sie die Dämonen der Vergangenheit gerade ein.

38

Eigentlich hatte ich gehofft, dass es nicht mehr schlimmer kommen konnte, doch dann kam es zu einer Begegnung, die mich sehr mitnahm. Michael Parks stand am Tag nach der Schießerei vor der Tür, um nach uns zu sehen. Er hatte einige seiner Wachleute zu uns abgestellt. Zum Dank luden wir ihn zum Mittagessen ein.

»Alex, fast hätte ich es vergessen«, sagte er nach dem Essen. »Mein Freund Oliver Sanchez, der so viel Geld an Sanctum verloren hat, würde sich gern mit Ihnen unterhalten. Sind Sie noch an seiner Geschichte interessiert? Dann könnten wir uns mit ihm verabreden.«

»Ja, natürlich!«, rief ich, und das war mein voller Ernst. Ich kam sowieso nicht mehr zur Ruhe. Die permanente Anwesenheit von Wachpersonal und Polizei machte mich fast verrückt. Ich fragte Dani, ob sie mitkommen wolle, aber am selben Tag würde Steve nach San Francisco zurückkommen, und da wollte sie gern zu Hause sein.

Am Nachmittag des darauffolgenden Tages fuhr Michael Parks mit mir zu Oliver Sanchez. Er wohnte in einem Mietshaus in Mountain View, wo im Treppenhaus die Kakerlaken die Wände hinaufkrabbelten. In seiner Wohnung war es dunkel und eng. Sanchez war Mitte vierzig und mexikanischer Abstammung. Sein Gesicht wirkte ehrlich, und er machte einen sympathischen Eindruck auf mich, seine Zahnreihen waren perfekt, er war adrett gekleidet und hatte einen festen Händedruck. Er passte überhaupt nicht hierher. Es war offensichtlich, dass er mal ein ganz anderes Leben geführt hatte. In dieser Wohnung war alles sauber und still.

Viel zu still.

Wir setzten uns auf eine Sitzgruppe aus schwarzem Leder, die für das beengte Zimmer zu ausladend wirkte. Oliver Sanchez bot uns Mineralwasser und Saft an. In einer Ecke stand ein Plastik-Tannenbaum. Bei dem Anblick fiel mir mein letztes Weihnachten ein. Carl und ich waren am Heiligen Abend in der Villa in Lund allein gewesen und hatten gearbeitet. Zwischen uns hatte eine Kerze gestanden, die wir für Dani angezündet hatten. Diese kleine Flamme habe ich gebraucht, um nicht ganz und gar vor die Hunde zu gehen. Bei dem Gedanken an diese Hölle, durch die ich im letzten Jahr gegangen bin, verblasste all das, was wir jetzt erleben mussten. Im letzten Herbst habe ich mehr Schmerz durchlitten, als die meisten Menschen ein ganzes Leben lang aushalten müssen. Und Dani war noch am Leben gewesen. Im Vergleich dazu konnte dieses Weihnachten nur wunderbar werden.

»Jetzt erzähl Alex doch mal von deinen Erlebnissen mit Sanctum«, sagte Michael. »Und keine Eile. Wir haben Zeit.«

Oliver seufzte und sah mir in die Augen.

»Ich bin mit Sanctum in Kontakt gekommen, als meine Tochter Elena drogenabhängig wurde. Das ist schon einige Jahre her. Sie war gerade erst achtzehn geworden. Sanctum hatte den Ruf, mit den wirksamsten Methoden im Entzug zu arbeiten. Zu der Zeit damals hatte ich noch sehr viel Geld. Ich wollte unbedingt, dass sie die bestmögliche Behandlung erhält, und vor allem wollte ich, dass sie von den Drogen loskommt. Am Anfang lief es auch gut. Sie wurde clean und fühlte sich da offenbar recht wohl.«

Er legte eine Pause ein und blickte durch das hohe Fenster. Ein großer Olivenbaum wuchs vor dem Haus, und immer, wenn Wind aufkam, schlugen seine Zweige gegen die Scheibe.

»Die Behandlung bei Sanctum erstreckte sich über mehrere Monate. Aber schon nach ein paar Wochen kamen Mitarbeiter der Klinik auf mich zu und legten mir nahe, Geld zu spenden. Elena befand sich stationär in einem Behandlungszentrum in Sausalito. Sanctum plante aber einen Neubau in San Luis Obispo, in der Nähe von Hearst Castle, kennen Sie die Gegend? Es sollte die allermodernste Klinik werden, die beste auf der Welt, hieß es, ein Vorbild für alle andern Drogenentzugskliniken. Damals hatte ich noch eine eigene Firma in Silicon Valley, und eins meiner Computerspiele lief hervorragend.«

»Olivers Unternehmen gehörte zu den erfolgreichsten in der ganzen Gaming-Branche«, schob Michael ein.

»Es hat damit angefangen, dass ich von Sanctum eine Einladung zu einer exklusiven Veranstaltung erhielt«, fuhr Oliver fort. »Nur für Millionäre. Sie servierten uns ein Gängemenü, und dann erschien auf der Bühne ein fanatischer Speaker, der um Spenden bat. Wie bei einer Auktion lief das ab. Die Leute riefen in die Runde, wie viel sie bereit waren zu spenden. Die Atmosphäre war aufgeheizt, die Leute schienen fast fanatisch zu sein. Alle geladenen Gäste waren steinreich und versuchten, sich immer weiter zu überbieten. An diesem Abend habe ich auch eine ganze Stange Geld gespendet und war davon ausgegangen, dass es damit gut sei. Aber da hatte ich mich geschnitten.«

»Sollte denn das gesamte Geld in die neue Klinik fließen?«, fragte ich ihn.

»Ja, so hieß es. Sie finanzieren ihre Behandlungszentren mit Spenden. Aber die Steuerzahler dürfen auch einiges blechen.

Die Zuschüsse, die der Staat solchen Organisationen gewährt, sind umfangreich; großzügige Fristen und Aufschübe bei der Begleichung gewisser Steuern, Ausbau des Straßennetzes, Gelder für neue Technologien. Sanctum hatte den Bürgermeister und den Gouverneur in San Luis Obispo um den kleinen Finger gewickelt.«

Michael nickte.

»Es gab da eine Art Belohnungssystem«, erklärte Oliver. »Man konnte Silver-, Gold-, Platin- oder Diamant-Sponsor werden, je nachdem, wie viel Geld man locker machte. Die Namen der Diamant-Sponsoren sollten dann in dem neuen Behandlungszentrum in einer Wand eingraviert werden. Und all das war anfangs auch in Ordnung. Da war es noch freiwillig. Aber dann haben sie angefangen, mich zu bedrängen. Mit Besuchen.«

Nervös fuhr sich Oliver mit der Hand durchs Haar. Die Schweißtropfen perlten ihm von der Stirn. Es fiel ihm nicht leicht, davon zu erzählen.

»Beim ersten Mal standen sie plötzlich unangemeldet bei mir im Büro. Sie hatten Elena dabei, hatten sie in ein Kleid gesteckt und ihr eingebläut, was sie sagen sollte. Sie schimpfte und warf mir vor, ich sei egoistisch, weil ich nicht mehr Geld spenden wollte. Sie sagte, ich solle mich schämen, ich lebe hier auf großem Fuß, während es so vielen anderen Menschen dreckig geht. Ich habe sie gar nicht wiedererkannt. Aber daraufhin habe ich natürlich noch mehr gespendet. Nur um die Leute loszuwerden und Elena zu besänftigen.«

Oliver sprang auf, verließ den Raum und kam mit einem eingerahmten Foto zurück. Das Mädchen auf dem Bild war im Teeniealter, hatte nussbraune Augen und langes, schwarzes Haar. Ihr Gesicht wirkte genauso aufrichtig und sympathisch wie das ihres Vaters. Vor Glück strahlend. Unbeschwert.

»Das ist Elena«, sagte Oliver. »So sah sie aus, bevor sie mit den Drogen anfing.«

Ich konnte den Blick nicht abwenden.

»Und wo ist sie jetzt? Was ist passiert?«, fragte ich ihn.

»Dazu komme ich noch«, sagte Oliver. »Wie auch immer, der Stress ging weiter, sie haben mich unter Druck gesetzt, immer mehr zu spenden. Als ich eines Tages in mein Büro gekommen bin, saß eine Frau von Sanctum ganz unverschämt an meinem Schreibtisch und blätterte in meinen Unterlagen. Als ich sie fragte, was sie da mache, hat sie geantwortet, sie wolle sich nur vergewissern, dass ich keine Einkünfte habe, die ich Sanctum vorenthalte. Ich bin fuchsteufelswild geworden und habe sie rausgeschmissen. Dann haben sie eine Zeit lang Ruhe gegeben. Aber plötzlich ging es mit den Schikanen weiter.«

»Das ist ja vollkommen wahnsinnig«, sagte ich. »Und verboten ist es doch auch?«

»Ja, aber darum schert sich keiner. Eines Tages ist vor meinem Haus eine ganze Bande aufgetaucht, um mir eine Geschichte aufzutischen, sie würden das Grundstück verlieren, auf dem das neue Behandlungszentrum errichtet werden sollte, und haben auf die Tränendrüse gedrückt. Eine Million bräuchten sie, um es sich zu sichern. Sie waren so unverschämt, sich durch den Eingang zu drängen, und dann haben sie stundenlang bei mir im Haus gesessen. Schließlich habe ich zugesagt, eine noch größere Spende zu machen, wenn sie mir versprechen würden, dass dies das letzte Mal war.«

»Darf ich fragen, um wie viel Geld es da ging?«, fragte ich nach.

»Hunderttausend Dollar. Aber genau zu dem Zeitpunkt begannen die Probleme in der Firma. Ein Konkurrent hatte unsere größten Kunden abgeworben, und innerhalb weniger

Wochen mussten wir Konkurs anmelden. Ich war auf einen Schlag ruiniert. Deshalb konnte ich die Vereinbarung mit Sanctum auch nicht einhalten. Das Geld war ganz einfach nicht mehr da. Und in diesem Augenblick begann der wirkliche Albtraum.«

Oliver griff zu seinem Wasserglas und starrte auf den Boden. Überlegte einen Moment.

»Sie haben mich angerufen und mir mitgeteilt, dass Elena mich nicht mehr sehen wolle. Ich bin auf der Stelle ins Auto gesprungen und zur Klinik gefahren, doch sie haben mich nicht reingelassen. Gleichzeitig eskalierten die Schikanen. Es gab sogar Bombendrohungen. Die haben Gerüchte im Internet gestreut und mich in den Schmutz gezogen. Ich habe anonyme Drohmails bekommen. Manchmal haben sie mich mitten in der Nacht angerufen – wie Kinder, die sich einen Spaß machen.«

Von all seinen Erzählungen war ich wirklich angeekelt. Und ich stellte keinen Moment infrage, dass er die Wahrheit sagte.

»Ich habe alles verloren – meine Firma, mein Haus, mein ganzes Leben – aber meine größte Sorge galt Elena. Schließlich bin ich zur Polizei gegangen und habe Anzeige erstattet. Dann sind Beamte zu Sanctum gefahren und haben mit ihr gesprochen, aber sie hat behauptet, dass sie mich nicht sehen wolle. Sie war volljährig. Was sollte ich tun? Seitdem habe ich sie nicht mehr gesehen. Das ist jetzt ein halbes Jahr her.«

»Aber wo ist sie denn jetzt?«, fragte ich ihn.

»Das ist das Schlimmste. Sie schicken nach wie vor Rechnungen für ihre Behandlung, obwohl ich seit einem halben Jahr nichts mehr bezahlt habe. Aber sie haben sie nicht rausgeschmissen. Zumindest wüsste ich es nicht.«

Er beugte sich vor und drehte den Kopf zur Seite, doch ich

konnte sehen, dass er weinte. Michael legte ihm die Hand auf die Schulter.

»Du musst nicht weitererzählen, wenn du nicht kannst …«

»Es gibt auch nicht mehr viel zu erzählen. Von dem, was mein Leben mal war, ist nichts mehr übrig geblieben. Aber ich muss ständig an Elena denken.«

Dann erzählte er, dass er in den letzten Monaten zwar unter schrecklichen Depressionen gelitten habe, seit kurzer Zeit aber entschlossen sei, noch einmal Kontakt zu Elena zu suchen.

Während unseres Gesprächs war wieder dieses altbekannte, ungute Gefühl in mir hochgekommen, und es wollte mich nicht mehr loslassen. Der Albtraum, den wir im vergangenen Jahr erlebt hatten, brachte sich erneut in Erinnerung. Ich verspürte dieselbe Abscheu wie damals, die gleiche Ohnmacht.

Wir setzten unser Gespräch noch eine Weile fort, bis Oliver etwas erleichtert schien.

»Es tut gut, mit jemandem über all das reden zu können. Ich weiß ja selbst, wie verrückt die ganze Sache klingt. Was würdet ihr zwei denn sagen, wie soll ich vorgehen?«

»Wir müssen irgendwie mit Elena in Kontakt kommen«, antwortete Michael. »Eine Gelegenheit abpassen, wenn Sanctum sie nicht überwacht.«

Und wie er das so formulierte, klang es, als hätten wir drei jetzt eine gemeinsame Mission, das war nicht zu überhören. Mich machte diese Vorstellung etwas nervös.

»Aber warum behalten sie Elena?«, fragte Oliver. »Was haben sie davon?«

»Genau das ist der Punkt. Das müssen wir rauskriegen«, sagte Michael und sah mich eindringlich an.

Als wir die Wohnung verließen, war Michael ungewohnt still, aber ich wusste genau, was in ihm vorging. Olivers Geschichte beschäftigte mich selbst und versetzte mir immer noch kalte Schauer. Es dauerte eine Weile, bis das Blut unter meiner kühlen Haut wieder ganz normal zirkulierte.

Ich dachte an Oliver, der alles verloren hatte, was sein Leben ausgemacht hatte. Ich dachte auch an Sanctum und an diese hungrigen Mäuler, die nie genug bekamen, und ich wurde schrecklich wütend. Ich dachte an Elena und malte mir aus, was ihr zugestoßen sein konnte. Ich fragte mich, ob sie fror, ob sie einsam oder verängstigt war. In diesem Augenblick fühlte ich mich ihr ganz nah, obwohl wir uns gar nicht kannten. Die ganze Geschichte erinnerte mich so stark an das vergangene Jahr, als Dani eingesperrt gewesen war. Genau wie damals bei Dani ahnte ich jetzt, dass mich die Gedanken an Elena nicht loslassen würden. Ihr Bild würde immer wieder vor meinem inneren Auge erscheinen. Das konnte ich nicht verhindern.

»Vielleicht bin ich doch dabei«, sagte ich zu Michael. »Wenn ich meine Schwester überreden kann. Aber erst müssen wir zusammen Weihnachten feiern.«

»Ja, das machen wir«, sagte Michael. »Aber für Oliver und mich wird es ein Weihnachtsfest ohne die Menschen, die wir am meisten lieben.«

»Auf gewisse Weise gilt das für mich auch«, war meine Antwort.

39

Unser Häuschen hieß mich willkommen. In allen Fenstern brannte Licht. Von draußen konnte ich auch schon erkennen, dass das Feuer im Kamin loderte. Die Luft war kühl und klar. Ich hatte gar nicht bemerkt, dass es dämmrig geworden war. Der Winter hielt die Bay jetzt fest in der Hand, weiter im Landesinneren lagen die Temperaturen nachts bereits unter null Grad.

Als ich ins Haus kam, blieb ich zuerst nervös im Flur stehen und horchte, doch dann hörte ich klirrende Gläser und fröhliche Stimmen aus dem Wohnzimmer und ging erleichtert hinein.

Brett saß im Sessel, die langen Beine ausgestreckt. Dani hatte sich an Steve gekuschelt und den Kopf an seinen Brustkorb gelegt. Als sie mich erblickte, strahlte sie übers ganze Gesicht.

»Mark wird durchkommen!«, rief sie. »Sie haben ihn notoperiert, und jetzt ist er schon bei Bewusstsein!«

Ich war so erleichtert, dass meine Knie weich wurden.

»Oh Gott, bin ich froh!«, sagte ich.

Dani hatte noch mehr zu erzählen, das merkte ich gleich, doch ich kam ihr zuvor. Zuerst musste ich diese furchtbare Geschichte von Oliver Sanchez loswerden.

Als ich fertig war, wurde es ganz still im Raum. Doch dann fingen wir an zu diskutieren, ob wir Carl davon erzählen sollten oder nicht. Steve war der Ansicht, wir sollten es unbedingt.

Er hatte ein schlechtes Gewissen, weil er nicht mehr für Carls Schutz sorgen konnte. *Als ob er vor jemand anderem als vor Eva Sand geschützt werden müsste,* dachte ich verbittert. Doch Brett vertrat eine ganz andere Meinung.

»Ich kann euch jetzt schon sagen, was er ankreiden wird: dass wir nur eine Seite der Medaille kennen. Lasst ihn die Dreharbeiten beenden. Es geht doch nur noch um wenige Tage. So was bespricht man besser, wenn man sich gegenübersitzt, als am Telefon.«

»Ehrlich gesagt, ich mache mir um ihn die wenigsten Sorgen«, sagte ich. »Aber ich habe riesige Angst um Elena Sanchez. Ich möchte unbedingt wissen, was mit ihr passiert ist.«

»Aber du kennst sie doch gar nicht«, sagte Dani. »Meinst du nicht, wir haben schon selbst genug Probleme? Ist es da wirklich schlau, noch tiefer einzusteigen?«

Ihre Frage ignorierte ich komplett.

»Kannst du dir vorstellen, dass eine Einrichtung wie Sanctum so tief sinken kann, dass sie Drogenabhängige, die Probleme machen, monatelang einsperrt?«, fragte ich im Gegenzug.

»Keine Ahnung«, antwortete sie. »Es sind schon viele dubiose Dinge geschehen.«

»Michael glaubt, dass sie das mit seinem Sohn auch gemacht haben und er deshalb abgehauen ist«, sagte ich.

Brett und Dani sahen sich kurz an, daraufhin wechselte sie das Thema.

»Wir haben einen Ort gefunden, an dem wir uns sicher fühlen können, Alex«, sagte sie.

Sie erzählte, dass sie eine Villa mit Alarmanlage und Elektrozaun in der Nähe von Santa Cruz an der Küste mieten könnten. Steve würde uns am ersten Weihnachtsfeiertag dorthin bringen, da würde das Risiko, dass uns jemand heimlich beschattete, gegen null gehen. In den USA feiern die Leute ja an dem Tag Weihnachten, und kaum jemand würde am Nachmittag auf der Autobahn unterwegs sein.

Die Idee klang gut, trotzdem konnte ich mir nicht vorstellen, Tag und Nacht mit Dani und Steve zusammen zu sein und mit anzusehen, wie glücklich die zwei waren. Das führte mir so klar vor Augen, wie einsam ich selbst war.

»War das Carls Idee, mit der Villa in Santa Cruz?«

»Ja, Carl und Steve sind darauf gekommen. Aber das spielt doch keine Rolle. Das Wichtigste ist, dass wir in Sicherheit sind«, sagte Dani.

Ich wandte mich an Steve.

»Wie lange müssen wir in Santa Cruz bleiben?«

»Bis die Polizei die Typen festgenommen hat, die Erik kidnappen wollen«, sagte er.

Dani saß noch immer an ihn gekuschelt da. Er hatte den Arm um sie gelegt, und sie streichelte seine Hand, dabei schloss sie die Augen. Ihr Gesichtsausdruck hatte etwas Gequältes, sie war konzentriert wie beim Lernen, wenn sie einen schwierigen medizinischen Sachverhalt zu verstehen versuchte. Dann sah sie mich an und lächelte.

»Ich weiß, was du denkst, Alex. Wenn du willst, kannst du auch hierbleiben. Hinter dir sind sie ja gar nicht her. Aber wenn du hierbleiben möchtest, dann muss dich jemand bewachen. Und Brett, du musst versprechen, dich auch um Alex zu kümmern.«

»Immer zu Diensten, Ladies«, sagte Brett.

»Ja, ich glaube, ich sollte hierbleiben, um Sanctum auf den Grund zu gehen«, sagte ich. »Ich werde das Gefühl nicht los, dass ich das einfach tun muss, vorher wird nichts mehr so wie früher werden.«

Brett stand vom Sofa auf.

»Vermutlich stimmt das, aber jetzt werde ich anfangen zu

kochen. Und bevor du mit deiner Spitzelei loslegst, Alex, feiern wir Weihnachten!«, rief er.

Die Vorstellung, ohne Carl Weihnachten durchstehen zu müssen, war kaum auszuhalten. Mir fiel wieder ein, was er damals gesagt hatte. *Ich feiere Weihnachten immer mit irgendeiner Frau.* Ich drehte mein Gesicht weg und wischte mir ein paar bescheuerte Tränen von den Wangen.

»Werdet ihr denn am Heiligen Abend zu Hause sein?«, fragte ich Dani.

»Ja, den ganzen Tag. Abends sind wir bei Steves Eltern eingeladen. Wir sind zwar nur für ein paar Stunden weg, aber Brett und du, ihr könnt gern mitkommen, wenn ihr Lust habt.«

»Mal sehen. Ich überleg's mir«, versprach ich ihr.

Eigentlich grübelte ich darüber nach, wie ich die Feier am Heiligen Abend ganz umgehen könnte, doch meine Gedanken drifteten immer wieder zu dem Foto ab, das von Eva und Carl im Internet kursierte. Irgendetwas daran stimmte nicht. Ich griff zu meinem Handy und nahm es unter die Lupe. Das Bild wirkte leicht verschwommen, aber jetzt konnte ich erkennen, dass Carl etwas deprimiert aussah. Evas Lächeln war aufgesetzt, so was erkannte ich auf der Stelle. Das Bild schien gefakt zu sein. Eva war hinterlistig. Bei Ash & Coal würde niemand sie durchschauen, Carl am allerwenigsten. Würde ich ihn nicht besser kennen und wüsste ich nicht, dass er Psychologe war, würde ich davon ausgehen, dass er die Gehirnwäsche bereits hinter sich hatte. Mir fielen seine Worte am Telefon wieder ein.

Eva hat gesagt, sie würde dich gern näher kennenlernen.

Dann kam mir wieder in den Sinn, wie sie mich damals, als sie zum ersten Mal in unser Büro gekommen war, angesehen hatte. Ihr Blick – offen, sehr interessiert, aber unterschwellig verächtlich. Dieser Blick kam mir bekannt vor, und zwar kannte ich ihn von jemandem, der mich an meinem Verstand hatte zweifeln lassen. Wer hatte mich so angesehen?

Für einen Augenblick war mir, als würden Eva und ich in Kontakt kommen. Aus den Tiefen meines Bewusstseins stieg sie auf, nahm mich ins Visier und lächelte hämisch. Ich hielt die Augen geschlossen. Als ich sie wieder öffnete, war sie fort. Das Gespenst. Der Albtraum. Mein Quälgeist. Wieder einmal beschlich mich das Gefühl, dass ich ganz dicht an einer heißen Spur war, ich hatte ihr nur zu folgen, dann klärte sich alles auf. Doch ich hatte keine Ahnung, wie ich sie ausfindig machen konnte.

Spekulationen brachten mich hier überhaupt nicht weiter. Jetzt mussten Tatsachen her.

So reifte mein Entschluss. Wenn meine Erinnerung versagte, konnte ich nur noch spionieren. Und im Spionieren war ich ganz gut. Ich ahnte schon, dass das, was ich ans Tageslicht bringen würde, mich zu Tode erschrecken könnte. Aber ich sah keine Alternative: Ich musste es wagen.

40

Eva

Am Heiligen Abend ist sie mit Carl allein in der Villa. Die Filmcrew hat sich freigenommen und ist in eine Ecke von Småland gefahren, wo Schnee liegt. Carl hat den ganzen Tag an seinem iPad herumgespielt. Als Eva sich erkundigt, was er da mache, antwortet er, er arbeite an einem Bild. Sie bestellt Essen bei einem teuren Cateringservice. Sie ruft sich die Liste in Erinnerung, alles, woran sie denken muss.

1. Den Tisch romantisch decken (keine Weihnachtsdeko, er hält nicht viel von Weihnachten).
2. Überall Kerzen anzünden.
3. Die Vorhänge zuziehen.
4. Parfüm auf Handgelenke und Hals sprühen.

Check, check, check, check.
Und dann das Allerwichtigste:

5. Die Drinks austauschen.

Im Internet hat sie ein Rezept für einen Drink mit Grapefruitsaft aufgetrieben. Sie holt eine Kapsel aus ihrer Handtasche. Vorsichtig knipst sie sie auf und kippt den Inhalt in den einen Drink. Carl hatte zuletzt eine Beziehung mit der pubertären Alex, die wirklich Mittelmaß war. Sich jetzt mit einer reifen, schönen Frau wie Eva abzugeben, wird etwas Neues für ihn sein. Sie muss ihm also ein bisschen auf die Sprünge helfen. Und dank Nils Wallin hat Eva alles unter Kontrolle. Sie hat seine Worte noch im Ohr: *Mixen Sie Viagra mit Grapefruitsaft. Ich kann Ihnen ein Rezept ausstellen. Der Saft erhöht die Konzentration und verhindert, dass das Viagra seine Wirkung verliert. Bewirkt garantiert eine Marathonerektion. Sie dürfen es aber nicht zu hoch dosieren, sonst kann es Angina Pectoris verursachen.*

»Sind Sie sicher, dass Sie das wollen?«, hatte Nils sie noch am Vormittag gefragt, als sie die letzten Details miteinander abgestimmt hatten. Als hätte er mit einem Mal sein Gewissen entdeckt.

»Was denken Sie denn?«, fauchte sie. »Nach alledem, was Sie ihm angetan haben, ist sein sexuelles Verlangen auf dem Tiefpunkt angekommen. Mir bleibt gar keine andere Wahl. Soll ich ihn nun in Schweden aufhalten oder nicht?«

Eva platziert die Drinks auf dem Tisch. Carl kommt in die Küche und sieht etwas geknickt aus, doch als er sie erblickt, geht ein Lächeln über sein Gesicht. Sie sitzen eine Weile in der gemütlichen Küche und unterhalten sich. Aus ihren ruhigen Stimmen wird ein harmonisches Duett. Gleichklang. Sie ist sehr darauf bedacht, ihn für die Interviews zu loben. Mehrmals betont sie, dass er die Erwartungen des Filmteams weit übertroffen habe. Dieser Dokumentarfilm wird ein Riesenerfolg werden, da sind sich alle einig.

Über die Gläser hinweg kann sie sein maskulines Parfüm riechen.

»Wenn ich mit dir zusammen bin, habe ich das Gefühl, nach Hause zu kommen«, sagt sie. »Ich kann dir nicht erklären, warum. Vielleicht habe ich immer jemanden gesucht, der dieselben Wertmaßstäbe hat wie ich. Schon seit meiner Kindheit komme ich mir so verloren vor. So hast du mich ja mal genannt – etwas verloren. Das hat den Nagel auf den Kopf getroffen.«

»Kann ich gut verstehen«, antwortet er. »Es ist lange her, dass ich mich so gefühlt habe, aber jetzt ist dieses Gefühl wieder da. Wahrscheinlich liegt das an den Zerwürfnissen mit meinen Freunden. Sobald wir die Dreharbeiten abgeschlossen haben, werde ich das wieder geraderücken.«

Sie sieht ihn aufmunternd an.

»Die Zukunft ist gar nicht wichtig«, bemerkt sie. »Jetzt sind wir hier. Und es geht uns doch eigentlich gut, nicht wahr?«

Zuerst erzählt sie ihm kleine Episoden aus ihrer Kindheit. Sie beginnt ihre Sätze meist mit Phrasen wie: »Das habe ich noch nie zuvor jemandem erzählt, aber …« Mit ihrem vertraulichen Tonfall unterstreicht sie, dass Carl der einzige Mensch ist, mit dem sie so offen sprechen kann. Dabei sieht er ihr ins Gesicht. Sein Blick ist schwer zu deuten, aber es sind Gefühle im Spiel.

Manchmal werden die Pausen zwischendrin lang, doch sie sind keineswegs unangenehm. Es ist eher dieses intensive Schweigen, das entsteht, wenn sich die Seelen berühren. Als sie schließlich gut eine Stunde lang von sich erzählt hat, glaubt sie, ihm im Gespräch nähergekommen zu sein.

Sie behält sein Glas im Auge, vergewissert sich, dass er es austrinkt.

»Ich werde heute früh ins Bett gehen«, sagt er mit einem Mal. »Danke für den netten Abend.«

Er stützt sich auf die Ellenbogen und beugt sich vor, um eine Kerze auszupusten, die schon fast heruntergebrannt ist. Sie rückt näher und streicht ihm eine Haarlocke aus dem Gesicht.

»Ich glaube, das war mein allerschönstes Weihnachten«, sagt sie ganz ernst.

Gern darf er jetzt ins Bett gehen. Sie weiß, dass er in absehbarer Zeit wieder aufwachen wird.

Als Carl in sein Zimmer gegangen ist, bemerkt Eva, dass er sein iPad auf der Küchenarbeitsplatte vergessen hat. Sein Handy ist damit verbunden, also nutzt Eva die Gelegenheit, seine SMS zu lesen. Er hat sie tagelang nicht angeschaut. Ihr fällt sofort das Foto auf, das Alex geschickt hat. Das Bild von Carl und ihr am Flughafen. *Lügner.* Sie schmunzelt und antwortet mit dem Daumen hoch. Ganz einfach. Und sehr effektiv. Dann löscht sie das Bild, damit Carl es gar nicht erst zu sehen bekommt.

Eva schaltet das Licht aus und geht in ihr Gästehaus hinüber. Der Mond ist inzwischen an einem fast unwirklich samtblauen Himmel emporgestiegen. Die Kamine der umliegenden Häuser verteilen einen durchdringenden Duft nach Holz in der Luft. Im Gästehaus betrachtet sie das Schlafzimmer eingehend, das sich demnächst in ein Schlachtfeld der Wonne verwandeln wird. Sie knipst ein paar gedimmte Stehlampen an, allerdings lässt sie das Deckenlicht aus, geht ins Badezimmer und stellt sich unter die Dusche. Das heiße Wasser peitscht ihren Körper, bis die Luft voller Wasserdampf ist.

Eva rasiert sich überall und cremt sich mit parfümierter Bodylotion ein.

Dann legt sie sich auf dem Bauch aufs Bett.

Der Gedanke, dass der Unterschied zwischen Alex und ihr in diesem Moment darin besteht, dass sie hier ist und Alex nicht, treibt ihr ein Lächeln aufs Gesicht. Sie ist zu haben.

Jetzt muss sie nur noch auf das warten, was unweigerlich geschehen wird.

41

Carl

Carl schreckt aus einem Albtraum hoch und reißt die Augen auf, um die Fetzen dieser Schreckensbilder, die er noch vor sich sieht, loszuwerden.

Es ist immer derselbe Traum. Der Vater, der die Mutter vergewaltigt. Carls Füße sind einzementiert, er ist vollkommen hilflos. Dann, aus einer anderen Perspektive, die Mutter, wie sie in der Badewanne liegt. Die Augen leblos, wie von der Sonne ausgeblichene Steine. Die Wangen eingefallen. Als sie den Mund öffnet, fällt ihre Zunge heraus. Der Traum riecht nach Erde und Asche und gibt ihm das Gefühl, sich durch einen Tunnel zu bewegen, der ringförmig ist und kein Ende hat.

Er setzt sich im Bett auf. Sein Herz rast. Er ist klitschnass. Ein ungutes, kribbeliges Gefühl breitet sich in seinem Körper aus. Zwischen den Beinen spürt er einen Schmerz. Er kann sich überhaupt nicht erklären, warum er so eine Mordserektion hat, die pulsiert und drückt.

Er fragt sich, ob das Eva ist, ob sie sich in seinen Blutkreislauf hineingeschmuggelt hat. In letzter Zeit waren ihre Annäherungsversuche mehr als offensichtlich. Doch auf so etwas fällt er normalerweise nicht herein. *Sollte* er nicht. Gleichzeitig haftet ihr etwas an, was ihn magisch anzieht. Hinter ihrer kühlen Fassade ahnt er einen Menschen, der verzweifelt um Hilfe ruft. Eine Frau mit vielen Facetten. Vielleicht ein bisschen gestört, auf jeden Fall aber intelligent. Zwischen ihnen fließt eine bedrohliche Synergie, die ihn anfixt. Sie weckt den Beschützer in ihm. Er will sie vor der Bestie in ihr retten, die sie quält. Oder ist vielleicht er selbst das Monster? Als das er die Verdorbenheit seines Vaters geerbt hat?

Die Geilheit lässt nicht nach. Im Gegenteil, sie wird stärker. Die Erektion tut weh. Wenn er versucht, das Problem mit der Hand zu lösen, wird es nur noch schlimmer, verstärkt die Erregung.

Er flucht auf Alex und Brett, die sich gegen ihn zusammengetan haben. Wenn sie ihn jetzt sehen könnten, würden sie sich totlachen. Er hat Bretts Stimme noch im Ohr. *Das kann die größte Fehlentscheidung sein, die du je getroffen hast.* Bestimmt hat er recht, doch Carl reizt es nun umso mehr, Stellung gegen Brett zu beziehen, gegen Brett, der immer alles so richtig macht und dem wirklich alles zugeflogen ist. Und Alex war schließlich diejenige, die Schluss gemacht hat. Auf sie muss Carl keine Rücksicht nehmen. Sie hat sich geweigert, nach Schweden zu kommen. Er hat versucht, alles wieder in Ordnung zu bringen, doch sie hat ihn abgewiesen. Wenn er ihren ständigen Gefühlsausbrüchen nachgibt, wird er zum Weichling. Er war doch immer schon lieber ungebunden. Sein ganzes Leben lang hat er sich dagegen gewehrt, sich anderen Menschen anzupassen. Aber Alex ist nicht wie die anderen. Sie ist ein Licht, das nie erlischt. Wäre sie jetzt hier, die finstere Winternacht wäre viel heller.

Irgendwie wird er das schon schaffen. Es gibt einen Ausweg. Aber erst muss er dieses verfluchte Weihnachtsfest überstehen. Sein Kopf trifft in der Regel vernünftige Entscheidungen, doch im Augenblick scheint nichts mehr zu funktionieren. *Was geschieht hier gerade mit mir?*

Carl sieht auf seinen grotesk angeschwollenen Schwanz

hinunter. Soll das eine Art sadistische Strafe für ihn sein? Er hält es kaum noch aus. Insgeheim weiß er, dass Eva auf ihn wartet. Irgendwie ist ihm klar gewesen, dass es so weit kommen würde. Früher oder später.

Es ist schließlich nur Sex.

Er steht auf und wirft sich den Morgenmantel über. Im Flur fährt er in ein paar Stiefel. Der bittere Nachgeschmack seines Traumes ist noch nicht verschwunden.

Die Nacht ist kalt. Die kühle Luft fährt unter seinen Mantel und beißt sich an seiner Haut fest. Doch nichts kann seinen puckernden Schwanz abkühlen. So was hat er noch nie erlebt. Es pocht. Es brennt. Er ist unglaublich geil, aber es fühlt sich überhaupt nicht gut an.

Die Hitze im Gästehaus schlägt ihm wie eine Wand entgegen. Er streift die Schuhe ab. Evas Parfüm liegt in der Luft. Aus dem Schlafzimmer dringt ein schwacher Lichtschein. Wie eine Motte bewegt er sich zum Licht hin. Etwas Fremdes, Tierisches steuert ihn jetzt. Sein Herz pumpt beängstigend schnell.

Sie liegt nackt auf dem Bauch, die Beine leicht gespreizt. Ihr Körper strahlt im Mondschein weiß. Ihre Brüste drücken aufs Kopfkissen. Ein leichtes Zittern geht durch ihren Körper, als sie ihn hereinkommen hört. Er bleibt stehen und zögert kurz. Sein Bauch fühlt sich seltsam an. Sie spürt seine Verunsicherung.

»Na endlich, ich warte schon so lange auf dich«, sagt sie.

Doch die Lust drängt nun alle Zweifel beiseite. Er kommt zu ihr aufs Bett und kniet sich hinter sie. Er packt sie fest an den Hüften und dringt in sie ein – ohne die Zärtlichkeit eines Vorspiels, er verzichtet auf all das, was er sonst predigt. Und sie nimmt ihn hungrig in sich auf. Ihr Körper fühlt sich innen kalt und hart an, oder liegt es an ihm, hat er Fieber?

In diesem Augenblick bleibt die Zeit stehen, und er verwandelt sich in ein Tier. Sekunden, Minuten – oder gar Stunden? – verstreichen wie in einem wackelnden Film. Eva schreit auf, als sie kommt, aber Carl kann nicht kommen. Es ist einfach nicht möglich. Er weiß, dass es nicht passieren wird, nie.

Furchtbare Bilder nisten sich in seinem Kopf ein. Nahaufnahmen von den Händen des Vaters um den Hals der Mutter, dazu ihre verzweifelten Schreie. Dieselben Laute, die jetzt durch die stumme Winternacht schallen.

Er zieht sich aus Eva zurück und murmelt eine Entschuldigung. Sie sind auf dem Boden gelandet. Als er aufsteht, überkommt ihn ein heftiger Schwindel. Die Holzdielen schwanken, er torkelt. Mit zittrigen Beinen wankt er zur Toilette und schließt die Tür ab. Er sackt auf dem Boden zusammen, versucht, wieder aufzustehen, doch dann kippt er nach vorn, und danach übergibt er sich in die Toilettenschüssel. Erschöpft lehnt er den Kopf gegen die kühle Klobrille. *Atme tief durch. Reiß dich zusammen.* Er kommt auf die Füße und spült sich den Mund aus. In seinem Kopf dreht sich alles, er muss sich am Waschbeckenrand festhalten. Im Spiegel darüber sieht er die verzerrten Gesichtszüge seines Vaters. Carls Kinn ist das seines Vaters, der Mund ebenso verkniffen. Seine Augen sind ganz leer. *Das sind nur Halluzinationen.* Vielleicht leidet er unter Schizophrenie oder etwas noch Schlimmerem. Wahrscheinlich braucht er Medikamente oder müsste sich behandeln lassen.

Er geht wieder zu Eva hinüber. Sie liegt jetzt auf dem Rücken und lächelt ihn an. Doch mit diesem Lächeln stimmt etwas nicht. Es jagt ihm Angst ein, und er kann nicht sagen, warum. Zum ersten Mal kommt ihm der Gedanke, dass diese Frau etwas Gefährliches an sich hat, etwas, das ihm bislang entgangen ist.

Er nimmt seinen Morgenmantel, der auf dem Boden liegt, und zieht ihn über.

»Entschuldige, ich …« Seine Stimme verklingt. »Ich habe die Kontrolle verloren«, sagt er still.

»Nicht nur du«, sagt sie und lacht. »Das war wahnsinnig schön, Carl.«

»Ich muss jetzt gehen, ich …«

»Danke, dass du dich rechtzeitig zurückgezogen hast«, unterbricht sie ihn. »Aber das hättest du gar nicht tun müssen.«

Es ist komplett schiefgegangen. Sie sind wie zwei Schiffe, die in einer kalten Dezembernacht aneinander vorbeiziehen.

Wankend und stolpernd macht sich Carl auf den Rückweg in die Villa. Die eiskalte Luft beißt wie Nadelstiche in seine Haut. Der Himmel ist schwer und wird bald dichten Schnee auf sein dunkles Zuhause zu schütten. Auf dem Zaun sitzt eine verfrorene Krähe und lacht ihn aus.

In seiner Wohnung ist es dunkel, doch er schaltet kein Licht an. Stattdessen tastet er sich vor bis zum Bett und lässt sich darauf niedersinken. Da überkommt ihn ein Gefühl vollkommener Leere. Er ist aufgewühlt. Er kämpft mit sich, nicht laut loszuschreien. Menschen, die sich so verhalten wie er gerade, hasst er abgrundtief, und er hat nicht einmal die geringste Ahnung, wie es so weit kommen konnte. Die Erektion lässt nicht nach, aber er spürt sie nicht mehr. Das Einzige, was er spürt, ist Scham. Er lässt den Kopf hängen, vergräbt das Gesicht in den Händen und versucht, die Tränen zu unterdrücken.

In diesem Augenblick würde er alles dafür geben, bei Alex zu sein. Nach gerade mal einer Woche ist er ausgehungert nach ihr, er sehnt sich nach ihrem Anblick, nach ihrer Stimme, ihrem Körper. Vermisst ihre schönen Augen. Und sogar ihr Temperament.

Das Handy liegt auf dem Nachttisch. Er wählt ihre Nummer, läuft aber direkt in die Mailbox. In diesem Zustand mag er keine Nachricht hinterlassen. Er ruft Brett an, doch auch ihn erreicht er nicht persönlich.

Carl reißt sich zusammen, versucht, etwas zu sagen, doch seine Stimme bricht.

Dann setzt er noch einmal an. Schließlich bricht er doch in Tränen aus. In ein kindliches, schluchzendes, erniedrigendes Weinen.

Er bringt nur wenige, ganz leise Worte hervor.

Grüß mir Alex. Es tut mir leid. Ich hab alles kaputtgemacht. Es tut mir so unendlich leid.

42

Mit dem Heiligen Abend endete die monatelange Trockenzeit in der San Francisco Bay. Der Regen, auf den alle gewartet hatten, peitschte auf die Bucht nieder. Tagelang regnete es pausenlos.

Am Morgen bemerkte ich, dass Carl mir eine Antwort auf die SMS mit dem Bild von Eva und ihm geschickt hatte. Daumen hoch. Das war alles. Ich überlegte, was er damit wohl sagen wollte. Hatte er keine Zeit gehabt? Oder sollte es vielleicht heißen, dass er mir das alles später erklären würde? Dieses Symbol konnte vieles bedeuten, doch noch ein ganz anderer Verdacht drängte sich mir auf. Diese Nachricht stammte gar nicht von Carl. Er konnte arrogant sein oder zynisch, aber er war nie auf so direkte Weise fies. Und eine Hundertstelsekunde später wusste ich, wer diese Nachricht von seinem Handy geschickt haben musste.

Am Nachmittag kam Brett zu uns rüber. Er hatte einen Truthahn dabei und brachte ihn in die Küche. Als er ins Wohnzimmer trat, fiel mir gleich auf, wie deprimiert er aussah.

»Fröhliche Weihnachten, Brett, aber was ist denn passiert?«, fragte ich ihn.

»Carl hat gerade auf meinem Handy angerufen. Ich war zu spät am Apparat, aber er hat eine Nachricht hinterlassen. Kapierst du, wovon er redet?«

Und dann spielte er mir die Sprachnachricht vor. Carl

weinte. Mit zittriger Stimme brachte er ein paar herzzerrei-ßende Worte heraus. Ich hörte mir die Nachricht ein zweites Mal an. Mit jedem Atemzug wurde mein Brustkorb enger, am Ende bekam ich kaum noch Luft.

»Hast du eine Ahnung, was passiert ist?«, fragte ich Brett verstört. »Kann es sein, dass er Eva Hals über Kopf geheiratet hat?«

»Unsinn, Alex«, sagte Brett. »Du kennst doch Carl. Er wird doch nicht gleich jemanden heiraten, und schon gar nicht so impulsiv. Wahrscheinlich war er mit ihr im Bett, und dabei musste er daran denken, wie schön es mit dir immer gewesen ist. Bei ihnen ist der Heilige Abend ja schon vorbei, wenn man die Zeitverschiebung bedenkt. Vielleicht war er auch betrunken, als er die Nachricht draufgesprochen hat.«

»Nein, da ist er eher überdreht. Hier klingt er ja völlig am Boden zerstört. Aber … bitte, Brett, sag nicht, dass er mit ihr im Bett war. Und das am Heiligen Abend.«

Zärtlich umfasste Brett meine Handgelenke.

»Es geht mir völlig gegen den Strich, dich traurig zu machen, aber an den Gedanken solltest du dich gewöhnen. Wenn er schon vor ein paar Wochen im Büro an ihr herum-gegrapscht hat, dann ist es vermutlich unumgänglich, dass sie auch miteinander im Bett gelandet sind.«

Obwohl mir klar war, dass das passieren würde, und ich im Grunde schon darauf gewartet hatte, traf es mich hart. Es tat so weh, dass ich es kaum aushielt.

»Aber am Telefon hat er mir gesagt, dass zwischen ihnen nichts gelaufen ist.«

»Ich sage es wirklich sehr ungern, aber ich nehme an, dass das vor ganz kurzer Zeit passiert sein wird. Trotzdem … wenn es dich tröstet: Es scheint ja wirklich nicht gerade der Brüller gewesen zu sein.«

»Ich hasse sie. Beide. Was ist eigentlich mit ihm *geschehen*? Wieso hat er sich so verändert?«

»Soll ich ihn anrufen, und wir fragen ihn direkt?«

»Nein! Bloß nicht. Das war schon genug Drama, das reicht. Wir wollen uns doch nicht noch den Heiligen Abend verderben lassen. So, wie er gerade drauf ist.«

Bretts Griff um meine Handgelenke wurde fester.

»Warum quälst du dich so, Alex? Was du letztes Jahr unternommen hast, um Dani zu retten, war einzigartig. Die Klienten von Ash & Coal vergöttern dich. Du bist eine großartige Frau. Carl hat einen Riesenfehler gemacht, aber er scheint ja alles wieder geraderücken zu wollen. Obwohl er es im Grunde genommen nicht verdient hat.«

»Er hat mich angelogen …«

Brett legte mir den Finger auf die Lippen.

»Sch, ich verbitte mir jetzt, noch eine Sekunde zu verschwenden und über sein idiotisches Verhalten zu diskutieren. Nun wird Weihnachten gefeiert!«

Carls Worte verfolgten mich wie ein dunkler Schatten. Dani und Steve wollten am nächsten Tag in ihr Versteck in Santa Cruz aufbrechen. Aber vorher stand das gemeinsame Weihnachtsfest an.

Und es wurde ein schöner Heiligabend, trotz allem. Wir hatten einen Weihnachtsbaum besorgt, und Dani und ich schmückten ihn so typisch amerikanisch crazy, mit einer wilden Mischung aus Girlanden, Kerzen und bunten Kugeln. Steve machte ein großes Feuer im Kamin. Im Fernseher liefen Gottesdienste und Sendungen, in denen schneebedeckte Landschaften gezeigt wurden und Menschen, die mit Pelzmützen dastanden und Weihnachtslieder sangen. Brett braute einen richtig starken Glögg. Ein paar Flaschen davon brachten wir mit einem Korb voller Weihnachtsköstlichkeiten unseren Wachleuten im Haus gegenüber. Pünktlich zum Weihnachtsessen tauchte Stan Goodban auf, und er trug das neue Oberhemd, das Dani und ich ihm vor ein paar Tagen gekauft und zugeschickt hatten. Offensichtlich hatte er sogar geduscht, denn er erschien in einer Wolke aus Seifenduft und definitiv zu viel Rasierwasser.

Am Nachmittag bot sich die Gelegenheit, mit Stan allein zu sprechen. Ich erzählte ihm von der Begegnung mit Oliver Sanchez und dass ich mit dem Gedanken spielte, mich bei Sanctum einzuschleusen, um herauszufinden, was mit Elena passiert war.

»Das ist viel zu gefährlich«, antwortete Stan auf Anhieb. Doch seine Augen leuchteten auf. Allein der Gedanke, eine solche Organisation zu unterwandern, fixte ihn total an, das konnte man sehen.

»Wirst du ein Handy mitnehmen?«, fragte er sie.

»Ja, klar. Und die Polizei wäre auch informiert. Michael Parks hat einschlägige Kontakte. Ich muss herausfinden, was mit Elena Sanchez passiert ist. Das lässt mir einfach keine Ruhe. Und außerdem glaube ich, dass all das, was uns in letzter Zeit passiert ist, irgendwie mit den Aktivitäten bei Sanctum zusammenhängt.«

»Wo befindet sich denn ihr Hauptsitz?«

»In der Nähe von Sausalito. Noch nicht oben in den Bergen, aber schon ein bisschen außerhalb.«

»Wenn du das wirklich machst, könnten wir in Kontakt bleiben, solange du dort bist. Ich könnte parallel im Internet recherchieren und dich auf dem Laufenden halten, was passiert.«

Es war offensichtlich, dass ihm meine Idee gefiel. Ein bisschen später machte er sich wieder auf den Heimweg. Er meinte, er hätte etwas im Internet entdeckt, eine heiße Spur, die er weiterverfolgen wolle.

Brett und ich unterhielten uns eine Weile über die Firma.

»Ich würde unsere Leistungen gern etwas günstiger anbieten«, erklärte er. »Damit wir auch andere Leute in Schweden ansprechen, und nicht nur die oberen Zehntausend. Die vielen berufstätigen Frauen zum Beispiel, die haben sich doch wirklich verdient, eine Woche verwöhnt zu werden und sich mal richtig zu entspannen. Dafür könnten wir unsere größte Villa in drei Bereiche unterteilen und dann drei Gäste parallel dort beherbergen. Das würde die Kosten erheblich senken.«

»Super Idee«, sagte ich. »Bin ich ganz einverstanden.«

Brett grinste verlegen.

»Willst du mir helfen, Carl zu überreden? Ich meine, wenn er wieder klar denken kann?«

»Ja, natürlich. Wenn ich je wieder mit ihm rede. Ich habe den Verdacht, dass Eva Sand sein Handy benutzt. Ich habe eine SMS bekommen, die ganz sicher nicht von ihm stammt.«

Brett seufzte.

»Wir müssen aufhören, ihn wie ein Kind zu behandeln. Aus diesem Rausch muss er von allein erwachen.«

Am ersten Feiertag machten sich Dani und Steve mit Erik auf den Weg zu dem Haus in Santa Cruz, wo sie in Sicherheit waren. Kurz bevor sie abreisten, nahm Dani mich auf die Seite und sah mich eindringlich an. Ich wusste gleich, was jetzt kommen würde.

»Bevor wir losfahren, muss ich noch mal mit dir über diese verrückte Idee reden, Alex«, sagte sie. »Eva Sand arbeitet für Sanctum. Wir glauben, dass sie mit der Sekte zu tun haben. Und du hast wirklich vor, dich in eine ihrer Kliniken einweisen zu lassen. Das ist doch hochgradig lebensgefährlich.«

»Nein, ist es nicht. Die Polizei wird informiert, dass ich da bin. Sanctum hat auch eine ambulante Abteilung, wenn man nicht zwangseingeliefert wird. Ich kann kommen und gehen, wie ich will. Wir zwei können jeden Tag miteinander reden. Wirklich gefährlich ist es dagegen, mit dir und Erik zusammen zu sein«, sagte ich, um einen Witz zu machen.

Dani legte den Kopf schräg und überlegte.

»Da hast du nicht ganz unrecht. Aber warum kannst du nicht einfach die Ruhe genießen? Ein bisschen Zeit mit Brett verbringen.«

»Ich glaube, bei Sanctum laufen krumme Dinge. Und ich fürchte auch, dass Carl in Gefahr ist. Und wenn die Sekte damit zusammenhängt, dann haben die auch mit den Anschlägen auf dich und Erik zu tun. Ich tu das für euch. Wir können hier nicht tatenlos rumsitzen und warten, bis die Polizei etwas unternimmt. Wie lange wollen wir denn hier weiter so in Angst leben?«

»Aber du weißt selbst, wie gefährlich es ist, Detektiv zu spielen.«

»Es geht ja nur um ein paar Tage. Und von Elena habe ich nichts mehr gehört. Wo ist sie? Warum meldet sie sich bei ihrem Vater nicht? Das ist doch nicht normal.«

»Aber du kennst sie doch gar nicht. Sucht ihre Familie nicht nach ihr?«

»Das ist ja der Punkt. Elena hat keine weiteren Angehörigen. Keine Geschwister, keinen Freund, ihre Mutter lebt in Mexiko, und ihrem Vater werden sie den Zugang zu Sanctum verweigern. Wenn sie das Mädchen dort gegen ihren Willen gefangen halten, ist sie mutterseelenallein. Und wenn sich überhaupt jemand vorstellen kann, was das heißt, dann bist du es.«

Dani seufzte resigniert.

»Wie lange willst du da hin?«

»Allerhöchstens eine Woche. Sobald ich etwas herausgefunden habe, sage ich einfach, jetzt gehts mir besser, und ich gehe wieder.«

»Versprich mir, dass du mich jeden Tag anrufst oder mir eine SMS schreibst.«

»Na klar, aber wir müssen uns Handys mit Prepaidkarten anschaffen, damit keiner die Gespräche nachverfolgen kann.«

»Die hat Steve schon besorgt. Kannst du nicht einfach die Polizei ihren Job machen lassen?«

»Dieser Fall hat für sie überhaupt keine Priorität. Aber wenn Michael, Stan und ich etwas herausfinden, dann könnte es uns vielleicht gelingen, sie zu überführen.«

Dani sah mich sehr lange an, bevor sie ein abschließendes Wort dazu sagte.

»Okay, dann mach es. Aber höchstens eine Woche. Versprochen?«

»Versprochen.«

Ich begleitete sie noch zu ihrem Wagen. Für den Moment hatte es aufgehört zu regnen. In Half Moon Bay war es vollkommen ruhig. Kein Mensch auf den Straßen. Es machte den Eindruck, als würde die Erde vor Weihnachten andächtig stillstehen, als hätte sie aufgehört, sich zu drehen.

Ich beobachtete Dani und musste an all das denken, was wir zwei durchgemacht hatten. Mir schossen die Tränen in die Augen, ich konnte nichts dagegen tun. Außerdem kamen mit Weihnachten auch die Erinnerungen an unsere Kindheit hoch, an ein anderes Leben, in dem wir in einer ganz normalen Familie gelebt hatten. Bevor unsere Eltern uns sitzen ließen. Manchmal dachte ich mit Wehmut an diese Zeit, in der wir noch *normal* gewesen waren, zurück.

»Alles okay, Alex?«, fragte Dani. »Ist es okay, wenn wir jetzt fahren?«

»Ja, absolut. Du wirst mir nur schrecklich fehlen.«

Das ließ sie nicht kalt, ihr Gesicht wirkte angespannt, aber sie war auch pragmatisch, Dani hatte etwas Unerschütterliches. Das war schon immer so gewesen. In diesem Augenblick erst fiel mir auf, dass wir nie mehr als ein paar Tage voneinander getrennt gewesen waren, seit ich sie aus der Sekte befreit hatte. In meinem unsteten Leben war sie immer da gewesen. Aber jetzt würde ich bald vollkommen auf mich gestellt sein. Ihre Gesichtszüge wurden schon weicher, und bald sah sie geradezu hoffnungsvoll aus.

»Alles wird gut werden«, sagte sie. »Hauptsache, ich kann dich jeden Tag sprechen.«

In meinen Augen fing es an zu brennen. Dani gab Erik an Steve weiter, damit er ihn im Kindersitz anschnallte. Wir nahmen uns in die Arme, hielten uns ganz lang ganz fest. Ich roch an ihrem Haar, an ihrem Hals und ihren Schultern wie ein Spürhund.

»Ich brauche nur ein bisschen von deinem Duft zur Erinnerung«, sagte ich.

»Vergiss nicht, mich anzurufen«, sagte sie.

Dann drückte mir Steve ein Handy mit Prepaidkarte in die Hand.

»Diese Nummer lässt sich nicht nachverfolgen. Aber selbst, wenn es jemandem gelingen würde, ist unser Haus vollkommen sicher. Da kommt keiner rein.«

»Versprichst du mir, dass Dani und Erik nichts passieren wird?«, fragte ich ihn.

»Ich werde sie mit meinem eigenen Leben verteidigen.«

Dani stieg in den Wagen, doch bevor sie die Tür zuzog, winkte sie und lächelte mir zu. Ich hatte immer schon gefunden, dass Dani viel schöner lächelte als ich, denn dieses Lächeln kam von innen. Genau in dem Moment war es so wunderschön, dass ich wusste: Dieses Bild würde mich noch den ganzen Tag lang begleiten.

Ich sah ihrem Wagen hinterher, bis er aus meinem Sichtfeld verschwand.

Dann war Weihnachten für mich vorbei.

Ich wechselte in einen anderen Modus, mein Puls schlug wieder schneller.

43

Kaum war Dani verschwunden, zog ich Brett zu mir aufs Sofa. Eigentlich wollten wir es uns gemütlich machen, Filme anschauen und das restliche Festessen vertilgen. Abends waren wir bei Bretts Großfamilie zum Essen eingeladen. Aber erst wollte ich Brett ins Boot holen.

»Bei einer Sache brauche ich deine Hilfe«, sagte ich.

»Aber wir wollten doch heute weiter Weihnachten feiern.«

»Erst müssen wir Pläne schmieden. Hör mal zu. Die von Sanctum wissen nicht, dass wir den Verdacht haben, dass sie mit der Sekte in Verbindung stehen. Aber vermutlich wissen sie, dass Carl und ich miteinander Schluss gemacht haben. Eva Sand arbeitet ja für sie. Dann tun wir doch so, als hätte ich gestern, am Heiligen Abend, wenn viele Leute besonders deprimiert sind, zu viele Beruhigungsmittel geschluckt.«

Brett schreckte auf.

»Das klingt aber nach einem ziemlich großen Risiko, Alex. Ziemlich gefährlich.«

»Ist es aber gar nicht. Sie haben eine ambulante Abteilung. Wenn ich nicht mehr dableiben will, gehe ich einfach. Bei Sanctum soll sich ein Mädchen mit dem Namen Elena Sanchez befinden. Ihr Vater sucht sie. Ich muss herausfinden, was mit ihr passiert ist, das lässt mir einfach keine Ruhe.«

Mir traten Tränen in die Augen.

»Ich fühle mich so sonderbar, seit Carl und ich Schluss gemacht haben. Als wäre in meinem Brustkorb ein riesiges

Loch. Und jetzt ist Dani auch noch weg. Ich tue mir schon selbst leid, und das ist nicht gut, also kümmere ich mich lieber um jemand anderes. So ein kleines Risiko einzugehen, ist vielleicht genau das, was ich jetzt brauche. Klingt das sehr durchgeknallt?«

Brett blinzelte mich mit seinen hellbraunen Augen an.

»Nein, das ist typisch du. Aber ich werde dir nur helfen, wenn die Polizei informiert ist, wo du bist.«

»Danke! Aber das muss ich sofort machen, nicht erst zu Silvester. Ich halte die Vorstellung nicht aus, auch noch Silvester ohne Carl zu feiern.«

»Ich hatte gedacht, wir beide würden uns das Feuerwerk in der Stadt ansehen und dann aufs neue Jahr anstoßen.«

»Ich wäre mit meinen Gedanken doch die ganze Zeit nur bei unserem Silvesterfest im letzten Jahr. Kannst du nicht Cecilia über den Jahreswechsel hierher einladen? Ich kann mir kaum vorstellen, dass Carl dir das übel nehmen würde, in dem Zustand, in dem er gerade ist.«

Bretts Gesicht strahlte. Ganz offensichtlich gefiel ihm meine Idee.

Noch bevor wir uns am Abend auf den Weg zu seiner Familie machten, rief er bei Sanctum an. Obwohl erster Weihnachtstag war, ging jemand ans Telefon. Brett verstellte seine Stimme und klang plötzlich sehr besorgt und ernst. Er erklärte, dass er Ash & Coal repräsentiere und ich und der Inhaber der Firma eine Liebesbeziehung gehabt hätten. Carl hätte mit mir Schluss gemacht, und ich hätte am Heiligen Abend eine Überdosis Beruhigungsmittel genommen. Jetzt sei Brett auf der Suche nach einer Klinik, die äußerst *diskret* sei und in der ich ein paar Wochen zur Ruhe kommen und von den Medikamenten wegkommen könne. Carl Asher dürfe davon aber auf keinen Fall etwas erfahren. Brett wisse Bescheid, dass er mit der Geschäftsführung von Sanctum zurzeit an einem wichtigen Projekt arbeite.

Die Dame an der Rezeption sagte, sie würde Rücksprache halten und sich wieder melden. Was sie nach nur einer Stunde tat. Auf wundersame Weise hatte sie kurzfristig einen Platz für mich organisiert. Sie sagte mir zu, schon am nächsten Tag kommen zu dürfen. Mir ging das fast ein bisschen zu schnell, aber die Tage zwischen Weihnachten und Silvester waren in den USA keine Feiertage, wie in Schweden. Viele Institutionen waren also geöffnet.

Und dann ging alles ganz schnell. Wir fuhren zu Bretts Familie und genossen das Weihnachtsessen mit ihnen. Als wir nach Hause kamen, war Michael Parks mit dem Polizisten, den er kannte, bereits da. Wir besprachen alles, was ich recherchieren sollte, während ich mich in der Klinik befand: ob es dort verwahrloste Patienten und Drogen oder andere Missstände gab – und vor allem natürlich, ob sich Elena noch dort befand.

»Und was mache ich, wenn sie mich anketten oder mich mit Medikamenten abschießen?«, fragte ich den Polizeibeamten.

»Das glaube ich kaum. So was sieht man nur im Fernsehen, in echten Kliniken passiert das nicht«, antwortete er und lächelte. »Aber sollte doch etwas in der Art ablaufen, dann müssen Sie den Notruf 911 wählen. Oder mich direkt anrufen«, sagte er und überreichte mir seine Visitenkarte.

»Es ist nicht gerade einfach zu telefonieren, wenn man gefesselt ist«, erwiderte ich.

»So weit sollten Sie es nicht kommen lassen. Beim kleinsten Anzeichen, dass es jemand auf Sie abgesehen hat, melden Sie sich.«

Er räusperte sich und sah etwas verlegen aus.

»Meine Kollegen sind nicht informiert, dass ich in diese Aktion eingeweiht bin, und ich nehme das Risiko auf mich, es nicht zu melden. In Polizeikreisen hat man nicht den Eindruck, dass mit Sanctum etwas nicht stimmt. Allerdings habe ich eine Verwandte, die in einer von Sanctums Kliniken gestorben ist, weil sie nicht richtig behandelt wurde. Sie war Epileptikerin.«

So viel zum Polizeischutz. Aber dass ein Polizist wusste, dass ich dort hingehe, war dennoch ein gutes Gefühl.

Am Morgen des zweiten Feiertages packte ich ein paar Klamotten und Badezimmersachen in einen Trolley. Ich nahm mein normales Handy mit und das von Steve, um mit Dani zu telefonieren.

Brett machte ein besorgtes Gesicht, als er kam, um mich abzuholen. Er sah so verändert aus, dass ich lachen musste.

»Du siehst aus, als solltest du mich auf den elektrischen Stuhl befördern.«

»Wenn etwas schiefläuft und Carl erfährt, dass ich dir auch noch geholfen habe, dann … Fuck, kann ich nur sagen.«

»Ich tue das ja auch für Carl. Du musst also kein schlechtes Gewissen haben.«

»Er würde mir trotzdem niemals verzeihen.«

Die Klinik lag weiter draußen, als ich geglaubt hatte. Nachdem wir über die Golden Gate Bridge gefahren waren, an Sausalito vorbei, fuhren wir viele Kilometer auf einer Straße, an der hohe Redwoodbäume und Akazien standen. Der Wald rauschte in verschwommenen grünen Farbtönen an uns vorbei. Je weiter wir uns entfernten, desto mehr sackte mir das Herz in die Hose. Als sich unser Wagen einen Hang hinaufquälte, wurde mir leicht übel. Oben auf der Kuppe standen nur noch vereinzelt Bäume, und unser Blick fiel auf ein riesiges

Anwesen. Die einstöckige Villa in der Mitte war aus massivem Holz errichtet und erinnerte an eine riesige Almhütte. Ein paar Hunde streunten über das Grundstück. Neben dem Gitter befand sich ein großes, angestrahltes Schild, auf dem ein lächelnder Mann mit blitzweißen Zähnen abgebildet war.

Sanctum Entzugsklinik – Wo die Seele Ruhe findet.

Rund um das Gelände war ein Zaun gezogen, ein hoher Zaun. Das hatte ich nicht erwartet. Mir stockte der Atem. Ein Gefühl, als sei ich schon eine lange Strecke gerannt und hielte jetzt abrupt an. Krampfhaft klammerte ich mich an Bretts Hand, die am Steuer lag.

»Es ist noch nicht zu spät, die Sache doch lieber abzublasen«, sagte er und hoffte, ich würde es mir anders überlegen.

»Nein, ich habe mich entschieden. Ich muss mich nur ein bisschen sammeln, bevor wir da reinfahren.«

Die Tore öffneten sich automatisch, als wir auf einen Knopf an der Einfahrt drückten. Das Knirschen, als sie sich hinter uns schlossen, versetzte mir kalte Schauer.

Wir parkten den Wagen und stiegen aus. Dann liefen wir aufs Hauptgebäude zu, Brett dicht hinter mir. Ich holte einmal ganz tief Luft, öffnete die Eingangstür und trat ein. Im Eingangsbereich befand sich in der Mitte eine hell beleuchtete Rezeption mit einer großen Empfangstheke. Der riesige Raum war so leer, dass das Geräusch der Räder meines Trolleys von den Wänden widerhallte. Warum war hier kein Mensch? In einer Ecke stand ein eher spärlich geschmückter Weihnachtsbaum, der müde blinkte. Eine perfekt geschminkte Empfangsdame, Mitte vierzig, blickte neugierig auf und empfing uns mit einem einstudierten Lächeln.

»Guten Tag. Wie kann ich Ihnen helfen?«, fragte sie.

»Das ist Alexandra Brisell«, stellte Brett mich vor. »Wir haben uns für heute angemeldet.«

»Ja, stimmt, herzlich willkommen, Frau Brisell«, sagte sie und machte mir ein Zeichen, näher zu kommen. Mein Blick fiel auf die vielen Verbotsschilder hinter der Empfangstheke. *Während der Behandlung bleiben Handys ausgeschaltet. Kontakt zu Angehörigen nur mit vorheriger Erlaubnis. Fotografieren streng verboten.*

»Dann werden wir uns jetzt um Frau Brisell kümmern«, teilte die Dame Brett mit. »Zuerst muss sie noch ein paar Formulare ausfüllen, dann bringe ich sie zu ihrem Zimmer, wo sie dann Besuch von einem Arzt bekommt. Sie können jetzt gehen, Sir.«

Brett blickte sie an, die Stirn gerunzelt.

»Ich möchte jeden Tag Kontakt zu Alex haben. Das ist extrem wichtig. Ihr Chef ...«

»Frau Brisell wird täglich mit Ihnen sprechen können, wenn sie es selbst möchte«, fiel die Empfangsdame ihm instinktiv ins Wort. »Aber im ersten Monat sind Besuche immer verboten. Sie wird hier unter allerbester Aufsicht stehen.«

Brett drückte mich zum Abschied, dann ging er zähneknirschend in Richtung Ausgang. Als er in der Tür stand, drehte er sich noch einmal zu mir um und sah mich liebevoll an. Ich zwinkerte ihm zu. In meinen Augen standen Tränen, und ich hatte einen Kloß im Hals. Als Brett weg war, hatte ich das Gefühl, als würde mir das Blut in den Beinen versacken.

Die Empfangsdame wollte dann, dass ich ein ziemlich kompliziertes Formular ausfüllte und allerlei private Angaben machte. Bei vielen Fragen müsste ich lügen. Dann legte sie mir eine Geheimhaltungsvereinbarung vor, in der ich unterschreiben sollte, keine Interna von Sanctum nach außen zu tragen. Und am Ende war da noch ein Dokument, auf dem ich mit meiner Unterschrift zustimmen sollte, keinerlei Schadensersatzansprüche an Sanctum zu stellen oder sie zu verklagen, sollte etwas mit meiner Behandlung schiefgehen. War so was rechtens? Ich unterschrieb extra unleserlich, damit niemand jemals würde nachweisen können, dass ich das Blatt wirklich unterzeichnet hatte.

Die Empfangsdame führte mich danach durch einen dunklen Gang. Ich stolperte fast über meine eigenen Füße. Irgendwoher drang der Duft von Toastbrot und Tee. Aber Appetit bekam ich davon nicht, im Gegenteil, mir wurde übel. Außer der Dame von der Rezeption war mir noch kein einziger Mensch über den Weg gelaufen. Sie öffnete die Tür des Zimmers Nummer 18 und ließ mich hinein.

Beim ersten Blick auf den Raum blieb mir die Luft weg. Ein Bett, ein Nachttisch, ein Stuhl, ein Tisch aus Holzfurnier und ein Bücherregal, das war die ganze Einrichtung. Die Wände und die Decke waren in einem widerlich hellgrünen Farbton gestrichen. Auf dem Boden lag Linoleum, und es roch antiseptisch. Es fehlte nicht mehr viel, und ich hätte geheult. Ich biss mir fest auf die Unterlippe und drückte meine Fingernägel in die Handinnenflächen.

Du machst das alles hier nur für Carl, für Dani und für Elena. Dieser Gedanke beruhigte mich wieder. Ich hatte meine Angst schon häufiger überwunden, und immer war es gut ausgegangen.

Ich drehte mich um und sah die Empfangsdame an.

»Und womit soll ich mich hier beschäftigen?«, fragte ich sie skeptisch.

Sie sah mich etwas abschätzig an.

»Wir haben einige Bücher«, sagte sie und nickte zum Bücherregal hinüber. »Sobald Sie entgiftet sind, haben Sie auch Zutritt zum Gemeinschaftsraum, und da gibt es zum Beispiel einen Fernseher. Und Sie werden sich häufig auch draußen aufhalten. Jetzt muss ich Sie aber bitten, Ihr Handy abzuschalten. Sie können es gern bei sich behalten, aber wenn wir feststellen, dass Sie es ohne Erlaubnis benutzen, müssen wir es leider beschlagnahmen. Es ist wichtig, dass Sie nichts von der Behandlung ablenkt.«

»Aber auf Ihrer Homepage stand doch, dass Sie eine ambulante Abteilung haben.«

»Das ist richtig, die gibt es auch. Sie dürfen Ihre Angehörigen einmal täglich anrufen, wenn jemand vom Personal dabei zuhören kann. Aber die Zeit der Entgiftung ist besonders heikel. Wir wollen kein Risiko eingehen, dass die Patienten Kontakt zu Dealern aufnehmen, dafür haben Sie bestimmt Verständnis?«

»Aber ich bin doch nicht drogenabhängig.«

Sie seufzte genervt. Es war offensichtlich, dass sie dieses Gespräch schon hundertmal geführt hatte.

»Und warum gibt es diesen hohen Zaun um die Einrichtung, wenn hier auch ambulante Behandlung angeboten wird?«

»Nur zu Ihrem Besten.«

Ich griff zu meinem normalen Handy und tat so, als würde ich es abschalten. Das andere mit der Prepaidkarte von Steve lag noch in meinem Trolley.

Die Empfangsdame drehte sich um und sagte kurz:

»Demnächst wird ein Arzt vorbeikommen und Sie untersuchen.« Mit diesen Worten schloss sie die Tür.

Fassungslos blieb ich stehen. Mich überkam das komische Gefühl, ich würde gleich vornüberkippen. Und in dieser ganzen Szenerie war mir klar – ohne dass ich es bislang beim Namen genannt hatte –, dass hier fürchterliche Dinge geschehen können. Und dieses Mal würde Carl mich nicht retten. Meine Zunge wurde trocken wie Sandpapier. Auf dem Nachttisch stand eine Kanne Wasser. Ich kippte zwei Gläser auf einmal hinunter. Und dann erst bemerkte ich die eingerahmten klugen Zitate, die an den Wänden hingen.

Entweder lenkst du dein Leben, oder das Leben lenkt dich.
Es ist nie zu spät, der Mensch zu werden, der du sein willst.
Auch eine sehr lange Reise beginnt mit dem ersten Schritt.
Wenn der Wind ausbleibt, greif selbst zum Ruder und leg los.

Verächtlich schnaubte ich. Das Zimmer wirkte unheimlich und war sonderbar dunkel. Ich ging vor zur Tür, sie war abgeschlossen. Ein großer Spion starrte mich an. Als ich hindurchzusehen versuchte, um etwas zu erkennen, merkte ich, dass das so nicht funktionierte – man konnte nur von außen in mein Zimmer schauen. Da verließ mich mein Mut ganz. Ich holte mein normales Handy aus der Handtasche. *Muss mit Brett oder Stan sprechen.* Aufgebracht wählte ich ihre Nummern, immer und immer wieder.

Am Ende begriff ich, dass ich hier überhaupt keinen Empfang hatte.

44

Eva

Eva lässt ihren Blick über Carls spärlich möblierte Wohnung schweifen. Von Küche und Badezimmer abgesehen besteht sie eigentlich nur aus einem einzigen, riesigen Zimmer. Ein paar Sofas und Stühle sind zu sehen, eine Musikanlage, aber kein Fernseher. In einer Ecke das Bett. Kein Kleiderschrank, bloß eine Kommode und eine Kleiderstange an der Wand, an der nur wenige Kleidungsstücke hängen. Trotzdem hat die Wohnung Stil. Sie ist minimalistisch eingerichtet, aber nicht so protzig wie der exklusive unterirdische Bunker der Sektenmänner.

Carl ist nicht da. Es ist der zweite Weihnachtstag. Die Filmcrew hat immer noch frei und genießt in Småland den Schnee. Doch morgen sollen die Dreharbeiten fortgesetzt werden. In der Villa ist es dunkel und still. Ein bisschen zu still.

Dann erklingen Schritte von der Treppe, Carl kommt hinaufgerannt und steht schon in der Tür. Er riecht leicht verschwitzt, offenbar ist er eine große Runde gejoggt. Er hatte schon mal erwähnt, dass er morgens gern laufen geht. Als er sie erblickt, macht er instinktiv einen Satz zurück.

Und dann kommt es.

»Wir müssen reden, Eva.«

Er schafft Distanz zwischen ihnen, so groß wie ein Fußballplatz.

»Entweder brechen wir die Dreharbeiten ab, oder unser Verhältnis ist ab jetzt rein geschäftlich.«

Sie starrt ihn entgeistert an, ohne einen Ton herauszubringen. Seine Worte hallen von den Wänden. Er klingt abweisend. Männer, die sie ablehnen, bereiten ihr Bauchweh. Und das kann Folgen haben.

»Gibt es keine Alternative?«, fragt sie.

»Nein, für mich nicht.«

So wie er kommuniziert, verkneift sie es sich, weitere Fragen zu stellen. Ihre Wangen brennen vor Scham. Es ist sein Tonfall, zwar sanft, aber klar zurechtweisend. Eva ist verletzt und verspürt den Impuls, sich zu verteidigen. Einige Gemeinheiten liegen ihr schon auf der Zunge. Wie kann er es wagen, sich wie ein geiler Bock zu nehmen, was er braucht, und sie dann derart abblitzen zu lassen? Doch ihr Verstand sagt ihr: Halt den Mund.

Dann fällt ihr etwas ein, was sie irgendwo gelesen hat – dass Alphamänner Angst vor starken Frauen haben und dass sie sich bei gegenseitig erwiderten Gefühlen gern entziehen und abweisend sind. Ihr fantastischer Sex – denkt sie – hat ihn vermutlich überwältigt. Wahrscheinlich braucht er etwas Zeit, um das zu verarbeiten. Sie versucht, nicht nachtragend zu sein, und pustet sich lässig ein paar Haarsträhnen aus der Stirn.

»Jetzt beruhige dich erst mal. Wir sollten nicht überstürzt Dinge beschließen, die uns hinterher leidtun. Wir lassen das Thema einfach eine Weile ruhen. Wie gehts dir denn heute?«

Darauf antwortet er nicht. Er spricht sowieso nicht viel über sich. Sagt zum Beispiel kein Wort darüber, dass sein bester Freund abgehauen ist und ihn im Stich gelassen hat. Und auch kein Wort darüber, dass sein Personal hier in Lund deprimiert wirkt. Kein Wort, dass er seiner lächerlichen Freundin das Herz gebrochen hat. Sie muss ihn erst dazu bewegen, mehr von sich zu erzählen. Ganz offen mit ihr zu sein.

»Ich gehe jetzt duschen«, sagt er schließlich. »Dann werde ich an einem Bild weiterarbeiten. Fühl dich wie zu Hause. Wir sehen uns morgen wieder, sobald die Filmcrew zurück ist.«

Und danach verschwindet er im Badezimmer.

Er ist schon längst duschen gegangen, doch sie kann seine Präsenz noch im Zimmer spüren.

Sie denkt viel über ihn nach.

Es ist gefährlich, sich zu viele Gedanken über einen Mann zu machen.

Evas Herz verkrampft sich wie so oft, wenn Carl in ihrer Nähe ist.

Das kennst du doch, das hast du schon mal erlebt. Und am Ende gab es eine Katastrophe.

Eva geht zum Gästehaus zurück. Allmählich ist es an der Zeit, ihren Plan anzupassen. Gerade als sie denkt, schlimmer könne es nicht mehr kommen, leuchtet Axels Name auf dem Display ihres Handys auf. Sie schaltet auf Lautsprecherstimme um und stellt ihr zweites Smartphone auf Aufnahme.

Axel klingt aufgeregt, fast atemlos.

»Sie müssen Asher so lange wie möglich in Lund festhalten. Wir sind noch mit ein paar Dingen beschäftigt und brauchen mehr Zeit.«

Allein seine nervige Stimme zu hören, ermüdet sie. Die Dreharbeiten hinauszuzögern, macht ihr nichts aus. Nachdem, was gerade passiert ist, weiß sie allerdings nicht, ob sie Carl länger als geplant hier festhalten kann. Sie hat richtig Lust, sich mit Axel anzulegen.

»Carl geht davon aus, dass wir in drei Tagen nach Kalifornien zurückfliegen. Er wird völlig austicken, wenn ich ihn bitte, länger hierzubleiben.«

»Nicht in diesem Ton, Eva. Ihre Einstellung haben wir schon mehrfach moniert.«

»Worauf warten Sie denn?«

»Auf Trockenheit.«

»Wie bitte?«

»Nichts fängt Feuer, wenn es so viel regnet. Und jetzt lassen Sie diese Fragerei. Ich habe nicht vor, Sie in die Einzelheiten einzuweihen. Sie sollen die Dreharbeiten hinauszögern. Das ist ein Befehl.«

»Und haben Sie vielleicht eine Idee, wie ich das hinbekommen soll?«

»Lassen Sie sich gefälligst was einfallen und stellen Sie sich bloß nicht so an. Bislang haben Sie Ihre Sache gut gemacht.«

Als ihr Telefonat zu Ende ist, checkt Eva, ob alles aufgenommen ist. Dann setzt sie sich ans Fenster und blickt in den Garten hinaus, hinüber zur Villa. Im ersten Stock brennt Licht. Carl ist also noch da.

Aber in der gegenwärtigen Situation wieder bei ihm anzuklopfen, wäre verkehrt.

Genau in diesem Augenblick kommt ihr eine Idee. Ihre Mundwinkel verziehen sich zu einem Lächeln. *Lass dir was einfallen. Nichts fängt Feuer, wenn es regnet.* Draußen scheint die Sonne, der Boden ist knochentrocken. Sie wird das auf ihre ganz eigene Art regeln.

Diesen Sektenmännern sollte man unbedingt ihre Grenzen aufzeigen.

Und auch Carl muss eine Lektion erhalten.

45

Es klickte im Türschloss. Ich konnte das Handy gerade noch in meiner Handtasche verschwinden lassen und mich schnell im Bett aufsetzen, die Hände im Schoß. Ein Mann in schwarzer Jeans und schwarzem T-Shirt kam in mein Zimmer. Um seinen Hals hing ein Stethoskop, in der Hand trug er ein Tablet. Ich schätzte ihn auf Mitte fünfzig, er hatte einen kahlrasierten Kopf, kleine, finstere Augen und wulstige Lippen. Seine Stirn glänzte, als würde er ununterbrochen Schweiß absondern. Als er näher kam, konnte ich sein Gesicht besser erkennen. Durch seine Augäpfel liefen deutlich sichtbare, rote Äderchen, wahrscheinlich hatte er schlecht geschlafen. Für einen Mann seines Alters wirkten seine Gesichtszüge auffällig kindlich, noch dazu diese roten Bäckchen.

»Hallo Alexandra«, sagte er. »Ich heiße Theodor Ericsson und werde hier als Arzt für dich zuständig sein. Ich bin gleichzeitig Geschäftsführer von Sanctum Sausalito. Du kannst Ted zu mir sagen.«

Als er mich begrüßte, spürte ich, wie warm und feucht seine Hand war.

»Als Erstes werde ich dich untersuchen«, sagte er. »Reine Routine.«

Er nahm sein Stethoskop und hörte Herz und Lunge ab. Dann setzte er sich auf den Stuhl neben mich und begann, mich nach meinem »Missbrauch« zu befragen. Ich erzählte ihm von einigen Ereignissen des letzten Jahres und gab vor, sehr viele Beruhigungsmittel geschluckt zu haben. Als ich vom Ende meiner Beziehung berichtete, brach ich in Tränen aus, was mir nicht besonders schwerfiel.

Ted legte mir die Hand auf die Schulter.

»Du hattest wirklich kein leichtes Jahr«, sagte er. »Viele dramatische Ereignisse dicht aufeinander. Die Gemeinschaft, die du hier im Haus erleben wirst, wird dir guttun. Im Grunde dreht sich alles um eine Sache: die positive Energie. Wir nennen das *besieg die Hexe* oder *tötet eure Drachen*. Mit anderen Worten: Überwinde deine Abhängigkeit. Wir sind wie eine große Familie.«

»Aber ich habe noch nicht einen einzigen Menschen gesehen, seit ich hier bin«, sagte ich.

»Das liegt daran, dass heute Clean-up-Day ist. Alle sind draußen unterwegs und sammeln Abfall. Es tut gut, sich gemeinsam zu betätigen und mal für eine Weile nicht um sich selbst zu kreisen. Das macht gesund.«

»Und wenn einer ausbüxt?«, fragte ich spontan.

Er musste lachen.

»Wir haben Hunde. Von hier kommt so schnell keiner weg. Fast so wie in Alcatraz.«

Ich hatte Alcatraz einmal als Touristin besucht. Es schien völlig unmöglich, von diesem gottverlassenen Ort zu fliehen.

»Ich mache nur Spaß«, sagte Ted, als er in mein erschrockenes Gesicht sah. »Du bist ja aus freien Stücken hier. Überlass mir deine Behandlung und nimm die positive Energie der Gruppe auf, und dann wird alles gut werden.«

Meine Beine fingen plötzlich an zu zittern. Er warf einen Blick auf seine Dokumente auf dem Tablet.

»Ich sehe, du hast Diazepam eingenommen«, sagte er. »Das werden wir ausschleichen. Gegen Abend bekommst du ein paar Tabletten.«

Die Einnahme von Diazepam hatte ich beim Ausfüllen der Formulare frei erfunden. Das Medikament hatte ich zuvor im Internet recherchiert, es gehört zu den am häufigsten verwendeten Beruhigungsmitteln.

»Nicht nötig«, sagte ich rasch. »Seit dem Vorfall vom Heiligen Abend habe ich gar nichts mehr gebraucht. Ich möchte ab jetzt überhaupt keine Drogen mehr nehmen.«

Sein Gesicht erstrahlte.

»Genau das will ich hören! Aber wenn du Entzugserscheinungen bekommst, melde dich. Auch wenn es mitten in der Nacht ist. Neben deinem Bett befindet sich ein Alarmknopf, den drückst du einfach.«

Dann sah er wieder auf sein Pad hinunter und runzelte die Stirn.

»Welcher Arzt hat dir die Medikamente denn verschrieben?«

Shit. Damit hatte ich nicht gerechnet.

»Mein Arzt lebt in Schweden«, fiel mir auf die Schnelle ein. »Aber er hat mir die Tabletten nicht verordnet, die habe ich von einem Freund ... den möchte ich allerdings nicht verraten.«

»Wir können dich nicht dazu zwingen, aber du weißt vermutlich, dass das illegal ist?«

»Vielleicht erzähl ich es später.«

»Irgendwann willst du es von dir aus erzählen«, sagte er voller Überzeugung.

»Warum werde ich eingeschlossen?«, fragte ich. »Das mag ich nicht.«

»Eigentlich machen wir das nur nachts«, sagte er. »Morgen kannst du das Zimmer verlassen und dich in der Klinik umsehen. In den ersten vierundzwanzig Stunden musst du dich erst mal an die neue Situation gewöhnen. Das Personal verschließt die Türen um neun Uhr abends, wenn Schlafenszeit ist. Das ist auch gut so. Wir können hier keine Schlafwandler gebrauchen.«

»Und warum hat man hier kein Netz?«

»Wir hatten leider technische Probleme in der ganzen Klinik, aber du darfst sowieso nur telefonieren, wenn jemand vom Personal zuhört. Hat dir das niemand gesagt?«

»Doch, schon«, antwortete ich und spürte einen Schauer über meinen Rücken laufen.

»Heute bekommst du das Essen aufs Zimmer. Morgen darfst du nach dem Frühstück raus, und dann lernst du die anderen Patienten kennen.«

»Und was soll ich hier bis dahin tun? Einfach nur rumliegen?«

»Im Bücherregal findest du Literatur mit Entspannungsübungen. Demnächst kommt auch noch ein Mitarbeiter und zeigt dir ein Video über Sanctum. Das wird dich aufmuntern.«

Er überreichte mir eine Broschüre, in der Regeln aufgeführt waren, die ich zu befolgen hatte.

»Ein Teil der Behandlung wird darin bestehen, dass du dich selbst besser kennenlernst – deinen inneren Kern, die Wurzel des Bösen. Du wirst tiefer gehen als je zuvor, und alle Verwirrungen auflösen … wie einen seidenen Faden.«

»Mit Hilfe eines Psychologen?«

»Nein, mit Übungen, die wir in Gemeinschaft machen. Es geht darum, alles bloßzulegen – du wirst das bald verstehen.«

Das klang ziemlich albern, doch Ted machte ein todernstes Gesicht dazu. Ich fragte mich, ob ich mich eventuell etwas überstürzt bei Sanctum hatte einweisen lassen.

Ted stand auf und gähnte.

»Alles wird sich regeln, Alexandra«, sagte er. »Wir haben kein Gegengift und Allheilmittel gegen unglückliche Liebe, aber versuch doch einfach, das Positive zu sehen. Hier bist du in guter Gesellschaft. Alle sind auf die ein oder andere Weise vergiftet.«

Dann ging er auf die Tür zu und wollte schon verschwinden, da drehte er sich noch einmal um.

»Möchtest du meine Meinung über schwierige Beziehungen hören?«

Ich nickte still.

»Es gibt Menschen, die haben ein riesengroßes Loch in sich drin«, fuhr er fort. »Ihr ganzes Leben lang haben sie zu tun, es auszufüllen – mit Drogen oder starken Gefühlen für schlechte Menschen. Das Einzige, was wirklich dagegen hilft, ist, diesen Leerraum mit positiver Energie zu füllen. Glaub mir, ich spreche aus Erfahrung. Ich bin schon zwanzig Jahre hier in der Klinik.«

Das sagte alles. Ich war in einem Irrenhaus gelandet.

Als Ted ging, merkte ich, dass die Tür abgeschlossen war. Das Personal gab einen Code ein, wenn sie sie öffnen wollten. Ich verfolgte Teds Fingerspitzen hoch konzentriert, wie sie sich über die Platte mit den Knöpfen bewegten, doch ich saß zu weit entfernt.

Eine unheimliche Stille legte sich über mein Zimmer.

Da fielen mir die beiden Handys ein. Ich nahm das mit der Prepaidkarte für den Kontakt zu Dani in die Hand. In diesem Augenblick hatte ich ein bisschen Empfang, also schrieb ich ihr schnell eine SMS. Dann nahm ich mein eigenes Handy und tippte eine Nachricht an Brett. Es waren nur wenige Zeilen, doch ich teilte beiden klar und deutlich mit, dass mir der Arzt verdächtig vorkam.

Gerade wollte ich das Smartphone wieder ausschalten, da sah ich, dass ich eine SMS von Carl bekommen hatte. Sie bestand aus einem Bild und ein paar wenigen Worten. Das Bild hatte er nach einem Foto von mir auf seinem iPad gemacht, ich stand nackt an einem Fenster in der Villa in Lund. Carl stand hinter mir, hielt mich an der Taille und vergrub sein Gesicht in meinem Haar. Seine Vorlage war ein Foto, das wir aufgenommen hatten, kurz bevor wir nach San Francisco gezogen waren. Staunend starrte ich auf das Bild, unfähig, es richtig zu begreifen. Jede Menge Gefühle überrollten mich, ich konnte sie nicht beherrschen. Das lag nicht nur an dem Motiv, sondern auch an den Farben – er hatte ausgeblichene, melancholische Sepiatöne benutzt. Es war offensichtlich, dass Carl sehr traurig gewesen war, als er dieses Bild gemacht hatte. Darauf hatte er festgehalten, was *uns* ausgemacht hatte, die ungekünstelte Art, mit der wir miteinander umgingen – und mit der wir die gegenseitige Nähe suchten. Instinktiv fuhr ich mit den Fingerspitzen über das Display, so stark war meine Sehnsucht, so sehr vermisste ich ihn.

Seine Nachricht war kurz und knapp. **Ich würde alles tun, um das zurückzubekommen.**

Ich wunderte mich, dass ich nicht weinen musste. Ich las den Satz bestimmt zehnmal, vielleicht sogar hundertmal, jedes Wort analysierte ich. *Ich würde alles tun* hatte im Grunde zu bedeuten, dass ich ihn auffordern konnte, ins nächste Flugzeug zu steigen und zu mir zurückzukommen. Aber ich wollte mich jetzt nicht von ihm manipulieren lassen. Er schien verzweifelt zu sein, wahrscheinlich hatte er aus Verzweiflung etwas Falsches getan. Ich antwortete sofort, solange ich noch Netz hatte.

Schreib im Detail alles auf, was du mit ihr angestellt hast und schick es mir.

Die Antwort kam postwendend, viel zu schnell für mein fiebriges Hirn.

Wir müssen reden. Bitte. So was schreibt man nicht auf.

Ja klar – er musste so widerwärtige Dinge mit ihr gemacht haben, dass er sie nicht niederschreiben konnte. Durch meinen Kopf schossen Bilder von Carl und Eva, beide nackt. Die Sehnsucht verzog sich, stattdessen flammte meine Wut von Neuem auf. Meine Finger flogen über die Tastatur.

Dann kannst du dich verpissen.

Ich war auf eigenartige Weise stolz, dass ich es fertigbrachte, ihm zu widerstehen. In diesem Moment wollte ich nur, dass er ebenso leiden musste wie ich. Kurzerhand löschte ich das Bild. Das Display wurde schwarz. Erst bereute ich es, doch dann wusste ich, dass ich das Richtige getan hatte.

Der Rest des Tages war zäh. Eine Mitarbeiterin kam vorbei und zeigte mir einen Film über Sanctum – mit manisch grinsenden Menschen, die etwas von positiven Gedanken, Zielen und Gemeinschaft faselten.

Abends fand ich kaum in den Schlaf. Mitten in der Nacht wachte ich auf, war vollkommen aufgewühlt, mein Herz pochte heftig. Um mich herum war es kohlrabenschwarz. Ich brauchte ein paar Sekunden, bis ich wieder wusste, wo ich war. Als ich mich an alles erinnern konnte, bekam ich ein mulmiges Gefühl im Magen. Hörte ich da nicht Geräusche aus den anderen Räumen, quietschende Betten, Knirschen auf den Linoleumböden, fließendes Wasser aus den Wasserhähnen? Es gab keine Heizung in meinem Zimmer, und es war so kalt, dass ich mir die Füße rieb, um mich zu wärmen. An diesem eigenartigen Ort fühlte ich mich gottverlassen. Es dauerte lange, bis ich wieder einschlafen konnte.

Am nächsten Morgen durfte ich mir die Klinik ansehen. Die Stimmung war tatsächlich überall auffällig gut. Zwischen den Mahlzeiten war der Tag mit zahlreichen Aktivitäten gespickt. Entspannungsübungen, Singstunden, Meetings, wo einige Patienten das Böse, was sie getan hatten, aus sich herausschrien, um dann um Vergebung zu bitten. Zur Belohnung erhielten sie schallenden Applaus. Meist endeten diese Versammlungen damit, dass alle das Motto von Sanctum schrien: *Besiegt die Hexe! Tötet eure Drachen!* Und bevor sie auseinandergingen, fielen sie sich noch heulend in die Arme. Einen Moment lang fragte ich mich, ob hier bei Sanctum vielleicht doch alles mit rechten Dingen zuging. Der ganze Betrieb hatte so etwas Unschuldiges.

Am Nachmittag wurden vor dem Saal Stühle in zwei Reihen aufgestellt, sodass man sich zu zweit gegenübersaß. Wir wurden in Paare eingeteilt und sollten uns eine geschlagene Stunde lang einfach nur anschauen. Ted lief die Reihen ab und forderte uns auf, »unsere Seelen zu entblößen«. Völlig regungslos sollten wir dasitzen, bei der kleinsten Bewegung kam Ted angerauscht und befahl uns zu entspannen.

In dieser Abteilung waren wir ungefähr zwanzig Patienten, aber ich wusste jetzt schon, dass Elena nicht dabei war. Es war noch zu früh, einen der anderen Patienten nach ihr zu fragen, aber ich unterhielt mich mit manchen, um erste Kontakte herzustellen und herauszufinden, ob einige von ihnen schlechte Erfahrungen mit den Behandlungsmethoden gemacht hatten. Doch auf meine Fragen erntete ich nichts als leere Blicke, und dann folgten Lobeshymnen auf Sanctum, die alles andere als echt wirkten.

An meinem zweiten Tag bei Sanctum kam mir ein Geistesblitz. *Das ist hier alles irgendwie zu gut. Da stimmt was nicht.*

Wo waren all die Junkies, die mit den Entzugserscheinungen? Die Leute hier kamen mir eher wie eine freireligiöse Sekte vor. Das hatte überhaupt nichts mit dem zu tun, was Michael Parks von seinem Sohn erzählt hatte.

Und am zweiten Tag bemerkte ich das Haus hinter den Bäumen, am Ende des Grundstücks.

Wir waren gerade dabei, das Laub im Garten zusammenzurechen. Die Luft war klar und kalt. Von dem blauen Herbsthimmel strahlte die Sonne und blendete meine Augen. Über uns kreisten die Bussarde. Wir wurden von Mitarbeitern überwacht, die auch mithalfen. Alle sangen. Jede Tätigkeit hier wurde gemeinsam mit dem Personal verrichtet. Alle waren Freunde und gleichberechtigt. In den Werbebroschüren wurde dies als der Schlüssel zu Sanctums exzellenten Erfolgsquoten dargestellt. Sich zugehörig zu fühlen. Geschätzt und wertvoll, alle gleich.

Ein Typ namens Finn und ich, wir arbeiteten nun zufällig am Rand des Grundstücks. Er war ungefähr so alt wie ich, ein kräftiger Afroamerikaner. Während wir da zusammen schufteten, erzählte er mir, dass er seit einem Monat keine Drogen mehr genommen habe, allerdings schien er weder stolz noch besonders glücklich darüber zu sein. Er wirkte eher verloren, machte einen verunsicherten Eindruck, und trotz seines mächtigen Körpers sah er sehr verletzlich aus, als würde ein Gefühlschaos in ihm herrschen.

Beim Blick auf den Wald sah ich ein riesiges Holzhaus, etwa hundert Meter hinter dem Hauptgebäude. Es hatte exakt dieselbe Farbe wie die Baumstämme drumherum und lag im Schatten der riesengroßen Baumkronen. In den Fenstern war kein Licht, das Haus schien unbewohnt und leer.

»Was ist das für ein Haus?«, fragte ich Finn.

Mit meiner Frage löste ich etwas in ihm aus. Seine Augen

wurden glasig, als würde er in der nächsten Sekunde in Tränen ausbrechen.

»Das ist der Tumbler«, sagte er.

»Was? Trocknen sie da die Wäsche?«

Er sah mich lange und durchdringend an.

»Nein, du Dummerchen, da landet man, wenn man die Gruppe verarscht.«

»Und wer ist das?«

»Hab ich doch schon gesagt«, erwiderte er und warf nervös einen Blick über die Schulter. »Die schwierigen Patienten. Die kriegen da Intensivbetreuung.«

»Kennst du jemanden, der da drin ist?«

»Einige, aber die sind bisher nicht wieder rausgekommen.«

»Wie lange bleibt man da drin?«

»Keine Ahnung. Sie sind ja nicht wieder rausgekommen, hab ich doch grade gesagt.«

»Warst du schon mal drinnen?«, fragte ich jetzt mit betont leiser Stimme, denn ein Mitarbeiter hatte uns bereits im Auge.

»Ganz kurz«, antwortete er. »Aber ich durfte wieder raus.«

Seine Abneigung, darüber zu sprechen, war ihm anzusehen. Seine Schultern verkrampften sich, die Gesichtsmuskulatur fror ein, nur sein Mund bewegte sich noch isoliert.

»Jetzt lass aber mal gut sein«, keifte er mich an.

Eine Mitarbeiterin kam auf uns zu. Finn fluchte leise.

»Alles okay bei euch?«, fragte sie.

»Warum fragst du das?«, konterte ich.

»Ihr seht so ernst aus, geht lieber wieder zu den anderen hinüber«, sagte sie.

Finn folgte. Bevor ich hinterhertrabte, warf ich noch einen letzten Blick auf das Haus da drüben im Dickicht. Alles wirkte finster, die Wände, das Dach und die Jalousien vor den Fenstern. Bei diesem gespenstischen Anblick des Tumblers überfiel mich zuerst ein Gefühl von Ohnmacht. Und als Nächstes panische Angst.

An diesem Abend kam ich einfach nicht zur Ruhe. Ich lief in meinem Zimmer im Kreis wie ein Tier im Käfig. Ich hatte keinen Empfang. Die Bücher, die im Regal standen, waren völlig uninteressant. Vor Langeweile schien ich bald durchzudrehen. Eigentlich sollte ich mich entspannen, Yogaübungen oder so was machen, aber ich hatte keine Lust dazu. Ziellos lief ich im Kreis und strich mit den Händen über die Wände. Hier roch es, als hätte jemand die Oberfläche erst vor Kurzem mit Alkohol desinfiziert. Ich hockte mich hin und fuhr über die Sockelleiste. Kein einziges Staubkorn. Da fiel mein Blick auf eine Ecke, direkt hinter dem Stuhl, wo eine Staubschicht lag. Die Entdeckung, dass es in diesem klinisch reinen Zimmer doch ein bisschen Dreck gab, freute mich fast. Behutsam wischte ich den Staub weg. Und da sah ich, dass etwas an der Wand stand. Jemand hatte mit krakeliger Schrift dort eingeritzt:

Kapitalistenschweine.

Das Schloss in der Tür klickte. Schnell sprang ich auf und stand dann einem jungen Mädchen gegenüber. Sie trug dasselbe schwarze T-Shirt wie alle anderen vom Personal. Wir sahen uns überrascht an. Ich fühlte mich ertappt, obwohl ich gar nichts Verbotenes getan hatte. Sie wirkte etwas unsicher und lächelte mich nett an.

»Ich wollte nur mal nach dir schauen«, sagte sie. »Ich habe heute Abend Dienst.«

»Ach so, gut«, erwiderte ich zögernd.

»Und die habe ich dir mitgebracht«, sagte sie und hielt mir

einen Stapel mit drei schwarzen T-Shirts hin. Darauf waren Worte in Weiß gedruckt, ich wusste schon welche. *Besiegt die Hexe.*

»Danke«, sagte ich, lächelte gequält und legte die Shirts aufs Bett.

»Brauchst du noch etwas, bevor ich jetzt für die Nacht abschließe?«

»Nein, alles gut«, sagte ich.

Mir schoss der Gedanke durch den Kopf, dass sie viel zu jung und unerfahren war, um mit Drogenabhängigen zu arbeiten.

»Eine Frage noch: Sind hier eigentlich alle ausgebildete Krankenschwestern und Pfleger?«

Sie lächelte verlegen.

»Nein, keiner vor uns. Aber Ted ist natürlich Arzt.«

»Und warum ist das Personal nicht ausgebildet?«, hakte ich nach.

Sie schlug die Augen nieder.

»Für das Programm, das wir hier mit den Patienten machen, braucht man keine medizinische Ausbildung.«

Als sie dann zur Tür ging, stellte ich mich ein paar Meter hinter sie. Sie schien gar nicht zu merken, wie nahe ich ihr gekommen war. Ihre Fingerkuppen tanzten über die Tasten, als sie den Code eingab. Ich konnte das Blut in meinen Ohren rauschen hören, doch mein Blick war hoch konzentriert. 11 651 166. Jetzt musste ich nur noch irgendwie an den Code für die Haustür kommen.

Am nächsten Tag bemerkte ich nach dem Frühstück fünf Personen, die auffallend still an einem Tisch saßen. Ich ging zu ihnen hin. Jeder hatte einen Stapel mit Broschüren von Sanctum vor sich. Alle schrieben etwas auf Briefpapier.

Ich sah einem Mädchen über die Schulter, das Lisa hieß. Sie war eine der Jüngsten hier in der Klinik – vermutlich gerade erst achtzehn, sah aber aus wie fünfzehn. Ihr halblanges, blondes, zerzaustes Haar und ihr zarter Körper verliehen ihr etwas Elfenartiges. Offenbar wollte sie keine Aufmerksamkeit auf sich ziehen und fixierte ihr Blatt Papier. Wenn sie sprach, dann so leise, dass man es kaum verstehen konnte.

Ihre Handschrift auf dem Briefbogen war anrührend kindlich. *Ich wurde heroinabhängig, als ich dreizehn war. Jetzt bin ich clean. Danke, mein Sanctum!* Und danach ein dickes Herz und ein Smiley.

»Was tut ihr da?«, fragte ich sie.

Sie zuckte zusammen, drehte sich um und sah mich groß an.

»Wir schreiben Briefe an reiche Leute«, nuschelte sie.

»Wofür?«

»Wir schreiben, dass Sanctum uns das Leben gerettet hat, und bitten sie um Spenden.«

»Und welche reichen Leute sind das?«

»Millionäre. So Philithropen.«

»Du meinst Philanthropen?«

»Ja, so wie Bill Gates.«

Die anderen, die bei ihr am Tisch saßen, hatten den Stift hingelegt und beobachteten mich. Es war, als hätte ich sie bei etwas sehr Peinlichem ertappt.

»Aber was schreibt ihr da?«, fragte ich weiter.

»Ach, das ist doch total egal«, antwortete ein Typ mit roten Haaren. »Hauptsache, wir schreiben, dass wir dank Sanctum drogenfrei sind. Wir tun alle Briefe in einen großen Umschlag, das Personal kontrolliert sie und legt dann noch einen Info-Flyer über Sanctum dazu.«

Ich wollte sie gerade fragen, wie viele solcher Briefe sie täglich schrieben, da spürte ich den festen Druck einer Hand auf meiner Schulter. Es war Ted.

»Alles okay bei dir, Alexandra?«

»Ja, mir gehts gut.«

Die anderen senkten augenblicklich die Köpfe und schrieben weiter.

»Für dich ist es noch zu früh, bei diesen Aussendungen mitzuhelfen«, sagte Ted. »Und, wie geht es dir heute? Hattest du irgendwelche Entzugserscheinungen?«

Sein Ton war freundlich, doch sein Blick stahlhart.

»Nein, überhaupt keine. Mir gefällt es hier. Ich mag die Gemeinschaft.«

»Mmh ...«, sagte er und legte den Kopf leicht schräg. In meinem Magen kam ein mulmiges Gefühl auf.

Doch damit ließ er es auf sich beruhen und ging wieder davon. Ich blieb stehen und sah ihm hinterher, ich musste mich zügeln. Ich dachte an die unheimlichen, dunklen Fenster in diesem Tumbler, und an meine Angst da draußen im Garten. Beim Gedanken an Dani konnte ich schon ihre Stimme hören, wie sie mir eine Standpauke hielt. Aber ich konnte nicht bestreiten, dass es mich auf sonderbare Art reizte, mich selbst in Gefahr zu bringen. Das war schon immer so gewesen.

Da ging mir ein Licht auf. Sanctum Sausalito war von außen auffallend schick, aber innen wirkte es mehr als armselig. Gruppentherapie und leere Worte von Träumen und der Suche nach seinem innersten Ich kosteten nichts. Das Essen war grauenvoll und wurde in Plastikverpackungen angeliefert. Das Personal war mit Sicherheit unterbezahlt. Die Kosten für diesen Betrieb mussten lächerlich niedrig sein. Ich hatte ein kleines Vermögen investiert, um einen Platz zu bekommen. Und trotzdem hockte Lisa da und schrieb an Leute wie Bill Gates, um Geld zu erbetteln. Das Wort, das in die Wand eingeritzt war, hallte in meinem Kopf nach. *Kapitalisten-schweine.*

Blieb nur noch die Frage, was mit denen geschah, die sich widersetzten. Alle Patienten waren hier so auffällig gefügig. Und was ereignete sich da wirklich in diesem Tumbler? Meine lebhafte Fantasie lieferte mir sofort erschreckende Antworten, und Finns Reaktion nach zu urteilen war meine Angst sicher begründet.

Dann trieb mich ein beunruhigender Gedanke um. Wenn ich richtiglag und das oberste Ziel für Sanctum war, Geld zu machen, und wenn Patienten im Tumbler längere Zeit blieben, dann musste sich das, was dort in diesem Haus geschah, auf gewisse Art auch auszahlen.

46

Eva

Am Rande des Gartens steht ein Holzschuppen, in dem das Filmteam seine Ausrüstung lagert. Der Schuppen ist abgeschlossen. Eva hat keinen Schlüssel, doch den braucht sie jetzt auch nicht. Ein Stück entfernt liegt Carls Jagdhütte. Sie besteht aus einem Schlafzimmer, einem Bad und einem Lagerraum für seine Gewehre. Er hat ihr erzählt, dass er mit dem Jagen aufgehört hat, Alex habe es nicht gefallen, dass er Tiere tötet. Aber Eva hat überhaupt nichts dagegen, sie findet Jagen männlich, sogar sexy.

An die Jagdhütte ist ein Schuppen angebaut, dort verwahrt der Gärtner sein Werkzeug. Der ist immer offen, sodass Eva schon die Benzinkanister sehen konnte.

Das Gespräch mit Axel hat sie auf die Idee gebracht. Jetzt fehlt nur noch ein Puzzleteil in ihrem Plan – der Sündenbock. Sie loggt sich in dem Mailkonto ein, das sie in San Francisco eingerichtet hat, um die Drohmail an Carl zu schreiben: answertojesus@yahoo.com

Fanatische, freireligiöse Gruppen geben so schnell nicht auf, das weiß sie nur zu gut. Sie überlegt kurz. Wie würden sich solche Idioten ausdrücken? Dann legt sie los.

Mit einer Reportage über dich sendet ihr den Teufel in die Gesellschaft. Stopp die Dreharbeiten sofort, sonst brennen deine Bordelle. Evas pseudoreligiöse Erziehung hat sie alles über den

Teufel und das Fegefeuer gelehrt. Mehrmals hat sie ihn angefleht, und davon fantasiert, wie das Fegefeuer den ganzen Höllenhof vernichten würde, während sie selbst auf einem Hügel saß und zusah.

Eva lässt die Mail auf dem Bildschirm stehen und geht zum Fenster. Sie möchte sichergehen, dass in der Villa kein Licht mehr brennt. Im Garten ist es finster. Die lange Dunkelheit hier in Schweden macht sie wahnsinnig, besonders an den Nachmittagen ist es schlimm, wenn das Tageslicht so schnell verschwindet, als hätte man einfach eine Lampe ausgeknipst. Carl und sie sollten wieder nach Kalifornien umziehen, wenn sie die Arbeiten hier beendet haben. Dort wäre sie sicher. Niemand würde sie erkennen. Oder neugierige Fragen stellen. Keine Journalisten. Und auch keine Polizei.

Aus ihrem Koffer kramt sie einen schwarzen Hoodie, Tights und Lederhandschuhe und zieht alles an. Dann geht sie zum Laptop, legt den Finger auf die Tastatur und tippt auf Senden. Die Worte *Ihre Nachricht wurde versendet* ploppen auf dem Bildschirm auf. Sie bleibt noch einen Moment stehen und bringt ihren Atem ganz langsam wieder unter Kontrolle.

Ein gutes Gefühl. Ein unglaublich gutes Gefühl.

Wäre sie ein besserer Mensch, hätte sie jetzt vielleicht … bei solch einem Vorhaben … ein schlechtes Gewissen. Aber ein liebes Mädchen ist sie noch nie gewesen. Und sowieso bekommt man Schuldgefühle nur, wenn man Angst hat, im Knast zu landen. Und das wird Eva nicht passieren. Vor dem Kamin liegt eine Schachtel Streichhölzer, die steckt sie sich in die Tasche.

Kalte Luft schlägt ihr entgegen, als sie das Gästehaus verlässt. Die Bäume vor dem Zaun stehen stocksteif da. Der Himmel ist fast unnatürlich klar, abgesehen von einer tieflilafarbenen Wolke, die direkt über der Villa hängt. Vereinzelt funkeln ein paar Schneeflöckchen in der Luft. Während sich ihre Augen an die Dunkelheit gewöhnen, checkt sie noch einmal, wo die Überwachungskameras angebracht sind. Kurz nach ihrer Ankunft hatte sie Steve gebeten, sie ihr zu zeigen, und dies damit begründet, dass sie sich um Carls Sicherheit sorge.

Von Schatten zu Schatten bewegt sich Eva langsam in Richtung Jagdhütte. Dort öffnet sie die Tür zum Werkzeugschuppen, holt die Benzinkanister heraus und trägt sie hinter den Holzschuppen, in dem das Filmteam seine Sachen verstaut hat. Ganz langsam und vorsichtig verteilt sie das Benzin rund um das Häuschen, dann am Fuße der Wände und am Eingang. Sie passt auf, dass sie sich nicht selbst bespritzt. Mehrmals vergewissert sie sich, dass sie sich außerhalb des Radius der Überwachungskameras befindet. Immer wieder sieht sie sich ängstlich um. Alles ist ruhig. In der Villa brennt nach wie vor kein Licht.

Es wird klappen. Es muss klappen.

Als sie das brennende Streichholz ins Benzin wirft, fängt der Schuppen so schnell Feuer, dass sie einen Riesenschreck bekommt. Die Flammen lodern auf. Sie verschlingen die Wände augenblicklich. Greifen schon nach dem Dach. All das passiert innerhalb von Sekunden. Voller Panik rennt sie ins Gästehaus zurück. Hinter ihr prasselt und zischt das Feuer. Als etwas explodiert, will sie sich zu Boden werfen, doch sie zwingt ihren Körper, weiterzurennen bis zur Tür des Häuschens. Ihr Herz rast, doch ihre Erregung ist noch größer als die Angst. Schnell dreht sie sich noch einmal um, bevor sie ins Haus flüchtet.

Der Schuppen brennt. Er brennt wie wahnsinnig!

Zitternd vor Kälte reißt sie sich im Gästehaus ihre Verkleidung vom Körper. Sie packt die Sachen mitsamt Streichhölzern in eine Plastiktüte, die sie weit unters Bett schiebt. Dann schlüpft sie in ihr Nachthemd und springt ins Bad, um sich rasch die Hände zu waschen, sprüht sich auch mit Deo überall ein. Der Brandgeruch dringt bereits durch die Lüftungsschlitze des Gästehauses. Sie zieht sich schnell die Schuhe an und rennt aufs Grundstück hinaus, wo sie atemlos und mit hysterischer Stimme die Feuerwehr alarmiert.

In dem Augenblick kommt Carl aus der Villa gerannt. Mitten im Garten bleibt er stehen und starrt fassungslos auf den brennenden Holzschuppen. Durch den Rauch hindurch treffen sich ihre Blicke.

»Ich habe ihn gesehen!«, schreit sie. »Einen schwarz gekleideten Mann!«

Carl steht wie gelähmt da und sieht sie an.

»Ich habe die Feuerwehr gerufen!«, schreit sie.

Nickend bedankt er sich.

Die Sirenen der Feuerwehrwagen sind jetzt in der Entfernung zu hören.

Die Flammen berühren den Himmel. Vom Schuppen steht nur noch ein verkohltes Skelett.

Das ist schön. Dieses Bild hat fast etwas Religiöses.

Sie kann kaum glauben, dass das ihr Werk ist.

In diesem Augenblick fühlt sich Eva durch und durch lebendig, als ob jede einzelne Zelle ihres Körpers mit neuer Energie versorgt sei. Das Gefühl, dass etwas mit ihr nicht stimmt, ist weg, jetzt ist sie nicht mehr kaputt, da innen drin.

Es war ein schöner Schuppen, die Filmausrüstung muss ein Vermögen gekostet haben, doch das Leben ist kein Zuckerschlecken, das sollten Carl und die Sektenmänner lernen.

Die Funken fliegen in alle Richtungen, wie tanzende Glühwürmchen.

In ihrem Bauch gluckert es herrlich. Ihr Herz schlägt kräftig und gesund.

Sie ist glücklich. Sie ist außer sich vor Freude.

47

Als ich aufwachte, war es stickig in meinem Zimmer. Es war der Tag vor Silvester. Ich hatte beschlossen, in dieser Nacht hinauszuschleichen. Der Tumbler war ein Rätsel, das ich knacken musste, ich war überzeugt, dass ich dort die Antworten, die ich suchte, finden würde.

Ich ging unter die Dusche, die so niedrig war, dass man sich ducken musste, um sich unter den Duschkopf stellen zu können. Wie immer war das warme Wasser ganz schnell weg. Während ich also kaltes Wasser über meinen zitternden Körper laufen ließ, grübelte ich darüber nach, wie ich an den Türcode der Haustür kommen konnte. Ich zog eine Jeans und eins von den schwarzen T-Shirts an, die mir die Mitarbeiterin vorbeigebracht hatte, mit der Aufschrift »Besiegt die Hexe«. Es saß miserabel, über der Brust spannte es, und am Bauch hing es wie ein Sack.

Auf dem Weg zum Speisesaal lief ich Finn in die Arme. Ich zog ihn zur Seite, da wir gerade allein im Flur waren.

»Warte kurz, ich will dich was fragen«, sagte ich.

Seine Augen sahen mich skeptisch an.

»Was passiert da drüben im Tumbler?«, fragte ich ihn.

»Darüber möchte ich nicht sprechen«, antwortete er. »Das Einzige, was ich will, ist, hier rauszukommen.«

Heute sah er nicht traurig, sondern verhärmt aus.

»Warum?«, fragte ich nach.

»Das hier ist die Hölle, in der man zwischen den Rückfällen

landet«, sagte er leise und todernst. »Man spielt mit und versucht, so schnell wie möglich wieder rauszukommen. Dann setzt man alles daran, dass sie einen hier nie wieder herbringen.«

»Aber die werben doch damit, dass neunzig Prozent der Patienten hier von den Drogen loskommen.«

Er legte eine Pause ein, wollte mit dem, was er preisgab, vorsichtig sein. Doch in ihm brodelte es vor Wut, er konnte sich nicht beherrschen.

»Glaubst du das im Ernst? Dann bist du vielleicht doch nicht so schlau, wie du aussiehst. Die haben ja überhaupt keinen Schimmer, wie viele rückfällig werden, nachdem sie entlassen sind.«

»Aber einige kommen doch von den Drogen los, oder nicht? Das wäre doch auch ein Erfolg.«

»Ja klar, ein paar hören auf zu fixen«, keifte er. »Aber welchen Preis bezahlen sie dafür? Außer ein paar leeren Phrasen und ein paar Tabletten am Anfang kriegen wir nichts von denen. Und dann jagen sie uns eine Heidenangst ein. Diese Klinik kriegt so beschissen viel Kohle, aber die wird überhaupt nicht zur Behandlung der Patienten benutzt. Hast du das noch nicht kapiert? Die bekommen sogar Gelder vom Staat. Was sagst du dazu, dass das Geld der Steuerzahler in so eine unsinnige Einrichtung fließt und die Führungsetage davon stinkreich wird?«

»Jetzt beruhig dich wieder. Ich will Sanctum doch gar nicht in Schutz nehmen. Ich möchte nur verstehen, was hier läuft.«

Er seufzte so tief, dass ich schon Angst hatte, er würde weitergehen. Doch stattdessen machte er einen Schritt auf mich zu, sein Gesicht war jetzt ganz dicht an meinem.

»Du weißt ja, ich habe mich von Anfang an gefragt …«, sagte er.

»Was denn?«

»Was du hier eigentlich zu suchen hast.«

»Das hab ich dir doch gesagt.«

»Du verhältst dich nicht mal annähernd wie ein Fixer. Und deine Tränendrüsengeschichte von dem Selbstmordversuch nehme ich dir auch nicht ab.«

»Ach hör doch auf. Glaub, was du willst«, sagte ich.

»Es ist nur eine Frage der Zeit.«

»Wie meinst du das?«

»Bis Ted die Wahrheit über dich rauskriegt.«

»Wenn das so ist, musst du mir so schnell wie möglich alles erzählen, was du weißt.«

»Da gibt es nichts zu erzählen.«

»Könntest du mir nicht lieber helfen, anstatt dich quer zu stellen?«, fragte ich und sah ihn bittend an.

Einen Augenblick lang war Waffenruhe zwischen uns.

»Das kann ich nicht, Alex«, sagte er. »Wenn ich mich noch ein paar Wochen gut führe, werde ich entlassen.«

Seine Augen wurden feucht. Bei dem Anblick dieses großen jungen Mannes, der da so verzweifelt vor mir stand, schämte ich mich. Was wusste ich schon von seinem Leben, davon, was er riskierte?

»Tut mir leid, dass ich nerve«, sagte ich. »Natürlich ist das deine Entscheidung.«

Er sah mich an und lächelte. Es war ein Lächeln, das allmählich von den Mundwinkeln hoch zu den Augen wanderte.

»Du siehst nicht aus, als fändest du dein T-Shirt besonders bequem«, grinste er.

»Sieht hier überhaupt irgendwer so aus?«

»Vielleicht kann ich dir helfen«, sagte er. »Aber jetzt gehen wir erst mal zum Frühstück.«

Er winkte, dass ich ihm folgen sollte.

Im Speisesaal füllten wir unsere Teller mit definitiv zu hart gekochten Eiern, Toastbrot und kleinen Marmeladenportionen und setzten uns. Finn entdeckte am Tischbein eine Reihe Ameisen, die auf der Suche nach Essen waren, und musste lachen.

»Junkieameisen«, sagte er amüsiert.

In dem Augenblick kam Louise in den Speisesaal gerannt. Sie war Teds Frau. Er nannte sie Lou, aber das durfte nur er. Im Gegensatz zum restlichen Personal trug sie immer High Heels und kurze Röcke. Ihre Lippen und Wangen fielen durch ihre unnatürlich runden Formen auf, vermutlich hatte ein ästhetischer Chirurg nachgeholfen. Sie sah immer leicht genervt aus, außer wenn Ted sie um etwas bat. Dann sorgte sie für Aufregung in der Klinik und kommandierte alle herum. In der Regel saß sie aber in ihrem Büro und schien nicht so erpicht darauf zu sein, mit den Drogenabhängigen in der Klinik zu verkehren.

Erst war ich so abgelenkt, dass ich den hysterischen Ton in Louises Stimme gar nicht wahrnahm, als sie schrie, wir sollten in den Gemeinschaftsraum gehen. *Wie komme ich bloß an den Zahlencode für die Haustür,* ging es mir durch den Kopf. Außerdem war ich ziemlich nervös. Am Vorabend hatte ich ganz kurz Kontakt mit Stan gehabt. Er hatte mir erzählt, dass er noch ein Mädchen recherchiert hatte, das von Sanctum Sausalito verschwunden war. Das Personal hatte den Eltern gesagt, es sei abgehauen, aber es hatte monatelang nichts von sich hören lassen. Und genau in dem Moment, als Stan mir ihren Namen verraten wollte, brach die Leitung zusammen, weil der Empfang weg war.

Dani hatte mir eine SMS geschrieben, dass das Haus in Santa Cruz *total* sicher sei, dass es ihr gut gehe und sie mit Steve sehr glücklich sei. Außerdem war von Brett eine Nachricht gekommen, in der er mitteilte, dass Carl länger als geplant in Schweden bleiben würde. Jemand hätte den Holzschuppen abgefackelt, in dem die Filmausrüstung lagerte. Wahrscheinlich diese freireligiöse Gruppe, die schon mal Drohbriefe geschrieben hatte. *Wie praktisch*, dachte ich und hatte Evas fratzenhaftes Gesicht vor Augen.

»Alle versammeln, sofort«, schrie Louise noch einmal, jetzt so laut, dass Finn die Gabel aus der Hand fiel.

Wir ließen alles stehen und liegen und liefen schnell in den Gemeinschaftsraum hinüber. Normalerweise standen da Stühle, doch nun war der Raum leer. In diesem Saal wurden die Patienten auch immer wieder gezwungen, vor der Gruppe von ihrer Sucht zu erzählen, ihr Innerstes nach außen zu kehren, bis in das erniedrigendste, kleinste Detail. Glücklicherweise war ich damit noch nicht an der Reihe gewesen.

Louise wies uns an, uns in einer Reihe aufzustellen. Wie wir da so nebeneinanderstanden, alle in schwarzen Jeans und schwarzen T-Shirts, kam mir der Gedanke, dass wir wie Gefangene aussahen.

Doch Ted ließ auf sich warten. Eine nervöse Stimmung herrschte in dem Raum, die mich anfangs nicht besonders berührte. Was auch immer es war, mein Vorhaben für die kommende Nacht war mit Sicherheit gefährlicher.

Als Ted den Saal betrat, war sein Gesicht zu einer wüsten Grimasse verzerrt. Seine dicke Oberlippe spannte über der gleichmäßigen Zahnreihe. Doch dann lachte er auf, einige in der Gruppe antworteten mit Lachen, mit nervösem Lachen.

»Jetzt wollen wir mal über Konsens reden, den wichtigsten Teil eurer Reha«, sagte Ted. »Das ist der Grund dafür, dass die meisten von euch noch am Leben sind.«

»Und ich habe gedacht, hier dreht sich alles um positive Energie«, flüsterte ich Finn zu, der warnend den Kopf schüttelte.

»Lisa, komm mal nach vorn und stell dich vor die Gruppe«, sagte Ted mit einer beklemmend lauten Stimme.

Widerstrebend bewegte sich Lisa zu Ted und stellte sich vor uns hin. Ihr T-Shirt saß lose über dem Körper. Mit ihren hängenden Schultern und den dünnen Ärmchen, die wie bei einer Vogelscheuche seitlich abstanden, bot sie einen schrecklich traurigen Anblick. Sie tat mir sehr leid, schon bevor ich wusste, was gleich geschehen würde.

»Gestern hat Lisa ein Paket von einem Freund bekommen«, sagte Ted. »Er hat ihr ein Tagebuch geschickt und eine ganze Packung Stifte, damit Lisa in der Zeit, in der sie hier ist, ihre Gedanken aufschreiben kann. Fürsorglich von ihm, oder?«

Teds Stimme triefte vor Sarkasmus.

Dann richtete er sich wieder an Louise.

»Lou, zeig ihnen doch mal Lisas schönes Geschenk«, sagte er.

Lisa war nun leichenblass im Gesicht. Sie stand einfach nur da, stocksteif.

Louise hielt das Notizbuch hoch in die Luft, um es dann demonstrativ krachend zu Boden fallen zu lassen.

»Das Tagebuch«, sagte Ted und zuckte mit den Schultern.

Louise reichte Ted einen Stift.

»Was für ein Segen, wenn man draußen Freunde hat, die sich so gut um einen kümmern«, sagte er. »Die können einem alles schicken, was man so braucht. Nicht wahr, Lisa?«

Lisa nuschelte etwas, wandte dann das Gesicht ab und starrte die Wand an. Ted schraubte den Stift auf und zog die Kappe ab. Aus dem Hohlraum, in dem sich üblicherweise die Tintenpatrone befand, holte er einen ganz, ganz dünnen Joint.

Teds manisches Lächeln hatte sich in ein teuflisches Grinsen verwandelt.

»Lisas Freund war äußerst großzügig. Er hat ihr gleich zehn Stifte geschickt. Was für ein Glück, dass wir hier Drogenhunde haben. Aber es kommt noch schlimmer. Wir wollten Lisa mal testen und haben ihr das Paket gestern überreicht. Und was glaubt ihr, wonach Lisas Zimmer heute Morgen stank? Möchte jemand raten?«

Er sah ein Mädchen in der ersten Reihe scharf an.

»Gras«, antwortete sie leise. Ted forderte sie noch zweimal auf, es lauter zu wiederholen, dann erst war er zufrieden.

»Genau«, sagte er. »Und jetzt wollen wir mal sehen, was die Gruppe zu dieser unhaltbaren Situation zu sagen hat. Was meint ihr, was sollen wir mit Lisa machen?«

Erst wurde es so still, dass Finns Atemzüge neben mir wie eine Dampflok in meinen Ohren schnauften. Eine dünne Stimme, eher ein Piepsen, erklang hinter uns.

»In den Tumbler.«

»Ich kann euch nicht hören!«, rief Ted und hielt sich die Hand hinters Ohr. »Wo sollen wir Lisa hinstecken?«

Es begann mit einem Gemurmel, dann riefen vereinzelt welche: »Tumbler, Tumbler!«

Ich sagte kein Wort. Meine Kiefer waren wie zusammengetackert, meine Hände griffen verkrampft ineinander. Auf spielerische Art schlug Ted mit den Armen aus und lachte lauthals.

»Es sieht ganz so aus, als wäret ihr euch einig.«

Zwei Wachmänner, die Ted offenbar verständigt hatte, gingen auf Lisa zu und hielten sie an den Armen fest. Sie versuchte, um sich zu schlagen und zu treten, und rief dabei um Hilfe. Aber die kleine Lisa war ein leichtes Spiel für die starken Männer. Sie schleiften sie durch den ganzen Saal.

Mit Entsetzen verfolgte ich dieses Schauspiel. Meinen Impuls, ihr zu helfen, verhinderte Finn, indem er warnend seine große Faust um meine Hand schloss. Was er mir mitteilen wollte, war unmissverständlich.

Lebensgefährlich. Beruhige dich.

Die Patienten gingen nun zur Seite, um den Wachmännern Platz zu machen, sodass wir zusammenstießen und uns auf die Füße traten. Mitten in diesem Durcheinander kam mir eine Idee. Als die Männer mit Lisa an der Tür waren, rannte ich vor, um sie ihnen aufzuhalten. Und starrte dabei konzentriert auf die Zahlen, die sie als Türcode eingaben. *118 119.*

Lisas Schreie waren von draußen noch zu hören, schon lange nachdem sie die Tür hinter sich geschlossen hatten. Am Ende gingen sie in ein herzzerreißendes Flehen über: *Bitte, bitte, ich verspreche, ich werde mich bessern.*

Über Teds Gesicht breitete sich ein scheußliches Grinsen aus.

»Also!«, rief er. »Danke, dass ihr euch einig seid. Jetzt singen wir ›Besiegt die Hexe‹, und dann machen wir mit dem Tagesprogramm weiter.«

»Besiegt die Hexe« war nicht nur ein Schlagwort, sondern auch eine Art Kampflied, zu dem ich jetzt wortlos die Lippen bewegte. Während ich das tat, beobachtete ich aus dem Augenwinkel die anderen um mich herum. In einigen Gesichtern erkannte ich pure Angst. Viele sangen falsch. Die Stimmung war gedrückt. Es war kaum auszuhalten, doch Ted schien wieder bestens gelaunt zu sein. Er ließ ein paar schlechte Witze los und schickte uns zurück an die Arbeit, zum »Basteln«, wie er es nannte.

Den ganzen Tag ging mir Lisa nicht aus dem Kopf. Ich fragte mich, was sie mit ihr machten. Sie war so verzweifelt gewesen, sie muss gewusst haben, dass sie da im Tumbler etwas Furchtbares erwartete.

»Ist Lisa schon mal im Tumbler gewesen?«, fragte ich Finn,

als wir an dem Tisch saßen und lächerliche Papierblumen aus Krepppapier ausschnitten. Es hieß, die würden auf verschiedenen Wohltätigkeitsveranstaltungen verkauft werden. Das Geld ging ohne Abschläge direkt an Sanctum.

»Ganz kurz mal«, flüsterte er. »Damals hat sie versprochen, sich zu bessern, aber …«

Er verstummte, Louise war noch einmal in den Saal gekommen. Ich war auf alles gefasst, dachte, jetzt ginge es mit den Bloßstellungen weiter. Dass Louise zweimal am Tag zu uns kam, war höchst ungewöhnlich. Meist saß sie nur in ihrem Büro und starrte aus dem Fenster oder lackierte sich die Fingernägel.

Sie klatschte mehrfach in die Hände, um unsere Aufmerksamkeit auf sich zu ziehen.

»Morgen ist Silvester!«, sagte sie und sah uns verächtlich an. Wenn sie schrie und die Leute herumkommandierte, kreischte sie wie eine Hyäne. Aber jetzt war ihre Stimme lahm, tief und kratzig.

»Denkt über eure guten Vorsätze für das neue Jahr nach. Ihr werdet sie morgen der Gruppe vorstellen.«

An diesem Abend wartete ich, bis ich ganz sicher sein konnte, dass alle im Bett waren. Eigentlich wollte ich Brett und Dani noch schreiben, was ich vorhatte, doch ich hatte wieder einmal keinen Empfang. Ich saß nur da und stierte in die Dunkelheit. Da fiel mir das Bild wieder ein, das Carl von uns gemalt hatte. Alles verschwamm. Jetzt *durfte* ich nicht heulen. Aber es war so traurig, wie ich dasaß, mutterseelenallein. Wenn ich mir schöne Erlebnisse mit Carl in Erinnerung rief, legte sich Evas bösartiger Schatten darüber. Völlig außer mir schlug ich mit den Fäusten aufs Bettgestell, bis der Schmerz in den Rücken und die Schultern schoss. *Hör auf damit!*, befahl ich mir selbst und zwang mich, mich wieder auf mein Vorhaben in der kommenden Nacht zu konzentrieren. Ich überschlug das Risiko. Die Wahrscheinlichkeit, dass mich jemand erwischen würde, wenn ich leise war und mich von den Bewegungsmeldern fernhielt, war nicht groß. Allerdings war es möglich, dass sich Elena Sanchez im Tumbler befand.

Ich stand auf, zog Jacke und Schuhe an. Als ich den Code an meiner Zimmertür eingab, hörte ich ein Klicken, ich konnte einfach hinaus in den Flur gehen. Das Licht war aus, aber im Gemeinschaftsraum brannte ein Nachtlicht. Ich orientierte mich an dem schummrigen Lichtschein und ging auf ihn zu. Ob sie irgendwo eine Wache postiert hatten? Alles war totenstill. Auch der Türcode an der Haustür funktionierte problemlos.

Obwohl ich nervös war, verspürte ich eine große Erleichterung, als ich endlich draußen war und nicht mehr im Zimmer, wo man schnell unter Klaustrophobie litt. Der Himmel war so klar, dass ich die Krater des Mondes deutlich erkennen konnte. Die Stille und dieser üppige Nachthimmel, an dem die Sterne glitzerten und funkelten, gaben mir zu verstehen, wie abgelegen dieser Ort hier war. Einen Moment hielt ich inne und sog die frische Luft tief ein. Ich liebte diesen Duft – wie Nadelwald in Schweden. In Bodennähe war die Luft wärmer. Ich hatte das Gefühl, die Erde atmete die Wärme aus, die sie tagsüber von der Sonne gespeichert hatte.

Hinter dem Hauptgebäude befand sich ein kleines Häuschen, an dem normalerweise ein Wachposten stand. Innen war es dunkel, ich konnte nur hoffen, dass er nicht gerade jetzt draußen herumspazierte und seine Kontrollrunde lief.

Mitten auf dem Gelände befand sich eine Hundehütte. Warum hatte ich das nicht bedacht? Ein Schäferhund hob den Kopf, als er mich bemerkte. Meine Handflächen wurden schwitzig. Ein mulmiges Gefühl breitete sich in meinem Magen aus. Mit gesträubtem Fell begann das Tier zu knurren. Ich stand wie angewurzelt da und wartete darauf, dass er sich auf mich stürzte. Was er aber nicht tat. Also nahm ich Blickkontakt zu ihm auf.

»Braver Hund«, flüsterte ich einige Male.

Der Hund knurrte weiter leise vor sich hin. Während ich ihn anstarrte, konzentrierte ich mich darauf, ihm eine wortlose Botschaft zu übermitteln.

Das ist keine Gefahr. Ich bin kein Fremder.

Schließlich wandte der Hund den Blick ab und legte den Kopf auf seine Pfoten. Mir kam es so vor – auch wenn es albern war – als hätten wir telepathisch kommuniziert.

Ich hatte das Gefühl, als würde ich über die Rasenfläche dahingleiten. Dann bog ich auf einen Trampelpfad ab, der durch etwas Dickicht zum Tumbler führte. Es war so still, als hielte die Welt den Atem an. Aus dem Haus drang kein Licht, es gab auch keine Anzeichen, dass überhaupt jemand da war. Alles kam mir tot vor – sogar die Bäume rund um das Haus hauchten den Tod aus. Das Gras war hoch und schlang sich um meine Füße. In dem fahlen Mondenschein sah alles ganz unwirklich aus, wie in einem alten Schwarz-Weiß-Film. Das Haus hatte ein Erdgeschoss und einen Keller mit Fenstern auf Höhe der Erde.

Ich hockte mich hin und hielt die Hand über die Augen, um das Mondlicht abzuschirmen. Ganz verschwommen sah ich eine Gestalt und erkannte, dass da ein Mensch lag. Ich ging weiter zum nächsten Fenster. Da lag eine Frau auf dem Rücken auf einem Bett, den Kopf auf der Seite. Ein Lichtstrahl fiel durch die Jalousien und erhellte ihr Gesicht. So, wie sie aussah, dachte ich, sie sei tot. Ich lehnte die Stirn an die Scheibe, um noch mehr erkennen zu können. Der Raum glich einer Gefängniszelle. Der Körper der Frau zuckte. Sie drehte sich zu mir. Riss ihre Augen auf, öffnete den Mund.

In diesem Moment blieb mir fast das Herz stehen. Es war so bewegend, sie zu sehen – denn ich wusste gleich, wer sie war. Elena Sanchez.

Und da bellte mit einem Mal ein Hund. Sein Gebell drang durch die ruhige Nacht. Ich schrak zusammen und wich vom Fenster zurück.

In dem Wachhäuschen ging das Licht an. Eine Tür schlug zu.

Ich hatte keine Wahl. Jetzt konnte ich mich nur der Länge nach auf den Boden werfen.

48

Eva

Axels Stimme dröhnt in ihrem Ohr. Sie muss das Handy auf den Tisch legen und auf Lautsprecher schalten. Das Erste, was von ihm kommt, ist eine Tirade von Schimpfworten. Dieses Gespräch nimmt sie nicht auf. Dann kurzes Schweigen und wieder Gezeter.

»Wie können Sie es wagen! Haben Sie jetzt völlig den Verstand verloren?«

»Nein, überhaupt nicht«, antwortet sie gelassen. »Sie haben mich gebeten, meine Fantasie anzustrengen, und das habe ich getan.«

Axel verstummt. Eva geht zum Fenster und blickt zur Villa hinüber. Carls Personal ist deprimiert, das kann sie bis hierher spüren. Der Brandgeruch hängt noch immer in der Luft. Das verkohlte Skelett des Schuppens, in dem die Ausrüstung verbrannt ist, türmt sich bedrohlich vor dem Abendhimmel auf. Die Kälte, die Dunkelheit, der Brandgeruch – alles macht so eine Weltuntergangsstimmung.

»Die können Sie jetzt mit dem Brand in Verbindung bringen«, sagt Axel.

»Nein, es gibt keinerlei Beweise«, erwidert Eva und denkt an die Plastiktüte unter dem Bett, in der ihre Klamotten und die Streichhölzer versteckt sind. Sie muss sehen, dass sie wegkommt. »Die Drohmail haben alle geschluckt. Für die Polizei steht fest, dass diese freireligiöse Gruppe hinter dem Brand steckt. Leider haben sie überhaupt keine heiße Spur. Und sie können die Mailadresse nicht mit mir in Verbindung bringen, nur dass Sie es wissen.«

»Haben Sie auch nur annähernd eine Ahnung, wie kostspielig diese Filmausrüstung war?«

»Ich kann es mir denken. Aber worauf Sie scharf sind, lässt sich doch nicht in Geld bemessen?«

»Wenn Sie noch einmal einen solchen Alleingang unternehmen, Eva, sind Sie geliefert.«

Seine Stimme klingt hart, hasserfüllt. In ihren bisherigen Gesprächen hat er sie einigermaßen respektvoll behandelt, aber jetzt will er Eva zu verstehen geben, dass er am längeren Hebel sitzt. Jetzt hat sie ihm widersprochen und ihn damit zur Weißglut gebracht.

Sie weiß, dass es den Männern nur darum geht, sie unter Kontrolle zu halten, bis sie das Kind haben. Keine Ahnung, was sie mit dem Baby anstellen soll, aber sie werden sie unter keinen Umständen freilassen. Was sie nicht wissen, ist, dass Eva genügend Material zusammengetragen hat, um sie zu erpressen. Sie wird sie dazu kriegen, ihr alles zu geben, was sie verlangt.

»Ich möchte, dass Sie aufhören, mir zu drohen«, sagt sie.

»Hier läuft alles bestens. Carl hat zugesagt, dass wir länger bleiben. Jetzt müssen Sie lediglich eine neue Ausrüstung organisieren, dann können wir mit den Dreharbeiten weitermachen.«

»Sind die Computer auch verbrannt? Auf denen die Aufnahmen waren?«

»Ja, alles ist hin. Es war ein göttlicher Brand. Oder besser gesagt allmächtig, um Ihr Lieblingswort zu benutzen. Das Feuer hat alles vernichtet.«

»Ist Ihnen klar, was für Konsequenzen es hat, wenn Sie so etwas noch mal machen?«

Genervt seufzt Eva, jetzt will sie das Telefonat wirklich beenden.

»Ja, Herr Tynell.«

Sie weiß, dass er ihr eine runtergehauen hätte, stünde er hier vor ihr, stattdessen beendet er jetzt das Gespräch. Das macht nichts. Er wird wieder anrufen, wenn er sich beruhigt hat.

Sie schickt Carl eine aufmunternde SMS: **Bin so stolz auf dich, dass du trotz der Drohmail weitermachst. Dein Mut berührt mich.**

Sie denkt viel zu viel an ihn. Wenn alles nach Plan läuft, wird er sie heiraten wollen. Das wird ihr einen gesellschaftlichen Status verleihen und Zugang zu seinem Vermögen. Gestern hat sie Stunden vor dem Computer verbracht und nach dem passenden Brautkleid für ihre Hochzeit gesucht. Hat bis drei Uhr morgens die feurigen Bilder auf dem Bildschirm angestarrt. Und hat trotzdem keins gefunden, das … perfekt war.

Eva setzt sich aufs Bett, lehnt sich mit dem Rücken an die Wand. Draußen ist es dunkel. Und still. Genau wie in der Sanctum-Klinik in Arjeplog. Doch daran will sie jetzt nicht denken. Stattdessen lässt sie ihre Gedanken zu den Nächten in San Francisco wandern, zu dem ständigen Verkehrslärm und dem Stimmengewirr. Das fehlt ihr.

In der Fensterscheibe erblickt sie ihr Spiegelbild. Sie sieht konzentriert aus. Nach dem Feuer war sie ganz ruhig. Die andere Eva hat sich zurückgezogen. Vielleicht für immer? Sie hat jetzt verstanden, dass ihre Stärke und ihre Macht größer werden, wenn sie die Grenzen austestet. Je frecher sie ist, desto besser fühlt sie sich.

Mit einer Hand umschließt sie das Medaillon, das zwischen ihren Brüsten hängt. Sie schließt die Augen, denkt an Carl, der weiterkämpft, obwohl er so bleich gewesen ist, dass seine Haut fast transparent aussah. Sie denkt an Alex, die ihr noch immer gefährlich werden kann, obwohl sie meilenweit entfernt ist. Sie denkt an Axel, seine aufgebrachte, aber irgendwie verzweifelte Stimme. Sie denkt auch an die Sektenmänner in ihren Kutten, wie sie um den ovalen Tisch in ihrem Bunker in Kalifornien sitzen.

Evas Gesicht bewegt sich keinen Millimeter, aber ihr Hirn läuft auf Hochtouren.

Ich weiß immerhin, wer Freund ist und wer Feind.

Sie schlägt die Augen auf. Nun hat der Mond den Weg in ihr Fenster gefunden und wirft sein Licht auf ihre Wange. Ihre Gedanken sind jetzt vollkommen klar. Das Ganze ist ein Machtspiel ohne Gleichen.

Sie fühlt sich wie ein böser Orkan, der durch die Leben der Menschen fegt.

49

Ich habe ganz still auf dem kalten Boden gelegen. Jemand war mit einer Taschenlampe unterwegs. Der Lichtkegel fiel auf die Bäume und warf unheimliche Schatten auf mich. Ich hörte, wie eine Männerstimme den Hund beruhigte, wahrscheinlich war es ein Wachmann. Nach einer Weile hörte ich die Tür wieder zuschlagen, und das Licht in dem Häuschen wurde hell.

Ich blieb liegen, bis die Kälte durch meine Kleider drang und ich Schüttelfrost bekam. Als ich schließlich aufstand, war mir ganz schwindelig. Um mich drehte sich alles. Dann war mir, als sehe ich mich selbst von außen unter den riesengroßen Bäumen stehen. Mein Schatten war so mickrig im Vergleich zu ihren großen, knorrigen Silhouetten. Ich schickte ein Stoßgebet zum Himmel, dass der Wachmann in seinem Häuschen schon im Halbschlaf sein möge. Jemand hatte mal erwähnt, dass die Schichten sehr lang seien.

Alles war so erstaunlich still. Kein einziger Windstoß zwischen den Blättern. Der Mond war hinter einer Wolke verschwunden. Ich bewegte mich tastend vorwärts, hangelte mich von einem Baumstamm zum nächsten und bewegte mich so ganz langsam auf dem kleinen Pfad vorwärts. Als ich aus dem Gebüsch wieder herauskam, lag der Rasen grau und menschenleer vor mir. Vom Boden war die Feuchtigkeit aufgestiegen und bildete nun einen gespenstischen Nebel, der über dem Rasen waberte. Jetzt ließ sich auch der Mond wieder blicken.

Sein Licht spiegelte sich überall. Der Tau glitzerte in einem Spinnennetz, das über die Zweige eines Busches gezogen war. Ich hörte eine Eule schreien.

Dann schlich ich zum Hauptgebäude zurück. Ich atmete so laut, dass ich die ganze Zeit Angst hatte, das würde mich verraten. Aber ich wusste, dass alle in der Klinik schliefen, die Wachmänner auch, sogar der Schäferhund, der in seiner Hundehütte erledigt auf der Seite lag. Ich ging zur Haustür, wo am Eingang die Insekten im Lichtschein der Lampe schwirrten. Schnell gab ich den Code ein, und glücklicherweise gelang es mir, im Dunkeln in mein Zimmer zurückzufinden, ohne Lärm zu machen.

Als ich die Zimmertür hinter mir schloss, setzte ich mich mit einem meiner Smartphones aufs Bett. Immer noch kein Netz. Stundenlang lag ich dann wach und versuchte, einen Plan zu schmieden, wie ich Elena befreien konnte. Das Zimmer, in dem sie sie gefangen hielten, lag im Souterrain. Konnte ich ihr durch das kleine Fenster hinaushelfen, ohne dass uns jemand erwischte? Ich spielte mit dem Gedanken, die Polizei anzurufen, doch verwarf ich ihn schnell wieder. Ted hatte mit Sicherheit eine ausgeklügelte Strategie, wie er verheimlichte, was da im Tumbler geschah. Ein paarmal hatte ich schon Eltern in der Klinik gesehen, die zu Besuch kamen. Das Personal schien darauf trainiert zu sein, solchen Besuchen ganz entspannt zu begegnen. Sie betonten immer wieder, dass alles, was dort geschah, sinnvoll und freiwillig sei. Also musste ich direkt mit Elena Kontakt aufnehmen.

Mir fiel etwas sehr Gefährliches ein – etwas so Riskantes, dass ich es mir sofort wieder aus dem Kopf schlug. Und dann, ganz langsam und sanft schlief ich ein, es war wie ein Abgleiten in die Bewusstlosigkeit.

Ich schlief tief und fest, bis mich ein Sonnenstrahl weckte, mit einem Kitzeln im Gesicht. Eine Mitarbeiterin stand in meinem Zimmer und sagte, dass ich verschlafen hätte, es gäbe bereits Frühstück. Sie wartete auf mich, während ich mich anzog. Von uns wurde erwartet, dass wir frisch geduscht und fertig angezogen dastanden, wenn sie morgens kamen und die Türen aufschlossen. Ich war todmüde, ausgelaugt und fragte mich, wie viele Stunden Schlaf ich wohl bekommen hatte.

Als ich den Flur betrat, merkte ich, dass an diesem Morgen irgendetwas anders war. Dann fiel mir wieder ein: Es war ja Silvester. Im Speisesaal stand ein Grüppchen Leute und hängte Luftschlangen an der Decke auf, andere pusteten Luftballons mit dem Aufdruck *Happy New Year!* auf. Die gekochten Eier auf der Theke im Frühstücksraum waren inzwischen kalt, also trank ich nur eine Tasse Kaffee und half den anderen bei den Vorbereitungen. Allerdings war ich nicht bei der Sache, weil sich in meinem Kopf alles um meine Aktion in der bevorstehenden Nacht drehte.

Später nahm ich Finn noch einmal beiseite. Dabei standen wir zufällig vor der Besenkammer, und ich öffnete die Tür, für den Fall, dass jemand fragen würde, was wir da taten.

»Jetzt erzähl mir, was da im Tumbler geschieht. Aber die Wahrheit, sonst passiert was«, sagte ich halb im Spaß. Doch offenbar jagte ich ihm trotzdem Angst ein, denn er machte einen Satz zurück.

»Hey …«, raunte er. »Fahr mal runter. Ich erzähl's dir ja. Schau mich nicht so an.«

»Bitte, ich muss das wissen.«

»Okay. Ich habe nur Gerüchte darüber gehört, aber es ist sehr verdächtig. Es heißt, sie schließen diejenigen da ein, die Stress machen und geben ihnen Medikamente, die sie gefügig werden lassen sollen.«

»Machen sie da mit den Abhängigen einen kalten Entzug?«

»Nein, das passiert hier in der Klinik. Deshalb bekommt man am Anfang auch ein eigenes Zimmer. Ich war heroinsüchtig. Der Entzug war die Hölle. Ich habe gefroren und geschwitzt wie ein Schwein, hab gekotzt und mich eingeschissen, und das fast eine Woche lang. Immer war einer bei mir im Zimmer. Später bin ich dann in einen Schlafsaal verlegt worden.«

Da ging mir ein Licht auf.

»Da warst du in Zimmer 18, wo ich jetzt wohne!«

»Woher weißt du das?«

»Die Worte an der Wand. *Kapitalistenschweine.*«

Finn grinste.

»Ja, aber … stimmt doch!«

»Erzähl mir mehr vom Tumbler.«

»Es ist eine Strafe, wenn man da hinmuss. Mehr weiß ich nicht.«

»Hey komm. Du bist da gewesen.«

»Das war nur Angstmacherei. Die hatten gar nicht vor, mich dazubehalten. Mein Vater passt total auf mich auf, er ist ein Riesentyrann.«

»Seit wann machen die das schon?«

»Das Haus stand eigentlich leer, aber letzten Sommer haben sie es renoviert. Im Frühjahr fing es dann mit den Strafen an.«

»Und was haben sie mit dir gemacht?«

»Sie haben mich eine Nacht lang am Bett festgebunden. Dann ist Ted gekommen und hat mich gefragt, ob ich meine Tat bereue, und du kannst dir vorstellen, was ich geantwortet habe. Ich hab aber noch andere Dinge gehört.«

Ängstlich warf er einen Blick über die Schulter.

Ich bat ihn weiterzuerzählen.

»Dass sie mit Drogen herumexperimentieren, die für den

Entzug gedacht sind. Die Leute von uns, die im Tumbler landen, werden als Versuchskaninchen benutzt. Es geht nur um Geld. Wenn sie mit ihren Experimenten die perfekte Entzugsdroge entwickeln, werden sie Marktführer.«

»Das ist ja total krank. Wer steckt denn dahinter?«

»Ich glaube, Ted und Louise. Manchmal kommt auch noch ein anderer Psychiater her.«

Wir hatten uns schon viel zu lange von der Gruppe abgesondert, aber noch war keiner der Mitarbeiter in Sicht.

»Was ist mit Elena geschehen?«, fragte ich weiter.

Finn sah mich mit großen Augen an.

»Woher weißt du von Elena?«

»Ich habe ihren Vater kennengelernt.«

»Scheiße, jetzt kapiere ich, warum du dich so auffällig benimmst.«

»Erzähl mir von ihr.«

»Sie war erst drogenabhängig und wurde dann clean. Da haben sie sie hier angestellt. Sie hat ihre Kontakte benutzt, um für uns Gras reinzuschmuggeln. Das hat sie ein paarmal gemacht, damit die Stimmung besser wird. Sie war echt cool. Aber Ted hat es gemerkt. Sie war die Erste, die sie im Tumbler eingesperrt haben. Danach hab ich nie wieder was von ihr gesehen.«

»Weißt du, dass ihr Vater seit einem halben Jahr nichts mehr von ihr gehört hat? Der ist völlig am Ende. Warum hast du keinem davon erzählt?«

»Warum sollte ich? Wenn ich noch ein paar Wochen mitlaufe, entlassen sie mich. Ich geh kein Risiko ein. Ich kann dir sagen, aus diesem Junkie-Hotel kommst du nicht zum Hintereingang raus.«

»Wie viele haben sie außerdem noch in den Tumbler geschickt?«

»Außer Lisa zwei, glaube ich.«

»Aber gibt es denn keinen, der da ein Auge drauf hat? Die Ämter? Oder die Eltern?«

»Zu den Eltern sagen sie, dass die Abhängigen isoliert werden müssen und nicht gestört werden dürfen. Nur zu ihrer eigenen Sicherheit. Einmal war einer vom Sozialpsychiatrischen Dienst hier, und da hat Ted ihm die Klinik vorgeführt. Ich hab beobachtet, wie Louise und ein paar andere vom Personal zum Tumbler gerannt sind. Wahrscheinlich haben sie da geputzt. Was weiß ich.«

Ich lehnte mich an die Wand, schloss die Augen und versuchte, einen klaren Gedanken zu fassen.

»Kannst du mir den Kontakt von demjenigen geben, der dir von den Experimenten erzählt hat?«, fragte ich.

»Kommt gar nicht infrage.«

»Warum nicht?«

Er musste nichts sagen, sein Blick sprach Bände.

»Das war Elena, stimmt's?«

»Jepp. Sie war genauso neugierig wie du. Dass du hier so herumspionierst, macht mir voll Angst.«

»Mir auch«, sagte ich.

Wir sahen uns ziemlich nervös an, denn wir waren uns darüber im Klaren, wie gefährlich allein dieses Gespräch war.

»Aber ich konnte schon von viel schlimmeren Orten als dem hier abhauen … wie hast du das genannt? Junkie-Hotel?«, sagte ich.

Amüsiert lachte er.

»Wir sollten gehen. Ich höre wen kommen.«

»Moment«, sagte ich.

Ich holte eine Rolle Toilettenpapier aus dem Putzraum, riss ein paar Blätter ab, zog einen Stift aus der Handtasche und kritzelte drei Handynummern darauf – Bretts, Stans und

Danis – was für ein Segen, dass ich so ein ausgezeichnetes Zahlengedächtnis hatte, im Stillen dankte ich Gott dafür.

»Wenn mir etwas zustößt, musst du eine von diesen Personen anrufen – am besten gleich alle drei. Sag einfach, dass Alex in Schwierigkeiten steckt und Hilfe braucht. Versprichs mir, bitte.«

»Und wo soll ich das deponieren? Die haben mich ständig im Visier.«

»Dir wird schon was einfallen.«

»Ich darf das Handy nur im Notfall benutzen … und wenn einer vom Personal zuhört.«

»Finn … denk dir was aus.«

Er nahm die Toilettenpapierblätter und steckte sie sich in die Hosentasche.

»Okay, aber stell nichts an, Alex. Jetzt müssen wir zu den anderen zurück.«

Schnell liefen wir durch den Flur hinüber in den Gemeinschaftsraum. Da standen Ted und Louise mit Partyhüten auf dem Kopf vor der Gruppe, sie trugen Lamettagirlanden um den Hals.

»Setzt euch in Bewegung!«, rief Louise, als sie uns erblickte. »Wo habt ihr gesteckt?«

»Wir mussten ein paar Sachen in den Putzraum zurückbringen«, erklärte Finn.

Jetzt ging es um die guten Vorsätze fürs neue Jahr, die jeder sich hatte überlegen sollen. Einer nach dem anderen wurde gezwungen, sich vor die Gruppe zu stellen und den anderen zu sagen, wie sein neues Jahr aussehen sollte. Doch meist fiel immer derselbe Satz. *Ich verspreche, dass ich clean bleibe.*

Als ich an der Reihe war, sagte ich kurz angebunden, dass auch ich clean sein und einen festen Job haben wolle, dann setzte ich mich schnell wieder hin.

»Dann hoffen wir mal, dass du dir einen neuen Job suchen wirst«, sagte Ted und zog die Augenbrauen hoch. »Und nicht zu diesem beschissenen Chef zurückgehst.«

»Nein, bestimmt nicht«, sagte ich und schluckte.

Jetzt war Liam an der Reihe, ein stiller Junge, der Gerüchten zufolge schon in mehr Heimen gewesen war, als man zählen konnte. Ein Sponsor übernahm die Kosten für seinen Aufenthalt in der Klinik, darauf ritt Louise beharrlich herum. Liam stellte sich vor die Gruppe, lief rot an und brummelte vor lauter Nervosität ein paar Worte, die niemand verstehen konnte.

»Aber wie stellst du dir denn dein Leben im neuen Jahr vor?«, fragte Ted.

»Wird schon irgendwie werden«, sagte Liam.

»Ach, das denkst du«, sagte Louise. »Wie wäre es, wenn du dich einmal anstrengen würdest. Du hängst ja immer nur rum.«

Ich weiß nicht, was dann in mich fuhr. Vielleicht wollte ich provozieren, weil ich wusste, dass ich damit in Elenas Nähe kam, aber vermutlich lag es einfach daran, dass ich meine Klappe nicht halten konnte. Es gibt Auseinandersetzungen, die Aussicht auf Erfolg haben, und es gibt solche, die von Anfang an aussichtslos sind. Schon bevor ich den Mund aufmachte, war mir klar, dass ich damit mein Schicksal besiegelte. Und dennoch konnte ich mich nicht beherrschen.

»Wir arbeiten immerhin, während du im Büro nur deinen Hintern platt sitzt und Büroklammern verbiegst«, sagte ich und sah Louise provokant ins Gesicht.

Erst war es totenstill, dann wurde leise getuschelt. Finn hielt die Luft an.

Louise glotzte mich an, als sei ich eine Außerirdische.

Teds Gesicht wurde maskenhaft starr.

»Geh auf dein Zimmer, Alex«, keifte er mit zusammengepressten Zähnen.

Mit schnellen Schritten ging ich aus dem Saal und lief in mein Zimmer. Ein Mitarbeiter folgte mir dicht auf den Fersen. Er sprach kein Wort, ließ mich nur ins Zimmer und schloss die Tür. Ich setzte mich aufs Bett und vergrub den Kopf in den Händen. Mir kamen die wildesten Gedanken. *Gleich kommen sie und holen mich. Jetzt gibt es kein Zurück mehr. Die Handys!*

Ich holte beide Smartphones heraus. Die Zeit reichte nicht, um jemanden anzurufen oder eine Nachricht zu schicken. Ich schaltete beide Handys aus und versteckte sie zwischen Matratze und Bettrahmen, ganz weit hinten, damit sie hoffentlich niemand fand.

Dann erklangen Schritte vom Flur. Schwere Schritte, und zwar von mehreren Personen. Ich hielt mich an der Bettkante fest. Meine Nackenhaare stellten sich auf. Schon zum zweiten Mal an diesem Tag dachte ich an Gott, obwohl ich gar nicht gläubig war. Trotzdem schloss ich die Augen und schickte ein Stoßgebet zum Himmel.

Niemand sonst konnte mir jetzt noch helfen.

50

Ted und ein Wachmann mit einer platten Nase standen in der Tür. Kritisch beäugten sie mich, wie ich da auf dem Bett saß.

»Du wirst dich mal für eine Weile im Tumbler erholen«, sagte Ted.

»Warum? Ich bin doch clean, seit ich hier bin.«

»So, wie du dich im Gemeinschaftsraum aufgeführt hast, ist das offenbar notwendig. Wo ist dein Handy?«

»Ich habe es verloren, als ich das Laub zugesammengeharkt habe.«

Teds Blick wanderte durch den Raum. Als er nichts entdecken konnte, begann er, in meiner Handtasche zu wühlen. Ich ließ ihn machen. Ich hatte vor, mich nicht zu wehren. Nichts war so erniedrigend, als wie Lisa aus der Klinik geschleift zu werden. Ted stellte meine Handtasche aufs Bett und brummte wütend vor sich hin. Dann sah er mich scharf an und versuchte, mir auf die Schliche zu kommen.

»Ich habe doch gesagt, dass ich es verloren habe«, sagte ich. »Du kannst schauen, wo du willst. Ich hatte schon vor, heute draußen danach zu suchen.«

Teds Freundlichkeit der ersten Tage war wie weggeblasen.

»Daraus wird nichts. Du wirst dich jetzt auf deine psychische Gesundheit konzentrieren. Ein paar Tage im Tumbler werden dir guttun«, sagte er.

Es war ein Ding der Unmöglichkeit, ihn davon abzubringen. Aber im Tumbler war auch Elena. Und ihretwegen war ich schließlich in die Klinik gekommen.

»Du hast recht«, sagte ich brav. »In letzter Zeit waren meine Nerven nicht die besten. Ich kann ein bisschen Ruhe gebrauchen.«

Wenn ich gefügig war, würde er mich vielleicht schonen, hoffte ich insgeheim.

»Gut, Alex. Das ist die richtige Einstellung«, erwiderte er. »Pack deine Sachen und komm mit.«

Ich holte meine Toilettenartikel aus dem Bad und ordnete sie mit ein paar Kleidern zusammen in den Trolley. Die Männer führten mich durch den Flur. Ted zog meinen Koffer hinter sich her. Als wir durch den Saal liefen, warf ich Finn kurz einen Blick zu. Er sah völlig fertig aus.

Denk nach, befahl ich mir selbst. *Denk nach!*

Ich nahm die Hand hoch und schob mir mit zwei Fingern die Haare aus der Stirn. Und nur für einen Moment, bevor ich den Arm wieder sinken ließ, hielt ich die zwei Finger für Finn hoch. Fast unmerklich nickte er. In seinen Augen blitzte etwas auf. Er hatte mich verstanden.

Zwei Tage. Wenn ich dann noch nicht zurück bin, rufst du die Handynummern an, die ich dir aufgeschrieben habe.

Ted hielt mir die Tür auf, und jetzt standen wir draußen. Ich ging schnell, die Hände zu Fäusten geballt.

»Das wird gar nicht so schlimm, wie du denkst«, sagte Ted.

Ein paar Patienten zupften Unkraut in einem Beet und sahen uns neugierig an. Einer der Hunde kam angesprungen und schnüffelte an meinem Trolley, doch der Wachmann schob ihn mit dem Fuß zur Seite. Nur ein paar Wolken zogen über den blassblauen Himmel, ansonsten war der Tag hell und klar. Doch der Tumbler sah so düster und unheimlich wie immer aus. Ich nahm den großen Holzklotz ins Visier, der mein neues Gefängnis werden würde. Die hohen Bäume schirmten das Haus von der Umgebung ab, die massiven Holzwände waren stumm. Eine verhängnisvolle Hölle, fernab vom Tageslicht. Doch im nächsten Augenblick fiel mir auf, dass es auch irgendwie übernatürlich und schön aussah, wie sich das Gebäude aus den dunklen Schatten zu den grünen Baumwipfeln reckte, ohne sie je zu erreichen.

Ich lief vor den Männern auf dem Pfad hinüber zum Haus. Die knorrigen Äste griffen nach mir, einer ratschte mich am Kopf. Als wir auf den Eingang zugingen, konnte ich noch schnell einen Blick auf das Erdgeschoss werfen, wo ein großer Raum mit massiven Eichenmöbeln und schweren Vorhängen erkennbar war. Ein Wachmann saß am Fenster. Er fuhr herum und nickte uns zu.

Ted öffnete eine Tür, dahinter lag eine steile Kellertreppe. Feuchtkalte Luft schlug uns entgegen, als wir hinabstiegen. Unten gab es einen langen Flur und an einer Seite mehrere Türen. Ted fasste mich am Arm und stoppte mich vor der zweiten Tür. Er zog einen Schlüssel heraus und öffnete. Diesmal gab es kein Zahlenschloss.

Im Zimmer war es finster, aber Ted knipste das Licht an. Der grelle Schein der Leuchtstoffröhre stach mir in die Augen. Ich blieb in der Tür stehen und betrachtete den Raum. Schweigend stand Ted hinter mir. Ich spürte seinen Atem im Nacken.

Das Zimmer war höchstens fünfzehn Quadratmeter groß. Ein Bett und ein kleiner Nachttisch waren die einzigen Möbel. Auf dem Bett lag eine ausgeblichene, graue Decke. Am Bettgestell hingen zwei Lederriemen. In der Luft lag ein Geruch, der mich an einen Erdkeller erinnerte. Der Boden bestand aus rohem Beton, als hätte man vergessen, Dielen zu legen. In einer Ecke lagen Staubmäuse. Alles war grau: die Wände, die

Decke und die wenigen Möbelstücke – spontan weckte das die Assoziation an eine Isolierzelle. Es gab nur ein Fenster, ganz oben an der Wand, auf Höhe des Erdbodens. Am Fensterrahmen krabbelte eine Kakerlake. Mir blieb fast das Herz stehen, und ich bekam solche Angst, dass ich mich kaum rühren konnte. Das hier würde ich nicht überstehen.

Ich sah Ted an, während ich versuchte, mich selbst zu beruhigen.

»Hier bleibe ich nicht«, sagte ich und machte einen Schritt zurück, wobei ich ihm auf den Fuß trat. »Der Raum ist dreckig und eklig. Außerdem dürft ihr mich nicht anbinden.«

»Das tun wir auch nur, wenn es nötig ist. Du musst dich richtig ausruhen, Alexandra. Isolierung kann sehr heilsam sein, wenn man psychisch nicht stabil ist. Das ist wissenschaftlich belegt.«

»Blödsinn. Isolierung macht die Menschen verrückt. Und ich leide unter Klaustrophobie.«

Ted legte mir den Arm auf die Schulter.

»Du vergisst offenbar gerade, dass ich der Arzt bin. Du leidest unter Entzug, nicht unter Klaustrophobie. Du bist überdreht und leicht reizbar, zwei ganz häufige Symptome. Wir machen das nur ein paar Tage, bis du dich beruhigt hast.«

»Und warum kann ich nicht in meinem Zimmer isoliert werden?«

»Es ist wichtig, Patienten, die einen schlechten Einfluss auf den Rest der Gruppe haben, abzusondern. Ich hoffe, beim nächsten Mal denkst du nach, bevor du meine Frau beleidigst.«

Ich versuchte rückwärtszugehen, raus aus dem Zimmer, aber Ted hielt mich an den Schultern fest. Als ich den Arm wegzog, schlug ich mit dem Ellenbogen an den Türrahmen, voll auf den Musikknochen. Ich bemühte mich mit aller Kraft, jetzt logisch zu denken. Vielleicht hätte ich Erfolg, wenn ich an sein Mitgefühl appellierte. Immerhin war Silvester. Aber wollte ich wirklich mit einem blöden Partyhut auf dem Kopf mit den anderen im Speisesaal ins neue Jahr feiern? Jetzt war ich wenigstens in Elenas Nähe. Das ergab doch Sinn.

»Okay«, sagte ich also. »Versprichst du mir, dass du mich hier in ein paar Tagen rauslässt, wenn ich stabiler bin?«

»Das hängt von deiner Einstellung ab, aber im Grunde … ja.«

»Und so lange soll ich hier nur rumliegen und die Decke anglotzen?«

»Ja, genau das sollst du tun. Atemübungen machen. Verschiedene Entspannungsmethoden ausprobieren. Das üben, was du hier gelernt hast. Ich komme später wieder und bringe dir das Abendessen.«

Skeptisch blickte ich mich in dem Loch um. Es gab noch zwei andere große Türen neben der, durch die wir hineingekommen waren, nämlich in den Wänden rechts und links von mir. Das konnte kaum Zufall sein. Die Türen mussten zu den anderen Isolierzellen führen.

Da kam mir die zündende Idee.

»Darf ich noch um etwas bitten?«

»Kommt darauf an, was.«

»Wir haben Silvester. Ich hätte gern einen Notizblock und einen Stift, dann könnte ich ein paar Gedanken und gute Vorsätze fürs neue Jahr aufschreiben.«

Teds Gesichtszüge entspannten sich. Ein paar Sekunden später lächelte er sogar.

»Das klingt vernünftig. Das bekommst du, wenn es Abendessen gibt.«

Bevor ich reagieren konnte, streichelte er mir die Wange.

»Alles wird gut werden, Alexandra, glaub mir.«

Er schaltete die kleine Nachttischlampe an und löschte das

Deckenlicht. Dann wandte er sich um und ging zur Tür. Der Wachmann folgte ihm und schloss ab. Ich konnte den Schlüssel im Schloss hören.

Nun kehrte eine bedrückende Stille ein. Ich setzte mich aufs Bett. Die Matratze war uneben und hart, und sie stank eklig nach Ausscheidungen fremder Körper. Mutterseelenallein in diesem beengten Raum, mitten in diesem finsteren Haus, fühlte ich mich so winzig klein, als würde ich niemals wieder herauskommen.

Und dann tauchte ein anderer Gedanke auf. Wir hatten schließlich Silvester. Ted und Louise würden den Abend wohl kaum in der Klinik verbringen. Sie gehörten eher zu den Leuten, die Silvester in einem Gourmet-Restaurant in der Stadt feierten. Warum waren sie hier? Warum waren sie *immer* hier? Zu viele Gedanken schossen mir auf einmal in den Kopf, deshalb stoppte ich das Karussell und konzentrierte mich ganz auf Elena.

Mein Blick glitt über die Decke. Keine Kameras. Ich stand auf und ging zu den Türen, die zu den anderen Räumen führten. Beide abgeschlossen. Es gab noch eine weitere, kleinere Tür, die offen stand. Dahinter war ein kleiner Raum mit Waschbecken und Toilette, die beide aussahen, als seien sie für Kleinwüchsige oder Kinder konstruiert.

Ich versuchte mir vorzustellen, wo im Haus ich mich befand. In der letzten Nacht, als ich hinausgeschlichen war und Elena entdeckt hatte, hatte ich draußen irgendwo mittig vor dem Gebäude gestanden. Wenn mich meine Orientierung jetzt nicht vollkommen täuschte, musste Elena sich in der Zelle links von mir befinden. Ich legte mein Ohr an die Tür, doch da war nichts zu hören. Kein Mucks. Zaghaft klopfte ich an. Keine Antwort. Die Wände sahen aus, als bestünden sie nur aus dünnen Pressspanplatten. Ich blickte mich in dem

Raum um und bemerkte, dass einige Leisten fehlten. Offenbar hatten sie die Zimmer unter Zeitdruck gebaut.

Ich legte den Mund an die Wand und rief: »Elena! Bist du da?«

Jetzt klang es, als würde da drüben etwas über den Boden schlurfen. Ich rief noch einmal.

»Sch, die können dich hören!«, erklang eine Stimme hinter der Wand.

Ich musste an mich halten, um nicht in lauten Jubel auszubrechen.

»Wahnsinn, ich hab dich gefunden!«, rief ich.

»Wer bist du?«, fragte sie.

Die Wand schluckte die Laute, doch ich konnte sie gerade noch verstehen.

»Ich heiße Alex. Ich kenne deinen Vater. Und ich bin hergekommen, um dich zu suchen.«

»Sch! Nicht so laut. Du hast meinen Vater getroffen?«

»Ja, er macht sich schreckliche Sorgen um dich.«

Es wurde totenstill, dann hörte ich leises Schluchzen.

»Wenn sie uns reden hören, werden wir bestraft«, sagte sie. »Hier kommen wir sowieso nicht raus.«

»Doch, ich werde mir was ausdenken. Versprochen.«

»Hör zu!«, sagte sie und sprach mit einem Mal lauter. »Sie kommen jede Nacht her und geben dir Medikamente.«

»Was soll ich tun?«

»Gleich können wir nicht mehr reden. Oben ist ein Wachmann.«

»Bitte, sag mir, was ich tun soll, wenn sie kommen?«

Sie sprach atemlos weiter, ihre Sätze waren abgehackt.

»Nicht schlucken. Wenn sie dich zwingen … Kotz die Tabletten in der Toilette wieder aus, sobald sie weg sind. Und jetzt leise.«

»Ich versuche, zu dir rüberzukommen. Dann hauen wir ab.«

Obwohl ich sie gar nicht sehen konnte, hatte ich das Gefühl, sie lache mich aus.

»Abhauen geht nicht. Jetzt lass mich einfach in Frieden. Du machst alles nur noch schlimmer.«

Ein paar Male rief ich noch ihren Namen, doch auf der anderen Seite blieb es still.

»Elena, bitte, sag was«, flehte ich sie an.

Dann erklangen Schritte auf dem Flur. Schnell setzte ich mich wieder aufs Bett. Das musste der Wachmann gewesen sein, denn die Schritte verklangen wieder.

Der Nachmittag verstrich in quälendem Schweigen. Mehrmals versuchte ich noch, Kontakt zu Elena aufzunehmen, doch sie reagierte nicht. Ich machte mir Sorgen, dass ihr jemand diese Medizin verpasst hatte und sie so unter Drogen stand, dass sie nicht ansprechbar war. Ich stellte mir vor, wie Lisa da hinter der Tür hockte, aber auf mein Klopfen kam keine Antwort.

Die Zeit verging schrecklich langsam. Und die Angst kam zurück. Ich dachte an das Leben außerhalb dieses Gefängnisses. Sah die Gesichter von den Menschen, die ich liebte, vor mir. Fragte mich, ob ich sie je wiedersehen würde, oder ob dieses Höllenloch mit den Kakerlaken mein Grab werden würde. Bei dem Gedanken wurde mir ganz elend, und ich begann in meiner Verzweiflung zu weinen. Die Dunkelheit kam immer näher. Ich hörte mich wimmern, doch der Laut schien nicht aus meinem Mund zu kommen. Am Ende lag ich nur da und wiegte mich selbst.

Draußen war es inzwischen dämmrig geworden. Ich lauschte den ungewohnten Geräuschen. Dem Knacken der Heizungsrohre an der Decke. Und dann dem unterschwelligen Rauschen von der Toilette. Irgendetwas kratzte auch hinter der Wand. Waren das Ratten?

Es rasselte im Schloss, die Tür sprang auf, und plötzlich stand Ted da. Er war allein und trug nun ein Sakko über dem T-Shirt. In einer Hand hielt er ein in Plastikfolie eingepacktes Sandwich, in der anderen eine Flasche Wasser. Mein Silvestermenü. Ich zwang meinen Körper, sich zu entspannen, und versuchte, wenigstens förmlich zu lächeln.

»Hallo Alex«, sagte er. »Wie fühlst du dich?«

»Wie eine Gefangene in einer Isolierzelle.«

Er verzog keine Miene.

»Bist du müde?«

»Ja.«

Und das war nicht gelogen. Komisch eigentlich, müde zu sein, wenn man Angst hatte.

»Das ist nur die Umstellung. Vielleicht ein kleiner Schock. Du brauchst jetzt deinen Schlaf.«

»Aber bitte, bind mich nicht an!«, bettelte ich.

Er grinste und legte den Kopf schief.

»Alex, verheimlichst du mir etwas?«

»Nein, wieso?«

»Nichts Besonderes, ich hab nur so ein Gefühl.«

»Das täuscht.«

Ich zwang mich, ihm in die dunklen Augen zu schauen. Seine Pupillen waren wie kleine Stecknadeln. In seinem Gesicht zuckte es an einer Stelle, als führten seine Nerven ein Eigenleben. Er sah mich eine ganze Weile an.

»Das hatte ich sowieso nicht vor.«

Er setzte sich neben mich auf die Bettkante.

»Hast du den Block dabei?«, fragte ich.

Er schüttelte genervt den Kopf.

»Shit, man kann sich hier wirklich nicht alles merken!«

»Der wäre mir aber wichtig.«

Meinen bittenden, zuckersüßen Tonfall durchschaute er

nicht, stattdessen schien er besänftigt. Er zog seinen eigenen Notizblock aus der Tasche, riss ein paar Seiten ab und reichte ihn mir. An der Brusttasche seines Hemdes klemmte ein Kuli. Den bekam ich auch.

»Ich hoffe, bei deinen Notizen geht es um ein Leben ohne Drogen«, sagte er. »Und um ein Leben ohne diesen despotischen Chef, den du hattest.«

Er holte eine kleine Dose heraus und stellte sie auf den Tisch.

»Das ist ein mittelstarkes Schlafmittel, falls du nicht einschlafen kannst.«

Ich starrte auf das Etikett. *Actanova Medical.* Irgendwie hatte ich das Gefühl, dass diese Firma wichtig sein könnte. Aber andere Medikamente gab Ted mir nicht. Meine Hoffnung wurde größer. Vielleicht bekäme ich ja dieselbe Strafe wie Finn – ein paar Tage in diesem Gefängnisloch, um mir Angst einzujagen, und dann konnte ich zurück in die Klinik. Aber ich fragte mich, ob ich nicht vorher den Verstand verlieren würde.

»Jetzt iss was, ich schaue später noch einmal nach dir«, sagte er und stand auf.

»Warum bist du sogar zu Silvester hier?«, fragte ich ihn, als er schon im Begriff war zu gehen. Er drehte sich noch einmal um.

»Meine guten Vorsätze bestehen darin, mich ausschließlich um meine Patienten zu kümmern«, sagte er und schloss hinter sich die Tür.

Als ich fünfzehn war, hatte ich eine Freundin, die mir beigebracht hat, wie man mit Haarnadeln und anderen scharfen Gegenständen Türschlösser öffnen kann. Genau deshalb wollte ich von Ted einen Stift mit Haken haben. Aber meine Müdigkeit überrumpelte mich, und ich war plötzlich entsetzlich lahm. So viel Anspannung in so kurzer Zeit hatte mir alle Energie geraubt, mein Körper schrie nach Erholung. Ich war so platt, dass ich beschloss, eine Stunde zu schlafen und dann die Tür zu Elenas Zimmer aufzubrechen. Ich kroch unter die schmuddelige Decke. Ich konnte mich nicht entscheiden, wie ich mich besser fühlte, mit dem Gesicht zur Wand oder zur Tür, also legte ich mich am Ende auf den Rücken. Meine Augen fühlten sich wie mit Kies gefüllt an. Krampfhaft versuchte ich, die Lider offen zu halten, doch die Dunkelheit schloss sich um mich.

Im Traum schwebte Danis Gesicht vor mir. Ich erwachte davon, dass ich mit mir selbst sprach, dass ich Sätze formulierte, die ich sagen wollte, sobald wir uns wiedersahen.

Da klopfte es an der Tür, und mit einem Mal beschlich mich das Gefühl, nicht allein zu sein. Schlagartig war ich hellwach. Ein Flüstern, leise Trippelschritte, die näher kamen. Instinktiv wusste ich, dass ich jetzt ganz still liegen bleiben musste. Eine kühle Hand legte sich auf meine Stirn.

»Schläft sie?«, erklang eine Frauenstimme.

Louise.

»Jepp«, antwortete ein Mann. »Wahrscheinlich hat sie die Schlaftabletten genommen.«

Ted.

Jetzt habe ich verloren, dachte ich. Jetzt werden sie mich unter Drogen setzen. Gott, was kann ich tun?

Doch es geschah nichts. Sie gingen wieder hinaus und schlossen leise die Tür.

51

Eva

Silvester. Wie immer lädt Ash & Coal seine Kunden zu einem großen Fest in der Villa ein. Eva steht im Gästehaus am Fenster und beobachtet, wie ein Auto nach dem anderen die Einfahrt hinauffährt. Mehrere Stretchlimousinen. Gäste in Abendgarderobe laufen zum Eingang der Villa. Die Herren im Frack. In der dezenten Außenbeleuchtung glitzern die Pailletten und der Schmuck der Damen.

Eva hat sich für ein schlichtes, schwarzes Kleid entschieden, aber die Spitze am Dekolleté ist transparent und überlässt kaum etwas der Fantasie. Ein paar diamantene Ohrringe, ein schmales Armband mit Diamanten besetzt. Schlichte Eleganz. Nicht protzig. Sie trägt noch eine Schicht Puder auf, der ihrem Gesicht einen nahezu gespenstischen Weißton verleiht. Dann schminkt sie sich. Die Kajalstriche um die Augen, die tiefroten Lippen und die betonten Wangenknochen verleihen ihr einen ernsten, fast schon männlichen Touch, genau so, wie sie es mag. Stark und unabhängig. Das komplette Gegenteil der anderen Eva.

Sie wartet noch, bis der Strom der Gäste versiegt.

Als sie das Gästehaus verlässt, spürt sie sofort die Kälte an ihren bloßen Armen und Beinen. Sie atmet die Winterluft ein. Die Nacht verschluckt sie, doch dann erreicht sie das Haus, und da ist es warm. Drinnen riecht es nach Parfüm und Bowle mit hochprozentigem Alkohol. Eine Geräuschkulisse aus Stimmen und Hintergrundmusik erfüllt den Raum.

Sie mischt sich unter die Gäste. Es dauert eine Weile, bis sie Carl ausfindig machen kann. Er steht an der Bar, in seinem Frack wirkt er wahnsinnig attraktiv. Wie bei einer hungrigen Schlange erwacht in Eva der Wunsch, ihn zu besitzen. Carl unterhält sich gerade mit einer Frau in den Fünfzigern, die groß und kurvig ist und ein rotes Samtkleid trägt. Ihr schwarzes Haar wellt sich über die Schultern. Seine Mutter? Unmöglich. Sie sehen sich in keiner Weise ähnlich. Außerdem hat er mal erwähnt, dass seine Mutter nicht mehr lebt. Eine Geliebte? Wohl kaum. Dafür ist sie viel zu alt. Trotzdem spürt Eva etwas wie Intimität zwischen den beiden.

Sie nähert sich. Carl ist ins Gespräch vertieft, erklärt gerade irgendwas, sagt: *Bitte Amanda, würdest du mir helfen?* Die Frau schüttelt ärgerlich den Kopf und antwortet etwas. Es hat den Anschein, als würde sie ihn zurechtweisen. Die Frau dreht sich um. Ihre Blicke treffen sich. Eva hebt verächtlich die Augenbrauen, doch Amanda sieht sie unbeeindruckt eiskalt an. Sie wirkt aggressiv, fast bedrohlich. Doch als sie sich wieder Carl zuwendet, lächelt sie. Ihre Wangen heben sich, und ihre Augen funkeln. Eva kann nicht verstehen, warum sich diese Kuh nicht verzieht, mit dem nächsten Gast einen Small Talk beginnt, damit Carl Zeit für Eva hat. Aber jetzt bemerkt sie etwas auf Höhe von Carls Hüfte. Seine Finger sind in Amandas Finger verschränkt. Er hält ihre Hand!

In ihrem Kopf beginnt es zu rauschen. Es kommt etwas hoch und füllt ihre Lunge – etwas, das ganz schnell raus muss. Eva würde am liebsten laut losschreien, zwingt sich aber, ganz unnatürlich still zu sein. Sie drängelt sich durch eine Menge der Partygäste, tritt dabei jemandem auf den Fuß und erreicht endlich die Toilette. Erst als sie die Tür hinter sich geschlossen hat, stützt sie sich mit beiden Händen aufs Waschbecken und lässt einen Schrei los.

Das ist nicht gerecht. Sie hat Carl vor diesem Luder Alex Brisell gerettet, ihn vor den Sektenmännern beschützt und ihr Leben riskiert, als sie den Film vernichtet hat, den sie benutzen wollten, um ihn lächerlich zu machen. Soll das der Dank sein?

Es ist, als hätte jeder Muskel in ihrem Körper Feuer gefangen. Die Wut verbrennt sie bei lebendigem Leibe. Sie atmet bewusst langsamer, versucht sich zu beruhigen.

Sie betrachtet ihr Spiegelbild und frischt den Lippenstift auf. Ist bemüht, ihre verhärteten Gesichtszüge zu glätten. Sie trägt noch mehr Parfüm auf, doch der Duft jagt ihr Angst ein, als gehöre er in eine andere Zeit, eine längst vergangene Epoche. Die Vergangenheit und die Gegenwart fließen ineinander, bis kleine Punkte vor ihren Augen tanzen.

Irgendwie muss sie das aufhalten. Sie lehnt sich an die Wand, lässt sich in die Hocke sinken und holt die Dose mit den Tabletten aus der Handtasche. Es sind nur noch ein paar wenige übrig. Sie schluckt gleich zwei, ohne Wasser. Lange hockt sie so da und konzentriert sich auf ihre Atmung, bis sich ihr Körper nach und nach entspannt.

Als Eva hinauskommt, steht Carl noch immer an der Bar. Allein. Kaum kommt sie in seine Nähe, fällt ihr auf, dass er nach After Shave riecht. Das ist ganz neu. *Für wen hast du diesen Duft aufgelegt, Carl?* Unauffällig huscht sie hinter ihn und schiebt ihren Arm unter seinen.

»Sollen wir den Leuten was zum Reden geben?«, flüstert sie ihm ins Ohr.

Er fährt herum und sieht sie irritiert an.

»Ich mach nur Spaß«, sagt sie. »Du siehst müde aus. Soll ich dir helfen, die Gäste zu unterhalten?«

52

Kaum waren Ted und Louise wieder aus dem Zimmer, sprang ich aus dem Bett. Vom Flur drangen leise Geräusche herein. Dann hörte ich das Öffnen und Schließen einer Tür. *Bitte nicht Elena*, bat ich inständig. Ich machte kein Licht, der Mond schien ins Zimmer.

Durchs Fenster konnte ich sehen, dass der Himmel indigoblau war. In den Bergen heulten Kojoten, die der Mondschein aus den Wäldern lockte.

Ich setzte mich auf den Boden, legte das Ohr an die Tür und lauschte. Schließlich waren Schritte im Flur zu hören, Ted sprach laut, darauf erklang Louises überdrehtes Lachen. Als ich ihre Stimmen dann von draußen hörte, fuhr ich schnell in Jacke und Schuhe. Der Stift, den Ted mir gegeben hatte, war auf einmal mein wertvollster Besitz. Ich nahm ihn, bog den Metallbügel auf und machte mich an das Schloss in der Tür zu Elenas Zelle. Ich war nervös, leckte mir unentwegt zwanghaft die Lippen. Während ich an dem Schloss manipulierte, arbeitete mein Kopf auf Hochtouren. Wenn Elena bewusstlos war, wie würde ich sie dann wecken können? Wie kämen wir an der Wache vorbei? Doch ich nahm mich erst einmal zusammen. Eins nach dem anderen. Genau in dem Moment klickte es, und das Schloss sprang auf. Ich zögerte kurz, denn ich hatte große Angst davor, welcher Anblick mich da erwarten mochte, und öffnete erst nach ein paar Sekunden die Tür.

Elena saß auf dem Bett. Als sie mich erblickte, ließ sie einen kleinen Schrei los.

»Wie bist du hier reingekommen?«, fragte sie.

Mein erster Gedanke war, dass sie genau so aussah wie auf dem Foto, das Oliver mir gezeigt hatte. Nur etwas blasser. Ihre Stimme war heiser.

»Wir hauen hier ab, und zwar schnell«, sagte ich.

Sie blinzelte mich zuerst verwirrt an, doch dann lächelte sie gequält.

»Jetzt hast du uns beiden was eingebrockt. Es ist unmöglich, von hier abzuhauen. Aber danke für deinen Besuch.«

Mir traten die Tränen in die Augen, es war unglaublich, dass ich sie gefunden hatte.

»Warum weinst du?«, fragte sie.

»Tu ich doch gar nicht«, erwiderte ich, während mir dummerweise dicke Tränen über die Wange liefen. »Ach, das ist nur der Schock.«

Sie stand auf, kam auf mich zu und nahm mich in die Arme. Ein leichter Schweißgeruch fuhr mir in die Nase, und ihr Atem roch unangenehm, doch ihr Haar duftete frisch gewaschen. Ich hörte, dass auch sie jetzt weinte, obwohl sie es zu verbergen versuchte. Da merkte ich, wie sich meine Anspannung legte, als würden Körper und Seele tief durchatmen. Sie schob mich vorsichtig von sich.

»Wie bist du hier reingekommen?«, fragte sie.

»Mit einem Stift. Ich weiß, wie man damit ein Türschloss knackt.«

»Wahnsinn.«

»Und jetzt hauen wir ab. Zieh dich an. Wir müssen ein ganzes Stück durch den Wald rennen.«

»Das funktioniert nicht«, sagte sie voller Überzeugung. »Da oben ist ein Wachmann, rund um die Uhr.«

»Dann müssen wir es gemeinsam hinkriegen, ihn zu überwältigen und außer Gefecht zu setzen.«

»Das kriegen wir nicht hin. Er ist bewaffnet. Hier kommt man nicht raus.«

»Doch, wir schaffen das.«

»Ich kann noch gar nicht glauben, dass du hier bist«, sagte sie. »Nicht zu fassen, dass du hier reinkommen konntest. Du siehst fast aus wie ein Gespenst.«

»Tu ich gar nicht«, sagte ich. Doch da fielen mir wieder die schwarzen Augenringe ein, die ich kürzlich beim Blick in einen Spiegel entdeckt hatte. Elena sah erstaunlich normal aus, nur müde.

»Stehst du nicht unter Drogen?«, fragte ich.

»Nein, ich krieg es fast immer hin, die Tabletten wieder hochzuwürgen, wenn sie weg sind.«

»Was machen sie da eigentlich mit dir?«

»Mit *uns*«, korrigierte sie mich. »Hier sind drei Leute, und mit uns machen sie kranke Experimente, komplett unter dem Radar von Ämtern und Ärzten. Sie versuchen, die perfekte Entzugsbehandlung auszutesten. Erst stopfen sie uns mit Medikamenten voll, die uns den Kopf komplett zudröhnen, dann zwingen sie uns, stundenlang in der Sauna zu sitzen. Sie glauben, dass man die Gifte ausschwitzen kann und auf diese Art den Entzug schneller hinter sich bringt.«

»Sauna? Das klingt völlig geisteskrank«, sagte ich und musste lachen.

»Das ist überhaupt nicht komisch. In der Sauna bin ich schon mehrere Male ohnmächtig geworden. Sie liegt ganz am Ende des Flurs.«

»Warum ist das für sie so wichtig?«

»Wenn sie das perfekte Medikament für den Entzug entwickeln, bedeutet das einen Riesenvorsprung den anderen Kliniken gegenüber, und das verschafft ihnen dann eine Monopolstellung auf dem Markt. Der Mann auf dem Schild an der Einfahrt zum Klinikgelände war mal hier. Er heißt Adam Wahlberg, und sie nennen ihn hier *den Gründer*. Ted hat ihm die Klinik gezeigt. Ich hab ihn gebeten, mir zu helfen, er hat mich allerdings nur ausgelacht.«

»Aber was haben sie davon?«

»Hab ich doch gesagt. Sie glauben, dass sie mit ihrem neuen Medikament ein Vermögen verdienen werden. Schnellere Reha, teurere Medizin. Dieser Adam Wahlberg hat zu Ted gesagt, sie sollen mit der Dosierung weiterexperimentieren, bis die Nebenwirkungen geringer werden. Von den Medikamenten wird einem schwindelig, und man bekommt Panikattacken oder wird fürchterlich hibbelig. Ich habe mitgekriegt, dass sie solche Experimente auch in den anderen Sanctum-Häusern machen.«

Ich sah ihr die ganze Zeit in die Augen, das war beruhigend und erinnerte mich an etwas, vielleicht spürte ich auf diese Art die Nähe zu Dani. Es war angenehm, Elena zuzuhören. Sie hatte eine sanfte Stimme und erzählte alles der Reihe nach, sodass ich gut folgen konnte. Das Gespräch mit ihr ließ mich ruhiger werden.

»Das ist ein ziemlich riskantes Projekt«, sagte ich.

»Das ist denen egal, Hauptsache, sie machen Kohle.«

Fast gleichzeitig setzten wir uns auf ihr Bett. Es fühlte sich komisch an, noch weiter herumzustehen.

»Warum hast du solche Angst abzuhauen?«, fragte ich sie.

»Weil …«

»Spuck's aus.«

»Ich hab mal einem bei der Flucht geholfen. Jetzt ist er tot.«

»Oh Gott, wie schrecklich. Wer war das?«

»Das ist eine lange Geschichte, aber als ich hier letztes Jahr gearbeitet habe, habe ich mich in einen Patienten verliebt. Er hieß Nathan.«

Nathan. Nathan Parks!, dachte ich. Aber ich wollte sie nicht unterbrechen und ließ sie erst mal weiterreden. Sie zog die Beine an und schlang die Arme um die Knie.

»Nathan und ich, wir haben die ganze Sache ins Rollen gebracht. Das ging vor acht Monaten los. Ich habe Gras reingeschmuggelt, um die Leute ein bisschen aufzuheitern. Ted hat Nathan erwischt, als er einen Joint geraucht hat, und hat beschlossen, ihn als erstes Versuchskaninchen zu nehmen. Da hatten sie den Tumbler gerade fertiggebaut. Ich habe gleich gewusst, was los ist, und wollte Nathan bei der Flucht helfen. Er ist in die Stadt abgehauen und hat dort eine Überdosis genommen. Ted und Louise haben mich dafür verantwortlich gemacht und mich zur Strafe hier isoliert.«

Jetzt war mir alles klar. Hier schloss sich der Kreis. Michael Parks und Nathan. Oliver Sanchez und Elena. Und jetzt war ich da und konnte das retten, was übrig war, was Sanctum noch nicht gelungen war zu zerstören.

»Ich dachte, er käme frei, wenn ich ihm helfe«, sagte sie. »Wie blöd kann man sein? Das hier ist meine Strafe. Ich werde hier sterben.«

»Wirst du nicht. Es sei denn, du willst deinen Vater ins Grab bringen. Der stirbt noch vor Angst um dich.«

»Ist es so schlimm?«

»Ja, eine schwere Depression hat er gerade überstanden. Aber jetzt sucht er wieder nach dir.«

»Danke, dass du hergekommen bist, Alice.«

»Ich heiße Alex.«

»Ja, sorry. Aber dein Name ist eigentlich auch egal. Denn wir kommen hier nicht raus. Niemals. Willkommen in der Hölle.«

»Das werden wir ja sehen«, sagte ich. »Heute Nacht sind alle auf den Silvesterpartys. Also haben wir richtig viel Zeit.«

»Das klingt gut. Ted betrinkt sich bei den Festen im Haus immer und fängt an, die Mädchen zu begrapschen. Dann macht Louise ihm die Hölle heiß. Heute Abend werden sie hier bestimmt nicht mehr auftauchen.«

Es war so schön, nicht mehr allein zu sein, jemanden zu haben, mit dem ich reden konnte. Die ganze Geschichte, wie ich Michael und Oliver kennengelernt hatte und mich bei Sanctum aufnehmen ließ, sprudelte aus mir heraus, und Elena hörte aufmerksam zu. Und bevor ich wusste, wie mir geschah, hatte ich ihr auch noch von Carl und mir erzählt. Noch immer hatte ich ein unglaublich starkes Bedürfnis, darüber zu sprechen.

»Sorry, dass ich dich so zutexte«, sagte ich. »Aber wir sollten jetzt wirklich los.«

»Du hast keine Ahnung, wie interessant die Probleme anderer Leute sind«, sagte sie.

Ich sah mich in ihrer Zelle um. Sie war exakt wie meine. Ein Dreckloch, wie in der Psychiatrie, schlimmer als in jedem Film.

»Wir müssen durchs Fenster raus«, sagte ich.

»Wenn man es aufkriegen könnte, hätte ich das schon gemacht. Es ist aber von außen abgeschlossen.«

»Wir schlagen die Scheibe ein.«

»Bist du völlig verrückt? Dann wird der Wachmann sofort dastehen.«

»Sind die Wachleute wirklich so gefährlich?«

»Die sind entweder pervers oder Idioten.«

»Und der Wachmann, der heute Dienst hat?«

»Wie sah der aus?«

»Dunkle Haare, Schnurrbart, ziemliches Übergewicht.«

»Pervers.«

»Dann hockt er wahrscheinlich oben und zieht sich gerade Pornos rein. Das gibt uns einen Vorsprung. Wir schlagen die Scheibe ein, klettern über den Zaun und rennen los. Wenn er Geräusche hört, wird er nachschauen. Dann müssen wir beide schon draußen sein.«

Auf der Suche nach einem Gegenstand, mit dem wir die Scheibe einschlagen könnten, ließ ich meinen Blick über die Zelle wandern. Das Einzige, was mir schwer genug erschien, war der Nachttisch. Vom Boden bis zum Fenster waren es allerdings fast zwei Meter. Irgendwie musste ich da hochkommen.

»Hilf mir mal, das Bett zur Wand zu schieben«, bat ich Elena.

Sie zögerte kurz, doch dann nickte sie. Zusammen schoben wir das Bett mit aller Kraft zum Fenster und stellten es hochkant hin, sodass es eine Art Rampe unter dem Fensterrahmen bildete. Die Matratze rutschte auf den Boden. Darunter kamen Stahlfedern zum Vorschein, die nur mit Stoff überzogen waren. Elena zog Turnschuhe an. Gerade wollte ich das Bett hinaufklettern, da fiel mein Blick auf ein Klemmbrett an der Wand, auf dem Papierzettel befestigt waren.

»Was ist das denn?«, fragte ich Elena.

»Das sind Teds Notizen. Er vermerkt jeden Tag, welches Medikament sie mir in welcher Dosis gegeben haben.«

»Steck das ein«, sagte ich.

Sie riss die Zettel ab, faltete sie klein und schob sie in die Hosentasche.

Als ich das Bett zum Fenster hinaufstieg, musste ich die Knie in den Untergrund bohren, um nicht wieder hinunterzurutschen.

»Hilf mir mal!«, rief ich ihr zu. »Du musst mir den Nachttisch in die Hand geben und dann meine Beine abstützen, wenn ich die Scheibe einschlage. Und pass auf die Glasscherben auf.«

Elena reichte mir den Tisch hoch. Als ich ihn in die Hand nahm, begann ich schon abzurutschen. Doch Elenas Hände packten meine Waden und hielten mich fest. Als ich den Tisch wieder hochhob, hielt sie mich in der Position. Jetzt kam es drauf an. Ich keuchte vor Anstrengung. Wenn ich nur eine Sekunde die Kontrolle über meinen Körper verlor, würde ich mit allem über mir abstürzen. Ich zögerte kurz. Bewegte mich langsamer. Aber dann wallte eine heftige Wut in mir auf, und ich schleuderte den Nachttisch mit aller Kraft gegen die Fensterscheibe. Das Glas sprang in tausend kleine Teilchen, wie in Zeitlupe. Ich senkte den Kopf und schloss die Augen, um mich vor den Glassplittern zu schützen. Ein paar Splitter kamen angeflogen, doch die meisten fielen auf die andere Seite nach draußen. Der Tisch flog nach hinten und traf beinahe Elena. Sie duckte sich und schrie auf. Aber dann war sie plötzlich hinter mir. Ich hielt mich seitlich am Fensterrahmen fest und hangelte mich durch die Öffnung, bis ich draußen auf den Boden fiel. Ich drehte mich um, packte Elenas ausgestreckte Hände und zog sie hinaus. Überall im Gras lagen Scherben. Bei jedem Schritt knirschte es unter unseren Füßen. Über meine Stirn lief etwas Warmes.

»Renn hinters Haus«, schrie Elena.

Sie nahm meine Hand. Riss mich mit sich. Ihre Hand war glühend heiß, trotz der eiskalten Luft. Was war das auf meiner Stirn, war es Schweiß oder Blut?

Der Zaun rund um das Gelände war hoch. Elena kletterte als Erste hinauf. Ich hinterher. Als sie oben war, schwankte sie kurz, dann sprang sie und verschwand in der Dunkelheit. Ich stemmte mich auf dem letzten Stück hoch, setzte mich erst rittlings auf den Zaun und schlug dann das zweite Bein darüber und sprang. Doch ich kam falsch auf. Ein stechender Schmerz schoss in meinen Fuß. Trotzdem rannte ich los – völlig von Sinnen, einfach drauflos. Elena war vor mir. Wir liefen in Büsche und verfingen uns im Dickicht. Die Vegetation wurde dichter, und plötzlich befanden wir uns in einem Wald. Hier war die Luft anders, milder und feuchter, aber noch genauso kalt. Um uns herum gab es unzählige Pfade. Die Kälte biss in meinen Lunge wie in einer Winternacht in Schweden. Die Orientierung hatte ich komplett verloren, ich wusste nicht, in welche Richtung wir laufen mussten. Ich war so verwirrt, dass ich nicht einmal sagen konnte, wo die Klinik lag. Doch dann hörten wir in der Ferne eine Explosion. Ich sah zum Himmel, und jetzt wusste ich Bescheid. Das war das Silvesterfeuerwerk in der Stadt.

»In die Richtung«, rief ich Elena zu und zeigte dorthin. »Da rüber.«

Wir rannten wieder los. Hinter uns waren nun Stimmen und Hundegebell zu hören.

»Sie hetzen die Hunde auf uns«, schrie Elena. »Lauf schneller!«

Sie rannte vor mir. Der schmale Pfad schlängelte sich durch den Wald. Etwas Scharfkantiges schnitt durch meinen Stoffschuh, doch ich hielt nicht an. In meiner Lunge brannte es. Meine Beine schrien vor Schmerz. Das Hundegebell kam näher.

Und ganz plötzlich waren wir am Waldrand angekommen, und eine große Villa mit Türmchen und Zinnen zeichnete sich vor dem Nachthimmel ab. Sie sah aus wie ein Pfefferkuchenhaus. Das Schieferdach leuchtete im Mondschein. In den Fenstern brannte gemütliches Licht, und aus dem Schornstein stieg eine Rauchsäule auf. Ich wollte unbedingt dorthin, doch plötzlich war ich wie gelähmt. Wellenartig überfiel mich der Schmerz im Bein. Mein ganzer Körper fühlte sich plötzlich so vollkommen kraftlos an, als würde ich auf der Stelle kollabieren. Meine Knie wurden weich. Das Letzte, was ich sah, war der Kiesweg, dann ging ich zu Boden. Ich wurde wieder wach, als Elena schrie: »Alex, komm zu dir!« Ihr Gesicht war nur Zentimeter von meinem entfernt. Sie fasste mich an den Armen und zog mich auf die Füße.

»Ich helfe dir«, sagte sie.

Ich klammerte mich an sie, und so erreichten wir stolpernd das Haus. Keuchend zog sie mich mit sich. Ich lehnte meinen Kopf an ihren warmen Hals. Und die ganze Zeit trieb mich eine Stimme an: *Komm bis zum Haus, dann hast du es geschafft. Nur bis zum Haus!*

Mein Puls hämmerte in meinen Ohren, meine Atemzüge rasselten – aber irgendwie schafften wir es.

Wir klopften an die Tür.

Wir riefen um Hilfe.

Als nichts geschah, brüllten wir aus voller Kehle.

Und als die Tür aufging, brachen wir entkräftet auf der Schwelle zusammen.

53

Carl

Die Gäste sind längst gegangen. Mit trostlosem Blick schaut Carl aus dem Fenster hinters Haus. Draußen ist es stockfinster, und in ihm sieht es kaum anders aus. Heute Nacht wird er nicht gut schlafen. Dieser Schmerz in der Brust ist wieder da, dazu noch die ständige Unruhe und die Angst.

Er muss diese deprimierte Stimmung loswerden und sich zusammenreißen. Wenn er nur Alex zurückgewinnen könnte, dann wäre das Leben wieder schön, dann wäre es wieder etwas Besonderes. Früher war alles so einfach. Er hatte eine intensive Beziehung mit einer Frau, allerdings auf Zeit – und danach gingen beide ihrer Wege. Aber mit Alex ist alles so intensiv, dass es unmöglich ist, ohne sie einfach weiterzuleben.

Seit er in Schweden ist, schläft Carl miserabel. Manchmal erwacht er von seinem eigenen Schluchzen – das kommt aus seinem tiefsten Inneren. Im Traum ist er wieder zwölf Jahre alt. Er steht in der Küche und macht sich in die Hose, als er zusehen muss, wie sein Vater seine Mutter misshandelt. Und wenn er aufwacht, liegt er noch lange mit pochendem Herzen wach. Immer stärker hat er das Gefühl, dass er sich auf einen Abgrund zubewegt, dass ihn etwas Schreckliches erwartet.

Mensch, entspann dich, sagt er zu sich selbst, da im Dunkeln.

Er fragt sich, ob ihn das Gespenst aus seinem Traum jetzt eingeholt hat. Viele renommierte Psychologen haben geschrieben, dass Albträume von der Umgebung getriggert werden können. Aber er weiß überhaupt nicht, was ihn jetzt gerade an seine Kindheit erinnert.

Er hinterfragt sich selbst. Wann hat er angefangen, sich anders zu verhalten? Als Eva aufgetaucht ist? Oder schon früher? Carl kann sich beim besten Willen nicht erinnern. Aber er erkennt sich selbst nicht mehr, in einem Schleier aus Wehmut hat er sich hilflos verfangen.

Die Stille im Haus hat etwas Hämisches. Das ist seine Villa. Mit ihr verbindet er die allerschönsten Erinnerungen. Aber jetzt kommt er sich hier wie in einem Gefängnis vor. Der Raum schrumpft jeden Tag. Der Sauerstoff wird weniger. Er hat nicht einmal mehr Spaß daran, auf der Hindernisbahn, die auf seinem Grundstück steht, zu trainieren.

Bald wird es besser, tröstet er sich selbst. In absehbarer Zeit sind sie mit den Dreharbeiten fertig. Von dieser freireligiösen Gruppierung sind keine Drohmails mehr gekommen. Und auch Brett spricht wieder mit ihm, wenn auch ungern. Aber er weigert sich standhaft, etwas von Alex preiszugeben.

Carl greift zum Handy und checkt seine Mails. Eva hat ihm einen Link zu einem Clip von den aktuellen Filmaufnahmen geschickt. Er klickt ihn an. Auf dem Video sieht er etwas blass aus, doch seine Stimme ist ganz sachlich und überzeugend.

Die Mitarbeiter hier im Haus sind entscheidend. Wir können die Räume in schönen Farben streichen, einen Swimmingpool aufstellen, die Wände mit echter Kunst vollhängen – aber dabei dürfen wir nie vergessen, dass es unsere Aufgabe ist, uns um die Menschen zu kümmern. Der Solvikhof soll ein Zufluchtsort für Frauen werden, die Gewalt erfahren haben. Ihr Leben ist ein

Albtraum. Erst durch die Mitarbeiter, denen das bewusst ist, wird der Solvikhof zu einem bedeutsamen Ort.

Seine Worte klingen ehrlich und authentisch. Sie sind auch wirklich echt, aber warum kann Carl sich überhaupt nicht darüber freuen? Noch einmal versucht er sich einzureden, dass alles gut werden wird. Dass Alex ihm verzeihen wird. Amanda wird ihm helfen, so wie sie es immer getan hat.

Schließlich liest er die letzte Nachricht von Alex noch einmal. **Dann kannst du dich verpissen.**

Es tut zu weh zu glauben, dass sie es ernst meint. Sie sagt häufig Dinge, die ihr hinterher leidtun. Das ist eine der vielen Seiten, die er an ihr liebt – ihre Schlagfertigkeit. Er hat ihren lockeren, flirtenden Schlagabtausch immer gemocht. Aber das gehört in die Zeit, bevor sie Streit hatten, bevor Eva aufgetaucht ist. Er versucht, sich damit zu beruhigen, dass Alex immerhin geantwortet hat. Jetzt muss er sich jedes Wort gut überlegen. Muss überzeugend sein.

Er steht auf und mischt sich seinen dritten Gin Tonic. Das ist eigentlich gar nicht seine Art. Er betrinkt sich nie. In Bars geht er auch nur ganz selten. Und eigentlich macht er auch nie echte Fehler, die er hinterher bereut. Das ist jetzt tatsächlich das erste Mal.

Als er versucht, eine Nachricht an Alex zu formulieren, scheitert er kläglich. Er schreibt ein paar Sätze, löscht sie wieder, setzt neu an, aber nun wirkt jedes Wort gestelzt. Es ist unmöglich, diese Nacht mit Eva, die er nur in schrecklichen, unscharfen Bildern in Erinnerung hat, in Worte zu fassen. Er kann es nicht darauf schieben, dass er in der Situation nicht er selbst gewesen ist. Er schämt sich so. Vor Scham wird ihm schlecht. Der Druck im Brustkorb wird schlimmer, und schließlich legt er das Smartphone ganz aus der Hand.

Carl sieht Alex vor sich, stellt sich vor, was sie gerade macht. Vermutlich hat sie den Abend mit Steve und Dani in Santa Cruz verbracht. Da ist sie zwar in Sicherheit, aber vermutlich fällt ihr die Decke auf den Kopf. Und wütend ist sie bestimmt auch noch.

Er lächelt. Es ist ein gutes Gefühl, sie an einem Ort zu wissen, wo sie nichts anstellen kann. Aber er weiß sicher, dass auch ihre Gedanken beim Silvesterfest vom letzten Jahr sein werden. Bei der Kirche, der Krypta, dem Tod, der im Wald lauerte, und wie haarscharf sie an der Katastrophe vorbeigeschlittert sind. Beinahe hätten sie sich verloren. In dieser Nacht hatte er sie ganz, ganz festgehalten, seine Tränen in ihrem Haar. Seitdem hat er seine Gefühle für sie nicht mehr infrage gestellt. Und sie ist einfach nur da gewesen und hat ihn auf so wunderbare Art vollkommen glücklich gemacht.

Erst als seine Wangen feucht werden, merkt er, dass er weint.

Wenn er doch endlich wieder frische Luft atmen könnte. Alex' Luft.

Auf einmal hat er Sehnsucht nach San Francisco, nach den warmen, langen Tagen und den kühlen Nächten. Nach allem Alltäglichen, nach dem unkomplizierten Leben. Dem Stimmengewirr auf der Sacramento Street. Alex, die zu spät im Büro auftaucht. Schon wieder. Sie sieht wie ein verschämter kleiner Hund aus, bis er in Lachen ausbricht. Sein Witz, dass sie jetzt tausendmal Entschuldigung schreiben muss.

Da kommt ihm eine Idee, und nun schreibt er ganz spontan die Antwort auf ihre SMS.

Bitte, können wir am Telefon darüber sprechen? Ich schreibe eine Million Mal Entschuldigung, wenn du mit mir sprichst. Du musst mir auch nicht verzeihen. Du darfst mich hassen – aber Alex, ich bitte dich, sprich mit mir.

Zur Sicherheit schickt er Brett dieselbe SMS und bittet ihn, sie Alex zu zeigen.

Sie wird es also lesen.

Sie wird noch immer stinkwütend auf ihn sein, aber sie wird sich das Lachen nicht verkneifen können. Und dann ruft sie ihn bestimmt an.

Plötzlich ist er todmüde. Irgendwann wird er schon einschlafen. Wenn er zurück in San Francisco ist, bringt er alles wieder in Ordnung.

Das ist sein einziger guter Vorsatz für das neue Jahr.

54

Die Frau, die uns öffnete, war stockbesoffen. Sie trug ein langes Abendkleid. Auf dem Kopf thronte ein Glitzerdiadem aus Plastik, um den Hals hatte sie sich einen Luftballon gebunden. Als sie uns erblickte, stand ihr das Misstrauen geradezu ins Gesicht geschrieben. Von drinnen drangen laute Musik, ausgelassene Stimmen und von Haschrauch schwere Luft bis an die Tür.

Ich kroch an der Frau vorbei ins Haus und brach auf dem Boden zusammen. Elena kam hinterher und sank neben mich.

»Bitte helfen Sie uns«, sagte ich. »Wir werden verfolgt.«

Eine andere Frau, die nicht ganz so betrunken war, erschien im Flur.

»Seid ihr Freunde von Becky?«, fragte sie.

Jetzt begriff ich, dass sie uns für verspätete Gäste hielt, die betrunken waren.

Ich umklammerte ihr Bein.

»Bitte, helfen Sie uns, wir sind aus der Sanctum-Klinik geflohen.«

Das machte alles nur noch schlimmer. Die Frau zog ihr Bein weg und sah mich angewidert an. Vermutlich war ihr erster Gedanke, dass wir Drogenabhängige seien, die auf einem Trip waren.

»Sie haben uns misshandelt«, sagte ich.

Das setzte sie in Bewegung.

»Holt Becky, sie ist auf der Toilette«, sagte die Frau, die

immer noch in der Tür stand. Dann hockte sie sich hin und drückte mich.

»Oh, ihr Armen. Aber ihr müsst keine Angst haben, hier seid ihr in Sicherheit.«

Sie half uns auf die Beine und führte uns zur Treppe ins Obergeschoss. Ich war völlig entkräftet und kam nur die Stufen hoch, indem ich mich ans Geländer klammerte. Elena folgte mir.

Die Frau führte uns in ein Schlafzimmer, wo wir uns auf eines der zwei Betten setzten. Der Raum kam mir nach den Stunden in der engen Zelle bei Sanctum unglaublich groß vor. Ich wollte der Frau erklären, was geschehen war, doch alles war so schnell gegangen, dass ein Teil von mir noch immer auf der Flucht war und durch den Wald rannte. Und mein einziger Gedanke war, dass ich so schnell wie möglich mit Brett oder Dani sprechen musste.

Das Fenster war gekippt, und von draußen drang frischer Nadelwaldduft ins Zimmer. Doch diesen Duft nach Freiheit konnte ich nur kurz genießen, denn eine Explosion im Untergeschoß holte mich schlagartig in die Realität zurück. Mein Herz begann zu rasen, mir trat der Schweiß auf die Stirn.

»Das sind nur die Silvesterknaller«, beruhigte mich die Frau. »Wartet hier kurz. Wir müssen sofort die Polizei verständigen.«

»Nein, Moment«, rief ich. »Ich muss jemanden anrufen, darf ich Ihr Handy leihen?«

Es war ein Gefühl, als würde mein Bewusstsein außer Kontrolle geraten und mein Kopf explodieren, wenn ich nicht auf der Stelle mit jemandem sprechen konnte, der mir vertraut war.

»Das liegt unten. Ich kann es holen. Wartet einen Augenblick.«

Stillzusitzen war beinahe so anstrengend wie zu rennen. Die Milchsäure verteilte sich überall in meinen schmerzenden

Muskeln. Jeder Atemzug blieb wie ein Vogel im Netz in meiner Lunge stecken. Aber der Schwindel war weg. Elena starrte stumm vor sich hin und keuchte, als würde sie immer noch rennen.

»Wir haben es geschafft«, sagte ich.

»Ich kann es nicht fassen«, sagte sie.

Ein gedämpfter kleiner Schrei und lautes Lachen drangen vom Erdgeschoss hinauf. Der Bass der Musik dröhnte. Es war ein gutes Gefühl, mit ganz normalen, betrunkenen Menschen unter einem Dach zu sein. Aber ich war noch immer hochgradig angespannt und in Angst, dass auch jetzt noch etwas Schreckliches passieren könnte. Jederzeit könnte Ted hier mit den Hunden vor der Tür stehen und die Frau davon überzeugen, dass wir ausgebüxte Junkies seien, die ihnen Lügen auftischten. Wahrscheinlich käme er mit Verstärkung, und die Männer würden uns zu Teds Pick-up schleifen und in die Klinik zurückbringen. Meine Gedanken kreisten permanent um die engen Zellen im Tumbler. Ich konnte die Bilder nicht abstellen. Die Aufnahme in die Klinik war so leicht gewesen, es hatte einen Hauch von Abenteuer gehabt. Aber mit der Flucht von Sanctum waren alle Erinnerungen an die schlimmste Nacht meines Lebens, die Nacht, in der ich Dani aus der Krypta rettete, wieder wach geworden. Sie hatten sich in mir eingebrannt. Alles, was damals geschehen war, wiederholte sich gerade wieder. *Renn, so schnell du kannst. Dreh dich nicht um. Der Tod ist hinter dir her. Er wird dich einholen.*

Das Bett, auf dem wir saßen, stand unter einem großen Fenster. Im Garten war nichts zu sehen, der Rasen badete in blassem Mondlicht. Vielleicht hatten Ted und seine Lakaien die große Villa trotz aller Widrigkeiten übersehen? Ich nahm die Schattenseite des Gartens genau ins Visier. Doch es bewegte sich dort wirklich nichts.

»Bitte, Alex, starr nicht so aufs Fenster«, sagte Elena. »Da ist keiner.«

»Bist du ganz sicher?«

»Absolut.«

Jetzt hatte sie wieder etwas Farbe im Gesicht, und sie atmete auch wieder ruhiger.

Die Frau kam mit dem Smartphone in der Hand zurück. Als sie die Tür öffnete, schwappten dröhnende Musik und Rauch in unser Zimmer. Ich nahm ihr das Telefon gleich aus der Hand und wählte Bretts Nummer. Seine vertraute Stimme löste bei mir einen Heulkrampf aus.

»Oh Brett, wie gut, dass du rangehst. Ich hab Elena bei mir. Wir sind geflohen.«

»Jesus fucking Christ, Alex! Wo bist du?«, fragte er.

Und in diesem Moment wusste ich, dass alles gut werden würde.

Mit Blaulicht und Martinshorn kam die Polizei. Wir fuhren noch in derselben Nacht zurück nach San Francisco. Auf der Fahrt hing mein Blick unablässig an den Scheiben. Hinter uns blieb die Landschaft in der Dunkelheit verborgen. Ich fuhr die Scheibe ein bisschen herunter. Mit jedem Lichtmast, den wir passierten, schien die Luft wärmer zu werden. Vor uns explodierte das Hafenfeuerwerk der Stadt. Die Schatten von den Bergen bei Marin Headlands lagen in der Nacht verborgen. Erst wirkte die Stadt wie ein verschwommener, gelber Fleck, der immer größer wurde, bis sich San Franciscos Skyline wie eine glitzernde Perlenkette vor uns präsentierte.

Ich hielt Elena im Arm. Sie war ganz still. In ihrem Gesicht war nur unglaubliches Staunen zu lesen. Ich streichelte ihr über die Hand.

»Werde ich meinen Vater wirklich wiedersehen?«, fragte sie.

»Ja, die Polizei hat ihn angerufen. Er ist schon auf dem Weg zur Wache.«

»Ich kann es einfach nicht fassen.«

Das erinnerte mich daran, dass sie diejenige von uns beiden gewesen war, die schneller gerannt war, mich mitgeschleift und die letzten Schritte bis zum Haus gestützt hatte. Jetzt würde sie auch alles andere durchstehen. Genau wie Dani.

Als wir über die Golden Gate Bridge fuhren, drang die milde Luft in den Wagen und kühlte mein Gesicht. Ich sah zu Elena hinüber und lächelte sie an. Da bemerkte ich, dass sie sich allmählich entspannte. Und dann huschte sogar ein klitzekleines Lächeln über ihr Gesicht.

Über der Polizeiwache lag blauer Himmel. Das grelle Licht der Leuchtstoffröhren in der Rezeption tat gut. Als wir hineinkamen, war es wie eine Befreiung. Und da stand Brett, der auf uns gewartet hatte. Ich warf mich ihm in die Arme. Da überkam mich alles auf einmal. Meine Welt setzte sich in Bewegung, und ich musste die Augen schließen, um nicht das Gleichgewicht zu verlieren.

»Du kleiner Dummkopf«, sagte Brett liebevoll. »Das hätte böse ausgehen können. Was für ein Glück für mich, dass Carl in Schweden ist.«

Ich war kurz davor loszuheulen und hielt mir die Hände vors Gesicht.

»Gehts dir nicht gut?«, fragte er besorgt.

»Nein, nicht so.«

Mit diesen Worten fiel mir eine Last von den Schultern.

»Ich habe mich wie in einem Film vom letzten Silvesterabend gefühlt«, sagte ich. »Und jetzt wäre es auch beinahe schiefgegangen.«

Brett hielt mich ganz fest in seinen Armen.

»Lass es einfach raus«, sagte er.

Gerade als ich das tun wollte, sah ich Elena in dem grellen Licht stehen, blass und verloren, daher beschloss ich, noch eine Weile zu warten, bevor ich Brett mein Herz ausschüttete.

Doch kurz darauf war Oliver da, und Elena und er lagen sich gleich in den Armen, lachten und weinten abwechselnd. Der Anblick schnürte mir den Hals zu, ich brachte eine ganze Weile keinen Ton heraus. Während wir auf die Vernehmung warteten, lieh ich Bretts Handy und rief Dani an. Ich überlegte mir sehr genau, was ich ihr erzählte. Ich wollte vermeiden, dass sie überreagierte und ihren sicheren Zufluchtsort in Santa Cruz aus Sorge um mich verließ.

»Mir gehts gut«, sagte ich immer wieder. »Brett ist bei mir und kümmert sich um mich. Die Polizei hat die Lage unter Kontrolle. Ich melde mich später … sobald es geht.«

Ihre Stimme am anderen Ende der Leitung klang piepsig.

»Komm her«, sagte sie schließlich. »Bitte Alex, komm zu uns.«

»Das mache ich. Aber zuerst fahre ich nach Half Moon Bay und erhole mich zu Hause ein paar Tage.«

Die Beamtin, die mit Elena und mir sprechen wollte, war eine entfernte Verwandte von Brett. Allein diese Tatsache war schon beruhigend, ich konnte ihr also vertrauen.

»Mein Name ist Donna Miller, ich ermittle in diesem Fall«, sagte sie und streckte die Hand aus. »Eigentlich heiße ich Dananza, aber wer will schon mit so einem Namen rumlaufen?«

Wir nahmen vor ihrem Schreibtisch Platz. Elena vergrub den Kopf in den Händen und begann zu schluchzen. Donna stellte ihr eine Schachtel Tissues hin.

»Bedienen Sie sich«, sagte sie. »Wir haben genug. Wir werden versuchen, es kurz zu machen.«

Dann reichte sie uns zwei Flaschen Mineralwasser. Erst als

ich anfing zu trinken, merkte ich, wie durstig ich war. Die halbe Flasche trank ich in einem Zug.

Während Donna uns zuhörte, machte sie Notizen auf einem Block, den sie vor sich auf dem Tisch liegen hatte. Die meiste Zeit erzählte Elena von ihren Erlebnissen in der Sanctum-Klinik. Ich ergänzte, was in den vergangenen Tagen geschehen war. Elena sprach klar und deutlich, aber sie knüllte ein Papiertaschentuch nach dem anderen in ihrer Hand zusammen und legte die Kugeln dann vor sich auf den Tisch.

Ich sah Donna sehr schnell an, dass sie uns glaubte. Sie unterbrach uns nur ein einziges Mal, um zu fragen, ob wir eine Pause bräuchten, aber wir wollten es lieber hinter uns bringen und uns alles von der Seele reden.

Als wir fertig waren, sagte sie, es sei notwendig, dass wir ärztlich untersucht würden, und zwar schnell. Elena überreichte ihr Teds Notizen, die sie aus der Zelle mitgenommen hatte. Donna überflog sie kurz und zog die Augenbrauen hoch.

»Das ist wirklich sehr ernst«, sagte sie. »Jede Art von klinischer Forschung mit Drogen muss von den amerikanischen Lebensmittel- und Arzneimittelbehörden genehmigt werden, und dass Sie zu so etwas gezwungen wurden, ist einfach schrecklich.«

»Glauben Sie uns denn?«, fragte Elena betreten.

»Ja. Sanctum in Sausalito ist schon mehrfach aufgefallen. Erst vor ein paar Monaten war da dieser junge Mann, der geflüchtet und dann an einer Überdosis gestorben ist. Und dann ...«

»Nathan Parks?«, fragte ich dazwischen.

»Ja. Aber jetzt werde ich Sie darüber aufklären, wie wir weiter verfahren.«

Donna legte den Stift hin und sah uns sehr ernst an, erst Elena, dann mich.

»Von Sanctum wird uns jemand anrufen und mitteilen, dass Sie geflohen sind. Er wird behaupten, dass Sie beide kriminell und drogenabhängig sind und dass Sie lügen. Dann werde ich mitspielen und ihm versichern, dass wir auf seiner Seite stehen. Einfach, um Zeit zu gewinnen. In dieser Zeit werden wir eine Razzia vorbereiten, um die anderen zu befreien, die sich noch in diesem Gebäude befinden, das Sie den Tumbler nennen. Ich hoffe, wir kriegen es hin, parallel dazu auch Razzien in anderen Sanctum-Kliniken vorzunehmen. Deshalb muss ich Sie ganz dringend bitten, ein paar Tage alles für sich zu behalten. Wir dürfen nicht riskieren, dass Sanctum davon Wind bekommt und Beweise vernichtet oder den anderen Patienten Schaden zufügt.«

Danach sprach sie mit Brett und Oliver und erteilte ihnen ein klares Verbot, irgendwelche Informationen weiterzugeben.

»Auch nicht an meinen Chef, der gerade in Schweden ist?«, fragte Brett bestürzt. »Er arbeitet mit Sanctum zusammen, ich hoffe, er befindet sich nicht selbst in Gefahr.«

»Auf keinen Fall«, sagte Donna. »Sausalito ist ja nur eine Klinik unter vielen, die das Unternehmen unterhält. Es geht doch bloß um ein paar Tage. Kümmere dich so lange um Alex und macht euch ein paar gemütliche Tage, bis das Ganze vorbei ist. Du weißt doch, wie so was geht, Brett.«

Donna wandte sich nun an Oliver.

»Wir müssen Elena ins Krankenhaus einweisen und eine gründliche Untersuchung machen lassen. Sie können aber gern mitkommen und bei ihr bleiben, wenn Sie möchten.«

Plötzlich hatte ich das Gefühl, als seien all meine Kräfte versiegt. Ich wollte nur noch nach Hause. In die warme Badewanne. An Brett gekuschelt einschlafen, wenn er nichts dagegen hatte. Aber es fiel mir schwer, mich von Elena zu trennen.

»Geht nicht weg!«, bat sie mich. »Wenn du jetzt weggehst, dann kommen sie wieder und holen mich zurück!«

»Das tun sie ganz bestimmt nicht«, versprach ich ihr. »Dein Vater und die Polizei werden auf dich aufpassen. Gib mir deine Handynummer, ich rufe dich später an.«

»Tut mir leid, das hab ich ganz vergessen. Ich hab gar kein Handy mehr.«

Ich sah mich auf der Polizeiwache um, dann fiel mein Blick auf einen Flyer über das soziale Engagement der Polizeibehörde. Auf der Theke am Eingang fand ich einen Kugelschreiber und kritzelte meine Mailadresse auf die Rückseite des Flyers.

»Schick mir eine Mail, sobald du Zugang zum Internet hast. Und auf dem Handy deines Vaters kann ich dich ja auch erreichen.«

Bevor sie ging, drehte sie sich noch einmal um und sah mich ein letztes Mal an. Ihr Gesicht badete in dem kalten Licht der Leuchtstoffröhre.

»Dann bis bald?«, fragte sie ängstlich.

»Ja, ganz bestimmt«, versprach ich.

Bei meiner ärztlichen Untersuchung konnte man nichts Auffälliges finden, außer hohem Blutdruck, was mich kein bisschen überraschte. Als Brett und ich nach Half Moon Bay zurückkamen und unser Haus erblickten, stand ein Wachmann auf dem Balkon und winkte uns zu. Es war Mark. Ich war heilfroh, weil das bedeutete, dass er sich von der Schussverletzung gut genug erholt hatte, um wieder arbeiten zu können. Erstaunlich, dass er sich überhaupt traute. Inzwischen war es drei Uhr nachts. Ich war mit den Kräften völlig am Ende und total durcheinander. Ein Bad zu nehmen, war mir jetzt viel zu anstrengend. Sogar das Zähneputzen ließ ich ausfallen. Der

Tag schien kein Ende zu nehmen, jetzt wollte ich einfach nur noch ins Bett. Mein Körper befand sich im Leerlauf, und ich stand kurz davor, ohnmächtig zu werden.

Brett brachte mich ins Bett. Er setzte sich auf die Kante und nahm meine Hand.

»Tut mir leid, dass ich deinen Silvesterabend gecrasht habe, Brett«, murmelte ich noch.

Doch was er darauf erwiderte, hörte ich schon nicht mehr. Beim Anblick seiner Lippen, die sich langsam bewegten, schlief ich ein.

55

Am Tag danach kamen Stan und Michael zu Besuch. Wir tranken zusammen Kaffee und unterhielten uns.

Es war ein schöner Tag, ein strahlend blauer Himmel wölbte sich über Berge und Strand. Ich war ausgeschlafen und hatte mich beruhigt. Das Tageslicht fiel ins Wohnzimmer, dazu unsere entspannten Gespräche – endlich fühlte ich mich wieder geborgen.

Ich erzählte Michael Elenas Geschichte von Nathan. Das stimmte ihn traurig, aber er war auch erleichtert.

»Es war so offensichtlich, dass irgendetwas mit der Behandlung nicht stimmen konnte. Ich werde sie anzeigen. Nicht wegen des Geldes, aber die Medien werden ihnen die Hölle heißmachen, wenn ich an die Öffentlichkeit gehe. Und hoffentlich überlegt es sich dann jeder zweimal, ob er einen Angehörigen in diese Kliniken schickt.«

Ich merkte, dass Stan dazu auch etwas zu sagen hatte, aber er wartete noch auf den passenden Moment.

»Ich werde euch gleich in Ruhe lassen«, sagte er am Ende. »Aber eins muss ich euch noch zeigen.«

Stan holte seinen Laptop und öffnete ein Foto auf dem Desktop. Ich erkannte den Mann sofort wieder, denn das war das Gesicht, das auf dem großen Schild vor der Sanctum-Klinik in Sausalito abgebildet war und von dem Elena erzählt hatte.

»Er heißt Adam Wahlberg«, sagte Stan. »Er ist CEO von

Sanctum. Sie nennen ihn den Gründer, aber das weißt du bereits, Alex.«

Er legte eine Pause ein und blinzelte mich an.

»Was die meisten allerdings nicht wissen, ist, dass ihm ein Pharmaunternehmen namens Actanova Medical gehört. Es gibt zwar auch noch einen Vorstand, aber Adam Wahlberg ist alleiniger Inhaber. Ein unheimlicher Typ und ein richtiger Kapitalist. Und deshalb frage ich mich jetzt, ob wir seine geschäftlichen Aktivitäten nicht genauer unter die Lupe nehmen sollten.«

»Das Medikament!«, entfuhr es mir.

Einen Augenblick lang herrschte Schweigen, denn alle starrten mich an.

»Das Medikament, das sie mir bei Sanctum verabreichen wollten, stammte von Actanova Medical«, meldete ich mich. »Das stand auf den Döschen. Vermutlich experimentiert genau dieses Unternehmen mit dem Entzugsmedikament.«

Ich konnte Stan ansehen, wie die Rädchen in seinem Hirn auf Hochtouren liefen, wie es Funken schlug, als er alle Informationen verarbeitet hatte. Dann gluckste er zufrieden.

»Sieh mal an. Ich würde sagen, da haben wir eine kleine Verbindung gefunden.«

»Aber liegt es nicht ohnehin auf der Hand, dass Sanctum die Medikamente, die Actanova Medical herstellt, verwendet, wenn Wahlberg Inhaber beider Unternehmen ist?«, fragte ich. »Das ist sicher auch nicht illegal, oder?«

»Nein, im Grunde nicht«, sagte Stan. »Aber ich würde annehmen, dass sie sich das Geld, das zu Wohltätigkeitszwecken eingetrieben wird, in die eigene Tasche stecken oder es für illegale Versuche benutzen. Aber bislang sind das natürlich alles nur Spekulationen.«

»Erzähl weiter.«

»Ein Großteil der Gewinne, die Sanctum einfährt, werden wieder in die klinische Forschung gesteckt. Mit Sicherheit in Actanova Medical. Ich vermute, dass diese Forschung auch die illegalen Experimente bei Sanctum einschließt, für die sie Patienten offenbar als Versuchskaninchen benutzen. Wenn wir ihnen das nachweisen können, bringen wir sie hinter Gitter.«

»Gute Überlegung«, sagte Michael. »Und wenn sie die Zulassung für das neue Medikament haben, dann gibt Actanova Medical den Sanctum-Kliniken exklusiv das Recht, es einzusetzen, und so können sie ihre Konkurrenten aus dem Weg räumen und noch mehr wachsen. Klingt interessant.«

Mir wurde alles klar. Viele funktionierende graue Zellen brauchte man wirklich nicht, um zu verstehen, dass Adam Wahlberg ein geldgieriger Typ war, der mit den Sanctum-Rehakliniken schon einen Haufen Geld gemacht hatte. Was aber doch einiges an Gehirnschmalz verlangte, war, den Zusammenhang zwischen ihm und der Sekte zu finden, und dann zwischen der Sekte und Sanctum. Aber diese Verbindungen musste es geben, davon war ich überzeugt. Eva Sand war aufgetaucht, kurz bevor diese Männer versucht hatten, Erik zu kidnappen. Bei dieser Vorstellung bekam ich eine Gänsehaut.

»Dieses ganze Wirrwarr kommt mir vollkommen bekannt vor, genau so operieren die *Wächter des Wanderfalken*«, sagte Stan, als könne er meine Gedanken lesen. »Gier. Menschenverachtung. An dieser Stelle sollte man weiterrecherchieren.«

»Das klingt alles ziemlich interessant«, sagte Brett. »Aber ich möchte euch trotzdem bitten, jetzt zu gehen. Alex hat gerade ein traumatisches Erlebnis gehabt und braucht Ruhe. Ich habe mir vorgenommen, mich so gut wie möglich um sie zu kümmern. Sie soll gemütlich in eine Decke gekuschelt mit mir vor dem Fernseher sitzen, romantische Komödien anschauen und heißen Grog trinken.«

»Romantische Komödien?«, rief ich erschreckt.

»Jepp. Keine Gewalt, nur nette Unterhaltung.«

Später am Abend, als ich schon viel zu viel Grog intus und einen Film nach dem anderen mit Brett angeschaut hatte, rief Amanda ihn an und erkundigte sich nach mir. Brett gab mir den Hörer und verließ das Zimmer.

»Du hast auf deinem Handy nicht geantwortet«, sagte sie zu ihrer Entschuldigung.

Ich wollte ihr eigentlich auf der Stelle erzählen, was passiert war, doch wir hatten der Polizei versprechen müssen zu schweigen.

»Nein, ich habe es leider verloren«, sagte ich deshalb.

»Ich rufe eigentlich an, um dir ein gutes neues Jahr zu wünschen«, sagte sie. »Und dann hätte ich noch etwas anderes. Hast du grad Zeit?«

»Alle Zeit der Welt«, sagte ich, erleichtert, dass mir der nächste kitschige Film erspart blieb.

»Ich war auf Carls Silvesterparty«, begann sie. »Ich sage ja immer, das ist die beste in ganz Schweden, aber in diesem Jahr war Carl überhaupt nicht in Stimmung. Er hat mir erzählt, dass du Schluss gemacht hast. Weißt du, dass er völlig am Ende ist? Ich musste seine Hand halten wie bei einem kleinen Jungen, damit er nicht in Tränen ausbricht.«

»Der Arme. Aber das hätte er sich vorher überlegen können, bevor er mit dieser Bitch ins Bett gegangen ist.«

»Ja, da hast du wohl recht. Aber er hat mich dazu überreden können, zwischen euch beiden zu vermitteln.«

»Aha, wie interessant. Auf wessen Seite stehst du?«

»Es gibt keine Seiten. Wichtig ist nur, dass man das tut, was richtig ist. In eurem Fall ist das wohl wenigstens miteinander zu reden, wie erwachsene Menschen.«

»Findest du mich kindisch?«

»Ein kleines bisschen, ja.«

»Aha.«

»Ich kann verstehen, dass du dich betrogen fühlst, aber kannst du nicht wenigstens versuchen, ihm zu verzeihen?«, fragte sie. »Carl ist noch nie ein Heiliger gewesen, und wenn ich recht informiert bin, du auch nicht. Er hat mir gesagt, dass es nur einmal passiert ist, und dass er das furchtbar bereut. Ist denn noch mehr vorgefallen?«

»Nichts, außer dass wir im Grunde einen kompletten Monat ausschließlich gestritten haben.«

»Das passt überhaupt nicht zu Carl. Das muss wirklich an dieser Eva liegen, sie manipuliert ihn. Wie die mich auf der Party angestarrt hat! Voller Hass. Ich habe dir doch mal gesagt, dass Psychopathen unsere Persönlichkeit verändern können.«

»Ja, er ist definitiv ein anderer Mensch geworden.«

»Aber Menschen machen Fehler, Alex. Er hat angedeutet, dass du aus seinem Fehltritt vielleicht mehr machst, als es ist.«

»Hat er es so ausgedrückt? Dann will er sich entschuldigen, denkt aber gleichzeitig, dass es eigentlich *mein* Fehler ist?«

»Nein, was ich sagen will, ist, dass es ein One-Night-Stand war, dass sie kein Verhältnis haben und auch nie eins haben werden.«

Carls Kommentar ärgerte mich maßlos. Ich erzählte Amanda dann von allem, was geschehen war, von meinen bösen Vorahnungen, von dem Streit, den Lügen. Die Worte sprudelten aus mir heraus. Je mehr ich erzählte, desto wütender wurde ich. Die Worte flossen ineinander und wurden zu einem reißenden Fluss.

»Alex!«, rief Amanda dazwischen.

»Ja?«

»Wo ist der Pause-Knopf?«

»Was?«

»Willst du zwischendrin vielleicht mal Luft holen, oder hast du vor, so lange weiterzureden, bis du umkippst?«

»Ich bin einfach nur so … geladen.«

»Das merke ich. Dazu hast du auch allen Grund. Ich kenne mich mit miesen Typen aus, das kannst du mir glauben. Und auch Carl mag seine Macken haben, aber im Grunde seines Herzens ist er ein guter, aufrichtiger Mensch. Aber das weißt du selbst. Sprich einfach mit ihm, okay? Wenn dir nicht gefällt, was er zu sagen hat, dann schick ihn in die Wüste. Das kannst du ja gut.«

Jetzt konnte ich mir das Lachen nicht verkneifen. Amanda hatte so eine Art, dass ich die Waffen streckte.

»Okay, ich ruf ihn an. Aber an Eva Sand ist etwas faul, und gerade stellt sich heraus, dass auch der Inhaber von Sanctum durch und durch korrupt ist. Mehr kann ich im Moment nicht verraten. Aber wenn du mich in ein paar Tagen anrufst, erzähle ich dir die ganze Geschichte.«

»Das glaube ich dir sofort. Da fällt mir wieder ein, dass ich meine Mitarbeiter ja gebeten hatte, sich mal Evas Vergangenheit näher anzusehen. Ich werde heute mal nachfragen, ob sie schon fündig geworden sind.«

»Danke, und ich verspreche dir, ich rede mit Carl. Und sorry, dass ich dich so überrollt habe.«

»Kein Problem. Inzwischen habe ich kapiert, dass das deine Art ist.«

Als wir unser Gespräch beendet hatten, starrte ich eine Weile still vor mich hin. Drei Monate waren vergangen, seit Eva zum ersten Mal zu uns ins Büro spaziert gekommen war. Meine Reaktion damals war sehr impulsiv gewesen: Sie hatte mir höllische Angst eingejagt. Und ich war mir sicher gewesen, dass wir uns schon mal irgendwo begegnet waren. Doch meine Erinnerung ließ mich nach wie vor im Stich. Vielleicht war es auch alles nur Einbildung.

Brett kam ins Wohnzimmer zurück, und ich gab ihm sein Handy zurück. Er checkte seine SMS.

»Carl hat dir eine Nachricht geschickt«, sagte er. »Er hat sie an dich und mich geschickt und bittet mich sicherzustellen, dass du sie liest.«

»Die mit dem Bild drin? Hat er *dir* die geschickt?«

»Nein, was ich sehe, ist nur Text. Hast du sie gelesen?«

»Nein, meine Handys liegen ja noch in der Klinik.«

»Er hat mir jedenfalls eine Kopie davon geschickt. Wahrscheinlich hatte er Angst, dass du seine Nummer noch mal blockierst. Willst du wissen, was er schreibt?«

»Klar.«

Ich las Carls Worte mehrmals hintereinander. **Ich schreibe eine Million Mal Entschuldigung, wenn du mit mir sprichst.** Das war ein Joke, den nur wir beide verstanden. Er mochte vielleicht ein Betrüger und Lügner sein, aber er war mit Sicherheit der beste Chef der Welt. Er vertraute mir. Vergaß nie, mich für eine gelungene Arbeit zu loben. Er gab mir ständig neue, spannende Aufträge. Beschwerte sich nie über meine Fehler. Und er verurteilte mich nicht, außer in den letzten Wochen, in denen er so unausstehlich geworden war.

»Darf ich dein Handy leihen und ihm antworten?«, fragte ich Brett.

»Ja, klar. Du brauchst keinen Code. Ich lasse es auf dem Couchtisch liegen. Dir ist schon klar, dass ich ihn anrufen werde, sobald die Polizei grünes Licht gibt, und ihm erzähle, was passiert ist?«

»Ja, das kann ich verstehen. Das machst du vielleicht lieber, bevor ich mit ihm rede?«

»Da hast du wohl recht. Aber er würde sich bestimmt freuen, wenn du ihm auf die SMS kurz antwortest.«

»Ja, das tu ich.«

Ein paar Stunden später, bevor ich ins Bett gehen wollte, schlich ich nach unten und holte mir Bretts Handy. Oben setzte ich mich damit aufs Bett, starrte noch einmal auf seine Nachricht und zwang mich, ihm zu antworten.

Hier ist Alex, hab Bretts Handy geliehen. Okay, ich spreche mit dir, aber nur, wenn du alles erzählst.

Als ich am nächsten Morgen aufwachte, lag Bretts Telefon noch an derselben Stelle. Ich sah nach, ob Carl geantwortet hatte, doch da war nichts. Das war ernüchternd. Vielleicht hatte er sich wieder in sich zurückgezogen.

Ich ging zum Fenster und blickte aufs Meer hinaus. Draußen war es noch dunkel. Am Horizont war der weite Himmel schwarz und das wogende Meer grau. Ich öffnete das Fenster und ließ frische Luft ins Zimmer, atmete die Meeresluft ganz tief ein. Trotzdem fühlte ich mich sonderbar bedrückt.

Ebenso stark, wie ich Carls Nähe am Vorabend spüren konnte, fühlte ich jetzt die Distanz zwischen uns. Er kam mir so unendlich fern vor. In diesem Augenblick fand ich keinen Zugang zu ihm, das spürte ich deutlich.

56

Eva

Es ist Neujahr. Axel stattet Schweden einen Besuch ab. Ganz sicher ist er nur deshalb hergekommen, um ein Auge auf Eva zu haben, aber das stört sie nicht. Er hat ihr eine SMS geschrieben, dass er sie sehen und *ein bisschen Zeit mit ihr verbringen* möchte. Mit anderen Worten, er will mit ihr ins Bett. Allein der Gedanke versetzt ihr kalte Schauer, aber auch mit solchen Situationen kennt sie sich aus. Und sie beabsichtigt, von so einer Verabredung auf jede erdenkliche Art und Weise zu profitieren.

Sie ist ziemlich gut drauf. Am Silvesterabend hat sie die Tussi gegoogelt, die Carl so mit Beschlag belegt hat. Amanda Leiding, fünfundfünfzig Jahre alt, Inhaberin eines exklusiven IT-Unternehmens in Stockholm. Sie ist für Eva keine Gefahr. Vielleicht ist sie intelligent und selbstbewusst, für Carl aber viel zu alt.

Eva kommt zu ihrer Verabredung mit Axel im Grand Hotel in der City von Lund, wo er wohnt, etwas zu spät. Ihr fällt ein, dass sie hier früher schon mal gewesen ist. In ihrem alten Leben. Und jetzt ist sie wieder da. In einem ganz neuen Gewand. Sie schleicht sich leise an Axel heran, der an der Bar auf sie wartet. Er dreht sich um und mustert sie, er hat jetzt schon rote Augen und ist nicht mehr nüchtern.

Von diesem Spiel hat sie seit Langem genug.

Genug von Paschas und Alphamännchen.

Aber der Kontakt mit Axel könnte sich auszahlen.

Sie plaudern, während er einen Drink nach dem anderen hinunterkippt. Er lamentiert noch ein bisschen, dass sie mit dem Brand die komplette Filmausrüstung zerstört hat. Als Axel so sturzbetrunken ist, dass er fast vom Barhocker kippt, schlägt Eva vor, auf sein Zimmer zu gehen. Er stolpert die Treppe hinauf, hält sich an ihrer Taille fest und reißt sie fast um. Eva spielt mit und hilft ihm kichernd in sein Hotelzimmer.

Axel lässt sich rücklings aufs Bett fallen. Sie zieht ihn aus. Das gefällt ihm. Wie alle Machos hasst er es, sich anzustrengen – so besessen sind sie von Macht, Geld und Luxusgütern. Doch wenn es ernst wird, benimmt er sich wie ein Baby. Aber bevor er sie vernaschen kann, geht sie zur Minibar und holt ihm noch einen Drink. Er scheint schon kurz davor zu sein, bewusstlos zu werden. Seine Augenlider zittern.

Eva verabschiedet sich ins Badezimmer, um kurz zu duschen. Sie dreht das Wasser auf, setzt sich auf den Toilettensitz und wartet ab. Als sie einen Blick ins Zimmer wirft, schläft Axel bereits und schnarcht wie ein Walross. Im Maßanzug, seine Überlegenheit zur Schau stellend, kann er durchaus Eindruck schinden. Aber der Anblick seines weißen, schwabbeligen Bauchs bewirkt das genaue Gegenteil.

Mit dem Handy macht sie aus verschiedenen Perspektiven Bilder von ihm. In einer Tasche seines Sakkos findet sie sein Portemonnaie und den Führerschein. *Axel Tynell*. Sie fotografiert sowohl den Führerschein als auch seinen Mitgliedsausweis von einem lächerlichen Klub für Männer, die sich für die Elite halten.

In der anderen Tasche befindet sich sein Handy. Sie spioniert herum und macht von dem ein oder anderen Screenshots, was ihr in Zukunft vielleicht nützen könnte. Die Bilder schickt sie sich auf ihr eigenes Smartphone und achtet peinlich genau darauf, hinterher alle Spuren zu verwischen, bevor sie sein Handy zurück in seine Tasche legt.

Axels Lederaktentasche steht auf einem Stuhl. Sie öffnet sie, holt seinen Laptop heraus und kopiert einige Ordner auf einen USB-Stick, den sie in weiser Voraussicht eingesteckt hatte. Axel grunzt und rollt sich auf die andere Seite. Ihr bleibt fast das Herz stehen, doch glücklicherweise gibt er gleich wieder Schnarchlaute von sich. Bevor sie das Hotelzimmer verlässt, legt sie ihm noch einen Zettel auf den Nachttisch. *Danke für den wunderschönen Abend.*

Als sie zurückkommt, brennt in Ash & Coals Villa kein Licht. Die ganze Fahrt über wird sie dieses beklemmende Gefühl nicht los. In den vergangenen Tagen hat Carl sich anders verhalten. Er ist ihr ausgewichen. War distanziert. Er hätte schon längst anbeißen müssen, eingeladen hat sie ihn oft genug, doch irgendetwas hält ihn ab.

Männer sind im Grunde leicht zu beeinflussen. Wenn sie einer unwiderstehlichen Frau nicht näherkommen wollen, kann das nur an dem ungünstigen Einfluss, den jemand anders auf sie ausübt, liegen. Wenn sie zusammenarbeiten, ist er immer höflich. Er kann ihr in die Augen sehen, wenn sie die Interviews mit ihm macht. Bei der Silvesterparty hat er es sogar ihr überlassen, die Gäste zu unterhalten, und sich mit der Ausrede, Kopfschmerzen zu haben, zurückgezogen.

Sie hat alles in ihrer Macht Stehende getan, um ihm zu beweisen, dass er ohne sie nicht klarkommt, dass sie ein vollwertiger Ersatz für seine langweiligen Freunde ist. Und trotzdem ist er seit jener Nacht nicht mehr zu ihr ins Gästehaus gekommen.

Die Zeit läuft davon. In ein paar Tagen werden sie die Dreharbeiten abgeschlossen haben. Man legt nicht zweimal Feuer.

Eva nimmt den Hintereingang und betritt auf leisen Sohlen die Villa. In Carls Wohnung brennt kein Licht, aber sie kann die Konturen seines Körpers erkennen, als sie in seinem Zimmer steht. Kann sein flaches Atmen hören.

Sie ist still und blickt durch den dunklen Raum. Da bemerkt sie sein Handy auf dem Tisch, es wird gerade geladen.

Sie geht hin, steckt es aus und verzieht sich in eine dunkle Ecke, wo sie mit den Händen den Lichtschein vom Display abschirmt. Sie überfliegt seine Mails, findet aber nur geschäftliche Korrespondenz. Dann liest sie seine SMS, entdeckt Carls Nachricht an Alex und ihre Antwort an ihn, die sonderbarerweise von Bretts Handy geschrieben ist.

Einen Moment lang steht Eva wie versteinert da und starrt nur den Text an. **Ich schreibe eine Million Mal Entschuldigung, wenn du mit mir sprichst.** Wie kindisch. Das passt doch überhaupt nicht zu ihm. Ihre Hände zittern. Sie versucht sich auszureden, dass das die Eifersucht ist. Aber die Eifersucht spielt eine Rolle. Alex macht sich rar. Die typische Taktik, um jemanden zu verführen, Männer durchschauen das nie.

Sie liest Carls SMS noch einmal. Ganz so schlecht ist es eigentlich nicht. Sie bewundert ihn dafür, dass er kein Wort über den Sex zwischen ihnen verliert. Offensichtlich respektiert er Eva. Aber er möchte unbedingt mit Alex sprechen, und das bereitet ihr Sorgen. Vielleicht um jetzt endlich einen Schlussstrich unter ihre Beziehung zu ziehen? Aber dieses on/off muss doch mal ein Ende haben. Carls schädlicher Umgang mit Alex muss unterbunden werden, Schluss aus. Verzweifelte Situationen erfordern verzweifelte Maßnahmen. Hoffentlich hat Carl die SMS noch nicht bemerkt. Sie checkt seine Anruflisten. Heute hat er niemanden angerufen. Ganz schnell löscht sie Alex' Nachricht an ihn.

Sie steht auf und will gehen, doch dann dreht sie sich in der Tür noch einmal um.

Sie geht zurück, nimmt Carls Handy, schaltet es ab und schiebt es unter ein Sofakissen.

Als sie im Gästehaus zurück ist, ruft sie gleich Axel an.

Inzwischen ist er aus seinem Rausch aufgewacht und geht gleich ran.

»Danke für den schönen Abend«, sagt sie.

»Was? Tja, ich kann mich nicht mehr an viel erinnern, aber gern geschehen. Was gibts?«

»Hast du Alexandra Brisell im Auge?«

»Ja, und du wirst nie erraten, wo sie gerade ist«, sagt er und wird mit einem Mal wieder wach.

»Nein, erzähl's mir.«

»Sie hat sich bei Sanctum einweisen lassen. Auf eigenen Wunsch. Nach der Trennung von Asher muss sie so depressiv gewesen sein, dass sie einen Haufen Beruhigungsmittel in sich reingestopft hat.«

Evas Herz schlägt höher.

»Im Ernst? Weiß Carl davon?«

»Das müsstest du besser wissen, aber soweit ich weiß, versucht sie, die Sache geheim zu halten.«

Das setzt Evas graue Zellen sofort in Bewegung.

»Axel, könntest du mir einen Riesengefallen tun?«

»Kommt drauf an.«

»Nimm Kontakt zu Sanctum auf und bitte sie, Carl auf Ash & Coals Nummer in Lund anzurufen. Sie sollen ihm mitteilen, dass Alex Brisell sich jeden Kontakt mit ihm verbittet. Sie möchte bei ihrer Genesung nicht gestört werden. Würdest du das machen?«

»Müsste schon gehen. In ein paar Tagen fliege ich zurück nach San Francisco. Hast du übermorgen noch mal Zeit?«

»Klar. Am selben Ort? Zur selben Zeit?«

»Abgemacht.«

»Und weißt du was? Wenn Alex jetzt schon in der Klinik ist, könnte es nicht schaden, ihr eine ordentliche Dosis Medikamente zu verpassen. Sie ist echt eine Stalkerin, wie sie im Bilderbuch steht. Sie lässt Carl einfach nicht in Ruhe.«

»Okay, mal sehen, was ich machen kann.«

»Vielleicht kannst du mit ihnen schon sprechen, bevor wir zwei uns wiedersehen?«, schlägt sie vor, ein Fünkchen Hoffnung in der Stimme.

Axel seufzt und beendet das Gespräch.

Aber Eva lächelt vor sich hin. Sie ist äußerst zufrieden. Hat das Gefühl, alle Fäden in der Hand zu halten.

Jetzt ist das Leben wieder ganz einfach.

57

Hawk Hill, Marin Headlands, Kalifornien

Die Versammlung der Männer findet weit oben in den Bergen statt. Das Naturreservat erstreckt sich achtzig Kilometer nördlich der Golden Gate Bridge bis nach Point Reyes. Dort findet man ein ausgedehntes Wanderwegenetz vor, doch keiner der Pfade führt an dem exklusiven Bunker der Sekte vorbei.

Hawk Hill ist ein Zufluchtsort, der seinesgleichen sucht. Oben auf dem Berggipfel, wo die Männer jetzt stehen, hat man einen ungetrübten Ausblick auf die Marin Headlands. So weit das Auge reicht, sieht man nur eine unglaubliche Weite, eine wilde, hügelige, grasbedeckte Landschaft. Im Frühjahr, wenn die kalifornische Mohnblume blüht, leuchten die Headlands orangefarben, aber nun ist die Erde strohgelb blass. Durch die Luft dringt das rhythmische Summen der Grillen. Der Wind trägt einen leichten Duft von wildem Fenchel und Eukalyptusrinde. Eine Erdmaus rennt vorbei, kollidiert beinahe mit den Schuhen der Männer, bleibt aber unbemerkt. Oben am Himmel kreisen die Bussarde. Sie senken ihre Flugbahn immer mehr, nähern sich den Männern und geben heisere Schreie von sich.

Die Männer stehen im Halbkreis um Dough Marwood, ihren Anführer. Er hält eine flammende Rede, aber seine Stimme klingt ernst. Die Finanzen haben sie bereits abgehandelt, das Pflichtprogramm ist erledigt. Die heutige Zusammenkunft schließt nun mit etwas anderem. Mit Träumen. Mit Zukunftsvisionen.

Dough verstummt. Er setzt ein nachdenkliches Gesicht auf, als hätte ihn soeben eine göttliche Botschaft erreicht.

»Wenn das Kind bei uns ist, bringen wir es nach Hawk Hill und segnen es«, sagt er. »In diesem Augenblick wird es das ewige Leben erlangen. Es wird der König des Berges sein, wird von hier aus die Zukunft schauen.«

Die anderen Männer nicken, doch Adam Wahlberg sieht skeptisch aus.

»Ich weiß, ich habe das schon mal angesprochen, aber darf ich fragen, was daran so wichtig sein soll?«, fragt er. »Dass wir zusammenkommen, um alles Geschäftliche zu besprechen, leuchtet mir ein, aber ich habe immer den Eindruck, das Kind ist das wichtigste Thema auf der Tagesordnung.«

Dough lächelt nachsichtig.

»Unser Einfluss auf die Welt ist nicht so groß, wie er sein könnte, Adam. Es gibt so viele Bedrohungen; die Feministenlesben, die Schwulen, die Schwarzen mit ihren Protestbewegungen und dann diese idiotischen Umweltaktivisten – um nur einige zu nennen. Lauter lachhafte Menschen, die ein ganz und gar sinnloses Leben führen. Sie kämpfen für Dreck und beschmutzen die ganze Gesellschaft damit. Sie sind genauso ein Elend wie Läuse, und um sie zu vernichten, benötigen wir klarere Machtstrukturen. Unser allererster Anführer hat das alles bereits vorhergesagt. Er hat auch gesehen, dass dieses Kind groß werden und uns in die Zukunft führen wird. Aaron und ich sind nicht unsterblich. Wenn wir nicht mehr existieren, braucht ihr einen potenten Ersatz. Dieses Kind hat das Potenzial, es kann zu etwas Großem erzogen und gezüchtigt werden. Glaubst du an Gott, Adam?«

»Ja, ganz fest. Ich habe eine christliche Erziehung genossen.«

»Gut. Obwohl wir nicht Christen im traditionellen Sinne sind. Das Christentum ist zu einem inhaltslosen Wohltätigkeitsverein mutiert. Wir haben eine andere, innigere Beziehung zu Gott. Du musst wissen, dass Gott unserem Orden die Verantwortung für den Zustand dieses Planeten anvertraut hat. Und jetzt hat er uns ein heiliges Kind geschenkt. Was also könnte wichtiger sein?«

»Nichts natürlich«, erwiderte Adam.

Ein anderes Ordensmitglied, Thomas Jackson, steht ein wenig abseits und hört nicht mehr zu. Er beobachtet die Bussarde am Himmel, ist fasziniert von deren kreisendem Tanz.

Dough ruft seinen Namen.

»Sind deine Jungs bereit, Tom?«

»Ja, alles ist vorbereitet. Tut mir leid, was da bei Sanctum passiert ist. Das kam total unerwartet.«

»Egal. Im Augenblick ist das zweitrangig. Adam wird es in die Hand nehmen.«

Adam Wahlberg räuspert sich, um die Aufmerksamkeit der anderen zu gewinnen.

»Wollt ihr wissen, was ich in dieser Situation tun werde?«

»Nein, damit vergeuden wir nur unsere Zeit«, sagt Dough. »Leg das Experiment vorübergehend auf Eis. Schließ diesen Scheißladen in Sausalito.«

»Das hatte ich sowieso vor. Aber was soll mit … Alexandra Brisell geschehen?«

»Sie ist unwichtig. Wir konzentrieren uns auf das Kind. Wenn die Reportage erst läuft, wird sie vor Scham sterben, dass sie sich jemals mit Asher abgegeben hat.«

»Und Eva?«

»Die schöne Eva ist ein Elefant im Porzellanladen. Mit ihr

hat Axel alle Hände voll zu tun. Wir hoffen, dass sie sich etwas beruhigt, wenn sie das Kind sehen darf.«

»Nils Wallin sollte ihr mal eine ordentliche Dosis Beruhigungsmittel verschreiben«, schlägt Adam vor. »Ansonsten könnte es sein, dass sie uns die Hölle heißmacht.«

Der Anführer Dough geht zu Adam und legt ihm väterlich die Hand auf die Schulter.

»Du bist jung, Adam. Ein bisschen impulsiv. Mit der Zeit wirst du es lernen. Eva braucht etwas wesentlich Potenteres als Beruhigungsmittel, um auch nur annähernd so etwas wie Muttergefühle zu entwickeln. Vielleicht ein paar ordentliche Elektroschocks. Ich werde mit Nils Kontakt aufnehmen. Du konzentrierst dich darauf, den Skandal bei Sanctum klein zu halten.«

»Es ist gerade ein Tag seit der Razzia vergangen, und schon stürzen sich Polizisten und Presse auf mich. Sogar ein Redakteur von der *San Francisco Chronicle* hat angerufen und möchte einen Kommentar für seine Zeitung. Die *Huffington Post* genauso.«

»Sag denen einfach, der Vorfall sei auf das Fehlverhalten eines ungelernten Mitarbeiters zurückzuführen«, schlägt Dough vor. »Erklär ihnen, dass ihr die Personalpolitik bei Sanctum verschärfen und bei den Einstellungen künftig rigoroser sein werdet. Betone, dass ihr jeden Tag Leben rettet. Kauf dir einen Arzt, der eine Studie mit hervorragenden statistischen Ergebnissen vorlegt, 95 Prozent der Patienten gelingt der Weg aus der Abhängigkeit, so was in der Art. Je entspannter du mit den Behörden umgehst, desto größer wird deine Macht. Hol dir Hilfe von Kommunikationsprofis. Oder wende dich an Aaron. Was willst du? Ganzseitige Anzeigen, in denen Sanctum gelobt wird? Reklame im Fernsehen? Du bekommst alles von uns, was du brauchst, Adam.«

Langsam bewegen sich die Männer auf den Bunker zu. Die Sonne ist jetzt hinter den Bergen verschwunden. Um diese Jahreszeit wird es früh dunkel.

Einer der Bussarde segelt zu den Männern hinab, begibt sich in den Sturzflug und schreit. Doch ganz schnell dreht er wieder ab und fliegt zu seinem Schwarm zurück. Hier gibt es nichts zu holen. Kein Sterben, kein böser, plötzlicher Tod. Der Wind greift den Vögeln unter die Schwingen, hebt sie in die Lüfte. In einer perfekt synchronen Bewegung bilden sie einen Kreis, steigen auf und verschwinden in den Wolken.

58

Als ich Brett am Küchentisch sitzen sah, wurde mir ganz warm ums Herz. Er strahlte mich an. An diesem Tag war er leger gekleidet, trug eine Jeans und ein schwarzes Polohemd. Er hatte den Frühstückstisch üppig gedeckt. Ein herrlicher Kaffeeduft lag in der Luft.

»Gut geschlafen?«, fragte er.

»Ja, sehr gut. Aber Carl hat auf meine SMS nicht geantwortet. Hast du ihn schon angerufen?«

»Ich habe es gerade eben versucht, aber bin nicht durchgekommen. An der Rezeption nimmt auch keiner ab. Da bekommt man nur eine Nachricht von Edna zu hören, dass der Empfang bis zum fünften Januar nicht besetzt ist. Solche Trantüten.«

»Und was machen wir jetzt?«

»Ein paar Tage freinehmen, wie die anderen.«

»Aber Carl sollte vielleicht erfahren, was wir über Sanctum rausgekriegt haben?«

»Wir haben doch der Polizei versprochen dichtzuhalten. Carl kann sowieso nichts tun, bis die Polizei ihren Job gemacht hat.«

»Findest du es nicht sonderbar, dass er nicht ans Telefon geht?«

»Du weißt doch, wie schlampig er mit seinem Handy ist. Er verlegt es ständig.«

»Kommt Cecilia Borgh nicht zu Besuch?«

»Doch, nächste Woche. Diese Woche habe ich mich noch um ein paar Klientinnen zu kümmern. Danach machen Cecilia und ich einige Tage Urlaub.«

»Ist es ernst mit euch?«

»Das weiß ich noch nicht. Ich arbeite an meiner Bindungsangst, und Cecilias letzte Beziehung war eine Katastrophe. Deshalb gehen wir es lieber langsam an.«

Ich nahm am Tisch Platz und schenkte mir Kaffee ein. Brett servierte einen Teller mit Eiern, Schinken und getoastetem Brot und schob mir ein Glas Orangensaft hinüber.

»Iss was«, sagte er. »Danach fahren wir ein paar Tage weg.«

»Wo willst du hin?«, fragte ich Brett überrascht.

»Du brauchst ein bisschen Abstand und frische Luft um die Nase.«

»Gibt es an der Luft hier was auszusetzen?«

»Nein, aber lass dich überraschen«, sagte er und verließ die Küche, bevor ich noch mehr neugierige Fragen stellen konnte. Ich sah, dass er im Flur etwas aus dem Kleiderschrank holte.

»Räumst du bitte noch das dreckige Geschirr in die Geschirrspülmaschine, wenn du fertig gefrühstückt hast?«, rief er. »Und pack schon mal ein paar Sachen.«

»Okay, aber ich weiß immer noch nicht, wo es hingehen soll.«

»Ist eine Überraschung.«

Er kam mit einem großen Rucksack in der Hand zurück.

»Bitte nicht nach Big Sur«, sagte ich.

»Warum nicht?«

»Da bin ich mit Carl gewesen. An einem unserer letzten guten Tage.«

»Nein, wir fahren nicht an die Küste. Du brauchst einen Klimawechsel. Hast du vernünftige Wanderstiefel?«

»Reichen Turnschuhe nicht?«

»Nein. Dann kaufen wir dir unterwegs Wanderschuhe.«

»Warum machst du so ein Geheimnis daraus, wohin wir fahren?«

»Du musst auch mal lernen loszulassen.«

Das klang nachvollziehbar, also beschloss ich, die Kontrolle jetzt komplett abzugeben.

»Aber du musst fahren«, sagte ich, bevor wir aufbrachen. »Ich bin noch viel zu müde.«

»Kein Problem.«

Im Gegensatz zu Carl, der sehr umsichtig und sicher fuhr, hatte Brett einen eher lässigen Fahrstil. Er sah fast nie in den Rückspiegel, bevor er die Spur wechselte, übertrat die Geschwindigkeit und hupte ständig. Trotzdem fühlte ich mich wohl, wenn er fuhr. Es ging schnell, und das gefiel mir. Wir saßen schweigend im Wagen, während er in Richtung Norden fuhr. Auf dem Weg kamen wir in der Stadt an einem Schuhladen vorbei, wo ich ein paar Wanderstiefel kaufte. Als Brett über die Golden Gate Bridge fuhr, gingen bei mir die Alarmglocken an.

»Wir fahren aber nicht in die Nähe von Sanctum?«, fragte ich.

»Doch, klar, ich melde dich da gleich wieder an. Im Ernst, Alex? Was denkst du von mir? Eine der schönsten Gegenden der Bay befindet sich im Norden der Stadt.«

Als ich ein Schild erblickte, auf dem Muir Woods National Park stand, beruhigte sich mein Pulsschlag.

»Bist du hier in Kalifornien schon mal in einem Wald gewesen, in dem es Redwoodbäume gibt?«, fragte er mich.

»Nein, bis jetzt noch nicht«, antwortete ich. »Willst du da mit mir hin?«

»Ja, zum Muir Woods National Park. Die normalen Trails

dort sind völlig überlaufen, aber ich kenne ein paar Wander-
wege, auf denen wir mehr oder weniger allein sind.«

Und dann wanderten wir fast den ganzen Tag – auf schmalen, steilen Pfaden, über denen schützend die Baumkronen lagen, und über weitläufige, verwitterte Heideflächen. Die Wälder glichen einer Märchenwelt: Spinnennetze hingen zwischen
den verzweigten Ästen, der Nebel schwebte wie ein Gespenst
über dem Boden. Die Luft war lauwarm und voller Sauerstoff,
aber frischer als die reine Meeresbrise. Brett erzählte mir von
den Mammutbäumen, die über tausend Jahre alt waren, und
die Dinge gesehen hätten und noch sehen würden, die wir
Menschen nur ahnen könnten.

Als wir zum Wagen zurückkehrten, taten mir die Waden
und die Füße weh, aber ich fühlte mich so geerdet wie schon
lange nicht mehr. Auf dem Weg ins Hotel hielt Brett an einem
Taco-Stand an der Straße an.

»Hier gibt es hervorragende Krabben-Quesadillas«, sagte er.

Bestimmt zehn Leute standen schon Schlange, aber es
lohnte sich. Wir setzten uns auf eine Bank und genossen die
Quesadillas mit Butter, die uns über die Finger lief, sodass wir
unzählige Servietten verbrauchten.

Wir übernachteten in einem geschichtsträchtigen Hotel
mit dem Namen Pelican Inn, einem alten, weiß verputzten Gebäude mit Bleiglasfenstern. Lange hockten wir noch vor dem
offenen Kamin in der Bar und unterhielten uns. Brett erzählte
mir, wie es war, mit drei älteren Rabauken-Brüdern aufzuwach-
sen, die alle Fußball spielten. Bis er schließlich Carl kennenlernte, hatte er sich vollkommen verloren gefühlt.

Dann erzählte ich ein bisschen von meiner Kindheit und
meinen flippigen Eltern und wie schlimm es war, als sie uns
im Stich ließen und wir allein zurückblieben. Ich sagte, dass
ich mich eigentlich auch ziemlich allein gefühlt hatte, bis ich

Carl kennenlernte. Und während ich erzählte, kam die alte Traurigkeit wieder hoch. Ich ärgerte mich maßlos über mich selbst, weil ich einfach nicht loslassen konnte. Nicht, wenn es drauf ankam. Brett sah mir mein Gefühlswirrwarr an und griff nach meiner Hand. So saßen wir still eine ganze Weile da, während die Nacht den Garten nach und nach in Besitz nahm. Brett verstand mein Bedürfnis zu schweigen.

»Wenn du näher ans Fenster kommst, kannst du die Glühwürmchen über dem Rasen schwirren sehen«, sagte er dann.

Ich liebte ihn dafür, dass er seinen Blick immer nach draußen, auf die Welt richtete, anstatt nach innen, wo die vielen kleinen Probleme lauerten.

»Brett, warum tust du das alles für mich?«, fragte ich ihn.

»In erster Linie, weil ich dich mag, aber ich tue es auch für Carl. Wenn er wieder mal aus dieser geistigen Verwirrung erwachen sollte, wird er sich zu Tode schämen. Aber er wird sich selbst schneller verzeihen, wenn es dir gut geht. Na ja, und als wir zuletzt telefoniert haben, hat er mich auch gebeten, ein Auge auf dich zu haben. Das hat er mit Nachdruck gesagt.«

»Wie es so seine Art ist.«

Meine Unterlippe zitterte, als ich versuchte, nicht zu weinen.

»Du …«, sagte er und seufzte. »Das wird alles wieder gut. Natürlich hat Carl die Sache vermasselt, aber denk ruhig mal darüber nach, was du dazu beigetragen hast, das ist oft hilfreich.«

Obwohl er recht hatte, tat es weh, das zu hören.

»Red doch Klartext. Ich habe mich geweigert, ihm zuzuhören. Wir hätten uns einfach hinsetzen und in Ruhe über den Solvikhof sprechen können. Er bedeutet ihm ja so viel. Aber Carl war mir so fremd geworden. Jedes Wort von ihm hat mich wahnsinnig wütend gemacht.«

»Oh, Alex … es tut mir so leid, dass ihr jetzt einen solchen Stress habt, aber versprich mir, dass du wenigstens wieder ins Büro kommst.«

»Ja, das tu ich. Mir fehlt der Job.«

Im Zimmer stand ein großes Himmelbett, und Brett und ich schliefen beide darin. Brett lag hinter mir, mit ein bisschen Abstand, und hatte mir eine Hand auf die Schulter gelegt. Nun schlief ich schon die zweite Nacht hintereinander tief und fest.

Als wir am nächsten Tag spät nach Hause kamen, beschlich mich ein komisches Gefühl, als ich durch die Haustür ging. Ich musste an Dani denken, und ganz kurz wurde mir schwindelig.

In den Tagen kurz vor Silvester, bevor Carl und ich Dani aus der Sekte gerettet hatten, hatte ich etwas Übernatürliches, Schreckliches erlebt, für das ich keine logische Erklärung hatte. Die Männer von der Sekte hatten beschlossen, Dani auf dem Scheiterhaufen zu verbrennen. Obwohl ich viele Kilometer entfernt von ihr war, spürte ich irgendwie, dass sie in großer Gefahr schwebte. In meinem Körper fühlte es sich mit einem Mal so an, als würde ich brennen. Das Gefühl war dermaßen echt, dass es mich so lange in die richtige Richtung trieb, bis ich Dani gefunden hatte. Es war, als bewegte ich mich in eine andere Dimension von Zeit, an einen anderen Ort, als es das Hier und Jetzt war. Meine einzige Erklärung dafür war, dass Danis Angst bei dem Anblick, wie die Männer das Holz zusammentrugen, auf mich übertragen wurde. Weil wir eineiige Zwillinge sind, kam ich zu dem Schluss, dass es zwischen uns eine Verbindung gab, die unsere Gefühlswelten einander zugänglich machte.

Jetzt wurde ich von einem ähnlichen Gefühl überrumpelt.

Es war ein Kribbeln, als würden mir Tausende von roten Ameisen über Arme und Beine laufen. In meinem Bauch wurde es ganz heiß. Meine Stirn war schon schweißnass. Ich ballte die Fäuste so fest, dass meine Fingernägel in der Innenhand Abdrücke hinterließen. *Das ist doch alles nur Einbildung.* Ich schlug mir die Hand vor den Mund und presste sie mir fest aufs Gesicht. Und tatsächlich half das. Das Gefühl verschwand ebenso schnell wieder, wie es aufgetaucht war.

Ich deutete das für mich so, dass ich Dani ganz einfach zu sehr vermisste. Dass es an der Zeit war, sie endlich in ihrem Versteck in Santa Cruz zu besuchen.

59

Am nächsten Morgen rief Donna von der Polizei an und berichtete, dass sie die Razzia bei Sanctum durchgeführt hätten. Ted und Louise säßen nun in Untersuchungshaft, darüber hinaus hätten die Polizeibeamten drei Personen befreien können, die noch im Tumbler eingesperrt waren. Sie hätten auch Beweise gefunden, dass in mehreren Einrichtungen von Sanctum Experimente mit Medikamenten stattgefunden hätten. Die amerikanische Lebensmittel- und Arzneimittelbehörde sei in die Ermittlungen eingeschaltet worden. Viel mehr hatte Donna nicht mitzuteilen, aber ich begriff, dass es nur eine Frage der Zeit sein konnte, bis Sanctum der Aufmacher in jeder Zeitung war.

Brett und ich atmeten auf. Er erzählte, dass er in die Stadt fahren und eine neue Klientin abholen müsse, und fragte, ob ich mir schon zutraute, ein paar Stunden allein zu sein. Ich versicherte ihm, dass ich das schaffte. Er ließ mir sein Handy da, damit ich mit Dani sprechen konnte, während er weg war, und auf dem Heimweg wollte er mir ein neues Smartphone besorgen.

»Und weißt du was, da hat dir jemand eine SMS geschickt«, sagte er. »Jemand, der sich Finn nennt. Kennst du den?«

»Ja, von Sanctum.«

»Woher hat er meine Nummer?«

»Die hat er von mir. Für den Fall, dass mir etwas passiert.«

»Ja, für den Fall«, gab Brett zurück und schüttelte den Kopf.

Ich rief die Nachricht ab. **Kannst du das bitte an Alex weiterleiten? Gut gemacht. Bin wieder zu Hause. Clean. Wenn du
wieder in der Stadt bist, lade ich dich auf einen Drink ein.**

Ich mochte Finn. Schnell schrieb ich eine Antwort und
nahm die Einladung an.

Brett war gerade losgefahren, da fand ich Olivers Handynummer und rief Elena an. Sie war inzwischen aus dem Krankenhaus entlassen worden und ziemlich gut drauf. Eigentlich
wollte ich nicht über Sanctum reden, aber eine Sache bereitete
mir doch noch Kopfzerbrechen.

»Was hast du jetzt vor?«, fragte ich. »Bist du immer noch
abhängig? In dem Fall könnte ich dir gern helfen, damit du
die richtige Hilfe bekommst.«

»Die einzigen Drogen, die ich in den letzten Monaten genommen habe, sind die Medikamente von Ted. Mein Vater
hat Kontakt zu einem sehr guten Arzt, bei dem habe ich einen
Termin. Aber eigentlich fühle ich mich schon ganz gut.«

Da fiel mir wieder Olivers beengte Wohnung in Mountain
View ein, wo im Treppenhaus die Kakerlaken über die Wände
krabbelten.

»Versprich mir, dich zu melden, falls du in Geldnot bist.«

»Wir kriegen das schon hin. Mein Vater hat gerade einen
Job bei einem IT-Unternehmen angenommen. Mit gutem
Gehalt. Jetzt sind Ted und Louise hinter Gittern, da kann alles
nur besser werden.«

Wir beschlossen, uns möglichst bald zu treffen.

Seit dem ausgiebigen Regen am Heiligen Abend war es
trocken geblieben. Die Sonne brannte auf Half Moon Bay. In
der Wettervorhersage hieß es, dass sich wieder eine Regen-
front auf die Küste zubewegte. Deshalb beschloss ich, diesen
letzten schönen Tag zu genießen. Am Nachmittag ging ich
runter zum Strand und zog die Schuhe aus. Vereinzelt kamen

kühle Windböen auf. Mir ging es gut, ich fühlte mich wieder frei.

Ich legte mich auf den Rücken in den Sand, die Kapuze unter dem Kopf. Die Nachmittagssonne war angenehm. Ich schloss die Augen, ließ mich wärmen, bohrte die Zehen in den Sand und blinzelte in den Himmel hinauf. Kein einziges Wölkchen. Nur transparente Schichten in verschiedenen Blautönen, so weit das Auge reichte. Eine ganze Zeit lang lag ich einfach so da, meine Gedanken waren bei Dani. Eigentlich sollte ich längst bei ihr sein, überlegte ich, denn sie fehlte mir schrecklich. Ich setzte mich auf, angelte das Handy aus der Jackentasche und rief sie an. Während ich auf das Meer hinausblickte und die Zehen immer tiefer in den Sand grub, erzählte ich ihr alles, was bei Sanctum passiert war.

Leise erwiderte sie etwas, verstummte dann aber wieder.

»Hallo, bist du noch da?«, fragte ich.

»Ja, sorry. Ich hab da nur draußen ein Auto vorbeifahren sehen. Ich glaube, das ist hier schon ein paarmal vorbeigekommen, aber ich kann mich auch täuschen.«

»Echt? Das klingt aber verdächtig.«

»Ach was, hat bestimmt nichts zu bedeuten. Wir sind hier ganz sicher. Der Zaun rund ums Haus ist extrem hoch. Überall gibt es Bewegungsmelder und Überwachungskameras, und durch die Bäume im Garten kann man nirgendwo hineinsehen. Hinter dem Haus ist ein großer Wald. Es fühlt sich hier an wie im Niemandsland, wir sind vollkommen isoliert.«

»Aber fährst du denn nie irgendwohin?«

Sie seufzte.

»Nein, das traue ich mich wegen Erik nicht. Wir bewegen uns nur im Haus und im Garten. Steve übernimmt die Einkäufe. Manchmal machen wir einen Spaziergang im Wald.«

»Das ist ja total verrückt.«

»Ja, aber ich habe ja Steve. Es wird sich alles regeln. Kannst du nicht herkommen und ein paar Tage bleiben? Du fehlst mir so.«

»Ja, das habe ich auch vor. Ich werde morgen früh aufbrechen.«

Ich stand auf und ging zurück zum Haus. Durch die Jacke wärmte mir die Sonne den Rücken. Überall tanzte das Licht, über den Sand, über die Steine an der Strandpromenade und in der Wiese. Ich musste daran denken, was Dani erzählt hatte, dass da ein Auto mehrmals am Haus vorbeigefahren war. Das konnte natürlich vollkommen harmlos sein, aber verunsichert war ich trotzdem.

Bevor ich ins Haus ging, unterhielt ich mich kurz mit Mark, der im Garten stand. Als ich schließlich zur Haustür ging und die Hand auf die Klinke legte, zögerte ich, ohne recht zu wissen warum. Die Sonne spiegelte sich wie orangefarbene Glut in der Fensterscheibe. In meinen Augen brannte es. Auf einmal stand ich unter Hochspannung. Mir war heiß, gleichzeitig fröstelte ich.

Und da geschah es. In meinem Bauch begann es zu brennen. Ein Gefühl, als würden sich Flammen in meinem Herzen, im ganzen Körper verteilen. Als würde ich innerlich Feuer fangen. Es war so schlimm, dass ich vor der Tür in die Knie ging. Und es war exakt dasselbe Gefühl, das ich in dieser Nacht gehabt hatte, als ich Dani aus der Krypta rettete.

Mark bemerkte, dass mit mir etwas nicht stimmte und kam angelaufen.

»Was ist los, Alex?«

»Mir war gerade nicht gut. Wird schon besser.«

»Brauchst du einen Arzt?«

»Nein, nein, das ist bestimmt eine verspätete Reaktion auf

alles, was passiert ist. Könntest du vielleicht mit ins Haus kommen und ein bisschen bei mir bleiben?«

»Ja, klar.«

Als wir hineingingen, war ich auf der Hut. Die Sonnenstrahlen, die durch den Spalt der Jalousien fielen, tauchten den Raum in Streifen, die Schatten legten sich über die Möbel. Doch im Haus schien alles ruhig zu sein, hier lauerte keine Gefahr – also mussten sich meine bösen Vorahnungen auf Dani beziehen.

Ich rief sie an.

»Sieh mal aus dem Fenster, ob dieser Wagen da jetzt steht.«

»Warum?«

»Ist nur so ein Gefühl. Bitte, sieh nach, dann kann ich aufhören, mir Sorgen zu machen.«

»Auf der Straße vor unserem Haus ist ziemlich viel Verkehr, da darf man gar nicht parken. Aber neben dem Haus ist ein kleiner Parkplatz, wo man sogar Meerblick hat.«

»Dann schau nach, ob der Wagen dort parkt.«

»Okay.«

Es war viel zu lange still in der Leitung. Schließlich hörte ich ihre Stimme wieder.

»Da steht tatsächlich ein Wagen, der so aussieht. Ein schwarzer SUV. Aber das muss nichts heißen.«

»Wo ist Steve?«

»Er ist hier. Mach dich nicht verrückt, Alex. Hier kommt keiner rein. Das ist komplett unmöglich.«

Dass sie sich so sicher wähnte, machte mich nur noch nervöser. Jetzt konnte ich nicht länger warten. Ich musste zu ihr.

»Bleib im Haus. Ich mache mich mit Mark sofort auf den Weg. In einer Stunde sind wir da.«

»Hab nichts dagegen. Ich möchte dich sowieso bei mir haben.«

»Geh nicht raus, bevor wir da sind. Und gib mir noch mal deine Adresse, damit ich sie ins Navi eingeben kann.«

Das tat sie.

Mark begleitete mich gern. Auf dem Weg zu seinem Wagen hatte ich noch einmal dieses Gefühl, innerlich zu brennen. Die tief stehende Sonne wurde im Lack von Marks Auto reflektiert und stach mir in die Augen. Plötzlich war die Luft kühl und siedend heiß auf einmal. Die Hitze kochte in meinem Bauch hoch. Ob ich Fieber hatte? Mark öffnete mir die Wagentür und setzte sich hinters Steuer. Erst jetzt bemerkte ich, dass ihm nach seiner Schussverletzung manche Bewegungen schwerfielen.

»Hast du eine Pistole dabei?«, fragte ich ihn.

Er wies auf sein Holster und grinste breit.

»Ohne die geh ich nie aus dem Haus. Schon gar nicht nach den letzten Ereignissen.«

»Nicht auszudenken, dass dich dieses Schwein beinahe umgebracht hätte.«

Ein Schatten legte sich auf sein Gesicht, doch dann lächelte er.

»Das ist das Berufsrisiko. Daran führt kein Weg vorbei. Ich war unvorsichtig, aber das wird mir nicht noch mal passieren.«

Da kam mir ein Gedanke – oder war es eher eine Art Gefühl? –, dass die Gefahr, in der sich Dani gerade befand, etwas anderes war. Dass wir dem, was passieren würde, völlig unbewaffnet gegenüberständen. An meiner Stirn pochte es. Ein Gefühl wie Durst quälte mich. Ich fragte mich, ob das alles nur Einbildung war, in der letzten Zeit hatte ich ja ausgesprochen stark unter Druck gestanden. Aber ich wurde das Gefühl, dass etwas Schlimmes bevorstand, einfach nicht los. Das war auch kein zeitversetzter Schock, der auf diese albtraumartigen Tage in der Sanctum-Klinik zurückzuführen war. Sondern etwas ganz Neues. Etwas Schreckliches. Ich drehte mich zu Mark um.

»Ich muss so schnell wie möglich zu Dani. Gib Gas!«

Meine Stimme war energischer als beabsichtigt. Aber Mark lächelte nur.

»Ich werde auf die Tube drücken«, sagte er.

Der Weg nach Santa Cruz war unglaublich schön. Golden glitzerten die Baumspitzen der Zypressen im Sonnenuntergangslicht. Hoch oben am Himmel segelten Raubvögel mit weit ausgebreiteten Schwingen. Doch die traumhaft schöne Landschaft konnte mich nicht beruhigen. Mark versuchte, mich mit Small Talk abzulenken, doch ich nahm kaum wahr, was er sagte. Meine Gedanken waren einzig und allein bei Dani, eingehüllt von meiner innigen Liebe zu ihr. Und ich rief mir wieder in Erinnerung, dass ich sie um ein Haar verloren hätte.

Als wir die Hälfte der Strecke gefahren waren, wurde mein Gefühl, dass irgendeine Gefahr lauerte, immer intensiver. Das machte etwas mit meinem Körper, meine Atmung veränderte sich. Es brannte in mir, wurde immer heißer, flammte auf. Ich versuchte, das Gefühl auszuschalten, es vorüberziehen zu lassen, doch das gelang mir nicht.

»Bist du an diesem geheimen Ort in Santa Cruz schon mal gewesen?«, fragte ich Mark.

»Einmal habe ich da einen Kurzbesuch gemacht.«

»Ist es dort wirklich unmöglich einzubrechen?«

»Ja, vollkommen unmöglich. Der Zaun ist extrem hoch, und sie haben Überwachungskameras und Bewegungsmelder installiert.«

»Stell dir vor, du wolltest Erik kidnappen, wie würdest du vorgehen?«

Er blinzelte und überlegte eine Weile.

»Ich würde wohl versuchen, sie unter irgendeinem Vorwand aus dem Haus zu locken.«

»Und wie?«

»Keine Ahnung.«

Ich versuchte, Dani anzurufen, um ihr zu sagen, sie solle auf keinen Fall in den Garten gehen. Sie hatte von einem Wald hinter dem Haus gesprochen. Da könnte ein Scharfschütze im Baum hocken, Dani erschießen, runterspringen und sich Erik schnappen. Aber Dani ging nicht ans Telefon. Ich hinterließ ihr in Eile eine Nachricht. **Sind fast da. Geh nicht raus.**

Etwas schoss mir in den Kopf. *Gefahr.*

Ich wählte ihre Nummer noch einmal. Nichts. Warum ging sie nicht ran?

Auf dem Navi konnte ich sehen, dass wir nur Minuten von dem Haus entfernt waren.

Der Geruch von verkohltem Holz war das Erste, was ich wahrnahm. Beißender, frischer Rauch.

Vor uns ringelte sich eine dicke Rauchsäule in den rötlichen Abendhimmel.

»Da brennt es irgendwo«, sagte ich zu Mark.

Erst wusste er nicht, was ich meinte, doch dann sah er es auch.

»Waldbrände sind hier an der Tagesordnung«, sagte er. »Allerdings nicht im Januar. Und auch nicht so dicht an der Autobahn.«

Wir waren fast am Ziel. Der Brandgeruch wurde immer durchdringender. Es sah aus, als brenne es hinter einem der Grundstücke auf der linken Seite der Straße. Wie eine Giftwolke quoll der Rauch aus dem Wald. Mir fiel etwas ein, was ich irgendwo mal gelesen hatte. *Von allen Waffen ist Feuer die teuflischste.*

»Ich glaube, der Wald hinter Danis Haus brennt!«, schrie ich.

»Oh Gott! Du hast recht«, rief Mark.

Das Navi meldete: Sie haben Ihr Ziel erreicht. Das Ziel liegt links.

Der rote Himmel war inzwischen stahlgrau.

Asche regnete auf unsere Windschutzscheibe.

Da, wo sich Danis Haus befinden sollte, war nur eine dichte Rauchwolke zu sehen. Hinter dem Grundstück leckten die Flammen an den Baumwipfeln der Mammutbäume.

Da begriff ich, was geschehen war. Ich hätte geschrien, wenn ich Luft in der Lunge gehabt hätte.

60

Eva

Edna, die Empfangsdame bei Ash & Coal, kommt ins Gästehaus, um mitzuteilen, dass Carl über Nacht krank geworden ist. Er habe einen fiebrigen Infekt und könne leider nicht drehen. Ob Eva vielleicht sein Handy gesehen habe? Er suche es. Das Personal bei Ash & Coal hat frei, aber diese Zicke ist trotzdem im Büro, wahrscheinlich hält sie sich für unverzichtbar.

Eva schmunzelt. Wenn Carl krank ist, hat sie noch ein paar Tage mehr Zeit gewonnen. Etwas Magisches stärkt ihr gerade den Rücken. Jemand macht ihr die Bahn frei. Sie tut so, als sei sie von der Mitteilung wirklich betroffen.

»Oh, tut mir leid, dass Carl krank ist. Nein, das Handy habe ich nicht gesehen. Ich kann mich gern um Carl kümmern. Sie haben ja frei.«

Aber als Eva Carls Wohnung betritt, ist Edna da und bringt ihm gerade Tee und fiebersenkende Tabletten. Das Erste, was Eva machen würde, wenn sie hier mehr Einfluss hätte, ist, diese Alte rauszuschmeißen. Es wundert sie nur, dass Carl sie so schätzt. Meist legt er doch einen so guten Geschmack an den Tag, aber offenbar setzt dieser Instinkt komplett aus, wenn es um seine engsten Mitarbeiter geht. Was man an Edna und Alex sehen kann.

»Sie können jetzt nach Hause gehen«, sagt sie. »Ich versorge Carl.«

Edna wirft ihr einen finsteren Blick zu, verlässt aber zähneknirschend den Raum.

Carl ist gespenstisch blass im Gesicht, er fiebert und kann kaum die Augen offen halten. Eva setzt sich an sein Bett und nimmt seine heiße Hand.

»Carl«, sagt sie liebevoll. »Ich möchte mich nicht aufdrängen, wenn es dir schlecht geht, aber ich kann es nicht mit ansehen, dass du hier so allein bist. Ich würde gern bei dir sein.«

»Die Dreharbeiten«, flüstert er. »Jetzt wird alles noch länger dauern.«

»Sch, mach dir keine Sorgen. Am wichtigsten ist, dass du wieder gesund wirst.«

»Du musst nicht hier sitzen, ich komm allein zurecht«, sagt er.

»Natürlich kümmere ich mich um dich. Was denkst du denn von mir? Ich bleibe da, bis du eingeschlafen bist.«

Nach einer Weile werden Carls Augenlider schwer, und er fällt in den Schlaf. Eva sitzt noch eine Weile da. Sie stellt sich vor, wie beeindruckt er von ihr sein wird, wenn sie ihm alles, was sie über die Sekte weiß, offenbart. Dann wird er aufhören, gegen seine Gefühle für sie anzukämpfen, und begreifen, dass sie beide füreinander gemacht sind. Sie spürt seine fieberheiße Hand in ihrer noch, als sie den Raum schon verlassen hat.

Am selben Abend hat sie eine Verabredung mit Axel im Grand Hotel in Lund. Sie hält kurz inne, bevor sie die Lobby betritt, und überprüft noch einmal, ob das Handy alles aufzeichnet. Die Bar ist in ein seltsam bläuliches Licht getaucht. Axel ist schon wieder beschwipst. Aus dem Restaurant duftet es nach Zwiebeln und Fleisch. Ein paar Betrunkene bemerken Eva und geben anzügliche Kommentare zu ihren Beinen ab.

»Ich werde morgen nach San Francisco zurückfliegen«, sagt Axel. »Das ist also unser letzter Abend. Mach keinen Ärger, bis Nils Wallin mit dir Kontakt aufnimmt.«

»Warum soll Nils Wallin mit mir Kontakt aufnehmen?«

»Er wird dich ab jetzt kontrollieren.«

»Warum ist das nötig?«

»Das weißt du doch. Wollen wir hochgehen?«

»Nein, jetzt noch nicht. Darf ich dir erst ein paar Fragen stellen?«

»Kommt drauf an, worum es geht«, antwortet er genervt.

Axel zeigt auf den leeren Barhocker neben ihm, doch Eva bleibt stehen. Er reicht ihr ein Glas.

»Das ist Whisky. Damit du in Stimmung kommst.«

Sie nimmt einen Schluck und muss dabei denken, dass sie Whisky fast genauso widerlich findet wie Axel. Er ist jetzt schon betrunken, so hat sie sich das vorgestellt. Er lallt. Verplappert sich.

»Hat denn jemand von Sanctum bei Carl angerufen und ihm erklärt, dass Alexandra Brisell keinen Kontakt zu ihm haben will?«, fragt sie ihn.

Da muss Axel lächeln. Es ist so ein selbstgefälliges Lächeln, dass es gefriert.

»Nein, das hätte keinen Sinn gehabt. Alexandra Brisell ist abgehauen, und Sanctum Sausalito ist den Bach runtergegangen. Heute gibt es keine Gegenleistungen, Eva. Du musst dich mit meiner Gesellschaft begnügen.«

Was sie sicher nicht tun wird.

»Aber was passiert jetzt? Wollt ihr sie einfach laufen lassen?«

»Ja. In ein paar Tagen wird deine Arbeit hier zu Ende sein.

Dann wirst du einen ganz neuen Platz in unserer Organisation bekommen. Klingt interessant, nicht wahr?«

Während sie in seine rot gesprenkelten Augen blickt, bekommt sie Lust, ihm ins Gesicht zu spucken. Doch sie muss sich in Erinnerung rufen, dass er ein kräftig gebauter Mann ist, der nur viel zu viel getrunken hat.

»Wollt ihr das Kind von Daniela Brisell kidnappen?«

»Tu nicht so naiv. Das Kind gehört uns. Das war von Anfang an so.«

»Und warum ist der Junge so wichtig?«, fragt sie.

»Heute bist du wirklich unheimlich neugierig. Das Kind ist etwas Besonderes. Und damit beenden wir diese Fragestunde. Du wirst bald über deine neue Rolle informiert werden. Aber erst wirst du mit Nils Wallin ein bisschen Zeit bei Sanctum in Norrland verbringen.«

»Aber ... ich dachte, ich sollte bei Carl bleiben. Nils hat mir versprochen ...«

»Im Augenblick sehen wir nicht vor, dich noch länger in Lund zu stationieren. Und wie wir uns letztlich entscheiden, ist unsere Sache. Versuch nicht, uns zu beeinflussen.«

»Ihr lügt mich an.«

Er zuckt.

»Wie bitte?«

»Ihr lügt.«

»Darf ich dir einen Rat geben, Eva?«, sagt er und sieht sie scharf an. Seine dunklen Augen schrumpfen. Sehen gar nicht mehr wie Menschenaugen aus. Auch wenn Eva das Blut in den Adern gefriert, kann sie dem Impuls nicht widerstehen, ihm zu widersprechen.

»Eher nicht.«

»Bekommst du aber trotzdem. Mein Rat ist: Du solltest dankbar sein und das annehmen, was wir dir geben.«

Sie lacht gequält.

»Wenn das ein Rat war, warum fühle ich mich dann bedroht?«

»Erspar mir dein selbstgerechtes Lächeln. Glaubst du im Ernst, du hättest gegen uns auch nur eine Chance? Nur weil Leute wie wir bereit sind zu tun, was nötig ist, wird in dieser lahmen, selbstherrlichen Welt überhaupt etwas bewegt.«

»Und was soll aus mir werden?«

Seine Gesichtszüge entspannen sich, für einen Moment erwartet sie ein Lächeln. Doch stattdessen schüttelt er bloß verärgert den Kopf.

»Dein Schicksal ist noch nicht besiegelt. Alles hängt davon ab, wie kooperativ du dich zeigst. Und damit ist die Diskussion beendet.«

Seine Stimme ist laut genug, jeder an der Bar kann trotz der chilligen Loungemusik hören, was er sagt. Jetzt dringen auch wieder Essensgerüche aus der Küche zu ihnen, und Eva spürt Übelkeit aufkommen.

Etwas in ihr zerbricht. Sie murmelt eine Ausrede, sie müsse zur Toilette, steht auf und geht. Axels misstrauischer Blick liegt ihr im Nacken.

Sie geht in eine der Toiletten und schließt ab. Wutentbrannt knallt sie ihre Handtasche gegen den Spiegel über dem Waschbecken. Ihre Hände und Knie zittern. Die ganze Welt bebt. Sie versucht sich zu beruhigen, doch ihr Körper gehorcht ihr nicht. Ohne zu wissen, was geschieht, sitzt sie mit einem Mal auf dem Boden, mit dem Rücken zur Wand. Für einen kurzen Moment der Verwirrung weiß sie nicht, wo sie sich befindet. Dann erkennt sie die Bodenfliesen und kann sich wieder orientieren. Sie kramt in ihrer Handtasche und holt ein Döschen mit Tabletten heraus. Nur noch drei Stück übrig. Sie schluckt eine gleich so, ohne Wasser. Mit zitternden Händen nimmt sie das Smartphone und wählt Nils' Nummer. Er geht nicht ran, seit einer Woche schon nicht mehr. Scheiß Wallin. Sie hinterlässt eine Nachricht auf der Mailbox.

Ich brauche mehr Tabletten. Jetzt passiert es wieder. Wenn Sie mir nicht helfen, kann ich für nichts garantieren.

Das sollte ihn endlich in Bewegung setzen. Sie wartet dreißig Sekunden, vielleicht eine Minute, bevor sie wieder aufsteht. Der Blick der Frau im Spiegel vor ihr hat etwas Verzweifeltes. Die andere Eva. *Nicht schon wieder!*

Sie schließt die Augen und denkt, dass sie – wenn sie sie wieder öffnet –auch wieder die alte sein wird. Dann beißt sie sich auf die Zunge, bis sich der Blutgeschmack im Mund verteilt. Das hilft. Wenn sie jetzt die Augen öffnet und in den Spiegel sieht, ist ihr Blick entschlossen und klar.

Sie sortiert ihre Gedanken. Prio eins: Wallin zu fassen kriegen und mehr Medikamente organisieren. Prio zwei: alle Beweise zusammentragen. Prio drei: sie Carl vorlegen, damit er endlich aktiv wird. Prio vier: sie der Sekte vorlegen und ihr drohen.

Sie streicht sich über die zerknitterten Kleider und frischt ihr Make-up auf. Axel steht an der Bar und wartet auf sie.

»Nur eine letzte Frage noch«, sagte sie, als sie wieder neben ihm steht. »Dann höre ich auf zu nerven. Was soll mit dieser Frau bei Sanctum passieren, jetzt, da ich eure Prüfung bestanden habe? Die Frau, deren Identität ich jetzt habe.«

»Welche Frau?«

»Du weißt, wen ich meine. Die Frau, deren Namen ich jetzt trage. Eva Sand.«

»Sie hat keine Angehörigen. In den Sanctum-Kliniken ereignen sich ständig so tragische Sachen. So was lässt sich nicht vermeiden.«

Er gibt ihr einen Klaps auf den Hintern.

»Aber jetzt ab aufs Zimmer!«

»Nein«, sagt sie eiskalt. »Ich habe heute keine Lust.«

Bevor er den Mund öffnen kann, macht sie auf dem Absatz kehrt und lässt ihn sitzen.

Sie war kurz davor gewesen, jede Grenze zu überschreiten und das absolut Verbotene zu tun. Hätte ihm beinahe mit der Whiskyflasche den Kopf zertrümmert. Ihm einen Tritt in die Eier verpasst. Axel ist ihr wirklich in höchstem Maße zuwider. Aber letztlich ist er nur einer dieser Sektenmänner, die glauben, sie seien die mächtigen Übermenschen, die die Welt beherrschen.

Aber sie besitzt etwas, was stärker ist.

Etwas, das sie in Stücke reißen wird, bevor sie sich versehen.

61

Es knisterte laut, als das Feuer auf den ausgetrockneten Nadelwald übergriff. Sofort entstand ein flammendes Inferno. Der Wind trug den Rauch in unsere Richtung, der drang durch die offene Fensterscheibe. Hoch über uns tanzten glühende Holzspäne wie Glühwürmchen in den Himmel. Die Asche fiel wie Schneeflocken nieder.

Hinter Danis Haus stand alles in Flammen. Es brannte lichterloh! Ich saß da wie gelähmt, aber dann erkannte ich, dass nur der Wald hinter dem Haus in Flammen stand. Das Feuer tobte noch hinter dem Zaun am Ende des Gartens. Es war absehbar, dass auch die Baumspitzen auf dem Grundstück demnächst Feuer fangen würden. Es gab nur einen einzigen Ausweg – den durch die Haustür. Und jetzt stachen mir die Autos ins Auge, die mitten auf der Straße parkten. Es war so klar, was als Nächstes passieren würde, und die Erkenntnis traf mich wie ein Schlag in die Magenkuhle. *Scheiße*, wisperte ich. Dann übernahm mein Instinkt die Regie.

»Fahr vor bis zum Zaun«, schrie ich zu Mark. »Drängel dich an den Autos vorbei. *Mach schon!*«

Mark schleuderte um die Kurve, rammte seitlich einen Wagen, kam aber bis zum Haus und hielt vor der Haustür. Schnell öffnete ich den Sicherheitsgurt und riss die Wagentür auf. Und da sah ich schon Dani, die mit Erik auf dem Arm auf das Gartentor zugerannt kam. Steve war hinter ihr. Ich hatte den Eindruck, Dani würde sich wie in Zeitlupe bewegen, doch tatsächlich lief sie in solch einem Tempo, dass Eriks kleiner Kopf hin- und herflog. Steve war zur Stelle und öffnete ihr das Tor. Ich schrie ihnen zu: »Steigt bei uns ein!«

Im Augenwinkel nahm ich die Männer wahr, die auf der Straße auf uns zugerannt kamen. Einer von ihnen hielt eine Pistole vor sich und rief: »Stehenbleiben!« Aber Dani und Steve waren schon fast bei uns im Wagen. Dani und Erik landeten auf meinem Schoß. Steve warf sich auf die hintere Sitzbank. Bevor ich die Tür zuziehen konnte, setzte Mark zurück und rammte ein Auto, dann drückte er aufs Gas, dass der Motor aufheulte, und danach bog er auf die Straße. Die Wagentür war immer noch offen, und ich musste mein ganzes Gewicht einsetzen, um sie zuzuziehen. Mark überfuhr einen der Männer beinahe, der konnte gerade noch zur Seite hechten. Ich fragte mich, warum keiner von denen auf uns schoss, vermutlich hatten sie Angst, Erik zu treffen.

Doch genau in diesem Augenblick hörte ich den ersten Schuss auf unseren Kofferraum. Ich legte mich über Dani und den weinenden Erik, schützte sie mit meinem Körper. Wir waren ein zusammengekauerter Menschenhaufen auf dem Beifahrersitz. Steve feuerte durch die hintere Scheibe zurück. Als das Glas krachend zersplitterte, klammerte ich mich so fest an Dani, dass sie aufschrie. In dem Moment war ich überzeugt, dass dies das Ende war. *Dann sterbe ich immerhin in Danis Armen*, dachte ich noch.

»Jetzt hab ich ihn erwischt!«, rief Steve.

Hinter uns ertönte das Geräusch eines schlingernden Reifens, und darauf folgte ein lauter Knall. Der Gestank von verbranntem Gummi mischte sich unter den Rauchgeruch. Steve hatte ihm einen Reifen plattgeschossen. Mark fuhr schneller. In den scharfen Kurven fühlte es sich an, als wären wir in einem Wäschetrockner.

»Kannst du sehen, wo der andere Wagen ist?«, rief Mark Steve zu.

»Der verfolgt uns«, antwortete Steve. »Geh kurz vom Gas, dann kann ich besser zielen.«

Noch ein Schuss. Dann kreischende Bremsen. Darauf totale Stille, nur Eriks herzzerreißendes Weinen und Danis Röcheln an meinem Ohr.

»Der saß«, schrie Steve und lachte.

»Nicht lachen! Erschieß sie, töte sie!«, schrie Dani völlig hysterisch.

»Ich habe den Reifen getroffen«, sagte Steve. »Fahr wieder normal, Mark.«

Dann erklangen heulende Sirenen. Ich ließ Dani langsam los und warf einen Blick durch die Windschutzscheibe. Vor uns kam ein Einsatzfahrzeug der Feuerwehr angerast, danach ein Krankenwagen und ein Streifenwagen.

Dani war im wahrsten Sinne des Wortes hysterisch. Sie hielt Erik so fest im Arm, dass er schon ganz rot im Gesicht war. Zum dritten Mal innerhalb eines Jahres befand sich meine Schwester in einem Ausnahmezustand, und ich konnte kaum etwas dagegen tun.

Das muss ein Ende haben, dachte ich.

»Was passiert jetzt, Steve? Antworte! Warum antwortest du nicht?«, schrie sie.

Steve beugte sich vor und fasste sie an den Schultern.

»Alles gut, Schatz. Ich habe sie doch gestoppt«, sagte er. »Wir sind sicher«, wiederholte er mehrmals. Doch Dani konnte auch das nicht beruhigen. Sie drückte Erik so fest, dass er immer lauter schrie, bis er offenbar keine Luft mehr bekam. Es hatte den Anschein, als würde sie ihn selbst ersticken.

»Alex, kannst du mir Erik geben?«, fragte Steve.

Vorsichtig löste ich Erik aus Danis Armen und übergab ihn

Steve, der ihn zu sich auf den Rücksitz hob. Dani umklammerte mich und begann, hemmungslos zu weinen.

Mark drosselte die Geschwindigkeit.

»Wohin fahren wir eigentlich?«, fragte er.

»Fahr weiter zur Polizeiwache in Santa Cruz«, sagte Steve. »Ich kenne die Leute da.«

»Aber die Beamten waren doch auf dem Weg zum Haus.«

»Ich möchte kein Risiko eingehen«, sagte Steve. »Vielleicht haben die noch einen Scharfschützen dagelassen.«

Die rückwärtige Scheibe war teilweise zerschossen, daher wehte uns nun der kalte Wind in den Wagen. Dani weinte in meinen Armen immer noch. Steve beruhigte Erik. Jetzt gab der Kleine nur noch hicksende, klägliche Laute von sich.

Dani hob den Kopf.

»Warum hast du gelacht, Steve? Findest du das cool?«

»Nein, kein bisschen. Aber ich war total froh, als ich gesehen habe, dass sie liegen bleiben. Es ist mein Job, in solchen Situationen die Nerven zu behalten.«

»Komm schon, Dani«, sagte ich. »Wir haben es Steve zu verdanken, dass wir noch am Leben sind.«

»Eher dir«, sagte sie wütend und legte ihren Kopf wieder auf meine Brust.

Ich wusste, dass sie unter Schock stand, man durfte ihre Worte nicht ernst nehmen.

Als wir auf die Polizeiwache kamen, wurde Steve sehr herzlich empfangen. Die Beamten in dem Streifenwagen, der uns entgegengekommen war, hatten gerade Bericht erstattet. Von den Tätern fehlte jede Spur. Die Feuerwehrleute waren immer noch mit den Löscharbeiten beschäftigt. Sie hatten im Wald mehrere Benzinkanister sichergestellt.

»War es wirklich nötig zu schießen?«, fragte einer der Polizisten Steve.

Dani regte sich sofort schrecklich auf.

»Sie haben versucht, unser Haus abzufackeln. Sie haben uns mit Pistolen bedroht. Sie haben uns verfolgt und auf unser Auto geschossen. Wir wären fast gestorben. Sehen Sie nicht, dass ich ein Baby dabeihabe?«, sagte sie und hielt den armen Erik, der völlig durcheinander schien, in die Luft. »Was hätte Steve denn Ihrer Meinung nach tun sollen? Wo waren *Sie* eigentlich?«

Steve nahm sie in den Arm.

»Dani … beruhige dich. Es war doch nur eine Frage.«

Der Polizist sah sie an.

»Ich verstehe Ihre Aufregung, aber es ist mein Job, hier die Fragen zu stellen«, sagte er. »Können Sie die Aussagen von Frau Brisell bestätigen?«

»Absolut«, sagte Mark. »Genau das ist passiert.«

»Und was sollen wir jetzt machen?«, schluchzte Dani. »Die werden uns nie in Frieden lassen. Wenn es sein muss, ziehe ich in die Arktis und wohne in einem Iglu, aber ich glaube, dass sie das auch nicht davon abhalten könnte, uns zu jagen.«

Ich musste sie nicht lange ansehen, um zu wissen, wie schlecht es ihr ging. Ihr Kinn flatterte, die Augen ganz tief in den Höhlen und die dunklen Augenringe, alles zeugte von unzähligen schlaflosen Nächten. Dani kämpfte erbittert darum, keine Gefühle zu zeigen, nicht einmal vor mir, aber in diesem Augenblick zeigte sie sich wie ein offenes Buch. Wir hatten uns gegenseitig versprochen nicht zuzulassen, dass die Sekte uns zerstört, und keine kostbare Lebenszeit mit Gesprächen über sie zu verschwenden. Unser Pakt hatte die ersten Monate noch funktioniert, sogar noch bis zu dem allerersten Kidnappingversuch. Aber jetzt begriff ich, dass Dani daran zu zerbrechen drohte. Sie sah auch nicht mehr wie eine junge Frau aus, sondern wie jemand, den schwere Sorgen quälen. Und ich war verzweifelt, weil ich ihr so gern helfen wollte. Aber wenn noch einmal so etwas geschah und Dani Erik verlor, dann hätte ihr letztes Stündlein geschlagen. Dann würde sie nicht mehr hochkommen.

»Ich werde mir eine Lösung überlegen«, sagte ich. »Ich weiß noch nicht recht wie, aber ich verspreche es dir.«

Und während ich diese Worte aussprach, wurde mir klar, dass das die Wahrheit war. Vielleicht war ich nicht der intelligenteste Mensch auf der Welt, aber auf mein Bauchgefühl konnte ich mich verlassen, und das sagte mir jetzt, dass es einen Ausweg gab. Wenn ich mich erst wieder beruhigt hatte, konnte ich alles der Reihe nach überdenken.

Steve sprach noch eine Weile mit den Polizeibeamten, aber ihre Stimmen wurden immer dünner, und schon bald nahm ich sie nur noch wie ein Surren im Kopf war. Wir hatten es überstanden, aber das Einzige, was wir uns verschafft hatten, war eine Atempause. Fröstelnd rieb ich mir die Arme. Durchs Fenster drang ein kühler Luftzug, und mir war jetzt richtig kalt. Ich hatte das Gefühl, meinen Verstand in ein Vakuum bewegen zu müssen, um klar denken zu können. Hysterisch war ich nicht. Ich hatte nur eine Grenze überschritten. Die Angst hielt mich nicht mehr in Schach. In greifbarer Nähe gab es eine Lösung – das spürte ich.

Nachdem wir alle vernommen worden waren, wollte Dani nach Hause nach Half Moon Bay.

»Ich glaube nicht, dass wir dort in Gefahr sind«, sagte sie. »Es sieht ganz so aus, als würden sie zwischen den Überfällen immer eine gewisse Zeit brauchen.«

Da musste ich zugeben, dass sie recht hatte. Die Sekte wirkte nicht gerade spontan. Sie würden jetzt einen neuen Plan schmieden müssen, bis sie das nächste Mal in Aktion traten. Und Dani würde in Half Moon Bay glücklicher sein als in irgendeinem Hotel. Zumindest für eine Weile. Wenn ich doch nur die vielen, wirren Gedanken in meinem Kopf abschalten könnte. Es *musste* eine Lösung geben.

»Sie sollten sich beide ärztlich untersuchen lassen«, sagte einer der Beamten.

»Uns ist aber nichts passiert«, erwiderte Dani. »Wir sind ja nur zum Auto gerannt.«

»Sie könnten aber trotzdem eine Rauchvergiftung haben. Und außerdem wäre es vielleicht hilfreich, mit einem Psychotherapeuten zu sprechen.«

Doch Dani wollte einfach nur nach Hause, und schließlich gaben wir alle nach. Die Polizeibeamten boten an, uns jemanden zu schicken, der über Nacht bleiben würde, aber Steve meinte, er könne in seiner Securityfirma auch Verstärkung anfordern.

Dani atmete immer noch flach, aber ihre Wangen hatten immerhin wieder ein bisschen Farbe.

»Soll ich dich wirklich nicht ins Krankenhaus bringen, Dani?«, fragte Steve.

»Nein, bitte, wirklich nicht!«, sagte sie. »Ich möchte nur nach Hause und in deinen Armen im Bett liegen.«

Mitten in dieser Aufregung schien Steve relativ gelassen, fast ruhig.

»Willkommen in der Hölle«, sagte ich zu ihm.

Aber er nickte nur kurz.

»Ich hab das ehrlich gesagt vermasselt«, sagte er. »Ich bin nicht auf die Idee gekommen, dass sie Feuer legen könnten. Nächstes Mal werde ich noch mehr Überwachungskameras installieren, damit …«

»Steve, ich glaube nicht …«, fiel ich ihm ins Wort. Aber dann begriff ich, dass es reichte, wenn er Dani beschützte. Physisch. Der langfristige Plan war meine Aufgabe.

Hinterher rief ich Brett an und erzählte ihm alles. Lange Zeit schwieg er.

»Ich hätte dich nicht allein lassen dürfen«, sagte er dann seufzend.

Dabei klang er sehr ernst und deprimiert, ganz untypisch für ihn.

»Wir müssen das alles Carl erzählen«, sagte er. »Vielleicht solltet ihr wieder nach Schweden umziehen, so kann es ja nicht weitergehen.«

»Den Gedanken hatte ich auch schon, aber vielleicht finden wir ja noch eine andere Lösung. Wir sehen uns gleich zu Hause.«

Vor unserem Haus in Half Moon Bay empfingen uns bereits ein paar neue Wachmänner. Dani ging ins Haus, um Erik ins Bett zu bringen. Brett und ich blieben draußen. Er sprach kein Wort, nahm mich nur in den Arm. Dann zeigte er auf den wunderschönen Sternenhimmel direkt über uns.

»Würden wir in der Zukunft leben, könnten wir jetzt einfach auf einen anderen Planeten abhauen«, sagte er.

»Manchmal kommt es mir ehrlich gesagt so vor, als *wäre* ich längst schon auf einem anderen Planeten«, sagte ich. »Wie in einer anderen Dimension, wo alles ganz unwirklich ist. Glaubst du daran, dass es da draußen im Weltall irgendwo Leben gibt?«

»Ganz sicher. Du denkst doch wohl kaum, dass diese Milliarden Sterne nur deshalb existieren, damit wir nachts einen so großartigen Sternenhimmel anstaunen können?«

Bretts Handy, das ich ihm noch gar nicht zurückgegeben hatte, vibrierte in meiner Jackentasche. Es war eine SMS von Edna. **Sag Alex, sie soll mich sofort anrufen.**

»Eine Nachricht von Edna«, sagte ich. »Ich soll sie anrufen.«

»Bist du dafür nicht gerade etwas zu aufgewühlt? Ruh dich lieber erst ein bisschen aus. Das kannst du morgen auch noch tun.«

»Nein, vielleicht ist es wichtig. Edna würde sich nie ohne Grund melden. Vielleicht ist bei ihnen was passiert.«

Ich wählte ihre Nummer. Sie wusste gleich, dass ich dran war. Ich musste kein Wort sagen.

»Jetzt hörst du mir mal gut zu, Alexandra Brisell«, waren ihre ersten Worte.

Sie klang wütend. Und wenn Edna wütend war, hörte man ihr zu.

62

Eva

Es ist ein Uhr nachts, und Eva sitzt immer noch vor dem Laptop. In einem Ordner, den sie *Beweismaterial* genannt hat, sammelt sie alle Sprachaufnahmen und versieht sie mit Datum. Sie hört sie sich komplett an, kann über manche ihrer eigenen Bemerkungen nur den Kopf schütteln und schneidet sie dann raus. Dann geht sie alle Videoclips und Fotos noch einmal durch. Am Ende formuliert sie eine Zusammenfassung. Dabei achtet sie darauf, Worte zu wählen, die eine Polizeibehörde ihrer Meinung nach benutzen würde.

Noch einmal überfliegt sie ihre Dateien, hört sich ausgewählte Aufnahmen erneut an und wirft einen letzten Blick in die Videoclips. Am Ende ist sie überzeugt, dass sie eine einzigartige Beweissammlung vor sich hat. Ihre Belege sind wasserdicht. Sie spielt ernsthaft mit dem Gedanken, sich um einen Job als Agentin in einer internationalen Ermittlungsbehörde zu bewerben. Sie löscht ihr Mailkonto und radiert ihre Spuren in den sozialen Medien lückenlos aus.

Urplötzlich überkommt sie eine innere Unruhe. Sie betrachtet ihre Hände, doch die sind noch ruhig. Aber sie merkt, wie es in ihrem Kopf rotiert. Sie verspannt sich extrem, kleine Probleme werden riesengroß. Leise sagt sie sich selbst immer wieder, dass alles nach Plan gehen wird. Nils hat angerufen. Er wird ihr ein Rezept ausstellen. Aber jetzt fragt sie sich, ob sie das wirklich braucht. Fast vierundzwanzig Stunden lang hat sie nichts genommen und ist trotzdem verhältnismäßig ruhig. Sie hat die Lage unter Kontrolle.

Nur eins steht noch aus. Dieses letzte Gespräch.

Jetzt ist schon früher Morgen, und der Mann, mit dem sie Kontakt aufnehmen will, liegt vermutlich noch im Bett und schläft, aber das lässt sich nicht ändern. Seine Nummer weiß sie nach wie vor auswendig. Er war ihr Rettungsanker in einem anderen Leben, damals, als sie noch in Schonen gewohnt hat. Seine Dienste sind kostspielig, doch er ist verlässlich und loyal. Außerdem unterhält er beste Kontakte in die schwedische Unterwelt. Sie haben sich vor Jahren auf einem Fest kennengelernt, und es hat sofort zwischen ihnen gefunkt.

Zweimal hört sie seine Mailbox, beim dritten Mal geht er mit verschlafener Stimme ran.

»Hast du mich vermisst?«, sind ihre ersten Worte.

»Wie bitte, du bist das?«, fragt er überrumpelt. »Von dir habe ich aber lange nichts gehört. Ich hatte gedacht, du seist gar nicht mehr in Schonen.«

»Falsch gedacht. Ich agiere hier nur unter anderem Namen. Eva Sand. Gefällt er dir?«

»Ein hübscher Name für eine wunderschöne Frau. Und, was hat dich wieder hierher verschlagen?«

»Ich habe noch Geschäfte zu erledigen. Und eine neue Beziehung auch.«

»Oh, tatsächlich? Ich hoffe, es ist ein cooler Typ.«

»Das wäre schön. Aber er tut mir gut.«

»Vergiss nicht, dass man seine wahre Natur nie verleugnen kann.«

»Danke für den Tipp. Der ist besonders wertvoll, wenn er von einem Menschen kommt, der eine so weiße Weste hat wie du. Aber Schluss jetzt mit dem Small Talk. Seit unserem letzten Kontakt ist einiges passiert.«

»Warum wundert mich das nicht?«

»Ich hoffe, ich kann dir nach wie vor vertrauen.«

»Alles hat natürlich seinen Preis, aber im Großen und Ganzen, ja. Womit kann ich dir behilflich sein?«

Eva trägt ihr Anliegen vor. Teilt mit, wo sie sich befindet und in kurzen Zügen, was geschehen wird. Mitten in einem Satz hört sie, dass er um Luft ringt. Das macht sie ein bisschen stolz.

»Kaum zu fassen!«, sagte er beeindruckt, als sie fertig ist.

»An zwei Stellen brauche ich deine Hilfe«, sagt sie. »Carl Asher wird sich vermutlich bei dir melden, um mich zu überprüfen. Dann sollst du ihm sagen, dass du meine Kontaktperson bist, und alles bestätigen, wonach er fragt.«

»Tu ich gern. Und die andere Angelegenheit?«

»Ich brauche eine Pistole.«

»Du hast aber nicht vor, jemanden umzubringen?«

»Nein, aber eine Pistole brauche ich, wenn ich ab sofort die andere Person sein will.«

»Wie schnell brauchst du sie?«

»Am besten heute noch.«

»Kannst du damit umgehen?«

»Was denkst du? Ich bin auf einem Hof unter einem Haufen Machos aufgewachsen, alle sind Jagen gegangen. Stell doch nicht alles infrage, was ich sage. Hilfst du mir jetzt, oder nicht?«

»Ja, wenn du Kohle hast, lässt sich das machen.«

Er nennt einen unangemessen hohen Betrag.

»Gut, ich überweise dir das Geld sofort«, sagt sie.

Genau in dem Moment, als sie auflegen will, bricht er in Lachen aus.

»Es ist echt verrückt, dass du wieder in Schonen bist. Ich

hab gedacht, sie hätten dich irgendwo eingesperrt, ich hab gehört, dein Ex wäre durch deine liebevolle Hand beinahe gestorben.«

Eva spürt, wie die Anspannung steigt.

»Ja, der Arme.«

Doch ihre Stimme stockt, an diese schicksalsträchtige Nacht wird sie nicht gern erinnert.

»Wenn irgendeine der Informationen, die ich dir gerade gegeben habe, herauskommt, steh ich bei dir auf der Matte«, sagt sie.

»Soll das eine Drohung sein?«

»Ja.«

Geht sie jetzt zu hart ran? Nein, dieser Mann steht darauf.

»Ich würde nicht mal davon träumen, dich wütend zu machen.«

Jetzt kann sie sich die Frage nicht verkneifen.

»Wird viel über die Sache geredet? Ich habe das nicht so genau verfolgt.«

»Die Gerüchte aus dieser Nacht werden nicht so schnell verstummen.«

»Ich bin jetzt ein anderer Mensch.«

»Ja, das hoffe ich.«

»Ich meine vor allem: physisch. Mein Aussehen. Und mein Verhalten auch.«

»Jetzt, wo du es ansprichst, ich habe auch das Gefühl, dass du dich verändert hast. Schon deine Stimme. Du klingst nicht mehr wie eine eifersüchtige Schnecke, die alles unter Kontrolle haben muss. Du drückst dich jetzt viel gewählter aus. Ruhiger. Und vermutlich bist du auch gefährlicher geworden.«

»Worauf du Gift nehmen kannst.«

Sie beenden das Telefonat. Jetzt muss sie nur noch die letzten Handgriffe erledigen, bevor Carl kommt.

Sie steht auf und geht zum Fenster. Noch ist die Dämmerung nicht in Sicht. Die Januardunkelheit liegt kompakt über dem Garten. Im Mondlicht werden die Schatten der Bäume länger, sie recken sich über die ebene Rasenfläche.

In der Villa gibt es noch keine Anzeichen, dass jemand wach ist. Carl kann sich da drinnen nicht bis in alle Ewigkeit verstecken. Er lebt schon viel zu lange in einer Blase – in einer Blase, die demnächst platzen wird. Auf der Fensterscheibe haben sich Eiskristalle gebildet. Sie berührt das Glas mit dem Mund und lässt sie mit ihrer Atemluft schmelzen.

Ihre Lippen hinterlassen einen vollendeten Abdruck an der Fensterscheibe. So wunderschön. Der Todeskuss.

63

Einmal habe ich Carl gefragt, woher er eigentlich diesen peniblen Ordnungssinn hat. Damals hat er geantwortet, das habe ihm Edna beigebracht. Als er als junger Psychologe Ash & Coal gegründet hatte, hatte ihm noch jegliche Vorstellung davon gefehlt, was es heißt, ein Unternehmen zu führen. Edna war seine erste Angestellte. Innerhalb weniger Monate half sie ihm, alles so einzurichten, dass die Finanzen und die Organisation seines Unternehmens tadellos waren. Zwischen Edna und Carl wuchs auf diese Art eine ganz enge Verbindung. Sie war nie laut oder rechthaberisch, aber im Hintergrund immer präsent, und sie behielt uns ganz genau im Auge. Nur in Ausnahmefällen kam es vor, dass sie wütend wurde, aber wenn es einmal wirklich so weit kam, hatte sie auch guten Grund.

Als ich sie zurückrief, klang sie so aufgebracht, dass ich weiche Knie bekam. Nach dem Vorfall an diesem Tag war ich ohnehin schon völlig entkräftet. Für dieses Gespräch sollte ich mich lieber hinsetzen.

»Ich arbeite mit Carl seit zehn Jahren zusammen, und du wirst mich niemals davon überzeugen können, dass er ein schlechter Mensch ist«, waren ihre ersten Worte. »Und jetzt sprichst du mit ihm, Alex. Auf der Stelle!«

»Aber ich habe doch schon versucht, ihn anzurufen.«

»Er findet sein Handy nicht mehr. Und irgendwas ist mit ihm passiert, seit er mit dieser Kreuzotter hier aufgetaucht ist, er benimmt sich eigenartig. Wie viel bedeutet Carl dir eigentlich?«

»Im Grunde schrecklich viel, Edna, du kennst mich.«

»Dann solltest du ihm wenigstens die Möglichkeit geben, dir die Dinge zu erklären. Du bist ja auch keine Heilige.«

»Was hat er zu dir gesagt?«

»Nur, dass du dich standhaft weigerst, mit ihm zu sprechen, aber ich bin ja nicht blöd. Hol ihn von dieser Schlange weg, mit der er hergekommen ist. Das ist eine Dienstanweisung!«

»Okay, ich rede mit ihm. Ist er denn jetzt da?«

»Warte mal.«

Es wurde still in der Leitung. Edna hatte sich offenbar auf den Weg gemacht, Carl zu holen, daher wechselte ich in der Zwischenzeit aufs Sofa. Brett setzte sich zu mir.

Dani und Steve waren bei Erik im Schlafzimmer. Danis Stimme klang gerade sanft herüber. Inzwischen hatte sie sich beruhigt. Steve begann, ein amerikanisches Wiegenlied zu singen, leider hatte er keine angenehme Singstimme. Dani kicherte.

»Carl will mit mir reden«, erklärte ich Brett. »Kannst du ihm vielleicht erzählen, was passiert ist? Ich bin völlig platt. Mir wird das zu viel. Aber erst mal möchte ich ihn ein paar Dinge fragen.«

»Klar, und ich erstatte dann bitte Bericht«, sagte Brett. »Aber was willst du ihn denn fragen?«

»Das klingt in der gegenwärtigen Situation vielleicht merkwürdig, aber ich würde gern wissen, was er mit Eva gemacht hat. Bevor ich das nicht weiß, werden wir kein vernünftiges Gespräch führen können.«

»Liebe Alex, du hast gerade etwas tief Traumatisches erlebt. Wäre es da nicht vielleicht besser, erst morgen mit ihm zu sprechen?«, schlug er vor.

In diesem Augenblick hörte ich ein Geräusch, das mir völlig fremd war, ein gequältes Wimmern, wie von einem Tier.

Ich begriff, dass das Carl sein musste, der fast weinte, aber mit aller Kraft versuchte, sich zusammenzureißen.

»Alex, bist du es?«

Er klang, als befände er sich in einer Konservendose.

»Ja, ich bins. Warum klingst du so komisch?«

»Ich hab einen Infekt.«

»Oh, das tut mir leid. Allerdings ist das nicht zu vergleichen mit dem, was wir hier heute erlebt haben. Brett wird dir gleich alles erzählen. Aber erst möchte ich wissen, was du mit Eva gemacht hast.«

»Ich werde versuchen, es dir zu beschreiben, aber es war jedenfalls kein normaler Sex.«

»Ach nein? Was denn dann? Neue Fesselspielchen?«

Brett saß neben mir, und rein zufällig begegneten sich unsere Blicke. Missbilligend zog er die Augenbrauen hoch. Aber ich war so stinkwütend auf Carl. All das Leid, das wir beide ertragen mussten, war dadurch ausgelöst worden, dass er Eva Sand Zutritt zu unserem Leben gewährt hatte. Und jetzt war er *mit ihr* in Schweden, während wir hier um unser Leben kämpften. Ich wollte ihm dieses Gespräch so schwer wie möglich machen.

»Bitte, kannst du die sarkastischen Bemerkungen für dich behalten, bis ich fertig bin?«, sagte Carl. »Mir fällt das auch nicht leicht.«

»Gut, das soll es auch nicht. Wenn du jetzt mit der üblichen Erklärung kommst, ›es hatte nichts zu bedeuten‹, dann ist unser Gespräch gleich beendet.«

»Nein, jetzt hör mir bitte einfach mal zu. Ich bin mitten in der Nacht aufgewacht und war affengeil. Nichts hat dagegen geholfen. Jetzt im Nachhinein kann ich die Verbindung zu einem Drink mit Grapefruitsaft herstellen, vielleicht vertrage ich die Kombination nicht …«

Ich unterbrach ihn mit einem hämischen Lachen.

»Wie bitte? Willst du die Sache auf einen *Drink* schieben? Was soll das für ein schlechter Witz sein? Dann haben wir beide uns nichts mehr zu sagen.«

»Nein, sorry, natürlich hab ich das getan, also ich meine, ich wollte ja … Scheiße, wie ich auch anfange, es klingt immer falsch.«

»Erzähl einfach der Reihe nach. Keine Ausreden mehr.«

»Am Ende bin ich aufgestanden und ins Gästehaus gegangen und hab sie gevögelt. Von hinten und von vorn. Kein Vorspiel. Keine Küsse. Ich habe sie nicht geleckt. Nichts dergleichen.«

»Das glaube ich dir nicht. Das ist doch überhaupt nicht deine Art.«

»In der Nacht war es aber so. Ich war überhaupt nicht ich selbst. Erst habe ich rein körperlich auf sie reagiert, aber ich kam nicht. Hinterher habe ich mich total mies gefühlt. Und dann konnte ich nur noch an dich denken. Am nächsten Tag habe ich Eva mitgeteilt, dass zwischen uns nichts mehr laufen wird. Das ist alles. Mehr gibt es nicht zu erzählen.«

Ich konnte nur staunen, wie sachlich er das alles darstellte. Er redete viel zu schnell, tat den Seitensprung einfach so ab. Und besonders traurig klang er auch nicht.

»Aus deinem Mund klingt das so unschuldig«, sagte ich. »Du sagst, du konntest nicht kommen, aber stell dir vor, es wäre dir gelungen. Habt ihr denn ein Kondom benutzt?«

Schweigen. Dann wieder dieses tiefe Rasseln, während er einatmete. Ich wünschte, ich könnte ihm jetzt in die Augen sehen.

»Nein. Ich sage doch, ich war völlig durcheinander. Aber sie hat mir hinterher gesagt, dass sie verhütet.«

»Ach hör auf, Carl. Hinterher? Normalerweise nimmst du

es damit doch ganz genau. Du willst dieses Gespräch nur hinter dich bringen, aber eigentlich findest du das, was du getan hast, nicht besonders schlimm. Hab ich recht?«

Mir schnürte sich der Hals zu. Vermutlich lag es an den Ereignissen des Tages, dass ich so überreagierte. Normalerweise war ich nicht so emotional. *Durfte es gar nicht sein. Pass auf, dass dich deine Stimme nicht verrät.*

»Ich möchte dieses Gespräch einfach nur hinter mich bringen, weil ich mich so schäme«, brachte er leise hervor.

»Wenn du nur von deiner Arbeit erzählst, zeigst du mehr Gefühl, Carl. Irgendetwas verheimlichst du mir.«

»Ich kann es nicht anders erklären, als dass ich das Gefühl hatte, zeitweise ein ganz anderer Mensch zu sein. Wahrscheinlich brauche ich eine Therapie. Schatz, kannst du nicht versuchen, mir zu verzeihen?«

Man kann ihm nicht vertrauen, niemals, erklang das Mantra in meinem Kopf. Da überkam mich wieder diese Traurigkeit, und ich fühlte mich einsam und klein.

»Carl, ich bin kein Monster, ich kann sicherlich einen einzelnen Seitensprung verzeihen, aber hier geht es um etwas ganz anderes. Du hast mich angelogen und mich erniedrigt, allein wegen dieser Bettgeschichte, die es doch nicht mal wert war. Und wenn Brett dir gleich erzählt, was hier passiert ist, dann wirst du kapieren, welche Folgen das hatte.«

Ich musste mir auf die Zunge beißen, um nicht auch noch so deutlich zu werden: »Und ich hatte recht. *Die ganze Zeit über.*«

»Du gibst mir das Gefühl, ein ganz schlechter Mensch zu sein«, sagte er. »Bin ich wirklich so schrecklich? Sag mir einfach, was ich tun soll. Ich tue alles, damit du mir verzeihst.«

Diese Verletzlichkeit in seiner Stimme passte gar nicht zu ihm. Wir redeten zwar wieder miteinander, aber in unserem Gespräch war nicht die Spur von Freude erkennbar.

»Carl, ich bin völlig am Ende. Brett erzählt dir jetzt, was hier los war. Wir reden später weiter.«

»Wirst du deinen Job weitermachen?«

»Vermutlich ja.«

Durch die Leitung hörte ich ein erleichtertes Aufatmen.

»Es ist nur …«, sagte er, und dann schluchzte er laut. »Ich hab so eine Wahnsinnsangst, dich zu verlieren, Alex.«

Jetzt war es nicht mehr auszuhalten. Mir liefen die Tränen über die Wangen. In diesem Augenblick vermisste ich ihn unendlich. Trotz seiner komischen, nasalen Stimme und dem Irrsinn, dass er Eva immer noch zu glauben schien, wünschte ich mir so sehr, dass er mich jetzt in die Arme nahm.

Brett riss mir das Telefon aus der Hand.

»Wie kannst du es wagen, Alex so durcheinanderzubringen, nach dem, was sie heute durchgemacht hat?«, schrie er.

»Er weiß doch gar nichts«, rief ich ihm zu. »Er lebt mit Eva in einer Bubble.«

Brett wechselte das Zimmer und führte das Telefonat mit Carl fort. Seine Stimme war nur leise zu hören. Sie hatten schätzungsweise eine Stunde geredet, da kam Brett zurück und hielt mir das Handy wieder hin.

»Er möchte dich noch mal sprechen. Die Medien in Schweden haben die Story von Sanctum noch gar nicht aufgegriffen, deshalb hatte er keine Ahnung.«

Erst schimpfte er fast mit mir, dass ich mich bei Sanctum freiwillig hatte einweisen lassen, aber mir war klar, dass Carl entsetzt und voller Angst war, deshalb ließ ich ihn weiterreden.

»Tut mir leid, dass ich dir nicht geglaubt habe«, sagte er schließlich. »Mit dem nächsten Flieger komme ich nach San Francisco zurück, ich werde die letzten Aufnahmen canceln und die Reportage abbrechen. Ich komme so schnell wie möglich, Alex.«

Irgendwie hatte ich das Bedürfnis, das letzte Wort zu haben.

»Komm nicht zurück, bevor du nicht mit Eva Klartext gesprochen hast. Sprich sie auf Adam Wahlberg an, der diese verbotenen Experimente in der Klinik durchführt. Auf all die schrecklichen Ereignisse, die hier passiert sind, seit sie dich nach Schweden gelockt hat. Auf die Versuchskaninchen in den widerwärtigen Sanctum-Zentren. Sie kann sich ihre verfluchte Reportage in den Hintern schieben. Das machst du erst, danach kannst du heimkommen.«

Er räusperte sich, doch davon bekam er einen Hustenanfall.

»Okay, das werde ich tun. Versprochen«, sagte er, als er wieder reden konnte.

Dann begann er noch einmal zu weinen. Ich hörte nur sein Schluchzen. Es war kaum auszuhalten. Ich musste an sein Lachen denken, an die Bewegung seiner Schultern, wenn er sich über mich beugte, um mich zu küssen, und auch an seinen Duft. Trotz all der Geschehnisse war er in jeder Sekunde präsent. Wie sehr ich mich auch bemühte, ihn aus meinem Kopf zu streichen, er fand immer wieder einen Weg zurück. Und auch wenn ich nicht erleichtert darüber sein wollte, dass er Eva nicht geküsst hatte, so war ich es doch ganz besonders. Ihn so traurig zu hören, war, wie gepeitscht zu werden. Am liebsten hätte ich mich auf dem Boden zusammengekauert. Denn das Letzte, was ich wollte, war, ihn zu quälen. Doch er musste aufwachen. Eine Alternative gab es nicht.

In der Leitung war nun wieder Ednas Stimme zu hören.

»Ihr habt seine Stimmung nicht gerade verbessert.«

»Wir haben ihm nur die Wahrheit gesagt. Und du wirst jetzt immerhin Eva Sand los.«

Es dauerte einen Moment, dann sagte sie: »Du fehlst mir, Alex.«

»Du fehlst mir auch, sehr sogar. Ich hoffe, dass alles bald wieder normal wird.«

Dann beendeten wir das Telefonat, und Dani kam aus dem Schlafzimmer.

»War Carl am Telefon? Wie lief das Gespräch?«

»Er kommt zurück. Alles andere erzähle ich dir morgen. Brett hat ihn über den Anschlag aufgeklärt. Du siehst ganz müde aus, Dani, geh doch ins Bett.«

»Du auch.«

»Gleich. Erst muss ich noch was erledigen.«

»Was denn?«

»Ich muss mich mal ganz in Ruhe hinsetzen und nachdenken. Wir brauchen einen Plan.«

Sie wollte schon widersprechen, ihr Mund öffnete sich, doch dann ließ sie es sein.

»Wenn jemand dazu in der Lage ist, dann du«, sagte sie schließlich.

Ich ging zu ihr und nahm sie in die Arme. Dani hatte einen ganz besonderen Duft. Und damit meine ich nicht ihr Shampoo, Deo oder Parfüm, sondern den Duft ihrer Haut. Sie roch leicht blumig.

»Du ... Alex«, sagte sie. »Es tut mir leid, dass ich heute so hysterisch geworden bin. Wenn so was passiert, dann kommen die Flashbacks von der Zeit bei der Sekte. Weißt du, was in all den Monaten das Schlimmste war? Jeden Morgen, wenn ich in der Krypta aufgewacht bin, war ich einen kurzen Moment lang frei. Da habe ich geglaubt, ich bin zu Hause, bei dir. Es hat immer einen Augenblick gedauert, bis ich wieder wusste, wo ich mich wirklich befand. Das war, als würde ich dich jedes Mal neu verlieren. Und wenn jetzt schlimme Dinge passieren, dann fühle ich mich immer daran erinnert.«

»So war das in der Sanctum-Klinik auch. Ich bin nur ein

paar Tage dort gewesen, aber wenn ich aufgewacht bin und gemerkt habe, wo ich war, gingen meine ersten Gedanken zu dir und Carl. Das Wichtigste war für mich, euch beide wiederzusehen. Du musst dich nie bei mir entschuldigen.«

Als Dani wieder ins Schlafzimmer hinübergegangen war, hörte ich einen Signalton von meinem Laptop. Das war Michael Parks, der versuchte, mich per Skype zu erreichen. Ich nahm das Gespräch an und berichtete ihm in kurzen Zügen von den Ereignissen des Tages.

»So kann das nicht weitergehen«, sagte er. »Das ist ja schrecklich. Kannst du überhaupt sprechen? Sonst rufe ich später noch mal an.«

»Nein, alles gut. Was wolltest du denn?«

»Ich habe gerade mit einem der IT-Jungs gesprochen, die ein bisschen für mich spionieren. Und er hat etwas unglaublich Faszinierendes entdeckt. Du wirst begeistert sein.«

»Leg los.«

»Die Gewinne, die Sanctum macht, gehen an eine Stiftung, die Hawk Eye heißt, und die zum Ziel hat, wohltätige Projekte finanziell zu unterstützen. Zum Beispiel Gelder für die Forschung im Bereich nicht heilbarer Erkrankungen bereitzustellen. Aber ich glaube, dass sie das Geld bloß waschen und es in Wirklichkeit in die eigene Tasche stecken. Dough Marwood ist im Vorstand. Adam Wahlberg auch.«

Mein Herz machte einen kleinen Satz. Dough Marwood war ein Gründungsmitglied der *Wächter des Wanderfalken*. Er hatte sich nicht in Schweden aufgehalten, als wir Dani befreit hatten, deshalb konnte er nicht bestraft werden.

»Meine Güte! Sag mir nicht, dass du tatsächlich weißt, wer Marwood ist?«

»Ja, soweit ich weiß, war er ein Gründungsmitglied der Sekte, die ihr die *Wächter des Wanderfalken* nennt.«

»Wir müssen unbedingt rauskriegen, was sie mit dem Geld anstellen.«

»Das werden wir auch, aber dafür brauchen wir noch ein bisschen Zeit. Solche Typen wissen ganz genau, wie man Geldwäsche und kriminelle Aktivitäten vertuscht. Aber sie verachten alle, die schwach und hilflos sind – zum Beispiel würden sie sich nie dazu herablassen, einem Junkie zu helfen. Wir sind also auf der richtigen Spur. Ich melde mich morgen wieder.«

Nach dem Gespräch wusste ich, dass ich keine Chance hatte einzuschlafen. Durch meinen Kopf schwirrten allerhand Gedanken, die sich in Albträume verwandelten. Brett lag auf dem Sofa, er hatte die Kleider noch an und schlummerte schon tief und fest. Das Mondlicht, das durch das Fenster fiel, erhellte sein Gesicht. Wie er es bloß mit uns aushielt? Der arme Brett, eigentlich war er doch so eine Frohnatur. Jetzt sah er ganz ernst aus, sogar im Schlaf.

Ich zog Jacke und Schuhe aus, schlich aus dem Haus und schloss die Tür ganz, ganz leise, um Brett nicht zu wecken.

Steve hatte schon Verstärkung angefordert, und ich sah einen neuen Wachmann auf dem Rasen stehen.

»Ich geh nur kurz runter ans Meer«, sagte ich. »Bisschen frische Luft schnappen.«

Der Wachmann lächelte und nickte. Die Luft war zwar schon kühl, aber trotzdem sah ich kleine Nachtfalter in der Straßenbeleuchtung funkeln. Der Wind flüsterte in den Zypressen. Bald würden die starken Regenfälle einsetzen, und danach würde alles satt grün werden. Am Strand war es menschenleer. Nicht einmal ein Vogel war zu sehen, nur dieser unendliche Sandstrand, die Seegrasränder und das schwarze Meer, ruhig vor sich hinplätschernd. Ich setzte mich auf einen Baumstamm, der an den Strand gespült worden war.

Endlich war es ganz still. Und jetzt konnte ich nachdenken.

Ich blickte zum Mond hinauf und bat ihn: *Bitte, hilf mir, eine Lösung zu finden, bevor wir hier noch alle durchdrehen.* Jede Zelle meines Körpers schrie nach einem Ausweg. Mein erster Instinkt war, mich zu zwingen, die richtige Lösung zu finden, doch dann hörte ich eine innere Stimme, die mich aufforderte, ganz entspannt zu sein, denn die Antwort würde von ganz allein kommen. Vielmehr war sie schon da, ich sah nur den Wald vor lauter Bäumen nicht. Ich wusste, dass es sie gab, zum Greifen nah. Das Kunststück bestand darin, die richtige Perspektive einzunehmen. Die Frage war nicht: Wie können wir uns vor ihnen verstecken? Sie lautete eher: Was können wir unternehmen, damit sie aufhören, uns zu verfolgen?

Da kamen mir Michaels Worte wieder in den Sinn.

Aber sie verachten alle, die schwach und hilflos sind.

Ich spürte, wie all das, was so verworren erschien, sich wie von selbst entheddderte, sich in Rauch auflöste und säulenförmig zum Himmel stieg und verschwand.

Konnte es tatsächlich so einfach sein?

Mit einem Mal wusste ich, wie ich der Jagd auf Erik ein Ende bereiten konnte.

64

Eva

Vermutlich hatte Edna Carls Handy gefunden. Er hat mehrmals versucht, Eva anzurufen, aber sie geht nicht ran. Bei diesem Treffen wird sie die Bedingungen stellen. Sie hat nicht vor, sich wie eine Dienstmagd in sein Büro beordern zu lassen.

Sie ist ein bisschen nervös, sie stöhnt, ihr Mund ist trocken. Wallins Rezept ist immer noch nicht da. Aber sie wird diese Unterredung trotzdem über die Bühne bringen, auch ohne Medikamente.

Sie hat hin- und herüberlegt, was sie anziehen soll, und sich am Ende für einen schwarzen Blazer und eine schwarze Hose entschieden. Sieht fast wie eine FBI-Agentin auf Netflix aus. Sie hat das Gästehaus geputzt und ein paar Kerzen ins Fenster gestellt. Auf dem Steinweg, der zum Haus führt, hat sie Schnee geschippt. Alles ist vorbereitet. Der Laptop und die Handtasche mit der Pistole stehen auf dem Schreibtisch. Die Zusammenfassungen, die sie ausgedruckt hat, liegen daneben. Sie hat zwei Stühle bereitgestellt. Eine Kanne Wasser und Gläser. Sehr professionell.

Als sie im Flur auf und ab tigert, fällt ihr Blick auf ihr Spiegelbild.

Sie gibt eine gute Figur ab. Ihre Augen sind strahlend blau, offen.

Das Klopfen an der Tür ist laut und ungeduldig, es sieht Carl gar nicht ähnlich.

Langsam öffnet sie, bleibt in der Tür stehen und lässt ihn einen Moment lang in der Kälte draußen. In seinen Augen funkelt etwas ganz Finsteres, etwas wie Wut, Verächtlichkeit. Sie blinzelt an ihm vorbei und betrachtet die Bäume, die rund um die Rasenfläche stehen.

»Heute haben wir einen schönen Tag«, sagt sie und lächelt ihn an. »Ich habe dich schon erwartet, Carl.«

Sie macht einen Schritt zur Seite und lässt ihn eintreten.

Bevor er den Mund öffnen kann, hält sie eine Hand hoch.

»Ich weiß, warum du hergekommen bist. Du möchtest dich über Sanctum unterhalten. Aber gib mir die Chance, mich vorab zu erklären. Ich habe einiges zu sagen.«

»Aus der Reportage wird nichts mehr«, sagt er schroff. »Sanctum ist eine durch und durch korrupte Organisation. Ich werde die Zusammenarbeit sofort einstellen. Morgen fliege ich nach San Francisco zurück. Das ist alles, was ich zu sagen habe.«

»Ich wusste, dass Sanctum kriminell ist, Carl«, sagt sie. »Verzeih mir, dass ich dir das verschwiegen habe. Aber ich hatte einen guten Grund.« Sie legt sich die Hand aufs Herz. »Ich kann dir versichern, dass das, was ich dir zeigen will, sehr interessant sein wird. Setz dich. Und gib mir wenigstens ein paar Minuten.«

Jetzt fühlt sie sich ruhiger. Sie schenkt ihm ein Glas Wasser ein.

Widerwillig setzt er sich zu ihr an den Tisch.

»Ich entschuldige mich dafür, dass ich dich da reingezogen habe«, fährt sie fort. »Aber leider führte kein Weg daran vorbei.«

»Reingezogen in was? Wovon sprichst du?«

Sie nahm vor ihm Platz.

»Was ich dir jetzt zeigen werde, unterliegt strengster Geheimhaltung. Ich verlasse mich darauf, dass du das vorübergehend noch für dich behältst. Ich führe nämlich einen Spezialauftrag für den Geheimdienst aus.«

»Geheimdienst? Soll das ein Witz sein?«

»Nein, überhaupt nicht. Bevor ich mehr erzähle, möchte ich noch klar sagen, dass ich das, was zwischen uns am Heiligen Abend passiert ist, wirklich wollte. Das hatte nichts mit meinem Job zu tun. Und alles, was ich dir über meine Kindheit erzählt habe, stimmt auch. Auf jeden Fall werde ich dir die Nummer meiner Kontaktperson beim Geheimdienst geben, die dir bestätigen wird, wer ich bin. Am Ende werden sie dich wegen einer Zeugenaussage vermutlich sowieso ansprechen.«

»Bist du jetzt völlig übergeschnappt? Für solche Sachen habe ich keine Zeit.«

Sie holt die Pistole aus ihrer Handtasche. Er weicht zurück. Sie lacht auf.

»Beruhige dich, ich habe nicht vor, dich zu erschießen! Aber ich kann dir versichern, dass die PR-Leute bei Sanctum nicht mit so was in der Handtasche herumlaufen. Wenn du mir jetzt immer noch nicht glaubst, wird dich dieses Material hier vielleicht überzeugen.«

Eva legt die Pistole in ihre Handtasche zurück und überreicht Carl ihren Bericht über Sanctum. Skeptisch nimmt er die Papiere in die Hand.

»Lies zuerst das hier.«

Sie kann die Gedanken förmlich sehen, die durch seinen Kopf schießen. Er ist nicht leichtgläubig, das imponiert ihr. Aber was sie vorzulegen hat, wird ihn überzeugen. Sie hat überschlagen, dass er etwa fünf Minuten für die erste Zusammenfassung brauchen wird, aber nach weniger als einer Minute blickt er bereits auf.

»Hast du noch mehr, was deine Schlussfolgerungen untermauert?«

»Einiges. Videoaufnahmen, Fotos und Tonmitschnitte. Aber eins nach dem anderen.«

Mit gerunzelter Stirn liest er weiter, die Blätter in der Hand. Seine Hände sind grob, seine Finger breit und lang, die Nägel kurz geschnitten und sauber. Er konzentriert sich jetzt vollkommen auf das Material, das vor ihm liegt. Das ist seine Art, alles, was er tut, macht er mit äußerster Konzentration. Sicher und ruhig. Sie hat nicht vor, diesen Mann zu verlieren. Während er liest, schließt sie die Augen und ruft sich den Duft in Erinnerung, mit dem er durch die Tür kam. Der Duft, der bald schon zu ihrem wird.

Etwas in ihrem Brustkorb zwickt. Sie wird fahrig. Zum ersten Mal seit Langem hört sie die andere Eva in ihrem Kopf wie am Spieß schreien. Das liegt an den zärtlichen Gefühlen, die sie für Carl hegt, die sie sich selbst nicht erlauben darf, denn sie locken die andere Eva ans Licht. Der Schrei dauert nicht länger als eine Sekunde, dann hört sie nur das leise Knacken der Elektroheizung und das Geraschel, als Carl umblättert. Als alles wieder still ist, hat die andere Eva keinen Grund mehr zu stören.

Carl legt das letzte Papier auf den Tisch und blickt auf.

»Und was ist dein Titel beim Geheimdienst, wenn ich fragen darf?«

»Agentin. Eigentlich dürfte ich darüber gar nicht mit dir sprechen, ich überschreite jetzt wirklich Grenzen.«

»Auch wenn das interessant klingt, wirklich neu ist es für mich nicht. Ich weiß schon aus anderen Quellen, dass Sanctum ein korrupter Verein ist.«

»Es geht aber gar nicht um Sanctum, sondern um die Leute, die dahinterstecken. Eine internationale Sekte, die aus sehr einflussreichen, rechtsextremen Männern besteht. Sie nennen sich die *Wächter des Wanderfalken*. Hast du schon mal davon gehört?«

Und in diesem Augenblick gewinnt sie seine hundertprozentige Aufmerksamkeit.

65

»Alex, wie bist du auf diese Idee gekommen? Das klingt genial«, sagte Dani.

»Genau genommen bin ich ja deine große Schwester«, sagte ich. »Ich war schon vor dir auf der Welt. Also bin ich klüger. Du bist vielleicht eine Karrierefrau, aber du weißt nicht alles am besten.«

»Dein Plan ist wasserdicht«, erklärte sie voller Überzeugung.

»Aber machst du dir keine Sorgen, wenn wir Erik einer solchen Situation aussetzen?«

»Ach Alex … er versteht es ja nicht, er ist noch so klein. Was glaubst du, was die Sektenmitglieder mit ihm anstellen würden, wenn sie ihn bekämen? Ich glaube, du hast den perfekten Plan ausgetüftelt. Jetzt müssen wir nur noch die anderen überreden.«

»Kann das wirklich alles so einfach sein?«

»Die besten Lösungen sind immer die einfachen. Das Universum ist so konstruiert. Wir Menschen haben die Tendenz, alles zu verkomplizieren. Sagt die Karrierefrau.«

Steve und Brett zu überreden war am Ende gar nicht so schwer, wie wir befürchtet hatten. Wie sich herausstellte, bestand das größte Problem darin, einen Kinderarzt zu finden, den wir ins Vertrauen ziehen konnten. Wenn wir die falsche Person ansprachen, konnte es schiefgehen. Schließlich beschlossen wir, Amy Westcott, Eriks Kinderärztin, zu fragen. Sie arbeitete in einer Praxis, die an das Krankenhaus angeschlossen war, in dem Erik zur Welt gekommen war. Dani fand sie sehr sympathisch und konnte sich vorstellen, dass sie zusagte. Aber jetzt musste es schnell gehen. Schließlich spürten wir, dass die Sekte schon den nächsten Schachzug vorbereitete.

Amy Westcott war eine hübsche Frau in den Vierzigern mit einem sehr gepflegten Äußeren. Obwohl sie über Danis Geschichte grob informiert war, erzählten wir ihr alles noch einmal, angefangen mit dem Tag, an dem Dani gekidnappt worden war, bis zu dem Brandanschlag in Santa Cruz. Als wir zu Ende erzählt hatten, hatte die Ärztin feuchte Augen. Sie sah Erik an, der auf Danis Schoß saß und sie an den Haaren zog.

»Ich habe einiges über die Ereignisse in Schweden in der Zeitung und im Internet gelesen«, sagte sie. »Das war so schrecklich. Ich hatte keine Ahnung, dass es hier in den USA mit dem Terror für Sie weiterging.«

»Ich glaube inzwischen, es ist egal, wo auf der Welt wir uns befinden«, sagte Dani. »Sie werden uns ohnehin ausfindig machen und es immer wieder versuchen.«

»Aber kann die Polizei denn gar nichts dagegen tun?«

»Selbst wenn die Täter gefasst werden, wird es schwer sein nachzuweisen, dass die Sekte dahintersteckt«, antwortete Dani. »Ich bin sicher, dass sie für ihre Anschläge professionelle Killer beauftragen. Sie zahlen bestimmt gut, schließlich haben sie ja Geld wie Heu.«

»Erik liegt geringfügig unter der normalen Wachstumskurve«, sagte Amy Westcott. »Das macht einen Herzfehler etwas glaubwürdiger. Aber sind Sie denn sicher, Frau Brisell, dass Sie das wirklich wollen?«

»Ganz sicher«, sagte Dani. »Das ist die Lösung. Aber ich hätte Verständnis dafür, wenn Sie damit nichts zu tun haben wollen.«

Amy Westcott seufzte so tief, dass man es an ihrem Oberkörper erkennen konnte.

»Sie machen es mir nicht gerade leicht. Auf der einen Seite riskiere ich meinen Job, wenn die Sache rauskommt. Auf der anderen würde ich es mir selbst nicht verzeihen, wenn es der Sekte gelänge, Erik zu entführen, und ich Ihnen nicht geholfen hätte.«

»Haben Sie Kinder?«, fragte Dani.

»Ja, vier.«

»Dann appelliere ich an Ihr Mutterherz.«

Trotz Danis herzlichen Lächelns spürte ich ihre Angst. Wenn das jetzt nicht gelang, befänden wir uns in einer Sackgasse. Amy Westcott wollte gerade antworten, doch dann hielt sie noch mal inne, atmete tief durch und schluckte. Ich spürte, dass sie noch einen Augenblick brauchte, um ihre Entscheidung zu fällen.

»Aber für den Fall, dass die Medien oder jemand anders zu recherchieren beginnen, glauben Sie, dass Kollegen aus der Praxis oder vom Krankenhaus Sie verraten würden?«, fragte ich. »In Eriks Unterlagen findet man darüber ja keine Informationen.«

»Diese Dinge kann ich regeln. Aber es ist ausgesprochen wichtig, dass Sie von Ihrer Strategie vollkommen überzeugt sind. Denn wenn Sie mit dieser Information an die Öffentlichkeit gehen, können Sie hinterher keinen Rückzieher mehr machen. Das würde uns Kopf und Kragen kosten.«

»Wir werden auch keinen Rückzieher machen. Dieser Schachzug ist unsere letzte Hoffnung. Bitte, bitte, helfen Sie uns!«, sagte Dani.

Die Ärztin war hin- und hergerissen, doch wir nahmen ein fast unmerkliches Nicken wahr. Sekundenlang starrten wir sie an.

»Okay, ich bin dabei«, sagte sie schließlich.

Uns überkam eine derart große Erleichterung, dass ich das Gefühl hatte, durch den Sitz meines Stuhls zu sacken.

»Wann wollen Sie die Nachricht denn öffentlich machen?«, fragte Amy Westcott.

»So bald wie möglich«, antwortete Dani. »Wir gehen davon aus, dass die Sekte bereits den nächsten Entführungsversuch plant. Aber der Herzfehler muss unbedingt unheilbar sein. Ich möchte nicht riskieren, dass die Sektenmitglieder auf die Idee kommen, dass Erik sein krankes Herz von seiner schwachen Mutter geerbt hat und sie einen Herzspezialisten für ihn konsultieren.«

»Ich werde Ihnen genau erklären, wie Sie sich ausdrücken müssen«, sagte die Ärztin. »Aber wie stellen Sie sich die Sache vor, wenn ein paar Jahre vergangen sind und Erik immer noch gesund ist?«

»Dann sitzen die Drahtzieher der Sekte hoffentlich alle hinter Schloss und Riegel«, sagte Dani.

»Oder Erik wird zu einem Wunder Gottes«, schlug ich vor. »An so was glauben Sektenmitglieder doch.«

»Jetzt lass uns keine Zeit mit dummen Witzen verschwenden, Alex«, sagte Dani genervt.

»Ganz so abwegig ist dieser Gedankengang gar nicht«, sagte Amy Westcott. »In seltenen Fällen ist es schon vorgekommen, dass Herzfehler bei Kleinkindern auf unerklärliche Weise verschwunden sind.«

»Siehst du«, sagte ich zu Dani.

Da hörte Erik meine Stimme, drehte den Kopf zu mir um und lächelte mich an. Als ich zurücklächelte, strahlte er übers ganze Gesicht, und mir wurde warm ums Herz. Ich hatte die bösartigen Blicke der Sektenmänner wieder vor Augen und stellte mir vor, wie sie Erik habgierig und lüstern ansahen. Fast gefror mir das Blut in den Adern. *Das alles tue ich nur für ihn*, dachte ich mir.

Nachdem wir Dani aus der Sekte befreit hatten, hatten unzählige Redaktionen, auch außerhalb von Schweden, ein Interview mit ihr angefragt. Eine junge Frau, die entführt, vergewaltigt und geschwängert wurde – einflussreiche Männer, die Mitglieder einer spiritistischen Sekte waren. Diese Geschichte hatte alles zu bieten, was man für einen richtig großen Aufmacher suchte.

Damals hatte Dani alle Interviews abgelehnt. Während der Gerichtsverhandlung hatte sie bis ins kleinste Detail alles beschreiben müssen, was die Männer mit ihr gemacht hatten. Danach wollte sie das aber nie wieder tun, so erniedrigend war es gewesen. Doch das Interesse der Journalisten blieb ungebrochen. Also konnte sie sich geradezu eine Zeitung aussuchen, die anbeißen würde, wenn sie Bereitschaft für ein Interview signalisierte. Wichtig war, dass der Titel viele Leser hatte. Wir entschieden uns für *Vanity Fair*. Nicht weil die Sektenmitglieder diese Zeitschrift lasen, aber ganz sicher deren Ehefrauen. Und wenn die den Artikel gelesen hatten, würden sie sich vermutlich mit ihren Männern darüber unterhalten. Außerdem beschlossen wir, der *San Francisco Chronicle* ein Interview zu geben. Denn wir gingen davon aus, dass sehr viele Lokalzeitungen in Kalifornien die Story aufgreifen würden.

Ich war mit den Vorbereitungen für die Veröffentlichung derart beschäftigt, dass ich Carl fast vergaß. Seit er mir versprochen hatte, mit Eva zu sprechen, hatte ich nichts mehr von ihm gehört. Ich nahm an, dass er bald wieder nach San Francisco zurückkommen und eine Erklärung abgeben würde. Mehrfach spielte ich mit dem Gedanken, ihn anzurufen und von unserem Plan zu erzählen. Gleichzeitig war es allerdings auch eine gewisse Befriedigung, ihn im Ungewissen zu lassen.

Wir waren sehr erstaunt, dass der Journalist von der *Vanity-Fair*-Redaktion – mitsamt Fotografen – noch am selben Tag vorbeikommen wollte, an dem wir Kontakt aufnahmen. Ob sie Angst hatten, jemand anders könnte die Story vor ihnen bringen? Wir bereiteten uns akribisch genau vor. Dani, die sonst immer in Jeans und T-Shirt herumlief, zog ein weißes Spitzenkleid an. Ich half ihr beim Make-up. Wir nötigten Steve, Hemd und Krawatte zu tragen. Aber als Dani Eriks Gesicht auch noch mit weißem Puder blasser machen wollte, übertrieb sie es meiner Meinung nach.

»Das muss doch nicht sein. Der arme Erik. Lass ihn in Ruhe.«

»Aber es darf kein Zweifel an der Diagnose aufkommen«, sagte sie hartnäckig.

Bei dem Interview hatte Dani Erik auf dem Schoß. Steve saß neben ihr, hatte seinen Arm um ihre Schulter gelegt. Dani erzählte alles so emotional, dass sogar mir die Tränen in die Augen schossen. Die Journalistin fragte sie aus, was die Männer mit ihr gemacht hatten, als sie in der Sekte gefangen war, und Dani stand geduldig Rede und Antwort. Als sie schließlich darauf zu sprechen kam, dass Erik einen Herzfehler hatte, liefen auch der Reporterin die Tränen über die Wangen.

»Wir werden ihn lieben und beschützen, solange er bei uns ist«, sagte Dani am Ende. »Er ist sehr schwach und kann mit den anderen Babys nicht mithalten, aber die Stunden, in denen er wach ist, sind für uns Gold wert. Die Ärzte sagen, wenn wir Glück haben, bekommen wir noch ein, zwei, maximal vielleicht drei Jahre mit Erik geschenkt. Und die sollen so schön wie möglich für ihn werden.«

»Ist es nicht möglich, den Herzfehler operativ zu korrigieren?«, fragte die Journalistin.

»Nein, leider. Das ist ausgeschlossen.«

»Und eine Herztransplantation?«

»Eriks Lungenvene ist auch unterentwickelt, das macht eine Transplantation zurzeit völlig unmöglich. Wir können nur auf ein Wunder hoffen.«

Amy Westcott hatte sie bestens vorbereitet. Allerdings wirkte Erik überhaupt nicht schwächlich, wie er nach Danis Kette griff und mehrmals daran riss. Aber ich musste zugeben, dass ihn das Puder in seinem Gesicht deutlich blasser erscheinen ließ. Dani hatte nicht nachgegeben. Im Gespräch ließ sie dann Worte wie *kraftlos*, *matt*, *zart* und *empfindlich* in Bezug auf Erik fallen.

»Was war der Auslöser, dass Sie jetzt bereit waren, damit an die Öffentlichkeit zu gehen?«, hakte die Journalistin nach.

»Wir haben Morddrohungen erhalten. Unmittelbar hinter unserem Haus hat jemand Feuer gelegt. Wir gehen davon aus, dass die Sekte dahintersteckt, die mich im letzten Jahr gekidnappt hat. Es war schrecklich. Ich ertrage die Vorstellung nicht, dass Erik noch weiteren Übergriffen ausgesetzt ist. Unser Glück war es, dass meine Schwester uns gerettet hat«, erklärte sie und zwinkerte mir dankbar zu.

»Ich hoffe, Sie bekommen in dieser schweren Zeit eine gute psychotherapeutische Begleitung«, sagte die Journalistin.

»Ja, der Freund meiner Schwester ist Psychologe, er war uns eine große Hilfe. Besonders in der letzten Zeit«, sagte Dani und grinste mich an.

Bevor sie ging, zeigte uns die Fotografin noch ein paar ihrer Fotos. Auf einem Bild fiel das Tageslicht so eigenartig durchs Wohnzimmerfenster, dass es aussah, als trügen Steve und Dani einen Heiligenschein. Dani war so schön, dass ich es für unmöglich hielt, ich könnte ihr auch nur annähernd ähnlich sehen. Und Steve war auch auffallend fotogen. Durchtrainiert und sonnengebräunt, wie er dasaß, den Arm beschützend um Dani gelegt. Auf einem Foto spielte er mit den Fingern in Danis Haar. Erik war ein bisschen blass, aber sehr niedlich. Sie alle drei sahen so unschuldig aus, Menschen wie du und ich.

Wie lange ist es her, dass wir ein stinknormales Leben führen konnten, kam mir da in den Sinn. Was wäre das für ein Gefühl?

Kurz darauf kam die Reporterin vom *San Francisco Chronicle*. Es wurde langsam Zeit für Eriks Mittagsschlaf, daher wurde er quengelig, aber das steigerte nur die Glaubwürdigkeit ihrer Geschichte. Das Interview wollten sie am darauffolgenden Tag bringen.

Nachdem die Reporterin wieder weggegangen war, ließ ich mich neben Dani aufs Sofa fallen und nahm sie in den Arm.

»Glaubst du, dass es klappen wird?«, fragte ich.

»Ja, da bin ich mir sicher«, sagte sie. »Seit einem halben Jahr sind diese Widerlinge nun schon hinter uns her. Glaub mir, die haben ganz sicher gedacht, das Kind, das von ihnen abstammt, wird ein perfektes Alphamännchen. Wenn sie jetzt erfahren, dass das nicht so ist, werden sie schnell das Interesse an Erik verlieren. Psychopathen, denen jede Empathie fehlt, sind die Falschen, um sich um ein herzkrankes Kind zu kümmern – das funktioniert nicht. Dein Plan war wirklich perfekt, Alex. Meine Güte, wie hab ich dich lieb!«

»Ist es dann okay, die Bombe jetzt auch in den sozialen Medien platzen zu lassen?«, fragte ich.

»Klar. Glaubst du, dass Evie noch wach ist?«

Um die Story auf allen Kanälen im Internet zu posten, wollten wir die Hilfe meiner Freundin Evie in Anspruch nehmen. Sie war wirklich ein Fuchs im Internet und wusste ganz genau, wie man Gerüchte in die Welt setzt. Ich warf einen

Blick auf die Uhr, in Schweden war es jetzt nachts um zwei. Doch Evie war eine Nachteule, daher ging ich davon aus, dass sie noch wach war.

»Ja, bestimmt«, sagte ich. »Den Text habe ich schon vorbereitet. Sie muss ihn nur überall gut platzieren.«

»Glaubst du, die Redaktionen könnten sauer sein, wenn wir die Story schon posten, bevor ihre Ausgaben erscheinen?«

»Nein, im Gegenteil. Die werden sich freuen, dass sie die ersten Interviews bekommen haben.«

Für den Post hatte ich ein Bild benutzt, das ich von Dani und Erik mit dem Smartphone gemacht hatte. Da standen sie gerade am Strand. Dani hielt Erik in die Luft. Im Hintergrund sah man die Wellen an Land rollen. Der Text war äußerst sentimental, wie Danis letzte Worte an ihren sterbenden Sohn. Das musste wirklich jedem unter die Haut gehen.

Evie war tatsächlich noch wach. Sie versprach, Text und Bild gleich auf allen Kanälen zu posten.

»Aber Alex, ist das wirklich wahr?«, fragte sie mich. »Das ist ja furchtbar traurig.«

»Natürlich ist das wahr. Warum fragst du?«

»Aber warum wollt ihr damit jetzt auch noch ... an die Öffentlichkeit?«

»Wir sind in der letzten Zeit ständig beschattet und angegriffen worden. Jetzt hoffen wir, dass diese Leute von der Sekte endlich damit aufhören ... wenn sie das lesen. Sinkt denn jemand so tief, ein herzkrankes Kind zu kidnappen?«

»Ja, das kann man sich schon fragen«, sagte sie und begnügte sich mit meiner Antwort.

Nach dem Gespräch mit Evie war ich vollkommen erledigt. Ich zog aufs Sofa um, wollte mich ein bisschen entspannen, und holte meinen Laptop. Ich scrollte ein paar schwedische

Klatschseiten durch, suchte fieberhaft nach Gerüchten über Eva und Carl, fand aber nichts. Mein Blick blieb allerdings an einem Foto hängen, auf dem ein Mann im Anzug und mit Geige in der Hand abgebildet war. Die Aufnahme stammte offenbar von einem Konzert.

Mir war, als würde mir jemand etwas Eiskaltes, Hartes in den Rücken rammen.

Dieser Mann war mir schon einmal begegnet. Er hatte eine Kutte getragen, und damals hatte ich in seine teuflischen Augen geblickt. Ich war mir zu dem Zeitpunkt sicher gewesen, dass mein letztes Stündlein geschlagen hatte. Er hatte mich festgehalten und gezwungen zuzusehen, wie sich ein anderer Mann auf Dani stürzte, um sie zu vergewaltigen. Als Carl dann in letzter Sekunde mit den Polizisten auftauchte, hatte er endlich von mir abgelassen und war in den Wald gerannt. Er gehörte zu den wenigen, die davongekommen waren, als die Einsatzkräfte der Polizei die Kirche gestürmt hatten, während wir Dani retteten. Und jetzt blickte ich wieder in seine Augen, die gar nicht mehr böse aussahen, sondern eigentlich ganz nett.

Axel Tynell konzertiert in Malmös neuem Konzerthaus. Spirituelle und überirdische Töne erhellten den holz- und messingverkleideten Saal.

Ich las den ganzen Artikel. Darin stand nicht viel mehr, als dass Axel Tynell, der inzwischen nach San Francisco übergesiedelt war, Schweden gerade einen Besuch abgestattet hatte und mit dem Sinfonieorchester Malmö im Konzerthaus aufgetreten war.

Vor gut einem Jahr, als sich mein Leben nur noch um die Suche nach Dani gedreht hatte, waren Axel Tynell und sein Bruder Viktor unsere erste, heiße Spur gewesen. Ihr Vater war Gründungsmitglied der Sekte gewesen und hatte seine Söhne in den Kreis eingeführt. Viktor Tynell hatte Dani während ihrer Gefangenschaft in der Krypta bewacht und saß jetzt hinter Gittern. Aber Axel war davongekommen. Er beteuerte seine Unschuld, und da es keine Beweise für seine Verbindung zu der Sekte gab, entging er seiner Strafe. Und jetzt wohnte er hier – in San Francisco. Dennoch hielt er sich rein zufällig in Malmö auf, verblüffend nah bei Eva und Carl.

Das konnte wirklich kein Zufall sein. Irgendeine Verbindung musste es geben, ich wusste nur noch nicht, welche. Ich stand auf und tigerte eine Weile im Raum auf und ab, um meine Gedanken zu beruhigen. Auf dem Knüpfteppich fühlten sich meine nackten Füße seltsam an, so als versanken sie in dichtem Nebel. Warum hielt sich Axel Tynell gerade jetzt in Malmö auf? Ich spielte ein paar mögliche Szenarien durch. Vielleicht hatte er mit seinem alten Vater Weihnachten gefeiert. Oder er hatte wirklich ein wichtiges Konzert, tatsächlich besaß Malmö nämlich ein sehr schönes Konzerthaus. Aber keine Erklärung erschien mir einleuchtend. Die Sekte hatte hier in Kalifornien gerade wichtigere Dinge zu tun, jetzt, da so offensichtlich war, dass sie sich Erik schnappen wollten.

So beschloss ich, Amanda anzurufen, obwohl es inzwischen drei Uhr nachts in Schweden war. Brett hatte mir ein neues Smartphone besorgt, in das ich die wichtigsten Kontaktnummern schon eingegeben hatte. Meine neue Nummer hatte ich auch allen mitgeteilt.

Ganz plötzlich verspürte ich ein ganz starkes Bedürfnis rauszugehen. Nach den Tagen bei Sanctum wollte ich am liebsten rund um die Uhr an der frischen Luft sein. Draußen war es nasskalt. Vom Pazifik her kam kühlere Luft. Der Himmel war regenschwer und tieflila. Ich zog den Reißverschluss meiner Jacke bis ganz nach oben. Die dezent erleuchteten Fenster im Nachbarhaus starrten mich an. Ein Meeresvogel mit langem Schnabel saß auf dem Zaun. Er flatterte mehrmals, dann hob er ab und segelte in die Nacht hinaus.

Ein paar Klingeltöne verstrichen, bis Amanda ans Telefon ging.

»Sorry, dass ich dich wecke«, sagte ich als Erstes. »Aber das ist ein Notfall. Ich muss dich bitten, etwas über jemanden rauszukriegen.«

»Okay, natürlich helf ich dir«, murmelte sie völlig schlaftrunken.

»Er heißt Axel Tynell und ist Musiker.«

»Oh, den kenne ich. Ein ziemlich großer Name in der Klassikszene.«

»Ja, aber er war auch Mitglied in der Sekte *Wächter des Wanderfalken*, und er ist letztes Jahr davongekommen. Jetzt befindet er sich in Malmö. Ich habe ein Foto von ihm im Internet gesehen und sofort den Gedanken gehabt, das könne kein Zufall sein. Die Sekte macht hier einen Anschlag nach dem anderen, sie versuchen mit aller Gewalt, Danis Baby zu kidnappen. Ich glaube, er ist nicht ohne Grund in Schonen. Malmö liegt so nah an Lund. Und jetzt taucht er plötzlich in der Nähe von Eva und Carl auf. Kannst du rausfinden, was Axel Tynell in Schweden macht, von dem Konzert mal abgesehen?«

»Aber so abwegig ist es doch eigentlich nicht, dass er in Schweden Konzerte gibt?«

»Nein, stimmt. Aber ich habe trotzdem ein komisches Gefühl im Bauch. Und das sehr deutlich.«

»Das ist nicht gerade ein Pappenstiel. Einen Promi auszuspionieren.«

»Er ist bestimmt ziemlich gut auf seinem Instrument, aber in Wirklichkeit ist er ein sadistischer Psychopath, der Dani und mich beinahe auf dem Scheiterhaufen verbrannt hätte. Mit anderen Worten: ein echtes Monster.«

»Eine Eigenschaft, die ich wirklich an dir mag, ist, dass du immer Klartext sprichst. Okay, ich helfe dir.«

»Ich weiß nicht genau, wie wir vorgehen könnten, aber alle Mittel sind erlaubt.«

»Aus dem Internet verschwindet wirklich nichts, und wenn er wie die meisten Menschen sein Handy häufig benutzt, können wir ihn praktisch auf Schritt und Tritt verfolgen. Ich habe ein paar Mitarbeiterinnen, die nachts arbeiten. Die werde ich gleich mal auf ihn ansetzen, und wenn es Neuigkeiten gibt, hörst du von mir. Ach ja, an Eva Sand sind wir auch noch dran.«

»Danke Amanda, du bist echt die Beste.«

»Hast du Carl angerufen?«

»Ja. Das Gespräch war zwar nicht besonders gut, aber immerhin reden wir wieder miteinander. Wahrscheinlich werden wir auch weiter zusammenarbeiten.«

»Damit wird er sich niemals zufriedengeben, aber das ist trotzdem eine gute Nachricht. Du kannst mich immer und jederzeit anrufen, okay?«

Erst als ich aufgelegt hatte, bemerkte ich, dass Carl mir mehrere SMS geschickt hatte. Und alle mit mehr oder weniger demselben Inhalt.

Ruf mich bitte sofort an! Es geht um Leben und Tod!

66

Eva

In stundenlanger Kleinarbeit hat Carl das Material durchforstet und nun auch alle Tonmitschnitte angehört. Inzwischen ist es dämmrig geworden, in den Garten und die kleinen Räume des Gästehauses fällt kaum noch Licht. Eva knipst die Lampe an. Es läuft gut. Mehr als gut. Noch nie hat sie ihn so emotional gesehen – Empörung, Ekel, Ärger und blanke Wut. Sein Infekt scheint wie weggeblasen. Ihr Plan funktioniert noch besser als erwartet.

»Ich weiß, dass diese Sekte dir und deinen Freunden das Leben unerträglich gemacht hat«, sagt sie. »Aber jetzt sind wir ihnen auf den Fersen. Mit diesen Beweisen bringen wir sie endgültig hinter Gitter.«

Carl sieht aus, als sei er noch nicht ganz überzeugt. Sie ahnt schon, dass er alles wieder infrage stellen wird.

»Woher soll ich wissen, ob das stimmt? Und der Geheimdienst – du musst schon entschuldigen, aber ich finde, es klingt immer noch ziemlich abenteuerlich, dass du für ihn arbeitest.«

»Du kannst die Handynummer meiner Kontaktperson haben und nachfragen. Die Mission ist allerdings geheim, darum darfst du keinen Kontakt mit dem Hauptquartier aufnehmen, aber dieser Mann wird dir alle Informationen geben, die du haben möchtest.«

Eva kritzelt eine Nummer auf den Notizblock, reißt das Blatt ab und überreicht es Carl.

»Ich gehe gerade ein großes Risiko ein, indem ich dir das erzähle«, fügt sie hinzu. »Behalt es für dich.«

»Ihre Aussagen sind das Widerwärtigste, was ich je gehört habe. Was sie über Danis Sohn sagen ... wo versammeln sich die Sektenmitglieder denn zurzeit?«

»Die Antwort wird dir nicht gefallen.«

»An dieser dramatischen Geschichte kann einem nichts gefallen.«

»In einem Bunker in den Bergen bei Sausalito.«

Ein Schatten huscht über sein Gesicht.

»Direkt vor unserer Nase? Die ganze Zeit? Und du hast keinen Ton gesagt?«

»Ich habe doch gesagt, dass dir meine Antwort nicht gefallen wird. Es war notwendig. Wir brauchten Beweise.«

Er verstummt, presst die Lippen aufeinander und wendet den Blick ab.

»Ich weiß, was du jetzt denkst«, sagt sie. »Aber von dem letzten Kidnappingversuch hatte ich keine Ahnung.«

»Ich hätte sie warnen können. Stattdessen sitze ich hier und vertue die Zeit mit solch einem ... Scheiß.«

»Na ja, das kommt auf die Betrachtungsweise an. Willst du, dass deine Freunde von diesen Idioten bis in alle Ewigkeit gejagt werden oder möchtest du sie stoppen? Manchmal muss man langfristig planen. Während deine hysterische Freundin im Karree gesprungen ist und alle in Gefahr gebracht hat, habe ich etwas Produktives unternommen.«

Ein angespanntes Schweigen kommt auf. Eva fragt sich, ob sie jetzt doch ein bisschen zu weit gegangen ist.

»Alex ist nicht hysterisch, und sie hat niemals jemanden in Gefahr gebracht, abgesehen von sich selbst. Aber in einer

Sache hast du recht. Das wird der Sargnagel für die Sekte sein. Ich muss Alex gleich anrufen.«

Eva legt ihre Hand auf seine.

»Warte noch. Das müssen wir erst besprechen. Hör mir kurz zu.«

»Ich muss ihr alles erzählen. Da gibt es nichts zu diskutieren.«

»Ich verbiete es dir. Das Übelste mit den Undercoverjobs ist, dass man so wenig zu sagen hat. Gib mir noch ein paar Tage Zeit, bitte.«

»Was wollte die Sekte dann eigentlich mit der Reportage über mich?«

»Sie wollten dich lächerlich machen. Sich an dir rächen, weil du sie ins Gefängnis gebracht hast. Wie du in den Aufnahmen hören konntest, hat Axel gesagt, sie hätten ein anderes Drehbuch, eins, das du nicht kennst.«

»Das will ich sehen, auf der Stelle.«

»Nein, das ist meiner Meinung nach nicht nötig. Ich werde das Material sowieso komplett vernichten. Aber vorher muss ich dies hier weiterleiten«, sagt sie und zeigt auf einen Papierstapel, der auf dem Tisch liegt.

»Eigentlich müsste ich stinksauer auf dich sein, weil du mich so lange angelogen hast. Diese Enthüllung muss ich jetzt erst mal verdauen.«

»Ich hab dir ja erklärt, warum. Ein paar Tage müssen wir noch dichthalten und dem Geheimdienst Zeit lassen, das FBI zu informieren. Die Anführer der Sekte sind ja Amerikaner, deshalb müssen sie auf internationaler Ebene zusammenarbeiten, um sie einzulochen.«

Bei diesen Worten fällt ihr etwas ein. Was würde der Geheimdienst wohl sagen, würde Eva ihm das komplette Material tatsächlich aushändigen? Vielleicht wäre es noch schlauer, es gleich ans FBI zu schicken? Sie werden Feuer und Flamme sein, und mit Sicherheit dauert es nicht lange, und die Story sickert an die Presse durch. Aaron Eastman. Dough Marwood. Wahnsinn! Der Skandal des Jahrhunderts.

»Lass mich das machen. Versuch, noch ein paar Tage auszuhalten.«

»Das kann ich nicht. Alex muss es sofort erfahren. Entweder lässt du es mich ihr erzählen, oder ich nehme morgen den ersten Flieger zurück.«

Seine Sturheit verleiht ihm so einen Kleiner-Junge-Charme. Jetzt will sie ihm gar nicht mehr widersprechen. Eva stellt sich vor, Alex Brisell wäre hier, in ihren langweiligen Jeans, mit dem zerzausten langen Haar und dem Flunsch. Allein der Gedanke, was Carl sagen würde, wenn er Alex und sie nebeneinander sähe, sie vergleichen könnte, bringt sie zum Lachen. Es wäre so offensichtlich, dass Eva die Frau ist, die zu Carl passt. Intelligent und zielstrebig. Und dann stellt sie sich Alex' Gesicht vor, als sie erfährt, dass *Eva* sie gerettet und die Sekte ausgeschaltet hat. Das wird eine Tragikomödie. Der Todesstoß. Eigentlich wäre es gar keine schlechte Idee, wenn Alex zu ihnen nach Schweden käme. Denn sie muss weg. Daran führt kein Weg vorbei. Für eine Konfrontation zwischen Eva und Alex wäre es allmählich an der Zeit. Ein paar sorgfältig gewählte Worte, dass Alex sich endlich verkriechen sollte, ihre Wunden lecken und ihren eigenen Weg gehen.

»Okay«, sagt sie. »Aber am Telefon darfst du keine Details verraten. Bitte sie herzukommen, dann können wir ihr in meiner Anwesenheit das Beweismaterial vorlegen.«

»Und warum können wir nicht einfach zurück nach Kalifornien fliegen?«

»Weil ich Schweden nicht verlassen darf, bevor der Geheimdienst alle Informationen hat, die benötigt werden.«

Sie steht auf, schiebt den Stuhl an den Tisch und klatscht in die Hände. Aus ihrer Sicht ist das Gespräch damit beendet.

»Und wo stehen wir jetzt?«, fragt sie.

»Sobald ich Alex erreiche, sage ich ihr, sie soll nach Schweden kommen. Du machst mit dem Material, was du tun musst. Hast du Kopien, die ich Alex zeigen kann?«

»Ich habe alles in Kopie«, antwortet sie, was gelogen ist. Sie hat nämlich nicht vor, das Material in nächster Zeit irgendwohin zu schicken, abgesehen von ein paar ausgewählten Tonaufnahmen, die sie den Sektenmännern vorlegen wird, damit sie sie in Ruhe lassen und ihr eine ordentliche Stange Geld überweisen. Eva hat längst keine Angst mehr vor ihnen. Nachdem sie die Aufnahmen zusammengestellt hat, weiß sie ganz genau – diese Männer werden ihr aus der Hand fressen und alles tun, was sie will, um zu verhindern, dass das bekannt wird.

Eva geht auf Carl zu und schmiegt sich an ihn. Das geht so schnell, dass er nicht reagieren kann. Ihre Wimpern schlagen an seine Wange. Er ist frisch rasiert. Der reine Duft seiner frisch geduschten Haut ist noch da. Aber dann windet er sich aus ihren Armen und steht nun mitten im Zimmer. Mit einem Mal sieht er sehr müde aus.

»Das war jetzt ganz schön viel für mich. Es ist schon spät, ich muss eine Nacht darüber schlafen. Ich verabschiede mich ins Bett.«

Ein Stoß kalte Luft kommt hereingeweht, als er die Tür öffnet und das Gästehaus verlässt. Eva steht so still da, dass sie fühlt, wie ihr Herz schlägt. Gleichmäßig und ruhig, wie aus einer dunklen Grotte unter der Wasseroberfläche.

Im Großen und Ganzen war das Gespräch sehr erfreulich. Jetzt ist sie die längste Zeit die Sklavin der Sekte gewesen. Sie hofft, dass sie ihnen den größtmöglichen Schaden zufügen kann – diesen Idioten, die glaubten, sie mit ihren Drohungen kleinkriegen zu können. Wahrscheinlich wird sie noch richtig Spaß an der Sache bekommen. Und sie wird es genießen, endlich wieder rauszukommen und als ganz normaler Mensch unter Leute zu gehen.

In ihrem Laptop öffnet sie einen Ordner, in dem sie besondere Fotos abgespeichert hat: Carls Frack, ihr Brautkleid, Locations in Kalifornien für prunkvolle Hochzeitsfeiern. Wenn sie das alles hinter sich haben, möchte sie Schweden schnellstmöglich den Rücken kehren. Und dann ein gemeinsames Leben mit Carl beginnen. Das wird ganz wunderbar.

Bis weit in die Nacht liegt sie wach.

Fantasiert, wie Carls Haut und seine Zunge wohl schmecken.

Sie konzentriert sich wieder auf ihren Herzschlag und stellt sich vor, dass er sie – könnte sie ihm folgen – in sein Bett führen würde.

Beim ersten Mal war Carl hitzig, von der Erregung des Moments völlig vereinnahmt. Beim nächsten Mal wird er zärtlicher sein, und auch, wenn das nicht ihrem Stil entspricht, wird es notwendig sein, um ihn zu bewegen, den allerletzten Schritt zu tun.

Sie weiß, dass es verrückt wäre, heute Nacht zu ihm zu gehen, also schläft sie so ein – nach ihm schmachtend.

67

Ich saß am Küchentisch und starrte ins Leere. Nach dem Gespräch mit Carl war mein Kopf völlig leer. In der dunklen Fensterscheibe erschien mein Spiegelbild. Ich sah schrecklich aus. Die Haare verstrubbelt. Der Teint bleich, und ich hatte auffällig tiefe Augenringe, mein Anblick war wie eine Mischung aus Gespenst und Waschbär. Im nächsten Augenblick fielen erste Regentropfen, kurz darauf prasselte es schon gegen meine Fensterscheibe, und es schien, als weinte ich. Schlaf. Heute Nacht brauchte ich dringend meinen Schlaf, ansonsten würde ich durchdrehen. Aber ich wurde Carls Stimme im Kopf nicht los. Zum ersten Mal seit Langem hatte er begeistert geklungen, doch ich war nicht imstande gewesen, mich von seinen Gefühlen mitreißen zu lassen. Er hatte überheblich gewirkt und wie ein Wasserfall geredet, hatte zwischen seinen Erklärungen kaum Luft geholt. *Das wird das Ende dieser Bestien sein. Warte nur, bis du erst die Tonaufnahmen hörst. Bitte steig in den nächsten Flieger und komm nach Schweden. Das bringt die Sekte endgültig zu Fall.*

Die Begeisterung in seiner Stimme hätte mich fast dazu bewegt, auf der Stelle in den Wagen zu springen, zum Flughafen zu fahren und ins nächste Flugzeug zu ihm zu steigen. Aber dann machte sich ein pfeifender Warnton in meinem Hinterkopf bemerkbar. Je überschwänglicher er wurde, desto lauter surrte dieser Ton. Und dann meldete sich eine ganz leise Stimme zu Wort.

An der Sache ist irgendwas faul.

Ich zerbrach mir den Kopf, ob ich mich in Eva getäuscht haben könnte. Wenn sie wirklich für den Geheimdienst arbeitete und die Sekte mit ihrer Hilfe dingfest gemacht werden konnte, würde Carl ihr vermutlich nicht widerstehen können. Diese Vorstellung war wie ein Messer, das mir ins Herz gestochen wurde. Aber das Stadium, in dem ich mich von dem eifersüchtigen Monster in mir steuern ließ, hatte ich längst hinter mir. In der letzten Zeit hatten zahlreiche Opfer, die ich bringen musste, um der Sekte zu entkommen, mein Leben bestimmt. Ich verausgabte mich ganz, um Dani und Erik zu retten. Nun wollte ich unser Leben einfach wieder in Ordnung bringen. Ganz normale Dinge unternehmen, ohne Angst haben zu müssen. Ein Leben führen, das für die meisten Menschen selbstverständlich war.

Wenn nur ein Bruchteil von Carls Informationen stimmte, würde dies das Ende der Sekte bedeuten. Und zudem wäre es eine Erklärung, warum nichts über Eva Sand im Internet zu finden war. Aber nach wie vor nahm ich ihr diese Geheimdiensttätigkeit nicht ab, und so blieben die Zweifel weiter bestehen.

Die Vernunft sagte mir, dass wir uns auf das Ende dieser Höllenjahre zubewegten. Doch mein Bauch hielt dagegen: Wir standen direkt vor einer tiefen Schlucht.

Mit Carl am Telefon zu diskutieren, war sinnlos gewesen. Um seinen Wortschwall zu unterbrechen, hatte ich mich angestrengt, enthusiastisch zu klingen, und dann gesagt, ich würde mit Dani sprechen und mich wieder melden. Er wies mich noch einmal darauf hin, dass Dani äußerst vorsichtig sein müsse.

»Um Dani musst du dir keine Sorgen machen«, erwiderte ich. »Sieh dir heute mal die Internetausgabe des *The Chronicle* an. Lies den Artikel, aber denk dran, dass nicht alles, was da steht, wahr ist.«

Ich stand vom Küchentisch auf und ging zu Dani ins Schlafzimmer. Erst blieb ich in der Tür stehen und beobachtete sie. Sie hatte Erik gerade ein Fläschchen gegeben und brachte ihn nun ins Bett. Inzwischen hatte sie abgestillt, weil er Zähne bekommen hatte. Sie sprach liebevoll mit ihm, setzte sich auf ihr Bett und begann, die Jeans abzustreifen. Wieder einmal störte ich ihren kostbaren Schlaf. Im Raum war es stickig, daher öffnete ich ein Fenster. Es regnete immer noch, das war ein dampfender Nieselregen, der die Haut mit einem feuchten Film überzog. Der Himmel war schwer, die Wolken bis zum Platzen mit Wasser gefüllt. Der Wind zerrte an den Bäumen.

Ich setzte mich neben Dani. Keine von uns sprach ein Wort. Ich hatte keine Ahnung, wo ich anfangen sollte. War orientierungslos. Eigentlich hätte mir ein Stein vom Herzen fallen müssen, doch irgendwie fühlte sich meine Welt dornig und karg an. Da war immer noch so etwas Bedrohliches, das dort draußen ums Haus strich, die Bestie, die nur darauf wartete, sich auf unsere kleine Familie zu stürzen.

Dani hatte jetzt die Jeans abgestreift und fasste meine Hand.

»Irgendwas an diesem Gespräch hat dich irritiert, oder? Keiner kann dich zwingen, voreilige Entscheidungen zu treffen. Schlaf eine Nacht drüber. Und entscheide dich dann morgen.«

Sie hatte heimlich gelauscht. Mit Sicherheit hatte sie nicht alles verstehen können, aber genug, um zu wissen, wie ich mich fühlte.

Mein Handy klingelte so laut, dass ich zusammenzuckte. Es war Michael Parks, der völlig atemlos berichtete, dass er neue Informationen habe. Seine Kontaktpersonen hatten die Auszahlungen der Stiftung Hawk Eye nachvollziehen können.

»Es ist noch schlimmer, als ich befürchtet hatte«, sagte er. »Der größte Teil fließt in rechtsextreme Propaganda und Lobbyarbeit. Für dieses widerwärtige Projekt bei Sanctum wurde Geld überwiesen, und ein beachtlicher Betrag ging an Adam Wahlberg direkt. Die Art, wie wir das alles herausgefunden haben, ist leider nicht ganz legal. Daher brauche ich noch ein bisschen Zeit, bis ich die Polizei oder das FBI unterrichten kann.«

Mir fehlten die Worte. In meinem Kopf herrschte inzwischen ein Überdruck an Information, alles drehte sich nur noch im Leerlauf. Ich versuchte, sämtliche Fakten der Reihe nach zu sortieren. Eins stand fest: Sanctum war eine kriminelle Organisation, die Geld für die Sekte eintrieb. Wahrscheinlich hatte Michael schon jetzt genügend Beweise, um sie zu überführen. Aber viel komplizierter war die andere Frage: Wer war Eva Sand? Und für wen arbeitete sie tatsächlich?

»Bist du noch da, Alex?«

»Ja, sorry, ich bin nur ein bisschen schockiert. Jetzt erzähl ich dir mal, was ich heute erfahren habe.«

Es dauerte dann so lange, Michael auf den neusten Stand zu bringen, dass Dani in der Zwischenzeit schon eingeschlafen war. Sanft weckte ich sie, indem ich ihr über die Wange streichelte und mich entschuldigte. Dann erzählte ich ihr der Reihe nach von den Telefonaten mit Carl und Michael.

»Du bist diejenige von uns, die besser logisch denken kann«, sagte ich. »Ich möchte wissen, was du von der Sache hältst.«

»Was glaubst du denn?«, fragte sie und gähnte.

»Als ich in der Sanctum-Klinik war, habe ich eines begriffen. Die Patienten dort waren zwar für eine gewisse Zeit clean, aber völlig überdreht und richtiggehend high von der positiven

Energie, die ja eigentlich bloß heiße Luft war. Es war vollkommen unwirklich. Mir kam es vor, als seien sie von einer Abhängigkeit in die nächste gerutscht. Frei waren sie jedenfalls nicht. Und bei Carl habe ich jetzt auch so ein Gefühl. Er ist auf dem Weg aus der einen Falle heraus, aber in eine andere hinein. Ich bin mir fast sicher.«

»Dann haben wir keine Wahl. Wir müssen nach Lund fahren und ihn retten.«

»Wir?«

»Ich komme mit. Du darfst da nicht allein hin.«

»Nie im Leben fährst du mit Erik nach Schweden. Wie kommst du auf so eine Idee?«

»Es wäre doch nur für ein paar Tage. Wenn ich Erik ununterbrochen bei mir habe, habe ich keine Angst.«

»Aber stell dir vor …«

»Alex, ist dir jemals die Idee gekommen, dass es für mich auch mal schön wäre, ein bisschen rauszukommen? Im Grunde verstecke ich mich seit Monaten in den verschiedensten Häusern. Das klingt vielleicht verrückt, aber ein paar Tage Ruhe nach diesem Chaos in San Francisco würden mir ganz guttun. Gerade jetzt, wo die größte Gefahr vorbei ist und ich weiß, dass die Sekte Erik gar nicht mehr haben will.«

»Bist du dir sicher?«

»Absolut. In einem Flugzeug wird uns schon nichts passieren.«

»Die haben ihre Spione überall.«

»Ja, bevor die Artikel erschienen sind. Glaubst du jetzt nicht mehr an deinen eigenen Plan? Ein Tapetenwechsel täte mir echt gut. Ein paar Stunden, nachdem wir die Neuigkeit verbreitet haben, habe ich per Mail eine Anfrage bekommen, ob ich in einer Fernsehsendung auftreten könnte, und dann eine Bitte um ein Interview vom *People Magazine*. Es wäre gut, für eine Weile nicht erreichbar zu sein. Wir fliegen zusammen nach Schweden.«

»Ist das dein Ernst?«

Dani entfuhr ein sehr langer Seufzer.

»Was Eva betrifft, habe ich dasselbe ungute Gefühl wie du. Als Medizinstudentin sollte ich mich eigentlich nicht auf so etwas verlassen, aber mir ist noch eine Sache durch den Kopf gegangen. Das Gehirn sammelt ja ununterbrochen Informationen, Empfindungen, die der Körper auslöst, und Eindrücke von außen. Vielleicht sind wir ja beide hochsensibel und können Reize empfangen, die andere nicht wahrnehmen. Aber eins weiß ich sicher, Alex – unser siebter Sinn hat uns schon mehr als einmal gerettet. Carl ist in Gefahr. Wir müssen ihm helfen. Er ist intelligent, also können wir davon ausgehen, dass Eva Sand ihm Material vorgelegt hat, das überzeugend ist. Vielleicht können wir die Sekte damit sogar überführen. Aber ich kenne solche Menschen wie Eva Sand. Die gehen über Leichen. Sie liefern jeden ans Messer, Hauptsache, am Ende bekommen sie, was sie wollen. Und mit Sicherheit arbeitet sie nicht für den Geheimdienst. Die hat ganz andere Ziele, und wir beide müssen der Sache auf den Grund gehen.«

In diesem Moment kam eine Erinnerung hoch, die so stark war, dass ich kurz aus dem Raum verschwand. Ein altes Haus. Kunst an den Wänden. Ein Gesicht tritt aus der Dunkelheit hervor. Eva Sand, aber manches stimmt nicht. Ein Bild? Ich versuchte krampfhaft, mich zu erinnern, Gefühle und Sinneseindrücke auseinanderzuhalten und mithilfe des Gefühls das Bild noch einmal zu stimulieren. In meiner Erinnerung stand ganz klar jemand neben mir, äußerst nah, aber außerhalb meines Sichtfelds. Am Ende war es, als befände ich mich in einer Blase, und ich konnte mich selbst in einem dunklen Raum stehen sehen. Allein. Ganz vage spürte ich, dass ich dort gar nicht sein wollte, dass ich mich aber dazu gezwungen fühlte.

»Was ist los?«, fragte Dani.

»Ach, nichts Wichtiges«, sagte ich.

Ich würde ihr erst davon erzählen, wenn diese Erinnerung noch einmal auftauchte.

»Okay, wir fliegen«, bestätigte ich. »Du hast mich überzeugt.«

Wir buchten unsere Flüge schon für den nächsten Tag. Ich schickte eine SMS an Carl und teilte unsere Ankunftszeit mit. Steve war gar nicht begeistert, dass Dani nach allem, was geschehen war, verreisen wollte, doch sie bestand darauf.

»Du darfst auf gar keinen Fall reisen!«, war seine erste Reaktion.

»Du hast nicht über mich zu bestimmen!«, entgegnete sie.

Wenn Dani so dagegenhielt, wurden Steves Augen immer leicht feucht und glänzten vor Bewunderung.

Und sie war nicht davon abzubringen. Sie würde fliegen. Also gab Steve nach.

Ich war schon ins Bett gegangen, als mein Handy wieder klingelte. Amanda war dran.

»Hier ist jetzt morgen, schläfst du schon? Ich wollte Bericht erstatten«, sagte sie.

»Ich bin noch wach. Habe eben mit Carl telefoniert.«

Kurz und knapp erzählte ich ihr, welche Neuigkeiten Carl hatte. Amanda war ziemlich lange still.

»Das gibts doch nicht«, sagte sie schließlich. »Ich habe einige besorgniserregende Informationen über Eva Sand, aber lass uns mit Axel Tynell beginnen. Er ist seit einer Woche in Schweden. Und wohnt in einer Suite im Grand Hotel in Lund.«

»Wie bitte? Ich dachte, er ist in Malmö?«

»Nein, den Bewegungen seiner Kreditkarte nach hat er sich vor allem in Lund aufgehalten. Er hat einiges für teure Kleidung und Alkohol ausgegeben. Und dann hat er jemandem eine hohe Summe überwiesen. Doch bevor hier die Banken öffnen, kann ich nicht rauskriegen, wem.«

»Und die andere Info?«

»Die ist noch viel interessanter. Es gibt eine Eva Sand, die in einer Sanctum-Klinik in Norrland stationär behandelt wurde. Sie haben eine Einrichtung in Arjeplog.«

Der Ernst in ihrer Stimme machte mir Angst.

»Ist das wahr?«

»Ja, da gibt es – oder gab es – eine Frau mit diesem Namen. Sie soll fünfunddreißig Jahre alt sein und sich über ein Jahr in der Klinik aufgehalten haben. Ihr Pass ist auf Eva Sand ausgestellt. Sie ist wegen Ecstasy- und Kokainmissbrauchs in Behandlung. Allerdings ist sie unter diesem Namen nicht gemeldet, denn sie trägt den Namen ihres Partners noch nicht lange. Er hieß Rickard Sand und starb vor Kurzem bei einem Autounfall. Vorher hieß sie Eva Svensson, ganz einfach.«

»Ist sie immer noch in dieser Klinik?«

»Soweit ich weiß, ja. Ich werde versuchen, an ein Foto von ihr zu kommen.«

Es wurde neblig im Raum. Amandas Stimme verklang, wie ein dünner Faden.

»Hallo, Alex, bist du noch da?«

»Ja, entschuldige. Diese Information ist so wahnsinnig wertvoll, danke.«

»Keine Ursache. Aber das ist noch nicht alles. Meine Mädels haben auch noch in Erfahrung bringen können, dass diese Eva Sand früher mal für den Geheimdienst gearbeitet hat.«

68

Eva

Vielleicht löst Carls Kommentar, den er nur so im Vorbeigehen fallen lässt, den Anfall aus. Oder ist es sein Gesichtsausdruck? Dieser beiläufige, arrogante Zug um den Mund, dieser unterkühlte Blick.

Eva versucht ihn anzulächeln, doch das macht es nur noch schlimmer. Auf halbem Weg gefriert ihre Mimik. Ihre Knöchel werden weiß, als sie die Hände ineinander drückt. Sie kneift die Kiefer aufeinander. Doch nichts hilft. Aus ihrer Gurgel dringt ein Laut, als wäre sie am Ersticken. Sie hustet den Ton weg.

Vor Kurzem noch stand er da und hat von Alex wie ein unglücklich verliebter Teenie geschwärmt. Jetzt sieht er Eva distanziert an und möchte lieber gehen. Einfach so.

»Aber dann wirst du ja mit allem fertig sein, wenn Alex kommt«, sagt er zu ihr in einem Tonfall, wie man mit Untergebenen spricht.

Es ist, als würde es an einer Stelle jucken, die man nicht erreicht. Ein Ziehen in der Brust, das Gefühl, gewürgt zu werden.

Tief durchatmen, immer tief durchatmen. Zähl bis zehn, bevor du etwas Unüberlegtes tust. Dieser Wutausbruch ist irrational.

Es ist einfach lachhaft. Das wird nicht funktionieren.

Ihre Blicke sind verschlossen. Sie hat den Eindruck, dass

Carl ihr all ihre Gefühle ansehen kann. Die Angst und den Hass. Er absorbiert sie geradezu.

»Alles okay, Eva?«

Von ihrem trockenen Hals bleibt ihr die Stimme weg, aber immerhin kann sie nicken und andeutungsweise sogar lächeln.

Sie gräbt die Fingernägel in die Handflächen. So hart, dass sie vor Schmerz das Gesicht verzieht.

»Oh! Du blutest ja«, sagt er erschrocken.

Ein kleines Rinnsal Blut läuft aus ihrer geballten Faust.

Die Kälte in Carls Blick ist verschwunden. Eva sieht ihm ins Gesicht, beobachtet, wie sich seine Lippen über die zusammengepressten Zähne spannen und in eine Art Lächeln münden. Er strahlt eine Ruhe aus, der sie sich nur einen Augenblick genussvoll hingibt. Dann bekommt sie auch wieder Luft.

Es war haarscharf. Ein Herzschlag mehr, und sie wäre explodiert. Die andere Eva hat es gespürt. Sie ist nicht weit entfernt, sondern befindet sich tief in ihrer Brust.

»Ach so«, sagt sie. »Ich habe mich vorhin an einem Blatt Papier geschnitten.«

»Brauchst du ein Pflaster?«

Was für eine komische Frage.

»Nein, ist schon okay.«

»Gut. Dann bis morgen.«

Er lächelt. Es kostet sie viel Überwindung zurückzulächeln. Als er die Tür hinter sich schließt, lässt Eva sich erschöpft auf einen Stuhl sinken und sieht sich nach ihrem Smartphone um. Sie verlegt es doch sonst nie. *Wo ist das blöde Handy?*

Dann bemerkt sie es auf der Kücheninsel, geht auf wackeligen Beinen hinüber und wählt Wallins Nummer. Er ist der Einzige, der ihr jetzt helfen kann. Ohne Medikamente wird sie das alles nicht durchstehen.

»Herr Wallin, es ist schon wieder passiert«, sagt sie, kaum dass er abgenommen hat.

»Sie haben doch nichts Dummes angestellt?«

»Ich stand kurz davor. Ich brauche mehr Medikamente. Warum dauert es so lange? Bitte stellen Sie mir jetzt gleich ein Rezept aus. Sie haben es doch versprochen.«

»Ja, tut mir leid. Aber ich möchte Ihre Medikation etwas anpassen, und dafür muss ich Sie vorher untersuchen. Nach dem Wochenende hole ich Sie ab. Kommen Sie bis dahin zurecht?«

»Wie meinen Sie das? Wo wollen Sie denn hin?«

»Zurück in die Klinik, nur für eine Weile. Wir sollten Ihre Behandlung noch mal intensivieren. Es wäre voreilig, Ihnen jetzt Medikamente zu verschreiben. Nur noch ein paar Tage, dann kümmere ich mich um Sie.«

»Und was ist mit dem Kind? Und meinem neuen Job?«

»Der Plan wird gestrichen. Das Kind ist nicht mehr interessant. Eva, Sie haben einen tollen Job gemacht. Aber jetzt müssen Sie sich davon erholen und wieder zu Kräften kommen.«

»Verpiss dich«, ruft sie und drückt das Gespräch weg.

Mit Sicherheit wird er wieder anrufen. Doch sie kann ihn nicht mehr brauchen. Sie muss sich einen neuen Psychiater suchen, einen, der sie wirklich versteht. Diese verfluchte Nacht vor zwei Jahren geistert ihr wieder durch den Kopf. Warum muss sie immer daran denken? Die Medikamente haben sie aus ihrem Bewusstsein verbannt. Doch ohne Medizin nimmt sie ihre Gedankenwelt wieder ein.

Und jetzt taucht Eva noch einmal in die Erinnerungen an jenen Abend ein.

In der Wohnung war es eng. Sie hatten eine Party, die Musik war laut. Aber ihn konnte jeder klar und deutlich verstehen.

Heiraten? Machst du Witze? Sie ist mein Lieblingsflittchen, und außerdem taugt sie doch nur zur Hausfrau.

Ihr Wutanfall, und danach seine Ohrfeige, wie hat er sie bloßgestellt.

Mit einem Mal bemerkte sie, dass alle Augen auf sie gerichtet waren. Die Gäste kicherten leise. Die vollkommene Erniedrigung. Was für ein Glück, dass sie so dicht an der Arbeitsplatte stand, direkt vor dem Messerblock.

Was sie dann getan hat, bereut sie nicht. Es war richtig. Sie erinnert sich noch genau an das Gefühl, wie die Messerklinge durch seine Haut glitt, da war kaum ein Widerstand, es schien, als schneide sie in ein Steak. Und wie sie immer wieder zustach, bis das Blut spritzte und sie alles nur noch wie durch einen roten Vorhang sah.

Einmal hatte er zu ihr gesagt: *Wenn man es nicht mit dem ganzen Körper fühlt, ist es auch nicht echt.*

Und deshalb hat er es zu spüren bekommen. Ihre Liebe war echt, aber er hat sie besudelt.

Sie schließt die Augen und sieht sich selbst vor zwei Jahren. Eine Bohnenstange, sexy, mit einer vielversprechenden Zukunft. Der Hass auf den Ex ist alles, was aus dieser Zeit geblieben ist.

Sie zwingt sich aus diesem negativen Gedankenkarussell und konzentriert sich auf den Tag, der vor ihr liegt. Noch vierundzwanzig Stunden, dann wird sich ihr Leben verändern. Aber die andere Eva malträtiert sie jetzt mit ihren Bedenken. *Du heißt doch gar nicht Eva. Du gehörst nicht hierher. Du wirst untergehen. Hol dir Hilfe, bevor es zu spät ist.*

Sie stellt sich vor den Spiegel, da ist es am leichtesten, *die andere* loszuwerden. Ihr Gesicht ist rot gefleckt. An einer Seite ist die Mascara unters Auge gelaufen. Als sie den Arm hebt, um die Flecken wegzuwischen, nimmt sie den Schweißgeruch aus der Achselhöhle wahr. Sie verpasst sich selbst eine Ohrfeige, so knallhart, dass es wehtut. Und dann noch eine. Sie konzentriert sich auf ihre Umgebung, auf die Geräusche, eins nach dem anderen. Das Knarzen eines Dachbalkens. Das leise Surren des Kühlschranks. Das Säuseln des Windes in den Bäumen draußen vor der Tür. Gut. Jetzt wird es ihr gleich viel besser gehen.

Axel, Nils und die anderen Idioten können ihr mal den Buckel runterrutschen.

Sie wird die Sache schon schaukeln.

Mit oder ohne Beruhigungsmittel.

69

Langsam schlängelte sich das Taxi durch den dichten Verkehr in Richtung Flughafen. Dani und ich saßen hinten, zwischen uns Erik im Kindersitz.

»Dann ist sie also *wirklich* beim Geheimdienst«, sagte ich wohl schon zum hundertsten Mal.

»Erst ist sie stationär in einer Sanctum-Klinik, und jetzt arbeitet sie plötzlich für die«, sagte Dani. »An der Sache ist doch irgendwas faul.«

»Sie hat Carl erzählt, sie sei eine Agentin.«

»Als Drogenabhängige? Alex, das kann nicht sein.«

»Aber Geheimdienstagenten können vielleicht auch abhängig werden?«

»Die Karriere eines Spions nach der geschlossenen Psychiatrie? Einfach so? Nie im Leben.«

Mein Handy gab einen Ton von sich: eine Nachricht von Amanda. Aber bevor ich dazu kam, die SMS zu lesen, klingelte es, auf dem Display war ihre Nummer zu lesen. Ich nahm ab.

»Hallo Alex, sitzt du?«

»Ja, ich bin grad im Taxi und fahre zum Flughafen, warum?«

»Ich habe dir ein Bild geschickt, schau dir das mal an. Aber vorher eines noch: Das Geld, das Axel Tynell überwiesen hat, ging auf Eva Sands Konto. Keine große Summe. Kommt mir eher wie ein Taschengeld vor. Aber jetzt schau dir mal das Bild an. Da siehst du Eva Sand, die Patientin, die in der Sanctum-Klinik stationär behandelt worden ist.«

»Amanda, wie kriegst du so was raus?«

»Meine Mädels haben sich in die Computer von Sanctum eingehackt. Aber kein Sterbenswörtchen darüber. Zu niemandem!«

Ich sah nun auf das Bild, eine Nahaufnahme, möglicherweise ein Passfoto. Die Frau hatte denselben Haarschnitt wie Eva Sand, einen Bob, dieselben hellblauen Augen, sie sahen sich ähnlich, aber es war dennoch nicht die Person, die ich als Eva Sand kennengelernt hatte. Die Frau auf dem Foto hatte nicht Evas markante, androgyne Gesichtszüge. Sie wirkte wesentlich unauffälliger.

Dani war auch neugierig geworden und betrachtete das Foto, dann warf sie sich in den Sitz zurück und schlug sich die Hände auf die Stirn.

»Oh nein!«, rief sie.

Ich schaltete den Lautsprecher ein, damit Dani mithören konnte.

»Was hat das zu bedeuten?«, fragte ich Amanda.

»Das ist nicht die Eva Sand, die bei Carl ist, oder?«

»Nein, das ist sie nicht.«

»Dann sieht es ganz so aus, als hätte sie die Identität dieser Frau gestohlen.«

»Glaubst du, dass der Geheimdienst seinen Agenten mit solchen Mitteln hilft?«

»Ist das dein Ernst? Ich glaube kaum, dass der Geheimdienst Identitäten von Drogenabhängigen kapert. Es wird unheimlich. Sollten wir Carl vielleicht warnen?«

»Am Telefon?«, fragte ich skeptisch. »Eva wird ihn nicht aus den Augen lassen. Er telefoniert gern mit Lautsprecher, wenn er das Handy benutzt. Stell dir vor, sie hört zu.«

»Bei uns ist bald Nacht«, sagte Amanda. »Besser, wir warten bis morgen. Wann seid ihr da?«

»Wir landen morgen gegen neunzehn Uhr Ortszeit.«

»Ruf ihn an oder schreib ihm eine Nachricht, dass du ihn unter vier Augen sprechen möchtest, sobald du angekommen bist. Bis dahin hab ich vielleicht schon neue Informationen für dich.«

»Glaubst du nicht, dass ihm Eva Sand etwas antun könnte?«

»Dann hätte sie es längst getan. Als ich sie auf der Silvesterparty kennengelernt habe, schien sie völlig fixiert auf ihn zu sein. Stürmisch verliebt, würde ich sagen.«

»Danke Amanda, dass du uns hilfst.«

»Keine Ursache, aber ich mache mir langsam ernsthaft Sorgen um euch. Ich melde mich bald wieder.«

Unser Flieger sollte von San Francisco um drei Uhr nachmittags starten und am nächsten Tag um achtzehn Uhr in Kopenhagen landen. Mit Zwischenstopp in Frankfurt.

»Wo wollen wir eigentlich übernachten?«, fragte ich Dani. »Carl möchte bestimmt, dass du bei ihm in der Wohnung bleibst.«

»Nein, er muss verstehen, dass ich das nicht will. Und die Schlange hat sich bestimmt das Gästehaus unter den Nagel gerissen. Dann schnappen wir uns die Jagdhütte.«

»Gut. Schreib ihm das einfach. Und teil ihm mit, dass du ihn *allein* treffen möchtest, wenn wir kommen. Wenn wir in der Luft sind, versuche ich zu schlafen. Ich hoffe, Erik tut das auch. Ich bin hundemüde.«

»Ich kann mich auch um Erik kümmern. Aber du musst jetzt dein Hirnschmalz für uns beide benutzen. Ich habe das Gefühl, in der letzten Zeit habe ich viel zu viele graue Zellen verbraucht. Mein Kopf fühlt sich wie ausgehöhlt an.«

Ich schickte Carl eine SMS, in der ich schrieb, ich wolle in der Jagdhütte wohnen und ihn allein treffen, sobald wir angekommen wären.

Der Stau hatte sich aufgelöst. Das Taxi bog auf die Straße zum Flughafen ein. Es hatte die ganze Nacht lang geregnet, und jetzt nieselte es immer noch. Der Wind hatte zugenommen, er schleuderte die Wassertropfen auf unsere Windschutzscheibe. Ich starrte auf die konturenlose, graue Landschaft da draußen. Häuser, komplett in Wolken verhüllt, Bäume, die sich vor dem Wind duckten, und Hunderte von Scheinwerfern, die sich vorwärtsbewegten, stoppten und schließlich weiterrollten.

Mitten in diesem Wintermatschwetter sehnte ich mich nach dem warmen Herbst, der hinter uns lag. Ich erinnerte mich an einen Sonnenuntergang am Meer, wo ich mit dem Kopf an Carls Brustkorb gelehnt dalag und seinem schweren, gleichmäßigen Herzschlag lauschte. An die Nacht in Big Sur, wo wir zum letzten Mal richtig guten Sex miteinander gehabt hatten. *Manchmal glaube ich, ich bin so wahnsinnig verliebt in dich, dass du mein Untergang sein wirst.*

Wäre ich nicht in Carls Leben eingefallen, wäre er niemals in diesem Karussell gelandet. Er wäre bestimmt auch glücklich gewesen und hätte hin und wieder eine Beziehung zu einer Frau, die er *interessant* fand, gehabt. Keine Todesdrohungen. Keine Brandanschläge. Keine Eva Sand. Ich war wie ein Wirbelsturm, der sein Leben durcheinandergebracht und alles auf den Kopf gestellt hat. Jetzt würde ich Carl bald wiedersehen, und dann wollte ich alles richtigmachen. Keine voreiligen Beschlüsse. Keine riskanten Unternehmungen. Ich durfte auf keinen Fall die Nerven verlieren und alles wieder kaputtmachen. Also brauchte ich noch mehr Beweise, bevor ich ihn mit den neuen Erkenntnissen konfrontierte. Noch immer gab es zu viele Ungereimtheiten, ich musste ihn aber überzeugen. Nicht einmal jetzt, da Michael Parks die Polizei einschalten wollte, war ich mir ganz sicher. Das alles brauchte Zeit, und mit Blick auf Eva Sand war die Zeit knapp. Das spürte ich ganz deutlich.

Ich sah, dass Carl schon auf meine SMS geantwortet hatte.

Ich hab gehofft, du wohnst bei mir, aber ich kanns verstehen. Und danach ein Tränensmiley. Fast tat er mir leid, doch ich traute mich nicht, ihn zu warnen. Alles, was ich schrieb, konnte auch bei Eva landen. Sie war irgendwo in seiner Nähe und schnüffelte sicher auch in seinem Handy herum.

Nein, ich wohne lieber in der Jagdhütte.

Die Antwort kam postwendend.

Okay. Kümmere mich drum. Freu mich so auf dich. Freu mich irre. Dann viele rote Herzen. Als ließe sich die Kluft zwischen uns mit ein paar lächerlichen Symbolen überbrücken.

Dani war inzwischen an meiner Schulter eingenickt. Jetzt standen wir kurz vor dem Eingang des Flughafenterminals.

Vorsichtig rüttelte ich an Danis Arm.

»Aufwachen, wir sind da.«

Sie blickte etwas verwirrt auf, bevor sie wieder wusste, wo sie war.

»Sobald wir durch die Sicherheitskontrollen durch sind, holen wir uns bei Starbucks einen Espresso«, sagte ich. »Ich kann verstehen, dass du müde bist. Danke noch mal, dass du mitkommst.«

»Ich würde alles für dich tun«, bekräftigte sie schlaftrunken.

Dann hob sie Erik aus dem Kindersitz, während ich die Fahrt bezahlte. Erik jauchzte fröhlich, ihm schien das Reisen zu gefallen.

Ich hatte schon befürchtet, dass wir erst mit Verspätung abfliegen würden, doch der Flug war pünktlich. Dani schnallte Erik in einem eigenen Kindersitz an. Erstaunlicherweise schlief er fast auf der Stelle ein. Und kaum hatten wir unsere Gurte geschlossen und uns aneinandergelehnt, fielen auch wir in den Schlaf. Wir müssen wie siamesische Zwillinge ausgesehen haben, im Schlaf aneinandergeschweißt. Mich holten all die vergangenen, schlaflosen Nächte ein. Mehrere Stunden lang schlief ich tief und fest. Dann träumte ich, doch die Bilder kamen mir so fremd vor, wie aus einem anderen Leben. Ein Traum kehrte immer wieder zurück. Ein altes Haus, die Wände voller Gemälde. Antiquitäten. Ein Mann, der neben mir ging und mich leicht am Ellenbogen berührte. Ich konnte sein Gesicht nicht sehen, aber das ungute Gefühl, das er in mir weckte, spürte ich deutlich. Ich fühlte mich in seiner Gegenwart unwohl, wollte am liebsten weg von dort.

Mehrmals erwachte ich, fiel dann jedoch vom leichten Surren des Flugzeugs immer wieder in den Schlaf. So hoch in der Luft zu sein, hatte etwas Besonderes. Alles Leid war so fern. Hier oben schien das Gedächtnis viel wacher zu sein. Bei mir meldete es sich im Traum.

Eine Stewardess weckte uns vorsichtig und servierte uns Brote in Zellophanfolie, Joghurt und Kaffee. Durchs Fenster sah ich den Himmel rot werden. Bei unserer Ankunft in Schweden würde es schon wieder dunkel sein. Erik wachte auf und quengelte, aber Dani hatte bereits ein Fläschchen fertig, das er in einem Zug trank.

»Ich erinnere mich an etwas, das ich nicht richtig zu greifen kriege«, sagte ich zu Dani. »Ich weiß, dass ich Eva Sand schon mal irgendwo gesehen habe. Aber warum kann ich mich nicht erinnern, wo das gewesen ist? Sonst habe ich mit so etwas doch nie Probleme.«

»Vielleicht ist es eine unangenehme Erinnerung, etwas, das du verdrängst. Oder es könnte auch noch was anderes sein …«

»Was meinst du?«

»Hast du schon mal was von Gegen-den-Strich-Denken gehört?«

»Nein, was soll das sein?«

»Zusammengefasst könnte man sagen, dass man dabei ein Problem aus einer neuen Perspektive betrachtet. Durch Gegen-den-Strich-Denken lassen sich ganz unerwartet einfache Lösungen für komplizierte Probleme auftun. Du hast das Gefühl, Eva Sand ist dir schon mal über den Weg gelaufen. Eigentlich kannst du dich auf dein Gedächtnis verlassen. Trotzdem erinnerst du dich nicht. Das klingt doch irgendwie unlogisch, oder? Vielleicht war es gar nicht sie, sondern jemand, der ihr ähnlichgesehen hat, oder der dich an sie erinnert?«

»Aber es sind ihre Augen, an die ich mich erinnere, da bin ich mir fast sicher ...«

»Und sind mit diesen Erinnerungen Gefühle verknüpft?«

»Ja, ich würde sagen, so was wie Ekel und vielleicht auch Schamgefühle.«

»Erzähl mal mehr. Jedes noch so kleine Detail kann wichtig sein.«

»Es gibt eigentlich nur einen einzigen Menschen, der mich zu so was ...«

Mir blieben die Worte im Hals stecken, als mich die Erkenntnis wie der Schlag traf.

Dani beugte sich vor und starrte mich an.

»Sag schon, Alex, was denkst du gerade?«

Mit einem Mal wuchsen die kleinen Worte zu etwas Riesigem an, das mich in Todesangst versetzte. *Ekel. Scham.* Und Erniedrigung. Ich spürte ein seltsames Vibrieren in der Magengegend.

Jim!

Die Flugzeuggeräusche kamen mir mit einem Mal kilometerweit entfernt vor. Vor meinem inneren Auge rauschte eine Bilderflut vorbei und zeigte mir den ersten und letzten Besuch bei Jims Eltern auf ihrem Gutshof in der Nähe von Lund. Ich graulte mich vor dem alten Haus. Jims Vater war neben mir gegangen, hatte mich mit einer leichten Berührung am Ellenbogen ins Wohnzimmer geleitet. Verzweifelt versuchte mein Hirn, die Bilder scharf zu stellen, und blieb an etwas hängen. Einem Gemälde?

Einem Foto!

Ich hatte Jim darauf angesprochen und ihn nach der Frau auf dem Bild gefragt.

Eine jüngere Schwester, die im Ausland lebt. Wir haben nicht viel Kontakt.

Es war ein Familienporträt. Die Frau in der Mitte hatte braunes, langes Haar und dunkle Augen. Aber das Gesicht! Bei einem solchen Gesicht täuscht man sich nicht.

Aus einem primitiven Impuls heraus hätte ich fast laut losgeschrien. Mein Mund wollte sich öffnen, aber ich presste die Lippen aufeinander, ich musste mich furchtbar anstrengen.

»Oh mein Gott! Das darf nicht wahr sein!«, rief ich stattdessen, immerhin noch so laut, dass ich die Blicke einiger Passagiere auf mich zog. Der Kaffee in meinen Händen schwappte über und verbrannte mir die Finger.

»Was ist los mit dir, Alex?«, fragte Dani.

Ich hatte Mühe, klar zu denken, mir begreiflich zu machen, was das zu bedeuten hatte.

»Sie ist Jims Schwester.«

»Wer?«

Dani nahm mir die Tasse aus der Hand und stellte sie auf den Klapptisch.

»Eva ist Jims Schwester. Wie konnte ich so auf dem Schlauch stehen? Ich habe ein Foto von ihr gesehen, als ich im letzten Herbst bei Jims Eltern zu Besuch war. Jim hat gesagt, dass sie im Ausland wohnt. Da hatte sie zwar dunkles, langes Haar, aber ihr Gesicht war eindeutig das auf dem Foto.«

Dani blieb der Mund offen stehen. Das war ein Schock. Für mich war Jim Zander nur eine Affäre gewesen. Er hatte sich in mein Leben eingenistet, während er Dani in der Krypta gefangen hielt. Sein Plan war, mich als eine Art Reserve im Auge zu behalten, für den Fall, dass Dani nicht schwanger würde. Ich schämte mich heute noch, weil er mir so viel vorgaukeln konnte, aber ich kannte nur seine Schokoladenseite.

Für Dani war er der Teufel in Person gewesen. Er hatte sie gefoltert, vergewaltigt und unterworfen. In den langen, finsteren Nächten in der Gefangenschaft, als sie einsam war und Angst hatte, hatte ihr Schicksal in seinen Händen gelegen. Er hatte keine Gelegenheit ausgelassen, sie daran zu erinnern. Noch immer kam es vor, dass sie nachts im Schlaf leise weinte. Dann wusste ich, dass Jim gerade durch ihre Träume geisterte. Nicht selten fragte ich mich, wie Dani so gut klarkam, aber ich wusste, dass sie alles tat, um sich nicht an diese schrecklichen Monate in der Gewalt der Sekte erinnern zu müssen. Wenn sie sich erlaubte, ihren Gefühlen nachzugehen, würde der Damm brechen, den sie innerhalb eines Jahres mühsam aufgebaut hatte. Auf die Art konnte sie ihre Gefühle unter Kontrolle halten, in einer kleinen Kiste im hinterletzten Winkel ihrer Seele verstaut und fest verschlossen halten. Aber jetzt kamen wir wieder an den Ort, wo alles begonnen hatte, zurück zu dieser schönen Mittsommernacht, nach der unser Leben nicht mehr dasselbe war. Und der Grund dafür hieß Jim.

»Bist du dir sicher? Hundertprozentig?«, fragte sie.

»Ja, absolut.«

»Du kannst dich nicht irren?«

»Ich habe alles, was ihn betrifft, verdrängt, und du weißt doch, dass ich sonst ein gutes Gedächtnis habe. Sie ist es.«

»Könnte es vielleicht sein, dass Eva Sand Jims Schwester auf diesem Foto nur *ähnlichsieht*?«

»Nein, Dani. Ich bin mir wirklich ganz sicher. Und Eva Sand hat doch auch Ähnlichkeit mit Jim, wenn du mal überlegst ... sie haben genau den gleichen Blick. Intensiv und leicht überheblich.«

»Ja, das stimmt«, sagte sie.

»Vielleicht hatten Jim und sie ein enges Verhältnis zueinander, wer weiß das schon? Vielleicht will sie sich an dir rächen, weil du ihn umgebracht hast.«

»Und das Material, das sie Carls Worten zufolge gesammelt hat?«

»Das kann alles gefakt sein, um Carl zu linken. Die Bitch bekommt ihr Geld von der Sekte. Sie ist Jims Schwester und hat die Identität einer Drogenabhängigen gestohlen. Was müssen wir sonst noch wissen?«

Meine Stimme war inzwischen eine Oktave höher als normalerweise und drohte zu brechen. Ein paar Mitreisende sahen uns besorgt an.

Dani beugte sich vor und vergrub den Kopf in den Händen. Erst dachte ich, dass sie weint, aber ihre Augen waren trocken, als sie wieder aufsah.

»Was für ein Minenfeld!«

Da erklang über den Lautsprecher die Stimme des Kapitäns. In dreißig Minuten würden wir in Frankfurt landen.

»Und was machen wir jetzt?«, fragte sie mich.

»Sobald wir gelandet sind, verständigen wir Amanda. Ich weiß nicht, wie Jims Schwester mit Vornamen heißt, ich kenne nur die Namen der Eltern. Aber Amanda wird viel schneller mehr herausfinden, als wir etwas recherchieren können.«

»Du hast von Anfang an gespürt, dass mit ihr etwas nicht stimmt, Alex. Und du hast recht behalten.«

Die Landung in Frankfurt ging fast an mir vorbei. Ich hatte Angst, dass uns auf dem letzten Stück, so kurz vor Schweden, noch irgendetwas aufhalten könnte. Dass der Flug von Frankfurt nach Kastrup verspätet wäre. Dass in Schweden Schneechaos herrschte und die Züge nicht über die Öresundbrücke fahren konnten. Ich hatte völlig vergessen, vor dem Abflug das Wetter zu checken.

»Jetzt musst du dich ein bisschen beruhigen«, sagte Dani. »Ruf doch Carl an, wenn du dir solche Sorgen machst.«

»Sorgen machen ist gut gesagt. Ich habe eine Scheißangst. Also ist es vielleicht eine gute Idee, ihn anzurufen.«

Doch irgendetwas hielt mich davon ab. In ein paar Stunden waren wir vor Ort. Doch im Augenblick war Eva bei Carl. Ich musste ihn unbedingt alleine sprechen.

Als wir die Passkontrolle hinter uns hatten, war noch eine knappe Stunde Zeit bis zum Abflug. Auf dem Weg zum Gate rief ich Amanda an. Sie ging nicht ran, aber keuchend hinterließ ich ihr eine Nachricht auf der Mobilbox.

Mir ist gerade wieder eingefallen, wer sie ist. Jim Zanders Schwester. Um die dreißig. Die Eltern heißen Ernst und Elisabeth Zander. Wir brauchen jede Info, die du kriegen kannst. Es ist dringend. Bitte, hilf uns!

Dani war still. Ausnahmsweise sprachen wir kaum miteinander. Ich wollte den Namen Jim nicht erwähnen, um die schrecklichen Erinnerungen nicht zu wecken. Schuldgefühle überwältigten mich, und Erik brauchte seine Mutter. Ich wollte Dani nicht in etwas Gefährliches hineinziehen.

Auf dem Flug von Frankfurt nach Kopenhagen war sie vollkommen abwesend, saß nur da und kaute auf der Nagelhaut herum.

»Du, Dani«, sagte ich. »Das, was vor einem Jahr passiert ist, kann uns heute nichts mehr anhaben. Sie ist vielleicht Jims Schwester, aber sie *ist* nicht Jim.«

Dani nickte, sah aber immer noch weg.

»Jim ist tot. Er wird nie wieder auftauchen«, sagte ich behutsam.

Sie drehte sich zu mir um und sah mich eiskalt an.

»Ach ja, das sagst du mir? Glaubst du, ich weiß das nicht? Ich hab ihn doch selbst erschlagen.«

Dann beruhigte sie sich allmählich wieder.

Kaum dass wir unsere Koffer vom Gepäckband geholt hatten, schrieb ich Carl wieder eine SMS.

Sind gleich im Zug nach Lund. Möchte dich unbedingt ALLEIN sprechen, wenn ich ankomme.

Der Rückruf von Amanda kam, als wir noch im Zug saßen, kurz vor Lund. Ihre Stimme war gedämpft, betont leise.

»Sitzt ihr?«, fragte sie noch einmal.

»Das ist das zweite Mal, dass du das heute fragst. Ja, wir sitzen jetzt im Zug.«

»Es ist besser, wenn ihr sitzt, wenn ihr den Artikel lest, den ich dir gerade geschickt habe.«

Mein Handy gab einen Ton von sich. Ich öffnete die SMS. Während ich sie las, hielt ich immer wieder die Luft an. Die Wörter flossen ineinander, wurden kurz lesbar, dann verschwammen sie wieder. Dani lehnte sich zu mir und las, den Kopf an meiner Schulter. Ich sah, wie sie sich die Hand vor den Mund schlug, hörte, wie sie nach Luft rang.

Ich schluchzte auf. Mir schossen die Tränen in die Augen. Aus dem Schluchzen wurde ein verzweifelter Schrei.

70

Der Artikel war zwei Jahre alt, und neben dem Text war ein Foto von einem auffällig schönen Paar in Abendkleidung abgebildet. Der Mann war blond, durchtrainiert und attraktiv. In dem Bericht hieß es, seine Begleitung hieße Andrea Zander, und das war exakt dieselbe Person, von der ich bis jetzt glaubte, sie hieße Eva Sand. Sie trug ein rotes Etuikleid, diamantene Ohrringe und ein Collier. Ihre langen Haare waren brünett, genau so wie auf dem alten Familienfoto im Hause Zander.

Erst hatte es den Anschein, als gehörten das hübsche Foto und die Headline des Artikels gar nicht zusammen. *Blutiges Eifersuchtsdrama am Silvesterabend.*

Im Text stand, dass das Model Andrea Zander und der prominente Fußballspieler Peter Rysk seit über einem Jahr eine Beziehung hatten. Rysk stand beim Malmö FF unter Vertrag und war erst vor Kurzem in die Nationalmannschaft aufgenommen worden. Das Foto von Andrea und ihm stammte vom Ball des Sports.

Ein paar Tage vor Silvester vor zwei Jahren hatte Andrea einige beunruhigende Posts in den sozialen Netzwerken getätigt, in denen sie Peter Rysk gedroht hatte. Es war unklar, warum niemand darauf reagiert hatte, aber das Paar hatte zu einer Silvesterparty in Peter Rysks Penthousewohnung in Ribersborg in Malmö eingeladen, trotz des brodelnden Konflikts zwischen ihnen. An diesem Abend hatte Andrea einen Wutanfall bekommen und Rysk mit einem Küchenmesser angegriffen. Ein Augenzeuge hatte berichtet, dass Rysk sie provoziert und ihr eine Ohrfeige gegeben hätte. Mit lebensbedrohlichen Verletzungen an Bauchorganen, Wirbelsäule und einer punktierten Lunge sei er ins Krankenhaus gekommen. Weitere Zeugen hätten berichtet, dass Andreas Blick »hassverzerrt« gewesen sei und sie viermal auf Rysks Rücken, Bauch und die Leisten eingestochen habe, bevor jemand sie hatte stoppen können. Rysk selbst war zu betrunken gewesen, um sich überhaupt wehren zu können.

In dem Artikel stand kein Wort darüber, was aus Andrea Zander geworden war. Allerdings wurde ihre Geschichte sehr ausführlich beschrieben. Sie war Tochter des Kunstsammlers und -händlers Ernst Zander. Schon als junges Mädchen hatte sie begonnen zu modeln, meist im Ausland. Obwohl sie bereits richtig Karriere gemacht hatte, hatte sie wegen ihres aufbrausenden Temperaments mehrere Jobs auch wieder verloren. Unter dem Artikel war noch ein Foto mit dem Haus, in dem die Tat geschehen war, dabei war Rysks Penthousewohnung eingekringelt.

Ich holte einmal tief Luft und vergaß fast, sie wieder auszuatmen. Ich konnte meinen Blick nicht von Andreas Foto losreißen.

»Hallo, Erde an Alex«, rief Dani.

»Sorry«, erwiderte ich. »Das ist doch einfach nicht zu fassen.«

»Nicht zu fassen? Das ist eine Katastrophe. Das muss doch überall in den Nachrichten gewesen sein, aber ich kann mich überhaupt nicht daran erinnern. Du vielleicht?«, fragte sie.

Ein paar Erinnerungsfetzen an ein riesiges Medienaufgebot nach einer Messerattacke kamen schon auf. Doch, ich hatte davon etwas mitbekommen. Aber vor zwei Jahren hatten mich weder Fußball noch Promis interessiert. Das war in der

Zeit gewesen, bevor Dani und ich von der Sekte verfolgt wurden und lange bevor ich Jim kennenlernte. In dieser Zeit war ich meist damit beschäftigt gewesen, interessante Typen aufzureißen und meinen Job in der Boutique nicht zu verlieren. Dani hatte sich ganz auf ihr Medizinstudium konzentriert, sie hatte solchen Nachrichten ganz sicher keine Beachtung geschenkt.

»Ich kann mich nur dunkel dran erinnern«, sagte ich. »Aber bei der Vorstellung, dass Carl jetzt allein mit ihr ist, dreh ich durch.«

Oberhalb des Artikels hatte Amanda noch einen Kommentar eingefügt.

Nach diesem Vorfall wurde Andrea Zander verurteilt und für sechs Monate in die Psychiatrie verlegt. Es gab mehrere Anhaltspunkte dafür, dass sie psychisch instabil ist. Dass Rysk sie geschlagen hat und so den Wutausbruch provoziert haben soll, wurde als mildernde Umstände gewertet. Deshalb erging ein Urteil nicht wegen »versuchten Mordes«, sondern nur wegen »schwerer Körperverletzung«. Einige Zeugen behaupteten sogar, es sei Notwehr gewesen. Als sie aus der Psychiatrie entlassen wurde, ist sie komplett von der Bildfläche verschwunden. Wahrscheinlich hat Sanctum sie aufgegabelt und in ihrem Zentrum in Arjeplog untergebracht – wo zeitgleich die echte Eva Sand untergebracht ist oder war. Peter Rysk hat den Überfall zwar überlebt, ist aber von der Taille abwärts gelähmt und sitzt im Rollstuhl. Tu jetzt nichts Unüberlegtes, Alex. Erst mal tief durchatmen. Sprich mit Carl unter vier Augen. Dann geht ihr mit diesen Infos zur Polizei. Behaltet die Nerven!

Dani nahm mich in die Arme und zog mich an sich. Sanft fuhr sie mit der Nasenspitze in mein Haar und atmete in meinen Nacken.

»Beruhige dich«, sagte sie. »Das ist alles zwei Jahre her. Wir haben keine Ahnung, ob sie immer noch gewalttätig ist. In knapp einer Stunde sind wir da. Du musst erst mit Carl reden, dann rufst du die Polizei an und bittest sie, Andrea abzuführen. Oder wollen wir die Polizei jetzt sofort verständigen?«

»Nicht bevor ich mit Carl gesprochen habe. Wie wissen ja gar nicht, wozu Eva – oder Andrea oder wie ich sie jetzt nennen soll – in der Lage ist. Dani, das drücke ich Carl jetzt rein!«

»Dazu hast du auch guten Grund, finde ich. Aber wenn du dir mal vorstellst, wie sie groß geworden ist? Ernst Zander als Vater und Jim als Bruder. Da tut sie einem fast schon wieder leid.«

»Mir nicht. Sie ist durch und durch böse. Jetzt verstehe ich alles. Sie ist eigentlich nur die Marionette der Sekte. Die haben sie uns auf den Hals gehetzt, um Carl wegzulocken, damit sie an Erik rankommen. Das ist so widerwärtig, Dani.«

»Bald haben wir es überstanden«, sagte sie und wollte mich damit trösten. »Wir werden sie von Carl wegholen. Alles wird wieder gut.«

Am Bahnhof stiegen wir in ein Taxi und fuhren zu Ash & Coals Villa, die am Rande von Lund lag. Dani saß auf der Rücksitzbank und unterhielt Erik, der sich auf dieser wirklich langen Reise geradezu vorbildlich benommen hatte. Ich saß auf dem Beifahrersitz und stierte durch die Scheibe. In dem schummrigen Licht der Straßenlaternen verschwamm die Umgebung draußen vor mir. Der Asphalt glänzte vom Frost. Jede Bewegung auf der Welt schien verlangsamt. Das Taxi fuhr wie in Zeitlupe, wir kamen irgendwie gar nicht vorwärts.

Ich hatte einen Metallgeschmack im Mund und leichte Kopfschmerzen. Mein Magen knurrte, weil ich dieses zellophanverpackte Sandwich im Flieger nicht gegessen hatte. Und ununterbrochen produzierte mein Hirn Schreckensbilder, was Andrea möglicherweise gerade jetzt mit Carl anstellte.

Endlich sah ich, wie sich das Dach von Carls Villa vor dem Himmel abzeichnete. Es war saukalt.

»Am liebsten würde ich sofort zu ihm ins Haus rennen«, sagte ich zu Dani. »Aber ich glaube, ich muss mich kurz sammeln, bevor ich mit ihm rede. Nicht, dass ich gleich hysterisch werde. Als Erstes bringen wir das Gepäck in die Jagdhütte. Willst du dabei sein, wenn ich mit ihm spreche?«

»Möchtest du das?«

»Nein, ich glaube, es ist besser, wenn wir unter uns sind.«

»Dann kümmere ich mich um Erik und bringe ihn ins Bett. Wie viele Betten gibt es denn in der Hütte?«

»Zwei.«

»Dann kann er ja in dem einen schlafen, und wir beide teilen uns das andere, okay?«

»Kein Problem.«

Als wir vor dem großen Tor zum Gelände von Ash & Coal standen, angelte ich mein Handy aus der Tasche und rief Carl an.

»Alex! Bist du's wirklich?«, rief er atemlos.

»Ja, wer denn sonst?«

Dani verdrehte die Augen und schüttelte den Kopf.

»Sorry, ja, wir sind angekommen«, schob ich schnell hinterher. »Wir wollen erst unser Gepäck in die Jagdhütte bringen, und dann springe ich kurz unter die Dusche. Danach komme ich rüber zu dir, und wir können reden. Wo bist du?«

»Im Büro. Kommst du her?«

»Ja, wenn ich fertig bin. Du bist allein, oder?«

»Komm einfach her, dann erklär ich dir alles.«

»Bist du allein?«

Er seufzte und murmelte etwas, das wie ein Ja klang.

Ich hatte überhaupt nicht vor zu duschen, eigentlich wollte ich mich nur sortieren. Ich tippte den Code ein, und das Tor öffnete sich. Das Erste, was mir in den Blick fiel, war das verkohlte Skelett des Schuppens hinter der Jagdhütte. Aus der Villa drang warmes Licht. Mit diesem Ort verband ich einige meiner schönsten Erinnerungen. Es war der beste Arbeitsplatz, den ich je hatte. Hier hatte ich mich in Carl verliebt und den besten Sex meines Lebens gehabt. Jetzt war alles kaputt, und Andrea Zander war schuld daran. Wenn ich mich doch nur beruhigen könnte. Solange man hysterisch war, überzeugte man niemanden.

Ich bezahlte die Taxifahrt und schob unsere Koffer zum Eingang der Jagdhütte. Die Tür war nicht abgeschlossen, und drinnen war es kuschelig warm. Jemand hatte für uns Feuer gemacht, das nun gemütlich im offenen Kamin knisterte. Dani, die vorher noch nie in der Jagdhütte gewesen war, sah sich neugierig um. Dann verließ sie das Schlafzimmer, und ich hörte sie verzückt rufen.

»Schau mal, Alex! Hast du die vielen Gewehre gesehen?«

Sie standen der Reihe nach in einem Schrank. Dass Carl Gewehre besaß, hatte mir nie behagt, und er hatte sie kaum in die Hand genommen, seit wir zusammen waren.

»Benutzt er die?«, fragte Dani.

»Glaube ich nicht. Früher hat er gejagt. Meist kleinere Tiere. Aber ich habe ihm das abgewöhnt. Übrigens hat Steve ihm das Schießen beigebracht.«

»Wer auch sonst?«

Sie holte ein Gewehr aus dem Schrank und öffnete den Kolben.

»Scheiße, das ist sogar geladen.«

»Das legst du auf der Stelle zurück!«

Dani gehorchte.

»Wenn alles vorbei ist, kann mir Carl vielleicht zeigen, wie man so eins benutzt.«

»Vergiss es.«

Ich ging ins Badezimmer und warf einen Blick in den Spiegel. Meine Haare waren strubbelig von der langen Reise und mein Make-up verschmiert. Aber ich beschloss, dass Carl mich so, wie ich jetzt aussah, zu Gesicht bekommen sollte, von den Sorgen völlig fertig. Dani hatte Erik nun in eins der Betten gelegt und ihm ein Fläschchen gegeben. Sie hatte ihre Kleider einfach auf einen Haufen auf den Boden geschmissen und zog sich gerade das Nachthemd über den Kopf.

»Ich möchte mich nur ein bisschen im Bett aufwärmen«, sagte sie. »Aber ich bin noch wach, wenn du zurückkommst, ich versprech's. Und ruf an, wenn du Verstärkung brauchst.«

Ich ging in die Kälte hinaus. Die Nacht war dunkel, der Mond hinter den Wolken versteckt. Ein schneidend kalter Wind blies, und die eisige Luft biss in Nase und Hals. Ein paar wenige Schneeflocken segelten zögernd vom Himmel. Von dem verkohlten Schuppen lag immer noch ein leichter Brandgeruch in der Luft. Es sah Carl überhaupt nicht ähnlich, diese Ruine da einfach stehenzulassen. Der Carl, den ich kannte, hätte innerhalb von Tagen einen neuen Schuppen angeschafft. Wie konnte man sich in so kurzer Zeit so sehr verändern?

Ich zog die Jacke fest um meinen Körper und lief noch schneller auf die Villa zu. Der Rasen vor mir war gefroren. Doch auf halbem Wege blieb ich stehen. Etwas bewegte mich dazu aufzublicken. In einem beleuchteten Fenster war ein Schatten zu sehen. Vermutlich Edna, die noch Überstunden machte.

Ich ermahnte mich, dass ich analytisch vorgehen musste, keinesfalls aggressiv. Ich wollte alles mit ganz sachlicher, ruhiger Stimme vorbringen. Ich wollte nicht schimpfen oder rumschreien und auf gar keinen Fall sarkastisch werden. Erst einmal wollte ich Carl zuhören, bevor ich unter die Decke ging.

Das alles nahm ich mir vor, als ich über die von Frost überzogenen Steinplatten auf das Haus zuging. Da sagte ich mir, dass die Sache gut ausgehen würde. Carl würde sich schämen und sich entschuldigen. Wir würden gleich die Polizei rufen. Und am Ende, wenn alles vorüber war, würde es einen Weg geben, auf dem wir uns einander wieder annähern konnten.

Ich ging die Treppe hinauf und öffnete die Tür. Im Flur brannte Licht, aber es war still. Die Rezeption war komplett beleuchtet, doch Edna nicht in Sicht.

Ich legte die Hand auf die Türklinke zum Büro und öffnete. Mir stockte der Atem, und jedes Geräusch verschwand. Sie saßen hinter seinem Schreibtisch und lächelten, als sie mich erblickten.

Carl und Andrea Zander.

71

Andrea saß mit übereinandergeschlagenen Beinen auf einem Stuhl neben Carl.

»Was hat sie hier zu suchen?«, rief ich in meiner schrillsten Stimmlage.

Er gab keine Antwort, lächelte nur leicht gequält.

»Alex, endlich bist du da!«, rief er stattdessen und wollte schon aufspringen und auf mich zukommen.

»Bleib, wo du bist!«, sagte ich barsch. »Ich wollte mit dir unter vier Augen sprechen, warum ist sie hier?«

Meine Stimme vibrierte. Ich versuchte, den Kloß im Hals immer wieder runterzuschlucken. Es tat so weh, die beiden sehen zu müssen, wie sie da hinter dem Tisch eine Front gegen mich bildeten. Carl sank auf seinen Stuhl zurück und seufzte tief.

»Eva möchte dabei sein, wenn ich dir das Beweismaterial zeige«, sagte er. »Es unterliegt der Geheimhaltung. Danach können wir zwei natürlich allein miteinander sprechen. Beruhige dich, Alex.«

Da hockten die beiden hinter Carls Schreibtisch verschanzt, und sie waren sich einig, wie sie vorgehen wollten, um die ausgeflippte Alex zu überzeugen. Andrea sah mich an, als sei ich gerade unter einem Stein hervorgekrochen, mit meinem zerzausten Haar und den schlampigen Klamotten.

»Wow!«, sagte sie, befeuchtete die Oberlippe mit der Zunge und sah Carl an.

Der Schatten des Kajals unter ihren Augen gab ihrem Blick etwas Verführerisches. Ihre Haut war glatt wie Seide. Man konnte kaum die Augen von ihr lassen, so stark war ihre Ausstrahlung. Sie hatte eine mystische Aura, die sie grandios in Szene setzte. Aber unter der hübschen Fassade konnte ich all das Verdorbene ahnen, ich weigerte mich, auf ihre Tricks hereinzufallen. Tief in ihren Augen bemerkte ich ein leichtes Zittern. Mir kam der unheimliche Gedanke, dass da drinnen ein fremdes Wesen wohnte. Demonstrativ legte Andrea die Hand leicht auf Carls Arm. Er hingegen schloss mich von ihrer Vertrautheit auf subtilere Weise aus, mit einem milden Blick.

Ich starrte die beiden an und zermarterte mir den Kopf. Dann sagte ich einfach nur:

»Carl, du bist reingelegt worden.«

Verärgert verzog Andrea das Gesicht. Carl hob erstaunt die Augenbrauen.

»Alex, *dieses* Gespräch führen wir doch bitte später – nachdem du uns zugehört hast, ja?«, sagte er. Er schien unter Druck und leicht genervt, weil ich wie immer überreagierte.

Am liebsten hätte ich auf der Stelle mit den Fäusten auf ihn eingeschlagen und ihn angeschrien, dass er eine Gehirnwäsche hinter sich habe. Aber stattdessen machte ich ein paar Schritte vor und stellte mich selbstbewusst mitten in den Raum.

»Du, Carl«, sagte ich. »Jetzt hörst du dir mal an, was ich zu sagen habe, ansonsten wirst du mich nie mehr wiedersehen.«

Carl runzelte die Stirn. Andrea stieß ein schrilles, abstoßendes Lachen aus.

»Das ist ja absurd«, sagte sie mit ihrer heiseren, verstellten Stimme. »Du kannst es mit ihr wirklich nicht ernst meinen, Carl. Da sieht doch jeder sofort, dass eure Beziehung durch und durch krank ist. Schick sie wieder nach Hause.«

Carl schien verwirrt. Sein Schweigen riss Gräben in mir auf.

»Sie heißt in Wirklichkeit Andrea Zander«, berichtete ich. »Und sie ist Jims Schwester. Ihren Ex hat sie mit einem Küchenmesser fast umgebracht, er sitzt jetzt für den Rest seines Lebens im Rollstuhl. Sie arbeitet für die *Wächter des Wanderfalken* und bekommt ihren Job von ihnen satt bezahlt. Kapierst du, was das zu bedeuten hat?«

Carl war anzusehen, dass er in der Klemme saß. Andrea ging sofort auf mich los.

»Wie kannst du es wagen, hierherzukommen und mich derart zu beschuldigen«, rief sie erst mir zu und wandte sich dann an Carl. »Carl, du weißt ja schon, dass ich hier in Schweden eine neue Identität bekommen habe und den neuen Namen. Alles, was sie sonst behauptet, ist gelogen. Ich kann es dir erklären …«

»Stimmt es, dass du Jims Schwester bist?«, schnitt er ihr das Wort ab. »Was soll das?«

Er sah sie wirklich angewidert an.

»Ich habe Jim gehasst«, sagte sie. »Das musst du mir glauben. Er war mein Peiniger. Vergiss nicht, was ich für dich getan habe, und dann kommt diese Schlampe her und …«

»Nicht diese Worte, wenn du von Alex sprichst«, ermahnte er sie.

»Warum bist du so wütend, Carl?«, fragte sie zurück. »Was ist mit dir passiert?«

Ich fiel ihr ins Wort.

»Es geht ihm nicht besonders gut«, sagte ich. »Und das, was ihm passiert ist, bist *du*.«

Andrea sah mit einem Mal ganz gequält aus. Ihre funkelnde Fassade blätterte. Sie war im Begriff, die Kontrolle zu verlieren. Jetzt fehlte nicht mehr viel.

»Carl, hör mir zu«, sagte ich. »Sie ist mit einem Küchenmesser auf ihren Ex losgegangen. Sie leidet an einer ernsten Psychose. Ruf die Polizei.«

»Die Polizei?«, sagte Andrea erstaunt. »Ich habe doch nichts getan.«

Ihre Augen bekamen nun etwas Wildes wie in einem Fieberkrampf. Sie krallte die Finger so fest in ihre Handtasche, dass ihre langen Nägel Spuren im Leder hinterließen.

»Das Spiel ist vorbei«, sagte ich. »Du arbeitest überhaupt nicht für den Geheimdienst.«

Nun betrachtete ich Andrea zum ersten Mal mit ganz anderen Augen, ich sah auf einmal keine Rivalin mehr in ihr, sondern nur diese traurige Gestalt, die sie in Wirklichkeit war. Ich hatte sie schon hasserfüllt erlebt, manipulierend, überheblich – aber die Frau, die da jetzt vor mir stand, zerbrach vor meinen Augen. Das war Andrea, wenn sie verzweifelt war.

»Lass uns jetzt in Frieden«, sagte ich. »Ich möchte mit Carl allein reden.«

Ihre Augen wurden zu schmalen Schlitzen und blitzten boshaft auf.

»Du bist diejenige, die von hier verschwinden wird«, zischte sie mich an. »Ich erlebe dich als aggressiv und bedrohlich.«

Ihr Blick wanderte wie ein Ameisenschwarm über meinen Körper. Der Metallgeschmack in meinem Mund war wieder da. Die Atmosphäre war unheilschwanger. Ich bemerkte, dass es draußen inzwischen heftig schneite.

Sag was, Carl. Warum sagst du nichts?

Dann endlich meldete er sich zu Wort.

»Ich möchte, dass du jetzt das Büro verlässt«, sagte er zu Andrea und klang sehr bestimmt. »Bitte lass Alex und mich allein.«

»Das ist unverschämt«, erwiderte sie. »Warum ergreifst du für sie Partei?«

»Weil ich in diesem Moment – Eva, Andrea, oder wer du nun sein magst – mit Alex sprechen möchte«, antwortete er.

Andrea blickte zwischen uns hin und her, als suchte sie verzweifelt nach einem Ausweg.

Und genau in dem Moment geschah es.

Ihre Augen fingen an zu glänzen und zu rollen, sodass man für eine Sekunde die weißen Augäpfel sehen konnte. Wütende, hektische Flecken breiteten sich in der Wangengegend aus. Sie starrte mich an und sah dabei fast so aus, als hätte sie Angst, und einen Augenblick lang dachte ich, sie würde gleich in Ohnmacht fallen. Ihre Augen wurden groß, dunkel und sahen ins Leere, und sie blinzelte mehrfach.

Als sie dann den Mund öffnete, war ihre Stimme ganz hoch, wie die eines kleinen Mädchens.

Ein ungeladener Gast hatte den Raum betreten.

72

Andrea

Sie hat sich entlarvt. Doch auf ganz und gar falsche Art und Weise. Carl darf auf keinen Fall glauben, dass sie verrückt sei. Aber dann lässt sie seine Worte sacken. *Weil ich in diesem Moment mit Alex sprechen will.* Er hat ihr einen Korb gegeben.

Er erniedrigt mich, er demütigt mich – diese Worte hallen jetzt in einem Takt, der zu ihrem Herzschlag passt. Sie atmet schnell, doch ihre Gedanken werden zäh wie Sirup. Sie nimmt ihre Umwelt kaum noch wahr. Carl ist ein gesichtsloses Schattenbild geworden. Dann kommt dieser heftige Stromstoß, das Gefühl, dass es jetzt kein Zurück mehr gibt. Alles um sie herum verblasst, und in ihrem Kopf wird die Zeit zurückgedreht.

Jetzt ist sie wieder das kleine Mädchen, da in der Scheune, allein, verängstigt und verfroren.

Die Dunkelheit legt sich über sie. Die Gerüche sind wieder präsent: der Kuhmist, das feuchte Heu und das glühende Eisen. Immer glühendes Eisen. Dünne Streifen Licht in den Gängen, doch auf dem Steinaltar ist es dunkel und kalt wie im Grab. Das Feuer wirft flatternde Schatten in die Ecke. Die Kühe brüllen und scharren an der Box mit den Hufen. Der Brandgeruch lässt sie unruhig werden. Ein paar Schmeißfliegen surren um sie herum, als ahnten sie, dass es gleich verbranntes Fleisch geben wird. Sie hat geschrien und gekämpft, doch er hat gewonnen. Am Ende gewinnt immer er.

Mit ihrer süßesten Stimme fleht sie ihn an:

»Bitte, tu das nicht. Ich verspreche, artig zu sein. Ich verspreche, ich bin ein braves Mädchen.«

Und dann, als nur noch sein hämisches Lachen zu hören ist, wimmert sie:

»Mama, hilf mir! Mama, Hilfe! Ich verspreche, ich bin brav!«

Aber ein braves Mädchen ist sie wirklich nie gewesen. Bockig, mit schwarzen Ringen unter den Augen und einem spöttischen Zug um die Lippen, dort, wo ein niedliches Lächeln hingehört hätte. Ihr Onkel hatte ihr prophezeit, dass sie zu einer Schönheit heranwachsen würde, doch was nützt das, wenn man hässlich ist und ganz allein auf der Welt? Ein anstrengendes Kind, kein süßes Mädchen. Und dennoch versucht sie, auf eine naive und leicht zwanghafte Art lieb und brav zu sein. Irgendwo in ihr schlummert ein gutes Mädchen, das weiß sie.

Aber er, ihr Bruder und Peiniger, ist der Teufel höchstpersönlich – und er kitzelt alles Abgründige aus ihr heraus.

Ich werde dich brandmarken wie ein Tier. Du wirst niemals gottesfürchtig sein. Du bist ein Kind des Teufels. Nimm deine Strafe an.

Bestimmt will er ihr nur Angst machen. Er hat das nicht ernsthaft vor. Natürlich wird er ihr so was nicht antun.

»Peitsch mich doch lieber aus«, fleht sie.

»Nein. Sei still und nimm deine Strafe an.«

Bevor sie ihn das nächste Mal anfleht, nimmt sie den langen Schatten seines Armes an der Wand wahr, als er die Eisenstange auf ihren Körper sinken lässt. Im Augenwinkel erkennt sie den blassen Schein des glühenden Eisens. Dann schneidet ein furchtbarer Schmerz durch ihren Körper. Sie schreit wie am Spieß, so wie die Schweine, wenn sie hinter der Scheune geschlachtet werden. Und dann riecht es so ekelhaft nach verbranntem Fleisch.

Es passiert, während sie daliegt, Arme und Beine sind gefesselt, genau in dem Augenblick, als diese unerträglichen Qualen sie peinigen: Das kleine Biest krabbelt in ihren Kopf. Lange Zeit befindet sie sich an einem ganz finsteren Ort. In ihrer Seele ist es erstaunlich still. In diesem tiefen, schwarzen Loch existiert kein Schmerz. Sie ist eigentlich gar nicht da.

Hilf mir, ich zerbreche, denkt sie.

Eine Stimme antwortet, eiskalt. Eine sehr abweisende, sehr sachliche Stimme, sie kommt aus ihrem Kopf.

Du kannst hier nicht bleiben, ich kann dich nicht mehr brauchen.

»Nein, komm zurück, hilf mir! Lass mich nicht allein«, bettelt sie.

Die kalte Stimme antwortet, und ihr Echo hallt in ihr nach.

Ab jetzt bist du jemand anders, du bist der Teufel, Andrea. Ab jetzt ist dein Herz schwarz wie Pech. Nur auf diese Weise wirst du überleben.

»Hör auf, hör auf, ich krieg keine Luft!«

Bei der nächsten Gelegenheit werden wir ihm den Schwanz abschneiden. Ab jetzt bist du ein anderer Mensch.

Der Schmerz kommt zurück, ein Gefühl, als hätte ihr gesamter Körper Feuer gefangen. Ihr wird schwarz vor Augen, und die Welt verschwindet.

Als sie wieder zu Leben erwacht, ist sie nicht mehr gefesselt. Ihr Bruder ist gegangen. Sie liegt noch immer auf dem Bauch, da in der Scheune. In ihrem Rücken pulsiert es, und er brennt vor Schmerz. Über ihr summen die Fliegen. Vor sich kann sie die rauen Wände erkennen, wo zwischen den Holzbalken Moos in den Ritzen sitzt. Sie dreht sich auf die Seite und sieht die Spinnennetze unter dem Dach, die flattern, weil es in der Scheune zieht. Vorsichtig reckt und streckt sie sich in der schwülen Finsternis, sie blickt auf ihre Hände, die Trauer-ränder unter den Fingernägeln. Sie stellt sich vor: Das sind die Hände einer Frau. Einer bösen Frau. Die böse Dinge tun.

Ein finsteres Versteck hat sich in ihrem Kopf gebildet. *Ab jetzt bist du jemand anders*, sagt das kleine Biest, das sich in ihr eingenistet hat.

Andrea ist nicht mehr das traurige kleine Mädchen, das in Todesangst in ihrem Bett liegt und darauf wartet, dass die Schritte auf der Treppe erklingen, und dass der kommt, der ihr den Teufel austreiben will.

Ab jetzt bist du jemand anders, du *bist der Teufel.*

Sie, die andere, das kleine verängstigte Mädchen, ist ver-stummt. Andrea fragt sich, warum sie nicht weint, aber dann begreift sie, dass sie jetzt groß ist, da weint man nicht mehr.

Eine laute Frauenstimme holt sie in die Gegenwart zurück.

»Andrea, ist dir nicht gut?«, sagt sie.

Wie ein Riss, der durch einen Gletscher läuft, fährt die Er-innerung durch ihr fiebriges Hirn.

Als sie die Augen wieder öffnet, sieht sie zuerst nur ihre Hände. Die Hände einer Frau, nicht die eines Kindes. Alex Brisell ist die Frau, die sie anspricht. Was hat sie hier zu suchen?

Und da steht Carl. Er runzelt die Stirn. Voller Verachtung sieht er sie an. Er hat sie gedemütigt. Sie sieht, wie er den Mund öffnet und etwas sagt, doch sie kann es nicht hören. Dann sieht sie ihn auch nicht mehr. Sie sieht nur noch rot.

73

Irgendwo habe ich mal gelesen, dass – wenn man zu einer Verrückten sagt: Stopp – sie dann auf der Stelle explodiert. Und genau das geschah mit Andrea an diesem Abend. Ihre Physis veränderte sich. Die schöne, glamouröse Fassade bröckelte Schicht für Schicht von ihr ab. Ihre Gesichtszüge verzerrten sich bis zur Unkenntlichkeit. Sie begann unnatürlich zu atmen, stoßartig. Ihr Blick war auf Carl fixiert, doch sie sah ihn gar nicht. Lange war sie vollkommen abwesend, als trete sie in eine andere Welt über. Ihre Stimme war jetzt noch höher, wie die eines kleinen Kindes.

»Bitte, bitte, tu das nicht. Ich verspreche, artig zu sein. Ich verspreche, ich bin ein braves Mädchen«, brachte sie piepsig hervor.

Carl und ich starrten uns entsetzt an.

»Jetzt hat sie völlig den Verstand verloren«, sagte ich. »Was machen wir?«

Aber Carl gab keine Antwort. Er stand unter Schock.

Ich räusperte mich hörbar, versuchte, Andreas konfusem Gerede ein Ende zu machen. Aber sie hörte mich gar nicht. Sie machte eine sonderbare Pause, und dann sprudelten die Worte nur so aus ihr heraus. Sie benutzte zwei verschiedene Tonlagen, als sie in einen wahnsinnigen Dialog mit sich selbst trat. Ihre Sätze überschlugen sich so, dass ich nicht annähernd die Hälfte verstand. Schließlich verstummte sie und lächelte verkrampft, bösartig.

»Andrea, ist dir nicht gut?«, fragte ich mit betont ruhiger Stimme.

»Kannst du versuchen, uns zu erklären, was gerade mit dir passiert?«, fragte Carl.

Draußen brauste der Wind, ein Zweig schlug gegen das Fenster. Das Schneetreiben war in vollem Gange und verstärkte die diffuse Atmosphäre im Raum.

Andrea zuckte zusammen, dann fokussierte sich ihr Blick mit einem Mal wieder – sie sah Carl an.

Ihre Augen glühten wild. Da packte sie seinen Arm und krallte ihre Nägel in seine Haut.

»Du hast geduscht, Carl. Du riechst gut«, sagte sie mit einer fremdartigen, tiefen Stimme. »Das hast du für mich getan, stimmts? Du denkst ständig an mich. Dir gefallen die Zukunftspläne, die ich für uns habe.«

Dann stand sie auf, fuhr mit der Hand in ihre Handtasche und zog eine Pistole heraus. Erst dachte ich, sie macht Spaß, doch dann spürte ich schnell, dass es bitterer Ernst war. Sie hielt die Pistole hoch in die Luft, als sei sie ein Spielzeug. Aber es war keine Spielzeugpistole. Sie schwang die Waffe hin und her, während ein Finger lebensgefährlich dicht am Abzug lag.

»Wollen wir jetzt mal ein bisschen darüber sprechen, wie du mich behandelt hast? Wollen wir das der kleinen Schlampe hier mal erzählen? Ich sollte dich bestrafen, Carl, stimmts? So billig kommst du nicht davon.«

Ich wollte losrennen und ihr die Pistole aus der Hand reißen, aber mein Körper gehorchte mir nicht. Ich versuchte zu schreien, aber mein Mund war wie zugenäht.

»Hast du Angst, Carl?«, fragte sie. »Solltest du haben. Ich kann dir ansehen, dass du Respekt vor mir hast, das gefällt mir.«

Mit welchen Worten konnte man einen schwer psychotischen Menschen beruhigen? In meinem Kopf war nur Leere. Ich hatte das Gefühl, mein Hirn rotiere im Schädel. Aber Carl schien gar keine Angst mehr zu haben. Er war in eine Art Schockstarre verfallen.

»Sag ihr, sie soll sich verpissen«, sagte Andrea, warf den Kopf in den Nacken und sah zu mir herüber. »Sag es!«, schrie sie.

Stumm schüttelte Carl den Kopf. Ich wollte rufen, jetzt sag doch was. Schließlich war er der Psychologe. Er musste doch wissen, wie man jemanden besänftigte, der derart aggressiv war. Doch er stand einfach da und starrte sie an. Gelähmt vor Entsetzen, Schock, oder vielleicht hatte er auch einfach genug von ihr.

»Sag es, Carl!«, flehte ich ihn an. »Tu, was sie sagt.«

Ich hatte das Gefühl, kurz vor einer Panikattacke zu stehen. Die Luft, die durch meine Nase rein- und rausströmte, pfiff wie eine Zugpfeife. Der Schnee türmte sich inzwischen auf dem Fensterbrett, ich befürchtete schon, dass wir hier einschneien, in dieser makabren Szenerie festfrieren würden.

Andrea ließ die Pistole sinken und zielte jetzt auf Carls Brustkorb. Ich wollte *Nein!* schreien, doch ich brachte keinen Ton heraus.

»Sag, dass du mich liebst, und befiel ihr, dass sie nach San Francisco zurückfahren soll«, sagte Andrea. »Sonst musst du bestraft werden.«

Carl sagte nichts. Immer noch stand er in Schockstarre da, wie ein Hase im Scheinwerferlicht eines Autos. Ich beobachtete, wie sich Andreas Finger um den Abzug legten. Und dann schrie ich. Wie ich schrie!

Eine Explosion war zu hören, laut wie ein Donnerschlag. Dann ein Poltern, als Carl zu Boden fiel. Er sah verwundert aus. Blut strömte aus seiner Brust. Ich wusste nicht, wie es zuging, aber ich kniete plötzlich vor ihm. Das Blut strömte auf den Boden. Er rang um Luft und stöhnte, dann wurde er ganz still, und aus seinen Augen verschwand jedes Lebenszeichen. Ich rief seinen Namen, immer und immer wieder.

Da feuerte Andrea einen zweiten Schuss an die Decke ab, um mich zum Schweigen zu bringen.

Ich hörte ihre High Heels auf den Boden klackern, als sie auf uns zukam. Ich blickte hastig auf und sah in ihr vor Wut entstelltes Gesicht. Ihre Pistole war jetzt auf mich gerichtet. Mit aller Kraft rang ich darum, nicht vor Angst in Ohnmacht zu fallen. Für einen kurzen Moment schien Andrea verwirrt, als wunderte sie sich selbst über das, was sie tat. Sie blinzelte mehrfach. Aus einem Mundwinkel lief ihr der Speichel. Ich sah ein Fenster, eine kleine Hoffnung flammte auf.

»Du musst das gar nicht tun«, sagte ich. »Es ist noch nicht zu spät, um Carl zu retten.«

Doch das machte alles nur noch schlimmer.

»Carl ist ein Chauvi-Schwein und hat nichts Besseres verdient, als in seinem Blut zu ertrinken«, sagte sie und nagelte mich mit ihrem Blick fest.

Carls Gesicht war regungslos. Ich presste die Hände auf seine Brust und versuchte, den Blutfluss zu stillen. Völlig unkontrolliert schossen mir jetzt die Tränen in die Augen.

»Bleib bei mir«, flehte ich ihn an. »Bitte, Carl, du darfst nicht sterben.«

Andrea machte ein paar Schritte auf uns zu. Ich spürte die kalte Pistolenmündung an meiner Schläfe.

»Sieh mich an!«, befahl Andrea.

Aber ich hörte sie kaum.

»Du sollst mich ansehen, wenn ich dich töte!«, kreischte sie. Das wollte ich nicht. Das konnte ich nicht. In diesem

Augenblick verspürte ich keine Todesangst mehr, stattdessen setzte sich ein Karussell aus eigenartigen Erinnerungen in Bewegung. Carl auf den Klippen in der Herbstsonne, mit leuchtendem Haar. Seine tiefen, heißen Küsse. Und jetzt war alles zerstört. All unsere Träume trieben wie welkes Herbstlaub mit dem Wind. In dem Moment war es sogar egal, ob ich lebte oder starb. Ich wollte Carl nur zurück ins Leben holen, diesen schrecklichen Blutfluss stoppen, überall war Blut, ich wollte seinem gespenstisch bleichen Gesicht wieder Leben einhauchen.

»Sieh mich an, Schlampe!«, zischte Andrea.

Als ich aufblickte, sah ich direkt in die Pistolenmündung. Aber ich weigerte mich, ihr in die Augen zu schauen. Die Welt verstummte. Kein Rauschen in den Ohren. Kein Herzschlag. Kein Atemzug.

»Sieh mir in die Augen!«, schrie sie mich an.

Ich wandte den Blick ab, wie ein ungehorsames Kind, und sah stattdessen zu Carl hin. Er lang ganz still da. Die Augen halb geschlossen.

»Sieh mich an!«, brüllte Andrea.

»Hör auf damit!«, sagte ich. Das galt mir ebenso wie ihr. Ich weinte unaufhörlich, alles war verschwommen, aber ich *durfte* den Blick nicht von Carl abwenden. Wenn ich das tat, würde er für immer verschwinden.

Genau in diesem Moment ertönte ein lauter Knall. Jemand riss die Tür auf und brach diese entsetzliche Stille. Dann folgte eine Explosion. Andrea sperrte die Augen ganz weit auf, und ihr Mund öffnete sich, als sie nach hinten flog und mit dem Rücken an die Wand knallte, wo sie wie eine Stoffpuppe auf den Boden hinabrutschte.

In der Tür stand Dani im Nachthemd und mit einem Gewehr in den Händen. Schneeflocken im Haar.

Ich beugte mich über Carl. Da war so viel Blut, Andreas Blut, Carls Blut. Warum war er so fahl? Sein schönes Gesicht war vollkommen weiß. Ich presste meine Hände noch fester auf seine Wunde im Brustkorb. Ich rief seinen Namen, wollte ihn zurückrufen zu mir.

Irgendwoher erklangen dann die Sirenen.

Dani stand in der Tür und schrie. *Beeilt euch, um Gottes willen! Sie hat ihn umgebracht. Bitte, helft uns!*

Im Raum waren mit einem Mal unzählige Sanitäter, Ärzte und Polizisten. Mir liefen die Tränen über die Wangen, tropften auf den Boden und mischten sich unter das viele Blut. Ich lag mit dem ganzen Körper auf Carl und klammerte mich an ihm fest.

»Bitte, du darfst nicht sterben, bitte, lass mich nicht allein.«

Ich glaube, ich habe laut geheult, als sie mich von ihm weggerissen haben.

Aber er war sowieso nicht da.

Carl atmete nicht mehr.

74

Im Januar gibt es Tage, an denen ich den Frühling ahnen kann. Das Karge, Erbarmungslose löst sich ganz allmählich in Wohlgefallen auf. Die Luft wird spürbar milder.

Heute war so ein Tag. Der Nachtfrost schmolz langsam und tropfte von den Bäumen. Eine warme Atemwolke fuhr aus meinem Mund und verdunstete.

Ich fühlte mich alt und gleichzeitig jung. Alt, weil ich in den vergangenen zwei Jahren mehr Gräuel erleben musste als mancher normale Mensch in seinem ganzen Leben. Jung, weil ich am Leben war, frische Luft atmen durfte, und weil ich eine zweite Chance bekommen hatte.

Als ich über den Kiesplatz auf das große Krankenhausgebäude zulief, reflektierten die unzähligen Fenster das Sonnenlicht. Einen Moment lang blendete es mich, und als ich wieder klar sehen konnte, bemerkte ich einen Menschenauflauf vor dem Eingang. Ich fragte mich, wie lange sich die Leute da schon aufhalten mochten und wie ich am besten einen Bogen um sie machte. Journalisten und Fotografen lauerten wie ein Wolfsrudel rund um die Tür. Ihr Instinkt musste ihnen verraten haben, dass ich im Anmarsch war. Die Nachricht, was in Ash & Coals Villa vorgefallen war, hatte sich über Fernsehen, Internet und Zeitungen wie ein Lauffeuer verbreitet. Wir waren der Thriller der Woche. Selbst Redaktionen aus dem Ausland waren an der Story interessiert.

Die Ereignisse lagen erst eine Woche zurück, aber ich war

die vielen Journalisten, ihre aufdringlichen Fragen und vorgefassten Meinungen schon furchtbar leid. Am meisten hasste ich diese kaltschnäuzigen Abendzeitungen, die über Leichen gingen. Von deren Redaktionen waren mit Sicherheit auch Leute da. Bislang hatte ich den Medien gegenüber kein Wohlwollen an den Tag gelegt, daher begegneten sie mir auf gleiche Art und Weise. Dani hingegen hatten sie auf ein Podest gehoben und sie zur mutigsten Frau des Jahres ausgerufen. Es gab jetzt sogar eine Facebook-Gruppe, die schon einige Tausend Mitglieder hatte, in der sie Geld für Erik und sie sammelten. Ich hatte nichts dagegen. Ich habe Dani immer alles gegönnt. Es war ein gutes Gefühl, dass immerhin sie so etwas wie Genugtuung genießen durfte. Aber da draußen kursierte das Gerücht, dass die eifersüchtige Alexandra Brisell Carl Asher und *das Model* in einer intimen Situation erwischt hätte. Es wurde spekuliert, ob ich Andrea angestiftet hatte, den Schuss auf Carl abzugeben. Oder ob sogar *ich* diejenige gewesen sei, die ihr die Pistole aus der Hand genommen und auf beide geschossen hatte. Andreas psychotischer Anfall vor zwei Jahren, als sie Peter Rysk fast umgebracht hätte, schien völlig in Vergessenheit geraten zu sein. Die eifersüchtige Alex war die viel bessere News. Und es war absolut sinnlos, die Gerüchte zu dementieren. Die würden sich ohnehin noch eine ganze Zeit lang halten. Sollten die Leute doch glauben, was sie wollten.

Ich schlug die Kapuze meines Mantels hoch und legte einen Schritt zu. Die Reporter stürzten sich auf mich.

Wo ist Ihre Schwester, Alexandra? Können Sie uns schildern, was in der Villa passiert ist? Hatten Carl Asher und Andrea Zander wirklich gerade Sex, als sie ins Büro kamen? Alex, können wir bitte ein Foto machen! Alex, Alex, Alexandra Brisell!

»Was war das für ein Gefühl, von ihm betrogen zu werden?«, fragte mich eine Reporterin und fasste mich am Arm.

Ich schüttelte sie ab und rannte zur Eingangstür. Als mir keiner der Journalisten folgte, atmete ich erleichtert auf. Ich wollte mich der Dame an der Rezeption gerade vorstellen und sagen, wen ich besuchen wolle. Doch sie erkannte mich gleich, vermutlich von den Schlagzeilen, unter denen die Bilder von Carl, Andrea Zander und mir prangten.

»Einen Moment bitte«, sagte sie. »Ich rufe eine Schwester.«

Sie verschwand und kam kurz darauf mit einer Krankenschwester zurück, die mich bat, ihr zu folgen. Wir bogen in einen langen Flur und blieben vor dem allerletzten Zimmer stehen.

Bevor sie die Tür öffnete, drehte sie sich zu mir um und lächelte mich an.

»Er war kaum bei Bewusstsein, da hat er mir schon in den Ohren gelegen, Sie endlich sehen zu dürfen.«

»Aber ich darf ihn heute erst besuchen?«, fragte ich erstaunt.

»Stimmt … und eigentlich ist es immer noch zu früh. Er hat viel Kraft gelassen. Aber er hatte ein Riesenglück, dass die Kugel keine wichtigen Organe verletzt hat und der Chirurg sie entfernen konnte. Die Verletzung seines Brustkorbs ist allerdings ernst, und er darf sich keinesfalls überanstrengen. Achten Sie bitte darauf, dass er weder hustet noch lacht.«

Bei dem, was ich ihm zu sagen habe, besteht da wirklich kein Risiko, denke ich zynisch.

»Eine Viertelstunde«, sagte sie. »Mehr nicht.«

»Mehr brauche ich auch nicht«, erwiderte ich.

Im Zimmer standen drei Betten. Carl lag am Fenster. Als ich ihn da liegen sah, blieb die Zeit auf einmal stehen. Im Nu schien der ganze Raum zu verschwinden und mit ihm die

Geräusche auf dem Gang und die dünnen Sonnenstrahlen, die auf den Boden fielen. Es war ein Gefühl, als hebe mich etwas in die Luft und lasse mich sanft wieder hinunter. Er sah so winzig aus. Als ich ihn das letzte Mal gesehen hatte, war er so gut wie tot gewesen. Aber jetzt hatte er eine Aura von Leben um sich. Sonnenstrahlen trafen auf seinen Kopf, es sah aus, als würden seine Haare brennen.

Mir blieb die Luft weg.

Er hatte gehört, dass ich ins Zimmer gekommen war. Ganz langsam drehte er seinen Kopf zu mir um. Er war zwar blass, aber nicht so aschfahl wie da auf dem Boden.

Oh Gott, seine Augen, dachte ich gleich – und erkannte Leben in ihnen. Diesen Augenblick werde ich niemals vergessen. Daran werde ich mich erinnern, solange ich lebe.

»Alex«, sagte er leise. Und dann: »Tut mir so leid.«

Er schüttelte den Kopf, als könne er nicht fassen, dass ich es war.

»Du kannst dir nicht vorstellen, wie froh ich bin, dich zu sehen«, sagte er.

»Geht mir auch so«, sagte ich und versuchte, den Kloß im Hals hinunterzuschlucken.

Er sah betreten und glücklich auf einmal aus.

Ich stellte die Tasche, die ich für ihn gepackt hatte, auf den Boden, ging zu seinem Bett und setzte mich auf einen Stuhl. Der Patient daneben schlief tief und fest. Das dritte Bett war leer und mit einem weißen Laken steril abgedeckt.

Carl legte seine Hand auf meinen Schoß und öffnete sie. Ich legte meine Hand in seine, und dann schloss er seine Finger darum. Wir schwiegen, sahen uns nur still eine lange Zeit an.

»Wie schnell du dich erholt hast«, sagte ich dann.

»Ja«, murmelte er. »Ich habe wie ein wildes Tier gekämpft,

als ich da auf dem Boden lag, auch wenn du das nicht gemerkt hast. Auf irgendeine komische Art war ich bei Bewusstsein. Dein Gesicht schwebte über mir, ich ...« Seine Stimme brach.

»Haben sie dir eigentlich erzählt, was dann passiert ist?«, fragte ich, vor allem, um diese für ihn so schmerzvolle Erinnerung abzubrechen.

»Nein, ich bin gerade erst von der Intensivstation hierherverlegt worden. Ich habe keine Zeitung zu Gesicht bekommen, hab auch kein Handy oder Zugang zu einem Computer, und die sind hier alle verdammt zugeknöpft.«

Er sprach leise und leicht verwaschen, sah mich aber unentwegt dabei an.

»Ich habe dir dein Handy und den Laptop mitgebracht«, sagte ich. »Und ich habe dir eine Playlist gemacht, zur Aufmunterung. In der Tasche ist was zum Anziehen. Soll ich dich mal updaten, was passiert ist?«

Jetzt drückte er meine Hand fester.

»Was ist mit Andrea?«

»Sie ist wesentlich schlechter dran als du und liegt noch auf der Intensivstation. Aber wahrscheinlich wird sie durchkommen, und das wäre auch für Dani gut. Die Polizei konnte eine Verbindung zwischen Andrea und einem Berufskriminellen in Malmö herstellen. Von dem hatte sie vermutlich die Pistole.«

In Carls Gesicht zuckte es.

»Mach dir keine Sorgen«, sagte ich. »Sie wird in der geschlossenen Psychiatrie landen. Willst du noch mehr wissen?«

»Nicht unbedingt, aber ... ach doch, erzähl einfach.«

»Amanda ist an Andreas Krankenakte gekommen, frag nicht wie. Im Übrigen hat uns Amanda unglaublich viel geholfen, schon von den ersten Verdachtsmomenten an bis zu dem Tag, als wir in Schweden gelandet sind. Auf jeden Fall hat Jim Zander Andrea ganz furchtbar gequält, als sie klein war. Sie muss wohl ein etwas anstrengendes Kind gewesen sein, und da sind Jim und Ernst Zander auf die Idee gekommen, dass sie vom Teufel besessen sei. Jim hat sie gefoltert und gebrandmarkt ...«

Carl schien nachdenklich.

»Hast du das schon gewusst?«

»Ja, sie hat mir ein bisschen davon erzählt.«

»Wie auch immer, jedenfalls wurden diese Übergriffe einfach totgeschwiegen. Ernst Zander hat sicher seinen Einfluss genutzt. Aber da gab es noch einen Psychologen, der Andrea als Teenager betreut hat, und der hat ihr geglaubt. Er hat eine Theorie aufgestellt, dass sie damals etwas entwickelt hat, was man eine dissoziative Identitätsstörung nennt. So etwas tritt auf, wenn man ein Trauma erleidet, man entwickelt dann quasi eine neue Persönlichkeit. In ihrem Fall war das eine harte, gefühlskalte Hexe, die sich in ihr eingenistet hat – das war die Andrea, die wir erlebt haben. Am Ende wurde ihr echtes Ich zu einer Art Hirngespinst. Aber alle Psychotherapeuten, die sie später behandelt haben, haben das übersehen, und das ist wirklich tragisch. Es gab ganz viele Diagnosen, aber niemand hat kapiert, was wirklich mit ihr los ist. Wir haben ja mit eigenen Augen erlebt, wie sich ihre zwei Persönlichkeiten abwechselnd zeigen. Das war schrecklich.«

»Ja, sehr unheimlich. Aber was sie über Jim erzählt hat, muss stimmen. Sie hat mir das Brandmal gezeigt.«

»Was nicht in meinen Kopf will, ist allerdings, dass du mit deiner Menschenkenntnis nicht sofort gemerkt hast, dass mit ihr was nicht stimmt. Hast du da mal drüber nachgedacht?«

»Ja, klar. Ich habe schon gespürt, dass irgendwas mit ihr los ist. Vielleicht habe ich mich deshalb sogar für sie interessiert.

Es war, als hätte sie leise um Hilfe gerufen. Aber jetzt reden wir nicht mehr darüber, was für ein Idiot ich gewesen bin. Erzähl mir mehr von diesem Abend. Ich weiß nur noch, dass ich hingefallen bin. Und dann habe ich dein Gesicht vor Augen.«

Mein Blick fiel auf einen schrecklich hässlichen Blumenstrauß, in dem vor allem Disteln steckten. Er stand in einer Vase auf Carls Nachttisch.

»Wer hat die Blumen geschickt?«, fragte ich.

»Edna. Mit Grüßen von allen aus der Firma.«

»Sie hat wirklich einen lausigen Geschmack, wenn es um Blumen geht, aber sie ist diejenige gewesen, die die Polizei gerufen hat. Sie war nämlich an dem Abend noch im Haus und hat gelauscht und gleich den Notruf gewählt, als sie gemerkt hat, was passiert. Wäre Edna nicht gewesen, hättest du nicht überlebt. Und ich lebe nur, weil Dani gekommen ist. Andrea hatte mir die Pistole schon an den Kopf gehalten, als Dani mit einem von deinen Jagdgewehren aufgetaucht ist.«

Carl riss die Augen auf und drückte meine Hand jetzt noch fester, es tat fast weh.

»Sie wollte dich auch erschießen? Oh Alex. Ich habe dich nicht beschützt. Ich war wie gelähmt. Ich schäme mich so.«

»Das nennt man Schock«, sagte sie. »Du als Psychologe solltest das eigentlich wissen. Das kann jedem passieren, da muss man sich nicht schämen. Ich bin auch wie erstarrt gewesen, als sie nach der Pistole gegriffen hat. Dann hat sie darauf bestanden, dass ich sie ansehe, wenn sie mich erschießt, aber ich konnte den Blick nicht von dir abwenden. Es war so schlimm, wie du da auf dem Boden gelegen hast. Es sah aus, als wärst du tot.«

Ich hielt inne. Mir fiel etwas ein.

»Diese Sekunden, in denen ich mich geweigert habe, sie

anzusehen, das war vermutlich genau die Zeit, die Dani gebraucht hat, um die Treppe hochzurennen. Interessant, oder? Wäre ich nicht so besessen davon gewesen, dich zu retten, dann wäre ich jetzt tot. Auch nicht schlecht, oder?«

»Das ist nicht nur nicht schlecht, das bedeutet einfach alles. Bitte, sag Edna und Dani ganz liebe Grüße von mir und vielen Dank. Richte ihnen aus, sie sollen mich besuchen kommen, dann kann ich mich selbst bedanken. Es ist wirklich nicht das erste Mal, dass Edna mir aus der Bredouille hilft.«

»Du hättest lieber auf sie hören sollen, als sie dich vor Andrea gewarnt hat.«

»Ja, da hast du recht. Ich war ein Riesenidiot. Weißt du, was jetzt aus der Sekte wird?«

»Sanctum ist zerschlagen worden. Die Polizei hat in mehreren Kliniken Razzien gemacht. Nun müssen sie sie alle schließen. Und das FBI ist an den Finanzen dran. Dough Marwood, Aaron Eastman, Axel Tynell und ein Typ, der Thomas Jackson heißt, sitzen in den USA in Untersuchungshaft. Das Erstaunliche ist, dass sie das umfangreiche Bild- und Tonmaterial, das Andrea zusammengestellt hat, jetzt endgültig zu Fall bringen wird. Es wird noch einiges zu untersuchen geben, doch dieses Mal werden sie hoffentlich nicht davonkommen. Und das Filmteam ist wieder in die USA zurückgeflogen. Die Polizei hat alle Aufnahmen, die noch vorhanden waren, beschlagnahmt, du musst dir darum also keine Sorgen machen.«

»Gott sei Dank. Diese Wochen waren wirklich ein einziger Albtraum. So schlecht ist es mir nicht mehr gegangen, seit ich zwölf war und beinahe meinen Vater erschlagen hätte. Und ich habe dich so vermisst, die ganze Zeit. Wirklich unerträglich. Aber dann war Eva da, oder Andrea, und dann …«

»Apropos. Auf ihrem Laptop haben sie einen Ordner gefunden, den sie *Carl* genannt hat. Sie war total besessen von dir. Sie hat sich schon ein Brautkleid ausgesucht und für dich einen Frack, und eine Location, wo ihr heiraten werdet, stell dir das mal vor …«

»Das möchte ich gar nicht hören«, sagte er kurz angebunden.

»Oh, sorry. Hast du ihr bei der Planung vielleicht geholfen?«

»Das ist überhaupt nicht witzig.«

»Sie war auch diejenige, die den Schuppen angezündet hat. Sie haben die Streichhölzer und ihre Klamotten, die sie dabei anhatte, unter dem Bett gefunden.«

Jetzt war er so frustriert, dass ich beschloss, sofort das Thema zu wechseln.

»Von allen soll ich Grüße ausrichten, von Dani, Steve und Brett.«

»Ist Dani wieder zurückgeflogen?«

»Nein, sie ist mit Erik noch in der Villa. Wir müssen in Schweden bleiben, bis die Polizei mit den Ermittlungen fertig ist. Brett ist übrigens im Anflug, er möchte dich sehen.«

»Der wird mich kurz und klein schlagen.«

»Ja, vermutlich. Wird ihm nicht schwerfallen.«

Carl sah gedankenverloren aus.

»Und was wird aus uns, Alex?«, fragte er schließlich.

Ich antwortete absichtlich ausweichend.

»Du meinst den Job? Ich hab mir gedacht, wir ziehen wieder nach Schweden um und bringen den Solvikhof auf Trab.«

Sein erleichtertes Aufatmen klang entspannter, es hatte kaum noch Ähnlichkeit mit einem Seufzen.

»Gemeinsam?«

Er konnte sich ein Lächeln nicht verkneifen.

»Ja. Dachte ich mir schon. Auch wenn ich mit Andrea in allem recht behalten habe, muss ich zugeben, dass ich dich bei deiner Arbeit am Solvikhof mehr hätte unterstützen können. Dass ich das nicht getan habe, ist mein Anteil an allem, was passiert ist. Jetzt werden wir uns also mit voller Energie um das Frauenhaus kümmern.«

»Und das beschließt du jetzt, einfach so?«

»Ja, ab jetzt treffe ich hier die Entscheidungen. Du bist ja zu neunzig Prozent schwanzgesteuert.«

Carl musste lachen und verzog schmerzverzerrt das Gesicht.

»Du darfst nicht lachen«, sagte ich ernst.

»Und was wird aus unserer Beziehung?«, fragte er dann.

»Ich verzeihe dir, dass du mit ihr ins Bett gegangen bist. Aber um alles andere zu verarbeiten, dass du mir nicht geglaubt und mich aufs Übelste erniedrigt hast, dafür werde ich meine Zeit brauchen.«

»Ich habe nicht gedacht … ich konnte doch nicht ahnen …«

»Du hast sie in unser Leben gelassen, obwohl ich dich von Anfang an gewarnt habe. Sie hat uns fast umgebracht, Dani hätte beinahe ihren Sohn verloren. Du hast einfach nicht auf mich hören wollen.«

»Ich war irgendwie ein anderer Mensch.«

»Genau. Und ich würde so was mit Sicherheit nicht noch mal durchstehen. Ich möchte, dass du eine Therapie machst, bevor wir irgendwelche Entscheidungen über unser Verhältnis zueinander treffen.«

Es fiel mir schwer, das auszusprechen. Meine Lippen fühlten sich kalt und taub an. Aber ihm jetzt falsche Hoffnungen zu machen, wäre noch gemeiner gewesen, als die Wahrheit auszusprechen.

Carl drehte den Kopf weg, um nicht zu zeigen, dass er weinte. Sein Kinn flatterte immer noch.

»Entschuldigung«, sagte er. »Es ist alles so viel.«

Ich beugte mich vorsichtig über ihn und spürte, wie sein Körper bebte, wie sein Herz raste.

»Sch ... wir leben noch«, sagte ich. »Das ist doch schon mal ein guter Anfang? Wir hätten fast alles verloren, aber wir haben Glück gehabt.«

»Ich war so ein Idiot. Ich bin so fies zu dir gewesen. Wenn du mir eine zweite Chance gibst, werde ich dich nie wieder enttäuschen.«

»Das sind aber sehr klare Worte. Und es ist ein Versprechen, das du vermutlich nicht halten kannst. Jetzt schlaf erst mal. Ich komme dich morgen wieder besuchen.«

Er sah mich voller Zärtlichkeit an.

»Kannst du dich noch mal in mich verlieben?«

»Darüber mag ich wirklich nicht spekulieren«, sagte ich, während mir eine einzelne Träne über die Wange lief, und ich dachte: *Dummkopf, ich hab dich doch immer geliebt.*

Unser Gespräch war für ihn anstrengend gewesen, jetzt schien er erschöpft zu sein. Carl gab sich Mühe, ein Gähnen zu unterdrücken, aber innerhalb von Minuten war er eingeschlafen. Ich betrachtete ihn still. Seine Wimpern zitterten im Traum. Vorsichtig gab ich ihm einen Kuss auf die Stirn. Und in dem Moment, als ich mich fragte, was er wohl gerade träumte, kam mir etwas anderes in den Sinn: Er würde sich für sein Verhalten noch lange Zeit schämen. Aber selbst, wenn nicht alles zwischen uns wieder so wie früher werden würde, könnte ich doch immer ein bisschen Licht in sein Leben bringen.

Der Mann in dem mittleren Bett, ein älterer Herr, war jetzt aufgewacht.

»Hallo, Alex!«, sagte er und neigte sich zu mir.

»Woher wissen Sie, wer ich bin?«, fragte ich ihn verblüfft. Dann fiel mir ein, dass er vielleicht etwas in der Zeitung über mich gelesen haben könnte.

»Er hat nach Ihnen gerufen, im Traum«, sagte er und nickte zu Carl hinüber. »Und jetzt kann ich verstehen, warum.«

»Ach was, das Morphium macht ihn ein bisschen wirr im Kopf«, sagte ich verlegen. »Morgen Vormittag komme ich wieder zu Besuch. Kann ich Ihnen vielleicht etwas mitbringen?«

»Ja. Wenn Sie es hinkriegen, eine Dose Snus von der Firma Granit hier reinzuschmuggeln, wäre das ausgezeichnet«, sagte er. »Schieben Sie mir die Dose einfach unters Kopfkissen, falls ich schlafe. Sie können sich das Geld aus meinem Portemonnaie nehmen …«

»Nicht nötig. Ich besorg das für Sie«, versprach ich ihm.

Er nickte zufrieden und schloss wieder die Augen.

Ich ging zum Fenster und blickte zu dem Rudel Journalisten hinunter, das immer noch auf dem Rasen am Krankenhauseingang campierte. Ich würde unmöglich an denen vorbeikommen, wenn ich zum Bus wollte. Also rief ich mir ein Taxi, auf das ich circa zehn Minuten warten musste. Und ich wusste schon, was ich in der Zwischenzeit tun würde.

Ich holte Carls Handy und seinen Laptop aus meiner Handtasche und hängte die Geräte an den Strom. *Willkommen zurück in der Welt, Carl*, dachte ich.

Als Bildschirmschoner hatte er auf dem Laptop ein Bild von uns beiden. Ich ersetzte es durch ein Foto von einem tropischen Aquarium. Es tat zwar weh, unser Bild verschwinden zu sehen, aber es musste sein. Dann loggte ich mich auf seiner Facebook-Seite ein und änderte seinen Status von »in einer Beziehung mit Alex Brisell« in »Single«. Aber auf seinem Smartphone durfte er das Foto von mir behalten. Für eine gewisse Zeit würde zwischen Carl und mir alles rein geschäftsmäßig sein.

Mir fiel ein, was Dani mal gesagt hatte, dass unsere DNS

knallhart sei. Wer uns Probleme machte, musste einen Preis bezahlen. Und Carl hatte einiges dazuzulernen. Ich grinste, während ich sanft mit einem Finger über seine Wange strich.

Zufrieden brummelte er leise im Schlaf.

Epilog

Schon in der kühlen Morgenluft liegt der intensive Duft der Blüten. Das erinnert mich daran, dass bald wieder Sommer sein wird.

Ich hoffe, wir sind dann noch hier – in diesem vom Nebel verhüllten Herzen San Franciscos – sodass ich der Stadt Lebewohl sagen kann, wenn sie sich unter ihrem magischen Schleier zur Ruhe legt.

Die beleuchtete Skyline der Stadt zeichnet sich vor dem Fenster im Treppenhaus ab. Es ist drei Uhr morgens, doch diese Stadt schläft nie. Carl hingegen tut es, da bin ich mir ziemlich sicher.

Wir sind nach San Francisco zurückgeflogen, um eine Handvoll Geschäfte zu Ende zu bringen. Carl und ich werden dann wieder nach Schweden gehen, um uns um den Solvikhof zu kümmern. Brett wird Ash & Coal ganz übernehmen. Wir überlegen, ob wir ihn nicht bitten sollen, zu uns in die Villa nach Lund zu ziehen. Im Augenblick zerbrechen wir uns über viele Dinge den Kopf. Wir haben noch einen Berg Arbeit zu erledigen, bevor wir Kalifornien den Rücken kehren können. Dani und Steve werden in Half Moon Bay bleiben. Der Gedanke, dass ich für längere Zeit von Dani getrennt sein werde, gefällt mir zwar noch immer nicht, aber ich gewöhne mich langsam an die Vorstellung. Es ist ja nur vorübergehend.

Nach den Ereignissen in Schweden sind wir nach Kalifornien zurückgekehrt, als hier schon Frühling war. Überall grünte es. Jetzt säumen Unmengen von Osterglocken den Wegesrand, und die kalifornische Mohnblume blüht. Im Flachland und auf den Hügeln leuchtet es schon von fern tief orangefarben. In der Luft liegen so viele frische Düfte, sogar im Treppenhaus, da, wo ich gerade stehe. Mir ist leicht schwindelig, doch meine Gedanken sind so klar wie ein Bergbach.

Heute hat die Gerichtsverhandlung gegen die Mitglieder der Sekte begonnen. Das Verfahren wird sich hinziehen und die Täter nicht schonen, das haben sie mehr als verdient. Und heute Nacht werde ich auf eine ganze besondere Art und Weise feiern.

Carl hat jetzt lange, geradezu unermüdlich um mich geworben. Aber ich tue so, als wäre ich gegen seine Einladungen immun. Knallhart. Kompromisslos. Er ist übereifrig, voll engagiert, trotzdem lässt er sich bei diesem Spiel Zeit. Manchmal frage ich mich, ob er irgendwann aufgeben wird, und diese Vorstellung macht mich nervös. Aber er weicht keinen Millimeter.

Unsere Duelle sind herrlich. Ich muss mich ständig am Riemen reißen, um nicht in Lachen auszubrechen. Er versucht, mich zu überreden, in seine Wohnung mitzukommen, doch ich beiße nicht an.

»Ist das ein unmoralisches Angebot? In dem Fall habe ich kein Interesse«, sage ich nur.

Er kommt auf die Idee, sich von hinten anzuschleichen, wenn ich es am allerwenigsten erwarte. Zärtlich fasst er meine Schultern und küsst mich im Nacken. Es ist wahnsinnig schön, aber ich laufe trotzdem davon.

Ungebrochen ist seine Aufmerksamkeit, er liest mir jeden Wunsch von den Augen ab. Er beruhigt mich, wenn ich mich aufrege, bringt mir Kaffee, wenn ich müde bin, und legt mir seine Jacke über die Schultern, wenn mir kalt ist. *Gib ihm keine*

Macht über dich, ermahne ich mich laufend selbst, aber wenn er sich so um mich kümmert, schlägt mein Herz einfach höher, ob ich das nun will oder nicht.

Ich erinnere ihn daran, was sein Treuebruch für Folgen haben könnte.

»Andrea Zander könnte dich mit einer Geschlechtskrankheit angesteckt haben.«

»Dass ich daran nicht gedacht habe! Morgen lasse ich mich testen. Ganz bestimmt.«

»Das solltest du auch. Schon deinetwegen.«

Er versucht, mich auf Urlaubsreisen zu locken.

»Wir müssen ja nicht sofort nach Schweden zurückfliegen und uns in die Arbeit stürzen, wenn wir hier alles erledigt haben. Wenn du magst, könnten wir vorher noch irgendwohin verreisen, wo es schön ist. Vielleicht nach Barcelona?«

»Mach dich nicht lächerlich. So weit sind wir noch nicht.«

Nie wird er sauer oder wütend. Er ist stur wie ein Ochse, konzentriert sich vollkommen auf mich, auf meine Bewegungen und meine Worte. Er ist sich vollkommen sicher, dass er an meinem dicken Panzer irgendeinen wunden Punkt finden wird. Meistens bin ich die perfekte Assistentin, superorganisiert, schnell und habe alles im Blick. Aber wenn er seine Annäherungsversuche startet, verwandele ich mich in ein gemeines, kleines Biest, das sich von ihm nicht zähmen lassen will.

Er umwirbt mich mit allem, was ich mag: Frühlingsblumen, ein neues iPad, aber als er mir eine Schachtel mit hübschen Dessous überreicht, landet sie wieder auf seinem Schreibtisch.

Als wir irgendwann zusammen Essen gehen und allein am Tisch sitzen, versucht er, daraus ein Date zu machen. Als ich ihn mit diesem niedergeschlagenen Restlächeln vor mir sitzen sehe, ist es fast unmöglich, seinem Charme nicht zu erliegen. In seinen Augen tanzt das Kerzenlicht. Er hat so was mystisch

Erotisches. Langsam beugt er sich über den Tisch. Unter der Tischdecke tastet seine Hand mein Bein hinauf, übers Knie zu meinem Oberschenkel und schiebt sich dann unter meinen Rock. Ich antworte auf sein hoffnungsvolles Lächeln mit eindeutigem Kopfschütteln. Es kostet mich riesige Überwindung, die Beine zusammenzukneifen. Dann zieht er sich stilvoll zurück – und mein Herz wird ganz wehmütig bei so viel Konsequenz.

Nach einigen Sitzungen bei seinem Therapeuten berichtet er mir enthusiastisch von seinen Fortschritten.

Ich habe geglaubt, ich bräuchte keine Bestätigung, aber da lag ich ganz falsch. Wir sind bis in meine Kindheit zurückgegangen, als ich die Familie versorgt habe. Das war genau der Punkt, den Andrea mit ihren Schmeicheleien angesprochen hat. Es ging nicht um sexuelle Sucht, sondern um die Sucht nach Bestätigung.

Das ist gut. Es ist ein Anfang. Wenn ich ihn lobe, freut er sich wie ein Kind.

Dann kommt er auf die Idee, an mein Mitgefühl zu appellieren. Einmal meint er, es sei gar nicht gut, wenn er die ganze Zeit eine Erektion habe, ohne davon erlöst zu werden.

Da lache ich ihm direkt ins Gesicht.

»Dann nimm doch deine Hand. Nutz deine Fantasie.«

»Das ist gar nicht witzig«, murmelt er verärgert.

»Ich habe gerade gar kein Interesse an Sex«, lüge ich, wahrscheinlich schon zum hundertsten Mal.

Seine grauen Augen werden schmal wie Schlitze.

»Mmh … das passt eigentlich gar nicht zu dir. Was hältst du davon, wenn wir uns mal mit einem Sexologen unterhalten?«

»Carl! Wir sind nicht *zusammen*«, sage ich und starre ihn dabei an.

»Sind wir nicht?«

Seine Augen haben immer noch einen so gefährlichen Blick.

»Kannst du dich noch daran erinnern, wie wir uns kennengelernt haben?«, fragt er. »An diese Anziehungskraft zwischen uns? Wie richtig sich das alles anfühlte?«

»Vielleicht schon«, antworte ich. »Aber ich lasse mich nicht von dir manipulieren.«

»Ich bin verliebt in dich, Alex. Selbst wenn ich wollte, könnte ich daran nichts ändern.«

Mir schießt eine Träne ins Auge. Ich zwinkere sie aber weg.

Mitten in diesem Theaterstück fühlt es sich an, als kämen wir einander schrittweise näher. Und das tun wir tatsächlich. Er bleibt hartnäckig, wird immer erfinderischer und versteift sich noch mehr auf sein Ziel. Er gibt nicht auf. Schließlich wird mir klar, dass er niemals aufgeben wird.

Es ist noch immer früh am Morgen. Vergeben und Versöhnen geht mir durch den Kopf, als ich die Treppe zu Carls Wohnung hinaufsteige. Wie ich mich dann fühlen werde. Geborgen, gelassen, in leichtem Schwindeltaumel.

Die beste Art von Vergebung ist, wenn kein Rest Verbitterung zurückbleibt. Das hat gar nichts damit zu tun, wer recht hatte und wer nicht. Sie ist einfach da, ungekünstelt und unkompliziert. Wie Frühlingsregen auf nackter Erde. Die Liebe kann dann wieder Blüten treiben.

Ich tippe den Code seiner Wohnung ein und setze meinen Fuß in den Flur. Ich mag seine schlichte Einrichtung. Kaum Möbelstücke. Gedämpfte Farben. Zwei schöne Schlafzimmer, ein großes Bad und ein Wohnzimmer mit Balkon und Blick über die Bay. Aber jetzt ist es hier dunkel, und ich werde kein Licht machen.

Behutsam hänge ich meine Jacke auf einen Bügel. Ich ziehe mir den Pullover über den Kopf, schlüpfe aus der Jeans und hänge beides über einen Stuhl. Danach noch BH und Slip. Dort so im Dunkeln zu stehen, splitterfasernackt, das raubt mir den Atem. Meine Haut fühlt sich elektrisch geladen an.

Sein Schlafzimmer ist nur noch ein paar Schritte entfernt. Die Tür ist angelehnt. Das Gefühl, hier unangemeldet einzudringen, verstärkt meine Erregung, als ich einen Fuß hineinsetze.

Das blaue Licht der beleuchteten Stadt fällt durch die Jalousien und malt Striche auf meinen Bauch. Carls Bett ist groß, das Gestell aus Messing. Er liegt auf dem Rücken, hat die Decke weggestrampelt und ist nur noch halb bedeckt. Leise tappe ich über den Teppich und kippe die Jalousien ein wenig, um ihn besser sehen zu können. Matte, gedämpfte Farben strömen durch die Ritzen hinein.

Doch Carl schläft weiter.

Ich betrachte ihn im Schummerlicht. Sein Gesicht wirkt wie aus Marmor gemeißelt. Sein Mund ist halb geöffnet. Sein Penis schlaff und weich zwischen den relativ breiten Hüften. Er träumt nicht von mir. Träumt möglicherweise gar nichts.

Selbst im Schlaf haftet ihm etwas Rastloses an. Er hat nicht mein heftiges Temperament, aber er ist ungezähmt und schwer einzuordnen. Immer auf dem Sprung.

Manchmal muss ich mir in Erinnerung rufen, wie mein Leben aussah, bevor ich ihn traf. Wie er mich gerettet hat, und dass ich dann wieder atmen konnte. Damals, am Anfang, wusste ich noch gar nicht, was ich alles an ihm lieben würde. Sein schallendes Gelächter, seine Starrköpfigkeit und wie stolz er war, wenn ihm etwas gut gelungen war.

Ich spiele mit dem Gedanken, ihn vorsichtig in den Mund zu nehmen. Dann würde er von dem Gefühl geweckt werden, langsam steif zu werden. Aber ich möchte in seine Augen sehen, wenn er erwacht.

Ich krieche in sein Bett und knie mich rittlings über ihn. Ich fahre mit meinen Händen über seine Rippen. Vorsichtig beuge ich mich vor und küsse ihn auf den Mund. Ich liebkose seinen Bauch und Hals. Ein Augenlid zuckt, richtig wach ist er noch nicht.

»Carl«, sage ich. »Schau mich an.«

Ein kleines Lächeln huscht über sein Gesicht, dann schlägt er die Augen auf. Er zieht meinen Kopf an sich, noch im Halbschlaf. Murmelt immer wieder meinen Namen und streichelt mir mit der Hand über den Rücken. Ich lege mich auf ihn, umschlinge ihn ganz. Er presst seine Hüften an mich, rollt mich herum, sodass er oben liegt, und drückt mich mit seinem Gewicht in die Matratze. Dann stützt er sich auf die Ellenbogen, beugt sich vor und küsst meine Stirn, meine Wangen, meinen Mund, meinen Hals und das kleine Grübchen am Schlüsselbein.

»Lass mich einfach nur, lass mich …«, sagt er.

Und ich lasse ihn. Das habe ich verdient. Genussvoll seufzend strecke ich die Arme aus, hoch über den Kopf, und warte auf seine Berührungen. Das Laken unter meinem Körper ist weich und kühl. Ein Windhauch kommt durchs Fenster.

Er schiebt meine Beine auseinander und legt eine Hand auf meinen Venushügel, während er mich küsst. Ich taste nach seiner anderen Hand und fahre mit den Fingern zwischen seine. Jetzt küsst er mich leidenschaftlicher, tiefer. Ich schließe die Augen, und schließlich entfährt mir ein Seufzer.

Mit Fingern und Zunge erforscht er jetzt meinen Körper, gibt mir das Gefühl, dass er jeden Winkel noch einmal neu entdeckt. Es ist unglaublich, wie seine Finger und seine Zunge überall gleichzeitig sein können – an meiner Brust, meinem Bauch, den Hüften und den Innenseiten meiner Schenkel.

Er weiß, was er tun muss, um mich erst unter Hochspannung zu setzen und dann wieder zu entspannen. Wenn seine Hände über mich tanzen, kann ich nicht mehr klar denken. Ich fühle mich rein und von innen heraus gewärmt. Er weiß genau, was sich himmlisch anfühlt und was unerträglich ist. Ich lasse meine Gedanken schweifen, verfolge seine Fingerkuppen und verliere mich in ihrem Tanz. Er bewegt sich abwärts, erforscht mich mit der Zunge, erst ganz sanft, dann immer gieriger, hungriger. Ich schwelle an, drohe zu bersten. Ich greife nach dem Laken, ich bäume mich auf, aber dann verlangsamt er seine Bewegungen wieder fast bis zum Stillstand.

Am Ende hört er ganz damit auf. Ich schließe die Augen, warte atemlos, was nun kommt. Er legt sich auf mich und nimmt mein Gesicht in seine Hände.

»Ich möchte, dass du zusiehst, wenn ich in dich eindringe«, flüstert er, und allein die Vorstellung macht mich triefend nass.

Er ergreift meine Hüften und presst sich mit voller Kraft in mich. Fährt so tief in mich hinein, dass ich keuche. Ich spanne meine Muskeln um ihn herum an und umarme ihn. Er schiebt meine Beine nach hinten und richtet sich dann so auf, dass ich zusehen kann, wie er in mich rein- und rausgleitet.

Seine Stirn ist schweißnass, seine Augen sind fiebrig. Dieser Hunger, diese Intensität, das ist neu, und es macht mir ein bisschen Angst. Ein Gefühl, als hätte ich einen neuen, unbekannten Raum in ihm betreten. Einen Moment lang muss ich kämpfen, damit ich Luft bekomme. Aber dann entspanne ich mich wieder und lasse mich ganz auf seinen Takt ein.

Etwas in mir stürmt los. Ich halte dagegen, will es unterdrücken. Ich keuche, jeder Nerv vibriert. Ein vages Gefühl von Panik kommt auf, es zuckt an meinem Rücken. Beim Höhepunkt entfährt mir ein jaulender Laut.

Innerhalb von Sekunden wird auch er kommen, das weiß ich. Er ringt um Luft, bäumt sich auf und flucht laut, aber es klingt einfach nur schön. Er kommt pulsierend, rhythmisch, und ich halte ihn dabei fest umschlungen.

Eine Weile liegt er noch still und schwer über mir. Wir sind jetzt in eine wunderschöne, kuschelige Dunkelheit eingetaucht. Ich spüre, wie sich sein Brustkorb von meinem Körper hebt.

Als ich die Augen wieder öffne, sieht er mich liebevoll an. Er beugt sich hinunter und küsst mich auf die Stirn. Ich lege meine Hände auf seine Brust und spüre sein Herz ganz schnell schlagen. Langsam fahre ich über seine Schultern und seinen Hals, bis ich durch sein feuchtes Haar streichele. Vorsichtig rollt er sich zur Seite, kommt neben mich.

Erschöpft liegen wir einfach nur da und sehen uns an. Meine Sorgen sind wie weggeblasen. Ich spüre ihn noch immer fast unmerklich in mir.

In seinen Augen halte ich nach etwas Unausgesprochenem, Fremdem, Unnahbarem Ausschau.

Doch vor mir sehe ich einfach nur Carl.

Später gehen wir auf den Balkon und stellen uns ans Geländer. Die Sonnenaufgänge hier sind wunderschön, aber heute liegt San Francisco unter einer frühsommerlichen Nebelschicht. Die Brücke ist nur ein verschwommener, orangefarbener Fleck, der Himmel dahinter grau. Vom Meer weht eine schwache Brise.

Carl steht dicht bei mir, er atmet still in mein Haar hinein.

»Ich verzeihe dir alles«, sage ich.

»Warum tust du das?«, fragt er erstaunt.

»Dafür muss man keinen Grund haben«, sage ich.

»Tu das nicht, dann muss ich mich noch mehr schämen.«

Ich öffne den Mund, schließe ihn aber wieder. Auf manche

Worte kann man nicht gleich antworten. Ich wende mein Gesicht zur Stadt.

Linker Hand liegt Presidio mit seinen weißen Villen aus der Kolonialzeit, seinen ordentlich geschnittenen Rasenflächen und den uralten, knorrigen Eukalyptusbäumen. Rechts von uns zeichnet sich durch den Dunst die Skyline der Stadt ab. Vor uns erstreckt sich Crissy Field, flach und scheinbar endlos, bis es ins Meer übergeht. Unmittelbar unter uns stehen die unzähligen, quietschbunten Häuser, manche haben Terrassen, manche sogar winzig kleine Gärten.

Die Geräuschkulisse der erwachenden Stadt in der Ferne hat etwas eigenartig Beruhigendes. Das Quietschen einer Straßenbahn auf den Gleisen. Der Lärm eines Müllwagens, wenn er einen Container leert. Das Rauschen des beginnenden Verkehrs auf der Autobahn.

Von Carls Balkon sieht alles recht friedvoll aus. Man muss die Sinne schärfen, um das brodelnde Leben zu spüren, das in den Adern der Stadt pulsiert.

In der Luft liegt etwas wie Veränderung, so ein Gefühl, als gehe gerade etwas zu Ende und als breche gleichzeitig eine neue Zeit an.

Ich möchte, dass meine Erinnerungen an diesen Ort lebendig bleiben, so beweglich wie der Nebel, nicht erstarrt wie auf einer Postkarte. In meinem Herzen weiß ich, dass ich verdammt bin, mich zu dieser Stadt zurückzusehnen. Ich drehe mich zu Carl um und sage:

»Gut, dann suhl dich eben weiter in deinen Schuldgefühlen, wenn es dir dann besser geht.«

Seine Augen blitzen auf – sehe ich Staunen oder Anerkennung darin?

Ich kann nicht sagen, was es ist.

Über die Handlung und
die Personen in diesem Buch

Sanctum, Actanova Medical und die Sekte *Wächter des Wanderfalken* gibt es in Wirklichkeit nicht, und jede Ähnlichkeit zwischen ihren Mitgliedern und lebenden Personen ist nicht beabsichtigt – was nicht heißen soll, dass es nicht Sekten gibt, die Tarnorganisationen mit unlauteren Absichten unterhalten.

Auch wenn meine Bücher fiktiv sind, so haben mich meine gut zwanzig Jahre als Sektenmitglied durchaus inspiriert. In zahlreichen Gesprächen mit Menschen, die zu meinen Vorträgen kamen, ist mir klar geworden, dass die Tatsache, dass Sekten Tarnorganisationen benutzen, um sich auszubreiten, weitgehend unbekannt ist. Ich schreibe diese Bücher über die *Wächter des Wanderfalken* nicht nur zur Unterhaltung, sondern auch, um deutlich zu machen, wie diese Tarnorganisationen unsere Gesellschaft in wichtigen Bereichen infiltrieren.

An der Küste von Half Moon Bay gibt es tatsächlich eine Strandpromenade, und an einer besonders schönen Stelle steht ein Haus, in dem Alex und Dani durchaus wohnen könnten. Doch ich habe mir manche Freiheiten zugestanden, zum Beispiel den Zaun weggelassen und vor dem Haus einen Rasen angelegt.

Hill Top, wo Stan Goodban lebt, existiert ebenso in Half

Moon Bay, aber die meisten Wohnwagen dort sind gepflegt und ordentlich.

Das Restaurant Water Bar liegt tatsächlich an der Bay Bridge, aber das Spa im oberen Stockwerk ist ein Gespinst meiner Fantasie.

Hawk Hill gehört zu den malerischen Marin Headlands jenseits der Golden Gate Bridge. Während des Kalten Krieges hat man dort Bunker gebaut. Doch das gesamte Gebiet ist eine National Recreation Area, und es ist höchst unwahrscheinlich, dass dort jemals eine Baugenehmigung erteilt werden würde.

Die Kirche Glide Memorial Methodist Church ist tatsächlich vorhanden und so lebendig, wie man es sich nur wünschen kann. Sie ist ein wichtiger Dreh- und Angelpunkt für Wohltätigkeitsveranstaltungen und hilft den Obdachlosen und Armen. Ihre Gottesdienste, ganz besonders die an den Sonntagen, kann ich wärmstens empfehlen, hin und wieder nehmen zweitausend Menschen daran teil.

Ansonsten entstammen meine Beschreibungen der San Francisco Bay und der näheren Umgebung meinen eigenen Erinnerungen an die Jahre, in denen ich dort gelebt habe, und an die verschiedenen Reisen dorthin.

Danke!

Wie immer gilt mein größter Dank meinem Mann Dan, meinem Sohn John, seiner Frau Noha, meinen Enkelkindern Layla und Selene und meinen Eltern Ella und Olle Westam.

Weiterhin danke ich herzlich meinen Superagentinnen Maria Enberg und Edith Enberg Salibi von der Enberg Literacy Agency.

Danke an meine Lektorin Ebba Östberg im Forum Verlag für all deine Hilfe.

Karin Linge Nordh, danke, dass du an diese Reihe geglaubt hast.

Dank an meine wunderbare Redakteurin, Lisa Jonasdotter Nilsson,

an die Menschen im Bokförlaget Forum: Sara Lindegren, Marie Björk, Adam Dahlin und noch viele andere,

ich danke ebenso meiner Freundin und Mentorin Ann-Catrin Sköld Pilback

und Geniveve Ruskus, weil du mir immer auf die Sprünge

hilfst, wenn ich die Erinnerung an die Gegend um San Francisco auffrischen möchte.

Außerdem danke ich meinen Testlesern bei diesem Buch: Edith Enberg Salibi, Jennifer Lehman, Amanda Palmqvist, Jasmine Darban, und auch all meinen treuen Lesern, den Bloggern und anderen Thrillerbegeisterten.

Für euch schreibe ich.

Ich möchte hier auch die Gelegenheit nutzen, meinen Freunden zu danken, die eine so wichtige Aufklärungsarbeit über Sekten leisten: Håkan Järvå, Anna Lindman, Noomi Andemark, Erica Hindborg, Magnus Utvik, die alle im Verein Hjälpkällan und dem Verein ROS (Beratung im Umgang mit Sekten) arbeiten.

Und noch vielen anderen.

Wenn dunkle Taten
sogar im Paradies geschehen,
bist du nirgends sicher ...

512 Seiten. ISBN 978-3-7341-1165-5

Ein unglaubliches Verbrechen erschüttert die nordschwedische Stadt Boden: Eine Lehrerin, die keine Feinde zu haben scheint, wird ermordet aufgefunden. Noch dazu hat der Täter ihren Leichnam brutal inszeniert: Zwei dicke Nägel wurden durch die Hände der Toten getrieben; sie selbst hängt an einem Deckenhaken, als ihr Ehemann sie entdeckt. Kriminalkommissarin Idun Lind muss herausfinden, warum es zu der schrecklichen Tat kam. Zusammen mit ihrem eigenbrötlerischem Partner Calle Brandt taucht Idun tief in eine schockierende Familiengeschichte ein – und bringt sich damit selbst in höchste Lebensgefahr ...